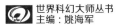

世界科幻大师丛书
主编：姚海军

U0462179

[英] 约翰·布鲁纳 著　老光 译

（上）

四川科学技术出版社

图书在版编目（CIP）数据

立于桑给巴尔 / 〔英〕约翰·布鲁纳　著；老　光　译 .
-- 成都：四川科学技术出版社，2019.7
（世界科幻大师丛书 / 姚海军　主编）
书名原文: Stand on Zanzibar
ISBN 978-7-5364-9511-1

Ⅰ.①立… Ⅱ.①约… ②老… Ⅲ.①科学幻想小说 – 英国 – 现代
Ⅳ.①I561.45

中国版本图书馆CIP数据核字（2019）第132530号
图进字21-2018-94号

世界科幻大师丛书

立于桑给巴尔（上）

出 品 人	钱丹凝
丛书主编	姚海军
著　者	〔英〕约翰·布鲁纳
译　者	老光
责任编辑	宋齐　姚海军
特邀编辑	李克勤　汪旭
封面绘画	Sijahong六厘
封面设计	施洋
版面设计	施洋
责任出版	欧晓春
出　版	四川科学技术出版社
	四川省成都市槐树街2号出版大厦　邮政编码：610031
开　本	140mm×203mm
印　张	11.75
字　数	250千
插　页	2
印　刷	四川省南方印务有限公司
版　次	2019年7月成都第一版
印　次	2019年7月成都第一次印刷
定　价	88.00元（上下册）

ISBN 978-7-5364-9511-1

序　言

(英)肯·麦克雷德

　　科幻作者经常被问及一个讨厌的问题(尽管远远地排在了第三位,位于"你从哪儿获取的灵感?"和"那么,你相信你写的吗?"之后),"哪些科幻预测变成了现实?"通常而言,这些提问者要么正替你驾车穿梭于车流之中,要么在修剪你的头发,要么举着麦克风对准了你的鼻子,要么在某个社交场合想拍你的马屁,所以,你的回答最好客气点。对于第三号常见问题的标准答案是:科幻不做预测,而是指出可能性。我承认,这些多重可能性中的一小部分变成了现实,但这说明不了什么问题。不过,正如《科幻百科全书》上的一篇相关话题文章所指出的,我们的科幻读者仍然热衷于寻找那有限的几颗击中了目标的子弹,全然不顾我们这些人正躲在一旁的灌木丛中,挥着手表示这其实与我们无关。

　　然而,对于某些小说,如果你想深入探讨,还真得先严肃地看待预测问题。本小说就是其中之一,我对它有很强的个人偏爱。我第一次读到它,是在它1968年出版之后的两三年。小说描述的是2010年的世界。先是在内心体验了虚拟未来世界的冲击，然后又真的活到了那一天，给人一种奇怪的感觉。它足以让你觉得自己很老（活到我自己小说中设定的日子不会带给我这种感觉，可能是因为我太不擅于规划未来，从未给予小说中的日期足够的重视）。

约翰·布鲁纳（1934—1995）的职业生涯长久且又多产，他的四部作品，因其长度、大胆和技巧而脱颖而出。《立于桑给巴尔》、《锯齿状的轨道》（1969）、《向上看的绵羊》（1972）和《电波骑士》（1975）都采用了多视角叙述，跳跃在真实的和假想的记录之间：科学杂志、电视新闻、社会流行语、口号、布道、诗歌，甚至还有药瓶上的标签。这几部小说都聚焦于某个特定的社会主题，分别是人口爆炸、军国主义、环境污染和通信监控。这些主题都直面现实，各具焦点：他笔下的世界是完整的，只是侧重点不同。

它们不是反乌托邦小说。反乌托邦通常是一种讽刺，是对社会上的某种趋势、形态或是机构进行极致的夸张。布鲁纳的"黑暗四重奏"里也有夸张的元素，但它不会遮蔽全局。它们更像是灾难小说，但又与传统的灾难小说不同。它们中的灾难是由社会发展而导致的自作自受，而不是某种随机发生的自然现象。书中发生的一切都其来有自。

上述观点在《立于桑给巴尔》中表现得最为明显。今天，它读起来更像是一部当代写就的平行世界小说，而不是过去的人对未来的理解。需要指出的是，书中与2010年真实世界的差异，反映的是布鲁纳在未来学研究方面付出的努力与专注——他基于当时的科学水平，加上本人敏锐的观察力做出了预测——不应该简单地用来对他的预测打分。

各种关系，包括种族与性别、性别与性取向、国家和公司、计划与市场、东方与西方、北半球与南半球,正朝着布鲁纳未能预见的方向演化。他预测对了全球人口数字——七十亿——但对于人口在各地区的分布和生活水平却错得离谱。加尔各答和德里并没有生活着超过五千万饥饿的人口,纽约也没有一千三百万富裕却压力爆表的居民。杀人狂——书中的"魔客"——产生于宽敞的郊区,而不是拥挤的市中心。在美国,带有政治动机的大规模杀伤是宗教激进主义者——"游击队"——干的。布鲁纳想象中的国家——雅塔康——显然影射的是在左翼人士苏佳诺领导下的印度尼西亚,但此书还未完稿时,苏佳诺就已经失去了权力,而他的民族同盟,在二十世纪和平年代最惨烈的一次流血事件中,惨遭屠杀。

尽管如此,布鲁纳的很多描绘确有先见之明:日渐碎片化和夸张的网络新闻、公众对于同性恋的接受、基因工程的技术手段、烟草和大麻相反的命运等等。就像小说所暗示的,美国输掉了在越南的战争——在1968年的春节攻势之前,绝大多数人都没有猜到这个结果。书中在美国境内活动的亲苏游击队,就跟地下气象员——新左派恐怖分子——希望通过一年的努力所达到的状态一样(最后没能成功)。布鲁纳关于佐客音乐录影的描述,可以一字不改地用来指导现今朋克音乐或是死亡金属音乐的视频制作。衣食虽无忧、但营养不均衡,且负债沉重的新穷人就生活在我们身边。甚至连错误的预测都很有逻辑:纽约太拥挤了,因为没了私人轿车,也就没了郊区。他描绘了空荡荡的底特律,回响着愤怒的、嘈杂的音乐,故事中的原因和现实虽然有差别,但两者的终点却一样。

《立于桑给巴尔》不仅是迄今为止篇幅最长、技巧最前卫的科幻小说，它还是最早的一批真正具有全球视野的作品，给予非西方国家和非白种人角色充分的尊重（尽管有些描述存在着问题），而不是片面追求异国情调或是土著习俗（或被美国文化同化）。小说动笔于1968年的动荡之前，但读上去感觉却像是在那之后写的。它与动荡共鸣，并预测了其悠远的余震对下一个世纪的影响。

因此，资料的来源以及精确的创作时间，对于理解此书中的未来至关重要。据杰德·史密斯在翔实且权威的《约翰·布鲁纳研究》（伊利诺伊大学出版社，2012年）中所述，在花了夏末一个月的时间游览了美国各处之后，布鲁纳于1966年的秋冬之际开始创作《立于桑给巴尔》。此时他的创作概念已产生了三年，并在三年之中花了两年时间"随意地研究。从一些杂志上，比如《新社会》和《新科学家》，摘录一些文章，涉及一系列主题，从人口增长与都市暴力之间可能的联系，到遗传在疾病中扮演的角色等等。"他于1967年2月寄出了手稿。

布鲁纳是《新科学家》杂志勤勉的读者（和许多科幻小说作者一样），多年来给杂志社写了多封信件。最后一封写于1993年4月，是一篇和科幻有关、基调阴郁的文章。感谢谷歌的高级书籍搜索，现在很容易就能浏览1957年到1989年的《新科学家》。即便走马观花地看一遍二十世纪六十年代早期到中期出版的期刊，也能发现布鲁纳的观点都基于那时被广泛接受且为专家认可的事实与论据，例如通过研究动物相关的行为来理解人类的行为、二十世纪末期世界将无法容纳不断增长的人口、不发达国家中贫穷和饥饿的问题将持续存在、在快速发展的经济中应用计算机辅助规划变得不可或缺，等等。

以1964年1月16日的那一期为例。英国皇家学会会员阿布达斯·萨拉姆教授写道："我希望能活着对我说过的话表示歉意，但是我很肯定，从现在起再过二十年，不发达国家仍将如同今天一般饥饿、仍处于不发达的地位，仍将无可救药地穷困。"令这位著名的巴基斯坦裔物理学家高兴的是，他的确活到了见证他残酷预言失效的那一天（而且他本人辛劳的研究、投入、启蒙和公开演讲起到了很大的促进作用）。萨拉姆的观点代表了杂志上的普遍言论。伟大的植物基因学家诺曼·布劳格在二十世纪六十年代只被提及一次，而他在那些年领导的绿色革命连一次都未被提及，尽管该革命在世界各地极大地提升了粮食产量（而且我还想加一句，在那之后这本杂志也没能悔悟）。

同样地，博登·苏波罗威茨，纽约一家公司的咨询师，在《网络规划与经济发展》（1963年6月27日）一文中，大胆地勾勒了一个前景，即将计算机辅助管理广泛地应用于不发达国家。他假想了尼日利亚联邦政府于1962年－1968年的政府规划中如何应用计算机辅助，读上去就像小说里的人工智能原型在帮助布鲁纳臆想出的西非国家贝尼尼亚。

因此，布鲁纳的世界稳固地构建于当时多个领域最流行的科学思想之上。他小说的读者要么已经接受、要么至少知晓这些观点。在《立于桑给巴尔》出版的同期，另有几本畅销书也试图通过生物学来解释人类的行为。人口增长的灰暗前景已被《新科学家》读者之外更广泛的人群所接受，这方面的代表著作有罗伯特·阿德勒的《固有领地》（1966）、德斯蒙德·莫利斯的《裸猿》（1967）和《人类动物园》（1969），以及保罗·恩里奇和安·恩里奇的《人口爆炸》（1968）。它们的平装本很快出现在大多数书店

（具体到《裸猿》这本书，它还出现在无数的报刊亭里，很多仍在上学的男孩为此掏钱，或许是被书的封面迷惑了）。那时候的读者——我记得很清楚——觉得本小说中最抓人眼球的角色当属古怪的社会学家查德·穆里根，他宣扬的基于生物学的社会批判相当有说服力，引发了广泛的共鸣。

与此同时，那时的科幻读者已习惯于（不管是否乐于）各种写作技巧和叙事内容上的突变。新浪潮引领着传统科幻脱离了平庸的叙述技巧和保守的社会陈规。对英国读者来说，最突出的莫过于麦克尔·穆考克编辑的《新世界》。然而，许多新浪潮中产生的技巧革新只是简单地应用了早已在主流文学中采纳的技巧和叙述形式，如意识流等等。为寻找能勾画整个社会的技巧，布鲁纳在十年前的约翰·多斯·帕索斯的现代主义作品中找到了灵感，并根据马歇尔·麦克卢汉的传播理论对其进行了改进。

在提示了他将运用何种技巧、达到何种目的之后［背景环境（0）伊尼斯模式］，布鲁纳一下子把我们扔进了深水区。先是几小节杂乱的新闻播报，接着是篇幅很长的一章，里面用一段段简短的文字介绍了书中的主要角色和背景。我们刚开始会不知所措，但很快就学会了徜徉其中。一个早期的章节"背景环境（4）国家"，列出了布鲁纳的2010年的世界，分成发达国家、发展中国家和不发达国家。不管它与现实世界有多大不同，该分类方法是我们熟知的，而且有些细节仍能引人暗笑：公众喜好决定的政府、革命政府、跛脚政府便是其中的一个例子。

小说的章节分为四个上下文相互关联的部分："背景环境"提供了深入的背景信息；"世间百态"提供了各种表象事件的发展和新闻报道；"人物追踪"记录了非主要角色的命运；还有"现

场记录"抓住故事的主线,两个故事相互展开,最后纠结在一起。

　　布鲁纳的2010年,就像我一直强调的那样,不是我们生活的世界。但通过这面扭曲的镜子,我们可以看到自己。我们面临的问题可能并不是人口爆炸造成的,但是,因为我们选择忽视、选择冷漠、选择分裂,加上不平等的陷阱、过时的仇恨,我们真的可能会"成千上万地……挤在桑给巴尔四周齐膝深的水里"。

目　录

背景环境

· 现场记录

背景环境(0)
伊尼斯模式

伊尼斯模式的叙述中不存在主观或客观。如果硬要把它转换成有观点的文章，不仅需要大量的篇幅，而且，不同对象之间的互动过程也会消失，而这种互动对模式的理解和洞见至关重要。为了能深入和及时地理解模式，伊尼斯放弃了观点的表达。用观点来替代洞见和理解，实在是一种太过危险的奢侈。伊尼斯在展现内容时，抛弃的只是观点本身，却提供了更多的洞见。例如，在他把"主流媒体与大白话相结合"这种发展趋势，与上升的国家主义及革命相关联时，他并不是在报道任何一个人的观点，更不是他自己的。他只是把不同的马赛克拼接在了一起，或是在星系中摆上星星……伊尼斯没想花力气去"解读"他的星系中各恒星之间的相互关系。他的作品里没有制成品，只有一个自助工具箱……

——《古腾堡星系》，马歇尔·麦克卢汉 著

背景环境(1)
今日头条我的名字

预录声音:"隆重推出今日头条,英继星服务独有的世界大观察,一天三次,连接你与世界的界面,深入、独立、实时。"

预录图像:短视频,分屏显示,十字排列,无所不在夫妇①在地底(今天是大西矿,中大西洋矿业项目),在太空(今天是失重着装),换乘(今天在辛普朗特速管),欣赏(今天和每天一样,捕捉观众所在环境的影像,带有自动呼叫功能)。

自动呼叫:"开播了,开播了! 今日头条、今日头条、今日头条、今日头条、今日头条、今日头条、今日头条——"

预录图像:短视频,全屏,地球在旋转,发出啾啾的声音,不同经线上标出了格林尼治标准时间、美国东部时间、太冲区——太平洋冲突地区时间。

直播声音:"现在是下午六点,老派的格林尼治标准时间——时间能有多标准,你告诉我,嗯? 嘴巴张大,倒数到勒依哦——抱歉——勒优——六点零一分! 世界又大又奇妙,你们想看什么取决于你们自己,无所不在先生和太太们——或是先生

___
①无所不在夫妇是书中虚构的人物。

和小姐,或是小姐和小姐,或是先生和先生,你们自己决定,哈哈!跟我一起倒数,倒数到老朋友东部标准时间下午一点零一分,太平洋沿岸时间早上十点零一分,在海洋中孤独战斗的人们早上七点零一分——倒数开始!"

时间提示:五声G调的嘟声,每秒一声,最后到整分时变成C调。

插播:"世界从未如此精彩,计时从未如此精确,使用通用技术的原子钟发布的信号,精确到可以定位恒星。"

脚本图像:短视频,分屏,今日新闻的摘要。

直播声音:"没有更好的办法能紧跟潮流——抱歉——除了今日头条!"

切断自动呼叫。(如果它们没能在此之前播出,就会被关闭。)

插播:"今日头条是仅有的一个对新闻进行深入研究的栏目,通用技术著名的计算机撒缦以色为栏目提供了支持。撒缦以色能看到、听到、知道一切,除了你们——无所不在夫妇们——想要保留的隐私。"

脚本:世间百态。

世间百态(1)
阅读说明

今天是2010年5月3日,曼哈顿天气温暖,从富勒穹顶之下,到通用技术大厦顶部,到处春意盎然。

但是,撒缦以色是一台基于冰液®的计算机。它浸泡在液氦里,它的安全机房里很冷。

("同上":使用这个词!使用过程中的脑部活动,和电话采用的节省宽带的方法类似。如果你看到了某个场景,那就是看到了。世上有太多的新信息,你不应浪费时间再重新看它一次。使用"同上"。使用它!

——《时髦罪行词汇表》,查德·穆里根　著)

乔洁特·塔伦·巴克法斯特不是机器,是个人类,但她同时具有两者的特质,九十一岁的她大部分身体由假体支持。

这个株系之所以成就了"非常爽",是因为加州的爽游公司通过杂交,降低了它每盎司产出中的茎含量,从而产出更多的绿叶。去问"你的邻居"吧!

埃里克·埃勒曼是一位有三个女儿的植物基因学家。他很害怕,因为他妻子胖得肚子都变圆了。

"……今天,波多黎各批准了备受争议的《美国优生法案》下的色盲条款,成为最新一个通过此条款的州。对那些希望生育劣势后代的人来说,此举意味着只剩下了两个天堂:内华达和路易斯安那。婴儿农场主游说的失败,除去了这个小弟州宽广额头上那道持久的烙印——有人会说那是一个先天的烙印,因为小弟州加入美国的那一天,几乎和首部优生法案颁布的时间重合。在那部法案中,血友病、苯丙酮尿症和先天低能……"

波比·谢尔顿多年来一直相信奇迹,现在真的有个奇迹在她体内发生。奇迹支撑着她继续活在现实世界。

困难,我们立即着手解决。不可能,请给我们一点时间。

——通用技术座右铭之基本款

诺曼·尼布鲁克·豪斯是通用技术公司的初级副总裁,负责人力资源和招聘。

"速度,速度,快——下面就是参与者问答环节了。记住,只有今日头条的参与者问答服务是由通用技术的撒缦以色处理的,在最短的时间里提供最满意的回答……"

桂妮薇儿·斯蒂尔的真名是德威金斯。不过,这有什么关系呢?

你的裤子展现了你的自然能量了吗—— 一眼看上去?

如果你穿的是紧条裤,答案是肯定的。厌倦了松松垮垮,我们紧条公司将兜裆布又放回到了属于它们的地方。跟靓女们打招呼吧,说你们是帅哥,而不是小毛孩。

希娜和弗兰克·波特已打包了一切,准备前往波多黎各。因为对于弗兰克来说,红灯和绿灯都只是灯而已。

"两个参与者问答！第一个:抱歉,朋友,但是,不——我们没有错,波多黎各的决定使得异议者只剩下了两个天堂。伊索拉的确享有州的地位,但这个太平洋上的群岛区整个都处于军管之下,除了军事理由,你不可能得到前去的通行证。但还是要谢谢你的提问,这是世界运行的方式,你帮我,我帮你,这就是我们将今日头条设置成双向的原因……"

阿瑟·格里夫特李并不介意想不起把东西放哪儿了。为了寻找它们,他总是会找到一些他已然忘记拥有的东西。

困难,我们已于昨天解决。不可能,我们正在解决。

——通用技术当今的座右铭

唐纳德·霍根是个间谍。

"第二个:色盲通常指无法分辨颜色,它是一种先天的疾病。我们非常确信,就像确信原子钟报出的时间一样。谢谢,非常感谢你,参与者。"

斯塔(斯塔兰尔的简称)·卢卡斯是个爱打扮的小混混,成天喜欢称体重、照镜子,到处闲逛。

("不可能"的意思是:1. 我不会喜欢它,当它发生时,我当它看不见;2. 别来烦我;3. 别去麻烦上帝。定义3可能是成立的,但其余两个101%是胡说八道的鲸油渣。

——《时髦罪行词汇表》,查德·穆里根 著)

菲利普·彼得森二十岁了。

你对老式的自动呼叫器感到厌烦吗?你不停地去手动调校,好让它不去呼叫上星期就取消的事?

通技革命性的新一代自动呼叫器能自动调校!

萨拉·彼得森是菲利普的母亲。

"转向一个相关话题。今天,一伙暴徒袭击了瑞典马尔默的一座真天主教会的教堂,当时教堂内正在进行早祷。报告显示有超过四十人死亡,包括神父和许多儿童。教皇艾格兰亭在其马德里行宫谴责他的对头托马斯教皇故意制造了此次冲突,并指出最近其他一些暴力事件也和他有关。但梵蒂冈对此指控予以强烈反对。"

维克多和玛丽·沃特模出生于同一个国家且成婚二十年了——她是二婚,他是三婚。

当你看到她穿着佛兰莫勒的极触装时,你该做什么?当你看到她穿着佛兰莫勒的极触装时,做她希望你做的事。如果她不希望,那么她就不应该穿上它。极触,极限接触,一点都不夸张。潮流称之为"性感",但你应当把它当作"性",就这么简单。

艾立虎·马斯特斯是当今美国驻贝尼尼亚的大使。贝尼尼亚曾经是英国的殖民地。

"说到指责,洛威尔·凯特参议员今早指出,瘾君子须对他的家乡德克萨斯州今年——抱歉——每年发生的九成重罪负责。联邦对此问题的处理已然失败。私下里,禁毒署官员对通技的新产品三古丁迅速在瘾君子中流行表示关切。"

盖瑞·林特刚被抽中入伍。

在通技,我们说的"通用"真的是通用。我们为所有对下列专业感兴趣的求职者提供终身的职业机会:航天学、生物学、化学、流体力学、优生学、磁力学、地质学、液压系统、工业管理、喷气客机、动力学、法律、冶金、核物理、光学、专利、量子物理、机器人、人工合成、电子通信、超声波、真空技术、X光、物质起源、动物学……

不，我们没有忘记你的专业，只不过这个广告的位置不够了。

苏盖昆吞教授，博士生导师，是雅塔康社会主义指引民主共和国奉献大学基因工程学系的主任。

"魔客事件仍处于高发期：昨天，布鲁克林外围发生了一次。在警察制服魔客之前，已有二十一人受害。还有规模更大的一次发生在伊利诺伊州的埃文斯顿，共有一百一十三人受伤。在大洋彼岸的伦敦，一名女性魔客在杀死了四名路人以及她自己三个月的婴儿后，被一位镇定的路人用棍棒击倒。加上来自仰光、利马和奥克兰的报告，将今天的死亡数字推高到了六十九人。"

格蕾丝·罗利七十七岁了，脑子有点糊涂。

今天在这儿明天去那儿对现代世界的我们来说还不够。

今天在这儿今天去那儿才是我们的追求。

萨基尔·欧博密阁下是贝尼尼亚的总统。

"让我们把目光转向东方。今天早晨，华盛顿收到了来自雅塔康政府的书面通知，称伊索拉基地的海军舰艇闯入了雅塔康的领海。官方答复自然会礼貌客气，但以下事实已经是公开的秘密：雅塔康上百个岛屿已经成了海盗的藏身之所。他们从这些所谓的中立港口出发，在大洋中伏击美国的海巡队……"

奥列弗·阿尔梅里奥是波多黎各最成功的婴儿农场主。

你知道有些帅哥养着一个、两个、三个的小妞。你知道有些小妞每个周末都换帅哥。嫉妒吗？

没必要。

就像其他人类行为一样，这也可以习得。我们将在为你定制的课程中讲解如何做到。

格兰迪夫人纪念基金会（愿她在坟墓里高潮）。

查德·穆里根是个社会学家。他放弃了。

"上周发生在西岸的国家森林火灾烧毁了上百平方英里[①]的树木。今天,森林专员韦恩·查尔斯正式宣布,这些原本会制成塑料、纸张和有机化学物质的高价值树木,是被人为纵火烧毁的。尚未清楚由谁来承担责任:是躲在我们中间那些奸诈的游击队,还是偷偷潜入的敌国特工。"

乔伽琼是个革命家。

这个词叫赋能,

不要查字典,

因为它太新,还没有被收录。

但你最好理解它的含义。

赋能。

我们要对你赋能。

皮埃尔和杰尼·克劳德都是出生在阿尔及利亚的欧洲人,显然,他们是姐弟俩。

"下列各州发出飓风警告……"

杰夫·杨是洛基山脉以西神通广大的商人,专门经销一些特殊货物:时控引信、爆炸物、铝热剂、强酸以及破坏性细菌。

"聊聊市场传闻吧:又有传言说非洲独立小国贝尼尼亚陷入了经济危机。达荷马里共和国总统寇特在巴马科发表演讲,警告了尼加联共和国,称如果他们试图从中渔利,他本人将全力反击……"

亨利·布彻是个狂热的信仰改变者,他相信有万能的灵药。

("谣言":相信你听到的一切。你的世界虽不会因此而变得更美好,但会变得更真实。

---

① 1英里 = 1.609344 千米。

——《时髦罪行词汇表》,查德·穆里根　著)

可以肯定那个叫贝基的人不是活的。但反过来看,他从某种角度上来说也不是死的。

"此外,有传言说波顿·丹特又开始了同性恋。今天早上,有人看到他陪着前燃料供应商埃德加·朱尔,且举止亲密。与此同时,太平洋时间,跟他成婚已三年的妻子费娜拉·考克正与大众情人佐伊·莱相会,似乎想给他们的婚姻增添刺激。就像口号喊的那样——为什么不追求平等,为什么不!"

无所不在夫妇是虚构的人物,是新世纪版本的邻居。不同之处在于:你不用再跟你的邻居攀比了。只要买一部个性化的电视,再附带一个环境捕捉装置,你可以让无所不在夫妇看上去就是你,说话时是你,动起来时也是你。

(时髦罪行:你打开这本书就已经犯了这种罪。接着犯,这是我们仅有的希望。

——《时髦罪行词汇表》,查德·穆里根　著)

贝尼·诺克斯坐在播放着今日头条的电视前,飞上了三古丁的轨道,一遍遍地喊着:"上帝,这也太考验我的想象力了!"

"作为今天的结束语,让大家轻松一下。有好事之徒刚刚做了个计算,假设每个男人、女人和小孩都占据两平方英尺[①]的面积,你能让地球上所有的人都挤在六百四十平方英里的桑给巴尔岛上面。好了,今天是2010年5月3日。"

---

① 1英尺=0.3048米。

人物追踪(1)
总统先生

　　萨基尔·欧博密阁下觉得夜晚的重量压在头皮灰色的缝合线上，就像信号屏蔽柜内的寂静产生的压迫感。他坐在自己那张宽大的总统座椅里。座椅由手工雕刻而成，再现了十六世纪大师们的手艺。那些大师中的某些人可能是他的祖先……在过去很长一段时间里，没人顾得上留意这种事。

　　他的两只手都放在身前那张书桌的边缘，像两颗蔬菜一样安详。左边的那只手摊开着，向天花板展示着粉红色的掌心。在他还是个孩子时，一个具有法国人和闪勾族人血统的混血女人摸着手里的掌纹，预言他会成为一个大英雄。右边的手是合着的，展示着褐色的手背，树瘤般的指节，像是做好了准备，随时会用指尖敲出一阵跳跃的旋律。

　　手指没有动。

　　装满了智慧的高耸的前额，加上弧形的鼻子，表明他可能是个柏柏尔人。但是，鼻梁下部的鼻翼向两侧摊开，厚厚的嘴唇匹配着丰满的脸颊、圆圆的下巴和深黑的肤色，这些都是辛卡人的特点。在他仍然有心情开玩笑的日子里，他经常得意地说，他的脸就是一幅国家地图:入侵者从北部进入,占据了直到眼部的位置,从那里往下都是原住民。

但是,起到分割作用的双眼,却是一对充满人性的眼睛。

左眼几乎被耷拉的眼皮遮盖了。在1986年那次失败的暗杀之后,它就没派过用场了。暗杀留下了一条长长的伤疤,从脸颊延伸到太阳穴。右眼很明亮、锐利、灵动——现在它没有聚焦,因为他并没有看着房间里的另一个人。

死寂的夜色笼罩了他——萨基尔·欧博密,七十四岁,曾经的英国殖民地、现在的贝尼尼亚第一任、也是唯一一任的总统。

他没有在看,而是在感觉。在他背后,是巨大空旷的撒哈拉——一千英里的不毛之地,像魔鬼一样顽强地盘踞在脑海里,如同一朵乌云。在他前方是围墙,围墙之外是繁忙的城市,繁忙的城市之外是港口。在港口之外,入夜的微风拂过贝宁湾,湾里停泊着海船,船上飘来海盐和香料的味道。在他的两侧,是将这片土地的命运交给谁的沉重权衡。这权衡如同一副手铐,将他的双手牢牢地钉死在桌面上,尽管他已半鼓起勇气,想要举起手,翻看眼前这捆文书的下一页。

地球上的人口数目已达到了好几十亿。

贝尼尼亚,归功于殖民地政府在地图上一刀切出来的边境线,只容纳了其中的九十万。

整个地球已累积了难以想象的财富。

然而,贝尼尼亚无法喂饱它的人民。

地球的面积……到目前为止,还够用。

贝尼尼亚,一直在抗争和摇摆,但形势正变得无法挽回。

他听着记忆中柔声的争辩。

一个带有法国口音的声音:地理对我们有利。从地形来看,贝尼尼亚加入达荷马里显得合乎逻辑。河谷、山脉的走势，还有……

英国口音的声音：历史对我们有利。我们使用相同的通用语；在贝尼尼亚，辛卡人跟霍莱尼人、伊诺克人、卡帕拉人之间交流用的语音，和尤璐巴人跟阿山蒂人之间的交流用语一样。加入尼日利亚和加纳联合共和国，成为尼加联的一分子……

突然间，愤怒吞噬了他。他用那只摊开的手狠狠地推开文件，一下子站了起来。房间里的另一个人也连忙站起来，一脸紧张。但是，还没等他开口，总统先生就大步走出房门。

总统府有四座角楼，其中的一座，在朝向内陆的那一侧，就是能看到蒙多山的绿色植被和感受远处撒哈拉荒凉的那一侧，有一个房间，只有总统先生才有钥匙。一个站在走廊交汇处的卫兵迅速挥了一下手中的礼仪长矛，以示敬礼。他点了点头，越过他继续前行。

和往常一样，他还没开灯，就先关上并锁好身后的门。在一片漆黑之中，他站了几秒钟，这才把手伸向开关。在突然的明亮下，他眨了眨那只好眼。

在他左边，有一只压得很扁的跪垫，跪垫旁有张矮桌，桌上放着本《可兰经》，绿色的皮封面，封面上有手写的金色阿拉伯文字，列出了真主的九十九个尊名。

在他的右边，有一张用贝尼尼亚传统乌木雕刻而成的祈祷矮桌，矮桌对着一面墙，墙上挂着一个十字架。钉在木头上的受害者和木头本身一样黑。

正对着门放着的是黑色的面具，交错的长矛，两只鼓，一只火盆，只有加入豹爪会的人才能看出豹皮伪装之下的火盆。

总统先生深吸了一口气。从墙上取下十字架，狠狠地扔了出去。钉在上面的人掉在地板上,他把这个人形偶踩在了脚底。

随后,他一个接一个地把面具从墙上拽下来。他扯下面具上五彩植物茎做成的头发,挖出珠宝做的眼睛,拔下象牙制的牙齿。他用一根长矛刺穿两只鼓的蒙皮。

任务完成后,他关上了灯,走出房间,锁好了门。在遇到的第一个回收槽处,他扔掉了这仅有的一把钥匙。

背景环境(2)
专栏时段

　　预录图像:短视频,全屏,鸟瞰镜头,精心剪辑,首先展示的是直升机拍摄的画面:1977年新泽西州高速公路大堵车(共堵住了约七十五万辆车,其中有超过一万六千辆不得不在现场直接压扁以疏通道路),中间插播一些第五大道、牛津街和红场的压车镜头;之后,集中展示一些白痴、低能儿和脑瘫儿的画面。

　　直播声音:"今天,我们庆祝波多黎各战胜了婴儿农场的游说者。二十一世纪的人们很难相信,仅仅在三十年前,传说中互不相让的移动金属块将高速公路和城市阻塞到了窒息的地步。在即将崩溃的前一刻,我们终于恢复了理智。为什么你要为到达目的地之后就不再使用的、重达两吨的、复杂的钢铁怪物操心呢——况且它无法让你在合理的时间内到达目的地? 更糟糕的是,它还排放臭气,让你罹患癌症或是支气管炎,显著地缩短了你的寿命!

　　"就像活着的生命体一样,当环境中汽车的排泄物达到饱和时,它们的生命也就到头了。我们也是活着的生命体,我们不想让同样的灾难发生在自己身上。这就是我们设立优生法的原因。赞美小弟州加入我们大多数人的怀抱。我们看到了即将降临的危险,决心控制这个大世界中的人类元素,在此过程中我们需要克服小小的不便。

"以上是《大纽约时报》的专栏时段。"

现场记录（1）
利用负罪感

诺曼·尼布鲁克·豪斯的一切都经过精心计算，如同尺子一样精准，如同时间一样仔细计量。他计算将皮肤漂白的度数，也计算把自来卷头发和胡子拉直的程度，好让自己既可以充分利用同事的负疚感，又不会妨碍自己接近下一个解决下半身需求的小妞。计算在行为中掺杂怪癖的程度，既不会越过一个大公司初级副总裁通常的界限，又不会让人觉得他可以随便欺负。计算进入他的办公室的工作的数量和性质，好让其他高管来访时觉得他在参与异常重要的交易。

他是凭借《平等机会法案》而受雇的，该法案迫使通用技术之类的大公司，必须根据整个国家黑人与白人的比例来设定雇员中黑人的数量，上下各有百分之五的灵活度。当时，负责人力资源和招聘的副总裁都快绝望了，实在找不到足够的能满足公司要求的黑人。（博士学位？什么博士学位？"白猴子"的擦屁股纸而已。）因此，副总裁在欢迎他加入时，终于松了一口气，对他的态度显然跟其他新人不同。

诺曼·尼布鲁克·豪斯,科学博士,是一份大奖。副总裁清楚这一点,他使尽浑身解数,经过长时间的争取,总算把他赢到了手。

这之后,副总裁在此生中第三次展现了洞察力(第一次:选择他的父母;第二次:挤掉他目前这个职位唯一的一位竞争者):他注意到他的新下属有一种天分,能给他从未见过、也不太可能再见的人留下非常深刻的印象。后来,他们给这种天分取名为"豪斯风范",意思是他能容忍自己忘了别人,却无法容忍别人忘了他。

副总裁嫉妒他的这种天分。他开始费心培养诺曼·豪斯,希望有朝一日自己也能蹭到一些。这种希望完全是异想天开。一个人要么天生有这种能力,要么得花二十年时间刻意去培养。诺曼当时二十六岁,他已经花了必要的二十年。

不过,副总裁还是从只言片语中得到了一些有益的小提点。

"我对他有什么看法?怎么说呢,他报告写得不错。"(经过深思熟虑的样子,话中留有余地。)"但是,我总觉得,一个穿着紧条裤的人应该对自己没什么信心。他们在下身前遮了块布,你懂的。"

副总裁有六条这样的裤子,他再也没穿过了。

"我对她怎么看?怎么说呢,她在测试卷子上的表现还可以。但我觉得,任何一个穿着佛兰莫勒的极触上衣、底下配一条防水裤的女人,都是那种有始无终的女人。"

副总裁已经向她发出了共进晚餐的邀请,并想象着晚餐结束后能以当代流行的方式得到补偿。在听了这段话后,他编了个理由说自己病了,然后气哼哼地回家和老婆共度了夜晚。

"我对年报怎么看?怎么说呢,报表是比去年好看了。但是,就业务在市场上的反响来看,业绩应该再提升百分之十五到十八才正常。我不确定股价是否能维持住。"

副总裁本来还在犹豫,听了这段话后,决定在五十岁退休,并领取了一类奖励股票,而不是挨到六十岁、有资格领取数目翻番的三类奖励股票之后再退。他一领到股票之后就卖了它们,然后咬着指甲看着股票价格一个月接一个月地涨。最终,他开枪自杀了。

促使他自杀的原因是:他怀疑通技公司的股票之所以能涨,是因为公司用诺曼·豪斯来取代了他的位置。

诺曼轻快地走向公共电梯。他婉拒了使用那部从一楼直通他办公桌后墙的电梯:"对一个处理员工事务的人来说,不和员工打成一片不是太滑稽了,对吗?"

至少有一个高级副总裁最近也停止了使用他的私人电梯。

不管搭公共还是私人电梯,他都是在往上升。

有个公司的小妞在等电梯。她朝他笑了笑,他们之间并不认识——他喜欢给人留下印象,像诺曼·豪斯这样的人物,不需要依靠在公司的地位来认识女人——这是他通过在琐事上投入的时间和精力,例如不使用私人电梯,从而取得的回报。大家都认为,在公司所有的二十位副总裁中,豪斯先生是最平易近人的。就连公司在西弗吉尼亚电子工厂里搬箱子的理货员都是这么想的,尽管他们从未见过他。

他自动回复的笑容是挤出来的。他有点紧张。收到前往总裁楼层与高管共进工作午餐的邀请,一般意味着两种情况:可能马上就要升职了——可他苦心经营的关系网并没有提示过这一点;或者,更有可能的是,他们计划再来一次组织架构调整。自接手这个工作以来,他已经历了两次这样的调整。这种调整很讨厌,有时他计划了很久,要安插人手到重要岗位上,却因此而作废。

妈的!我能对付这些"白猴子"。照我以前的做法来。

电梯下行的指示灯亮了起来,叮咚声随之响起。诺曼将注意力放回眼前的此刻。电梯门上方有个钟,和通技大厦里所有的时钟一样,均与那个著名的原子母钟同步。它显示着十二点四十四分。如果他让这个小姐乘着电梯先下去,经过他的计算,他与那帮大人物的午餐应该会迟到一分钟。

这个时间刚刚好。

当电梯门打开时,他挥手让那个女人进去。"我要上去。"他告诉她。

不管是否马上就要升职,他都要往上走。

故意比规定时间晚了一两分钟,他出现在了总裁楼层。他走向聚集在游泳池边上的那伙人,脚踩着人工草皮发出了唰唰声。四个身材出众的公司小姐在水中裸着身子玩耍。他想起了那个经常出现的笑话——"为什么通技不养公司帅哥?"——当乔老太本人迎上来的时候,他差点笑出来。

单单看一眼乔洁特·塔伦·巴克法斯特,人们无法猜到她既是一个非凡的人,同时也是一件非凡的工艺品。没人能看出她其实已经九十岁了,她看上去最多只有六十岁:丰满,美貌,头上还剩有足够多原生的棕色头发,足以证伪那个顽固的谣传,说她更像个男人,而不是女人。当然,仔细观察她的胸部,你可以看出左右略不均衡,暴露了她在使用心脏起搏器,但现在很多人都使用这种小设备,而且使用者的年龄都在七十岁或更年轻。经过长时间不懈地打探，诺曼这才得知她换过肺部组织，用了塑料静脉瓣膜，换了肾，骨头里穿了钢钉，还因为癌症换了声带。

据可靠的情报估计，她比英国皇室还要富裕一些。那样的财富可以买来健康，即便一次只能买一个部位。

和她在一起的有汉米尔卡·沃德福德，公司的财务官；他比乔老太年轻许多，看上去却更老。瑞克斯·福斯特-斯特恩，高级副总裁，负责项目计划部；他和诺曼的身材差不多，留着《我们的美国兄弟》剧中邓德利式的胡子，次世代之子蔑称这种胡子为"小丑胡"。还有一个黑人，样子很眼熟，但又不是诺曼在通技大厦里碰到过的，五十来岁，身材很敦实，秃顶，留着络腮胡，看上去很疲倦。

诺曼又为邀请他参加这个午餐会想到了一个新解释。上一次，他在类似的场合遇到了一个中年陌生人，那是一位退休的海军将领，乔老太看中了他手头的服务合约，想让他加入董事会。最后他去了一家气垫船生产商，这事也就没了下文。如果这次又是同样的事，诺曼想表现得尽可能的傲慢，但又不至于损害到他的职业生涯。没有哪个来路不明的黑人老头能轻易地坐到诺曼·豪斯的头上。

随后，乔老太说："艾立虎，我来给你介绍诺曼·豪斯，我们的副总裁，负责人力资源和招聘。"这可完全出乎诺曼的预料。

艾立虎。艾立虎·路丹·马斯特斯，职业外交家，美国驻贝尼尼亚大使。但乔老太想从那片巴掌大的地方得到什么呢？为什么要在一个没有技术工人，也没有自然资源的地方设立桥头堡？

现在没时间猜测。他伸出手，比画着打断乔老太的介绍。"没必要向任何人介绍马斯特斯先生，女士。"他轻快地说，"像他这样出众的人物，自然是我们所有人的焦点。尽管我从未见过他,但我感觉跟他已经是老朋友了。"

从乔老太的脸上——对一个缔造了如此庞大的帝国、积攒了如此惊人财富的女人来说,她控制自己表情的水平实在是让人大跌眼镜——诺曼能看到被打断的不快正对抗着对这番恭维话的赞赏。

"来点喝的?"她最终开口说道。后者取得了胜利。

"不用了,谢谢,女士。"诺曼回答道,"喝酒有违先知的圣言,你知道的。"

贝尼尼亚,嗯? 和在非洲开辟一个大西矿的市场有关吗? 那个项目已经投入了五亿美元,尽管它是自西伯利亚项目以来发现的最富集的矿藏,但是却找不到地方销售它那品位超高的金属——这种情况不能再拖下去了。然而,我怎么听说,贝尼尼亚连喂饱自己的国民都有困难……

乔老太要么是忘记了、要么压根儿就不知道自己的一个副总裁是穆斯林,因而显得十分尴尬,只好暗自生着闷气。"豪斯风范"立刻抓住了机会。他得意地抢过了风头,在马斯特斯目光的注视下,与他进行了十分钟的对话,为一会儿在餐桌上的继续做好了铺垫。事实上,他有点享受过度了,想当然地把一点过一两分时响起的电话声听成了开餐通知的铃声,仍在继续讲述着那个故事——一个温和的反黑人笑话,很适合这种种族混合的场所。贬义词"棕鼻子"在这种场合中显得别有韵味——直到乔老太喊了他第二声。

"豪斯! 豪斯! 一帮参观撒缦以色的游客在找麻烦! 是你负责的,对吗?"

诺曼从椅子里站起来,表面上保持着一贯的镇静。

如果他们通过这个来搞我,我让他们晚饭吃屎。我会——

"请原谅,马斯特斯先生。"他用略带厌烦的语气说道,"我只离开一两分钟,我保证。"

他强压着怒火,走向电梯。

人物追踪(2)
小混混

"说到发布窗,其实就是某些该死的家伙向你秀一下撒缦以色。干吗放着好好的天气不享受,没有穿顶盖着也挺暖和,非得大老远地跑到纽约,冻得蛋都掉了。希望这儿的小妞穿得少,希望这儿的大麻够劲儿。今天已经抽了八根了,才刚到下午一点,下面的时间怎么打发啊?"

在安置撒缦以色的安全机房内:冷。等待发布窗,一种假装高科技的说法,其实就是等着通技的导游到场做好准备。这个事实已经让这一百零九个人中(有些人是游客;有些人被通技公司散发的小广告和电视插播广告所吸引、想应征公司的工作;有些人已经看过自己以无所不在夫妇的形象拜访过此地很多次了,他们自己也搞不懂,为什么还要在现实生活中再麻烦一次;有些人是通技安排的托儿,约定好了在合适的时机提问,以活跃现场的气氛)的部分人下定了决心,不会对他们展示的内容表示出丝毫的兴趣。冷!已经五月了!在曼哈顿富勒穿顶之下!穿着一次压制成型的尼龙运动鞋,紧条裤,租来的佛兰莫勒短裙和外套；挂着松上全息照相机（内置保证安全的单色激光灯）、实时回放摄像机；口袋里是沉甸甸的松上喷气枪、安全电击器、功夫手套（脱戴简易，就像奶奶戴上她的手套一样）。

不安地看着在这次游览中碰巧随行的同伴。

吃得很饱。

贼眉鼠眼，往不断咀嚼的嘴巴里倒着镇静剂。

多么生动的情景！

想想吧，万一挤在你身边的是个魔客。

新穷人的世间百态。

终于，导游屈尊现身了。斯塔·卢卡斯不喜欢他看着人群的眼神。如果有人在看着这么大一群人，他是不可能注意到斯塔·卢卡斯这个个体的：二十岁，六英尺高，穿着花鞋子，绅士肥腿裤，血玛瑙色的夹克，上面还缀着真金链子。

他看到的应该是一群乱糟糟的身影，边缘人、闲人和各种隐藏在假面之下的人混杂在一起。仔细看的话，还是能分辨出这群人之中有不同的派别。就像来自加利福尼亚的斯塔和他的跟班，来纽约度个一天两晚的飞行周末，找些乐子，但还没找到。世界变得如此拥挤，你甚至都无法弯腰提鞋子，但两个海岸之间的距离仍然……

在这一百多人中，只有四个小姐值得一看：其中一个已经飞上了轨道，可能都忘了自己在哪座楼里，甚至搞不清楚在哪个城市；另有两个和她们的男人拴在了一起，看上去不可能分开；还有一个看上去像是刚被大风从尼加联刮来，留着非洲式的发型，长着桑葚一样的肤色。斯塔可不能让人看到和她这样的人耍在一起。

剩下的质量都太渣了，难以置信的渣。就说那个套着个麻袋的女人吧：背着个大麻布口袋，留着个小平头，紧张的脸上除了麻点和起皮的地方外满是油光——可能是个圣女。只有宗教才能说服一个普通的女孩打扮得这么丑。

"小姐们都他妈的藏哪儿了？"斯塔小声地嘟囔了一句。肯定都在上班吧。在所有的大城市中，纽约生活费最贵，但工资也最高。洛杉矶和纽约差不多，但那地方最大的雇主是政府，他们把新征的士兵送到太平洋冲突地区。有谁能比政府更富有呢？

只能消磨时间了。只能忍受在冰冷的机房里被推着往前走了。只能等到明天早上飞机把斯塔和他的跟班们送回到亲爱的海滩了。

"他们把特蕾莎藏哪儿了，你说呢？"离他最近的跟班辛克·霍德思问了一句。他指的是撒缦以色传说中的女朋友，同时也是无尽的黄色笑话的源泉。斯塔懒得搭理。辛克昨晚出去购物了，他现在身上穿着纽约流行的新衣服。斯塔有点不高兴。

前面有一对夫妇领着孩子，不止一个，也不是两个，而是三个孩子。身边的人都投以嫉妒的目光，令他们尴尬不已。他们大声解释说这些不全是他们的孩子，只有两个是他们的，还有一个是他们的表弟的。看上去，他们试图缓和周围人的情绪，但又不是很情愿，所以当导游叫着让大家向他靠拢时，他们很快就停止了解释。

"下午好，欢迎来到通用技术大厦。我没必要跟大家介绍通用技术——"

"那你为什么还不把嘴巴闭上？"辛克小声说。

"——因为在这个半球，每个人都很熟悉它。甚至在这个半球之外，从月球零号基地，到海底深处的中大西洋矿业项目。不过,我们众多的业务中,有一项是你们一直以来最感兴趣的,那就是无所不在夫妇。我们马上向你们展示。"

"他应该住嘴,把嘴巴焊上。"辛克说道。

斯塔对着一步之外的另外两个跟班打了个响指,示意他们上前来,从两侧夹住辛克。

"把你留在这儿,"斯塔说道,"纽约粉。或者,把你从三万英尺高的飞机上扔下去,落地时保证屁股底下没有垫子。"

"但是我——"

"收声。"斯塔说道。辛克服从了,委屈地瞪大了双眼。

"抬头看,看到你们头顶上方的花岗岩石板啦?上面用通技的高精度爆破成型技术刻了字。有人说,人类没法在自然界的石头上应用爆破技术,我们听了之后,马上就着手行动,把我们公司的座右铭刻在了最前面。"

斯塔身边一个逃学学生翕动着嘴唇,竭力想辨认出斜刻在石板上的字迹,不自觉地小声念了出来。

"刻在后面的是一些著名的例子,用来表明人类的短视。你们看看吧,像是什么速度超过每小时三十英里,人就无法呼吸,说什么大黄蜂不能飞,行星间的空间是上帝专属的领地。这话跟月球零号基地上的那些人说去吧!"

一阵奉承的笑声传来。斯塔前方隔着几个人的圣女听到那个名字后,在胸前划了个十字。

"妈的这地方怎么那么冷?"前面一个离导游很近的家伙喊道。

"如果你跟我一样穿着通技的全天候织物,就不会有这种感觉了。"导游立刻回复道。

又是一个该死的托儿。这群人中间有多少是通技的员工?

肯定都是政府强迫通技雇的,做些可有可无的工作。难道他们不想做些更有意义的事?

"但是,你的问题提醒了我,让我想到了另一个例子,证明人类能错得多离谱。七八十年前,有人说,如果要制造一台跟人一样聪明的计算机,那它将占用相当于一座摩天大楼的空间,而且需要尼亚加拉瀑布来冷却它。好吧,这段话并没有刻在石板上,因为它在冷却这件事上只说对了一半——事实上尼亚加拉瀑布还不够,它还不够冷。我们用的是成吨的液氦。但是,他们在摩天大楼这个说法上大错特错了。请大家分散站到这个阳台边来,我来告诉你们原因。"

不情愿地,这群人沿着一个马蹄形的阳台散开,看着下面寒冷的鸡蛋形的小机房。阳台下面的大厅里,着装统一的男女来来回回,间或以冷漠的眼神抬头看一眼。感觉受到了冷遇,这群人中又有一批决定不再对里面的任何东西感兴趣。

斯塔有些心不在焉。他的眼睛盯着下面散乱的设备。那些设备摊了至少有八九十英尺长:电缆、管道、键盘、输入输出装置、任务清单、架子上堆放着闪着金属光泽的零碎物品。

"虽说没占满整幢大楼,它也够大的!"有人喊道。又一个该死的托儿。斯塔努力压住火气,辛克在一旁蹭着鞋底,发出很大的响声。

"错了。"导游说道,晃了晃高举在手中的聚光灯。灯光越过设备和人群,落在一个不起眼的亚光金属墩上。

"那个,"他庄严地说道,"才是撒缦以色。"

"那东西?"那个托儿尽职地发出惊呼。

"就是那东西。十八英寸高,底部直径十一英寸。它是世界上运算能力最强的计算机,归功于通技的专利技术——冰液。

事实上,它是第一台超脑级的计算机。"

"你就瞎吹吧!"前面有人喊了起来。

导游一下子没反应过来,不知道该说什么。

"别忘了还有……"那个人接着说道。

"什么? 抱歉,我不——"导游不知所措地笑了一下。打断他的不是托儿,斯塔得出了结论。他踮起脚尖看发生了什么。

"想起来了,苏联也有超脑级的计算机,早在——"

"让他收声! 叛徒! 该死的骗子! 把他扔到楼下去!"

喊声几乎条件反射般立刻响了起来。辛克往前挤去,和其他人一起大喊。斯塔眯起了眼睛,从口袋里拿出一包海湾金叶,在嘴角叼了一根。包里只剩下四根了,之前给几个纽约佬发了一圈。在这边的海岸,这个曼哈顿烂货就是你能搞到的最好的了。他狠狠地咬下了自动点火点。

苏联人干了什么有那么重要吗? 除非你收到了入伍通知。没什么好叫唤的,轻省点不好吗?

在愤怒的人群打破那个人的脑袋之前,公司警察把他拖走了。导游也恢复了正常。

"看到光线聚焦的地方了? 那是撒缦以色的输入端。我们从那儿输入世界上所有主要通讯社播发的新闻。撒缦以色负责处理信息,而英继星负责传播结果,告诉我们世间的百态。"

"是的,但是,你们肯定不会让撒缦以色只干这个。"另一个托儿大声说道,吓得斯塔在他的夹克里打了个哆嗦。

"当然不会啦。撒缦以色的主要工作是解决不可能的问题,这才是我们通技的日常工作。"导游停顿了一下,想让这句话起到更好的效果,"理论研究显示,一个如同撒缦以色一样复杂的逻辑系统,只要输入足够多的信息,总有一天它会发展出自我意

识,发展出人性。而且,我们可以自豪地说,已经有迹象表明
——"

前方出现了一阵骚乱。好几个人使劲往前挤,包括辛克,想看看到底发生了什么。斯塔站在原地叹了口气,没有动。肯定又是个事先安排好的行动。这些笨蛋怎么分不清什么是真的,什么是假的?

但是——

"这是亵渎!你们这些魔鬼的仆人!人性是上帝的礼物,你们怎么能往机器里放置灵魂!"

——通技的托儿不可能叫喊出这种话。

斯塔前面有个笨蛋挡着路:一个老家伙,比他矮几英寸,轻上几磅①。他把他一把推开,并拉着辛克挡住身后的人群,随后倚在阳台的栏杆上探头看去。是那个穿着棕色麻袋的小姐,正沿着一根二十英尺高的柱子双手交替着向下攀爬。那些柱子是用来支撑阳台的。离地还剩五英尺时,她松手跳了下去,落在已警觉地围上前来的工作人员中间。

"那是特蕾莎!"有人喊了一声,想显得有幽默感。作为回应,几声三心二意的笑声响了起来。但是,走廊上多数人都显得有些害怕。无所不在夫妇之前的拜访中从未出现过类似情景。想看得更清楚的人与想往外走的人挤在了一起,火气和声音几乎同时起来了。

斯塔饶有兴致地考虑并否决了多种可能性。没有哪个圣女会携带远距离武器,比如电击枪、火药枪、手榴弹。所以,那些瑟瑟发抖挤向出口或是趴在地上的笨蛋全都是白费工夫。不过,她肩膀上背着的那个大包倒是挺能装东西的——

---

① 1磅 = 0.4535924千克。

一把伸缩斧子！打开后，刃的长度跟斧柄一样长。嗬！

尖叫声传来："魔鬼的把戏！砸碎它，在你们下地狱之前忏悔吧！不要冒充上帝——"

她把包甩到离她最近的人的脸上，那是一名负责照看机器的员工。随后，她向撒缦以色冲了过去。一个机警的男人朝她扔了本厚重的服务手册。手册击中了她的腿，她趔趄了一下，差点摔倒。趁此机会，工作人员围了上来。有人手里拿着多芯电缆，充当没有把手的鞭子；有人手里拿着尚未安装的货架支柱，充当棍子。

然而，这群胆小鬼只是围住了她，并没有人上前发动攻击。斯塔鄙视地撇了撇嘴。

"快动手啊，小妞！"辛克喊道。斯塔没说什么。他原本也想喊同样的话，但被辛克抢了先。

女孩镇定地走向对手阵中最勇敢的一个人，那人挥舞起手中的货架支柱，一阵金属对撞的声音回响在机房里。他叫了一声，货架支柱一下子掉到地上。她挥着斧子冲了过去。

他的手——斯塔清楚地看到它飞到了半空——在空中转着圈，像是只羽毛球。斧刃上有血滴下来。

"嘿嘿！"他低声笑道，将身子又往外探出了两英寸。

她身后有人挥了一下电缆，在她脸上和脖子上留下了红色的印记。她咧了一下嘴，但没有理会疼痛，而是用斧子狠狠地砍向一根输入电缆。它断成了两截，塑料碎片和亮闪闪的金属碎片四处飞溅。

"嘿嘿，"斯塔的兴致更高了些，"接下来呢？"

"我们今晚出去好好痛快一下。"辛克激动地提议，"我已经很多年没见过这么狠的小妞了！"

女孩又躲过一次攻击，用左手从一个推车里取出了件东西。她把它朝着撒缦以色的方向扔了过去，一阵火星标志着她砸中了目标。

斯塔仔细考虑着辛克的提议，倾向于同意。斧子上的血已溅脏了女孩身上的棕色外套，受伤的男人躺在地板上哀号。

他抽着海湾金叶，感觉就快要决定今晚的节目了。烟气自动地被四倍的空气稀释，旋转着冲进了他的肺。他仍然把烟屏在肺里——他能屏九十秒，不会有麻烦——就在这时，又有新角色登场了。

背景环境（3）

你必须把他翻过来

世上没有巧合。

（巧合：你没有注意它的另一面到底发生了什么。

——《时髦罪行词汇表》，查德·穆里根　著）

　　我们中有魔客。背景："魔客"是"杀人狂"的英式说法。若有人跟你说，它是"魔鬼"的误读，不要相信他。你能在魔鬼面前活下来，但是，如果你想在魔客面前活下来，最好的做法是：出事时不要在现场。

　　在二十一世纪以前，人口密度最高的地方极有可能是亚洲的某个城市（除了罗马，我一会儿再说罗马的事）。当太多的人挡住你的路时，你抓起一把大砍刀或短剑，出门照着脖子就砍。就算你没学过怎么使用刀剑也没关系。你要对付的都是普通人，处于正常的参照系内，所以他们都死了。而你处于狂战士的状态。背景："狂战士"发源于挪威的某些社区，他们一年中的大部分时间都坐在乔多山谷里无所事事，两边的高山无法逾越，头顶盖着可怕的灰色恶云，而且因为冰冷的风暴，你也无法从海上离开。

在南非的恩古尼人中有一种说法,你光杀死一个祖鲁战士是不够的——你必须把他翻过来,让他后背朝下躺在地上。背景:查卡·祖鲁有个做法,他的卫士都是从小就被带离父母,在残酷的环境中长大,没有任何财物,除了一根长矛、一面盾牌和一个用来放置阴茎的套子,更没有丝毫的隐私。他相当于非洲的斯巴达人。

还有,当罗马成为世界上第一个拥有百万居民的城市时,来自东方的自残自虐的神秘宗教掌控了它。你跟在献祭众神之母的游行队伍的后面,你抽出其中一个教士的刀,你割下了你的睾丸,挥舞着它们跑过街道,直到你碰到一座大门开着的房子,你把它们扔进门里。他们给你女人的衣服,从此你就加入了教士的群体。是压力驱使你做出了这种反应,让你觉得这么做还是一条捷径!

——《你是个无知的傻瓜》,查德·穆里根　著

现场记录（2）
来自过去的断手

诺曼大步走出电梯，准备大发一场经过精心计算、别人之前很少见过的脾气，让任何一个他的手下见了之后，都会内疚地垂下脑袋。他还没顾得上看清撒缦以色机房里的情景，脚却踢到了地板上的一个东西。

他瞥了那东西一眼。

那是一只人的断手，从手腕处被切了下来。

"我的外祖父，"艾华德·豪斯说，"是个独臂人。"

六岁的诺曼·豪斯瞪大了眼睛，看着他的祖父。他不太懂这个老头跟他说的意思，但他知道这很重要，就像不能尿湿床单，不能跟柯蒂斯·史密斯的儿子太友好一样。那个男孩尽管年龄跟他相近，肤色却和他的相反。

"跟如今你能见到的那些干脆利落的切口不一样，"艾华德·豪斯说道，"不是截肢。不是在医院动的手术。他出生时是个奴隶，懂吗，还有……

"他是个左撇子，明白吗？他干了什么，他——他没忍住，朝主人举起了拳头，把他好一顿痛打。主人叫来五六个壮汉，拿铁链把他捆在田里的树上，那片田足有四十英亩。然后有人拿来了锯子……

"锯断了，大概在这个位置。"他指着自己那根瘦得跟麻秆似的胳膊，手指停在胳膊肘下三英寸的位置。

"他只能任人宰割。他是个奴隶。"

诺曼打量着机房里的情况，异常镇定、异常平静。他看到手的主人躺在地板上呻吟着，手腕夹在腋下，想在无法承受的痛楚中寻找合适的点位，压住飙血的血管。他看到了被砸烂的输入装置，碎片散落在一个吓得失神的员工脚下。他看到一个脸色惨白的白人女孩与她的对手面对面站着。她眼里闪着光，胸膛剧烈起伏，手里的斧子还在往下滴血。

他还看到，上方的阳台挤着超过一百个傻子。

他没有理睬地板中央正在发生的事，而是走到安装在墙上的一块板子前。他连着拧下两个快卸螺丝后，板子掉到了地板上，露出里面错综复杂的保温管网，像一群老鼠尾巴似的纠缠在一起。

他拧了几下一个扇形的阀门，用手掌边缘朝着一个接头迅速猛击了一下，速度快到凉气来不及侵入他的皮肤。随后，他将一根软管夹在胳膊底下，拖着它走了几步。它的长度应该足以让他实施计划了。

他朝着女孩走去，眼睛一直盯着她。

一个圣女，名字极有可能是多卡斯、塔比瑟或玛莎。成天想着杀戮。成天想着毁灭。典型的基督教反应。

你们谋杀了你们的先知。我们的则是死于年长，备受尊崇。再给你们一次机会,你们照样会高高兴兴地杀了他。如果我们的先知回到这个世上,我会跟他说话,就像跟一个老朋友那样。

软管刮擦着地面,像一条邪恶的蛇在爬行。在离她六英尺远的地方,他停了下来。她犹豫了,不知道这个用冰冷的目光盯着自己的黑皮肤男人想干什么。她先举起斧子想砍他,又放了下来,想着:这肯定是想引开我的注意力,是个陷阱。

她猛地扭回头看,以防有人从她身后发起攻击。但是,工作人员认出了诺曼手里的东西,他们都散开了。

"他只能任人宰割……"

他的手颤抖着打开软管前端的阀门。他举着它,在心里默数了三声。

先响起一阵嘶嘶声,接着有雪花飘落,在斧子上结了一层冰,然后是拿着斧子的手以及手后面连着的胳膊。它们都结冰了。

紧接着,斧子的重量直接把女孩的手从胳膊上拽断了。

"液氮。"诺曼简短地对四周的看客解说了一声,一松手,让软管砰的一声掉到地上,"把你的手指浸进去,它会像干木棍一样断掉。别去尝试,这是我的忠告。还有,别相信你们听到的关于特蕾莎的谣言。"

他没有去看那个女孩。她已经向前栽倒了——晕了,或者因为惊吓过度死了。他只是看了看结冰的手,手上还拿着斧子。他应该会有些想法才对,例如得意自己反应很快等等。但什么都没有。他的头脑,他的心灵,和地板上那个已经没有生机的东西一样冰冷。

他转身向电梯走去,对自己很失望。

辛克挤到斯塔身边。

"嘿嘿!"他说,"值得来看吧,嗯？我们今晚去找些小姐,好好玩玩儿。这才能让我飞到正确的轨道!"

"不去。"斯塔说道,眼睛盯着"棕鼻子"消失的电梯门,"不想待在这个鬼地方。我不喜欢他们这种处理问题的方式。"

世间百态(2)
摆弄细胞

"纽约公共图书馆的馆藏真的藏在纽约,这一状态已维持了十多年。当然,具体地点属保密信息。不过,这种做法并没有给读者造成不便,反而让他们能更方便地接触馆藏。"

世上最先进的复印系统是伊士曼柯达的全息印。把要复印的东西打开,用普通的剪刀沿着线剪开,把碎片摆好,最多可摆放二十四个碎片,你能复原98%的原始信息。

唐纳德·霍根和其他一千二百三十五个人坐在一起。他们中的某些人或甚至是所有人,都曾在某个时刻,查阅过他曾查阅的同一本书或杂志。

然而,几乎不可能有人连着查阅的两本书或杂志都和他的选择一样。他利用撒缦以色打乱了检索模式,而且,作为额外的保险措施,他用雅塔康语打印检索的结果——一种艰涩冷门的语音,与日语有些类似,同样在两套完整的音节文字中掺杂了一堆中文的象形字。不过,和片假名产生自日本本土不同,它的文字是由中世纪晚期穆斯林皈依者引入东南亚的阿拉伯书面文字变种而来。

摘要：作者描述了几个新泽西州优生理事会遇到的有争议的家谱。一个有效的方法，能查出对应色盲症的基因是——

细胞结构摘要
浏览生物化学摘要期刊
脑部化学研究院会议记录

如果你在寻找一种特定的细菌，能把低等级的泥浆转化成高利润的硫黄，向明尼苏达矿业公司索取他们的 UQ-141 菌群的样本吧。助你成为百万富翁的有机物，仅需一千美元邮资。

摘要：计算机检测了矮类人猿卵子的基因，结果显示——

当代研究成瘾原理最有价值的参考书是弗莱伯格和马勒所著的《主观知觉的变形》。它的内容涵盖了：鸦片及其衍生物，可可及其衍生物，仙人球膏及其衍生物，大麻及其衍生物，皮特里茄、卡皮草等等，麦角酸、摩羯诺®和脑爽金®等人工合成物。还有特别为三古丁®撰写的附录。每卷微缩版：七十五美元，仅限医学专业人士。

躯体生态期刊
运动与变异报告
爬行动物遗传研究

摘要：解释了一个关于跨经济体影响的案例。玻利维亚的一个小山村发生了默根特勒综合征事件,在寻找致病因素的过程中,已经排除了宗教、营养不良和——

通技已能提供沼泽蛙和大白鼠的分离基因。性别污染保证低于0.01%。

摘要:当贝尼·诺克斯飞上轨道时,偶尔会敲击电话附带的百科全书,并对全书给出的答案惊叹不已,说:"上帝,这也太考验——"

通信系统
基因构造文摘
生物化学论文摘要集锦

摘要:研究显示,易受商用级四氯化碳致癌性影响的人和遗传因素有关;该因素跟性别相关,可由浓度低于$1×10^{-6}$的溶液检测,若测得——

现代世界最令人烦恼的事,莫过于有权生育后代,却没有能力。我们专注于将人工受精卵重新植入体内。

绝对高潮协会通知栏
意外错误:请再次搜索
蚂蚁、蜜蜂和白蚁社会学期刊

摘要:丑陋的、走投无路的社会边缘人汉克·奥格曼强奸了自己的母亲并让她怀了孕。而且,因为她对摩羯诺成瘾,胎儿肯定会罹患海豹肢症。对团体父亲沃尔特·艾德勒来说,事情没法变得更糟了。好在漂亮的卡佩蒙医生及时出手,避免了悲剧的发生。"我怎么才能报答你呢?"沃尔特问道,然后她回答说——

唐纳德·霍根打着哈欠,从椅子里站起来。他向来用不了三个小时就能完成每天的工作量。他把记录着检索模式的笔记本装进口袋,走向电梯。

背景环境(4)

国　家

发达国家	发展中国家	不发达国家
美国、欧共体、苏联、澳大利亚(等等)	雅塔康、埃及、尼日利亚和加纳联合共和国(等等)	塞拉利昂、贝尼尼亚、阿富汗、莫桑比克(等等)
公众喜好决定的政府	革命政府	跛脚政府
经常通过通货膨胀来重估币值	官方人为支持	随意变动
雇员与私营企业签订合同	由国家控制	纯粹出于运气
新闻与娱乐媒体是否支持政府取决于老板的政治取向	由国家相关机构直接控制	手法业余,取决于流行的品位和出资人的可靠程度

食品的口味多样，但都是由工厂——或者说是电力——生产，需要昂贵的添加剂	口味较少，由高效的配给系统分发，确保营养均衡	低于生存所需的水平，配给系统乏善可陈
医疗服务：有些免费（生育、儿童福利、老年福利），其他服务需要购买，但品质很高	所有的医疗服务免费，但质量通常较低	所有服务均需购买，质量堪忧；有些国家仍使用巫医
军事服务：征兵制，对象为一些特定的团体，逃役现象很多；服役人员的忠诚度通过心理学技巧提升	征兵对象为全体国民，几乎没有逃役现象，忠诚度由社会压力来保持	军队是逃离贫穷的途径之一，只不过需面对革命时不时爆发的风险
城市中是清一色的公寓楼，在人口非稠密地区，独栋的房子；允许睡在大街上，但不被鼓励	清一色的公寓楼，政府的红人居住在独栋房子里；睡大街会被惩罚	独栋、窝棚、茅草房，没有相关法律，拥挤问题相当严重
空天飞机、特速管、快铁、直升机、燃料电池出租车、发条公共汽车，等等	空天飞机、发条公共汽车、燃料电池出租车、人力三轮、自行车，等等	公共汽车、卡车、自行车、驮用动物，等等

高效的电话系统，可视屏幕	只在城市中高效，某些线路只提供声音服务	不可靠
优生法：针对先天愚型、苯丙酮酸尿症、血友病、糖尿病、色盲等等；严格执行	先天愚型、苯丙酮酸尿症、血友病等等；由于缺乏资源，执行有困难	既无立法，也无能力执行
服装紧随潮流，很多一次性服装，因为便宜	服装由国家指定和制作，一次性服装被认为太过奢侈	从长袍到破布，通常好几个人分享一件衣服
包容同性恋，认为双性恋很正常	非常不包容；双性恋会受到惩罚，不被社会所接受	态度由传统和习惯决定
烟草被禁，因为有致癌作用	允许销售去除了致癌作用的烟草	抽烟
大麻合法化，已被公众广泛接受	包容	传统上为公众接受
不管是否合法，公众广泛接受饮酒	在很多国家合法，但不受鼓励	在家中酿制
迷幻剂非法，但受包容	非法，且高强度执法	太贵
资源剩余储量少	正大力开发	出口或低效处置
种群：人类	种群：人类	种群：人类

人类：你是其中的一员。如果你不是，你至少知道自己要么

是个火星人,要么是训练过的海豚,要么是撒缦以色。

（如果你想让我告诉你更多,只能怪你运气不好。没人能告诉你更多。

——《时髦罪行词汇表》,查德·穆里根　著）

人物追踪(3)

不,你不能

"我们该怎么办?"希娜·波特已经问了好几遍了,"别再吃镇静剂了——你现在这个样子我都已经快受不了了。"

"你想让我得胃溃疡吗?"她丈夫弗兰克说道。

"你他妈的是个骗子。"

"你不也是个骗子帮凶吗? 帮凶没资格在街上闲逛,更别说生育后代了。"弗兰克以一种超级的、几乎达到了奥林匹克水平的镇定语气说道,这和他一早就吃了五次镇静剂有关。

"你觉得我想生育后代吗? 你这话里的意思和平常不一样,我说错了吗? 要不你来怀着这个小杂种吧——现在能办到了,给你注射足够多的女性荷尔蒙,再把它植入到你内脏的间隙处。"

"你从观众文摘上看来的? 不,不对,你肯定是从今日头条上学到的。这听起来太荒谬了。"

"住嘴!是菲利希亚告诉我的,在我最后一次去夜校的时候——"

"上了那么多次课了! 你还是跟修女一样僵硬! 他们什么

时候才能让你晋级到印度爱经的基础课程?"

"如果你还算个男人的话,你应该自己教我——"

"缺乏反馈的原因在于病人自己,而不是药物,这就是为什么我——"

"怎么都开始背广告了,有本事背个新闻啊,别用个插播来糊弄——"

"我真应该理智一些,不该和一个只上过几天高中的笨蛋结婚——"

"我才应该理智一些,不该和一个有家族色盲基因的人结婚——"

争吵停止了。他们又扫视了公寓一圈。两扇窗户之间的墙上有一片浅色的区域,他们刚搬进来时,墙就是这个颜色。曾经占据这片浅色区域的照片收在门边的红色塑料箱里。红色塑料箱旁边还有五个绿色的箱子(需衬着软垫运输);它们的旁边是十几个黑色的箱子(可以不衬软垫运输);还有两个白色的箱子,高度刚好合适用作临时的凳子——弗兰克和希娜现在就坐在它们上面。

酒柜里什么也没有,除了一些灰尘和干掉的红酒渍。

冰箱里什么也没有,除了冷冻室里的一层冰霜。当下次"除霜"循环到来时,它就会被自动去除。

卧室的衣柜里没有衣物。回收桶在安静地运行着,刚才差点被一批一次性纸质衣物和冰箱里取出的二十多磅的易腐食物堵个半死。

自动盖子已经盖住了插座。从没有孩子在这儿生活过,但是任何插座在电器插头被拔掉时,必须被自动盖上,否则就是违反法律。

弗兰克脚边的地板上躺着一捆文件,包括两张前往波多黎各的游客票;两张身份证,一张上盖着遗传性色盲字样,另一张上面盖着遗传性色盲恐惧症字样;价值两万美元的旅行支票;一份纽约优生理事会出具的报告,上面写着:"亲爱的波特先生,很遗憾不得不通知你,根据纽约州现行的'父母亲条例'第五章第十二段之规定,尊夫人一旦怀孕,不管你是否是孩子的父亲,都将受到惩罚……"

"我怎么知道小弟州会下禁令?婴儿农场生意价值好几万亿美元,这么大笔钱,应该想干什么就能干什么!"

他是一个略有些英俊的男人,身材挺瘦,肤色也较深,他的发色和举止看上去都要老过一般人眼里的三十岁。

"没关系,我一直说我愿意收养!要是我们在收养名单上排队,肯定不到五年,我们就能收养一个没人要的孩子!"

她是个非常可爱的金发美女,比她丈夫丰满一些,正比照当下流行的三围进行节食。她二十三岁。

"而且,现在去那儿还有什么意义?"她又加了一句。

"听好了,我们不能留在这儿!我们已经卖了公寓,卖得的钱也花了一部分了。"

"我们不能去别的地方吗?"

"你说呢,我们还能去哪儿!你不也听说了吗,上星期在路易斯安纳,他们朝偷偷溜进去的人开枪了——两万美元在内华达又能撑多久?"

"我们先去那儿,等怀孕了再回来——"

"回到哪儿?我们已经卖了公寓,你还没明白吗?如果过了下午六点,我们还没离开,他们能把我们送进监狱!"他张开手掌拍了拍大腿，"别再犹豫了，我们只能往好处想。我们必须去波多黎各，攒上足够的钱，再去内华达，或者买通什么人，帮我们搞到秘鲁或是智利的护照——"

前门处传来了敲门声。

他看着她，没有动。最后他说道："希娜，我爱你。"

她点了点头，努力挤出点笑容。"我爱死你了。"她说道，"我不想要别人的二手孩子。即便我们的孩子没有腿，我也一样爱他，因为他是你的孩子。"

"我也爱他，因为他是你的孩子。"

又是一声敲门声传来。他站起身，去给搬家公司开门。经过她身边时，他轻轻地吻了一下她的额头。

现场记录(3)
十年之后

从图书馆出来之后,站在第五大道上,唐纳德·霍根先看了看北边,随后又看了看南面。附近有五六家餐馆,他正考虑该去哪家吃午餐,却一时下不了决心。他干现在这份工作已近十年了,他的热情迟早会丧失殆尽。

或许,一个人不应该在二十四岁的时候,就实现了这辈子最大的梦想……

他很有可能再活上个五十年;而且,根据统计数据,他有较大的机会在此基础上再多活十年。当他接受这份工作时,他们并没有给他机会询问关于退休甚至辞职的问题。

哦,他们总有一天会让他退休的。但他不清楚自己是否有辞职的权利。

最近,他的几个熟人——他给自己立了个规矩,不能交朋友——注意到他老了不少,还养成了会时常发呆的坏习惯。他们在猜他到底怎么了。然而,即便有人猜到了说"唐纳德在考虑辞职",跟他最熟的那个人,也就是跟他分享同一个公寓和无数个小姐的那个人,也会觉得是无稽之谈。

"辞职？什么辞职？唐纳德没有工作。他不需要工作。"

这世上只有不超过五个人，加上一台位于华盛顿的电脑，知道他其实是有工作的。

"坐下，唐纳德。"院长伸出一只精心修饰过的手说道。唐纳德坐了下来，他的注意力放在了房间里另外一个人身上：一个处于中年早期的妇女，长着匀称的骨架，对衣服很有品位，脸上带着温暖的微笑。

他很紧张。在最近一期的大学学生期刊上，他发表了一些评论。之后，他有些后悔将这些评论公开。不过，要是有人硬逼着他坦白，他会坚持说那些评论是他本人真实的想法，直到现在他也是这么想的。

"这位是珍妮·福登博士。"院长说道，"从华盛顿来的。"

唐纳德的脑海里响起了警报。他的研究生奖学金可能会被取消，以惩罚他这个不知道感恩的坏分子。他朝着这位访客冷冷地点了点头。

"那好，我让你们两人单独谈吧。"院长说着站起了身。唐纳德更迷惑了。他本以为这个老混蛋会坐着，边听他们之间的谈话，边暗自发笑——又一个不听话的学生被干掉了。因此，当福登博士取出那本出问题的期刊并在他面前摊开时，他的脑子里乱成一锅粥，不知道为什么会被叫到这儿来。

"你在这上面发表的文章给我留下了很深的印象。"她开门见山地说，"你觉得我们的教育方式有错误的地方，是吗，唐？介意我叫你唐吗？"

"如果你不介意我叫你珍的话，我就不介意。"唐纳德的语气中有些愠怒。

　　她饶有兴致地上下打量了他一番。现代北美人口中,有五分之四的人算得上英俊或是漂亮。平衡的膳食,加上充足且不算昂贵的医疗服务,促成了这个结果。现在,随着优生法逐渐落实,该比例应该还会上升。不过话说回来,唐纳德还是有其出众的地方。他的小妞们通常会说这是他的"性格"。曾经,有个来自英国的交换学生说他"思想真他妈的有深度",他觉得这是对他的褒奖。

　　他长着棕色的头发和络腮胡,比平均身高稍矮一些,肌肉挺发达,穿着典型的世纪之交的学生中间流行的服饰。从外表上看,他迎合着潮流,但内心……

　　福登博士说道:"我想听听你的观点。"

　　"都写在纸上了,你看就行了。"

　　"再重新组织一下。东西印出来之后,作者通常会产生新的想法。"

　　唐纳德迟疑了。"如果你想问我有没有新想法,我只能说我的想法没有改变。"他终于说道。他做好了破釜沉舟的准备,仿佛都听到了船在燃烧的噼啪声,闻到了烧焦的味道。

　　"我没想问这个。我想问的是,你能不能对这篇又酸又长的文章,做一个最简洁的概括。"

　　"没问题。我的教育把我,以及几乎所有我认识的人,变成了高效的考试机器。在我狭窄的专业领域之外,我不知道怎样保持原创性。而且,之所以我在我的领域内还有些创造性,只是因为我的绝大部分前辈被蒙蔽得更为彻底。我比达尔文懂得更多的进化论,恨不得多上百分之一千,这一点毋庸置疑。但是,从今天开始,到我死的那天,我真的能做出某些属于我自己的东西吗?而不仅仅是对别人的成果做些注释。当然,在我博士论文答辩时,我会提出一些'原创'的理论。带引号的原创。其实都是别人的说法,只不过调换了词语的次序而已。"

"看来,你对你自己的能力评价很高。"福登博士评论道。

"你的意思是,我听上去很自负?可能有点吧。但我想说的是,我不想一边其实很无知,一边还沾沾自喜。你明白——"

"你有什么职业规划?"

唐纳德的思路被打断了。他眨巴着眼睛,"怎么说呢,我想从事一种占用很少时间的工作,这样我就能利用剩下的时间,来填补我教育中的空白了。"

"哈哈,有一份工作,年薪五万美元,基本上什么也不用干,全部时间都用来填补你教育中的空白。感兴趣吗?"

唐纳德·霍根具备一种大多数人都没有的天赋:做出正确的猜测。他的意识深处似乎有某种机制,不停地对周遭的因素进行评判,试图找出它们的规律,然后,当找到规律时,他的头脑中会响起旁人听不到的警钟。

因素:华盛顿,院长离开房间,有竞争力的年薪,与他这个专业的期望薪酬水平一致,却只需要学习,而不需要工作……有一种人,要求非常高的人,专家们轻蔑地称他们为半吊子,但他们尊称自己为"综合家"。他们是一群在整个职业生涯都无所事事的人,只是在不同的研究领域内进行交叉引用。

片刻之前,他还在担心自己的奖学金会被取消,而片刻之后,他又产生了这样的期待。这种转变未免太大了。他不得不把两只手使劲地握在一起,防止它们颤抖。

"你在说综合家,是吗?"

"是的,我来自一个半吊子部门——官方说法是研究综合协调办公室。不过,我怀疑你是否真的有决心去接受我接下来的提议。我看过你学术生涯的简述。我觉得,如果你决心特别大的话,应该能成为一个好的综合家,有没有博士学位并不重要。"福登博士把身子往椅背上靠了靠。

"你还没离开这个地方——尽管有怨言,但还在忍受——让我觉得你的决心还不够大。得给你足够的诱惑才能吸引你离开。告诉我,如果让你选,你会选择学些什么来充实自己?"

唐纳德结结巴巴地回答着,因为无法爽快地说出一个明确的计划而羞红了脸。"怎么说呢——我猜——历史,尤其是现代史。我学过的从二次世界大战到现在的历史都带有强烈的倾向性。还有,所有跟我现在所学相关的领域,例如晶体学和生态学,包括人类生态学。还有,为了记录人类生态,我想深入挖掘我们这个物种所有的书面记录,差不多累积了八千年了。我还想学至少一种非印欧语系的语音。接着——"

"打住。你描绘的是一个人穷尽一生也无法掌握的知识范围。"

"不对!"唐纳德慢慢地找回了自信,"如果你按照学校教的方法来学习,当然做不到。我们学的是如何记住知识,但一个人真正应该学会的是如何抽取规律!你不会费力去记住所有的文学作品——你要做的是学会阅读,并在你的书架上塞满书。你不会费力去背对数或是正弦表,你只要去买一把计算尺或在公共计算机上敲击几个键就行了。"他情不自禁比画着手势,"你没必要知道一切,只要知道在需要时如何找到它们就行了。"

福登博士点了点头。"你似乎拥有一些合适的基本特质,"她承认道,"但是,我丑话必须说在前头。我得跟你解释一下这份工作的附带条件。首先,你要学会流利地用雅塔康语来阅读和书写。"

唐纳德的脸色变白了一些。他的一个朋友曾打算学那门语言,却不得不中途转学相对容易的中文。不过……

他耸了耸肩膀。"我愿意挑战一下。"他说道。

"剩下的我还不能说,你得先跟我去华盛顿。"

在华盛顿,一个被称为上校的男人——没人跟唐纳德介绍过这个人的姓名——说道:"举起你的右手,跟着我念:'我,唐纳德·霍根……庄严起誓……'"

唐纳德叹了口气。在那些日子里,仿佛他最狂野的梦想都得到了实现。每周的五个早晨,他什么都不用做,只需要阅读,而且也没有要出成果的压力——只需通过邮件描述他注意到的任何关联,并且陈述他为什么认为这种关联对某些人有价值。例如给某个天文学家建议,说一个市场研究机构开发了一种新的采样技巧;或者通知某个昆虫学家留意一种新的污染。听上去像是天堂,尤其是,他的雇主不但不管他在其余时间做什么,还建议他应该让自己的体验越丰富越好,以此保持他的敏锐。

但是,十年之后,他不得不承认,他开始觉得无聊了。他甚至希望他们能触发这个工作附带的第二个条件,那个曾让他十分犹豫的条件。

唐纳德·奥维尔·霍根中尉,由此刻起,你被激活了,请立即——重复,立即——报到至——

"噢,不!"

"你有病吗,小子!"耳边响起刺耳的声音。一个胳膊肘狠狠地顶了他一下,一张愤怒的脸死死地盯着他。迷惑中,他这才意识到自己无意间已决定了要光顾哪家餐馆,并且穿梭在挤满整个第五大道的人群里。

"什么？哦——没有，我没事。"

"那就别搞得像丢了陀螺方位仪似的！看好自己的路！"

他撞到的那个人怒气冲冲地推开他，走远了。唐纳德机械地迈着双腿，尚未完全清醒。过了一会儿，他觉得那人的建议挺有道理。或许，他的烦恼是因为他太习惯于这种程式化的生活，让他失去了对这个世界的敏感和兴趣——福登博士十年之前看中的正是他的这个特质。他们也不太可能允许他辞职。更大部分的原因是他一直以来隐约的担心：随着一阵鼓乐齐鸣，他们解密了撒缦以色，人工智能甚至让综合家都变得过时。

如果他想放弃工作，他希望是根据自己的意愿做出的决定，而不是因为没有竞争力之后被辞退。

带着内心的惶恐，他观察着街道。两旁的建筑如同峭壁般高耸，在富勒穹顶散射的光线之下，人类在峭壁之间踽踽而行。当然，穹顶无法保护整个大纽约地区，只覆盖了曼哈顿。它让后者重新焕发了之前的吸引力，把在二十世纪末郊区化潮流中失去的人口又赢了回来。要想覆盖整个城市，成本是主要的障碍，尽管工程研究显示该计划是可行的。

纽约，连带着生活在其中的一千三百万人口，正从曾经的世界第一大城市的地位不断下滑。它跟那些巨型都市圈没法比，例如从旧金山到洛杉矶，或是从东京到大阪，更别说那些真正的巨人城市了：德里和加尔各答，各自生活着五千万饥饿的市民；不再是以前那种由一栋栋各个家庭拥有的建筑所组成的城市，而是一群群的蚁丘，在骚乱、武装抢劫和蓄意破坏等冲击之下逐渐崩塌。

不过，尽管在当代的标准下，纽约已经缩小成了一个中等规模城市，它仍然是唐纳德中意的地方，它仍然保持着某种吸引力。在西海岸,政府是最大的雇主,而在这里,最大的雇主是大型公司,它们是国中之国。前方就是通用技术公司金字塔形的办公大厦,占据了整整三个街区。它让他心里产生了一股忧郁。如果他真的辞职了——假设他们将七十五万美元的纳税人资金浪费在他身上之后,仍然允许他辞职——他未来唯一的出路就在眼前这个陵墓般的机构里,或其他类似的地方。

看看他们都把诺曼·豪斯搞成什么样子了!

在两侧拓得很宽的人行道上,人群如同昆虫一般拥挤,尤以地下通道和地铁入口处为甚。道路中央是仅限官方使用的紧急车道,有警车巡逻或驻守,偶尔会靠边给救护车或消防车让道。紧急车道的两侧,庞大的公共汽车嗡嗡地驶过。它们没有发动机,动力来自发条,每次到了旅程的终点,发条会被再次拧紧到极限。每辆车能装两百个乘客,每两个街区就有一个车站。公共汽车靠站接送乘客,同时可以让后面的电动出租车超过去。在穹顶完工之后,城市内不再允许有内燃机引擎。光是处置人体排放的二氧化碳和其他废物已经让空气过滤系统不堪重负了。在暖和的天气里,空气中的水分会让系统过载,从而在穹顶下面下起毛毛细雨。

我们怎么能忍受这一切呢?

他选择纽约,是因为他出生在这儿,还因为在他们给他的那张可选城市名单中,它排在第一位——城市必须拥有他工作所需的图书馆系统。但是,这可能是七年以来,他第一次看着它——用他的双眼和全部的注意力,真正地看着它。他看到的每个地方,都是压垮这个城市的最后一根稻草。他上大学时,已经看到有人睡在大街上,但他没留意过。现在这样的人已经有好几百了,推着小推车,里面装着全部家当,在警察的吆喝下蹒跚前行。他没留意过,有时人被撞到时,会突然转身,手猛地伸向突起的口袋,直到他们看清跟在身后的人不是魔客。说到魔客,之前他并没有把他心目中的世界和新闻报道中的那个世界联系起来;在新闻中,一个魔客在繁忙的周六晚上夺去了七个人的生命……

恐惧攫住了他。他之前经历过一次类似的恐惧,那是在大胆尝试了脑爽金之后,他感觉世上已经没有了唐纳德·霍根这个人,他只是无数侏儒中的一个,而且所有的侏儒都长得一模一样。随后,他尖叫起来。那个给他这种迷幻剂的人建议他不要再用了,说他的内心就是他的表象,没有内心,表象就会溶解。

换句话说:他没有内心。

前面有两个女孩停了下来,审视着商店橱窗里的一个显示屏。她们的身高都符合当代的潮流,其中一个穿着电子服,衣服表面形成了印刷电路板,她将皮带扣推向左边或右边时,就能选择不同的广播信号传入隐藏在紫色头发下的耳机。另外一个穿着紧身衣,材质看上去像金属,和科学仪器一样冰冷。两个人的指甲上都镀了铬,如同机器的电线。

显示屏上播放的基因改造宠物吸引了她们的注意力。基因改造在病毒和细菌上的效果良好,但在更复杂的生物上却产生了异常随机的副作用。每个被展示的宠物后面,都可能有五百个未能离开实验室的同类。即便离开了实验室,例如橱窗里的这个严肃的、体型超大的眼镜猴,在华丽的紫色皮毛下,也是一脸忧郁。亮红色的吉娃娃幼崽脚步蹒跚,仿佛快要羊痫风发作。

但女孩们关心的只是颜色。眼镜猴的颜色与电子服女孩的发色一致。

起初,你使用机器,然后你穿着机器,之后……

唐纳德全身颤抖起来,他改变了主意,没有去餐馆,而是随便走进一家酒吧,用酒代替了午餐。

下午,他拜访了一位他认识的无业女诗人。她同情他,没有问问题,允许他躺在她的床上醒酒。他醒来之后,世界变得美好了一些。

但是,他由衷地希望,这世上能有人——不一定是这位女孩,甚至不一定是个女孩,只要有人——听他解释为什么他会在梦中哭泣。

世间百态（3）

家

非同性恋、工作不错的黑人寻找室友；视野优美，五卧室公寓，位于NZL4街区。

"是的，我确实有三个房间。但是，不行，尽管你被赶出来了。我该拿你身后的那群家伙怎么办？我不在乎你是否是个双性恋。我只会跟性取向轨道和我一样直接的人住在一起。"

在德里、加尔各答、东京、纽约、伦敦、柏林、洛杉矶，在巴黎、罗马、米兰、开罗、芝加哥……他们再也无法因为你露宿街头而把你关进监狱了，所以，放弃希望吧。

因为监狱里的地方已经不够了。

黑人，女，寻找食宿。多才多艺。NRT5街区。

豪华公寓，适合家庭，仅需十万美元，至少三个卧室，还能隔出更多房间。

速管交通服务让工作在洛杉矶，生活在空气清新、呼吸畅快的亚利桑那成为可能，只需九十分钟。

"这位是劳拉。天生的金发美女——亲爱的，脱掉，展示一下。哈——我猜你懂什么是共享？"

"应该懂吧。"

"我也懂。"

劳拉咯咯地笑了。

喷气机既豪华又实用——问问那些住在山地州的家伙好了。他们能继续在市中心工作,都得感谢我们在高峰时期推出的服务项目:高速五分钟。

"只是走个程序而已,如果你不介意的话。年轻的女士,伸出你的手……谢谢。只需要五分钟。等等……对不起,我们只能给你一张本州的临时通行证。不过,还是要祝贺你——你可能怀孕了。"

当压力大到爆表时,你应该感谢通技送给你通往轻松生活的钥匙。避孕品只是这个故事的开始。我们给予普通妇女生理机能上的帮助符合本州的所有规定。

"老天爷啊,唐纳德,早知道你有睡黑人的习惯,我应该选——"

"你也试试深色头发的女人吧,比如意大利女人。一个整天吃白面包的人,偶尔也会想换换口味,去尝一下全麦面包。"

任何家庭里,类似的问题总会发生。

奥列弗·阿尔梅里奥中介服务为你提供一生难得的机会。我们提供种类众多、遗传优良的领养儿童,比其他任何中介提供的种类都要多。本项服务在下列各州无法提供:纽约、伊利诺伊、加利福尼亚……

特此规定:凡携带附件A中所列的基因,将自动构成堕胎的依据,母亲需向优生理事会报到,在下列……

"你准备用谁来替代露西?"

"不知道。还没想过。"

人口数量已到达极限。今天,来自官方的报告暗示,在三月三十日之后进入本州、具有居留资格的新移民将面临选择:要么绝育,要么被取消居留权。

我们正在庆祝进入了二十一世纪。你庆祝了吗?自由协会寻找思想开放的两口子、三人行,扩大我们的行动范围。我们的组织里已经产下了十四个孩子。

"先知啊,唐纳德!"

"对不起,我说了对不起!可是,我就不能对你选的小妞表示厌烦吗?劳拉是斯堪的纳维亚人,布里吉特是斯堪的纳维亚人,霍顿斯是,丽塔是,莫培特,科林也是。老实说,我觉得你有些过于执着。"

可靠的夫妇寻找看护孩子的机会,每周一天或数天。(可以提供证书。并趾畸形是唯一缺陷。)NPP2信箱。

特此规定:凡携带附件B中所列的基因,将自动构成绝育的依据,在男性到达青春期后……

"哈,下地狱吧!"

"这是一种典型的基督徒的态度,唐纳德。既没有意义,又显得野蛮。"

"别想利用我的'白猴子'负疚感了。有时,我不确定你是否能在一个无种族区分的社会中活下来。"

"世界上没有这样的社会。再过一代人,你会把深色肤色的基因加入到——"

雷欧·布兰科姆!快回家!被绝育并不会让我们少爱你一些!你是我们的孩子,我们唯一的儿子。离家出走是件蠢事!而且,记住,你只有十四岁!爱你且心碎的父母。

"三十四岁?你有干净的基因?上帝,我该把这个杯子砸在你脸上！我们只是被怀疑——没有证据只是怀疑——哈罗德的母亲有镰状细胞血症。我愿意牺牲我的右胳膊来换取一个孩子。而你这个混蛋却可以轻松地——"

人物追踪(4)
化装舞会

　　知道自己是整形的活广告,知道即便是摄影师打过来的最亮的灯光也无法在她的妆容上找到任何瑕疵,尤其让她愉快的是,知道他们派来采访她的女人的穿着打扮显然低调许多——带着这样的认知,桂妮薇儿·斯蒂尔对着麦克风娓娓道来。

　　"怎么说呢,我的美容事业之所以成功,有两个原因:我的顾客有能力分辨谁站在时尚的潮头;同样地,他们有能力判断什么东西值得他们花钱,什么东西不值!"

　　她整理了一下自己的仪容。

　　看不出年纪的她穿着微微闪烁着黄光的胸衣,因为她的肤色有些偏古铜色;胸衣把她的乳房塑造成了几乎完美的弧形,并在最突出的部位给她的乳头套上了乳头帽——乳头帽此刻处于激活状态,好给观众留下深刻印象。它们始终受穿戴者的控制。如果她对某个跟她聊天的男人——或女人——感兴趣,她能让它们膨胀,只需用胳膊夹一下体侧就行;相反地,她也可以让它们萎缩。让一个家伙看到她的第二性器官失去兴趣,这会沉重地打击他的自我,没有哪种方法能比这个更有效的了。

她穿着超短裙，比一根皮带宽不了多少，好显示她优雅的腿形。双腿的末端是镶着珠宝的拖鞋，可以充分展示她又高又有弹性的足弓。她不能光脚，因为这两个足弓都整过形，左脚有个伤疤仍未褪去。

她的头发梳成四缕平行的发卷，染成银色。她的手指甲和脚趾甲都镀了铬，比镜子更明亮，对着摄像机的镜头反射着灯光。

她身上大约袒露着百分之七十的肌肤，但没有哪一寸是光着的，或许发根处的皮肤是个例外。除了脸上的珍珠粉面膜，她还涂着全身皮膜，一种她的美容店特制的混合物，由肌肤着色剂和其他近三十种产品混合而成，能在她的表皮上留下持久的痕迹。最后的点睛之笔是表层血管被故意涂成了蓝色。

"怎么说呢，我认为当代社会就应该是这个样子。"她对着麦克风说道，"我们没有生活在我们祖先的世界里，到处是烂泥、疾病。可以说生活是被各种偶然性控制的。不，我们已经控制了整个环境，我们选择时尚和化妆来配合这个时代。"

"但是，现在的潮流是倾向于更——更自然的容貌。"采访者大着胆子问道。

"重要的是你对看着你的人会产生什么影响。"桂妮薇儿踌躇满志地说道，"当然，你本人也会受到影响——变得百分百自信，就像我们的客户一样。对于你所产生的影响力有充分的自信，这才是最重要的。"

"谢谢，斯蒂尔小姐。"采访者轻声说道。

总算结束了。桂妮薇儿回到她的私人办公室。锁死了门以后，她瘫倒在椅子里，让苦涩从抿紧的嘴角和眯起的眼睛里慢慢渗透出来。

点燃一支海湾金叶，她盯着镜子里的自己。

百分百自信？在这个生意里，当一个男人或女人，不管是谁，决定要将关系更进一步会怎么样？越繁复、越精细、越可爱的妆容，效果越是显著——在经历了亲吻、抚摸和翻滚之后，妆容破坏的后果也就越严重。城里有十七间美容店了。自打她开始这门生意以来，每年都有一家新店开张，每家店都在仔细评估之后才取得她品牌的特许经营权，门店经理都得在桂妮薇儿的手下工作三个月，被培训成了统一的标准，才有权签订合同、支付高昂的品牌使用费。每一个可能的风险都被仔细评估过，但又有谁会比化妆师更清楚，人类是一种非理性的生物？

需要转移我的注意力，需要新点子。

她想了一会儿。

最终，她草拟了一张名单。迅速看了一下镜子，确保自己在屏幕上的形象合适以后，她伸手按下电话上的按键。

一个惩罚派对。这一直是一个能让其他人显得渺小的方法。排在名单首位的是那个傲慢的"棕鼻子"诺曼·豪斯——意味着他忧郁的室友也会前来。再加上所有最近未能在她面前膜拜的人。

什么惩罚呢？二十世纪，怎么样？古罗马或其他有趣的地方可能更好玩，但在那些领域，感觉那个该死的唐纳德·霍根会比组织者更清楚。他知道对那个时期来说，什么是对的，什么是错的。雇一个专业的仲裁师，一个鼻子钻进书堆的专业学生？不。试过一次，效果不行。胆小的男孩被某些惩罚措施吓到了，躲进了洞里——订正，用二十世纪的说法，以免被惩罚：吓破了肝。也不对。胆？蛋？该去查一下二十世纪用语词典。

还有,假如梅尔·拉德布鲁克接受了邀请,并带来他们在医院试验的那种神奇的新东西……

带着一种野蛮的愉悦,她按下了电话上的按键。

只要你说一个与环境不符的字,做一个与环境不符的动作,我就会让你尿裤子,你这个可恶的黑鬼。

现场记录（4）

室友国度

唐纳德在下午六点回到家时，诺曼已经回来了，正坐在他最钟爱的椅子里，双脚搁在坐凳上，检查着今天的邮件。对室友的招呼，他只是心不在焉地点头回应。

此刻，唐纳德已经从午餐时分发作的绝望中完全恢复了，因而能通过各种明显的迹象注意到诺曼的心理状态。作为一个穆斯林，诺曼拒绝饮用酒精，但是大麻在北非国家被广泛接受，他也允许自己抽上几根，以释放一天累积的紧张情绪。尽管价格高昂——每个大麻合法州都对来自外州的产品征收重税——他抽的牌子很适合通技初级副总裁的身份：大众认可的高档货，海湾金叶。现在，他身旁的烟灰缸上就放着一支，它的烟袅袅而上，没有受到打扰。

而且，在他脚边的地板上躺着一张全息照片，像是被不耐烦地扔下的。照片上面有节律地闪动着永恒的黑白相间的条纹，边框上印着家谱研究局的版权标志。

唐纳德很早就学会了接受他室友的一个小毛病，那就是轻信各种华而不实的家谱研究机构。在这个过分看重遗传的时代中,它们为那些担忧自己基因的人推出了各种服务。不过,这是他第一次看到诺曼没有立刻去取他的单色阅读器,研究他们寄来的最新进展。

结论:有东西让诺曼极度心神不宁,让他偏离了原来的轨道。

有鉴于此,他没有试着想开展对话,而是着手进行他到家之后的惯例:检查电话,看是否有他的个人留言——没有;从他的收信槽内取出邮件——和平常一样多,大部分是广告;到酒柜那儿给自己倒一杯威士忌,然后坐到自己的椅子里。

他没有立即去读信,而是小心翼翼地环顾四周,仿佛在担心这地方也会突然间变得陌生,就像午餐时分在大街上的经历一样。

直通公寓大门的这片开放的起居空间是他们共享的。虽说如此,这儿也并没有多少唐纳德·霍根的痕迹。在诺曼接受他做室友之前,公寓已经装修过了,还布置了一些家具。搬进来的时候,他也贡献了一些东西,比如现在坐着的这把椅子,还有一些诺曼同意的饰品,然后还有这个酒柜——因为不喝酒,诺曼之前没有放酒的地方,只有一个放红酒的小架子,为了时不时招待一些非穆斯林的朋友。但这几样东西加在一起也不能说明唐纳德·霍根有什么样的特点。而且,它们都放在房间的半边之内,仿佛公寓的住户之间有一条看不见的分界线。

同样地,这个地方也看不出诺曼的个性。这个发现让唐纳德小小地吃惊了一下。紧接着,他突然间看到了诺曼对家具和颜色的选择里隐含了一种模式。泛着黄褐色光线的墙壁,威廉·莫里斯设计的地毯的复制品,毕加索、波洛克和摩尔油画的复制品,连老旧的椅子在内,似乎全都经过精心布置,随时准备接受公司高层的不速之访。他们会四处打量,对房间给他们的印象频频点头,认定诺曼·豪斯是个靠得住的人,值得提携。

唐纳德身上的汗毛都竖了起来,不清楚这传递着坚毅可靠气息的暗示是冲着他发出的,还是指向其他更有影响力的访客。

房间里只有一样东西显得很突兀——眼前诺曼自己的东西。幸而它本身太不起眼了,太普通了,这也可能是诺曼允许它留在这儿公开展示的原因。唯一的例外是那台立在诺曼椅子后面、房间最深处角落里的电子琴。它是诺曼的现任小姐维多利亚带来的,有些现代、花哨,与房间里的其他饰品都不搭配。不过,那东西只会暂时待上一阵子,这一点毋庸置疑。

或许,诺曼自己的房间能更诚实地显露出他的个性?唐纳德认为这也不太可能。他自己的房间就不会,因为从理论上说,房间是要与来访的小姐共享的,哪怕目前他没有姐。但除此之外,他们每个人各自还有一间小屋,那是完全属于他们私人的空间。唐纳德从未踏入过诺曼的小屋,只是透过门缝瞥过一两眼。他看到的太少,无法判断那里面是否真的存在个性。至于他自己的——大概没有。它更像一个图书馆,而且,其中一半的书是基于他雇主的命令而挑选的,并不符合他个人的口味。

如果共享一间公寓的后果这样负面,他想,该怎么才能跟一个外国人——来自不太健康的国家,因此也不会这么拥挤——解释他和诺曼的选择?又怎么跟一个老人解释,自己最大的梦想就是成为一个成功的单身汉,拥有一整套公寓?

好吧……有一个好处是显而易见的,此外还有一些小添头。最直接的好处:合租使得他们两个能享受到的空间和舒适,超过了他们各自能独自承担的水平。尽管拿着通技的工资,诺曼想要住得这么奢侈也很困难。在富勒穹顶建好后,房价就一路飙涨。

剩下的添头中有一些也同样明显,比如小妞交换,这被视为理所应当。另外一些要隐蔽一些,像是让陌生人觉得他们不仅仅是住在一起,而是真的"住"在一起。他曾一遍遍地被人问起,都被问烦了:"可是,既然你被允许成为一个父亲,你为什么还不是个父亲呢?"

邮件里没有让他感兴趣的东西。唐纳德把它们整个倒进了回收桶。他小口品着酒,意识到诺曼正看着他,他强迫自己笑了笑。

"维多利亚在哪儿?"他问道,找不到更好的话题。

"在洗澡。她身上有味儿,我这么跟她说的。"诺曼的语气有点心不在焉,但从这句话后面,唐纳德能察觉到现代黑人对白人的一种蔑视。

你这个肮脏的黑鬼……

诺曼显然不想继续这场对话,唐纳德只好把注意力放到地上的全息照片上。他记得看过最新的进展,也是诺曼丢在这间屋子里的。报告声称不需要太多的材料也能进行精确的基因分析,只要分析对象提供其父母的一小片指甲。这是赤裸裸的谎言。他还想过是否应该向诚信商业局报告。即便到了现在,基于如此薄弱的证据,你只有百分之六十的机会证实谁是你的父亲,更不用说帮一个主要特征是黑人的家伙回溯出白人祖先。

后来,他改主意了,没有去报告,因为担心会暴露自己的身份。

上帝,早知道要过这么孤单的生活,我应该……

"嗨,唐纳德。"维多利亚从诺曼的浴室走了出来,带来一股蒸汽和二十一世纪的气息。她走过他身边,随后挑衅地把一条腿架在诺曼的大腿上,"闻吧!现在就闻!"

"好了,"诺曼头也没抬地说道,"去穿点儿衣服。"

"你这个吸血鬼。真后悔喜欢上你。"

但是,她服从了命令。

伴随着卧室门关上的声音,诺曼清了清嗓子:"借这个机会,唐纳德,我一直想问你来着。你会带——"

"等我找到合适的。"唐纳德嘟囔了一句。

"你已经说了好几个星期了,该死的。"诺曼犹豫了一下,"老实说,我在考虑让霍瑞斯搬进来取代你的位置。可能对我更有利一些。我知道他在找一张空闲的榻榻米。"

唐纳德吃了一惊,但他隐藏了自己的反应。他盯着室友,看着看着,他仿佛看到维多利亚和他的身影重合了,就好像她仍然在这个房间中,放射着光芒。一个高个子斯堪的纳维亚的金发美女,也是诺曼带回到这间公寓的唯一类型。

他是说真的吗?

唐纳德的上一任稳定的小妞,杰妮丝,是他最喜欢的类型。她不是那种出入于高管层圈子的小妞——就像他们经常带回来的那种——而是一个有很强独立人格的女人,快四十了,出生于特立尼达。他没有再找小妞的原因,部分是因为缺乏动力,部分是因为担心匆忙间找不到和她一样的人。

困惑感再次袭来,几乎让他呕吐。他没料到在自己的家里还会产生这种感觉。他还以为自己已经准确地评估了诺曼,把他归类为那种自尊心强的黑人,坚持要一个白人室友,却又厌恶室友对黑人女孩的偏爱,在两者之间保持着艰难的平衡。但是,霍瑞斯,他片刻之前提到的那个人,皮肤的颜色比诺曼的还要深。

电话响起时,他暗自舒了口气。他接起电话,随后扭过头跟诺曼说是桂妮薇儿·斯蒂尔邀请他们参加一个惩罚派对。暗地里,他在脑海里得出了结论:诺曼今天肯定过得不寻常。

如果他直接说出来这个结论,诺曼很有可能把他的威胁付诸行动。这个黑人痛恨别人看破他平静的表面。

我觉得自己无法再去重新适应一个陌生人,就跟当初适应诺曼似的,虽然我跟他算不上朋友。

"顺便问一句,惩罚派对的主题是什么?"

"嗯?"唐纳德正在往嘴里倒下一口威士忌。他转过头,"哦——二十世纪。"

"谈话和举止必须符合那个时期,是这个意思吧?"看到唐纳德点了点头,"又是一种她这种人想出来的愚昧点子,不是吗?"

"确实愚昧。"唐纳德同意道,他只有一半的心思在谈话上,"她的脑子里显然只有当下,所以才觉得二十世纪是一系列可以明确区分的思维和行为。我怀疑她本人是否还记得,十年前的她就生活在二十世纪。难道说这群戴着乳头帽、穿着超级超短裙、成天说着各种切口的人是突然出现的吗?"

"我没这么想,"诺曼说道,"你描述的比我想象中的更夸张。"

"你想的是什么?"唐纳德问道。他隐约感觉自己有谈话的欲望。并不一定非得谈论他今早经历的震惊。任何话题都行,只要能让他打开心扉,让他感觉自己没有埋藏着秘密。从未和人真正地交流过——这种感觉开始压迫他的神经。

诺曼的嘴角往下拉了一下,暴露了他内心的苦涩。"怎么说呢,我敢打赌,我是她宾客名单上的第一位黑人。而且,自打我接受邀请以来,我一直是客人里唯一的黑人,一个被设计成'公牛克拉克'之类的人。她会让她的跟班盯着我,找机会惩罚我,就因为我没有表现得像个黑人。"

"你真这么想吗? 那你为什么还要接受?"

"哦,我不想放弃见识世界的机会。"诺曼带着冷酷的满足感说道,"除了桂妮薇儿记住的以外,二十世纪还发生了许多其他事情。我乐意把它们都塞进她那只高贵的鼻子里。"

一阵短暂的沉默,但他们两个都感觉长得无法忍受。诺曼的海湾金叶才抽了不到一半,还不足以让他对时间无感。他沉默了,只是因为他闯入了一个敏感的话题。像他这样的人不应该太坦诚,他无法再继续深入了,唐纳德很清楚这一点。对唐纳德来说,刚才列举的那些二十一世纪的特征让他的头脑展开了联想。他脑子里就像有一列火车一样咔嚓咔嚓地驶过,他已经忘了谈话是如何开始的,他们谈了哪些,哪些还没谈到。

或许,我不应该吓唬唐纳德,说要让霍瑞斯搬进来替代他。和一个"白猴子"住在一起有好处,特别是和一个整天忧心忡忡的知识分子,比如唐纳德。我们各自的私生活相差太远,不会相互影响和叠加。

不明白诺曼今天到底怎么了? 有东西在烦扰他,这点毫无疑问。他脑子里到底在想什么? 次世代之子不喜欢他这样的男人,更反对他对金发碧眼美女的痴狂。当然,公司可能对此持鼓励态度;二十世纪八九十年代的人事大流失事件在人们心中留下的阴影至今仍未消除。"当今,公司高层理想的太太是另一个种族中最丑陋的个体,没有确知的生父,却有两个博士学位!"

但是,公司无法替代家庭。

想问问他为什么这么讨厌桂妮薇儿。我接受她的邀请也好，拒绝也罢，仍然会有许多大人物去参加她的派对，所以我根本无所谓。去他的鲸油渣。脚注：我得查一下这个习惯用语是什么时候开始流行的；它本意是指鲸鱼脂肪炼成油之后的残渣，如果我没记错的话。或许是因为公众的罪恶感——他们发现已来不及拯救鲸鱼了。最后一条是什么时候看到的？我记得是一九八九年。

唐纳德的表情里有一种超脱，这一点让我嫉妒。但我从来没敢告诉他，可能是因为我自己的表情只是一个面具。但是，桂妮薇儿实在是太……他却几乎没注意到。对她提议的派对，他只对有个地方不满。他刚才说过，就是她把二十世纪当作一个断层来对待，这是犯了时代错误。它不是一个断层。谁能比我们更清楚呢？

我落在了时间的后面。天哪，我实际上是过时的。就算我是世界上最有钱的公司里的副总裁，这就意味着我个人的成功吗？我利用了这些"白猴子"的负疚感爬到今天的位置，拥有了漂亮的舒适的窝。瞧我现在这样子。

话说回来，还有多久到今晚的日落祈祷？

但是，我们世上的桂妮薇儿们不过是海浪上的泡沫而已。它们制造着各种壮观的、却转瞬即逝的景象。真正改变海岸线的是海啸。从我坐的地方都能感觉到它的涌动。

想象一下，四十年前，一个大公司的副总裁，和一个别人嘴里富有的半吊子，共享了一间公寓。他们绝不会提升这样的人。他们会找另一个人，他有拿得出手的妻子。他们并不关心这对夫妇私下里恨不得把对方的心挖出来吃了,把他们的孩子送到寄宿学校和夏令营,或是其他一些能丢弃他们的地方。现在,去他的鲸油渣,他们连我们俩是不是睡在一起都不管。这样不会产生后代,这很好。每个人都在吹嘘他们的孩子,都在抱怨不被允许有孩子——然而,要不是人们私下里都觉得放下了重担,优生法也不可能获得通过。我们站在了悬崖边,甚至连孩子都成了我们无法忍受的人类同伴中的一员。现在,我们讨厌其他人的孩子,远甚于讨厌那些性冲动不会产生后代的人。

这倒提醒我了。其实,我们在繁殖后代的过程中,既有心理上、也有肉体上的感觉。而且,我们有意识地在我们的生命中不断延长追求肉体上的满足感。我们中很多人已变得纯粹追求肉欲。因为我们的智慧需要发育——不管还剩下多少——我们的童年因此得以延长,让首要的快乐原则超越了所有合理的界限。不知道是否还有可能将它拉得更长。这应该解释了小妞圈的发展。世上所有大城市因为女人而生动。那些女人从来没有稳定的居所,而是拎着一只包,睡上一晚、一个星期、半年,只要碰到哪个可以分享他的公寓的男人。我必须查一下摩根德勒是否就此发表过什么文章,这看上去像是他的研究领域。我乞求上帝,但愿穆里根没有放弃。我们需要他指引我们的方向,我们需要他的洞见,如同我们需要食物一样。

不,我不应该把唐纳德赶出去。应该赶走的是维多利亚。他告诉我十几次了,我对"白猴子"女人太执着,我从来没听进去。但他是对的。这就是所谓的解放!在如同通便剂般进出这间公寓的众多小妞中,只有一个人有美丽的容貌、成熟的智慧、漂亮的床上功夫,一个完整的、丰富的、平衡的人。那就是杰妮丝,是唐纳德带她回家的,不是我。但是,我没有感谢他,因为她是"棕鼻子"。我的陀螺肯定坏了,我的旧式种植园培育的大脑肯定是进水了。

解放!真主保佑,我是时代环境中最悲催的囚徒。

我不知道,我们是否已相处了足够长的时间,足以让他认为我是一个叫唐纳德的人,而不是"白猴子"唐纳德。我不知道他对我的印象是否准确。为确保绝对安全,我应该迎战他的威胁,从这儿搬走。在一个人面前暴露如此长的时间,相处又如此密切,上校称此为"侵蚀"。他用的这个词会粘在我脑海里这么长时间,想来也是好笑……话说回来,他们肯定也在盯着我。如果我的掩护身份出问题了,他们会告诉我的。

如果我直接告诉诺曼:"我不是寄生在遗产上的懒虫,我不是寄生在富亲戚家的穷兄弟,我不是个傻子——我是个间谍!"

那我就真成了个傻子了。

不知道我是否还会做噩梦,梦到明天会登上一架飞机,只有上帝才知道目的地。哦,早年的时候我经常做噩梦,梦到午夜接到了一通电话。现在还会把我激活吗?已经十年了,我已经适应了。虽然有时感到压抑,但我喜欢目前的状态。我不愿意再因为别人调整,就像当初为诺曼一样。我过去常常告诫自己不能交朋友,因为在一个亲近的人面前维持谎言是残酷的。我不认为自己能做到。但是,至少在诺曼面前,我能原谅自己隐瞒真相,因为太晚了,我们已经同住了这么久。如果让我再去和另外一个人紧密接触,我觉得自己再也无法伪装。

上帝,我希望他们在派珍妮·福登招募我的时候,他们的需求预测出错了。

怎么一下子冒出这么多想法？有人拿着木棍搅动了我的脑汁。任何人都会觉得我服用了脑爽金，而不是普通的大麻。我必须分散注意力，要不然会变成碎片。

我从未和那个坐在另外一张椅子上的家伙进行过交谈，真正意义上的交谈。我不知道是否能做到。因为，如果我能的话，意味着今天我身上确实发生了变化，而不只是一个瞬时的冲击。

但是，我不能显得太生硬。需慢慢地绕到主题上。

想知道他对我是怎么想的，最快的方法或许就是直接开口问他……

"唐纳德——"

"诺曼——"

两个人都异常紧张地笑了。

"你想说什么？"

"没事，没事——你先说。"

"好吧，我先说。唐纳德，跟我说说贝尼尼亚吧，我想看看自己还记不记得那里的情况。"

背景环境(5)
伟大的领地

在其面世之后的半个世纪,经过痛苦的思想斗争,我们这才承认达尔文进化论对身体形态的作用。(我说的是"我们"。如果你是一个宣讲福音的原教旨主义者,我希望此刻你能伸长胳膊,拎起此书的一角,把它关到你囚禁理智的地方,和其他一切你拒绝承认的、乱七八糟的东西关在一起。)

不过,我们仍未接受一个事实,即进化同样适用于精神。大家普遍认为,狗身为狗,海豚身为海豚,尽管它们的意识和自我认知与我们人类的不一样,但并不劣等。苹果难道比橘子劣等吗?

但是,我想告诉你的,是你身上正在发生着什么,而不是你那条神经过敏的小狗来福。通过电话簿,你可以查到很多动物心理学家。可一旦他开始跟你说,你和你的宠物有很多共同之处,你就不会相信他的话了。同样地,你也不会相信我。但是,如果我冒犯你到了一定程度,你至少会做一番努力,想出一些论据,以表明我错得多么离谱。

那么,先从最基本的开始:你们有两个共同之处。你是一种群居动物,狗也是。你是一种有领地观念的动物,狗也是。(我们通过围墙来标明领地,狗通过尿。虽有不同,但无关痛痒。)

你们都看到过这样一种描述:高贵的野人站在洞穴入口处阻挡狼群,就他一个人,拿着大木棒,他的配偶和后代畏缩在他身后。这种描述是鲸油渣。当我们仍处于穴居年代时,我们的习惯几乎可以肯定和狒狒一样,是一种群居动物。而当这帮狒狒们搬进来时,其他所有人——注意我说的是"所有人"——都搬走了。我的意思是连狮子都会搬走,狮子可不是那种无法自卫的动物。

狮子应该称得上是独居动物,喜欢结成一对,守护足够它们戏耍的一片领地。有时也能群居,取决于其他物种的成员带来的外部压力。(试试养群猫,你能生动地观察到整个过程。)群居动物拥有进化上的优势——联合在一起,它们可以变得很致命。狮子在幼年时也学会了这一点,然而成年后它们忘了继续执行,这就是它们被狒狒赶走的原因。

注意:我说的是"所有人",而不是"所有的东西"。你不承认你的祖先是猿人,但他们是的,你也仍然是。那些祖先是高傲的混蛋——要不然他们怎么能成为我们这个星球上的万物之首呢?从他们那儿,你继承了绝大部分使你成为人类的东西,除了一些较晚时期才出现的现象,如语言。你和其余的动物一样,都具有领地性。如果有人侵犯了领地,你很容易变成杀手——你也可以自杀,尽管你不喜这一想法,它也是我们这个特殊物种中不多的特质之一。

领地性是这样起作用的:养一群繁殖迅速的动物,像是老鼠,或者甚至是兔子,尽管它们是食草性的啮齿动物,而不是我们这样的食肉动物。让它们在一个密闭空间内繁衍,确保过程之中供应充分的饮水和食物。刚开始,在面临冲突时,你能看到它们表现得如同普通的老鼠:冲突双方摆好打斗的姿势,然后佯攻、刺探、猛冲,而后撤退。胜利属于最能虚张声势的那一方。还有,做母亲的也会以老鼠的方式尽心地照顾幼崽。

当空间的拥挤程度超过某个量级时,打斗再也不是象征式的了。现场会出现尸体,母亲也会开始吃掉它们的幼崽。

独居动物在这种情况下的表现更为惊人。把进入发情期的雌性放入一个过于狭小、已被一只健康雄性占据的空间,他会把她赶走,而不是屈服于繁殖的冲动。他甚至会杀了她。

这是非常可怕的。缺乏领地和空间,无法自由行走,没有空闲时间,这一切会导致你攻击自己物种的成员。这不符合群居动物表现出的正常的团体领地观念。最近和谁发过脾气吗?

不过,作为一个天才物种的一员,你找到了两个方向,能抽象化你的领地观念:一是隐私,二是财产。

两者之中,前者的动物属性更强,也更可靠一些。你的基本需求是一片有别于你同类的领地。但是,你不必像狗、猫,或其他各种动物一样,用物理的痕迹来标明它,然后不断地来回巡逻,吓退入侵者。你能抽象至一小片封闭的空间,没有你的允许,任何人不得入内,在此基础上你可以表现得很理智。伴随着财富的上升,首先变化的是迅速提升的隐私标准:成长于相对低收入家庭的孩子,不得不忍受他的童年生活在一个拥挤且忙碌的环境中。以当代的家庭标准,用住所中的一个房间(如果有一个多余的房间)充当起居室,它是一切活动的中心。然而,来自更富有家庭的孩子,在到了他学会阅读的年纪时,会理所当然地认为他随时能走进一个房间,关上门,把整个世界关在外面。

这也是(a)为什么出生于富裕家庭的人是完全陌生环境下更好的旅伴,比如月球之旅。他们不觉得身边的人是对其领地权利的一种永久侵犯,因为他们对于领地的理解已经彻底抽象化了。(b)脱离贫民窟的标志性方式是犯罪,即报复那些成天闯入你领地的同类。(c)黑帮主要在两种环境中形成。第一,在贫民窟中,作为抽象领地的隐私不可能存在,对领地的追逐回归到了最原始的状态:群居在一起,在一片实际存在的土地上巡逻狩猎;第二,在军队,黑帮中的称呼被美化成"军团"或其他一些自傲的脏词。在那里,回归到最原始状态是由剥夺隐私(吃住在营房)和剥夺财产(不准穿你自己选的或买的衣服,你只能穿属于美国的军服)刻意制造的。作战则是让人们患上一种特殊的精神病。很多狗娘养的征服者都各自发现了促使人们进入这种精神状态的高明技巧,比如恰卡·祖鲁、匈奴王阿提拉、俾斯麦等人。有了这种技巧,他们才能把一个落后的民族带出舒适的、文明的、默默无闻的状态,让他们开始屠杀自己的邻居。我不赞成这种刺激同类、让他们得精神病的办法。你可能会赞成。想办法治好你的病吧!

我们繁衍的速度太快,已经无法为人口提供充分的隐私。这可能不会致命。毕竟,作为一个发掘了财富的物种,我们对于财产的追逐压倒了其他的欲望。但是,我们正在牺牲另一个抽象领地:隐私。如果两者都被剥夺了,我们就会变得跟优秀的士兵一样变态。

抽象至财产,其实就是领地形成了某种外部对自我的肯定。把一个人关入信号屏蔽柜,他出来之后会大叫、发抖……我们需要环境持续地肯定,让我们相信自己就是心目中所认为的形象。在蛮荒状态,领地提供了这么一种肯定。回到上述几个段落中描述的状态,我们能把自己与同类给予的、不断变化的压力隔离开,使得我们能间歇性地重新评估自己的身份。我们能把自己寄托在一堆东西上面——作为领地的代理。但这些东西必须具有(a)很强的个人联系和(b)延续性。当代的环境抹杀了这两者。我们所拥有的东西不是由我们亲手制作的(除非我们足够幸运，显示了很强的创造性天赋)，而是产自于自动工厂。而且，更无限糟糕的是，我们有压力需要每周都换掉它们，从而在我们的生活中最需要稳定的地方引入了流动性。如果你足够富有，你会去买古董。你喜欢它们，因为它们是通向过去的通道，而不是因为你是个鉴赏家。

经典的奴隶系统存在了很长时间，尽管每个蓄奴的社会形态里都隐含了与"人生而平等"相左的悖论。然而，在南北战争之前，美国的奴隶制度就已经开始瓦解。为什么？答案存在于很多东西之中，其中之一就是《汉谟拉比法典》——人类有记录以来第一部详细的法律条文。它为人身伤害制订了罚款以及其他惩罚措施。尽管有一点很明确，即伤害一个自由人所受到的惩罚，比伤害一个奴隶的要严重许多，但它终究提到了奴隶。在古罗马，一个奴隶也能合法拥有少量财产(注意!)和民事权利，他的主人也不能侵犯。想象一下，一个欠债的人可以把自己卖了当奴隶，还掉他所欠的债，并合理地——或许有点太乐观，但绝不是发疯——期望再次挣得自己的财富。我们所知的第一个成功的银行家是个叫帕西恩的希腊人。他挣了很多钱，赎回了自己的自由，并和他的前主人合伙干起了生意。

在美国黑奴问题上，上述可能性并不存在于整个体系之中。在人权方面，奴隶和一头牛的权利一样，都是零。可以想象，一个善良的主人可能因为一个黑奴帮了他一个大忙而赐予他自由，或让他退休，宁静地安享晚年，就像一匹最钟爱的马被散养在草地上一样。但一个凶恶的主人可能会残害他，给他烙上记号，或用铁柄鞭子将他鞭打至死，而且不会有人去指责他。

是的,你不是一个奴隶。你比奴隶还要差好几倍。你是一只关在笼子里的食肉动物,而且笼子的铁条是无形的。如果存在着坚固的东西,你可以去啃,或者在绝望时用你的头使劲撞,直到你撞晕了,不再忧心为止。不,这些铁条是与你竞争的同类,平均智力至少跟你一样狡猾。他们不停地在你四周晃荡,你无法一一盯住。他们从不给予最低限度的警告,随时会挡住你的去路,搅乱你的个人环境,直到你想拿起一把枪或斧子,变成一个魔客。(这就是人变成魔客的根本原因。)

而且,他们的数目比之前任何时候都要多。你长大的过程中有隐私,因此时不时地你能化解这些压力。但是隐私变得越来越昂贵。人们对此已习以为常,甚至连高收入的生意人都需要共享他们的公寓,以便享受他们的收入无法支撑的豪华:拥有足够大的房间能存放他们的私人物品,包括他们本人。而且,你还成天受到过量的广告的蛊惑,扔掉你喜爱的旧东西,买一些陌生的新玩意儿。你还没日没夜地被权威官方机构告知,有些你不认识的人,他们追寻着半宗教化的意识形态,想闯入你们国家的领地,他们用的那种文字,即使放在你眼前你也不知道它们是文字。还有……

在二十世纪的最后一个十年,镇静剂的销量上升了惊人的百分之一千三百。除非你生活在一个太穷的国家,无法确保供应,否则我敢打赌,你认识的五个人中,至少有两个是成瘾者。也有可能是依赖于某些被社会所容许的药,比如说酒精,但更有可能的是依赖于某种镇静剂,它的副作用压制了你的性欲,迫使使用者不得不通过群交来刺激欲望。或是依赖于类似脑爽金这样的产品,它能提供让人垂涎的诱饵,让你完全沉浸于个人世界,不会有闯入者前来打扰。但它会导致早老性痴呆,比烟草导致肺癌的可能性还要高，还要确定。

简而言之：你的一生，从出生到死亡，都在模仿一个喝得烂醉的酒鬼走钢丝。到目前为止，他的表演如此之糟糕，让他受到了烂鸡蛋和碎瓶子的轰炸。

如果你掉了下去，他们大概会这么做：他们会把你从熟悉的环境中带走——你不怎么喜欢这个环境，但至少你对它不陌生——带你去一个你之前从未去过的地方。你被剥夺的最关键的东西是领地性。他们会把你扔进一个笼子，那里没有任何东西能让你辨别你这个个体。你第二缺失的是领地的抽象物。他们会拿走你自己选的衣服，给你一些破旧的二手——或二十手——衣物，而且你不会有隐私，因为在一个时间表都被刻意打乱的地方，你连通过肚子饿来判断进食时间的机会都不会有。他们只会随时一下子推开你的门，看你在做些什么。

最后，你会发明你自己的语言，因为没有其他方式来区分你自己。你会用自己的排泄物在墙上涂抹，因为除了你自己的粪便，这地方没有任何东西是属于你的。他们会把你归类为没有希望的那一类，并加强你受到的"治疗"。

不要说这不会发生在你身上。近百年来，对你不利的概率每天都在上升。你至少认识六七个被关在精神病院的人，其中至少有一个人是你的亲戚，尽管他跟你可能只是表亲。同样地，如果我说错了，那只是因为你生活在一个太穷的国家，无法为它的人口修建那么多质量还过得去的精神病院。

感谢上苍有这些国家存在！如果我说的让你担忧，或许你可以移民去那些国家，结果可能会比你继续留在这里好一些。

——《你是野兽》，查德·穆里根　著

人物追踪(5)

角　色

　　带着些许愧疚——因为官方对于此类迷信行为怀有敌意——学生们在前往奉献大学那些高大时尚的现代建筑的途中，经常会闪身躲进一个神庙。神庙装饰着彩色的长纸带和金色的叶子。在那里他们会点燃一个火山形状的香，袅袅升起的烟带给他们抚慰。从那里出来后，他们在学习上会变得更加用功。

　　雅塔康有很多变化，但那个推动了大多数变化的人却躲开了公众的视线。然而，在人们的心目中，仍保留了一个十分重要的确信：雅塔康人都有一种受上天眷顾的自豪感，这种感觉可能比世上任何国家的国民都要强烈。

　　这个国家自吹有一百个岛，资源的丰富程度远超常人的想象。它是亚洲唯一有多余食物出口的国家，多数是糖和鱼粉。(吕卡科塔·莫迪龙·苏盖昆吞教授改良了一种特殊种群的罗非鱼，它们为后者提供了数以千顿计的原料。)它的矿藏让它在很多大宗商品上自给自足，例如铝、铝土矿和石油——用于生产塑料，而不是燃料。(一种被苏盖昆吞编辑过的细菌，可以在不需要其他添加物的情况下，就地将很黏的焦油裂解成可经油管抽取的轻组分。这一切都发生在地下一英里深处。）这是世界上唯一一个没有人工橡胶厂的大国。（在它的种植园内，二十世纪的品种已被彻底清除了，重新种植了苏盖昆吞研发的新植株，每季能出产从前两倍的树胶。）

不过，所有的这一切，只需罗亚老祖稍一发怒就会变得粉碎。愤怒的前兆只是探针在纸上的颤动。他在雄高海峡边蛰伏，从1941年以来，他还没有发过脾气，但市场上火山形的香依然很畅销。

"现在，我想让你做的是，"苏盖昆吞对一只猩猩说道，"去那个门漆成蓝色的屋子——蓝色，记住了？——然后在抽屉里找到你自己的照片。把照片带回来给我。要快！"

猩猩挠了挠自己。它不属于那种讨人喜爱的类型。一种讨厌的副作用使它遭受了脱毛之苦，它的整个腹部和半个背都秃了。仔细思考收到的命令之后，它顺从地跳着跑向门口。

苏盖昆吞教授四个访客中最重要的一位，也就是那个唯一坐着的人，是个体格粗壮的男人。他穿着样式简单的白色夹克和裤子，精心修剪的小平头上贴着个传统的黑色小帽。满怀期望能听到赞赏，苏盖昆吞对着他开口了。

"我相信，你们会看到，这个行为表明它有能力服从口头的命令，同时还能区分它的同类通常无法区分的颜色。更重要的是，能在其他物体中辨别自己的形象——在这么短的时间内取得了这种成果，考虑到问题的复杂性……"

访客手里拿着一根短手杖。当他想转换话题时，他会用手杖在靴子上拍一下。他现在就这么做了，发出了像抽鞭子的声音。如巴甫洛夫条件反射，苏盖昆吞不说话了。

访客站起身，再次开始在实验室里逡巡，这至少已经是他的第五或第六次了。他的注意力停留在墙上的两幅画上。那上面本来还有第三幅，一小片仍未褪色的颜料暴露了它的位置。有人曾警告说，参加诺贝尔化学奖的颁奖典礼是不爱国的表现，不能公开展示。剩下的两幅画中，其中之一是世界地图，另外那张是苏鲁卡塔元帅的画像，他是雅塔康社会主义指引民主共和国的统帅。

访客突然开口了："你最近看过这幅地图吗？"

苏盖昆吞点了点头。

手杖翻了上来，充当了教鞭，敲击着盖在地图上的玻璃。

"它是雅塔康身体上永远的痛，这个美帝国主义的溃疡，这是他们厚颜无耻和贪婪的见证！我看到了，"他的语气中多了一点点赞许，"至少你的地图没有显示伊索拉这个名字。"

苏盖昆吞觉得自己没有资格得到赞赏，因为这是一张伊索拉时代之前的地图。但他保持着沉默。

"还有，"——教鞭指向西北方向——"作为我们的朋友和邻居，苏联人和我们一样。然而，遗憾的是，你不觉得他们长久以来一直受到欧洲意识形态的毒化吗？"

苏盖昆吞立即表示出完全的赞同。这不是官方的说法，因为触角遍布四处的苏联人太强大了，离这里也太近了，不能得罪他们。但这是一种党内默认的态度。

访客的手杖画了一个香蕉形状的圈，把雅塔康分散在四处的岛屿都包括了进去。"我们都认为，"他仿佛在自言自语，"时机已经成熟了，一个真正的亚洲国家要为亚洲做出贡献。在我们的国境线内生活着两亿三千万同胞，他们享受着一定标准的生活、一定标准的教育，具备着独一无二的政治觉悟。你的猴子出什么问题了？"

苏盖昆吞的心沉了下去。他派了一名助手去寻找那只猩猩。他试图要辩解,说这只猩猩之前所有的试验品最后都自杀了,因此,这只生物在这个阶段还活着就已经是个成就了。但访客又拍了一下靴子。他们中间产生了令人压抑的沉默,直到那个年轻人领着猩猩回来,他边走还在边骂它。

"它自己找到了照片。"他解释道,"不巧的是,那个抽屉里刚好有一张它最喜爱的雌性的照片,所以它就停了下来,一直在盯着它。"

从猩猩的生理反应来看——明显得令人作呕,因为它腹部的毛全掉光了——它显然拥有很强的二维影像辨识能力。这是一种高级技能,很多人类团体,例如布须曼人和贝都因人,都需要经过外人的教导才能学会。但苏盖昆吞觉得向他的访客强调这一点可能没什么用。

后者哼了一声。他说道:"你为什么要在这么没有希望的生物上浪费时间呢?"

"我听不懂你的意思。"苏盖昆吞大着胆子问道。

"猴子就是猴子,不管你怎么调整它的染色体。为什么不在真正的实验对象上开始研究呢?"

苏盖昆吞看上去仍然迷惑不解。

访客再次坐了下来。他说道:"听着,教授!即便你把自己关在实验室里,你仍然知道外面发生了什么,不是吗?"

"我尽到了公民的义务。我每天都会挤出时间学习世界形势,而且,我还定期参加我居住地的信息通报会。"

"很好。"访客带着挖苦回应道,"还有,你已立下誓言,要实现我们国家的目标:第一,夺回美国侵占的苏禄群岛,让它回到我们国家的怀抱,它自古以来就是我们国家固有的一部分;第二,要把雅塔康建设成为亚洲文明的开创者。"

"当然。"苏盖昆吞的双手紧扣在胸前。

"你从未在实现这些目标的过程中畏缩过?"

"我相信我的工作可以为我作证。"苏盖昆吞变得有些恼怒了,要不是这样,他的话不会如此接近自吹自擂。

"如果你说的是真的,那你肯定同意我接下来的建议。尤其是,我们的领袖"——朝着墙上的画像草草敬了个礼——"亲自选定了它。它是一条康庄大道,能带领我们走出当前暂时的困境。"

之后,被驳得哑口无言的苏盖昆吞发现自己在想:带着尊严与祖先团聚的传统,如果没有被这个二十一世纪的现代国家定义为非法,那该多好。最近的几个月,这种想法已经浮现过许多次了。

背景环境（6）

来自非洲

贝尼尼亚（宝贝的贝，连着两个尼姑的尼，最后是亚洲的亚）：西非国家，位于贝宁湾北部。6330平方英里，人口（1999年）约870 000。首都：梅港（127 000）。渔业、农业和手工业。

英国殖民地和保护区，1883年－1971年。独立的共和国，1971年至今。

85%辛卡人，10%霍莱尼人，3%伊诺克人，2%卡帕拉人。30%基督教，30%穆斯林，40%各种本土宗教。

"……直到今天，人口问题仍然是殖民剥削时代遗留给这个国家的最严峻的问题之一。人口过多，临近地区的部落冲突又造成大量难民涌入。它几乎缺乏任何自然资源来支撑自己。不断接受联合国救援已经让它沦为国际乞丐，然而，欧博密总统仍骄傲地拒绝了苏联的'技术援助'。长期来看，他的决定可能是正确的。但是，长期尚未到来，而短期所面临的饥荒和瘟疫……"

（黑人：人类某个群体的成员，来自——或是他们的祖先来自——那片被称为非洲的土地。非洲这个名字并非由生活在此的原住民所取。他们比白人优越的地方在于,他们没有发明原子弹、汽车、基督教、神经毒气、集中营、军国主义和巨型城市。

——《时髦罪行词汇表》,查德·穆里根　著)

"老萨已经在那个岗位上工作了四十年。我不禁开始怀疑他如此坚持的原因。究竟是他想要这么做,还是因为那个蒙昧的国家没有合适的人来接替他!"

现场记录（5）

洗耳恭听

　　维多利亚从诺曼的卧室走了出来。她穿了件白色的上衣和极触休闲裤——两根闪着金色的紧身裤管，从脚面到大腿，后面打了个褶子来装饰，在屁股那儿形成一朵跳动的玫瑰花，一条沉重的金链子悬挂在胯骨之间。显然，光是穿衣花不了她这么长时间，大部分时间都用在让她的其余部分更漂亮上面。几乎是白色的头发盘成时下流行的天线形，血管用蓝色颜料做出了标记——有些聪明人称之为"电路打印"。她的指甲、乳头和隐形眼镜都镀上了铬。

　　她瞟了那两个男人一眼，看到他们正谈得起劲，便穿过房间，走向放着她电子琴的角落。她戴上了耳机，以免琴声打扰到他们，开始无数次重复一个简单练习，左手三节拍，右手五节拍。

　　和平时一样，只要有人问到他专业之外的东西，唐纳德就会尴尬地意识到他本人知识的局限性。然而，当他概述了记得的有关贝尼尼亚的信息后——同时一直在疑惑，为什么诺曼不直接走到电话跟前，按下附带的百科全书的按键——那个黑人看上去真的很佩服。

"谢谢,你让我想起了一些我忽略的地方。"

"为什么突然对这么一个无足轻重的国家感兴趣?"唐纳德询问道。

诺曼犹豫了。他瞥了一眼维多利亚,猜想她的耳朵里应该被电子琴的叮咚声塞满了,不可能偷听到他们的谈话。他诡异地笑了笑。

"你想探听通技公司的秘密吗?"

"当然不想。"唐纳德有点气恼地说,准备起身再去倒一杯喝的。

诺曼差点发火。信任一个"白猴子",结果他还误解我了。但他控制住了自己。

"对不起,我不是这个意思。"诺曼艰难地咽下一口唾沫,"我的意思是:如果我想跟你提一些原则上禁止跟你说的事,你不会介意吧?"

"我保证不往外传。"唐纳德向他保证,再次坐了下来。这场谈话会朝哪个方向发展呢? 诺曼从未显得如此紧张。他的双手紧紧地绞在一起,仿佛要把濡湿了手掌的汗水拧干似的。

"今天,乔老太,加上公司的财务官和负责项目计划的高级副总裁,邀请了艾立虎·马斯特斯共进午餐。他们把我叫了过去,像是要让我给他们表演余兴节目。席间除了废话,什么都没有谈——重复,什么都没有谈。告诉我你怎么看这件事。"

带着某种强烈的情绪,他一字一顿地说完了上面这句话。这句话本身就表明,他们之间的关系更进了一步。

经历了这么长时间的相互客套之后——最近都开始带着些挖苦了——唐纳德因为突然分享了诺曼的秘密而惊呆了。他小心翼翼地隐藏了自己的反应,琢磨着耳朵里听到的名字。

"艾立虎·马斯特斯?……噢!他以前当过我们国家驻海地的大使,是他吗?他们又派他去了贝尼尼亚,当时有很多谣言说这是降级任用,暗示存在着某种丑闻。"

诺曼叹了口气,"我们黑人就像磨破的皮肤一样敏感,是吗?当时也有人指责说是歧视,还有其他各种阴谋论。我觉得不可能是丑闻。我关注他的职业生涯有挺长一阵子了,我碰到的每个接触过他的人都对他赞赏有加。至于其他的谣言……怎么说呢,反正我不相信政府会把他丢到背阴的地方,让他自生自灭。"

"你觉得他的调任里面有更深层的原因?"唐纳德问道,"我猜有这种可能,但是——话说回来,这一切跟通技有什么关系?光从表面上看,我看不出这中间有什么。当然,有资格做判断的人是你。"

迟疑了一小会儿之后,诺曼开口说道:"我首先想到它可能跟大西矿有关。"

"中大西洋矿业项目?"唐纳德就这个可能性思考了一两秒钟,随后耸了耸肩膀,"我确实听到过传言,说通技因为发现了一个无法开采的富矿而大伤脑筋。是这么回事吗?"

"差不多。"诺曼承认道,"问题的关键是,把有用的矿石从大西矿开采出来的成本,与世界上其他地方传统采矿的成本差不多。他们试了很多种方案,就是没办法把成本降下来。对大西矿来说,目前大宗商品的市场价格是保本价。然而,竞争者会很乐意砍掉他们的部分收益,迫使通技降价,让通技在市场上出丑。通技不得不亏着销售。这不是开采富矿的适当方式,对吗?"

"那贝尼尼亚和大西矿之间又有什么联系呢？"

"我不知道。那地方不是市场。它太穷了，即使我们愿意折价，他们也买不起。不过，这倒让我觉得通技不是其中的关键了。政府才是关键的因素。"

唐纳德挠了挠腮帮子。"为什么？不过，达荷马里和尼加联都在盯着梅港，这已经是公开的秘密了。它有潜力成为贝宁湾最好的港口之一。就目前而言，我猜那地方不过是个小渔港，但是一旦疏浚以后……嗯！没错，我认为政府可能希望能确保贝尼尼亚的独立。"

"政府会有什么好处？把梅港用作军港？"

"在那个角落，我们有我们的——呃——袖珍共和国利比里亚。但是，无论在哪种情况下，它都太脆弱了。一支训练有素的军队可以在半天之内隔离城市，并在四十八小时内占领全境。"

"那么，政府的总原则是让它免于被扩张成性的邻居吞并？"

"我不认为政府会干涉得这么深入，即便欧博密总统跪在他们面前恳求。看看伊索拉都发生了什么！那都是二十年前的事了，但抗议的风暴仍旧时不时会掀起浪头，尽管他们加入美国时经过了全民公投。"

诺曼的嘴一下子张大了，仿佛有灵感击中了他。唐纳德等待着，不确定他是否会说出来。没等到诺曼开口，于是他开始按照自己的思路大胆地说了下去。

"你有没有想过，是马斯特斯主动接触通技，而不是倒过来？"

"天哪，唐纳德，你最近获取了特异功能吗？我正是这么想的！你不会相信一个像马斯特斯这样的人，只是为了加入董事会这种徒有虚名的工作而离开外交界。他太年轻了，还不到退休的年纪,而且也太成功了,不可能因为钱离开他选择的职业。午餐时,也没有迹象显示老乔想招募他——尽管,就像我告诉你的,实际上什么重要的事都没谈过。"

他们又陷入了沉默。唐纳德的脑子飞快地盘算着,诺曼透露的信息到底意味着什么。他做好了继续聆听的准备,而不是冒险用自己的判断去转移话题。然而,诺曼一直在盯着他的左手,不断左右转动手腕,仿佛之前从未见过它。如果他真的打算再说些什么,他真是花了很长时间来整理话语。

最终,当他似乎准备好了要说话时,维多利亚摘下了耳机,扭过头来看着他,抢在他前面开口了。

"诺曼!今晚我们不打算做点什么吗?"

诺曼惊了一下,看了看手表。他一下子蹦了起来,"对不起!我错过了晚祷告时间。我很快就回来,唐纳德。"

"你不回答我的问题吗?"维多利亚追问道。

"嗯?噢——不,我没什么兴致。你问问唐纳德吧。"

她扬了扬修成弧形的眉毛,表示询问。答复之前,他迟疑了一下。由于目前没有可与诺曼分享的小姐,他在过去的两周几乎没怎么享用维多利亚的陪伴。但是,她那副无瑕的人工之美让他想起了桂妮薇儿·斯蒂尔和她美容院的产品,刺激得他有些不舒服。

"不用了,谢谢。"他小声地说,随后起身去倒几分钟之前就想倒的第二杯酒。

"既然这样,你不介意我出去一会儿吧。"维多利亚打开门,有些愠怒地说。

"行,想在外面待到多晚都可以。"诺曼在走向卧室的半路扭过头说道。卧室里的祈祷毯放在朝向麦加的方向。

门砰的一声甩上了。

就剩他自己了。唐纳德有点后悔拒绝了诺曼的慷慨。他在宽敞的起居室里来回踱步，意识中只有一小部分放在周边的环境上，其余的都用来琢磨诺曼的非典型行为。

过了不久，他随意的踱步带着他来到了电子琴跟前。自打维多利亚搬进来以后，他还没仔细看过这东西。它是最新的设计，能折叠起来，大小等同于一个行李箱，很轻，两个手指就能把它拎起来。

他欣赏着光滑的镀铬表面，仅几个毫米厚的镀层将光线折射成了单色光，让这材料看上去像漆上了彩虹的颜色。他随意将其中一只耳机塞进耳朵里，敲了下琴键。

一阵爆炸般的嘈杂声差点震破他的耳膜。

他一下子缩回了手，仿佛被这乐器咬了一口。他打量着整齐排列的控制按钮，想找到音量开关。刚要去调整它，有个想法突然击中了他。

维多利亚不可能在这么大的音量下玩这个东西。她的耳朵会被震聋的。为什么在离开之前，她要把这乐器的音量调到最大呢？

不知道为什么，这种周遭环境中小小的不协调之处总会让他很恼火。正是出于同样的原因，他对于教育才会产生极度的不满，而这不满又吸引了半吊子部。他坐了下来，开始操作这台乐器。

不到五分钟的时间，他发现了位于右膝处的震动控制手柄。它的弹簧式开关需要加大力量才能启动，比玩家一般所用的正常力量更大一些。

不知道该怎么办,他只能静静地坐着,直到诺曼从他房间里走出来。跟往常一样,几分钟的礼拜似乎又让他恢复了平静和幽默感。

"该不是你会玩那东西吧,对吗?"他问道,假装自己发现了唐纳德自从搬进这套公寓以来一直隐藏的音乐天赋。

唐纳德下定了决心。稍早之前,诺曼已经显得不对劲了,竟然愿意向他的室友透露秘密。再来一次轻轻地打击就可以击破他最后的防线,让他彻底袒露自己。

"我想你最好过来听一下这个。"他说道。

诺曼带着疑惑服从了,从唐纳德手里接过耳机。

"你想让我戴上耳机吗?"

"不用,只要贴着耳朵就行。现在,注意听。"唐纳德按下一个琴键,音乐声响了起来。

"听上去——"

"等一下。"唐纳德用膝盖使劲顶住震动控制杆。音乐声先变得杂乱,然后开始围绕着一个音符做上下各半个音的震动。再用点力——

音乐声消失了。一个声音在说话,有点微弱,但每个字都听得很清楚:"——我正是这么想的!你不会相信一个像马斯特斯这样的人——"

唐纳德松开了秘密开关,音乐声又回来了,一直持续到他的手离开琴键。

最初的几秒内,诺曼保持着不动,如同一座雕塑。随后,从手开始,他的整个身体都在颤抖,越来越猛烈,到最后他几乎都无法站直了。唐纳德在他松手扔掉耳机之前,从他手里把耳机救了过来,并关切地领着他坐到了椅子上。

"对不起。"他小声说道,"但我觉得应该让你马上知道。要来点镇静剂吗?"

瞪大着眼睛,却没在看任何东西,诺曼无力地点了点头。

唐纳德拿来了药片和一杯用来服药的水。他等到诺曼的颤抖停止了,显然药物起作用了,这才开口说道:"别担心,通技的人不会用这来搞你的,肯定! 他们肯定知道,任何一个在你这个位置上的人,都是商业间谍的重要目标。而且,这么巧妙的仪器不可能被轻易发现,除非像我那样,纯粹出于运气。"

"我不担心通技的人。"诺曼冷冷地说,"通技足够大,也足够混蛋,能擦干净自己的屁股。让我安静一会儿,好吗?"

唐纳德谨慎地后退了两步,看着神经紧绷的诺曼。他鼓起勇气说:"一天之内受到两次打击——"

"这跟你有个渣关系!"诺曼咒骂了一句,从椅子上蹦了起来。没等唐纳德再次开口,他已经向大门口走了三大步。

"诺曼,不要去追维多利亚,看在老天爷的份上! 没用的——"

"哦,收声吧。"诺曼扭过头来说,"我当然不会去追那个该死的小妞。如果她还有胆子回到这儿,我会告她犯了商业间谍罪。我会很乐意这么做,相信我。"

"那你这是要去哪儿?"

听到问题后,诺曼一个转身,死死地盯着唐纳德,"有你什么事? 你这个冷血的、毫无特征的僵尸。像尺子一样算计,像液氮一样冰冷。你无权过问我要干什么——你这个半吊子的超脱模样,一刻不停地遵守'白猴子'礼仪!"尽管服用了镇静剂,他依然在剧烈地喘息着。

"但是,我还是会告诉你——我想去找艾立虎·马斯特斯,挽回一些我今天的形象。"

随后,他离去了。

唐纳德终于发现,手掌传来的疼痛是因为他把指甲抠进了肉里。他强迫自己慢慢地伸直手指。

那个肮脏的吸血鬼娘养的,他有什么权力……

愤怒如同余烬一般渐渐熄灭,只留下一股酸溜溜的自嘲。他一口喝干了杯中酒,没顾得上品尝酒的滋味。

光是揭露了维多利亚的秘密这一件事,不可能让诺曼的陀螺如此剧烈地偏航。他肯定知道,一成不变的习惯,即每年带三到四个新的小姐到公寓——而且总是同一类型——会让他掉进商业间谍的陷阱。这样的任务对一个公司小姐来说有很大的风险,但如果对象是通技公司的副总裁,酬劳肯定相当诱人。

我想知道是哪家公司雇了她。

但这并不是重点。不知怎的,所有的事情都感觉不是重点,除了那个不协调的中心点:诺曼第一次差点想和他的室友交个真正的朋友,随后他却发狂似的怒吼,并冲出去找他的黑人同胞。

唐纳德站在空空的房间里,想着大纽约市里包围着他的一千三百万人。这个想法让他害怕,他感到了前所未有的孤独。

世间百态(4)
像个男人一样说话

机密:据报,派驻伊索拉的海军和海军陆战队各单位中,有人曾使用婉转的称呼。现令各单位军官须提醒各自人员,官方批准的术语是"黄猴子"和"象鼻虫"。若再有人使用通行于平民之间较为婉转的称呼,该行为将会受到严惩。

"若无法借助武力控制,他们便会用他们手中的钱赢回!我们必须赶走这些寄生虫,这些品格低劣的吸血鬼。他们玷污了我们的女人,蔑视了我们神圣的传统,嘲弄了我们珍贵的国家文化遗产!"

不准进入!

所有船只,特级警报。所有船只,特级警报。周四晚间的风暴过后,有水雷脱落,正漂向波尔多地区的海岸。请就地待命,直至天明。注意接收欧盟海军部门的信号。

"我想知道的是,我们那个该死的政府还打算忍多久?"

私人领地!

"我们的敌人就潜伏在我们周围,等着我们放松警惕。但是,我们不会给他们发动偷袭、把我们消灭的机会。我们要坚定不移,用熊熊的火焰和自我牺牲的精神,将我们国家中的败类清除出去。”

严禁闯入,违者必究!

各机关:在下列部门中发现了修正主义分子和倒退分子……

“是的。但是,我的意思是,在如今这个时代,以他这个年纪,即使他有合格的基因,一个有社会责任感的男人也不会生五个孩子!我不管他的信箱中有没有人口控制的小报——这可能是个掩护,不是吗?不,我说他肯定是个真天主分子,吸血鬼。我要赶走他!”

内有恶犬!

“无论是从道义上、法律上,还是从历史上说,都是属于我们的东西。然而,它正在外国强盗的鞋跟底下哭泣!”

本区域受大安公司保护

“仅我们自己享受自由是不够的。在所有活着的人都能真诚地称自己是自由的之前,我们每个人都不是真正自由的人。”

不准通行

“仅我们自己享受自由是不够的。在我们中间,还有这样的人,他们颂扬一种异端的生活方式。在我们看来,这种方式是邪恶的、可憎的和错误的!”

黑鬼让你看不到明天的太阳

“肮脏的红鬼——”

我的国家属于你

本国公民走右边,外国人走左边

“资本主义的鬣狗——”

这里永远是英格兰

白人黑人

"此次流感始于加来——"

法国万岁！

弗莱明·瓦隆

"该死的黑鬼——"

德意志高于一切

约鲁巴人、伊博人

"该死的邻居——"

天佑非洲

你的我的

"他们都疯了，除了你和我，你只是稍微有点怪——"

我的！

我的！！

我的！！！

爱国主义：一个伟大的英国作家说过，如果他必须在背叛他的国家或是背叛他的朋友中选择的话，他希望自己有权选择背叛国家。

（阿门，兄弟姐妹们！阿门！

——《时髦罪行词汇表》，查德·穆里根　著）

人物追踪(6)

我站在哪一边

　　在纽约,艾立虎·马斯特斯不喜欢住酒店,甚至不喜欢住在众多朋友的家里,尽管他知道他们中的某些人因为他一再地拒绝而感到很受伤。他喜欢在联合国的青年旅舍内找个房间。而且,如果这地方已经客满了,这次旅行就是这样,他们会给他找个比壁橱大不了多少的地方。你把床掀起来靠到墙上,就能露出床下藏着的浴盆——这显得很酷。

　　他害怕自己太爱自己的国家,就像他的老朋友萨基尔·欧博密那样,因为同胞的困境,放弃了好不容易才下定的、为全人类福祉做出奉献的决心。今天,他差点就这么做了。那个年轻副总裁在通技的表演让他感到莫名悲伤……

　　他还没有公开他接触通技的原因。但他觉得他们应该已经把背景资料都输入了撒缦以色,而且做出了一个和实际结果偏差不大的评估。太多有关他的资料是公开的。例如,他个人提出要求调任贝尼尼亚,按照正常程序来说,他应该会被派驻到德里任大使,之后再赴任每个外交官心目中真正的肥差——巴黎,甚至是莫斯科。他被派驻贝尼尼亚这一消息掀起了一片哗然,尤其是来自次世代之子……

他坐在房间里仅有的一张椅子上，面对墙上挂着的平板电视。他并没有看着它。电视接收的是神奇的全息信号，播放出的图像仿佛是实体的，而且会随着你从图像的这一侧走到另外一侧产生形状和视角上的变化。刚播完的节目是今日头条时段，详细介绍了最新的太平洋冲突、反真天主教会的骚乱，以及魔客造成的破坏。这些都让他的心情压抑到了极点。

他手里轻轻拿着一本朋友推荐的书。书是在他前往贝尼尼亚赴任之后的几个月问世的。艾立虎之前听说过作者的名字；他被专业人士评价为少数几个真正伟大的社会学科普作家之一，继承了帕卡德和里斯曼的衣钵。

但是，他宣布这本书将是他的绝唱，并遵守了诺言。据借书给他的朋友所说，从这本书出版以后，他就消失了。有传言说他自杀了。的确，他嘲讽的语气中透露出的绝望，让艾立虎一下子联想起了威尔士的《束缚末端的心灵》。那是本残酷的墓志铭，描写了人类精神的终结。传言有可能是真的。

他的目光垂下来，聚焦在书上。封面上画着一桶火药，还有一列火车呜呜地驶过。毫无疑问，这个设计是出版社选定的，而不是查德·穆里根本人——他知道二十一世纪的真实模样，如果让他来选，绝不会选这么过时的东西。

事实上，穆里根……

艾立虎缓缓地点了点头。他不得不承认，这本书留给了他很深的印象，就像一个医生拒绝用谎言来安慰他的病人一样。穆里根或许可以理解，是什么让美国外交界最耀眼的明星，选择了贫穷破烂的梅港，而不是现代化的、整洁的莫斯科。尽管是个白人，穆里根甚至还能破解这位明星在面临选择时的内心想法：难道要为了自己的同胞那些可怜的需要而放弃理想？在这个全新的二十一世纪，他的同胞们仍是迷惘的一代，催生出最多的魔客（尽管根据政策，新闻从未提及他们的肤色），拥有最多数量的成瘾者（尽管他们中的大多数买不起脑爽金或三古丁，只好使用在厨房配置的摩羯诺，或用肮脏的刀背刮擦罂粟的裂口来毒害自己），他们会大声说："你能拿我怎么办，我出生在这儿！"也许他应该只把爱留给自己的朋友，把忠诚留给整个人类？

黑人也好，白人也罢，此刻的艾立虎·马斯特斯无法分辨究竟谁更好。是那些巴马科和阿克拉的大人物——总是时而哄骗着向贝尼尼亚示好，时而又愤怒地叫唤着，想以此来转移他们内部的部落冲突——还是通用技术的董事会？让达荷马里和尼加联继续他们的暗战吧，继续吹嘘谁更工业化、更强大，谁为保卫国家领土完整做的准备更充分。对他而言，重要的是萨基尔·欧博密可以在四个不同语言的民族之间保持平衡——其中的两个是外来者，是邻近区域二十世纪种族大屠杀受害者的后代——让他们在有可能导致内战的情形下还能一起歌唱。这是一项属于整个非洲的伟大胜利。

或许……属于整个世界。

他仍然能在脑海里听到那个歌声，听到鼓槌敲击在玉米研钵里发出的咚咚声。那地方没有多余的动物皮，无法奢侈地做成鼓的蒙皮。伴随着经久不息的鼓声，他发现自己说出了声。

"并不是因为他们生活在一个肮脏贫穷的世界里！"他叫道，用书敲击着掌心以示强调，"而是因为他们还没有像我们这些老于世故的人一样，学会互相仇恨。"

话一说出口，他就知道他们其实是错的。当人们声称，仇恨是需要有人教才能学会时，他们其实是在欺骗自己。仇恨竞争者,仇恨闯入私人领地的入侵者,仇恨更强壮的男性或更能生养的女性——这种情感一直潜藏在人类的心理结构中。但是,有一个事实仍然成立:在贝尼尼亚,他能感觉到一种幸福,尽管当地的人们生活在极度的贫穷之中,他从未在其他任何地方见过那样的贫穷。

可能应该归功于老萨?不,这同样说不通。即便是耶稣、穆罕默德或佛祖,都没有资格抢功。但我确信它是一种客观存在!或许,当通技开始行动后,他们会把资料输入撒缦以色,得出一个可能的解释。

但这个解释可能非常荒谬,纯粹是一种自圆其说。仅有的一些可供输入计算机的事实:贝尼尼亚是个小国家,经常发生饥荒,由总统及其一小伙精干的助手治理,它的那些大邻居早已无法保持稳定,并按照不同的语言组成了前殖民地联邦。还有一些有趣的历史背景可供参考,例如,当阿拉伯奴隶贩子到处抓人售卖给欧洲的买主时,他们为什么放过了辛卡人;为什么这个部族看着不像能打仗的样子,却从未被邻居征服过;为什么在英国殖民者的统治下,却从未有过革命党在这地方成立;为什么……

"成天琢磨这些东西有什么用呢?"艾立虎再次对着房间里的墙壁问道,"我爱那片土地。但是,把爱分解成一堆因素,然后输入一台计算机里进行分析,那么在此过程中,让我们之所以为人的人性也就消失了!"

背景环境(7)

斗 牛

场景：一个天主教堂内的早祷会。

演员：主教和教众。

细节：讲坛前缘扶手上的涂层。它是用油画笔抹上去的，成分为某种糜烂性毒剂(分子式与芥子气同源，但更有效)和迷幻剂(以通技产品目录编号AKZ-21205为基础，将其与稀硫酸混合加热至沸腾而制成，产品别名为"吐真剂")。

预测：当主教不可避免地将双手放到扶手上并握紧时⋯⋯

大实话：我这段话引用自圣约翰所传福音《启示录》的第十七章第一节。嗯⋯⋯"我将坐在众水上的大淫妇所要受的刑罚指给你看"。

现在，我要说的是，我不怀疑，你们中有些人——(哎哟！这他妈的⋯⋯)——会觉得震惊，(什么东西让我的手这么疼?)因为我选择了这么一段话——刻意选的，我想跟你们强调一下(如果我不把注意力放到手上，说不定疼痛会慢慢消退)——是为了以最富戏剧性的语言，以最生动的方式，告诉你们一个真理，一个有些人，包括坐在我们中间的伪基督徒，视而不见的真理。(我的手像是着火了!)

我想跟你们说的真理,我想说服你们接受的真理,其实很简单。因为我引用的这本福音书,和其他书一样,和我们的日常生活息息相关,它没有避开我们生活中的一些不太光彩的方面。当然,它并没有说它们是可接受的。不过,它也没有去掩饰我们需要直面的真理。作为基督徒,若要尽到我们的本分,就需要去了解它。(啊,好点了,现在疼痛消退成了热烘烘的感觉,像是戴了手套。)

因为人的体内有圣灵,所以,我们教会的缔造者们,在他们传教的过程中,不怯于用人来做类比——你们可能甚至会觉得有些类比过于残酷。

说到淫妇这个类比,她出卖她的肉体换取利益,早我们几代的人多数会觉得她很可耻。然而,我们的社会逼迫了这种人的存在,才是真正可耻的——用口语来说就是"不要脸",很是形象生动。幸运的是,我们开始意识到,我们被创造成实体的形态,相应地,我们也应当承担实体需要承担的责任。婚姻就是其中之一。我们的主将他和教堂之间的关系比作婚姻并非偶然——简而言之,男人和妻子之间的结合是爱的表达,爱的表达,用别的话来说——嗯——爱的表达。(我希望他们没注意到我靠在了柱子上!)

当然,如今妓女越来越少了。在我还年轻时,我身边有些小伙子——嗯——有求于这种人。我觉得他们很可怜,因为很显然,他们并没有正确地使用我们被赐予的能力。我们的这种能力,可以让我们表达爱意,而这种爱意不仅可用来延续我们这个物种,还能被一个人用来给另一个人或另一伙人创造愉悦。(?)

当我说"另一伙人",当然,我强调的是一个遗憾的事实,我们人类远谈不上完美,其中一个不完美之处就是,若要完全发挥这个天赐的能力来愉悦你一生的伙伴,那么,和人类的其他行为一样,它也需要测试和练习,直到完全发挥出它的功能。因此,我们发现,有人在婚后真心后悔选择了对方作为伴侣,到最后他们实在是不合适再在一起,我们只能遗憾地把他们分开,因为……

好吧,你们懂的。(以前从来没觉得这件长袍这么沉、这么不透气!)

你们也知道,很多人不理解这一点。我是说,自从二十世纪末期教会大分裂以来,我们一直在忍受那些来自马德里的、头埋在沙子里的顽固分子。他们用一系列的教皇圣谕攻击本属同门的天主教,做出了种种令人作呕的行为。他们这么做,不仅是因为罗马的教会觉悟了基本的道理——做爱比生一串小孩、往他们身上洒圣水、把他们送到天堂、让哈利路亚声回响在天上等等含义更深——还因为我们认识到了避孕药的重要性。但这位艾格兰亭教皇一直在鼓吹,说什么你们不能干涉神的律法,要给你们命中注定的孩子健康成长的机会,让他们圆满。还有,哦,不,你永远不能享受和他人睡在一起,除非是为了生儿育女。说得就好像人还不够多似的;说得就好像没人紧跟在你脚后跟后面,前面也没人挡你的道;说得就好像从我们的手中抢走面包是因为他们病态的贪婪和自私。上帝,够了,你都想改信其他宗教了,真的想,他们会保证你死后能拥有一连串永恒的处女。不允许你用避孕药?那就别抱怨你的妻子肚子大了,你一晚接一晚地独自躺着,因为情欲而无法入眠,很快这就成了一种折磨。所有像艾格兰亭这样的烂人,在他小时候已经和街上的女人尝过了味道,却转身禁止其他人享受。我想他肯定是染上了疹子,毁坏了他的脊髓液,升高了他的糖基磷脂酰肌醇。如果不是,那他可能是个阳痿。任何人都能想到艾格兰亭是个阳痿,他的那伙真天主教徒都是阳痿。我应该停止宣讲,不再往你们的耳朵里塞这些废话,好让你们互相用另外一个器官塞住对方。

后果:教众们感到异常困扰。

现场记录(6)

上了拍卖台

"豪斯先生,"语气中绝对听不出任何感情,"我们稍早之前见过。坐下,好吗? 恐怕你得坐到床上了。或者,你更中意我们到楼下的公共会客室接着谈?"

"不必了,这里挺好的。"诺曼心不在焉地说,紧挨着小床边坐下来。他的双眼随机地从屋里的一个物体挪到另一个物体上。

"想来点儿喝的吗? 我记得你不喝酒,来点咖啡——"

"不用了,谢谢。但我想抽点儿,如果你不介意的话。"

"哈,海湾金叶! 我以前就喜欢这个牌子——不了,我不抽了,谢谢。我戒了。我原本用它来放松大脑,但有那么一两次我差点就出事了。"

盘算着。突然间,诺曼找到了合适的话语来表达他的内心。他尚未点燃手中的大麻,就开口说道:"听着,马斯特斯先生。让我说出我想说的话,然后我就离开,不再打扰你。我来此的主要原因,是因为我知道自己在午餐时没能给你留下好印象。"

艾立虎坐在椅子上往后靠了靠,把右腿架在左腿上,指尖相互搭在一起,等待着。

"我说的不是乔老太和公司的其他高层让我出来亮相这件事。我不知道它给你留下了什么印象,但这跟我个人无关——都是公司形象问题。一个开明的雇主,雇了黑人当副总裁。老套的把戏。大公司已经这么干了有五六十年了,他们这么做是为了减轻自己的负罪感。我想道歉的是我本人刻意想留给你的印象。"

他第一次认真地盯着艾立虎,"请坦白地告诉我,你对我有什么看法?"

"对你的看法?"艾立虎重复道,苦笑了一下,"我还没机会形成对你的看法。如果你喜欢听的话,我可以告诉你,我对你走进来的样子有什么看法。"

"我说的就是这个意思。"

"你想向尊贵的客人展示,你能成为一个比通技的高层更厉害的吸血鬼。"

短暂的停顿。最终,艾立虎把双手放到大腿上,"好吧,我回答了你的问题,从你的沉默来看,你还没想明白其中的道理。现在请回答我的一个问题。当你被叫下去处理撒缦以色机房内的问题时,你身上发生了什么事?"

诺曼很响地咽了口唾沫,喉结上下跳动了一下。"没什么重要的。"他小声地说道。

"我不相信。你回来的时候,你的状态成了自动驾驶。整个用餐期间,你所说的、所做的,没有一点真正的个性在里面,只是一连串的条件反射。装得不错,足以骗过任何人,除了经验丰富的心理医生——或者外交家。我学会了分辨其中的差别,只要你一走进屋子,我就能看出你究竟是带着诚意的谈判员,还是被授意来重复官方的立场。或许你能骗过那些你为之工作的'白猴子',但我是研究人类的欺骗长大的,我看出来了。"

他突然探出身子,抓住诺曼的左手,用指尖摩挲着诺曼手上的肌腱。刚开始,诺曼太震惊了,以至于没能反应,但紧接着,他一下子把手抽了出来,仿佛被咬了一下似的。

"你猜到什么了吗?"他问道。

"没猜到什么。一个老头——我猜你们会称他为巫医——教会了我阅读肌肉,在太子港的一条小巷里。当时我是驻海地的大使。我刚才还以为你的那只手肯定受过很重的伤,可我摸不出来。那么,究竟是谁的手受伤了?"

"我的曾曾外祖父。"

"奴隶时代?"

"是的。"

"砍掉的?"

"锯掉的。因为他袭击他的主人,把他打到了河里。"

艾立虎点了点头。"你听到这个故事时,肯定还很小。"他推测道。

"六岁,大概吧。"

"不适合给那个年龄的孩子讲这样的故事。"

"你怎么能这么说?这种重要的事就应该提早让孩子知道!六岁并不小,有些事我已经经历过了。街区里我最喜欢的小孩,我心目中最好的朋友,他却可以随时加入其他我讨厌的小孩,管我叫肮脏的黑鬼杂种。"

"你有没有注意到那个词已经很少用了,那个用来侮辱人的词?或许你没留意过。我注意到了变化,是因为有一次我离开了这个国家好几年,等我回来时,这个变化过程已接近尾声了。如今,过去说'杂种'的地方一般都用'吸血鬼'来替代。意思是'血友病患者'。我瞎猜的。"

"什么?"诺曼困惑地摇了摇头。

"如果你不知道我想表达什么观点,过会儿我再跟你解释。你祖先的故事给了你什么影响?"

"我以前常常能感到这只胳膊在疼,"诺曼伸出了胳膊,"他们称这种现象为身心牵连。我过去还经常梦到被按在地上,手被锯掉。我会尖叫着醒来,妈妈会在隔壁房间冲我大叫,让我收声,她还要睡觉。"

"你没告诉她,你是在做噩梦吗?"

诺曼看着他两腿之间的地板,摇了摇头,"我担心她会责怪我的曾外祖父,禁止他再跟我讲故事。"

"你为什么希望听他讲故事呢? 没关系——你不必回答。今天发生什么事了,让你想起了六岁时的创伤?"

"一个圣女想用斧子砸坏撒缦以色,她把我们一个技术员的手砍掉了。"

"明白了。能再接回去吗?"

"噢,可以。但医生说他可能会丧失一些手部机能。"

"你走进了这个场面,完全没预料到?"

"完全没有! 我还以为又是一场该死的示威。喊喊口号,挥挥旗子之类。"

"你们公司的警察怎么没在你进去之前把问题解决了呢?"

"屁用没有。他们说不敢从阳台上射击,怕损坏撒缦以色。等他们赶到下面时,我已经解决她了。"

"真的是你把她解决了? 怎么办到的?"

诺曼闭上双眼，把脸埋在手心里。他的声音从双手的缝隙中传出来，勉强能听清。"我之前见过一次液氨泄露，从一根加压的管子里。这给了我启示。我拎起一根管子，然后——然后我喷了她的胳膊。把它冻硬了。把它结晶化了。斧子的重量拽断了她的胳膊。"

"我猜他们无法再接上她的手了。"

"不行了。它肯定瞬时就变质了，像一只冻过的苹果。"

"你会面临什么严重的后果吗？比如，你会因为伤害她被传讯吗？"

"当然不会。"诺曼的口气中带着点轻蔑，"通技会照顾好自己人。再说，鉴于她想破坏撒缦以色……在这个国家，我们对财产权的重视一向高于人权。你应该懂的。"

"好吧，如果不是因为后果，那肯定就是因为行为本身。它怎么会让你联想起你自己的？"

诺曼放下了双手。他语带嘲讽："你选错了职业，不是吗？你应该当个精神病医生。"

"我可不是什么精神病医生。但如果我没搞错的话，我问的这个问题，正是你来这儿想谈的问题。你为什么不表现得干脆点呢？"

忘记点燃的大麻在诺曼的嘴唇间上下哆嗦了一下。他点燃了它，吸了一口，屏住呼吸。过了半分钟，他说："联想起我自己什么了？我感觉被骗了。我感觉羞耻。我终于扳回了比分，我拿到了奖杯——拿到了一只属于'白猴子'的手。我是怎么办到的呢？一直戴着假面伪装自己，在大人物制订的法则下往上爬。但这只手对我的祖先有什么用？他早就死了！"

他又抽了一口大麻，这次把烟屏在体内足有一分钟。

"是的,他是死了。"艾立虎沉吟着同意道,"在今天才真正死去。你觉得应该哀悼他?"

诺曼快速地摇了摇头。

"好的。"艾立虎又恢复了他之前的坐姿,胳膊肘撑在扶手上,双手指尖触碰在一起。"刚才,我对某个现象做了评价,但显然你觉得它跟我们的谈话丝毫无关——你不怎么能听到人们骂其他人为'杂种'了。这很重要。婚生已经没那么要紧,就跟我们的祖先在奴隶时代一样——他们只是在交配。现在你听到的替代词可能是'血友病'的意思。它跟我们社会的关注点相匹配。如果你携带了有害的基因,比如说刚提到的这个,结果你还有孩子,这将被视为一种可憎的反社会行为。你在我的轨道上吗?"

"时代变了。"诺曼说道。

"正是。你不再是六岁的孩子。老板也不能对下属做出很久以前白人对你的先祖所做的事。但是,因为这些变化,世界变成天堂了吗?"

"天堂?"

"当然没有! 现代世界同样面临着众多问题,跟古时没有分别。难道不是吗?"

"是的,但是——"诺曼做了个无可奈何的姿势,"你不清楚我走进了一条怎样的死胡同! 我花了很多年,精心栽培了我现在的这个版本。几十年了! 我该怎么办?"

"你得自己想办法走出来。"

"说得轻巧! 你每次一离开这个国家就是好几年,你自己说的。你不知道如今的大人物是什么样——你不知道他们一直压在你身上,用针扎你,用棍子赶你。你没经历过我的生活。"

"我认为你可以这么说。"

"比如……"诺曼盯着艾立虎身后的墙壁,目光却没聚焦在那上面。"你听说过一个叫桂妮薇儿·斯蒂尔的女人吗?"

"听说过,这地方的女人看上去都像机器人,她就是幕后推手,让女人们像是工厂里生产的,而不是由母亲生下来的。"

"是的。她打算举办一个派对。一场小规模的派对,挤在一个公寓里,大家脸上挂着笑。我应该带你一起去,或许你就会——"

他没说完就停了下来,仿佛突然间被他所说的和他倾诉的对象吓着了。

"马斯特斯先生,太对不起了! 我不应该跟你说这些!"他尴尬地站起来,"我衷心感谢你的容忍。我在浪费你的时间,还有……"

"坐下。"艾立虎说道。

"什么?"

"我说坐下。我还没谈完呢。即使你已经谈完了,你不觉得欠我点什么吗?"

"当然。如果今晚我没能跟人聊天,我可能会发疯的。"

"你刚好说出了我的感觉。"艾立虎用自嘲的语气道,"我能假设你现在对保守通技的秘密不会特别在意吗?"

"在意也没用了。"

"什么意思?"艾立虎眨了下眼睛。

"是我个人的问题……哦,没什么好隐瞒的。就在今晚,我发现最近跟着我的一个小妞是商业间谍。我的室友发现她带来的电子琴里有个窃听装置。"诺曼露出一个苦笑,"你想知道什么就尽管问吧。任何泄露的秘密,我都能赖到她的头上。"

"我倒是希望,如果你真的想跟我说,就应该大大方方地说出来。"

"是的,我不应该那么说。问吧。"

"通技的人对我来接触你们是怎么想的?"

"我不知道,还没人跟我说过。"

"你自己想明白没有?"

"还没有。今晚早些时候,我和我的室友谈到过这件事。但我们没有得出任何确定的答案。"

"好吧,假如接下来我说,我的心愿是把我的老朋友卖给大人物当奴隶,而且我还觉得这对他是件好事——你怎么看?"

诺曼的嘴巴慢慢地张成了一个圈。他打了一个响指。"欧博密总统?"他说道。

"你是个聪明人,豪斯先生。好吧——你的看法?"

"但是,他们有什么东西是通技想要的吗?"

"这跟通技的关系不大,主要是跟政府。"

"不想再看到伊索拉那样的危机?"

"你开始让我吃惊了。我没在开玩笑。"

诺曼看上去显得不太自在,"老实说,这是我室友的想法,我只是随口把它说出来了。要不是我听到你亲口承认了,我还不怎么信它呢。"

"为什么不信呢? 通技的年利润差不多是贝尼尼亚国民总收入的五十倍。他们有能力买下很多的不发达国家。"

"是的。不过,即使他们有这个能力——我不否认这一点——问题仍然没有解决:贝尼尼亚有什么东西是通技想要的呢?"

"一个二十年的振兴计划。在西非建立一座桥头堡,由贝宁湾最好的港口提供支援,在自给自足的前提下,与达荷马里和尼加联展开竞争。政府进行了一项计算机分析,结果显示在我的好朋友老萨死后,唯一能阻止贝尼尼亚发生战争的方式就是第三方干预。那一天可不会像我希望的那样晚点到来,他的工作每天都在带着他走近坟墓。"

"这一切都会属于通技?"

"这么说吧,它会被抵押给通技。"

"那还是别去做为好。"

"如果另一个选择是战争——"

"作为一个内部人士,作为公司的初级副总裁,我想说,通技给人们的尊严造成的伤害,可能比战争更严重。听着!"诺曼急切地往前探着身子,"你知道他们诱惑我做了什么?我订阅了宗谱研究服务,那些神神鬼鬼的家伙声称可以用你的基因来追踪你的血统。可你知道吗,我并没有授权让他们追踪我的黑人血统。我不知道我的黑人祖先是从哪里来的,有可能来自两千英里内的任何地方!"

"那好,想象一下,你的一个表兄弟——或是我的——下令军队开进贝尼尼亚!那国家还能剩下什么?战败的一方会在撤退时把一切都烧毁,除了废墟和尸体,什么都剩不下。"

诺曼的情绪消退了。他耸了耸肩,点了点头,"我猜你是对的,毕竟,我们都是人类。"

"我跟你说说整个计划吧。通技会发放贷款为项目提供资金,政府会通过代理——主要是非洲的银行——认购百分之五十一的贷款。通技担保二十年每年百分之五的项目保底收益,项目预期的年收益在百分之八左右。顺便说一句,这些结果都是有根据的,经过了政府的计算。他们把数据提供给了撒缦以色,希望能得到进一步确认。之后,他们会招募教职人员,多数从原殖民地官员之类的人士中招募,那些人熟悉西非的情况。头三年会集中改善饮食、卫生和居住条件。接下来的十年用来培训。先是扫除文盲,然后是技术教育,目标是让贝尼尼亚百分之八十的人口成为技术工人。我看你好像一脸不相信的样子,但是我觉得这计划一定会成功。这世上没有其他国家能实施这样的计划,但贝尼尼亚是个特例。最后的七年用来盖厂房、安装机器、架设电线、平整道路——简而言之,让贝尼尼亚成为那个大陆上最发达的国家,超过南非。"

"仁慈的安拉啊。"诺曼轻声说道,"但是,那些电线上跑的电力从哪儿来呢?"

"来自潮汐、太阳能,还有深海热能。主要来自后者。在那个纬度区,海平面和深海的温差所能产生的电量,足以支持比贝尼尼亚大得多的国家。"

诺曼迟疑着。"如果是这样,"最终他鼓起勇气问道,"原材料应该来自大西矿?"

艾立虎再次热忱起来,"就像我说的,豪斯先生,你再次让我刮目相看。我们今天早些时候见面时,你的——嗯——表面形象装得太完美,我看不出你有这么深的洞察力。是的,那就是我们用来吸引通技加入的胡萝卜:一个未来的市场,为他们的矿藏找到出路。"

"从你跟我说的来判断,"诺曼说道,"我相信他们会紧紧抓住这个机会的。"

"你是通技公司里第一个听到这个计划的人。"

"第一? 为什么?"诺曼差点叫了起来。

"我不知道。"艾立虎突然显得累了,"我猜可能是因为我保守这个秘密太久了,在我想跟人谈谈时,你刚好出现了。我可以给巴克法斯特小姐打电话吗？告诉她我想让你去梅港进行初期谈判?"

"我——等一下！你怎么确定她会同意？你还没跟她说过你的计划。"

"我见过她了。"艾立虎说道,"我只需见她一次,就能判断出她是否愿意拥有九十万个奴隶。"

世间百态(5)

芽孢杆菌公民

如果你想寻找他的纪念碑,看看周围:

好好数一下吧,芽孢杆菌公民,
你们现在有好几十亿,
在你们开放的静脉中流动
流到你们的浴盆,流到太平洋,
他们怎么才能记住你们。

墓碑,芽孢杆菌公民?
"这儿躺着的是玛丽那亲爱的丈夫
吉姆和简的父亲?"
但他们关闭了第五街和橡树街之间的墓园,
并在它上面盖了一幢公寓。

思想,芽孢杆菌公民?
他们培养你识文断字,

并教会你积极主动。
但是现在我们的科技社会
强迫你的表现要符合统计。

手艺,芽孢杆菌公民?
非常合理的要求,
你拥有高超的手艺和技巧。
但是在化学研磨机内有一条带子,
精度达到了一个分子的直径。

一个儿子,芽孢杆菌公民?
向优生程序理事会申请,
给他们你的基因样本。
做好准备被拒绝
并且不要抱怨你邻居的议论。

不,不,芽孢杆菌公民!
这才是你高耸的纪念碑!
你丢弃的汽车,你撕碎的衣服
你吃空的罐头,你用坏的家具,
还有所有堵塞了下水道的垃圾。

如果你想寻找他的纪念碑,看看周围……

人物追踪(7)
沉重的负担

不久之前,埃里克·埃勒曼还认为,一天中最糟糕的时刻,就是从他醒来到抵达办公室的这段时间。每天早上,他都得给自己裹上装甲,好再一次面对他的同事。但现在,好像任何时候都成了"最糟糕的"。

活着就是受罪。

在小饭厅里,他灌下第二杯合成咖啡——三孩税已经剥夺了他买真家伙的能力。早晨的太阳照耀在绵延好几英里的一座座温室上。那些温室从山谷远端慢慢地升起,一直爬上小山,消失在后面的山坳里。它们上方飘浮着一个巨大的橘黄色的广告牌:**每一次,我都选择加利福尼亚的爽游公司,它让我赶上了邻居**!

我还能在这个能看到我工作的地方住多久呢?

双胞胎急促的尖叫声穿透了挡在他和孩子们房间之间的薄墙。亚莉雅德在帮佩内洛普穿衣准备上学,没顾得上管她们。佩内也开始哭了。再过多久隔壁就会砸墙?他紧张地盯了一眼手表,发现自己还有时间喝完咖啡。

"亚莉！你就不能让他们安静吗?"他叫道。

"我已经尽力了!"愤怒的回答声传来,"要是你能照顾一下佩内,那就帮了大忙了。"

仿佛这段话是个信号,隔壁的砸墙声响了起来。

亚莉雅德出现了,头发乱蓬蓬的,敞着睡衣,露出了下垂的腹部。她推着佩内洛普走在身前。孩子的眼睛里还满是眼泪,没看脚下的路。

"交给你了,"亚莉雅德喝道,"希望你和她相处愉快!"

佩内突然向前猛地一冲,挣脱了她的胳膊。一只小手打到了埃里克拿着的杯子,里面残余的液体先飞溅到窗台上,接着开始往地板滴落。

"你这个小吸血鬼!"埃里克爆发了,打了她一巴掌。

"埃里克,住手!"亚莉雅德叫道。

"看她干了什么! 幸好没弄脏我的衣服!"埃里克慌忙起身,躲避着深咖啡色的液体,它流向安在墙上的可折叠桌子的边缘。"别哭了,你!"他又朝女儿喊了一句。

"你没权骂她!"亚莉雅德不依不饶。

"好吧,对不起——满意了吗?"埃里克拿起他的午餐包。"快去让双胞胎安静,好吗? 就快有人堵在门口抗议了。看看你的样子! 看在上帝的份上,你身上没穿着紧身衣就不要出去,免得谣言四处乱飞。"

"我还能怎么办! 我在街区的商店买避孕药,有意让每个人都听到我买了什么。我出去的时候,胳膊下面总是夹着人口控制的小报。我——"

"好了,我知道,我知道! 跟我说没有用——麻烦跟我们那些该死的邻居说吧。现在,去让双胞胎安静,请!"

　　亚莉雅德怒气冲冲地服从了。埃里克一把抓住大女儿的手。"跟我走。"他嘟囔了一声,向大门走去。

　　他们现在都明着说我应该离婚。或许他们是对的。我他妈的非常肯定应该给我加工资,因为我为开发"非常爽"植株做出了贡献。我现在就需要来上一口,上帝(不能说这个词,千万不能,否则他们会确信我就是他们以为的那种人)——也可能本来计划给我加的,但他们认为亚莉……

　　他拉开门,把佩内洛普推进走廊,这才看见门牌号下面有个东西,用胶带粘在门牌上,胶带大致贴成一个十字。那东西是个墨西哥人模样的圣母玛利亚,粗糙的塑料质地,可以用一美元从本地的饰品店买到。她半张的嘴里塞了一片避孕药。

　　下面有人用粉笔留下潦草的字迹:她能用,你也能用!

　　"洋娃娃!"佩内洛普高兴地叫道,忘了原本下定决心要一直哭、哭到哭不动为止,"能给我吗?"

　　"不能!"埃里克怒吼道。他把它扯了下来,使劲踩它,直到它变成一堆彩色碎片。接着,他用手背把粉笔字抹成一片模糊。佩内洛普又开始哭了。

　　走廊尽头传来一阵尖厉的窃笑,听上去是个十到十二岁的男孩发出的。埃里克连忙转身,却只看到了正在消失的一条腿和一只脚。

　　又是盖德登家的孩子。那个小吸血鬼!

　　找上门去也没用。成天吹嘘自己只要了一个孩子,精通各种卑鄙的手段,三次当选街区代表,丹尼斯·盖德登根本不在乎对他儿子的这种指控。

　　发现我们的第二胎是双胞胎时,我能怎么办?难道我计划好了三个小吸血鬼都是女孩?性别选择是很贵的!再说我也没违法——我们的基因很干净,没有糖尿病、血友病,什么都没有!

没违法不等于没错,这其中的差别大了。要不是公众的观点已然觉得生三个或更多的孩子对其他人不公平,世上就不会出现——也不可能出现——任何优生法。这个国家的四亿居民都是怀抱同一个梦想长大的,那就是每个人都必须拥有一片宽敞的空间供私人消遣。这种情况下,上述观点的出现不足为奇。

我们不能再在这儿住下去了。

但是——去哪儿呢?他们挣扎在破产的边缘,因为加州对拥有超过两个孩子的家庭课以重税。搬去本州的其他地方,离上班的地方远,光每天的交通费就承担不起。就算他们把双胞胎中的一个送给别人收养,他们也得搬去很远的地方,才能摆脱过去的坏名声。还有,尽管越过州境进入内华达可以不用交税,但正因为那个牛仔州拒绝征收多孩税,加上宽松的优生法,使得那地方的房价是加州的两到三倍。

此外——我还想继续这份工作吗?

真是奇迹,驶向地面的电梯内除了他和佩内洛普之外没有别人。在短暂的下行过程中,他想了想是否要辞职,又得出一直以来的结论:他不可能找到一个和目前的这份类似的工作,除非他搬去很远的地方,和亚莉离婚——在内华达法庭,过于旺盛的生育能力可以作为离婚的理由,但这种做法还没有在加州或其他州实行——把他与这个家庭的联系完全切断。

还有,他懂的最多的就是大麻的基因选择和植株控制——这是他最吃香的技能。加州的爽游公司可以轻易地甩给他一张十年的禁令,引用行业秘密法案来阻止他为业内的其他竞争者工作。

困住了。

电梯门打开了,他领着跟往常一样抗拒的佩内洛普,沿着走廊走向街区学校。他压制住自己的愧疚,将她的命运交给了她的同学们。他肤浅地安慰自己,她得自己学会游泳,并转身朝快铁站走去。

至少,最近一直盯着他的四个小混混昨天和前天都没出现。或许他们觉得无聊了,或许他们并不是针对他本人。

他在自动门那儿检了票,来到站台上,等着呜呜作响的单轨列车过来。

他们就在那儿,四个人都在,懒洋洋地靠在一根柱子上。

今天早上,站台上比平常更拥挤。这意味着列车没有正点运营——可能轨道又被人破坏了。快铁系统是城市游击队最主要的目标;任何程度的巡逻都无法阻挡这种方法:丢下一个瓶子,看上去只是无害的饮料,实际上里面掺了一群编辑过的细菌,可以把钢铁和混凝土弱化成脆弱的海绵。往常,出现这种事会让埃里克像其他人一样生气,但今天,拥挤的、不耐烦的乘客能挡住小混混的视线。

他悄悄地挪向站台的尾部,希望在他和四个穿着艳俗的年轻人之间隔着的人越多越好。刚开始他以为自己做到了。但是,列车终于到来时,他感到有人在背后推了他一下。他回过头,发现他们已经来到了他身后,两人一组守在他的两侧。

领头那个假意笑了笑,示意他先进去。他服从了,身子直打战。

车厢里很拥挤。不用说,站着是不可避免的。只有从始发站上车的幸运人士才有座位享受旅程。噪音使得私下谈话成为可能,只要一个人对着听者的耳朵说话就行了。小混混们就是这么做的。

131

"你是埃里克·埃勒曼。"他们中的一个说道。随着话音,一丁点唾沫飞到他的脸颊上。

"你在爽游公司工作。"

"你住在街区的2704号公寓。"

"你和一个叫亚莉雅德的女人结婚了。"

"而且你他妈的有太多崽子了,对吗?"

崽子?埃里克被恐惧浸没的大脑琢磨着这个词,最后终于明白了。从"猪崽子"演化而来,意思是孩子。

"我是斯塔·卢卡斯。"

"去打听打听,很多人都能跟你说说斯塔的事。那些人照着他的话做了,然后就——安全了。"

"这是我的小弟辛克。他是个坏蛋,坏透了。"

"听仔细了,亲爱的埃里克。你要帮我们弄点东西。"

"如果你办不到,我们会让所有人都知道你是个什么东西。"

"比如你来自洛杉矶的太平洋帕利塞德,你在那儿还留有崽子,是你跟另外一个小妞生的。"

"所以你现在不止有三个,而是五个——或者六个。"

"他们会因此而爱你的,亲爱的。非常爱你!"

"而且他们会很高兴听到你秘密参加真天主聚会,对吧?"

"你从艾格兰亭教皇那儿得到了特许,可以买人口控制小报——"

"你的基因并不干净,跟你说的不一样。一个真天主教会在优生办公室的卧底接受了你的贿赂,更改了你的报告——"

"当你的崽子们长大时,他们几乎都会有精神分裂症——"

"或者他们的崽子会有——"

"你们想干什么?"埃里克挤出一句,"别纠缠我,放过我。"

"好的,好的,"斯塔仿佛在宽慰他,"你按照我们说的做,我们就放过你。我保证,我保证。但是——哈——你在爽游工作,爽游有我们想要的东西。"

"它有'非常爽'。"辛克在另一边说道。

"一小袋种子,"斯塔说道,"那种装十块钱大麻的小袋子。只要这么多。"

"但是——这是不可能的!"

"呵,不要说不可能。"

"它们不是从种子上直接种出来的!而且一直需要特殊的化学药剂,还有——还有这可不像在窗台上种花那么简单,看在上帝的份上!"

"你的朋友,是吗——上帝?你保证了他的天堂合唱团有充足的新人加入。你像他希望的那样繁殖,对吗——天主教徒?"

"收声,辛克。那你是从哪儿种出来的——插枝?"

"是——是的。"

"插枝也行。'非常爽',三块五一包十根,太贵了。但它是好大麻,我承认。所以你得这么做,亲爱的:一小袋健康的插枝——还有,你最好列一张表,写清楚它都需要什么照料。我们会对你开恩,替你保守秘密——你在太平洋帕利塞德的崽子。"

单轨车放慢速度准备靠站。埃里克发疯似的说道:"但这是不可能的!有安保系统——警卫都盯着呢。"

"连开发了它的基因学家都不能靠近它的话,还有谁能呢?"斯塔说道,随后四个混混向门口走去。其余乘客紧张地看着表明他们身份的那身打扮,纷纷给他们让开了路。

"等等,我不可能——"

但门已经开了,他们离开了车厢,消失在拥挤的站台上。

背景环境(8)

孤　立

　　人类打心底觉得理想主义是一种令人不安的想法。太平洋两岸对抗的双方都未能实现各自宣传的目标,足以证明这个结论。看了那些明确的、通俗的、鼓舞人心的宣传以后,一个中立的观察者可能会搞不懂,为什么他们没有紧接着付诸行动,就像太阳紧接着夜晚升起一样。

　　"将财富归还给它们的创造者!"这是一个能在人民中激发斗争精神的口号。人民将其理解为烧掉黑心放贷者的高利贷账本,没收贪婪地主的土地,将它们平均分配,让每个家庭都能享有足够的食物。喊出这个口号以后,有的国家勇敢地采取了行动——直至行动过了头。他们无法将他们想驱逐的邪恶与自己国家的传统习惯区别开来,而他们希望动员起来的人民正是这些传统习惯塑造的。很快,他们和他们的敌人一样,掉进了同样的陷阱,即无视那个最简单明了的道理:对于一个饥饿的人来说,"自由"意味着一满碗米饭。或者——如果他的野心足够大—— 一头帮他拉犁的公牛。它和投票给哪个党派没有一点关系。

同样的道理，一次大战时，沙皇的军队出现了大量逃兵，并不是因为布尔什维克对士兵的影响，而是因为他们厌倦了战争，想回去照料自己的农场。他们成了最早聚集在红旗下的狂热分子。然而他们发现，自己在国外拼命的同时，想要保卫的东西却在国内被摧毁，因此他们退出了。

然而，在那个时候，因为无能，因为瞧不起对手，因为在正确的战争中使用了错误的武器，因为普遍存在的低级错误，反对派（或许你觉得应该把他们称为"我们这一方"；但我不喜欢这样，我不会把这伙没用的人看成是"我们这一方"）一败涂地。到目前为止，在这场令百年战争在时间和不确定性方面都相形见绌的斗争中，反对派最大的成就也只是重新取得了大致上的平衡，并没有使天平发生实质上的倾斜。

我们甚至无法宣称伊索拉是远见与计划的结果。只不过，当机会降临时，我们抓住了它。有人想宣称伊索拉的存在证明了西方体系的优越性，不要相信他。它之所以存在，不过是因为邻近的大国无法吞并它，仅此而已。那里没有他们可以利用的不满。当人们的最高愿望就是成为地主和受贿者时，你怎么可能激起人们对这两者的不满呢？

在二十世纪八十年代的内战爆发之前，菲律宾的生活糟透了。对于财富的掠夺（有些人可能称之为无政府主义，但任何有良知的字典都不会这么解释。它的实质是失控的自由资本主义）已经到了对国家造成不可逆伤害的地步。不到五千万的人口，每年平均有三万宗未能破案的谋杀。大多数谋杀发生在苏禄群岛。然而，因为赛哈总统干涉了他们杀人和偷盗的传统，引起了居民的不满。他们的不满最终导致了赛哈总统被暗杀。干涉传统，这是无法原谅的行为。

哦,是的,在公投中,百分之八十八的赞同票投给了分离。他们中有些人肯定觉得,有华盛顿的大哥罩着,他们能过上和平的生活,不用再给房子配备防弹百叶窗,院子里也不用布置机关枪了。然而,更多的人似乎希望这个诱饵(完全的公民权和十亿美元的援助)能引来更大的蛋糕,他们好从中攫取属于自己的一份。

这些人中有谁看到了梦想实现?亲爱的读者,你肯定是在开玩笑吧。那传说中的十亿美元援助根本没有落入本地居民的口袋。它被花在了公路、机场、港口和碉堡上。还有,尽管是真的,之前猖獗的走私犯和黑市商人被狠狠地踢了屁股,但是为了除掉他们,新主人实施了戒严令,自1991年颁布以来一直未被终止。

将苏禄改名为"伊索拉"是想摆脱这个岛的过去,但是,这个年轻的州直接从火坑边跳进了火坑。不过美国人一直梦想拥有一个更加靠近亚洲大陆的基地,他们对这个结果还是挺满意的。

邻近的大国试图通过与雅塔康结盟来对此进行反制,结果却令他们失望。雅塔康是以前东南亚优势居民的后裔,他们坚守地相信那条传统的军事谚语:"你结盟后要做的第一件事就是做好计划,以防盟友弃盟的那一天。"仅仅因为他们是亚洲人,并不意味着他们会邀请他们的黄皮肤朋友上床。但是,没有屈服于本地区的大国,并不表示他们准备好了要成为第二个伊索拉(我认识的一些华盛顿废物就是这么想的)。他们为什么要这么做呢?雅塔康的一切都挺顺利,它是世界上最大的国家之一。以亚洲的标准来看,它富得流油。从目前的情况来判断,它想在邻近大国和华盛顿之间玩游戏,一直玩到世界末日。

直到世界末日?好吧,我可能有点夸张了。在那个黑暗的、被称之为太平洋冲突地区的地方,亮点还是有的。根据我的计算,到2500年左右,我们应该杀光了我们这个种族最后一名笨蛋成员——笨到会去参加如此无聊的战争游戏。幸运的话,他们不会留下基因,因为他们通常在太过年轻、还无法承担养育后代责任的年纪就被杀了。在那以后,我们可能会得到些许和平与安宁。

——《谁比谁优秀?》,查德·穆里根　著

现场记录(7)
武器和无聊

在空荡荡的公寓里,唐纳德感到自己的内心也是空荡荡的,如同钟摆一样机械地摆动着。他想等到维多利亚回来,然后表现得什么都没发生,直到诺曼通知警察将她带走。

他打电话在街区餐厅叫了餐。但等着送餐时,他的胃口似乎被无聊给赶走了。他放上了一张新买的唱片,坐下来看着屏幕上播放与音乐相配的色彩。还没开始播,他就又站了起来,在屋里来回踱步。没有一个电视频道的节目能引起他的兴趣。一两天之前,有人说服他买了一个电子艺术家。他打开了盒子,想从罗丹的《吻》开始。但是,他在半空中停下了手,然后让盖子自己落下、盖上了。

他看着窗户,暗自生着闷气。在夜晚的此刻,曼哈顿的景色达到了灿烂的顶点,宛如阿拉丁的藏宝洞,多彩的光芒如银河系中央的星辰一样美。

在外面,有几百万人喜欢抬头看着天空,想象着那些恒星中,有多少颗像太阳一样,照耀在跟我们一样的生物的头上。上帝:我上一次抬头看星空是什么时候?

他突然被吓着了。现如今，太多的人到了晚上从不出门。碰到特殊情况，他们会叫出租车上门，让自己暴露在外的时间不会超过从门口到街边所需的时间。在这个城市里走夜路并不一定会引发危险，好几十万仍保留这个习惯的人就是最好的证明。然而，在一个四亿人口的国家，每天出现两到三个魔客，就让有些人觉得走到下个街角之前就会受到攻击，更别说街上有小偷、抢劫犯，甚至还有骚乱。

不过，肯定还有地方可以让普通人随便走走？

不经意间，这个想法已经深深地印在唐纳德的脑海里，就像逐渐变浓的雾。正常情况下，只要过了晚上六七点钟，他不会单纯为了走走而离开家门。多数周末有派对。时不时地，诺曼的朋友会前来拜访。有时他们被邀请去与他人共进晚餐，又有时是听音乐会，或是其他活动。前来搭载他们的出租车由坐在防弹玻璃后面的男人或女人驾驶，车门只能由仪表盘上的按钮开启。整洁的空调出风口处，贴着一张证书，上面写着"已获城市相关机构许可使用麻醉气瓶"。除了它的轻快和燃料电池的安静，它就是一台坦克，给人的感觉是随时准备上战场。

我还了解我的同类吗？

他感到午餐时分的恐慌又回来了。他绝望地想和别人说话，证明世上确实有其他人存在，而不是由看不见的丝线牵着的木偶。他走向电话。但这没有用，这只是和图像中的人对话而已。他想听到、看到陌生人，以确认他们是独立于他本人之外的其他人。

他大声地喘息着，走向公寓的大门。将要出门的一刹那，他停了下来，走回自己的房间，拉开固定在墙上的柜子上的一个抽屉。在一堆一次性衬衣下面，他找到了他想找的东西：一把喷气枪——火药驱动的气手枪,由日本松上授权通技在美国销售——以及一只功夫手套。

他想了想是否要戴上手套。他在手里把玩着它,带着好奇研究着。自从买下的那一天起,他一直没有仔细看过它。现在他看明白了。它其实是一只没有掌心的手套,由对撞击力敏感的塑料制成,厚约四分之一英寸。压一压,捏一捏,穿上,脱下,它都保持着柔软,跟皮子一样。一旦撞击到它的阻力面,它的表现会出现戏剧性的变化:内部保持着柔软以起到减震作用,与此同时,外表面变得像金属一样坚硬。

他将手指穿了进去,挥了几下,随后朝墙上狠狠地打了一拳。一声沉闷的撞击声传来,上臂和肩膀的肌肉都发出了抗议。但是,功夫手套发挥出了应有的作用。过了好几秒之后,他才能从包裹的塑料中伸直手指。

装着它的盒子里有一本小册子,上面是如何在各种情况下使用它的图解:或者用力,直接出拳,就像他刚才做的那样;或者轻巧,用掌缘和并起来的手指尖劈刺。他急促地读完了整个说明,突然间意识到自己在做的正是他想回避的——假设自己要前往敌对区执行任务。他脱下了功夫手套,把它和喷气枪一起塞进口袋。

如果此时电话响了,那个上校出现在屏幕上,把我激活,告诉我立刻报到——我应该就是这种感觉。

这么说不对。如果只是因为晚上出去走走就让我如此紧张,真要把我激活了,我会吓成碎片的。

他谨慎地关上了门,走向电梯。

世间百态(6)
眼前的街道

"我看不到天堂,但认识地狱——
我住在纽约所以我知道。
他们用富勒穹顶把天堂关在外面,
上帝放弃了,他回了自己的家。"

北向单行道

"我得找地方扔下我的乘客。他掏出了电击枪,我不得不麻醉了这个吸血鬼。一个吸毒的,当然,一眼就看出来了。但是,妈的,如果每个想打车的毒虫我都搭载,那七点以后我别想再挣到车钱了……不说了,解决这个问题之前我没法接单。"

地下通道

钟点房,每小时三美元。

"听说特蕾莎的新闻了吗?"

西向单行道

注册乞丐,大纽约市,马尔顿·伯纳德,号码:PH2 428 226。

人行道

"所以我跟他说,听着伙计,我已经进入了二十一世纪,可你显然还没有。我说了我没把你的女儿当成妓女,因为我从来没碰到过该死的妓女。因为她们跟你的婚姻观念一样,过时了。我跟他说,想想吧,我的方式是不是更好? 总比跟她那个该死的后妈搞到一块儿要好吧。他还不知道呢。我敢说,他脑子一下子一片空白了!"

南向单行道

菜单:8.5美元、12.5美元、17.5美元。

"无所不在夫妇昨天去时代广场了——那地方的人又该多起来了。"

靠右行驶

夜场表演——再强调一遍:真正的表演!

东向单行道

"这么着吧,我——嗯——对这街区比任何人都熟。让我帮你个小忙吧? 现在我手头有多余的摩羯诺,还有……"

等待

每日公开授课,周三和周五演示。

解码印度爱经各种姿势。

专家亲自传授。

随时都可报名。

格兰迪夫人纪念基金会(愿狗刨出她的尸骨)。

"他们往撒缦以色里输入了这种大麻的分子式,听明白了? 然后……"

行走

挥泪大甩卖! 各种商品琳琅满目! 欢迎入内,请先出示现金或信用卡!

不准停留

"注意、注意！我们接到报告,下东区有假出租车出没,司机会麻醉并抢劫乘客。请截停并检查第六街B大道附近的所有出租车。"

不准吐痰

办公室出租,也可改装为公寓,改装费由租客支付。

"这种提升形象的新配件是我见过最好的。"

在人行道上便溺的狗将被处决

心理测量学家、预言家,为不安全感提供指引。

小心盗窃

"好像宇宙就是个洞,听明白了？我被摊在洞壁,薄薄的一层,听明白了？有时它又会整个由内向外翻出来,我变成了骰子六个面上的点。还有——我跟你这家伙有什么好说的？"

快铁换乘

市政府法令第1214/2001号。没有固定住所的人请就近在警察局登记,露宿街头之前需领取许可证。

"它能以更快的速度带你到更远的地方,比无所不在夫妇的效率更高！"

卫生设施

乔的烤肉店——纽约品牌三美元十串,外州品牌五美元、六美元。

踩灭烟头,小心火灾

"嘿,伙计！快闪——下个街区有辆警车！"

不要将有毒垃圾弃置在无盖回收桶内

"我们该拿我们的城市怎么办。

肮脏和危险,腥臭和破烂?

如果你是纽约的朋友

你会找一把锤子把它砸烂。"

人物追踪(8)
是祸还是福

　　早知道是这样,盖瑞·林特愤怒地想着,我应该设法躲开的。

　　公寓里的气氛就像殡仪馆。所有人都压低了嗓音,踮着脚走路,就好像床头那张口气生硬的官方通知表现出了致命疾病的症状。

　　它只是一张入伍通知书。同样的东西估计每天都会发出上千张,这使得它成了个普通的东西。当然,并不是无法逃避——有很多种方法能躲开它,有些是合法的,有些不怎么光彩。但是,没有合法的方式可供盖瑞选择。十九岁,长着一头卷发和蓝色的眼睛,看着很帅气,身体非常健康。所有门道其实他都知道,一个十九岁的男子很难不知道这些,但它们让他害怕,比面对敌人的想法更让他害怕。

　　他的朋友们,从他会说话就认识的朋友,却愉快地用上了这些方法:在身上洒上香水,一对对地在公众场所亲昵地坐在一起,显示自己是同性恋(尽管不能保证成功,可能会被强行征召入伍。根据军法,一旦入伍,需立即参加野蛮的矫治课程);出去拦路抢劫,故意显得很笨,被判有罪,然后得到梦寐以求的注释"反社会";在学校当局能轻易发现的地方留下支持苏联的小册子;自残;或甚至让自己染上一个重口味的习惯——盖瑞最害怕的就是这个——使自己更有可能被收治,而不是被征召。

结果就是,明天他就会变成一等兵林特。

他看了眼自己的房间。他这一生几乎都生活在这里面,已经习惯了它逼仄的环境。它是公寓原来的一个房间隔出来的一半,在他妹妹出生时隔的。现在他身高都超过六英尺了,伸开双臂就能碰到短轴两边的墙。他能预见,当他休假回来时,他会因为它的狭小而惊愕的。

此刻的它比往常更杂乱,因为他正仔细地按照通知上的要求,从柜子里往外拿东西:新兵需携带……

整理和打包都完成了,天色才刚入夜。他倾听着四周的声音。他能清晰地分辨出三种脚步声,父亲的、母亲的和妹妹的。他们到处走动,清理晚餐后的东西、把家具搬回到原本的地方。

我无法想象整个晚上都待在他们身边。这么想对吗?这会让我成为一个不孝子吗?但是,妹妹眼里带着笑盯着我,好像在打量我适合多大尺寸的棺材。这个星期,她认为那个叫杰米的家伙是上帝,他说只有自杀倾向的人才不会想着逃役。妈妈勇敢地忍住了眼泪,搞得我倒是忍不住想哭。还有爸爸……好吧,如果他再说一次"儿子,我为你骄傲!"我会拧断他的脖子。

他深吸了一口气,准备接受盘问。

"你去哪儿?你不会在你最后一个晚上还想着出去吧?"

最后一个晚上。该死的家伙,晚餐吃撑了吧。

"我就在附近转转,和几个人告别。时间不长。"

成功了。比我预料容易多了。

他一下子放松了,直到走出建筑物,才意识到还没想好去哪儿。他停了下来,闻着略带清新咸味的晚风,看着它赶走涂抹在天空的几朵云彩。

此情此景跟他潜意识里预期的模式不符。第一次独自离开家,他应该会感到某种对孩提时代的家深深的眷恋,重新回忆起那些已经模糊的记忆,就像小说和电视里表现的那样。但是,就在一小会儿之前,他还在想着他回来时会惊愕于房间的狭小。至于现在,到了外面,他脑子里想的东西仍跟平常一样:应该有人来清理路上的垃圾:纸屑、塑料、金属片、罐头、盒子和包裹;他们还没修好路口斜对角的店面,游击队洗劫了那家运动用品店想收集武器;他家所在的这片区域还有许多地方急待改善。

还有个想法同样在他脑子里挥之不去:找个女孩与他共度参军前的最后一晚?他在这方面没遇到过多大困难。他十五岁就找到了一个小姐,问题是他的父母是老一代,和其他父母一样。尽管他们从未反对他在外面单独待上一整晚,他还是没有勇气领个小姐回家跟他睡在一起。他曾计划在今晚正式宣布他已成人,他们应该不好意思抱怨。然而,他现在站在这儿,一个人。听到他不打算逃役时,他喜欢的女孩们都躲开了。她们一致的拒绝震坏了他的陀螺,他还没来得及找到新的。

当然,还有很多地方能让他搭上一个小姐,但这么做似乎显得不妥。如果听到的传闻可靠的话,他在服役期间会经常这么做,没有选择的余地。

不。他需要去拜访一个认识了很长时间的人。他一个接一个地想着他的朋友,最后得出了悲哀的结论:几乎没有谁值得他信任,让他可以不必重复他在家人面前说过的那些恶心话。

或许除了……

他握紧了拳头。他可以肯定,那个人不会说那些过分恭维、令人厌恶的客套话。自从决定不逃役以后,他就没再去找过他,因为他担心自己无力拒绝那个人极具说服力的反对言论。现在那个人已经无法改变他的主意了,能看到阿瑟·格里夫特李的反应至少会挺有趣。

阿瑟没住街区的公寓楼,他住在一栋二十世纪初期建成的独栋里。因为它的房间宽敞,所以早就被分割了,以便住进更多的人。它被叫作"单身之家",实际就是个破旧的出租屋。

盖瑞紧张地按下旧式的门铃,朝对讲机通报了自己的姓名。

"盖瑞!快上来!"对讲机里的声音含糊不清地说。门啪的一声开了。

阿瑟在一楼的楼梯口迎接盖瑞。一个脏兮兮的黑人,近四十岁,穿着短裤和一双平底懒汉鞋。他的胡子与胸毛长到了一起,看不出明显的分界线。盖瑞希望这毛能一直长到他的下腹部,因为他的肚子越长越圆,体毛能起到些许掩饰作用。但他露着肚子就是为了显示拒绝媚俗,如果你对此有意见,那意味着你对他整个人都有意见。

他拿着一盘子白色粉状的东西,上面还插着一把勺子。他把盘子从右手交到左手,这才伸出手来,握住盖瑞的手。

"稍等一下。"他抱歉地说,"贝尼今天什么都没吃,我得送点糖给他,让他至少补充点能量。"

他用力推开楼梯口边上的一扇门。盖瑞匆匆瞥了一眼里面的年轻男子,二十多岁,懒洋洋地半躺在一张椅子上,穿的甚至比阿瑟还要少。他吓了一跳,随即走上楼梯,在阿瑟的房门口等着,同时竭力不去听那些飘过来的劝诱。

太烂了。真的是太烂了。这叫什么生活？

楼下的双保险牌门锁被钥匙打开了。他看到一个女孩走进来。她的脸很漂亮，身体藏在一件遮到膝盖的斗篷里。她拎着一篮子杂货。看到他之后，她给了他一个机械的笑容，接着将手伸向贝尼房门的把手。

她的动作停顿了，他仍然沉浸在她的风韵之中。

"有人和贝尼在一起吗？"她问道。

"嗯，阿瑟进去了。带了点儿糖。"盖瑞费力地咽下一口唾沫。

"好的。"女孩说道，脱下了斗篷。盖瑞的呼吸完全停顿了。斗篷底下，她穿着佛兰莫勒家居服。他妹妹有次曾想在家中穿这种衣服，结果把他父母吓着了，一直在尖叫着跺脚。它由两只网眼裤筒组成，拴在一根缠在腰上的红色软带上。就只有这么多。

贝尼房间的门开了，阿瑟探出头来。"啊，妮可！"他像是松了一口气。听上去像是"妮可"。

"谢谢，"那小姐说道，"但这没有必要。我会让他吃的，他喜欢吃我做的饭。"

"那就交给你了。"阿瑟笨拙地鞠了个躬，"你还不认识盖瑞，是吗？盖瑞·林特，莫妮卡·德罗尼！"

小姐心不在焉地点了点头，闪身走进贝尼的房间。阿瑟拍了拍手，走到盖瑞身边，把他领进自己的房间。

"没问题了，"他满意地说，"进来，快进来。"

盖瑞朝身后瞥了一眼，照着他的话做了。贝尼的门已经关上了。

自打他上次拜访以来，这个阿瑟称之为家的狭窄空间没有什么变化,除了一些细处。它仍然乱得一塌糊涂,还发出一股腐烂的味道,仿佛屋子里的各种小摆设组成了一个垃圾堆。然而,这也是阿瑟的一部分;很难想象他会出现在别的场景里。

有一小会儿,他几乎后悔来这儿了。你无法期待阿瑟这样的家伙会赞赏你为了坚持自己选择的生活而去当兵。但是,其他表示了赞赏的人却又是那么让人不舒服……

"你接到入伍通知了,我听说。"阿瑟说道,"是吗?"

盖瑞点了点头,咽下一口唾沫,"明早我就要去洛杉矶报到了。"

"那就再见吧。"阿瑟简短地说道,"好吧,说完了。要来点什么吗?"

"啊——什么?"

"我说了再见。你来这儿不就是为了说再见?说完再见之后,我给你来点,嗯,不知道我这儿有什么。我肯定我有点伏特加,我还知道我有点大麻,我也有些新鲜玩意儿,通技刚出的三古丁。这是他们值得存在的少数几个原因之一,贝尼是这么跟我说的。我还没机会试,我这种血型的人对这东西异常敏感,可能会嗨上三四天。所以我打算找个没事的周末再试。"

"嗯,还是来杯灰司令吧。"

"那好,帮你自己清理出一张椅子来,我去给你倒。"

盖瑞替一盒没有标签的磁带和两个用过的一次性盘子找了个新家,随后坐了下来。他朝四周看了看,突然觉得有必要好好观察一下那些东西。屋子里太乱了,因为放了太多东西,而且阿瑟的性子太急、做事没条理,每次只是把碍事的东西随便换一个位置。

然而,这些碍事的东西都有无穷的奇妙,大多数来自亚洲:

小雕像、装饰品、刺绣、优美的书法手稿、香炉、乐器、古典绘画的印刷品，还有一个马车轮子，一面印度鼓，一根银色的笛子和无数的书，还有——

"盖瑞!"

他吓了一跳，接过在他鼻子底下晃动的杯子。

坐进自己的椅子以后，阿瑟若有所思，"嗯……我错了，是吗? 互道再见并没有终结你要去当兵这个话题。你有烦恼。"

盖瑞点了点头。

"有时你让我吃惊。"阿瑟耸了耸肩，"你不是爱冒险的那类人，可你却由着那些非理性的人做出的随机决定把你赶出舒适的日常。"

"我不明白你的意思。"

"不明白? 所有的将军都有精神问题。所有的士兵都没脑子。这是纯粹的心理学事实——他们都被盖上了非理性的戳记，没法复原。我希望你能想明白。甚至贝尼都明白，你比他聪明。"

"你想让我跟贝尼一样吗?"盖瑞扮了个鬼脸，"好吧，他逃役了——但他拿这省下的两年时间干什么了? 如果他不戒掉那玩意儿的话，他活不到三十岁!"

"这是他自己的选择，"阿瑟说道，"你有权杀死你自己。其他人没这个权力。"

"你不是说过支持安乐死吗?"

"签下同意书就相当于自己做出了决定。剩下的只是固定的程序而已，和割腕之后等着血流满澡盆没有区别。"

"这么说太偏激了。"盖瑞顽固地坚持着。他感觉有必要向别人解释自己的决定有道理，能让阿瑟理解自己的观点更是一个特别的胜利。"事实上，有些人对我有恩，可外面有人想抢走所有的东西,包括我恩人们的生命。妈的! 我看到了一个例子,就是十分钟之前我经过的阿克曼。它被破坏了——你知道的,我家对面的那家运动品商店。"

阿瑟狡黠地笑了,"你想让我表现出义愤填膺的样子吗? 我觉得从阿克曼劫走的枪支弹药落在游击队手里,比落在你那个区的市侩手里更好。游击队的人还有自己的理念,而市侩所拥有的一切都不值得保护,他们只会毫无意义地随意开枪。"

"随意开枪? 上帝,之前你跟我是怎么说那些人的? 就是那些随意搞破坏的人,都搞成习惯了?"

"不要跟大多数人一样,在这个问题上头脑不清,盖瑞。一个养成随意破坏的习惯的家伙,与为了武器而抢劫枪店的人是不一样的。一个人随意攻击,是因为他说不出身边的环境有什么让他不满意的地方。游击队却至少还有一个理论,知道哪些是错误的,而且还有个计划去纠正这些错误。"

"在他们想建立的那种政府之下,你能活多久?"盖瑞问道。

"噢,他们掌权的第一天就会把我拖出去毙了。任何一个和我一样的人,在强力政府眼中都是个无法容忍的颠覆分子,因为我不喜欢把想法强加在别人的身上。"

"但是,你刚才说了,没人有权夺走他人的生命。如果他们无权这么做,那么任何我们用来阻止他们的办法都没错。"

"两者都错了!"阿瑟叹了口气,突然间对对话失去了兴趣,"你想顺便了解一下你会成为什么人吗?"

"什么?"

阿瑟伸手从他椅子边的地板上拿起一本书。他吹去封面上的灰尘。"老朋友,"他动情地说,"最近没怎么用到你,是我不对。你之前看过《易经》,是吗?"他又对盖瑞追问了一句。

"是的。我第一次碰到你时,你就给我看过了。"盖瑞喝干了杯中酒,把杯子放到一边,"我跟你说了,它就是一堆渣。"

"我也跟你说了,按照它上面的道理,世上不存在艺术这种东西。举个例子,巴厘人的语言中没有'艺术'这个词,他们只是想把每个东西都做到最好。生活是一个连续统一体。我肯定对你说过了,因为我对每个人都说过这句话。我教过你怎么看八卦吗?"

"没有。"

"那好,拿出三个硬币,最好是一样的。我可以把我的硬币借给你,但我实在不知道它们都藏在这堆垃圾底下的哪个位置。如果我的名字是玛丽,我会把我的羊赶到这儿来,它们能把钱找出来。[1]"

"阿瑟,你在嗨吗? 在轨道上了?"

"降落中,降落中。爽游出的这种新的'非常爽'植株——一生的奇迹,广告是这么说的。想带一包明早在路上用吗?"

"不允许带这种东西,入伍通知上写了。"

"说得通。将男人打造成士兵的标准技巧之一就是剥夺你的喜悦,不然的话,这种喜悦会让你觉得枪口对着的那个人也值得活下去。找到硬币了?"

盖瑞边思索着边在口袋里摸到了三个硬币:刚开始的想法是对的,我就不应该来找阿瑟的,现在后悔已经晚了。他太执着于他那些愤世嫉俗的观念,而我则什么观点都没有——甚至不敢确定这本古代的卜筮书是否真的是一堆渣。

硬币抛了,六角星画完了,阿瑟盯着看结果。"π,"他没去查书,直接说道,"在第二个位置有移动线。'要求我们与他人团结

---

① 玛丽和羊群,出自西方童谣。

在一起,使得所有人能相辅相成和互相帮助'——想自己读完整段话吗?"

盖瑞笑着摇了摇头,"你知道我对算命这种事的看法!"

"是的,我知道。你没能严肃看待这件事,真是太可惜了。我不喜欢你的移动线对六角星做的事。它把它变成了'坎',双倍——'危险的重复'。换句话说,小子,除非你非常小心,否则会陷入麻烦。"

"我考虑过风险。我不需要一本卜筮书来告诉我参军有风险。"

阿瑟没有理会他的插嘴,"知道我怎么想的吗? 我想这根移动线会在明天起作用。如果你没能做到'与他人团结在一起',你会遇到危险。"

"可我做的就是'和他人团结在一起'!'参军'不正是这个意思吗?"

"不一样,你把你的家人和朋友放哪儿了?"

盖瑞僵硬地站起来。"对不起,阿瑟。"他说道,"我希望你能明白,我已经决定了。而且,现在想说服我改变主意也太晚了。"

"噢,这点我承认。我只是想让你明白你在干什么。你还想坐下接着谈吗?"

"还是不了。我只是来说再见的。在睡觉之前,我还得去跟其他人说再见。"

"随你吧。但是,请帮我一个忙。"阿瑟开始在一堆书里翻找,"带上这本书,有空的时候读读——如果他们允许你有空的话。别急着还,我差不多都背下来了。"

"谢谢。"盖瑞接过了书,心不在焉地把它塞进衣兜,甚至没有看书名是什么。

"知道吗？"阿瑟继续道，"我觉得你在军队迟早会用上它的。我只希望你活着回来的可能性能再大一些。"

"从现在的形势来看，伤亡数字会非常少！这么说吧，他们还没有损失超过——"

"有些人，"阿瑟打断道，"比其他人更容易发生各种事情，包括成功和失败。你是那种拒绝醒悟的人。你更可能去追寻——荣耀，姑且用这个词吧。为了它，人们愿意在战斗中冒险。因为你没得到，所以你自愿参与某种自杀式的任务，把找死的机会提高一千倍，然后……"他的手一翻，仿佛从手心里洒落一把沙子。

盖瑞像块石头似的站了很长时间。随后，突然间，他拉开了门，走了出去。

经过贝尼·诺克斯的房间时，他听到了微弱的声音：嘎吱声、叹气声和轻笑声。

真希望他抽的东西早点要了他的命！他还有个妞，那个漂亮的小妞，我有……

在那一刻，他知道自己无法不相信阿瑟对他命运的预言。

这不像新兵营，更像个船营。它位于离岸一英里的平底船上。这种措施依然无法完全阻止逃兵，但它意味着，只有最强壮的游泳健将才能抵达岸边。

在那里的长桌边，新兵必须脱光衣服，翻出所有的口袋。一个军士长陪着一个上尉从桌子远端缓缓走过来，仔细检查所有的东西。另一个中士确保发抖的新兵们保持好站姿。上尉站在盖瑞对面，把阿瑟给他的书转了个个儿，好看清书名。

"《时髦罪行词汇表》。"上尉说道，"逮捕他，中士——持有颠覆性出版物。"

"可是——"盖瑞一下子叫了起来。

"收声,士兵,否则再给你加一条罪。"

盖瑞压住了怒火。"请求说话,长官。"他郑重地说道。

"同意。"

"我从没打开过这本书,长官。有人昨晚给了我,我就把它塞在口袋里了——"

"它被读了一遍又一遍,书页都快掉下来了。"上尉说道,"加上一条,中士——对长官撒谎。"

他们决定对他手下留情,关了他二十四小时的禁闭。

就像上尉好心解释的那样,毕竟这是他第一次违规。

现场记录（8）

骆驼的背

当唐纳德发现夜晚的城市显得如此平常时，吃了一惊。街道上不如白天那么拥挤，可能很多人都跟他一样觉得晚上不安全。这感觉让人愉快，他仿佛乘坐时光机回到了大学刚毕业的日子，那时的人行道上比现在少了一百万人。

难道白天的那些店到了晚上都会换地方吗？

他差点因为这个古怪的想法而放声大笑。不过，这地方倒是真的有些古怪。他的潜意识一步步地辨识着非正常的现象。他很擅长处理这类问题，从暗示中找到线索，而且这个过程无须集中全部注意力。

夜晚太吵了。音乐声从各个方向传来。大多是当今流行的曲风，两种或三种完全不同的旋律随机地在半音上不和谐地相互冲撞；也有古典乐——在一百码之内，他已经分辨出了贝多芬、贝尔格、巴赫等等。但白天其实也是这个样子，尤其是现代，收音服的制造商将喇叭装在了衣服上，而不是电话上。

真正让他感到古怪的是谈话声。各个方向他都能听到人们在交谈。在白天，这是一种无法实现的奢侈。

这说明：这些人相互认识，在打招呼呢。

他不认识他们，他们却相互认识。他们三五成群地聚成小圈子，人行道上布满了这样的小圈子。刚开始，他有点吃不准他们是不是露宿街头者，直到看到那些明显的特征后，他才确定了这一点。甚至以今天的标准来看，他们的人数也太多了：眼神悲伤的男人和女人——还有孩子——紧抓着自己的袋子，等待着合法的午夜，随便找个空地躺下。

"你累坏了吗，你心情忧郁吗？来追随耶稣吧，来睡在他的胸襟里吧！"一个女牧师站在街边一间由店面改装成的教堂的台阶上，通过手里的扩音器向经过的人群叫喊。

"不，谢谢，女士，我飞行的轨道很直！"一个经过的混混喊道，他的跟班们大声笑着，拍着他的后背。混混是个黑人，牧师也是。视野里黑人的比例比白天高五到六倍。

他们都好奇地看着我。肤色是线索吗？

然而，这是一条错误的线索。渐渐地，他找到了真正的原因。此刻，他身上穿着他平常的那些保守的、有些过时的衣服。大多数经过他身边的人，要么穿得很破旧，像那些睡大街的人，经常不把一次性衣服视作真正的一次性产品，而是穿上十次；要么是在夜色的掩护下，穿着极其富有想象力的东西——混混们穿着充气夹克，给人造成肌肉异常发达的感觉；就连那些老家伙也穿得红红绿绿，打扮得像只花孔雀。在这里，你能看到各种样式的服装，从尼加联式的长袍，到油漆刷过的外套，还粘着装饰性的羽毛。

答案：感觉像是在外国。

他若有所思地点了点头。这些人随意地将大街当成了家的延伸，有种加勒比海的风格在里头。这肯定是安装了穹顶之后引发的,将盛夏发扬光大,一直拓展到全年。

周围的人的特征开始变了。他发觉开始有骗子上前搭讪。

"白噪音音乐会正在进行,伙计!只要五块!"

"英文经卷摘录,现场朗读,你这样的聪明人肯定会感兴趣!"

"听听政府对你掩盖了哪些真相!来自其他国家的录音,告诉你所有的事实!"

他又往前走了一英里多,期间不断有人经过他身边,对着他笑,比画出各种姿势。他这才发现自己的背上贴了一张冷光小广告。他恼怒地把它撕了下来,顺带读起了上面的内容。

这个家伙不知道去哪儿。尝过三古丁之后,他不用去想,他想去的地方就在这里。

通技的广告?不太可能。尽管迷幻剂消减了不少潜在的破坏行为,以至于政府都不愿让禁毒署对它们打击得过于卖力,但大多数的州仍然有法律明文禁止滥用。他将它团成一团,扔进垃圾桶。

一个瘦瘦的、看着有些学者风度的黑人跟上了他,不断地冲着他使眼色。跟着他走了十几步之后,黑人清了清嗓子。

"你是在——"

"不是——"唐纳德说道,"有话直说,然后我会告诉你我是否感兴趣。这样能节省你我不少时间。"

黑人眨了眨眼。又跟了几步之后,他耸了耸肩,"别怪我多嘴,伙计。"

"不会的。"

"想了解你的基因类型吗?让我看看你的手心。五块钱就能让你得到纯科学的评价——我有证书。"

"谢谢,但我付得起基因分析的费用。"

"但是,你还没有孩子,对吗?"黑人看上去挺精明,"可能在基因理事会那儿有麻烦——不,不要告诉我。不管什么问题,都有解决办法。我在里面有几个朋友,如果你付得起基因分析的费用,你应该也负担得起他们的服务。"

"我没问题!"唐纳德叹了口气说道。

黑人停了下来。唐纳德也不由自主地转身停下了,面对面看着他。

"你这个吸血鬼养的!"黑人说道,"我只不过携带了镰状细胞贫血基因,它在疟疾地区甚至还会带来生存优势。可他们就是不允许我生。我已经结了三次婚了。"

"那你怎么不移民去疟疾国家呢?"唐纳德怒道。他将手插进放着喷气枪的口袋。

"典型的'白猴子'的答复!"黑人讥笑道,"那你怎么不滚回欧洲呢?"

唐纳德的怒气突然间消失了。他说道:"听着,老兄,你应该见见我的室友,学会更好地做人。他也是个黑人。"

"我才懒得管你,"黑人说道,"我巴不得你们都偏离轨道。但是,竟然有'棕鼻子'愿意做你的室友,我很伤心。因为再过一代人,你们会把高黑色素列为不被允许的基因!"

他故意朝唐纳德脚边吐了一口痰,转身离去了。

唐纳德接着往下走,心里觉得堵得慌。他没注意到自己走了多远。偶尔会有东西突然刺激到他——警笛的呼啸声,孩子们的打斗声,挥之不去的音乐声——但他的思绪被占满了。

黑人提及的疟疾国家引起了他的兴趣,让他想起了诺曼说起的贝尼尼亚。跟往常一样,他那个计算机似的潜意识又开始将这新的信息融入新的模式之中。

政府应该知道艾立虎·马斯特斯为什么要接触通技。假设:政府其实已经知道了为什么。如果达荷马里或尼加联中,随便哪个说服了贝尼尼亚加入自己的联邦,失望的一方将不得不挑起战争,否则就会颜面尽失。唯一能阻止战争的只有(a)欧博密总统,但他不可能永远活着,以及(b)他们可以联合外部力量进行干预。在这种情况下——

就在这一瞬间,他想明白了。每周五天,每天三个小时的阅读,持续了十年,没有假期——他的记忆里已经塞满了所有必要的信息,让他能清晰地看到那个策划中的方案。

一旦想明白之后,他的注意力又回到了当下。他一动不动地站着,搞不清自己来到了什么地方。

街上的标志告诉他,他已经来到了下东区。这个区域一直在死亡和复活之间循环,让人觉得城市跟一个生物体一样。目前,它正处于循环的最底部。二十世纪末期,它曾有过短暂的辉煌时刻。年复一年,自诩为紧跟时尚的人,追随着或真或假的知识分子的脚步,从格林尼治村一直往东,不断搬到这片河边的残垣之地。到了二十世纪九十年代左右,这里成了个高地价的地方。然而,随着时代的车轮继续前进,百无聊赖的人们逐渐迁出。现在,典雅的建筑外立面在明亮的广告牌下日渐苍老:**重振活力需要紧条裤,让你重新大步前进,追上你的邻居……**广告牌对面是一层层对角分布的消防楼梯,上面满是一簇簇垃圾,像森林里的蘑菇。

唐纳德慢慢地转了个身。这边的街道上行人较少。空气中弥漫着腐烂的味道。离这儿只有几分钟路程的地方,就是他刚才经过、却未能留意的繁华。真奇怪,市民居然不愿意多走几步来到这边。商店都关着门,除了少数几家配备得起自动售货机的,但开着的店里也几乎没有顾客。这地方并不安静——城市里没有安静的地方——但所有传到他耳朵里的声音似乎都来自远方。不是来自眼前的建筑,而是旁边的;不是来自这条街,而是下一条。

他现在面对的是二十年前的建筑师在这个区域工作时所规划的奢侈场所:安插在两幢高高的建筑之间的儿童游乐园。这是一个三维经过仔细计算的人造大盆景,粗心的孩子从任何一个地方掉下来都不会摔得很重。刚开始,他的大脑拒绝接受他看到的线条和形状,以及它们构成的实体。渐渐地,透视感将近处与远处分开,让他看清了景象。他意识到他正看着的是一个水泥和钢铁搭建的类似黎曼梯子似的东西,后面未碎的街灯照出了它的轮廓。

有东西在那些可怕的人工树枝上移动。唐纳德不敢确定那是不是人。他把手伸进口袋,开始揉搓那只功夫手套。

那个魔鬼般的生物若隐若现,从一个小型悬崖顶滑了下来,灵活得不可思议。终于看清了:一个孩子从残留的街灯前经过时投下的影子。

唐纳德大大地松了一口气。他怀疑自己被下了致幻剂。杜绝了这种可能性时,他又开始怀疑空气里是否被混入了某种气体,让他的视觉出了问题。

他机械地戴上功夫手套,努力克服了想拔腿逃回自己领地的念头。

出乎他的意料,他看见一百码外有一辆在兜客的出租车——这不是一个会有人叫车的地方。他大声叫着司机,后者在挡风玻璃后向他挥手,示意听到了。

突突突,车子在他身边停下。司机激活了液压门控制把手,他闪身上车。

等等。

声音在他脑海里响起,就像有人在车厢内跟他说话一样清晰。他抓着门框的手没有马上放开,转而开始寻找让他起疑的蛛丝马迹。

或许只是想象。我太紧张了。

不是这样。空调出风口处固定着一个装置,如果司机想麻醉乘客,信号会自动发送至警察总部。而现在,它被破坏了。证明年检的塑料封条已经变色成警告的红色。他招了一辆假出租。司机会非法麻醉乘客,然后把他们带到黑暗的后巷实施抢劫。

门重重地关上了。没有完全关紧。尽管加上了液压的力量,它也无法压扁唐纳德握在门框上、对撞击敏感的功夫手套。他耳朵里传来了金属碰撞的声音,一阵强烈的震动随之而来,一直传到他的胳膊肘。但是,他的头脑还足够清醒,没有把手抽回来。

根据法律,出租车被设计成在门没关紧的情况下无法开动。但唐纳德也没有足够的力气把门推开。

僵局。

躲在防弹玻璃后的司机一遍遍地拍打着关门键。门一遍遍地打开,又猛地合上。好在功夫手套坚持住了。唐纳德突然平静下来,他看着司机。这家伙异常谨慎,没有让他的脸出现在后视镜里。后视镜被扭到一边,盖住了他的执照,它的功能由一台小电视替代了。

我现在该怎么办?

"好吧,撒缦以色①!"

声音吓了他一跳,是从头顶上方的喇叭传来的。

"我打开门,你下车,然后我们忘了这件事吧,怎么样?"

"不。"唐纳德说道,并惊讶于自己的决定。

"你出不去,除非我让你出去。"

"你开不走,除非我让你开走。"

"幻想有警车经过这儿? 警察才不会主动来这鬼地方呢。"

"总有人会注意到一辆出租车亮着待招灯停在大街上,一直没动过。"

"谁说待招灯亮着呢?"

"你没法关上它,除非先把门关上。"

"你肯定吗? 连警察安装的报警装置我都能解除,不是吗?"

"你露出马脚了——密封条变红了。"

"你是两周以来第一个注意到它的人。上一个注意到的人,手指都被我夹断了。"

唐纳德舔了舔嘴唇,看着旁边的人行道。尽管这个区相对空旷,但并不是没人居住。就在这时,一个黑人老太婆朝这个方向走来。他将身子凑近了门缝,使劲喊了起来。

"女士! 快报警! 这是辆假出租!"

老妇盯着他,抱紧了自己的身子,快步走远了。

司机发出一阵冷笑,"你不知道这地方的生活是怎么回事,是吗,撒缦以色? 跟你的固定程序不一样?"

唐纳德的心沉了下去。他想承认失败,主动要求下车。就在这时,街角的一个动静引起了他的注意。

①像电脑一样聪明,此处相当于"你这个机灵的家伙"。

"你说警察不会上这儿来!"他喊道。

"是的。"

"那从后面接近我们的是什么?"

司机盯着电视,慌张起来。

他觉得我在吹牛?我可没吹牛——那百分百是辆警车。

配备了装甲、瓦斯和火焰枪的警车小心翼翼地从后面接近这辆停着不动的出租车。司机按响了代表"起步"的车笛声。

"把你的手从门柱上拿下来,"司机说道,"我会给你些好处。你要什么?我有朋友——脑爽金、摩羯诺、小妞,说出来,我替你搞定。"

"不要。"唐纳德再次拒绝,这次带着胜利的喜悦。

他现在能看到警车里人的轮廓了。而且,人行道上此刻也聚集了五六个人。其中两个是黑人青年,正冲着警察喊一些听不清的话,然后以两倍的音量大笑起来。

警车的门打开了,唐纳德安心了。再过几秒钟——

然而,警察刚站上街道,一团垃圾不知从哪儿飞了过去,正砸在他身上。他厉声咒骂了一句,拔出电击枪,朝黑暗中的游乐园开了一枪。有人尖叫起来。街边的人纷纷趴在地上。司机趁机爬出出租车,警察也朝他开了一枪,但是没打中。就在这时,一整桶垃圾从高处砸了下来,先是桶里面装的东西,随后是桶本身,先后着地发出扑哧声和撞击声。另一个警察也从车里出来了,朝着可能的攻击方向开火射击。

唐纳德这才意识到车门已经不再夹着自己的手了。他手忙脚乱地下了车,冲着警察大叫:"别再浪费子弹了,赶紧去追那个司机!"那个在车门后的警察看到一个人影过来,立即开了枪。电弧挟着嘶嘶的破空声擦过他的耳朵,把他吓了一跳,一下子摔倒在人行道上。

从一个低于路面的藏身处伸出一只手,抓住了他的脚踝。这动作可能是善意的,但唐纳德无法分辨。他从口袋里掏出喷气枪,朝那个抓着他的人的脸部开了一枪。

一声尖叫,随后是一个女孩的声音:"你对我弟弟干了什么——!"街道两边的窗户都打开了。叫嚣着的孩子们从游乐园的阴影处现出身形,为眼前发生的事情激动不已,开始乱扔身边所有趁手的东西:混凝土碎块、罐子、包裹和盆栽等。一张漂亮的黑色脸蛋因愤怒而变形了。警察开始发疯似的射击,灿烂的电弧四处盛开。有人在用西班牙语一遍遍地叫骂着:"妈的,染上梅毒和疱疹去吧!"

他朝那个想抠他脸的女孩打了一拳,出手之后才想起手上还戴着功夫手套。手套如金属般坚硬的外表面击中了她的嘴,打得她在路中央流血号叫。在警车刺目的闪光灯下,她脸颊上滴落的血像火一样鲜红。

"杀了那个吸血鬼!"

他们都是从哪儿来的?

突然间,街道活了过来,像一只被翻得底朝天的蚂蚁窝。一扇扇门、一条条通道都在不断地往外吐人。金属棒闪着寒光,嗓子里发出动物被惹急了时的尖叫,玻璃窗打烂了,碎玻璃砸向底下的人群。警笛声响了起来,加入了大合唱。那两个大着胆子走出警车的警察眨眼间回到了车里,躲过了又一次垃圾齐射。在警车和出租车之间,那个受伤的女孩死死地站着不动,哀号着,鲜血从裂开的嘴唇滴落到闪光的绿色裙子上。唐纳德躲进了旁边建筑物墙上的装饰垛口下,没人注意他,后来的人都想当然地认为是警察弄哭了这个女孩。

　　警车想撤退。通过它仍然开着的车窗,唐纳德听到车里的人正呼叫总部支援。一管火焰枪朝着一盏路灯的基座喷射,金属像热锅上的猪油一般沸腾了。灯柱倒在警车的后方,挡住了它撤退的道路。几十个人兴奋地叫着,冲上前去,将简易的障碍升级成了更有效的路障。一桶油倒在地上,火焰枪点燃了它。年轻的男女如同在跳旋转舞,在火光下雀跃着,嘲讽着警察。有人用石头击中了警车的左大前灯,它一下子碎了。司机却还没来得及想到升起钢丝防护网。又一阵胜利的欢呼,又一块石头击中车顶,像敲击钢鼓。车漆被砸落,小碎片乱飞。一小片碎屑飞进旁观者的眼睛里,他立刻捂住了脸,大叫着他瞎了,看不见了。

　　这让四周暂时安静了。

　　"哦,上帝。"唐纳德说道。这是祈祷,而不是随口说出在小学时便学会的口头禅,"要发生骚乱了。要发生骚——乱——了——!"

背景环境(9)
手　相

　　那些需要大麻、摩羯诺或脑爽金来愚弄自己感觉的人,其实是没能想通一个道理:真实的世界总是能通过它独有的特征来让你感知到。真实,只有真实,才能真正让我们大吃一惊。

　　把两大堆灰色的金属混合在一起。结果:一座破旧的城市。

　　直到对现实世界有了足够深的理解之后,我们才能计算出那个被称为铀-235的物质真正的原子量。有人曾预示过或至少设想过这个吗?

　　人们激动地到处诉说着一个事实:看手相原来也有牢固的科学基础。在了解了基因编码这一概念之后,任何一个稍微有点脑子的人,都有理由相信:一个人掌纹的走向与性格之间是有关联的,因为两者都被同一种染色体关联在了一起。的确,我们有理由相信这一说法的正确性,因为我们并不是蠢得无可救药——就像我之前指出的那样——如果看手相与实际经历之间没有任何关联的话,我们早就抛弃了它,去追寻其他神秘学说了。这个世上多的是这种东西。

　　但是,对这方面进行彻底的科学研究,结果表明该假说有其根据——这个过程竟然花了四十年。我个人觉得真正重要的是这一点。令人沮丧可能是个更合适的词。

好吧，如今的日子，你该为什么东西大吃一惊呢？

我们已经如此深入地了解了自身——我们的掌纹就是其中一个例子——显示我们对自身的研究已经到了分子层面。我们可以声称那一天已在眼前，我们不仅能决定后代的性别（如果能承担得起相应的费用），还能决定是否为家庭增添一名数学天才，或是音乐家，或只是个笨蛋（有些人想要个笨蛋当宠物，我这么猜的……）——尽管已经到了这种程度，我们对人类在群体事件中反应的了解，依然低于对非人类的物体在类似反应下的理解，例如铀-235。

这一点也许不足为怪。毕竟，我们还没有蠢到不可救药，在制造骚乱方面，我们展现了伟大的天资。

——《你是野兽》，查德·穆里根　著

（历史：黑格尔老爹说过，我们从历史中学到的唯一的教训，就是我们未曾从历史中吸取过任何教训。有些我认识的人甚至无法从今早发生的事上吸取教训。黑格尔的眼光远大得太过分了。

——《时髦罪行词汇表》，查德·穆里根　著）

人物追踪(9)
罂粟种子

　　这里真的是世上最无聊的角落。或许是因为她从轨道上降落了而觉得无聊？要抵达这个地方,你必须待在地面,两脚踏着实地、一步步地走来,这样才能防止他们检查到药物残留。他们以为能查到这种东西。不过,根据懂行的人的经验,只要经过三十六小时的戒断,制成品会被彻底排出体外,如自由落体般干净利落。

　　但是,这么做很容易让人感到无聊。

　　逐一观察:塑料墙壁,已褪色的黄色;窗户变成了半透明,因为阳光在外面照着它们;各种标语展示在镜框里,写明了各种你需要遵守的规矩;长凳的设计显然是为了让坐在上面的人感觉不舒适,以免无固定住所的人一再回访,只是为了凳子和一点点温暖;到处弥漫着腐烂的味道,灰尘、陈年纸张和破旧鞋子的味道。

　　这里唯一让人觉得自然的地方是地板。地板上铺着瓷砖,瓷砖的样式是枯树叶被包裹在透明的塑料表层下。但就连这个设计也是种失败。因为当有人在正上方看着瓷砖时,会发现图案重复;而当斜着看时,枯叶又消失在无数条擦痕的迷雾之后,那是无数只脚践踏了房间之后的后遗症,你只能看到一片模糊的土黄色。

"用不了多长时间了。"

"好的。"

其他等着的人都抬头瞄了一眼,对话如同一种刺激,分散了她们的注意力。她们都是女的,年龄从二十岁到五十岁的都有,都比波比的阶段更后期一些。有些人的肚子已经大到遮住了大腿,有些人的肚子刚刚变圆。后者可能是来听取染色体分组结果的。一想到要插进一根针来抽取自己子宫里的液体,波比不禁颤抖了一下。她猜测着这些女人中有多少会被官方清除她们的后代。

仿佛感受到了她需要保护的女性气息,作为在场的唯一男性,罗杰挤上前来,用胳膊拢住她的肩膀。她伸出手,摸了几下他的手,侧过脸来对他笑了笑。

她是个非常可爱的女孩,和平常一样穿着一条宽松的、脏脏的裤子和肥大的、适合大号女人的蓝色工装。她长着匀称的鹅蛋脸,一双明亮的黑色大眼睛,梳着黑色的大辫子,皮肤上撒了适量的黄褐色粉末来突出她野性的自然美。还有,怀孕并没有破坏她的体型,反而提升了她胸部的曲线。

她似乎想到了什么有趣的东西,不禁笑出了声。罗杰环抱着她的胳膊搂得更紧了一些。

"谢尔顿小姐,"一个冷冰冰的声音响了起来,"和——嗯——盖文先生!"

"叫我们呢。"罗杰说着站了起来。

走进那扇为他们打开的门,他们看到了一个一脸疲倦的男人,刚到中年;他坐在一张桌子后边。桌子的后上方挂着一张照片,照片上有国王和王后,还有他们的两个孩子——数一下,一个负责任的数字,两个。堆在他面前的是一摞摞表格和大量无菌密封盒,盖子上专门有个地方用来写名字和号码。

"坐下。"他说道,几乎没抬头看他们,"你是波比·谢尔顿小姐?"

波比点了点头。

"……嗯……多长时间了?"

"什么?"

"怀孕多长时间了?"

"我的医生说大概有六周了。因为没来月经,我才去找的他。他跟我说,一旦确定这不是经期紊乱后,我要马上到这儿来。"

"明白了。"桌子后的男人在一张表格上写着,"你是孩子的父亲,是吗,盖文先生?"

"如果波比这么说的话,是的,我是。"

男人狠狠地瞪了罗杰一眼,仿佛在责备他的轻率。"呵!好吧,能找到推定的父亲总比没有强。当然,如今这年月也指望不了什么。你想妊娠至足月,谢尔顿小姐?"

"什么?"

"你想把这孩子生下来吗?"

"当然!"

"这里可没有'当然'这回事。大多数女人来这儿都准备好了各种千奇百怪的说辞,希望能得到堕胎许可:她们在童年时得过的病,祖母在过完一百岁生日之后变得如何苍老,或是某种和临近街区某个传说中患有风疹的孩子之间似是而非的关系。你们会结婚吗?"

"这也是法律要求的吗?"波比有点急了。

"不是,很可惜。而且,我不喜欢你的语气,姑娘。这种东西
——像你所说的——'法律要求',只是一个简单的人类生态问
题。在我们这个过于拥挤的岛上,生活着超过一亿人口。如果
继续将我们的物资和人力浪费在无意义的福利上,像是训练海
豹肢症患者,或是给笨蛋们擦屁股,实在是太荒唐了。世界上所
有的发达国家都接受了这个观点。如果你想逃避怀孕生子方面
的法律限制,你得移去一个无法提供像样的医疗服务的国家。
在这儿,至少你能确定,一方面你的孩子没有遗传方面的残疾,
另一方面还能享受充分的产前及产后服务。至于你孩子出生
后,你想怎么养,那是你自己的事情了。"

波比又咯咯地笑了,罗杰用手拍了拍她的胳膊,让她停下。

"如果,你的演讲结束了……"他提示道。

男人耸了耸肩,"好吧,医生跟你说了要带什么东西来吗?"

罗杰从鼓鼓的夹克口袋里拿出一个容器。"尿样——她的和
我的。塑料袋里的是精子样本。指甲、头发、唾液和鼻黏液,都
在这儿了。"

"很好。"但男人听上去并不满意,"伸出你的手,谢尔顿小
姐。"

"疼吗?"

"是的。"

他用针刺了一下她的手指肚,挤出一滴血,随后用滤纸吸
血,放进贴有标签的信封。

"轮到你了,盖文先生。"

步骤重复一遍之后,他往后倚在椅背上。"今天就到这儿

173

了。如果没能立即发现明显的遗传缺陷,你能继续妊娠至十三周,届时你必须亲身前往医院做染色体分组。我们大约三天之后通知你结果。再见。"

波比拖着不走。"如果不允许我继续怀着他,会发生什么?"过了一会儿,她问道。

"取决于不同原因。如果是因为你携带的某种基因,堕胎和绝育;如果是因为他携带的某种基因跟你配对了,堕胎,并且不准再和他有下一个。"

"如果我不来堕胎呢?"

"会对你发出通缉令,找到你之后会逮捕你,关进监狱。总之,这个国家境内所有医院的产科都不会收治你,不会有助产士照顾你。而且,如果生下来的孩子有问题,他会被政府机构强行收留。"男人的语气温和了一些,"听上去很残酷,是吧,但恐怕这是现时的我们对下一代必须承担的责任。"

波比又发出了咯咯的笑声。罗杰红着脸,尴尬地领着她出去了。

来到大街上,她用双臂环抱在他腰间,一上一下地跳着。

"罗杰,我们能办到的,我们能办到的!"

"希望吧。"他的声音里没那么多热切。

"哦,你怎么这么悲观。肯定是因为你还没'起飞'。带什么了没?"

"我有些脑爽金口香糖。可是,你不是应该避免接触这些东西吗?"

"没事,医生说了只有摩羯诺才可能会伤害到孩子。"

"你确定?"

"百分之百。我特地问过他,他就是这么回答的。"

"那好吧。"

他从口袋里取出了那包东西。他们开始一起咀嚼略带茴香风味的胶块，等待着"起飞"的那一刻。他们盯着周围的景象，寻找着迹象。这是一条位于伦敦的肮脏街道，在它远处的尽头竖着路障，上面还有几个大字说因发展需要，这条路被封了。和这个大城市的其他许多地方一样，政府计划在路的原址上盖楼，只留下人行道。

一点接一点，红白相间的路障柱开始幻化成奇异植物的茎干，红色变得更加鲜艳，像是着火了一样。无聊的官方等候室，与他们面谈的不愉快的官员，都消退成了梦一般久远的记忆。波比刻意将一只手放在肚子里正在生长的奇迹上，敬畏地瞪大了双眼。

"他能看到这个世界，对吧？"她悄声说道，"不是那个——不是那个暗淡的、可怕的世界，而是一个从来不会无聊的精彩世界。罗杰，有没有哪种加料的牛奶喝了能让人'起飞'？我要确保他永远不会看到这个丑陋的世界！"

"我们得问医生。"罗杰说道。他的脸上显现出一种决绝的宁静，"医生帮过很多人，他肯定知道。"

他握起她的手。他们一起往前走着，宇宙中唯一存在的两个人，沿着宝石铺成的道路，走向爱之地。

背景环境(10)
婴儿和洗澡水

　　好吧,我承认,这的确太荒谬了。花了那么多年来训练那些天资聪颖的医务人员和心理医生,然后派他们去从事一份注定无法成功的工作,因为他们工作的对象从一开始就已经无可救药,例如先天的弱智。我甚至都开始怀疑这些人是不是有可怕的权力情结,喜欢在无助的植物人面前逞威风。当然,我还需要证据,才能完全信服这种说法。还有,人实在是太多了。我显然不会抗辩这个事实。对我而言,新闻已经提供了足够的证据:亚洲仍然存在着大面积的饥荒,瘟疫仍然在拉丁美洲肆虐,还有非洲发展出季节性游牧,因为有半年时间土地无法支撑生活在它上面的人们。所有的这些,我都承认,不会争辩。

　　但是,我们采纳了正确的应对措施了吗?举个例子,说说血友病吧。它并没有阻止它的受害者成为欧洲的王室,跟某些没有血友病基因的吸血鬼相比,他们中的大多数人表现都还不错。那些吸血鬼后来都因别的基因发作而成了暴君。你不会想告诉我英国的亨利八世或是恐怖的伊凡是维多利亚女王的后裔吧?再举个例子,有些州已经拒绝蹼状指或蹼状趾的人永居,但你能找到足够多的医生愿意证明这只不过是一种适应——人类祖先是浅滩动物,生活在沼泽和浅水区,靠吃野草和贝类为生。

精神分裂呢?他们仍然在研究,这个症状到底是由压力导致的,还是天生的,使得有些人就是容易发作,只有在适当的环境里才能保持正常。我不相信这里面真的有遗传因素。我猜这只是因为我们倾向于复制我们家庭的行为模式,小团体给我们造成的影响更为深远。举个例子,在缺乏爱的家庭中,不管他们的基因类型是怎样,他们的儿孙之中出现杀婴者的比例高于正常家庭。你有易于精神分裂的父母,你学到了他们的行为模式,就这么简单。

糖尿病呢?得承认它对身体的伤害很严重,你必须依靠化学药物的帮助。但是——我自己姓汤,意思是喝水。几乎可以肯定我的祖先,就像姓是同一意思的法国人和德国人,都遗传了糖尿病的消渴症状。

如果在人们获取姓氏的那个年代有优生法,他们不会被允许有孩子,我不会出现在世上。

你明白吗?我不会出现在世上!

现场记录(9)

自我裂变

现场宛如一张巨大的爆炸现场的拍摄底片，它挤压着唐纳德·霍根的心灵，如同一只捏紧黏土的手在指缝间挤出尖峰；它在他的内心留下烙印，如同在黏土上留下掌纹。他感到他的内心正在迷失，走入黑暗，带走了他的思考能力和行动决心，只留下一具任凭外部环境摆布的、被动的躯壳。

某些社会学家说过，生活在都市里的人已经到了不稳定的顶点。他们的理智如同骆驼背一样，等待着最后一根稻草。那些社会学家说，现在的人们能感觉到危机，就像加大拉的猪群，站在山顶盯着大海，嘴里咕噜着，随时准备向下猛冲①。因此，只要有机会，他们肯定不会继续挤在已经拥挤不堪的城市里。但某些国家却没有这样的选择，比如印度。在城市里，饥荒蔓延的速度比乡村慢些，因为城市居民离发放维持生计的补给品中心较近。另一方面，饥饿造成的昏沉无力又将摩擦和暴力冲突降低到了零星的程度。营养相对充足的美国人和欧洲人却可能因为仅仅闻到了暴躁的气息就冲下悬崖，这也是人们随身带着镇静剂的原因。

① 故事出自《圣经》。

178

唐纳德最后形成的一个逻辑推理:了解风险是一回事,看到它成为现实则是完全不同的另一回事。

接着,世界吞没了他,他迷失了。

焦点:警车。涂着白漆,梯形的车辆,长十三英尺,宽七英尺,看不到轮子,因为已被收在腹内以防被破坏。车厢位于安放燃料电池的平板舱上,它的前部可坐四个人,整个包裹在装甲玻璃里,玻璃外还安装了可收放的钢丝网。车厢后部可以用来装载被捕者,以及在必要的情况下装载伤员。它配备了坚固的金属车尾拉门,还有担架围栏和麻醉气体循环系统。在车鼻部有两盏异常明亮的大灯,能覆盖一百五十度的视角范围。其中一盏灭了,因为当司机想到升起钢丝网保护它时已经太晚了。车顶的四个角配备有其他车灯,光束的方向可以调节。车顶上还有一个小平台,上面安装了可旋转的瓦斯枪,能将玻璃外壳的榴弹发射至六十码①远。车裙处配置了火焰枪,只有在极端紧急的情况下才能使用。它能把四周的街道变成一小片火海,阻挡攻击者;与此同时,乘员可以坐在车里,戴上氧气面罩待援,氧气由一个后备系统提供。它经受不住地雷,也承受不了电击枪射出的三个连续的、弹着点相互之间不超过两英寸的电弧,或是建筑物倒塌砸在它身上。除此之外,一般的城市骚乱它都能应付。但此刻,它的燃料电池动力不足,无法推开前方停着的出租车——因为门没关上,出租车的自动刹车已启动;也无法移开砸在它尾部的灯柱——在咒骂和汗水中被加固了,一头卡在地面残留的灯台上,另一头卡在牢固的邮筒上。

前景:一大群人,仿佛凭空变出来的,挤满了人行道。好几

---

① 1码 = 0.9144米。

百个,大部分是黑人,也有一些波多黎各人,还有些"白猴子"。一个女孩带着一台电子手风琴,音量开到最大,声音响到能让人发疯,让窗户震动,让耳膜嗡嗡作响。她尖叫着对着扩音器唱着歌,其他人随着旋律跺着脚,跟着她唱:"我们该拿我们的城市怎么办,肮脏和危险,腥臭和破烂?"他们捡起手边的任何东西,朝着警车扔去:混凝土块、垃圾、瓶子、罐头。警察再过多久就会用到瓦斯枪和火焰枪呢?

背景:一幢幢整齐划一的十二层建筑,每幢都占据了一个或半个街区,幢与幢之间几乎没有马路,因为城市内已取缔了机动车,意味着一条单行道已足够政府车辆和出租车用了。公共汽车只停在下个街角的左边,然后是再下个街角的右边。人行道由四英寸宽的混凝土障碍物隔开,小到足够可以让人跨过去,却大到可以阻止任何车辆非法驶入。几乎每幢建筑的表面都展示着某种广告,搞得住在高层的人要么身处某个字母的中间,要么身处某个女孩的胯部。由街道旁高墙组成的悬崖世界里,唯一的例外就是这座游乐园,仿佛爱因斯坦闯入了欧几里得的有序世界。

细节:他藏身的这座建筑在游乐园对面。它的表面比临近的那些建筑装饰得更花哨,不仅配备了高于街面、能通往楼里的门廊,还有一批完整的扶壁①。扶壁的表面很平整,成对安置,每对之间间隔约两英尺。它们的底部厚约两英尺,向上逐渐变薄,直至消失在四楼。其中的一个足以帮他挡住灯光、不断经过的骚乱者以及各种粗陋的投掷武器。有金属撞击声传来,他抬起了头。有人想把伸缩消防梯的角度掰成冲着街道,而不是垂直向下。从这个有利位置,他们可以把重物向下滑落,砸到受困警

---

① 扶壁,又称扶垛,指建筑外墙上附加的墙或其他结构。

车的车顶。

咻——咻——咻。

瓦斯枪。

榴弹纷纷砸在建筑的墙面上。每颗榴弹都能缓释出一夸脱的气体。渐渐地,气体弥漫在狭窄的街道上。第一个受害者吸入了一整口浓缩气体,他咳嗽着,哀号着跪倒在地。没在第一波攻击波范围内的幸运儿立刻趴在了地上,匍匐着逃离。

咻——咻——

那个嘴巴被打烂的女孩跟跟跄跄地离开街道中心,向他这个方向走来。出于某种说不清的冲动,唐纳德想帮她。他从扶壁之间的藏身处出来,招呼着她。她走了过来,因为她听到了一个友善的声音,并没看清是谁在叫她。就在这时,一条粗壮的手臂狠狠地砸向他后背的左肩胛处。他用眼角看到了一只黑人的手,一个下蹲躲过了攻击。瓦斯枪射出的榴弹已覆盖了街道的这一侧,吸上一口就足以让人无法呼吸。到目前为止逃过瓦斯的人都躲进了游乐园骨骼般的混凝土枝条后面,像一群原始人在逃避狼群。女孩看到了她弟弟攻击唐纳德,然后他们俩一起匆忙逃向街角,忘记了他的存在。他跟上了他们。每个人都在奔逃,不是朝这个方向,就是朝那个方向。

街角:一群混混,后面跟着刚到现场的人。混混手里拿着木棒和当成鼓的大空罐头。他们看着被困的警车,兴奋地号叫着。

"瓦斯!"

叫声中带着恐惧。街对面原本有家店在自动售货模式下开着;现在,店主和经理已经来到店中,匆忙在橱窗和入口处升起钢丝网,把三个顾客关在了里面,不过他们显得挺乐意被关的。不知谁冲着最后一扇尚未罩在钢丝网后的玻璃窗扔了一块石头。那扇窗的后面刚好是烈酒展示柜。罐头和瓶子轰隆隆地摔在地上，卡住了刚要升起的钢丝网。接着，人群中有些人觉得那地方比警车更适合当目标。

头顶传来旋转声。一架单人微型直升机在高楼与富勒穹顶红色底面形成的曼哈顿天空之中飞行着，侦察着现场，向警察总部汇报骚乱的规模。离这里右边不远处的天窗那儿传来了砰的一声。这是老式的猎枪。直升机晃晃悠悠地落向街道中央，飞行员竭力想保持高度，桨叶发出尖叫。眼看一个警察就要落到手里，混混们高兴得发疯，操着棍子迎了上去。

唐纳德逃走了。

在下一个街角，他发现骚乱控制程序已经开始实施。两台带着喷水管的水车正努力将人行道上的人冲进门廊。他转身逃离混乱，却很快又碰到了扫街车。扫街车两侧配备着像大雪铲似的长臂，起到的作用与喷水管类似，但手段却粗鲁得多。警察一直赶着人群走，以降低他们组织起来抵抗的可能性。又一架单人直升机降落到了街面，朝四处发射着瓦斯弹。

他是约五十个被驱赶着走在车辆前方的人之一，这些人都离开了自己的领地，没地方可去。他奋力挤向某个建筑的墙边，因为他看到有些人躲进了它的门廊，然后消失了。但当他来到第一扇门、眼看就要进到里面去时，两个拿着木棒的黑人挡住了他。"你不住这儿，'白猴子'。快滚，不然揍你。"

在一个十字路口，两台水车和他想逃离的那台扫街车会合了。从三条街道被赶来的人们拥向了第四条——又回到了麻烦的起点。现在，他们人挨着人，脚碰着脚，颤抖着挤在一起。

那辆警车仍旧被困在原地。它的司机奏响了警笛,欢迎扫街车上的同事到来。瓦斯差不多消散了,只留下了受害者在咳嗽呕吐。但骚乱不像要结束的样子。在游乐园的混凝土枝条上,男男女女仍然在高唱电子手风琴女孩播放给他们听的歌:"找一把锤子把它砸烂!"基本上所有的窗户都被打破了,脚底下满是碎玻璃。人们即将被赶到这里,和垃圾堆在一起。他们中不仅有跟唐纳德一起来的,也有从相反方向正被赶来的。计划已成功实施:封闭整个区域,驱赶人群,集中,运走。

敢于冒险的年轻人在扫街车经过游乐园时跳上它的手臂,从那儿又跳上混凝土枝条,安全了。等唐纳德想跟他们学时,已经太晚了。他才冒出这个念头,就被赶离了这片地方。

他下意识地推着、挤着、叫喊着,和其他人一样,几乎没注意到他撞到的人是男的还是女的,是白人还是黑人。扫街车上的瓦斯枪朝他的头顶上方发射了榴弹,嘹亮的音乐声戛然而止。瓦斯钻进唐纳德的鼻子,赶走了最后一丝理智。他两只胳膊疯狂乱舞,不在乎是谁打了他,只要他能打回去。他奋力冲向对面拥过来的人群。此刻,那群人已经和他所在的这一群人撞在了一起。

伴随着涡扇的尖叫声,停在屋顶的警用直升机准备撒网,带走无处可逃的骚乱者。他哭着、喘着、打着、踢着,感觉不到回击的拳头。眼前出现了一张黑色的脸,看着眼熟。他能想到的就是他用喷气枪射伤的那个男孩,他的姐姐出于报复攻击了自己,然后自己又打中了她的嘴,让她流血。恐惧中,他开始猛击迎面站着的那个男人。

"唐纳德! 住手,唐纳德——住手!"

榴弹碎裂,升腾起更多的瓦斯。他失去了挥动拳头的力量。晕倒之前,他恢复了些许理智。他说道:"诺曼,哦上帝,诺曼,我——"

　　道歉的话语、接受者、道歉者,都旋转着陷入了黑洞。

世间百态(7)
世界领先

　　我看到墙角的涂鸦涂涂鸦鸦在墙墙角看看看涂涂鸦在在在墙角我忘了看到的是什么因此它不可能重要**通过你自己的手操作电子艺术家体会米开朗琪罗和摩尔和罗丹和鲁奥的感觉**让我们来分析你的新陈代谢和化合物专门为你调制保证让你飞得更高更远让万花筒和计算机杂交我们创造了对撞筒把你无聊的日常环境变成奇迹**有耳可听的就应当听这里只有白噪音®发生器制造的随机的声音**明日的建筑有关空间内敛和压缩**贝多芬小提琴协奏曲独奏埃里齐·孟克-格林**当你重新装修时别忘了向我们咨询用原始计算机生成的艺术创作来搭配你的色彩少有的异国风味来自最普通的菜肴如果你在做饭时加入了一点"骡子盐"**最近的行星级碰撞达到三十一级发生在EG92745区**如果你还没读过它你还没庆祝二十一世纪**"赋予了小说一个全新的概念！"**从来没有过这样的坠饰无数的质地和形状没有尽头但不会玩物丧志（保证）**我们这代人中最具创造力的艺术家是"贡多拉"牌服饰背后的设计者**威廉·莎士比亚和汉克·索德利的作品《月球零号基地的麦克白》**今晚免费烟花表演充足的机会让你自我发挥

拉别人的仇恨你说你还没买过艾德·富林汉姆的时间盒？把你的家打造成你个人的世界**我们是提线木偶肖恩表演的新芭蕾本世纪最引人入胜的追求是研究"口头性交因为它总是让你快到了却总也到不了"最伟大的艺术也是最为人忽视的艺术你上次在床上享受高潮是什么时候？**在二十二世纪画廊穿着你最古老的衣服或者买我们最独特的一次性衣服或被阿伦·泽金的"淋屎"变成黄色终于香水达到了真正的艺术品的境界二十一世纪精美的大肚瓶神韵公司出品**今晚于五十频道完美的全息购物广场购物广场购物广场三倍的谜之色彩爱上你的崩溃让我们来帮助你**你从未见过的古董因为我们发明了它们而且很多很多来一个巴厘轮毂或非正品的现代高保真音响？来我们的工作室听佐客体验真正的自由落体**低俗剧院上演瓦格纳的淫笑专供知识分子的自动呼叫器免费安装调试体验"臭味"由四季公司提供全方位服务**绝不会觉得通俗进行曲无聊音变公司将它们调制成你喜爱的风格从巴赫到贝德贝克到勃隆斯丹到无论什么人**当我们说感觉时我们是认真的提升你所有的感官且不会成瘾**受够了就找我们吧1000块三个人入侵公寓带上油漆和垃圾1500块武装关押并偷走所有可移动的东西砸烂所有搬不走的特殊要求最高收费3000块烹饪终于在"双跪人"手中变成了真正的艺术**我们的罐头由当代最伟大的艺术家设计**上完我们特别为你定制的课程之后你也能开发你的艺术潜质**成为你们街区唯一的幸运儿读完在手工高级牛皮纸上用漂亮的字体写成的故事**终于那个被忽视的触觉也能享受伟大艺术家的创造力快去买"神笔"®你画完了基督停留在以马忤斯了吗？把那台旧相机丢进垃圾堆跟上全息的潮流**限量版共一百万套都有编号**我们能重新编程你的生活把它变成艺术当他们说波提切利时你觉得他们是在说奶酪吗？好吧

现在是美食家也认可了我们的产品自由电视学校出品一段盲目之旅去往无论何处明日狂欢的主题上周博物馆的展品每天都换**蓝色电影艺术讲座期间将播放真正的电影非磁带复制品**终于电视的潜能在伟大的富有创造力的艺术家的手中得以实现你最近做什么梦了这不是你心理医生问的问题而是吃了催睡剂的人自然的问题美容终于在创造性艺术领域取得了合适的地位**感谢在整容手术领域的一位真正具有创造力的艺术家**不要浪费机会带你的家庭去拜访和询问这门艺术你应当感激没有恨这个世界给你的东西当你自愿参加先锋戏剧**佩戴二十四小时感官增强**贝壳石头骨头饰品**现场小说与作者互动**分离是团聚的一个部分不是艺术不是生活而是经验让宠物的基因类型配合你的性格各种动物均可终于**真正有创造性的艺术形式可**重新调整你的体验至对称模式你的终结也可以是你构思的艺术品所有传统的执行手段**可供选择异常精确的历史再现爆炸溺死高处坠落所有自控或他控的武器合理的条件终结者公司提供服务将你的终结变成艺术（在下列州属于非法……）**

（艺术：我十一岁的时候在俄克拉荷马图尔萨有个朋友就叫这个名字，我有兴趣听他怎么讲。现在有很多冒牌货都在滥用他的名字。

——《时髦罪行词汇表》，查德·穆里根 著）

人物追踪（10）

窒息的爱

　　舒展着四肢,全裸着躺在沙发上。头发染成流行的古铜色,大家都夸赞说很配她。一块屏幕将她大部分的身体挡在电话摄像头的扫描之外,同时,屏幕上的太阳灯又能将她的身体笼罩在蓝白色的光线之中。萨拉·彼得森看上去远远没到四十岁。她身材圆润,各处的皮肤饱满而富有弹性:肩膀,戴着玛瑙乳头帽的乳房,小腹下面的毛染成与头发一样的颜色;(不要忽略任何地方,不要放弃任何地方,不要忘记任何小窍门。)她比她理想的体重稍重一些,但这一点点分量无关紧要。

　　"不是很合适。"她说道,"当然,我这么说的时候,菲利普很失望。但我认为母亲和孩子之间不应该有秘密。这可是人与人之间最亲密的关系了,不是吗? 如果我对什么事有很大的意见,说出我的想法后,我当然期望菲利普能听我的。稍等我一会儿,爱丽丝。宝贝!"

　　菲利普从屋子另一头的椅子里抬起了头。他穿着整齐,稍显保守,因为样式是十年前的年轻人中流行的。他是个强壮的二十来岁的小伙子,脸上长着粉刺,即便是最现代的皮肤处理也没能完全压制住它们。

"再给我拿一杯灰司令,可以吗?"

一只手伸出来,指甲涂成完美的镜面,手里拿着空空的玻璃杯,杯子表面切割成菱形,将射入的太阳灯光线折射得如钻石般耀眼。

"我可以给自己也再来一杯吗?"

"不好吧,宝贝。你已经喝了一杯,再说,你不像你老妈已经——嗯——麻木了,对吗?"在他接过杯子后,"接着往下说,我认为我们不会跟那个露西再见面了。很可惜,因为从某些方面来说,她是个不错的女孩,也没人会说她笨。但是,她有点——我不想说得太委婉——普通,你不觉得吗? 而且,她比菲利普几乎大了三岁。我觉得以他们这个年龄来说,这个差距显得很大。我是说,以百分比来看,毕竟菲利普才二十岁。啊,万分感谢,小可爱!"他弯下腰时,她伸手摸了摸儿子的头发,随后接过杯子,放在身边。

"你既然还站着,甜心,再给我点一支海湾金叶,好吗? 但是,你一定不要往里吸哦,听到了吗?"

菲利普穿过屋子,打开装大麻的盒子,点燃其中一支,听话地让前面的八分之一英寸白白烧掉。

"总之,今晚就我自己。他要去见那个漂亮的小伙子艾伦,他跟他以前是一个班的,一起……老天,你该走了,不是吗,小布丁?"

"如果你不介意的话。"

"不会,我的王子! 我当然不会介意! 但是,你得尽量早点回来,好吗?"她用同一只闪着金属光泽的手接过大麻,"跟你的老妈吻别一下吧,替我向艾伦问好。"

啵——啵。

"啊,你是妈妈的好儿子,是吗,菲利普?回头见。哦,顺便说一句,爱丽丝,我打电话给你的原因:我记得你好像说过你认识政府部门的人,在威尔金斯家的男孩接到入伍通知后,他帮忙解决了问题。怎么说呢,我们也终于碰到这个无法避免的麻烦了。尽管听上去不怎么合理,我在想是否……"

"是的,萨拉。"菲利普回答了那个她忘了已经问过的问题。

现场记录（10）

注定的结局

　　一具被无限拉扯的中空躯体，胳膊、肚子、腿像一条条隧道，传递着眩晕。伴随着痛苦，一点一滴地，如同蜘蛛结网般，各个部分连在了一起，组装成了……

　　一个人。一直想吐、浑身青紫、疼痛不已，唐纳德·霍根。他宁愿待在无意识的深处，但警用麻醉瓦斯的效果突然消失，它的副作用则被谨慎地限制在了让人感觉眩晕和虚弱——最具破坏力的感觉。

　　他朝一侧翻动身体，却发现对身体的支撑消失了。自由落体的恐惧感一下子让他恢复了所有的意识。他睁眼看的同时也伸出了手。手抓住的是一根铁栏杆，眼睛看到的却是一片无法理解的怪异形状和线条。

　　他差点从一个更像架子而不是铺位的东西上滚落下来。不过，即使他滚下来了，也只不过掉落几英寸而已。他躺的是最低的一层。透过一个钢丝网，他看到好几排一层摞一层水平排列的箱体架，每个箱体里都装着一个人。简单地推理：钢丝网的内侧肯定也是个同样的箱体，装着他自己。穿着警服的一男一女开启了滚轮,将不同架子分隔开的钢丝网随即收起。金属发出刺耳的摩擦声,打开他们前面的通道。他们往前走着,拿着记录本,交流着下个对象是男还是女,一直来到他旁边的架子,开始对一个失去意识的关押者搜身。他看到那个架子上和他位置相同的箱体里躺着个女孩,躺在自己的呕吐物里。

"留神。"女警说道,"这一片的人有些只吸了一两口,他们可能在几分钟内醒过来。"

"好的。这个人的身份证说他是——"

唐纳德笨拙地想坐起来,却发现头顶上方只有九英寸的空间。他的头撞上上层床板的底部,发出声响,吸引了那两个警察的注意。

"看到了吧?"女警叹了口气说道,转身透过钢丝网隔断喊了一句,"躺下,会轮到你的!"

唐纳德先是费力地把一只脚和一只胳膊撑在地上,随后站直了重得不可思议的整个身体。他用手抓住第四层床板的边,帮助自己站稳,这才开口说道:"发生什么事了? 这是哪儿?"

在他的两边,借助微弱的光线,他能看到层层的人体,仿佛身处停尸房。

"收声。"女警说道,转身不再理他。

"听着! 你们抓了这么多骚乱分子,但其实是那个假出租司机——"

"啊,见鬼!"男警跺了一下脚。考虑到他六英尺的身高,发达的肌肉,加上断过的鼻梁,做出这么个动作显得跟他的形象很不相称。不过现如今嘛……"好吧,刺头,你到底想说什么?"

"骚乱发生的原因! 你们找到那个司机了吗?"

"什么司机?"

"我被困在一辆假出租里,幸亏我让他关不上门,因为我戴了功夫手套,把门卡住了,然后——"

"报告里提到过出租车吗?"男警问了一声。

女警摇摇头,"难道我有时间去搞明白他们为什么被抓进来吗?"

"那你就闭上嘴巴,乖乖地等着。"男警警告唐纳德,"否则我会再麻醉你。现在,这个人,"他又继续着,女警举起记录仪的麦克风,记录他的话,"是——"

唐纳德看到后大吃一惊,他认得这个正在被警察搜查口袋的人。

"通用技术的副总裁,你对这个名字应该很熟吧。"

"什么?"

"那是通技的诺曼·豪斯!"平躺着像个蜡像,眼睛疲倦地紧闭着,双手搭在胸前,应该是把他抬进来的人随意放置的。

"对。"男警看着搜到的身份证,缓慢地说道,"你怎么知道的?"

"他是我的室友。"

男警和女警对视了一眼。"有证明吗?"男警说道,伸出了手。

唐纳德翻了翻自己的口袋,发现功夫手套和喷气枪已经没了——这是当然。好在找到了身份证。透过钢丝网,他笨拙地把它扔在男警跟前。

"住址是一样的。"男警不情愿地承认,"最好把他们从这儿放走,希尔。我们惹不起通技。"

女警看了一眼唐纳德,目光中满是冷冷的厌恶。她关上记录仪。"该死的吸血鬼,"她说道,"我们看上去很闲吗? 好吧。"

"在这儿等着。"男警说道,"我们得一直走到头,转过弯之后才能到你的地方。"

"这个怎么办?"女警指着诺曼问道。

"叫个担架过来。在其他人醒过来、搞出更多麻烦之前,我们还有时间。"

随着他们走向牢房尽头,一张张钢丝网接连发出怪叫,收起,随后一下子弹出复位,给这一对的脚步声配上了奇异的金属旋律。直到现在,唐纳德才真正意识到自己身在牢里。牢房最初的布局经过好几次改动,已经到了最后的极限,再也没有多余的空间,除非你把犯人装在棺材似的抽屉里收起来,提取他们时像在穿越迷宫。

他们终于来到了他的位置。他跌跌撞撞地走在他们前面,走向一条铺了地砖的走廊。在那里,另一个女警接管了他,把他带进了一个没人的办公室。

"在这儿等着。"她说道,"一会儿之后,有人会来见你。"

很多个一会儿过去了。唐纳德坐在一张硬椅子上,双手托着头,想着自己会不会呕吐出来。

在他紧闭的眼睑之后,他看到了人类的身体在钢丝网后被摆成了某种模式。

"你叫霍根?"

唐纳德吓了一跳。一个佩戴着队长肩章的男人走进了房间,正绕过屋子中央的桌子的一角,准备坐到唐纳德的对面。他拿着一摞文件。

"是——是的。"

"显然你知道今晚的麻烦是怎么发生的。"队长打开桌子上的一个抽屉,拉出记录仪的麦克风,按下一个按钮,"说说吧。"

"我坐进了一辆假出租,然后……"他疲惫地复述了整个过程。

队长点了点头,"是的,我们收到过报告,说有个吸血鬼在那一带活动——上帝才知道为什么,一般人总以为他们应该在上城区活动。和你地盘上的人相比,上城区的人叫车更频繁,身上带的现金或信用卡也更多。"

"那一带不是我的地盘。"

"那你在那儿干什么?"

"我——嗯——我只是随便走走。"

"你什么?"队长带着不可思议的表情看着他,"你经常这么做吗?"

"没——没有。我只是突然意识到自己已经没有晚上随便走走的习惯了,都是有事才会出去,拜访朋友之类的,所以我——"

"上帝。不要养成这个习惯,好吗? 我们要处理的麻烦够多的了,别再来添乱了。"

"听着!"唐纳德的体力有所恢复,愤怒让他挺直了腰板,"这不是我的错,是假出租——"

"不是? 那就好好看看你自己!"

唐纳德疑惑地向下瞥了一眼自己的衣服。衣服上沾满了用来攻击警车的垃圾,这一看又让他的恶心程度恢复到了满血状态。他虚弱地说道:"我身上很脏,但是——"

"我说的不是脏。在那地方你碰到过几个人跟你穿的一样? 你立刻被打上了入侵者的标记。并不一定非得来一辆假出租才能让你成为爆炸的导火索——可能是某个黑人混混和他的跟班嘲弄你,或者哪个抢劫犯觉得你是个目标,或其他任何事。你做了一件非常愚蠢的事,结果让我的部门又多了两百多个人需要处理。这地方目前在押的犯人已经是处理能力的两倍了!"

"我不明白,你有什么权力跟我这么说话!"唐纳德发火了,"你们就知道扫街,抓几百个无辜的人。请问你抓到那个司机了吗?"

"你说话没走脑子吧,是吗?"队长无奈地说,"几百个无辜的人? 我可不这么认为。如果司机跑得不够快,他有可能就在他们之中。这至少使数字减少了一个,这点你承认吗? 而且,我猜,我们还有,"他举起手,一个手指接一个手指地数着他要列出来的分组,"蓄意毁坏者和掠夺者,他们打碎了某家商店的橱窗,抢走了店里大部分的烈酒和大麻。还有人砍断了街灯,有人砸毁了我的一辆警车,有人往大街上撒满了腐烂的垃圾、制造了严重的卫生问题。当然还有人随身携带过度攻击性武器,像是那把枪,打下了我的一架直升机。还有——拿着大棒把飞行员打死的人。你刚才怎么说的……"

"他们把他打死了?"唐纳德迟缓地问道。

"对一个脑袋被打碎、脑浆喷在大街上的人来说,你帮不了他什么了,不是吗?"

"哦,上帝。"唐纳德说道。

"我不相信上帝,"队长说道,"我不会相信神会创造我们这个物种,一个如此低劣的物种。滚吧,免得我以煽动骚乱罪起诉你。"

他关上了记录仪,将麦克风放回抽屉,狠狠地推上了它。"如果我有时间,"他结束了对话,"我可能真的会起诉你。"

唐纳德强迫自己站起来,身子仍在发颤。他说道:"你的意思是,如今,一个人不能在自己的城市里散步,单单因为可能会有事发生在他身上——就像发生在我身上的一样?"

"你自己算一下概率。"队长说道,"到目前为止,我们有证据表明百分之百会出事的。滚吧,趁我还没改主意。带上你的'棕鼻子'室友。他还没法一个人回家,但我希望能多出个空位来。"

背景环境（11）
把话挑明了

对我来说，在所有出版过的书中，刘易斯·理查德森的《致命争论的统计》无疑是最可怕的。你可能从未听说过它，但是它对你们这个世界的影响，至少能与达尔文的《物种起源》平起平坐，而你们在小学四年级就听说过《物种起源》了。还有，因为它是如此可怕，以至于只有那些"专家"，在用之前形成相反的观念把自己全面武装起来之后，才能在研究的过程中免于理查德森的蛊惑。

当然，你可能认为自己也是本书所谈主题方面的专家——就跟当时的社会思潮对达尔文的反应一样：人们知道自己是有自主意识的智慧生物，即便他们愿意退一步，承认自己和他们所熟悉的动物之间的相似度，他们也会把这归因于创造者缺乏想象力，或许甚至会赞美他清教徒式的节俭，因为他在实地试验了猿猴之后，不想浪费一个可行的设计。

所以，你相信穿上军装符合家庭、朋友和同胞的利益。你接过他们给你的钢枪，在沼泽的一角悲惨地死去。那种地方你甚至在度假时都不会去，即便你已经一百多岁了，除了火星，哪儿都去过了。

理查德森精辟地提出了(并且,在过去的半个世纪中,被几个追随他工作的人加强了):战争的发生是非均匀随机分布的。也就是说,它既不是纯粹随机发生的,也没有可循的规律,而是一种基于这两者之间的东西。它有模式,但我们无法为它的每次发生找到一一对应的因果关系。

换而言之,战争跟意志力这一元素无关。所下的决定是否合理并不能改变战争发生的可能性。战争,就像天气的变化一样,该发生的就会发生。

事实上,早在理查德森之前,一次大战尚未爆发时,诺曼·安吉尔已经提出了一个观点:为利益而发动战争已经过时了。胜利的一方所付出的代价比失败的一方还要大。他是对的,一次大战证实了他的观点。二次大战用尽一切,包括原子弹,把它变成了颠扑不破的真理。如果换成个人,看到此人不断重复某种活动,其结果总是导致他声称要创造的东西的毁灭——人们会把这当作发疯的证据。放到国际舞台上,做这种事的国家也绝对称得上是疯子。但如果你留意过最近的新闻,这样的事却越来越多。比如美国和它的盟国——我们没剩下几个了——吹嘘着前所未有的个人自由,却把主权交给了华盛顿的一台被称为"征兵机"的计算机,每天让几百个倒霉的国民死得毫无意义,如同古罗马时期的角斗士。这么说吧:假设你的街区住着一位无脑的傻子(除非通技提供证据,证实撒缪以色真的有智能,否则,我会一直把不管什么类型的计算机都当作某种白痴天才),每周一次,他的神经都会循环到某种状态,让他必须用自己的指甲和牙齿把一个人扯碎;然后你们街区一致同意,每个家庭需轮流派出一位成员,前往傻子住的地方,并躺下等着他来虐杀……

　　说到这儿,我说过你们是这个主题的专家。这正是入伍通知想让你们相信的。它不接受那些你们想除去的家庭成员,比如一百零七岁的奶奶,而且痴呆了很多年了,或是那个患有苯丙酮酸尿症、却不知怎的逃过了优生法筛选的婴儿。它夺走的都是最英俊的、最健康的、最有活力的人,其他的一概不要。

　　想起什么了?你应该能想起来的。民间传说有时会有惊人的洞见力,其中一个场景已经被重复了不知多少个千年。从用铁链将安德罗墨达锁在岩石上,到献祭少女给那条后来被圣乔治杀死的龙。毁灭我们之中最宝贵的、价值最高的、最无法替代的生命,这一幕幕在我们的传说中不断地重演。它告诉了我们一个道理,我们单个人无法理解、但集合起来就能理解:当我们打仗时,我们是在毁灭自己。

　　但你是这方面的专家,是吗?你时刻牢记着,要感谢南部邦联的死者,或是不列颠战役中英勇的飞行员——有了他们的牺牲,你今天才能站在这儿,享受你美好的每一天,充满着快乐、奖赏、爱、喜悦和激动的每一天。

　　实际上,我敢打赌,你的每一天更可能是充满了焦虑、问题、拮据、争吵和失望。如果你情愿深陷其中,我无法将你唤醒。爱和喜悦是极其容易让人养成习惯的,通常情况下,一次普通的感染已足以引起永久的成瘾。但是,我毫不怀疑,你会尽自己的最大可能来避开它们。

　　　　　　　　　　——《你是个无知的傻瓜》,查德·穆里根　著

人物追踪(11)

密闭的火车

"接近目的地。"领航员说道。当出现需要人类驾驶员的局面时,他同时也能充当驾驶员。航向和控制大部分是由计算机完成的,但如果这台精密的机器被一枚近距爆炸的深水炸弹震得失灵了,这种情况下,人就能派上用场了。

情报官微微地紧张了一下。他不知道这个与他共享潜艇前舱的人,在紧急情况下,是否真的像他本人所说的那样可靠。不过,到目前为止,他们还未曾与敌人接触。

头顶上方,笼罩在一片澄净而又宁静的天空之下,雄高海峡的表面看上去肯定像面镜子,只有海浪微微泛起的涟漪。潜行于海峡最深处的潜艇,应该不会对水面造成什么扰乱。

"就是这儿了,误差不会超过几码。"领航员说道,"我会升起监听器。你最好去提醒一下货物。"

情报官顺着身后的通道往后看去。通道的大小刚好能钻过一个人,能看到乔伽琼的头出现在通道的另一头,被包围在一圈光晕里。

密闭的火车……列宁……

很难将这两者联系起来。一张亚裔的娃娃脸，看不出年龄，实际上已经四十多了，看起来也就刚过三十。梳得很整齐的黑色头发，黄色的肌肤，这些特征都无法让人联想起列宁。

或许，在自己人眼里，革命者都是这么不起眼？我们的国父们看起来又是什么样子的呢？

出于不知哪来的烦躁，情报官说道："我不喜欢你一直叫他'货物'。他是个人，而且，他是个重要的人。"

"一方面，"领航员用一种厌倦的语气说道，"我不喜欢把我要送走的人看成真正的人。把他们想象成可牺牲的货物让我更好受些。另一方面，他是个'黄猴子'，跟上面的人一样。你负责怎么分辨他们，我没意见。"

他说话时已经按下了升起监听器的开关，让它们安静地冒着泡升到水面。现在，他启动了它们。舱室内突然间充斥着上面世界的夜晚之声：海浪的低吟，受惊的长尾小鹦鹉发出的鸣叫，还有某种离得很近的东西发出的响亮的啪啦声。

"海龟。"领航员说道，同伴吓了一跳的样子让他觉得好笑，"它们不是敌人，至少我希望如此。如果它们被苏联招募了，你应该能知道吧，嗯？"

情报官觉得自己脸红了，他转身爬进通道，以掩饰自己的窘态。领航员在他身后不客气地大声笑了。

吸血鬼，我希望他下次行动回不来。

监听器传来的声音已经提醒了乔伽琼。情报官爬完整段通道时，他已经准备完毕，只是还没戴上头盔。他被包裹在一层救生衣里。救生衣由对压力敏感的塑料制成，在水中会变硬，以抵抗水的压力，浮到水面后会变软好让他游到岸边。脱下来之后，它能被一小瓶特制的细菌感染，分解成海滩上一团无法分辨的物体。

这么熟练，他们肯定把他训练得很好……不，他以前就做过，而且是实地行动。他们用这个办法把他带出来，现在又用同样的办法再把他送进去。他，还有其他人，上帝才知道有多少人也这么做过。

"随时可以行动。"领航员喊了一句，"别耽搁太久，耗光了我们的幸运。"

情报官费力地咽了一口唾沫。他检查着救生衣的密闭性，乔伽琼安静地配合他转着身。一切都已准备妥当。他拿起最后一个东西，那个头盔，扣上脖子处的锁扣。他不禁想到，那张平静的脸孔后面隐藏着什么？

如果他们派我做他要做的事——在大海的中央冒出来，游到岸边的过程中随时有被海岸巡逻队发现的风险——我能吗？……我不知道。可他显得那么轻松。

他伸手抓住乔伽琼的手，想表示最后的祝福。没料到压力敏感塑料立刻把手套部分变成了坚硬的一团。他看到了乔伽琼的嘴唇的形状，仿佛在笑他的笨拙。他不由得有些恼怒。

难道这个吸血鬼没意识到危险？

没有，可能真没意识到。计算机算出，这个人有超过百分之四十的概率能成为雅塔康的下一任领导——如果那些关于他的影响力和支持者的情报评估是正确的话。情报官只能抽象地想象一下那样的权力。如果他能对超过两亿的人发号施令，他会膨胀得不知道自己的骨头重几斤几两。

"快点！"领航员叫道，"快出去，看在老天的份上。"

乔伽琼退到一边，等着他的舱室注水。情报官连忙脚朝前钻进了通道，关上舱门，听着门后的流水声。

你得美慕这么一个人。你美慕的是他的信心。成功的概率百分之四十……如果我被告知回不去的可能性更大，我肯定不会参与这种行动。领航员称之为大撒把。回去之后我要不要打听一下呢？最好还是别问了。还是让自己觉得必定成功的好。

把乔伽琼从注满水的舱室里排出去时，整个潜艇微微地摇摆了一阵。"哈！"领航员道，"时间刚好。传感器覆盖范围的最远处出现了苏联的巡逻艇。"

"你的意思是，在他游上岸时，会被他们发现？"

"他？不会。在这个距离上，他的救生衣不会产生任何信号，至少不会被他们的设备捕捉到。但我们却有可能被发现。我们只能在这儿等他们过去了。"

情报官点了点头，湿漉漉的手心在大腿上来回蹭，动作机械，一直到大腿处的织物将湿气全部吸走了还没停下。

在成为俄国无可争议的领导之后，列宁还会想起送他回国的列车的司机吗？他还记得司机这回事吗？

他绝望地想要化解紧张情绪。他想到了一个笑话。他说道："你刚刚改变了历史的进程，感觉怎么样？"

"我不知道你在说什么。"领航员说道，"照我的想法，当历史发生时，我早就死了。"

现场记录(11)
岩石坠落的声音

    唐纳德没想去关心现在几点了。车窗外的大街上,笼罩在富勒穹顶之下,日与夜的交替似乎正在胶着。现在应该是清晨的某个时候;警察手头的事情太多,没法在骚乱者一抓进来时就着手处理。城市一片死寂,道路像失血的血管,空荡荡的,只有垃圾车和清扫车在上面缓慢地爬行,如同几个受困的白细胞,无助地进行着一场必定输给疾病的战争。

    他们坐在一辆出租车的后部,诺曼瘫倒在他身旁,眼睛时不时地睁开一下。绝大部分时间,他都沉浸在瓦斯带来的恶心与昏沉之中,无法关注周围。抵达他们自己的街区时,唐纳德不得不半抱着他先进了电梯,随后进入起居室。

    在地毯的中央,他踩到了某种坚硬的东西。把诺曼放进他最爱的那张椅子后,他回过身来看踩到的是什么。一把双保险牌的钥匙。他把它与自己的比较了一下,发现两把钥匙完全一样。随后,他注意到周围的陈设中有个变化。电子琴不见了。诺曼卧室的房门,在他出去时是关着的,现在却半开着。朝门里瞥一眼,就能发现维多利亚用的那部分衣橱已经空了。

消失了。巧合？或是有人通风报信？他现在没精力琢磨这个问题。他从诺曼的雪茄盒里给自己拿了一支海湾金叶。他几乎没抽过大麻，但他现在在迫切需要"飞"起来。吸入麻醉瓦斯之后再喝酒只会重新引发恶心感。

"来一支吗？"看到诺曼动了一下，他对那个黑人说道。诺曼摇了摇头。

"到底发生什么渣事了？你在那儿干什么？"

唐纳德等到无法再屏住呼吸了，才在一团薄薄的迷雾中开口回答这个问题。"我——真的太对不起你了。我疯了。我们都疯了。我猜大概是瓦斯的影响。"

眼前熟悉的环境，叠加上了夜晚街道的景象。涌动的人群，诺曼的脸出现在他眼前，他却认不出来。他不禁抽搐了一下。

"你在那儿干什么？"他也问了一句。

"感情之旅。"诺曼说道，"我去联合国的青年旅舍拜访了艾立虎·马斯特斯。离开的时候，我想，既然我好几个月都没来过这么东面的地方了，我应该趁机去我父母住过的地方看看。"

"他们还活着吗？"唐纳德问道。

"我不知道。"

"什么？"

"我不知道。"诺曼僵硬地举起一只手遮住前额，暂时闭上了双眼，"我还是个孩子时，他们就分居了。我从十八岁就独立了。我想我母亲可能在巴哈马，但是我不确定。我曾经以为我并不在乎。哦，妈的！"

他停顿了很长时间，舔着嘴唇。

"骚乱突然在我周围爆发了。真是个噩梦。一秒钟之前我还在寻找记忆中的建筑，一秒钟之后人群挤在我周围，迫使我跟他们一起移动。然后扫街车从街角出现了,我们像陷阱里的老鼠一样挤成一团。我其实并不害怕,然后我认出了你,想向你接近。等我靠近你时,你却开始挥舞拳头。我一直在喊你的名字,可你怎么都不肯停下来。"

他说的是我吗?感觉像在说一个完全不同的人。唐纳德一口紧接着一口地抽着大麻,超出了烟嘴自动稀释的能力。烟把喉咙呛得又热又疼,等于一种惩罚。他又深吸了一口,道:"我害怕极了,我的脑子一片空白。你知道吗,是我诱发了骚乱。"

"你疯了吧。"

"没有——没有。我真的诱发了骚乱。这才是真正让我害怕的地方。"唐纳德握紧了那只空拳,握得太紧,指甲都抠进了掌心。他的脊柱从上到下又传来一阵战栗,随后在全身引起了共鸣。他感觉到了休克反应带来的不真实的寒冷之感,手脚都麻木了。

"我是什么样的人?我不知道我是什么样的人。我不认为自己是那种连最亲密的朋友都认不出的人,还想挥起双拳打他。我也不认为自己是个危险人物,连上街都不被允许。"

诺曼显然忘了身体的不适,坐直了看着他,一脸不怎么相信的表情。

"你看到他们打下了警用直升机?"

"没有。"

"他们打下来了。有人用猎枪把它打了下来。在它坠落后,他们用大棒把飞行员打死了。上帝啊,诺曼,"——他的声音停顿了一下——"我记不清自己是否跟他们一起上去打了!"

我必须坚强。他的部分意识保持着足够的清醒,能感知手头的要紧事。不能把烟头丢在地毯上。他瞄准着烟灰缸,控制着手完成一系列动作:它先开始正常移动,然后随意地一戳,丢出了烟头,最后缩了回来,与另一只手一起盖住了脸。他开始哭泣。

诺曼不知道该怎么办才好。他站了起来,往前走了半步,改变了主意,接着又改变了主意,往前走得更近了。他说道:"唐纳德,你的情绪中,有些是大麻引起的,有些是警察的瓦斯引起的,有些是因为太累了……"

随口找来的理由编不下去了。他站在那儿,低头盯着唐纳德。

诱发了骚乱?真的吗?他干了——能干——什么?他是个没有任何特点的人,没有攻击性,从未发过火,即便我冲他大叫,说他只会往家里带黑女孩。温和。内心:有脾气?

伴随着令他悲哀的震惊,他承认了:我不了解他。我们共享一个家这么多年,交换小妞,互相客气地说着客套话——但我真的不了解他。

艾立虎·马斯特斯还觉得我适合掌管一个无助的小国家,美化它,就像桂妮薇儿美化她的顾客一样,将它打造成最现代化的样式。

我们中的一个肯定疯了。是我吗?

他笨拙地拍了拍唐纳德的肩膀。"不说了,"他说道,"我帮你上床。我去上班之前,你还能睡上两个钟头。"

被动地,唐纳德让自己被架着进了卧室。他倒在床罩上。

"想让我打开你的助眠器吗?"诺曼边问边伸手拿起藏在枕头里的小小的俄制设备。它能将睡眠节律引入骨髓,让最严重的失眠症患者也能得到休息。

"不用了,谢谢。"唐纳德小声嘟囔道。随后,诺曼要离开时,他叫道:"差点忘了!桂妮薇儿什么时候要办派对来着?"

"嗯——今晚,我猜。"

"我觉得是。我脑子太晕记不清了……他们这么快就接走了维多利亚,不是吗?"

"什么?"

"我说,他们这么快就接走了她。"察觉到诺曼的语气中有些疑惑,唐纳德撑起一个胳膊肘,"你没阻止她吗?我看到她的东西不见了,我——"

他没把话说完。诺曼已经去了走廊,检视着整个起居室。透过自己卧室开着的门,他看到了半开的衣橱门里,那片原本允许小姐挂衣服的地方已经空了。

"没有,我没有阻止她。"他终于开口说道,话中听不出任何语气。"她肯定想先躲一阵,避避风头。可能对她有好处。但老实说我不关心。你也看到了,我甚至没察觉到她的东西不见了,还是你提醒我的。"他犹豫了一下,"说到这儿,我猜我还是现在告诉你吧,早上我离开时可能见不到你。我——嗯——我可能很快就要离开纽约了。"

唐纳德先吃了一惊,紧接着突然想起了昨晚早些时候产生在他身上的灵感,那个被假出租打断的灵感。但他太疲倦了,甚至无法因为发现了真相而自豪。他让脑袋落回柔软的枕头之中。

"我猜到了。"他说道。

"什么?怎么猜的?"

"我猜他们迟早会送你去贝尼尼亚,对吗?"

"你他妈的是怎么知道的?"诺曼的手狠狠地抓住了门柱。

"研究出来的。"唐纳德在枕头里闷声闷气地说道,"这是我的特长。这也是他们选上我、给我工作的原因。"

"什么工作？你没有……"诺曼没有把话说完。他在寂静中站了一会儿，最终开口说道："我明白了。和维多利亚一样，嗯？"话音因为愤怒而颤抖。

"不是，跟维多利亚不一样。上帝，我不应该说的，但我就是忍不住。"唐纳德勉强坐了起来，"真的，跟维多利亚不一样。和你没关系。"

"那和谁有关系？"

"别问了，我不应该谈起这件事的。但是——哦，上帝，已经十年了……"他紧张地咽了一口唾沫。"政府，"他终于用疲倦的声音说道，"半吊子部。如果他们发现你知道了，我会被激活成军官身份，然后被秘密地军法审判。他们警告过我。这下我有把柄捏在你手里了，不是吗？"他说完时惨笑了一下。

"那你为什么告诉我？"诺曼思考了一阵，问道。

"我不知道。或许是因为要给你个公道吧，我想弥补我昨晚对你做的事。请便吧。我现在无所谓了，即使眼前发生了雪崩，我也不会在意。"他又倒回床上，闭上了双眼。

诺曼的脑海中出现了岩石脱落，从山坡往下滚落的声音。一阵剧痛，如同一把斧子砍在他的左手腕，把手整个砍断了。惊恐中，他伸手去摸左手腕，以确保它仍完好无损。

"我已经从足够多的人那儿讨回了足够多的公道，够我一辈子用了。"他说道，"讨么多公道没好处，一点都没有。睡吧，唐纳德。到了晚上你会感觉好些的，我确定。"

他轻轻地关上了门，用的是左手。他没有理睬痛楚，如同真的一样剧烈的痛楚。

背景环境(12)
性在社会学中的对应

如果你想知道什么东西很快就要上断头台了,注意观察那个最明显的症状:极端化。它是个绝对可靠的标志,可以说是一种死亡的先兆。当人类的某个团体在其成员的逼迫下,强调且只强调那些身份方面的因素,从而与其他团体产生了排他性,那么该团体就快寿终正寝了。因为人类不可能只属于一个团体。一个有趣的例子就是剑齿虎长出的长牙,到了该野兽无法闭嘴的程度;或是盔甲虽打造得无法穿透,但太重了主人无法支撑它的重量。

在此基础上,我可以肯定地说,基督教不会存活过二十一世纪。举两个最主要的例子来说明:第一是所谓的真天主教与罗马的分裂,第二是圣女的出现并成为有影响力的团体。前者显著地偏离了传统的天主教教义。传统天主教作为一个团体,最为看重的是教徒与家庭的关系,一种西方式的家庭关系。真天主教变得过于执着性交这一简单的行为,以至于没什么空间剩下来关心人类其他方面的关系。尽管他们在其他方面也发表了很多宣言,但即使在其同情者(我不是其中之一)看来,与梵蒂冈的宣言相比,它们中也没有一个与现代社会实际产生过最低程度的相关性。再说梵蒂冈，表面上将自己塑造成中世纪的修女团体，但实际上，它们的大部分教条，如反机械化、反享乐主义等等，都是从诸如阿米什人这种与社会融洽的可敬团体的教义中借来的。借来之后，又改变它们的味道，掺入仇恨等戾气。与此同时，还利用了我们不愿负担大家庭这一最无奈的现代潮流。它们利用了我们对他人的同理心，尤其对不想怀孕的女人的同理心，从而将我们个人的责任同全社会的需要分离开来。

它们不会存活。

同样地，我无法说我对其他宗教团体的前景持比较乐观的态度。它们同样分裂出了类似真天主教的支派，比如想走上古代宗教的神秘道路的次世代之子。出于同样的原因：他们是排他主义者。你无权加入他们，除非你满足特定的出生条件，最主要的一条是你的肤色要深。(顺便说一句，我对我不想参加的组织表现出的种族歧视意见不大。反正，歧视的存在表明他们总有一天会灭亡的。)

令人遗憾的是，极端主义这个脓疮不只局限于宗教之类的可牺牲的信仰。拿性来举个例子。越来越多的人在它上面花越来越多的时间，开始借助不那么光彩的手段来保持自己的热情，比如在商店出售的春药，以及各种最后多半会演变成群交的派对，否则派对就不算成功。每年一百个妞，一个男人只要愿意脱衣服就能办到，却仍旧无法满足性欲最基本的生理需求：它没有给仍在襁褓中的下一代带来一个稳定的环境，也没有在男女之间建立和谐的关系(或多男多女之间——婚姻可以基于各种形式，并不一定非得是一夫一妻制)，以避免被物种中其他成员侵占的风险。相反地，它让人们变得狂乱，因为它并没有为伙伴之间带来持续和对等的互相抚慰,反而驱使着他们追求每天换新的口味。

结论就是,用极端主义这把尺子来衡量,我相信人类这一物种不会延续太久。

——《你是个无知的傻瓜》,查德·穆里根　著

现场记录(12)
按理说它是自动的,但实际上你得按下这个按钮

　　一阵刺耳的铃声穿透唐纳德的耳膜,把他从沉睡中拽了出来。他咒骂着将目光聚焦在墙上的钟,看到现在是早上九点半。他想试着说服自己,吵醒他的不过是诺曼去上班时发出的声音,只是比平常晚了一刻钟。但是,铃声又响了起来。

　　他勉强在床边站直身体,费力地套上睡衣。大部分人现在不穿这种东西了。如果在他们穿上衣服之前有人来访,他们就这样什么也不穿去开门。如果来访者因此被吓着了,那是他自己的问题。在这个公寓暂住过的小妞中,至少有一半只有出门时穿的衣服,就连出门时穿的衣服都很少,少到能装进一个箱子里。但是,他有点守旧。

　　他走到门口,脑子依然没能恢复到平时的敏感。当他通过摄像头看到来访者时,他仅有的第一反应,除了来访者的数目之外——共有四位来访者——就是来访者们都来自外地。这一点可以从他们臂弯里悬着的大衣看出来。

　　他边打哈欠边开了门。

　　从外表看,这几位来访者都显得很年轻,但如果再看得仔细

点,就会发现站得离门口最近的那位比唐纳德的年纪还要大一些。他们都穿着正式的服装:分别是灰色、绿色、深蓝色和米黄色,效果像是每人穿着各自的制服。他们似乎都长着自然的头发,没染色,也没上摩丝定型。唐纳德一下子想到,如果一伙混混想骗开某人的门,这正是他们会伪装成的样子,而不是穿着他们艳俗的夹克,上面嵌入假的肌肉线条,以及缝有兜裆布的紧条裤。不过,现在才想到已经太晚了。

他们中领头的那个人说道:"早上好,霍根先生。你家里现在没有小妞吧,对吗?"

"我——呃——这和你有什么关系吗?你是谁?"

"稍等一下。"那个人示意他的同伴赶紧跟上。尚未完全清醒的唐纳德吓得一下子往后退了几步。他感到自己很脆弱,因为身上只套了件薄薄的只覆盖到大腿的睡衣。

"没想到这么快又回来了。"那个人口气亲切地说道,关上了门,"好了,快去检查!"

三个跟班各自随手把大衣放在就近的家具上,每个人被大衣盖住的那只手里原来都藏着件东西。两个人拿的是某种小设备,他们用它指着墙壁、天花板和地板,紧张地关注着读数。第三个人手里拿着电击枪,他迈开大步,迅速地从这个屋检查到另一个屋,目光四处逡巡。

唐纳德觉得胸腔里的心脏变得异常沉重,仿佛它正压迫着肠胃,想迫使他呕吐,就像从管子里往外挤牙膏一样。他虚弱地说:"这么快回来……可我从没在这儿见过你们。"

"我只查到了我们自己放的东西。"其中一个跟班说道,放下了那个不知名的设备。第二个跟班点头附和。第三个已检查完毕,把枪收在左胳膊底下一个隐藏的口袋里。

"谢谢。"领头的那个人轻声道,"哈——'鲨鱼皮',霍根先生。我想这应该足以说明我们的来访理由?"

他的话里并没有威胁的语气,但唐纳德的心蓦地沉了下去,仿佛停止了跳动。他知道是哪种负担把他的心拽到了地底。

"鲨鱼皮"。哦,上帝,不!

在他记忆中,自从十年前的那一天之后,他再也没听到过这个词。就在那一天,那个上校在他华盛顿的办公室提醒他,有需要时他将会如何被激活。用哪个词表示"回来",回到自己的阵营——!

我告诉诺曼了。昨晚我又恶心又头晕,没法控制自己。我告诉了他真相。我是个叛国者。不仅仅是个间谍,也不仅仅是个诱发了骚乱的傻瓜。我还是个叛国者!

他舔了舔嘴唇,没法做出任何反应,甚至没法表示出自己的惊愕。那个人继续往下说着。看他的样子,不像是被派来逮捕一个叛国者。

但是,他带来的任何消息都可能是与之相似的坏消息。

"我是德拉安迪中校。我们之前没见过。不过,我相信我对你的了解,比你绝大部分的朋友还要深。我是从布拉德克上校那里接手你的,他去年退休了。顺便介绍一下,这些是我的助手:弗兰中士、阿登中士、施密特中士。"跟班们点头示意,但唐纳德的脑子很乱,没有做出回应,只是终于知道了那个主持他的宣誓仪式的上校叫布拉德克。

他说道:"你是来激活我的吗?"

德拉安迪露出一副同情的样子。"没挑个好时候,是吗?刚发现那个小妞原来是个商业间谍,晚上又卷入了一场骚乱……施密特,给中尉弄杯咖啡。干脆给我们这儿所有的人都来上一杯?"

　　这个词深深地钻进了唐纳德的脑海："中尉"。德拉安迪可能是故意用了这个词。它就像一把钢爪似的挠着他的大脑。

　　"我——我得去一下洗手间。"他轻声说道，"请随便坐，别客气。"

　　清空膀胱之后，他打开药柜的门，先看着自己的镜中像：目光呆滞，胡子拉碴；随后又看了看架子上放着的各种瓶子和盒子。他伸手去拿清醒药，手指却碰到了旁边的一个罐子。出于习惯，他读了上面的标签。它写着：**毒药，不可食用**。

　　突然间，他的现实世界仿佛变成了许久以前经常做的噩梦。他抓住洗脸盆的边缘，防止自己倒下。他牙齿打战，视野也缩小至一片小小的白色：那个标签，上面的文字仿佛烈火写就。

　　浮士德是这种感觉吗？星星依旧在移动，时间仍然在往前走，闹钟将会鸣响，魔鬼会前来，浮士德一定会受到诅咒……他用灵魂买到了多长时间——十年？

　　他们想对我做什么？至少我还拥有一个浮士德没有的希望……可能不会很快，但如果他们认为我是上大号，而不是小号，他们会给我五到十分钟时间。这么一大罐应该足够了。

　　他一下子抓起罐子，打开了盖子。在这个不透明的容器底部，躺着一堆白色的粉末，仿佛在嘲讽他。

　　他突然感到很冷。真正的寒战赶走了刚才恐惧引起的战栗。他朝回收桶里丢下罐子，随后是盖子，然后吞下了他一开始打算服用的清醒药。

　　又等了两分钟，他转过身，迈着谨慎而又从容的步伐，离开了洗手间。

又一个震惊袭击了他。施密特没有像陌生人通常会做的那样从街区的小吃店叫咖啡，而是使用了唐纳德自己的咖啡机。咖啡机放在他的卧室，旁边是一罐他最爱的咖啡粉。

上帝，这些人对我的了解到底有多深？早些时候，我跟诺曼说出那个危险的秘密时……

然而，他开口说话时，声音仍保持着合理的平稳："我没意识到你们对我盯得这么紧。"

"恐怕这是个惯例。"德拉安迪耸了耸肩，"我们非常希望我们的特工能独自生活，你知道的。但在目前的情况下，这个要求本身就能引起足够的怀疑。城里已经没有足够的居住空间了嘛。当然，豪斯先生没有问题。一个可敬的穆斯林，身居要职。不过，我必须坦诚，你们交换小妞这一事实让我们紧张。特别是昨晚，我们在电子琴里发现了那个天才的装置。我之前还没碰到过类似的东西呢，那种设计，几乎称得上万无一失了，妈的。"

唐纳德端着咖啡杯，小心翼翼地坐下，生怕液体溅出来。他说："嗯，你是怎么发现的？"

"我们昨天下午收到了激活通知，但我们不会就这么急匆匆地跑过来激活一个特工。首先，我们得迅速地侦测一下现场，确保自上次检查之后没有什么变化。结果……怎么说呢，我们发现还真的有变化，在那个小妞偷听时侦测到的。"

"你们在这儿布置了窃听器。"

"这儿的窃听器比贫民窟公寓里的蟑螂还要多。"德拉安迪浅浅地笑了笑，"当然，不全是我们的。施密特？"

施密特中士在诺曼最喜爱的椅子旁边弯下腰，一根手指在那儿抠了一阵，唐纳德无法看清。当他最终伸出手时，大拇指和食指之间夹着一个亮闪闪的东西。

"我认为这个是弗瑞吉戴尔的产品,"德拉安迪说道,"更准确地说,身体部分是。头部是我们的产品。就像他们说的,小虫子身上有更小的虫子。从这东西传出去的信息都经过了加工,我们不想让豪斯先生成为商业间谍的受害者,因为有人可能因此会对你产生兴趣,一来二去的把你暴露了。但是,昨晚的情况异常紧急,我们能赶上那个女孩纯粹是运气。"

"是你把她带走了?"

"哦,是的,千钧一发呀。我不得不让所有人停下手头的监视工作去搜寻她,终于赶在她将货物脱手之前找到了她。"

"你是说,过去的十年里,有人一直在监视我的一举一动?"唐纳德问道。

"噢,没有。我们只对休眠特工随机抽样。你的一举一动都会被记录下来,其中约一半会让计算机扫描关键词。我想,你的关键词大概有一千个,出现了这些关键词,我们才会接手处理。实际上,去年一整年,我们对你的关注不会超过二十至二十五个小时。"他迟疑了一下,"你似乎觉得受到了骚扰,"他继续道,"这很自然。在这个过于拥挤的世界,隐私是我们最可贵的防御手段。请放心,我们的侵犯一直保持在最小的程度。"

"那么,你在收到了——激活通知后,就一直在不间断地监视我,是吗?"

德拉安迪扬了扬眉毛,"没有。我刚跟你说了,我不得不抽调所有的人去追查那个小妞。"

别再追问了。运气好的话,他们不会检查今天早上那场不起眼的谈话。我或许可以躲过。话说回来,我面临的最坏结果也就是有可能上军事法庭,因为违反了保密规定。说不定只会受到轻微处罚,他们可能还需要我帮忙分析情报,比如……

"希望我没显得太盘根究底。"唐纳德鼓起勇气说道,"可是——怎么说呢,都十年了,整件事在我眼里变得越来越不真实。最近,我甚至无法相信自己有可能被激活。"

"这种想法再自然不过了。"德拉安迪同意道,"我一直在跟华盛顿建议,他们应该冒着身份被识破的风险,随机地激活特工,好让特工保持警惕,即便在激活期间只是给他们一些象征性的任务。再来点咖啡?"

"第一杯还没喝完呢,谢谢。"

"介意我添一杯吗? 还有人要吗? 好吧! 我们开始吧,好吗?"德拉安迪身体倚在椅背上,跷起了二郎腿。"船营,洛杉矶,明天下午六点。我们已经替你准备好了旅行证件、无限制的通行证,等等。弗兰中士一会儿会把它们都给你。在出发前,你跟什么人还有约会吗?"

"明天?"

"我明白,等待让人更难受。但恐怕规矩就是这样。有约会吗?"

唐纳德一只手扶着前额,"我想没什么吧。噢,今晚有个派对,桂妮薇儿·斯蒂尔办的。"

"一定要参加,但别人给你的任何东西都不要吃。曾经有人在教堂里讲坛的扶手上涂了他们称之为'吐真剂'的东西,让一个备受尊敬的主教对他的听众说了很多有违教义的话。你听说过吗?"

"没听说过。"

"普通的新闻频道没有报道。被相关机构威胁了,我猜。但是件真事,现场的场面肯定相当热闹。不要让这种事发生在你身上,就这么简单。剩下的说明都在弗兰给你的包裹中。你会在早上接到一个电话,通知你一家你有大量股票的公司遇到了财务困难。这就是你离开的理由。至于你滞留在外不回家,原因是一个迷人的小姐。但我遗憾地告诉你,实际上没有这样的好事,这只是为了提供一个有说服力的理由而已。任何脑子正常的人都会认可这样的理由。"

阿登中士不禁笑了一下。

"你的意思是我会离开很长时间?"唐纳德问道。

"我不知道。"德拉安迪喝下最后一口咖啡,站起身来,"这个计划不是我起草的。应该是华盛顿的电脑干的。"

"能不能至少跟我说说"——几乎快忘了的术语来到了他的嘴边,就像死水底部腐烂的水草冒出的泡泡——"这是个外勤任务吗?"

"哦,当然!"德拉安迪显得有些吃惊,"我还以为你能从你特别的语言能力联想到呢。雅塔康,没错吧。"

"他们要派我去雅塔康?"唐纳德都快站不稳了,他伸手压住颤抖的双腿,"可这没道理呀!我是说,我只上过浓缩的语言课程,那还是十年前了——"

"中尉,"德拉安迪用一种不祥的强调语气说道,"你不必担心是否具备完成任务的能力。你会被赋予能力的。"

"我——什么?"

"赋予能力。你应该看过赋能的广告吧?我猜?"

"是——是的。"

"觉得不过是又一种让人想入非非的诱惑?"

"我猜是吧。那东西跟我有什么——"

"我们能够对人赋能。这种方法是现实可行的。如果没人具备任务所需的能力,我们会打造一个人,给他赋能。别担心,你能办到的——只要这个工作还在人类的能力范围之内。别多想了，放轻松。我觉得你需要吸点镇静剂。"

德拉安迪对他的手下做了个手势。弗兰递给唐纳德一个密封包裹，后者麻木地伸手接过。随后，他们道别离开，留下他一个人，感觉自己又渺小又惊恐，并后悔自己为什么没有去死。

过了一会儿，他恢复了一些理智，开始考虑要不要在派对上问人要一些德拉安迪警告他要当心的药。

人物追踪（12）
如果你无法打败她们，就打扮她们

半空中悬浮着"美容"两个大字，下面同样显眼的是桂妮薇儿·斯蒂尔的名字。字的下面站着三个女子，一个金发、一个黑发和一个红发，带着期盼的表情等待着你，保证你会得到过分的呵护。她们每个人都是美容院无瑕的艺术品，精确到了分子级别，闪闪发亮，但不是钻石的闪亮，更像撒缦以色的零件。她们的衣物只遮住一小部分身体。之所以还留着衣物，既是为了服装师有事可做，也为了给人留下遐想的空间。

同时映入眼帘的还有一个油头粉面的小伙子，穿着传统服饰，像个来自1890年代巴黎拉丁区的画家：慵懒的贝雷帽盖住左耳，脖子上戴着大大的白色领结，逐渐收窄的裤腿掖在高腰靴子里。为了符合他想展示的形象，他的工作服上有三四道不同色彩的条纹，代表沾在衣服上的颜料。但它们只是象征性的。他就像身旁的女孩一样，完全是制造出来的无菌品。

从大街上，人们看不到建筑的内部，只能看到女孩们身后的隔墙。一个镜面般的表面，流淌着各种变化的颜色，以配合女孩的装饰。

他大步走了进去，暗自窃笑，想看看这几副热切的、随时待命的、热情欢迎的表情会消失得有多快。

没等别人有机会通知她，桂妮薇儿已经感觉到不对劲了。通常，店铺区传来的是一种安静的嗞嗞声，频率时高时低，但从未停止，伴随着隐藏的喇叭里传出的音乐，让空气中弥漫着令人放松的温柔。一个不和谐的声音传了过来，她抬起头，目光离开为今晚的派对拟定的最终名单，脑袋歪向一边。

她觉得自己可能是神经过敏了，但还是启动了内部扫描仪，观察着美容厅。从地板到天花板的密不透光的窗帘遮挡着整个大厅，顾客们或坐或躺，享受着豪华气氛的同时，等着身上的不完美之处被浸泡掉、磨掉或涂掉。38号台的贾巴拉夫人又在要求按摩师提供一些非常规的服务，桂妮薇儿无奈地注意到了，随即在备忘录上记下要将账单金额提高百分之百。不知道按摩师会不会抱怨。但话说回来，这个叫贾巴拉的女人，她那六英尺二英寸高的轮廓优美如黑檀木般的身材还挺赏心悦目的。

她让镜头对准将工作区分成两半的中央通道，在它的尽头靠近入口附近有某种喧哗。她一下子警觉起来。如果从大街上能看到这个场景，那就该立刻解决它。她切换到店门口的镜头，继续观察着。

与此同时，对讲机里响起一个紧张的声音："桂妮，这儿有个非常可怕的男人冲着我们大喊大叫。我觉得他喝醉了。他闻起来像一整桶鲸油渣。你能下来打发他吗？"

桂妮薇儿简短地回复道："马上来。"

但她还是花了点时间，检视自己在镜子中的形象。

闯入者正摆出好斗的姿势，对丹尼男孩恨恨地嘟囔着什么。丹尼男孩就是那个穿着巴黎画家工作服的小伙子，是她的引座员。幸运的是,说他在"大喊大叫"实在太夸张了,坐在离此最近的工作台里的顾客不太可能注意到有什么不妥的地方。而且,招徕小组中的金发美女展现出了足够的头脑,挪动了镀铬分隔墙的位置,把这个讨厌的陌生人挡在了外面。

他是个体型高大的男人,身高远超六英尺,估计力气也不小,但样子令人作呕。他的头发一缕缕地垂在领子上,和胡子混在一起。他的胡子似乎从未修剪过,喝汤时变成滤网,吃东西时能接住所有的残渣。胡子的右下角有一块被烧焦的痕迹,应该是将手卷大麻抽到了最后一点时被烧的。他的毛衣曾经是红色的,但现在东一块西一块地染上了其他颜色。他的裤子,即便有合身的时候,那也是好几年之前了,现在腰带已经放弃与日渐凸出的肚子斗争了。他的脚牢牢地钉在她可爱的手工铺就的地板上,脚上穿的可能从前是双平底懒汉鞋,但现在就像垃圾结成的硬壳,已经看不出将脚和地面分隔开的到底是什么材质做成的东西了。

看到桂妮薇儿走过来,他停止了指责。"哈!"他大声说道,"你肯定是来自罪恶之城的桂妮薇儿·斯蒂尔。我常听别人说起你!我还曾经给你写过一首诗。稍等一下……哈,是的,'桂妮薇儿·斯蒂尔制作的女孩看着养眼,但摸着不舒服。她把可爱的肉体变成塑料的水果,果汁都被锁在了皮下面。'那个小妞叫你丹尼男孩,是吗?"他又对引座员说道,"爱尔兰人。打油诗也同样产自爱尔兰,它应该让你有点家乡的感觉。"他哈哈大笑,一边跺着脚后跟。

"还想再听一首吗?'如果你看上了一个妞并把她搞到了手,却发现她和特蕾莎一样冰冷,她不是个怪胎,而是因为美容——'"

桂妮薇儿尽可能保持庄重严厉,说道:"你想要什么?"

"你觉得呢？你橱窗里的洋娃娃？"他用黑黢黢的指头指了指那些招徕顾客的女孩，"谢了，如果我需要充气娃娃，我可以自己做一个。哈，你觉得到这种地方来的人想干什么呢？"

"你肯定喝醉了，要么还在'飞'。"桂妮薇儿发火了，"我觉得你不清楚自己在什么地方。"她紧张地看了墙上的钟一眼。这个时段的服务就快结束了，如果顾客出来看到这个恶心的家伙挡住出口……"丹尼男孩，快去叫警察，我看不出有什么其他的解决办法。"

"叫警察干吗？"陌生人气愤地问，"我干了什么了？我只是想美个容而已。"

"想干什么？"桂妮薇儿说道，觉得就快喘不上气了，"你这个疯子！我们不接受男性顾客，更何况——更何况你这么个东西！"

"不接受？"闯入者威胁似的向她走近了一步，"纽约州关于歧视的法律：任何一个向公众提供服务的商业机构，若基于种族、语言、宗教和性别等理由，拒绝向某个潜在顾客提供服务，其执照将被吊销！"

桂妮薇儿这才意识到，这个人的语言和动作跟她想象中的不大吻合。

"但我知道得很清楚，你这儿没有这种歧视。不接受男顾客！丹尼男孩那身完美的皮囊不是你给他弄的吗？还有，我的老朋友道尔·克拉克也光顾这儿好几年了，他的蛋还长着呢。你想让我怎么办？换上超短裙扭屁股？"

桂妮薇儿不敢相信她听到的，仿佛有人给她嗑了摩羯诺。她说道："至少，我可以要求你出示付款能力证明。如果你付得起我这儿的服务费，你也不会穿成这样，臭得——"她借用了丹尼男孩的比喻,因为它很贴切——"像一桶鲸油渣!"

"哦,如果你担心的是钱——"陌生人做了个鬼脸,"——拿去看吧!"

他把手伸进毛衣,取出厚厚的一叠纸翻动着,像庄家在洗一副新牌。他抽出其中的一张,递了过来。

"够了吗?"

"拿稳了,等我看清楚。"桂妮薇儿不耐烦地喝道,"我不想碰到它,也不想碰到你!"

她看清了。那是一张银行信用证,持证人有权支取一千美元。但让她惊掉下巴的原因不是这个,而是整整齐齐打印在纸张下部一张照片下的姓名。照片上的人年轻许多,胡子修剪成优雅的路易斯·拿破仑样式。

"可是,他不是死了吗?"她晕乎乎地说道,"丹尼男孩! 查德·穆里根是死了,对吧?"

"谁?"丹尼男孩刚开始没反应过来,随后问,"你是说查德·穆里根?"

"死了?"脏兮兮的陌生人说道,"上帝,没有。如果你让我继续在这儿站下去,我非让你看一出好戏不可。快点,快点!"

时钟指向目前这个时段的最后五分钟,马上就会有结束的顾客从里面出来。桂妮薇儿狠狠咽下一口唾沫。她的哪个助手能被一百美元奖金打动,接手这么一个顾客呢?

"丹尼男孩,"她轻声说道,"照顾好穆里根先生,满足他的任何要求。"

"但是,桂——!"

"照我说的做!"她跺了一下脚。

毕竟,他是个相当有名的人……

压抑着恶心,她说:"请原谅我这么说,穆里根先生,你现在的形象跟你实在是不相称!"

"不相称个鬼!"查德·穆里根咆哮着,"过去的两年多以来,我一直是这副样子。什么叫不相称,你的技师修理过的样子才会让我觉得不相称呢。但是,我放弃了,我失败了。这个上帝拉出来的物种、这个像驴一样迟钝的物种打败我了。我无法让人听从我,无论我在争辩或是怒吼,还是用屎涂满全身。我准备打扮自己,加入你的那群向山下猛冲的猪里,让自己壮烈地死去。好吧,你想把我安置在什么地方? 一个其他顾客看不到我这个样子的地方?"

丹尼男孩领着他往里走的时候,他扭过头来又加了一句:"派人去买一夸脱烈酒,好吗? 我需要东西壮胆。"

世间百态(8)

对你受罚的朋友好点

　　地点:依照城市法规,个人占据这么大面积是非法的。桂妮薇儿于是跟正与之离婚的丈夫做了个交易,离婚的原因大部分是因为他姓德威金斯。她让他买下了她顶层公寓下面的那一层,再以极低的租金无限期转租给她。这是合法的,也是在现代超级拥挤的城市中,爱炫富的那群人采用的主要方法,以此获取比合理需要大许多倍的居住空间:两套公寓,一套在另一套的上面,上下各有三个房间,分别为四十八英尺乘以三十二英尺、三十英尺乘以十八英尺、二十一英尺乘以十八英尺,共四个套内洗手间,两个独立洗手间,四个额外的坐便器,两个厨房,一个天台花园。桂妮薇儿让一个天才的设计师掏空了那地方的天花板,它成了一个爬花架,底层与下层公寓齐平,上层配备自动洒水和施肥装置,以及植物和花朵所需的人工阳光。

　　景物(永久):为私人客户特制的、最大的、模块化电子组合家具:大桌子可以变成书桌或屏风、小桌子可以变成书架或手推车、竖直的椅背可以放平或放平的椅背变成躺椅或躺椅变成沙发或沙发变成床或床变成单人床或双人床或多人床等等——理论上可以无穷无尽,以适应公寓的需要,从所有人都坐下关注着手头文件的正式会议,到现在的这个派对,每个人都盯着最后可能到手的猎物。

景物(不易腐烂的静物):最新潮的装修以及照片以及饰品以及电话和电视型号以及电子艺术家以及全息影像播放器以及投影仪以及书——尽管后者可能处于新潮与守旧之间的未决地位。

景物(易腐烂的静物):几十种不同的食物混搭。宴会承办方确保样式和食材源自二十世纪,但不保证味道——某些关键内容例如走地鸡和慢熏火腿已无法在现代生产条件下复制——再加上一瓶瓶的一箱箱的一盒盒的一罐罐的一听听的烈酒和熏香和红酒和大麻和啤酒甚至烟草,让客人在置身二十世纪的同时感到熟悉自在,一切尽在掌握。

景物(可活动且从某方面来说同样易腐烂):一百五十个人,包括女主人和她的客人,以及来自宴会承办公司的人。这种公司很受新穷人的欢迎。它们做账时会夸大奢侈品的费用,把服务员、清洁工的服务费计入前者,这样就可以让他们逃过兼职税。这种税本来可以将宴会服务得到的收入刮个一干二净。

派对由头:惩罚游戏。她可以让那些她选中的客人无比尴尬,尴尬到再也不想见到她的程度。

成本:约三千美元。

得到的价值:派对结束之后才能衡量。

电梯里塞满了人,按钮被按下,来来回回地运行不停。液体飞溅,大吃大喝——开始了。

声音:最易让人接受的二十世纪后期唱片复制品,不是离现代最近的(九十年代的东西实在是老套得无法忍受)。不,必须是来自七十年代的作品,现在听上去有种古典的韵味。此外,它必须直接引发目前世界所接受的音乐:没有歌词的歌曲,略显枯燥的节奏,五四拍和七八拍。录音的质量比较糟糕,在听惯了精细的五七拍之后,能被二整除的节奏显得又陈腐又无聊。但据说每张唱片的销量都超过了一百万张。

如果有人穿着二十一世纪的服装进来,我该怎么罚她——或他——呢?

背景:多数是九十年代流行的颜色,因为它们还能忍受:苹果绿、柠檬黄,以及躲不开的浅蓝色——但是镀铬在二十世纪尚未出现,投影仪可能处于接受和不接受的边缘,因此衣服上没有投影仪投射出来的干涉条纹,都是僵硬的大块颜色,显得呆板。

这时才想到,梅尔·拉德布鲁克带来的东西是新世纪的。如果有什么烂人提出要因此惩罚他该怎么办? 妈的,这是我的派对,由我说了算。

味觉:可能是派对最成功的地方。没有任何当代的饮品,而是一张奇怪的、可能是1928年酒单上列出的鸡尾酒,被特别输入了制酒机。起名为"老派"和"独自拥抱"之类的东西应该味道不错,至少它们的名字傻乎乎的像那么回事。食物也有一种旧时代的情调。还有,虽然不属于那个时期,但最流行的迷幻剂肯定少不了。摩羯诺、脑爽金和三古丁,这些东西不允许在派对上出现,它们太新了,都是过了世纪之交以后才出现的,但禁止归禁止,人们还是会用它们中的一种或两种或甚至全部来帮助自己"起飞"。

什么味道? ……迪奥的灵棺系列,我发誓肯定是的! 她他妈的是从哪儿挖出来的？它从市面上消失了二十年了！记住假装问她一下这是什么，记得这个系列会暴露我的年龄……

服饰：这一代人在同一个地点见过的、最不可思议的、最刺眼的大杂烩，除了联合国大会之外。

那个女孩戴了乳头帽。我能看出来——论起这方面的眼力，还有谁比我更强？现在施加惩罚可能有点太早了，不过也是个可爱的开始。手段不要太激烈，毕竟她戴的是我的产品，但需要有足够的震慑力，让他们知道我是当真的。等等，女孩？那个不是妞！那就惩罚他现原形吧，不好吗？呵呵！

1969：女主人穿着一身聚氯乙烯材质的服装。这是那个世纪与现代流行的光滑技术风最接近的东西了。遗憾的是，需要适当调整一下设计粗糙、让人不舒服的胸罩和吊带——她察觉得太晚，拿到服装时已经来不及了。派对就要开始，她没法改主意。但至少光滑的表面是对2010年的一种预示。她不喜欢毛皮、羽绒，或其他以前的女人覆盖在身上的那些粗糙的面料。

"亲爱的，已经好多年没见过你了！你的披挂真的很棒——是你奶奶的吗？"

19??：诺曼·豪斯穿着一整套黑色晚礼服，里面真的配了一件浆得笔挺的衬衣，白色领结，连鞋子都是由那种恶心的材料制成——所谓的"真皮"，从鞋面上的纹路来看，百分之百可以确定是这种材料。桂妮薇儿恶毒地看了他一眼，因为她没能一眼就挑出毛病觉得不爽，真希望他穿着那套深色服装别显得那么精神。

"你说这是真的烟草？香烟里塞的就是这玩意儿，能让人得肺癌的东西？亲爱的，我非得试试不可。我父母不抽烟，我之前几乎没怎么见过。"

1924：萨拉·彼得森穿着一件柔软的半透明薄绸礼服，长得几乎垂到脚踝，背后开叉一直到腰部，给人一种旧式的、被称为"优雅"的感觉。桂妮薇儿想起来了，潮流大师们说过，小姐中间又刮起了复古风，她们想让自己看上去更自然。真希望自己没举办这个该死的派对。

"好吧，没有灰司令，我能喝什么呢？哦，给我来一杯加冰的波旁威士忌——我想这总可以吧？我是说，尼禄的宫殿里都有冷饮，二十世纪肯定也有吧。"

1975：一个非常年轻的小姐，长着非常漂亮的胸部，穿着小胸衣，下面是迷你纱笼。没法罚她。任何一个新近发现自己的身体能吸引到男人的女生，都会尽可能地暴露身体。

"我们都不能谈论现实世界中的事吗？我是说，我不知道人们在二十世纪的派对上都聊什么。我还不够老，没参加过。"

1999，勉强算符合年代要求吧：唐纳德·霍根穿着一件滑稽的、像古董的棕色和绿色相间的连体衣，螺旋状的拉链在右脚踝绕了两圈，随后一直到左肩。他脸色通红，又好像有什么心事。要不是诺曼记得帮他预订了服装出租公司剩下的唯一一套服饰，他就得以各个世纪都有的形式出现了——只穿着他自己的皮肤。

"我没啥期待，亲爱的。烟草都会让我呕吐，一直都是这样。我真不知道大家为什么要抽它。不，亲爱的，你不能像抽大麻一样。你应该直接往里吸，让自己习惯这种没有稀释的烟进入体内的感觉。"

1982或左右：拙劣的模仿，可怕的服装，肩膀和臀部挂着五六层对比色网眼布，下面伸出巨大的鞋子。

"我一向喜欢来桂妮薇儿的派对,因为她不会迫于压力而邀请那些烂'棕鼻子'。在其他地方,你总是跟他们挤在一起。但今晚的数量超过了我能接受的水平。"

是的。搞清楚他们是谁,为什么来。

"整个时代都很疯狂。纵观整个人类历史,那个世纪的生活绝对是过山车式的——如果你能称之为生活的话。嘿,注意到了吗?我用了那个时代的习语。"

适于任何时代:艾立虎·马斯特斯穿着一件华贵的贝尼尼亚长袍,宽松的红白两色上衣,宽松裤子,开口凉鞋,圆脑袋上戴着个像是王冠的东西。那是竖直的羽毛涂成棕色,镶在天鹅绒的瓜皮帽上。

"是的,不过,是哪种二十世纪派对?那种你在杂志上读到过的世纪之初的晚会,还是接近我们这个时代的性自由集会?我不知道我在这儿能干什么,但桂妮的眼里已经冒出了惩罚之光。最安全的就是跟在她身后,等她挑上谁的时候跳出来支持她。"

1960:查德·穆里根被小方格呢子套装捂得直流汗,服装出租公司只有这一套适合他身材的。桂妮薇儿一番劝说之后,他这才耸耸肩,穿上了它。

"是的,我当然紧张。我不想错过桂妮的派对。通常我玩得不错,她也从来没挑上过我。但是,这次我的违规太明显了——我是说,这不是二十世纪的服装。这是我从我父亲的衣橱里找到的,标签上说'2000年夏季款'。问题是,没有比它更老的了。"

1899:一件夸张的多个披风组成的服装,裹着一个粗腰,裙摆费力地拖行在地面上,一项愚蠢的帽子戴在头上。借口:那时候的衣服都至少穿两年以上。

"只要桂妮变得很凶,我就溜走。我知道另一个派对。到那个时候,它肯定已经嗨起来了。"

任意年代:杰妮丝,唐纳德曾经的小姐,她灵机一动,穿了一件无法分辨日期的和服,搭配传统的木屐。

"活在那个年代肯定很有趣。我认识一个人,喜欢重新造车和开车,只是想尽办法也处理不好——那叫什么来着?尾气?——比一桶鲸油渣还臭。他发动车子的时候,我只要一靠近眼睛就会流泪。"

1978:霍瑞斯,诺曼的一个朋友,穿着件透气的风衣,兜帽的颜色与马裤的相反。它是完美的纪念,纪念人们的时装观念越过理性边界,进入歇斯底里的纯精神分裂。

局面:很多人四处游走,偷偷摸摸地打量着其他人,有时也会故意盯着别人看。随后慢慢地分成一堆堆熟人组成的小团体,之间隔着一些之前从未见过的陌生人。这些人还没有放弃自己的个人色彩,以便和他人厮混。一句话,派对还未融合。法老时代的埃及建立了定期派对这一习俗,从那时起,派对都是这样进行的。

"你喷的香水真奇特,亲爱的。"

紧张的笑容。"当然,你是这方面的专家。你喜欢它吗?闻上去有点霉味,是吗?它叫迪奥灵棺,我妈听说我要来参加你的派对后给我的。"

"灵棺?真的?那不是放尸体的地方吗?"

"是的——我觉得是这个意思。它应该带有点霉味和腐味。"战栗。"真难闻,但它符合年代要求,不是吗?"

"老天,我可不敢确定。但我相信你。"

局面:没有变化。

"唐!唐!"

"噢,你好,杰妮丝。很高兴能再见到你。"

"唐,这位是沃尔特,我现在跟他住——唐纳德·霍根,我以前跟他住过一阵子。唐,你看上去不怎么喜欢这儿啊。"

有这么明显吗?但他们说过要跟平时一样,直到离开,所以……但愿我能放开,我害怕极了!

"我觉得我需要'飞'一下,但桂妮可能不会同意。"

"这里有足够多的大麻。而且,有人说站在那儿的那个家伙来自贝勒维,我想他的名字叫拉德布鲁克。他可能有些东西。"

局面:没有变化。

"你是查德·穆里根?我还以为你死了!"

"跟死了也差不多。我想死。想过自杀算了。再给我一杯喝的。"

"艾立虎,这儿有个人你必须认识一下!那天我上你那儿拜访时,看到你屋子里有本他写的书。"

局面:没有变化。

"听我说,有人跟我说你从贝勒维来……噢,对不起,我看到了一个熟人,要去打招呼。"

"是的,说得对。我叫施密特——赫尔穆特·施密特。"眼睛飞快地扫视一下四周,露出一个虚伪的笑容。"惯用的预防措施。有人可能想搞砸你的——呃——生意,我记得上次见面时提到过。尽量表现得跟平常一样,避免卷入任何拖住你的事情,比大部队早点离开,好吗?"

"跟平常一样!"

"我跟你说了! 还有,在讨论——呃——重要的话题时把声音放低,嗯?"又一个虚伪的笑容。

局面:没有变化

"亲爱的,你的披挂看上去很狂野啊!"

"桂妮,很高兴你喜欢它!"

"可是,那两个乳头帽符合时代要求吗? ……"

气氛突然紧张。一个人沉默了,周围的人开始尖叫。桂妮薇儿最亲近的跟班们围住了受害者,今晚的惩罚就此开幕了。

"我——呃——我……"

"好吧,听我说。我知道答案,亲爱的,因为它是我为美容院专门设计的,已经卖了好几千对了。它们两年前才问世。"

"惩罚!"有人语气坚定地叫道,更多的笑声随之传来。

"好的,我同意。惩罚措施也显而易见,不是吗? 脱掉它,亲爱的,从这儿"——肩膀——"到那儿。"——腰。

极度尴尬,但只好服从。结果:一个奇怪的雌雄同体。从头皮到脖子,优雅的发型,涂抹成无瑕的脸蛋,眉毛弯弯,睫毛长长,嘴唇红嘟嘟,耳环叮咚响;腰部到地板,短裙和长筒袜,镶嵌着宝石的1988年款靴子;两者之间,突兀的男性裸体,结实漂亮的肌肉,由乳头处呈同心圆状向外扩散的体毛。

"我想这就够了。"桂妮薇儿满意地说,周围的人哈哈大笑,拍着她的背,同时也互相拍着背。远处那些暂时安全的人也放松了下来,又开始大声交谈。

局面:没有变化,只多了些紧张的大笑声。

"亲爱的,我当然只对女性时装有一些研究,但我确实注意到,你穿的那件外套有点小小的不符……"

"好吧,"——费力地咽口水——"嗯,实际上——"

"亲爱的,别撒谎。你知道我对谎言一向很敏感的。"

"惩罚! 惩罚!"

"好吧,桂妮,亲爱的,这是我能找到的最老的衣服了,我没骗你。"

"完全相信你,亲爱的,但你来我的派对很多次了,我相信你已经找了很多乐子,看到其他人被惩罚。现在他们想从你这儿找乐子。让我们想想,该罚你什么呢? 考虑到现在还早,考虑到我们都很喜欢你,我们希望对你温柔些,怎么样?"

局面:少了些笑声,多了些紧张。

"真是个虐待狂,不是吗?"

"你真应该看看她逮到黑人时的样子,穆里根先生。"

"如果你再叫一次'穆里根先生',我会拿起这杯酒,泼满你这件漂亮的时代之衣。"一口喝下。"不对——我会把杯子砸在你这个榆木疙瘩上。话说回来,她错了。"

"什么?"

"她错了。但我觉得这没什么。如果她的客人喜欢她主持派对的方式,我就安静地坐在这儿好了,然后乞求任何一个可能存在的神仙,让我能遇上一个有智慧的伙伴。艾立虎,我想了解更多有关贝尼尼亚的信息。你跟我讲的东西里,有一些非常不合常理的地方——"

"请原谅,查德,听我说。你说'她错了'是什么意思?"

"诺曼,你长着眼睛吧,嗯?你的记忆力也还可以,嗯?那不就结了,妈的!你在2000年夏天穿的是什么?我打赌肯定和那件衣服雷同。"

"2000年的夏天——?当然!我真是个笨蛋。"

"因为你属于一个笨蛋物种。我甚至写了一本书来为大家指出这一点。我也是个笨蛋,因为我居然以为写这本书会有用。"

他转身又开始与艾立虎交谈,并挥舞着空杯子,希望哪个经过的招待能把它换成另一个满杯。

诺曼侧着身子,挤过正围住桂妮薇儿和其猎物的人群。他听到了各种建议:"脱下来然后前后反穿!把任何新于那个年代的东西都脱掉!把它变得旧一些——比如在合适的地方开两个洞!"

"请等一下,桂妮。"他懒洋洋地说。

"你想干什么,诺曼,想仲裁?"

"是的,你说对了。看上去像是2000年的衣服,是吗,朋友?"

"还用问吗?这儿有个标签,上面写着呢,但是——"

"那就是二十世纪。"

"什么,诺曼,鲸油渣,去你的。现在,我觉得我们应该让

——"

"二十一世纪在2001年1月1号的午夜过后一分钟才开始。"

尴尬的停顿。有人说:"妈的,我觉得他是对的。"

"渣,我依稀记得在2000年的新年,我们——"

"解说员确实说过那不对,我现在想起来了。"

"渣,直接罚他,别管那么多了。"

"不,我们应该按照说好的路线飞行。"

紧挨着中心点的四周却是一片寂静。

"桂妮,渣,恐怕他是对的,你知道的。"

点头。

"好吧,真有趣!他幸亏有你帮忙,不是吗,诺曼?没事,伙计们,肯定还有其他人。散开,自由行动,嗯?"

随后,她转身走向一个招待员的运行轨道,故意撞了诺曼一下,"待会儿再对付你,你这个自以为是的'棕鼻子'!"

"随时欢迎,亲爱的。"诺曼说道,"欢迎尝试。"

局面:伴随着桂妮薇儿巨大的懊丧,真正的派对起飞了,自由地翱翔在真正的派对轨道上。

"查德·穆里根?绝对不可能!"

"我可以保证。"

"不是那个胖黑人?"

"不,是那个有胡子的。"

"那个瘦子黑人?"

"妈的渣!不是!是那个在跟他俩说话的'白猴子'。"

"上帝,大家都说他死了!"

"梅尔,我觉得过会儿我得嗑几片我让你带的东西。这儿有个非常聪明的吸血鬼,我想'飞'起来搞到他。"

"你好,唐。艾立虎,这是我的室友唐纳德·霍根——查德·穆里根,唐。"

"你好。接着说,就像我刚才说的,麦克卢汉没能预见到,尽管他离得已经他妈的很近了——"

"很高兴能认识你,马斯特斯先生。真没想到会在这种地方碰到你。"

"那天晚上诺曼来拜访我时,他提到了这个派对。他跟我说,如果我想知道这个国家的黑人在当代还面临着什么问题,我应该来这里看看。考虑之后,我觉得他是对的,我应该来。"

"光是站在一边看,你是感觉不到桂妮薇儿的全部智慧的,先生。你需要变成像诺曼那样的人,地位跟她差不多,而不是像你这样有很高的社会威望。"

"为什么?"

"如果你穿着日常的衣服出现,她可能只会对你做些非常轻微的处罚——倒立十秒钟,或唱一支歌,或脱掉鞋子。我想说的是,一些不会让你对派对失去兴致的处罚。"

"惩罚派对不就应该是这个样子的吗?"

"在你外派之后,它已经变了很多,先生。"为什么一直说"先生"? 肯定是潜意识的反应,今天早上我正式变成了霍根中尉!"几年前可能还是你说的那样,现在不再是了。"

"明白了。我好像明白了。给我举几个例子。"

"噢……好吧,我见过她逼迫客人往自己身上涂满番茄酱

——并把头发剃光，还有手脚着地地爬一个钟头，直到她看厌了。还有，请原谅我说得过于露骨，尿自己一身。那个一般在后期出现。她用这招来除掉那些开始群交时她不想见到的人。"

"每次都有群交？"

"哦，是的。"

"这就是大家忍受虐待的原因吗？"

查德·穆里根插话了。不知不觉间，此前不久他已经放弃了与诺曼的谈话，转而倾听唐纳德和艾立虎之间的对话。

"见鬼，不是！至少我打赌这不是诺曼一直前来的目的，除非你有隐藏得很深的自虐倾向。对吗，诺曼？"

"有些人确实出于自虐，我敢肯定，"诺曼耸了耸肩，"他们喜欢被当众羞辱。这种人通常很容易看出来。无论晚上定的是什么规矩，他们都会公然违反。但一开始，这种人会躲开桂妮薇儿的注意力，直到很晚以后，他们喝够了或抽够了或吃够了无论什么东西，让他们能鼓起勇气跳出来。然后他们会可怜兮兮地乞求她放过自己；众人会嘲笑他们，说他们扫了大家的兴——整个场面非常滑稽。受罚的时候他们通常会达到高潮，产生一种自由飞翔的感觉。这也是他们每次都接受邀请的原因。没什么害处。"

"我问的是你，不是他们。"查德不耐烦地说。

"我？我一直到这儿来，因为——好吧，我向你们坦白。这是一场持续的挑战。她是条恶毒的母狗，但是，她至今还没能罚过我一次。有时候，她的三四十个跟班会气得冲着我大喊，要我受罚。这就是我不断接受邀请的原因。老实说，在我看来，这是个非常愚蠢的理由。这应该是我的最后一次了，而且，要不是碰到了你，查德，再加上我把艾立虎骗到了这里，我早就离开了。"

唐纳德看着查德·穆里根。他仍然不太相信眼前的这位真的是那个人,但他看着和穆里根著作腰封上的照片很像:浓眉下一对目光锐利的双眼,沿着对角线往后梳得齐整的头发,修剪得很整齐的胡子,衬托着他那张愤世嫉俗的嘴。眼前这张脸比公开照片上多了些耽于享乐的感觉,但这可能是年龄造成的,而不是因为他向现实投降了。

他是这么希望的。

"亲爱的,你跳的佐客看上去棒极了! 你真的给人自由落体的感觉!"

"是吗,桂妮。你的嘴巴真甜。"

"只是有一个小小的麻烦,亲爱的。佐客是当代的舞蹈,不是吗?"

"惩罚! 惩罚!"

"恐怕他们的要求是合理的,亲爱的,尽管我不愿看到你受罚。你会跳那些老式舞蹈吗? 肚皮舞怎么样? 跟现在播的旋律很相配,我觉得。"

"的确相配,桂妮。非常对不起,我应该想到的。你想让我跳肚皮舞作为惩罚?"

"是的。不过……谁能把那张桌子上的蜂蜜递给我? 谢谢,可爱的女孩。你跳的时候,用胳膊肘夹住它。"

"但是——桂妮! 它会在我身上流得到处都是!"

"我就是这个意思,亲爱的。跳起来吧,跳完一整套动作。我想看到你的后脑勺碰到地板。"

"怎么说呢,是的,我有点不舒服。你知道吗,我参加了一个新陈代谢调节方面的疗程。飞行诊所为那些对三古丁没有反应的人提供的,你听说过吗?嗯,嗯。它有个很渣的副作用,让你很容易感冒,所以现在我吃饱了反作用剂,搞得我的荷尔蒙和酶像是装在一个掉进尼亚加拉瀑布的木桶里。我说,这说法是二十世纪的还是十九世纪的?"

"当然,公开信息表明,如果给予禁毒署足够的资金和支持,让它来执行它本该执行的法律,政府明天就会被推翻。现在,一场真正的革命所需的不满情绪被疏导到了其他轨道上,这正好中了华盛顿的下怀。"

"因此,他们招募了两个志愿者,明白吗,一个男的和一个女的,就是那种根本不在乎在公共场所做爱的人。他们俩在撒缦以色跟前重现了人类生殖的过程。"

"不管他们怎么狡辩,我就是无法认同这么一个邪教团体,因为他们根本不尊敬非成员的权利。说白了那些人就是盲从,不管你用什么花言巧语来辩解。这些真天主教徒坚持不受限制地生育,已经影响了其他所有人生孩子的权利。他们就他妈的应该被解散。"

"就在我连襟住的街区的对面。他跟我说过,其实他是一个非常温和的家伙。他拿起屠夫的剁肉刀,砍掉了他照看的孩子们的脑袋,然后带着一箱子空瓶子爬上天台,朝下面的人砸瓶子。砸死一个,弄瞎一个。最后不得不靠警用直升机把他干掉了。他可能是任何人,你明白吗,缺乏全面的个性侧写,你怎么知道一个人不会变成魔客?"

"好吧,我们挺幸运的,你明白吗?我们设法进了一家俱乐部——大概有十五对夫妇,都过了二十一岁生日,人都非常好——那儿有一个照看轮值表,我们照看那些基因没问题的成员的孩子。总共大概有十二个孩子,还有一个妞应该怀着双胞胎。太棒了。我们能指望家里每周至少一个晚上有孩子。这跟有自己的孩子感觉不一样,不过,怎么说呢,没希望的事还是别说了。我们双方的家族都有精神分裂史,风险实在太大了。"

"哦,菲利普年纪太小,还不适合跟我参加这种派对。他需要多点时间,需要变得跟我们这些老家伙一样有经验、一样的愤世嫉俗、一样的堕落。我一直都是这么跟他说的。当然他不喜欢,总是抱怨说,其他的父母都允许他这个年纪的孩子干什么。但是,我们不想看到稚嫩的鲜花过早地凋零,不是吗?毕竟你只会年轻一次。"

"弗兰克和希娜?哦,他们去了波多黎各。没办法。他们卖了公寓,买了票,在那儿找到了工作……但是他们快气疯了!他们说一有机会就会离开美国,他们想生自己的孩子。鬼才知道他们还能去哪儿。我本人觉得他们在那些愚昧落后的国家待不了多长时间。不过,要是他们在国外生下了这地方不允许的孩子,他们就再也无权回来了。"

"你听说发生什么了吗?他们觉得自己还挺聪明的。在优生办公室找到了一个可以——嗯——被说服的人,为自己搞到了一个伪造的分析。去了一家私人诊所,染色体分组却显示他们会生下一个先天愚形。花了两万五千美元才搞到了基因证书,最后还是不得不把那个胎儿打掉。"

"我们是通过奥列弗·阿尔梅里奥中介搞定的。很大的公司。不太可能看上去像是我们自己的——我妻子的肤色比我的更浅,但这孩子是深色的,头发、皮肤、眼睛等等——但是,如果我们想要一个基因跟我们类似的孩子,还得再等上五到六年,而且还不一定付得起费用。"

"然后,等着他们两个结束了之后,撒缦以色问道:'孩子在哪儿?'他们说:'哦,你得再等九个月。'"

"听着,我不介意这样的乞丐——实际上,我觉得给乞丐发牌照是个好主意,因为这至少给了你一个选择:你可以直接资助一个你选择的个体,也可以简单地交税,然后政府把钱注入福利体系,再分配给那些废物和懒汉。问题是工会这种搞法不对头。他们控制了城里的各个区,逼着入了工会的乞丐交会费,非工会成员统统赶走——这就超出了我能接受的程度。"

"噢,这些就是新的'非常爽'大麻卷?我能来一支吗?我听很多人都说这东西不错。谢谢,希望桂妮认不出它们,否则她会罚我们的。我不喜欢她看人的样子。我怀疑她在计划一些非常恶心的东西。"

"入伍通知搞得他措手不及。他们被打击得很厉害。能做的全都做了:拽着他妈一起参加面谈,身上还穿着她的外套,表现得像个疯子。但他们还是带走他了。此刻,他正在那个可怕的陆军圣信医院参加心理矫正疗程。这绝对不人道,而且,如果真的起了作用,他回来之后不会想见任何一个老朋友。他会成为他们的螺丝钉,一个可靠的受尊敬的公民。你听完后不觉得想哭吗?"

"我发誓,这次派对上有一件事很特别:我从未料到会在桂妮的派对上看到这么多真正的妞,而不是那些抛光后的机器。你觉得她是在测水温吗,看看能否把业务重心从美容转向更自然一些的潮流?"

"都是一瞬间发生的。一秒钟之前,只是一堆人在街上闲逛,没有特别的目的地。下一秒,这些'棕鼻子'就开始用棍子敲着空罐头,像是鼓手领着一支军队。各种渣乱飞,之前没破的窗户都被打破了。尖叫声、歇斯底里声，弥漫着恐惧的味道。你知道吗？当人们开始骚乱的时候，你真的能闻到恐惧的味道。"

"路易斯安那支持不了多久了，你懂的。下一次州立法会议上将出现一个提案：任何一个人，若无法提供三代的居住证明，将被禁止生育。更糟的是，他们开出的赔率是5赔2，赌提案会被通过。州长自己已经有两个孩子了，懂了吗？"

"我上个礼拜在底特律，那是我去过的最怪异的地方了。像个幽灵城。那么多废弃的汽车工厂。里面当然住满了人。不瞒你说，我还真的去了其中的一个，那里在开派对。你应该去听听佐客乐队在五百英尺长的铁皮屋顶下演奏到高潮时的声音。你不用'起飞'——站在那儿，声音就能带你飞。"

"它不仅仅是一个爱好，它是现代男人的必需品。它满足了基本的心理需求。你会相信自己在必要时可以杀掉阻挡你的人，而且还是徒手。不然的话，在这么多人的压力下，你早就崩溃了。"

"我以飞刀大师级和徒手格斗一级的成绩毕业。此前，我已经有电击枪优秀射手资格证，接下来我打算在其他武器上取得同等资格，步枪、手枪和十字弓。"

"当然你能来，但期望不要太高。我生活在一个小组里，你懂的，一共有八个人，所以我不怎么需要新鲜感。而且，我们还有两个孩子。我们的心理医生说他们有波西米亚情绪稳定问题，所以我不想搅乱一个让我感觉良好的设定。当然，我指的是整个家庭。"

"内华达又犯牛脾气了，听说了吗？下次立法会议会有个提案，准备承认多夫多妻制，并为此制订相应的婚姻法。最多可以到十个人，我想草案里是这么提议的。"

"不要对我撒谎，亲爱的。我看到那家伙一邀请你跳舞，你马上就来精神了。我以前跟你说过,现在再跟你说一遍:我不管你在私下里是个双性恋,但我不能忍受你公开搞。我是个守旧的人,我仍然是你的妻子。如果你想保持我们之间的状态,就得在我面前表现得好一些。听懂了?"

"撒缦以色于是说:'好吧,如果还要再等九个月,那你们在结束的时候为什么那么猴急?'哈——哈——哈!"

"我一直想和查德·穆里根聊聊,但我没法把他从那几个黑人身边抢走。我想问问他,既然我们都梦想着超大的空间和房子,可以让我们自由地行走和呼吸,那他妈的为什么我们又喜欢挤在派对里,就连走到屋子的另一头也得推开至少二十个人?"

"听着,小可爱,你表现得很好,但我的飞行轨道很直,而且我还结婚了。你为什么不去找个喜欢搞双性恋的人,别再来烦我呢?"

"我买了个超大的回收桶,因为我那个街区已经五个礼拜没收过垃圾了——听到了吗,五个礼拜!我第一天用它的时候,有个渣过来说我违反了《干净空气法案》。渣他个球的,干净空气!我们那地方已经有好几个礼拜没有过干净空气了,因为街上满是烂掉的渣,都快把路给堵了。"

"是的,但是,如今再来争论政治有什么用呢?世上已没有政治了,你要关心的只是你会受到哪种环境力量的威胁而已。看看欧盟,看看俄罗斯,再看看非洲。模式都是一样的,只不过有些地方比其他地方更明显而已。"

"听着,施密特——好吧!听着,赫尔穆特!如果你不离开我的轨道,让我自由落体一会儿,我会站在大家都能听到的地方随口乱说,你听到了吗?我才不管你觉得查德·穆里根有点反社会,鲸油渣的,他在跟我们驻贝尼尼亚的大使交谈,我对他们的谈话内容感兴趣。我被告知要继续正常生活,如果你读过我的简介,你他妈的应该知道我的工作就是对任何东西都要感兴趣,不管它跟我的任务有没有关系。现在,自己去挖个坑然后躺进去!"

"显然,情况在印度又变得棘手了。因为苏联毒化了印度洋,切断了他们获取蛋白质的一个重要渠道。顺便提一下,我听说毒物控制程序的进度落后了——有海浪越过了一个封堵坝。他们在南至安哥拉的区域内都发现了受污染的鱼。"

"我买了一个通技的新一代自动呼叫器,能根据卫星信号自动编程。三个礼拜以来,通过合理安排节目表,我没错过任何一个节目。你应该去买一个。"

"我只用柯达R系列全息底片。感光度最低都有2400,意味着没什么东西是你照不下来的。而且,即便你把它剪成二十份,每份还能保持百分之九十五的还原度。因此你只需要打印一张,再加上把剪刀就行了。"

"不对,那正是不寻常的地方。失重着装是一种很棒的运动,类似某种阻抗练习,因为你的肌肉都在互相对抗。当然,你必须紧盯着你的钙浓度不放,但现在已经有了在地面提高钙浓度的治疗了。"

"速管让交通变得异常迅捷。我现在能从布法罗出发去上班,比我原来住伊丽莎白时花的时间还短。"

"我觉得我必须去学开直升机了。"

"你知道,我们在来的飞机上,看到了一个位于特拉华的漂亮新街区。我们想能生活在那里也挺不错。结果呢,我刚刚碰到了一个人,他跟我说了那地方是干什么的。除非你愿意出去随便朝哪个警察开枪,否则还是忘掉这个梦吧。那是个该死的监狱,就是那地方—— 一个最高等级的监狱。"

"我们必须要做他们在伦敦和法兰克福已经做了的事。我们要更加擅于利用城市里的土地。在伦敦,他们或多或少已经放弃了街道这个想法,除了那些交通干线。他们在街道上盖房子,大家现在只能通过地铁来通勤了。"

"它就像个漏气的手风琴一样一下子合了起来,总共有三十层。房梁朝外支棱着,地板一层紧压着另一层,还有吧唧一声。所有生活在里面的人——我听他们说有九百个——都被压扁了,像罐头里的沙丁鱼。显然,他们往设计这幢大楼的计算机里输入程序时,忘了告诉它把住户的重量算进去了。"

"那天晚上的先锋戏剧异常美妙。没法用语言来描述,因为它太抽象了。我现在都一直在想着它。"

"它做的其实就是把教义问答掉个个儿。打个比方,相当于把B小调弥撒曲倒过来演奏。我这辈子都没见过这么好玩的事儿。说白了,你懂的,就现代意义上而言,颠倒过来才是正确的。"

"是的,我知道有人向他们申请了。想在欢呼的人群面前被一头公牛的角顶个对穿,不管你相不相信。总之,他们搞定了,从墨西哥弄来了整套东西,从他手里搞掉了很多钱,成本当然很高。结果,没等他们把牛放出来,他激动过头了,心脏病发作,又被送去了医院,捡了一条命。但好了之后,他的钱也花完了。最后,他签了一份放弃声明,让他们收回了他的假肢。真是个超级卢瑟。"

"他的姐姐加入了格兰迪夫人纪念基金会。有个假正经翻出了几条早被遗忘的法律,这案子下周开庭。它将成为一个原则性的判例。"

"我想可能会去巴塔哥尼亚滑雪。我们本打算去加勒比海度假的,但是无所不在夫妇经常去那儿,我们担心那地方挤得像渣一样。"

"她真是太了不起了。我不过给了她一绺我妈的头发,她就跟我说了那么多意想不到的事。我的意思是,我从来不知道我妈有这么多外遇,一个紧接着一个,大多数还是跟黑人! 我就知道,不该把我爸留给我的东西托管给她。"

"当然,吠檀多的教义刚好相反。"

"可能去南极洲徒步吧。我讨厌雪,但他妈的还有什么地方是无所不在夫妇没去过的? 我真受不了这俩跟你长得一样的虚拟角色了。"

"未来在本质上是可以完全预知的。我们学派要做的只是正确的练习和冥想。"

"听上去你从一开始就爱上了贝尼尼亚。这是因为你认识并尊敬萨基尔·欧博密,还是另有其他原因?"

"这个去克久拉霍的旅行听上去挺有意思,在古老庙宇的性爱雕像旁举办各种派对。不过,旅客得在武装保镖的陪同下才能前往,因为当地的抢劫风险较高。身边围着一圈枪手,老实说我没法玩尽兴。"

"这段第九交响乐的录音直接把你放到了乐队中间。欢乐颂响起的时候,感觉就像地震。"

"我最近一个礼拜都在用电子艺术家画杰克逊·波洛克的作品,它让我的胳膊僵硬得像篱笆桩。"

"零号月球基地更像一艘潜艇。我真的佩服那些能在那儿完成整个行程的人。有些行程长达六个月,你意识到了吗?"

"我们的心理医生建议送雪莉去大本德的一间新式学校,我觉得这主意很棒。但奥拉夫的脑子里对青少年性教育还是老观念,说他们太强调感官了。所以我才提起离婚并要求监护权,这样温蒂和我两个人就能带她去那儿了。"

"不禁让你好奇,我们的祖先是怎么繁殖出这么多人来的——每次来了兴致,却得脱掉这么多层的衣服。"

"我想我还是会起诉他们,尽管他们没给我质量担保。我的意思是,八千美元可不像空了的大麻盒子一样能随便扔了,不是吗?我们回家后,那些小狗只会呜呜地像在哭,然后每半小时在地板上撒尿。孩子们当然心都碎了,他们是那么想要一条绿色的狗。他们坐在那儿一直哭,我敢肯定他们的精神都出现损伤了。艾德纳说我应该去别的公司,说那些公司已经降低了副作用,但我发誓我再也不想买基因改造宠物了。下次就给他们买一只普通的猫吧。"

"好吧,如果你的基因没问题,为什么不去找一个基因同样没问题的人,让自己怀孕呢?比如我。我总是随身带着我的分析结果,以防万一。"

"查理,你那儿有硬化剂吗?我刚在天台花园和一个小妞爽了一下,我也答应了露易丝,我不想在大幕拉开之后还软绵绵的。"

"这种变异的仙人掌会开出巨大的黄色花朵,这些花被摘下来之后还能开上好几个星期。但是你必须用玻璃钟罩把它们罩起来,因为它们闻起来很臭,有点像腐肉。"

"我从来就不喜欢用电子艺术家。我习惯于自己作曲,听上去很老派,我没有这方面的天赋,能把别人的东西变成自己的。再说我也喜欢用手指创造声音的感觉。"

"那个吸血鬼在她孕期内塞给她一根摩羯诺。他们当然得打掉胎儿。她正在起诉他。"

"想过离开这里,加入那些在亚利桑那的社区。"

"他死都要加入太空服务,但我猜在尝过了小妞之后,他慢慢地会放弃这个打算。"

"像个傻子似的把我的爽游股票卖了,然后过了两个月他们宣布了'非常爽'植株。我估计这一单我损失了足有五万美元。"

"因此他们给撒缦以色输入了三古丁分子式的程序。随后这些坏小子提的问题却是,雅塔康人有多高?"

"我想,他们不应该把假期延长到四个月,而是应该干脆把人分成两班,每班干一个月休一个月。成本当然会涨一些,但它能提升雇员的士气,足以弥补损失了。"

"大多数人好像都去了天台花园。想不想去那儿参观一下,为后面的行动积攒点动力?"

"这些烟太可怕了。让我的嗓子疼,连我的内脏都不舒服了。人们以前真的一天抽二十支?"

"他们称之为简化组织结构,结果却是他们削弱了我在公司的责任。我不会轻易缴械的,和他们拼了。如果我不得不使出卑鄙的手段,那也是他们逼的,跟我无关。"

"它在历史上第一次使得真正的三维诗作成为可能。现在,他在试验往里加入动作。他的一些作品能把你看得下巴都掉下来。"

"你得这样拿着刀,明白了?"

"拒绝让孩子们学习阅读和书写,说这会影响他们在后古腾堡①时代的能力。"

"马里兰的优生法里有个漏洞,但很少有人能看出来。"

"一个可以水雕的电子艺术家,新款。"

"当然,我对你爱得更深,胜过爱亨利。但心理医生的确说过,偶尔我应该爱他更深一些。"

---

① 古腾堡(又译古登堡)是西方印刷术的发明者。

"我只是离开去做会儿祷告,我会回来的——别和其他人搞在一起。"

"这已经是我尝试的第十七种不同的混搭了,我最好来点反作用剂,马上。"

"他们想在肯尼亚饲养橙色的那种,但目前只有浅蓝色的那种才能在自然状态下繁殖。"

"我想我应该卖掉我在大西矿的股份。毕竟已经这么多年了,现在我都开始相信那个谣言了,说所谓的大发现其实是个宣传工具。"

"跟查德·穆里根说上话了吗? 我也没有。我在想是不是干脆表现得像二十世纪那样,过去问他要签名。"

"有提议说通过小型海洋哺乳动物之间的杂交让鲸鱼再现,但成本是个天文数字。"

"在警察逮住他们之前炸掉了三座桥,其中一个竟然和我儿子休是同班同学。"

"对不起,我不该哭成这样,但这太不公平了,让他就这么死于一次愚蠢的事故。现在我又嫁给了一个不允许有孩子的人。他才六岁啊,他甚至还没学会认字。"

"注意桂妮薇儿——我觉得她在计划一个大行动。我到另一层楼先躲会儿。她在那种状态下做的事让我觉得不舒服。"

"我和唐过得不错。老实说我曾经希望他能把这段关系永久化。但是我受不了他的室友。"

"给他们提供破坏设备的显然不可能是外国人。炸药和铝热剂还有可能,但肯定不会是那种定制的细菌,他们用细菌弄塌了圣莫妮卡的公寓。"

"那么,撒缦以色说了雅塔康人有多高了吗? 我不知道,但他们如果比我高，我们还是别活了吧，因为我们被他们比下去了。"

"被指控犯有意图复活邪教罪。你知道迦利女神崇拜吗？但人群砸烂了法庭，把他们放跑了。"

"利用假期在利瑞诊所上了诱发精神分裂方面的课程。感觉它能拓宽我的视野。"

"他想公开烧死自己来抗议入伍通知，但公司董事认为这显然牵扯到了政治，违背了公司的章程，所以他只好自己动手了。他们立刻扑灭了他身上的火，尚未造成三级烧伤。我猜他得蹲上十年的监狱。因为逃役。"

"一支完全腐化的警察队伍仅次于一支完全诚实的队伍。我们的队伍还不错。听着，有时需要一点时间才能找到谁出价比你更高，但在我们这个小社区，出现这种事的机会还是比较少的。"

"因此，当他说自己的基因没问题，但他就是想去绝育时，我发火了——你觉得错在我吗？"

"我嫉妒了，这岂不是刚好符合二十世纪的做法？离我妻子远点，否则我让桂妮薇儿罚你，因为你表现得像是在二十一世纪。"

"我得多找些贝尼尼亚的资料，艾立虎。我实在无法相信你说的是真的。"

"在1998年的拉菲彻底消失之前，我曾经喝过两杯。相信我，口感真的很棒。"

"你试过静脉注射吗？花上四十到五十美元就能搞到一把皮下注射枪，它会让飞行变成星际穿越。"

"他们说起过清理那家雷诺的老厂，肯定会是场硬仗。那里有大约六万个非法居住者，其中一部分显然持有电击枪。而且那地方肯定到处都是老式火药武器，因为车子停产后那地方生产过一阵子猎枪。"

"他跟我说起在阿尔及利亚见过的公开处决,让我兴奋得受不了。你去问问他好吗？他的确说过他是个双性恋。"

"于是,她命令她在肚子上涂满苹果酱,再让她的跟班去舔干净。她越来越过分了,亲爱的。下次就不会是舔了,会变成咬。想回家吗？"

"小心,他拿着把刀！"

"然而,埃尔德雷的研究对全息电视的美学意境提出了质疑。"

"我现在负责挑选上周博物馆的展品,你听说了吗？送些你的作品来参展,怎么样？"

飞

工作

宗教

心理学

优生

社会

战争与和平

性

食物和饮料

政治

爱好

艺术

娱乐

住房

旅行

桂妮薇儿又逮到谁了吗？

"顺便提一句,诺曼,我说起过,不是吗,我被赶出来了,想要找张空的榻榻米？"

"酒喝得怎么样？"

"梅尔·拉德布鲁克,对吗？听着,你会不会刚好——？哦,去他妈的！算了。"

"你一个人,亲爱的？"

"例如,如果他们买得起基因改造过的玉米种子,结果或许会不一样。但他们买不起。"

"桂妮薇儿放过了你,你知道的！"

"大众是愚昧的,包括我在内。"

桂妮薇儿的曲线图:一个早早到来的顶点,接下来却往下掉成了一条平平的直线,直线的起点是诺曼指出她对2000年衣服的错误判断。从那开始,一种被压抑的愤怒,时不时通过小小的惩罚释放一下,让她的死党跟班为之兴奋。至于剩下的那些潜在的受罚者,她锐利的双眼看到了,脑海里审核了,绝不会第二次出丑。她特意把这些人留到夜晚结束之前,来一次非比寻常的、大范围的、一系列的定位攻击。还有一些是打问号的,比如那位大使。试了好几次,想让他们和其他人互动,他却把自己的名声,连带查德·穆里根这个人,都浪费在整晚的长谈上。"棕鼻子"都会把事情搞砸,大使也不例外。

唐纳德·霍根的曲线图:一条锯齿状的线,时而焦虑,隐藏在礼貌之下,或隐藏在与艾立虎、查德、杰妮丝及其他熟人之间有趣的谈话之下;时而愤怒,被施密特中士引发的愤怒。四次尝试,想与来自贝勒维的人私下交谈,从他那里获得某种迷幻剂。这是一种半自杀式的行动,以此打破他的伪装,借口被一个不认识的人下药了。很快,这条线将断裂成被激活的间谍那坐标未知的双曲线。

杰妮丝的曲线图:一条高涨的曲线,很多有趣和值得回味的高潮点,因为她很喜欢她的新男人;夹杂着一些惆怅,不知道是否是因为自己的离去,让好人唐纳德今晚看上去情绪不佳。

查德和艾立虎的曲线图:一个早早到来的低海拔平台,随后相互平行着一直上升,与派对的曲线没有对应关系,而是以自己的角度上升,互相追逐,且仍在上升。

诺曼的曲线图:一个早早到来的顶点,因为如此成功地击败了桂妮薇儿。随后是缓慢地下降,时不时有小跳水:有时是因为暗自戒备——如果她把他卷入惩罚,他会让她看上去显得同样愚蠢;有时是因为自我鄙视——他竟然会以这么可怜的成功为荣。

派对的曲线图:一个平缓的圆弧,覆盖在天台花园,那里的人只对群交感兴趣;一条变换剧烈的锯齿状线条,围绕在唐纳德、诺曼、桂妮薇儿本人和其他一两个人周围;剩余的都是可接受的高海拔线条,但很多人已经失去了兴致,这是因为桂妮薇儿辐射出的气场。她现在正与几个选中的跟班耳语着什么。谁知道有什么样的不幸,有什么样的不协调,会被用作开火的理由?哪怕只是提到了一个过了二十世纪的艺术品那样的小错误。

"如果桂妮盯上了我,我会给她一个礼物。有个公司,他们能派人侵入你的公寓,并毁坏所有的家具!"

现在我能让那两个小妞互相交换衣服,那个胖的和那个瘦的。这应该能支持五分钟的兴趣,并引发一些笑声,趁此机会塞给诺曼一个⋯⋯

"那是什么?"

"那个披着难看斗篷的女人,我想——我刚才看到桂妮在另一个屋里咨询了服装历史。"

"不好意思,你能再说一遍吗?"

像一阵凉风掠过房间,激起一阵兴趣和好奇。

"没有,那个叫拉撒路的奇怪家伙还没有上刑场。我从未见他躲掉过。他喜欢被侮辱,显然这会带给他一种奇怪的兴奋。"

"你确定吗？谁跟你说的？"

"我跟自己打赌说她会挑上芮妮——你知道的，那个胖妞，得了种没法治好的腺体病，看着像团松软的果冻？她总是被整得很惨。"

我即将对诺曼做的事将创造历史。这一次，这个狡猾的"棕鼻子"别想轻易逃脱！万一他躲开了，就挑那个系着黑色腰带的家伙。他在哪儿？又搞上了一个妞！

"但这肯定是纯粹的宣传！我是说，到目前为止，他们制造的宠物狗、猫和眼镜猴甚至不能……"

"那儿有什么事吗？"

"我们去看看吧，好吗？"

"亲爱的，看到你们在相互交谈，真是太好了。你知道的，我很抱歉——"

"如果今日头条播报了这条消息，那它肯定被撒缦以色分析过，至少说明这是有可能的。除非它是在谣言时段播出的，不是吗？"

桂妮薇儿渐渐地意识到，自她开始举行惩罚派对以来，还是第一次有这种事发生：她的那些被充分授意的跟班们已纷纷围住了被挑中的受害者，准备开始一系列的大惩罚，在最大程度的侮辱中将派对推到高潮，以此除掉那些她厌烦的人——然而，现场并没有安静下来，人们发出讥笑、脖子伸长，也没有为看得更清楚爬上家具的人。反而，在屋子的远端，一大群客人在严肃地交谈，虽然面带疑色，但并没有嘲弄。她等了好一阵子。有些人离开了那未知底细的焦点，有些人加入进去；有些人匆忙走出了房间，然后带着半打的朋友回来继续倾听——不知道那边谈论的是什么消息。

"嘿,"诺曼轻声说道,"发生什么事了？桂妮薇儿竟然没有吸引到热心观众？"

"可能爆发战争了?"查德嘟囔了一声,随手从他身边经过的招待员的托盘里拿了一杯酒。

警报如同闪电一般击中了唐纳德。今早不期而至的激活,加上新闻频道播放的新闻通常都晚于时事,让他突然间觉得战争真的爆发了。

"查德,你在《时髦罪行词汇表》里对哭泣的狼是怎么说的?"

"见鬼,你怎么会觉得我还能记得住？我醉了!"

"是关于——?"

"哈！它是一种巴甫洛夫条件反射的特例。那些注定要在下一场战争中被杀的人想除掉身边的权力狂,而权力狂则利用它阻止自己被除掉,并人道地把那些想除掉他们的人淹死。可以了吗?"

"你怎么这么恨斯蒂尔小姐?"艾立虎轻声问诺曼。

"我不恨她这个人,因为她算不上是个人,不值得用如此强烈的情绪去对待。我恨的是她代表的潮流:人类愿意将自己降级为光滑的视觉包装,像是台新的电视机——全新的外壳,内里却是照旧。"

"我希望我可以相信你的话。"艾立虎若有所思地说道。

"为什么?"

"有明确的仇恨目标的人是危险的。那些设法让自己只恨抽象概念的人,才值得成为你的朋友。"

"剽窃!"查德对他吐了下舌头。

"是你说的?"

"上帝,当然。写在书里了。"

"有人曾经对我引用过一次。"艾立虎的脸上闪现出兴奋的表情,"跟你实说吧,那个人是萨基尔·欧博密。"

"我虽然在自己的国家挣到了钱,却没能赢得尊敬。"查德不忿地嘟囔了一声。

"她现在又想干什么?"诺曼紧盯着桂妮薇儿说道。他们都转过头去看。他们身处一个理想的位置,视线的一边能看到一群人围上了即将受辱的胖女孩和瘦女孩,另一边能看到那群面带忧色、正谈论着那个神秘消息的人。

"雪莱,亲爱的。"桂妮薇儿对着那群人中的中心人物说道,"如果你散播的世纪新闻如此重要,难道不应该和所有人分享,而不是让它自己随意流传,搞得像个小道消息似的? 到底是什么——外国人把加州拖进海里了,还是基督又再次降临了?"

"再次降临!"不知是谁在唐的耳力所及范围内说了一句,"你应该试试拉尔夫给我的硬化剂!"

桂妮薇儿用能杀人的凶狠目光搜索了一圈,却没能找到说话的人。

"好吧,是一条今晚早些时候今日头条上播报的消息,桂妮。"那个被她称为雪莱的人带着歉意解释道,"显然,雅塔康政府宣布了一个涉及两代人的项目,该项目基于一项基因技术的突破。首先,他们将保证每个家庭都能生下孩子,而且孩子都将带有上等的遗传特质,由此他们将优化自己的人口;然后,在此基础之上,他们将开始提升孩子的基因特性。怎么说呢,我猜最准确的说法是,他们计划繁殖超人。"

现场先是陷入了震惊的空白,随后那个女人——六岁儿子死于事故,后来又嫁给了一个不允许生育后代的男人——发出一声号叫,打破了寂静。紧接着,所有的人都开始说话了。惩罚已经被遗忘了,除了桂妮薇儿,站在场地上一片空地的中央,脸像粉笔一样白,长长的、锋利的镜面指甲深深地抠进了手掌。诺曼看着她手背上青筋暴起,如同多节的电源线,不断地向机器输送着能源。

"你!"查德说道,"就是你——你叫什么!唐纳德·霍根!这是你关注的方向,不是吗?这消息是渣,还是别的?"

一开始唐纳德无法回答。这肯定就是他们激活他的原因。十年前的某处,某人——或更有可能,某个东西,因为他们应该会依靠计算机的分析来预测如此重要的课题——已经怀疑到了这个方向的研究突破的可能性。他们针对这个几乎可以忽略的风险准备了预防措施。他们选择并且培养了一个人,他可以——

"你聋了吗,伙计?"

"什么?哦,对不起,查德,我刚才走神了。你说什么了?"

尽管已经知道了他想问的是什么,唐纳德还是听着查德重复了他的问题,同时紧张地用目光搜索着施密特中士。他就在那儿,在稍远处的人群之中。但是,他早先那神气活现的姿态已经消失了;说实话,他看上去都快哭了。

他的嘴唇哆嗦着。他没能看到不远处的唐纳德,尽管他抬着头,用目光扫视着人群,想搜寻唐纳德的踪迹。从他嚅动的嘴唇,唐纳德读出了他正在说的话,声音太轻了,无法穿过逐渐变强的声浪。他大概是在说:"妈的,妈的,他们不会同意的,她在哪儿,谁跟她在一起,谁会让她怀孕?——"

话语不断重复着。唐纳德觉得有些尴尬,转开了目光。他觉得自己刚刚看到了一个人陷入地狱。

但是,在这种情况下,施密特应该不会关注到他把机密信息透露给一位潜在的颠覆者,例如查德·穆里根。而且,无论怎么说,唐纳德所知晓的一切都来自他的大学课程和纽约公共图书馆。只有他从所读的东西中总结出的模式才属于非公开信息的范畴。

他思忖着说道:"它不一定是渣。今日头条播报的内容既有谣言,也有计算机评估过的事实。那家伙也说了,它不是谣言时段播出的。"

"他们那里有什么人可以胜任这么一个计划?"查德已然探过身来,双肘拄在膝盖上,眼神犀利而又警醒,他的醉态神奇地消失了。与此同时,艾立虎和诺曼也开始全神贯注地倾听他与唐纳德之间的对话。

"好吧,第一步,对胚胎的选择,在六十年代已在理论上可行。"唐纳德叹了口气,"植入体外受精卵在这个国家已经是一种商业服务了,尽管它还未全面流行,因为成本仍高居不下。不过,政府法令可能——"

他停顿了一小会儿,打了个响指。"当然!"他突然爆发了,"查德,你真的让我对你刮目相看了,知道吗? 因为你问了'他们那里有什么人'。真问了吗?"

查德点了点头。

"这个问题提得很好。第二步是超越仅仅是简单地净化基因池的水平,真正实现提升物种。这一步的确需要一个天才,他得具备高水准的突破能力。他们有这么一个人,一个在过去十年几乎不怎么被提及的人,只是偶尔会说起他是一个奉献大学的教授。"

"苏盖昆吞。"查德说道。

"是的。"

艾立虎先是疑惑地看了看查德，又看了看唐纳德，随后扬起眉毛表示没听懂。

"苏盖昆吞是一个人。在他二十多岁时，就让雅塔康成了订制细菌市场上有力的竞争者。"唐纳德说道，"非常聪明，非常有创造力，可能是世界上最伟大的基因工程师之一。之后，他——"

"研究跟橡胶有关的东西。"查德打断道，"我现在想起来了。"

"对的。他研发了一种橡胶树的新植株，取代了雅塔康种植园内所有的自然界植株，使它成为地球上仅有的一个人工合成橡胶无法与天然橡胶竞争的国家。我不知道他是否也在动物领域内做研究，但是——"

"他做过吗？需要什么实验品呢，类人猿？"

"那是最理想的，但我认为很多工作可以在猪身上完成。"

"猪？"诺曼不怎么相信地回应道。

"是的。猪的胚胎通常用来教学。从孕初期一直到临盆之前，它与人类胚胎的相似程度十分惊人。"

"对，但我们说的不是胚胎层面，"查德指出道，"而是一种更深层的东西，一种根植于遗传物质的东西。猩猩？"

"噢，上帝。"唐纳德说道。

"什么？"

"我之前从未把它们联系起来。过去的五六年间，雅塔康政府一直在积极地保育和繁殖猩猩。他们毫无缘由地突然颁布了法律：哪怕只要杀死一只猩猩，就会被判处死刑。同时又为活捉它们提供了约等值于五万美元的奖励。"

"我们走吧。"查德干脆地说道,把手中的玻璃杯放到身边的桌子上,站起了身。

"好的,走吧,"诺曼同意道,"但是——"

"我不是不想接着讨论。"查德语速飞快,"你俩住在一起,是吗?我们去你家。艾立虎,你也一起来吗?讨论完这个话题后,我还想接着向你讨教贝尼尼亚,好吗?就这样,赶紧逃离这个无聊的派对吧。我们需要清静一下。"

他们并不是唯一一这么想的人。在门口等着出去时,唐纳德回头看了一眼。最后映入他眼帘的是施密特中士。他一只手撑着墙,另一只手里拿着杯伏特加或杜松子酒。他一口饮尽了杯中酒,吐出的是他胸中无尽的悲哀。

到了明天,有多少人会变得跟施密特中士一样呢?

背景环境(13)
旧报纸

男子于美容学校枪杀五人

梅萨,亚利桑那州,11月12日

一名男子于今日在一间美容学校内逼迫众人躺倒,随后枪杀了其中五人,包括一位母亲和她三岁的女儿。

另有两名伤者被送院治疗,其中之一是那位死难母亲三个月大的婴儿。

本次事件是四个月以来美国发生的第三次大规模屠杀。八月,一名狙击手于德州奥斯丁射杀十五人;七月,八名护校学生在芝加哥被窒息而死或用刀刺死。

太空最长时间的暴露

科学通讯报道

昨天,宇航员艾德文·奥金打开了双子星-12太空飞船的舱门,投身太空。在经过两小时二十八分钟、创造了直接暴露于太空的最长时间记录之后,他撤回了飞船。

"剪出"新爱因斯坦

科学记者约翰·戴维报道

很快,我们就能像繁衍玫瑰花一样繁衍人类了——同样用剪切的方法。

根据诺贝尔奖获得者、基因学家约书亚·莱德伯格教授在《原子科学家公报》发表的文章,我们现在应该开始考虑这一方法的影响,因为它能产生几十或成百个完全相同的人,就像多个同卵双胞胎不断复制……

此项技术可能"甚至在没有充分理解人类的价值观,更不用说理解人类基因之间巨大的差异性"的情况下开始试用。我们必须提前考虑它的后果,否则政府的政策可能会基于"最先公告的样本"。决定公众观念的可能是国家的政策,不过克隆人,或称为"卓越的半人类后裔",也可能会靠自身赢得普遍的尊重。

教授强调,预测和修改人类的自然规律需要计划和"合理的预见",就像我们在应付生活其他方面的事务时一样。

——三条来自《伦敦观察家》头版的新闻,1966年11月13日

现场记录（13）
乘以一百万

从桂妮薇儿处回家的路上，唐纳德觉得雅塔康的消息如同一块巨石，一直压迫着自己的神经。在出租车上，他几乎没和其他人交谈。他疲倦得只剩下半条命。在德拉安迪闯进来吵醒他之前，他只睡了两个小时。在疲倦和镇静剂的共同作用下，他一整天都感觉迟钝。甚至在发现施密特跟踪自己以后，他都仅仅是愤怒而已，没有采取任何进一步的行动。

自由生涯的最后一天就这么溜走了，明天政府就会张开大嘴将他吞没。这些想法却并没有让他太过伤感。渐渐地，他意识到了为什么。

昨天，在完成一天的定量、离开公共图书馆之后，他被幻觉击倒了，觉得纽约的普罗大众都是自动玩偶，而不是真正的人，自己也是玩偶中的一员。他决心要证明自己并不是生活在一个充满敌意的世界里，结果却是从幻觉漫游到了一场骚乱的严酷现实。尽管是一次小骚乱，与底特律发生的那次死了好几百人的骚乱没法比，但被乱棒打死的直升机驾驶员也给了他足够的冲击。

突然间，就在今天，这已经不是他生活了十年的、熟悉的世界了,而是另一个冰冷的现实,一个可怕的现实,就像身处外行星的丛林。警察队长说了,根据现有的证据,他的似乎无害的夜间散步百分之百会引发一场骚乱。所以,不仅是这个世界,就连他本人,也跟他之前想象的不一样。

先前的自信已被打破,新的观念还未形成。在这种情况下,他无法抗拒华盛顿的电脑将自己激活的决定,就像无法让死去的驾驶员复生一样。

他茫然地听着诺曼对艾立虎说话,却无法听进去他说的是什么。

"你今天跟通技提出你的计划了吗?"

"是的。"

"然后呢?"

"关于我为什么要接触他们,撒缦以色给出了四个可能的原因。我的这个是他——我是说它——觉得可能性最高的。"艾立虎耸了耸肩,"他们准备了应急方案,概算,甚至还有广告方案。他们还跟我解释了他们是怎么猜中的。看得出来,他们非常享受这个时刻。"

"保密工作做得比平常好多了,"诺曼说道,"我还没听到什么风声。"

"你将撒缦以色称为'他'。"查德说道,"为什么?"

"通技的人一直是这么说的。"艾立虎含糊地回了一句。

"听上去他成了一位家庭成员。诺曼,那个宣传,说要让撒缦以色拥有真正的智能,是真的吗?"

诺曼将手掌摊开向上,做了个天知道的手势。"到底他的回应只是简单的反射或是更深层的东西,一直以来都有争论。但这恐怕超出了我的能力范围。"

"我觉得，"查德嘟囔道，"即使他有智慧，也没人能够识别。因为我们自己就没有智慧。"

"他们什么时候公布这个消息？"诺曼问艾立虎。

"还得再过一阵子，是我坚持的。我明天会回去接着跟他们谈，政府也会来一个人加入——可能是拉斐尔·科宁，一个综合家。当然，还有你，因为我觉得应该由你来代表公司与萨基尔首次接触。"

他苦涩地总结道："但是，鉴于我想对他们做的事，我禁不住会想贝尼尼亚人是否会原谅我。"

能离开这里其实是一种解脱，唐纳德惊奇地意识到。上帝，我觉得，哪怕今天早上他们把我关进监狱，我也会乐意的。我愿意去月球工作，或是去大西矿。任何地方，甚至是雅塔康。因为我对那些地方能带来什么样的意外有心理准备，而不像在我自己的家乡，虽然我感觉它既熟悉又惬意，但它突然就狠狠地踹了我的脸。

进入公寓后，查德并没有征得主人的同意，就开始巡视整个地方。他依次看了两个房间，不解地摇了摇头。他扭过头来说道："就像回到了梦里一样，你知道吗？就像白天醒来了，晚上继续入睡，结果发现你的梦在你醒着时一直在继续，你现在又进入了它，但中间跳过了一段。"

"那么，你认为你过去几年的生活更——更真实吗？"艾立虎问道。没人邀请他坐下，但因为诺曼最爱的椅子离他最近，他就径直一屁股坐了下去，还费力地理顺了他身上的贝尼尼亚长袍。他将天鹅绒加羽毛的帽子放在一边，摩挲着额头上被它压出来的凹痕。

"更真实？妈的，问得好！整个所谓现代文明生活方式，其实是一种对现实的拒绝。唐最后一次看星星是什么时候？诺曼最后一次被雨浇得浑身湿透又是什么时候？对于现在的人来说，星星就是曼哈顿！"他竖起大拇指，指点着窗外闪烁的五彩灯火，"引用我自己说过的话：'我已经不想去影响别人了，因为我已经找不到更多新的方式来表达我的意见。'说到哪儿了？哦，对了，现实世界会带给你意外，不是吗？我们刚看到桂妮薇儿的派对上发生了意外。突然间，现实世界就在公寓的中央喷发。但是，它真的震撼了那些人吗？"

诺曼的头脑仍很清醒。他问道："你觉得会有什么后果呢？"

"上帝，你把我当成撒缦以色的替代品了？这就是你们这些公司大佬的问题——你牺牲了自己的独立判断，换取了地位和高薪。介意我给自己倒杯酒吗？"

诺曼一下子没反应过来。等他默默地抬手指着酒柜的方向时，查德已经在那儿了，检视着酒的种类。

"我在派对上就看到了一些后果。"唐纳德说道。他很想哆嗦一阵子，但背部肌肉不肯迎合他的渴望。"那儿有个男的——是谁并不重要。我读了他的唇语。他说他失去了一个女人，因为他不被允许成为父亲。"

"你可以把他乘上一百万倍，这还只是个开头。"查德说着，从酒架上取出一瓶灰司令，"或许乘上更多倍。但是，那个派对不是个好例子。喜欢去这种地方的人，一般来说都很自私，不想成为父母。"

他一仰脖，喝干了灰司令，满意地点了点头，随后又倒了一杯。

"等等，"艾立虎加入谈话，"人们不是常说当父母才是自私的行为吗？这倒提醒我了。我的意思是,我能明白为什么生三个、四个或更多的孩子被认为是自私的。但是生两个,只是维持了平衡——"

"这是经典的经济妒忌。"查德耸了耸肩膀说道,"任何鼓吹机会均等的社会,都会让人对那些拥有更多东西的人心生妒忌。即便那东西确实不够分,也无法分割。我还是个孩子时,产生这种不满的基础相对来说跟智力有关。我记得还在塔尔萨时,有人散播关于我父母的坏话,仅仅因为姐姐和我在学校的成绩比其他同学好得多。现在,紧缺物资变成了孩子本身。由此产生了两个后果:被优生理事会禁止生育的人,感觉自己被不公平地剥夺了权利,把酸葡萄心理隐藏在自以为是的面具之下。一大堆无法承担养育后代责任的人则趁机拷贝他们的做法。"

"我有一个成年的儿子。"艾立虎思考了一阵子才说道,"再过一两年,我就能当爷爷了。我没感受过你说的这种妒忌。"

"在个人层面,我也没有,但这主要是因为我不愿意与那种人交朋友。听好了,我不算是个父亲,除了在生理层面——我的婚姻失败了。而且我的书变成了很好的替代品,取代了孩子在父母跟前的功用。"

"什么功用?"诺曼带着不易察觉的敌意追问道。

"个人对环境的影响在时间上的延伸。孩子是通向你死后未来的管道。书也是,还有艺术品等种种其他不同的方式。但是,你不能让好几百万个绝望的父母用作者身份来解决这个问题。谁会是他们的读者?"

"就我本人而言,我不想要孩子。"诺曼挑战地说,"尽管我有宗教信仰! 很多黑人都有类似的想法,因为我们的孩子仍将在一个不友好、不包容的环境中长大!"

"哦,你这种类型的人,你就是你自己孩子的替代品。"查德哼了一声,"你他妈的忙于将自己打造成一个预设的形象,跟将孩子培育成才是一个道理。"

诺曼差点从椅子上站起来,嘴唇哆嗦着,想展开愤怒的反驳。憋了半天之后,他将动力化为从身边的桌子上拿了一根大麻。

他说道,更多的像是在自言自语,而不是在对着其他人说话。"我都不知道自己是谁了。那么……"

听到诺曼的窘境被如此明确地表述之后,唐纳德很想欢呼。但在他开口之前,艾立虎又向查德抛出了一个问题。

"假设你是对的,那么,雅塔康这次的突破剥夺了人们以优生为名不想当父母的借口,这以后会发生什么?我是说,如果你可以拥有一个健康的正常孩子,尽管从基因上说不是你的,但它仍然比收养更接近于自然的过程。我认识一些收养孩子的人,他们显然很满足。"

"你为什么不去问撒缦以色呢?对不起,艾立虎,我不是针对你。我只是真的决定放弃研究人类了。我们的一些行为实在是太不可理喻了……"查德用指节揉了揉发酸的眼睛。"对不起,"他再次说道,"我可以推测一下。我感觉会有麻烦。我承认,这是一个非常取巧的预言。现在无论发生什么,未来都会有麻烦。但是,如果你想听听专家的意见,为什么不问问唐呢?你有生物学或相关学科的学位,不是吗?"他转向唐纳德问道。

"是的。"唐纳德舔了舔嘴唇。被动地卷入对话让他有些恼火,他只想坐在这里,为自己悲哀。出于礼貌,他尽力组织着思路和语言。

"怎么说呢……好吧,假设派对上的那个人说的是真的,雅塔康项目的前半部分没有什么新奇之处。确保只有遗传优良的孩子才有权出生,以此优化人类——这种手段已经存在了好几十年,你甚至可以说存在了好几个世纪,因为你要做的只是选择,传统的繁殖手段也能完成。但是,我感觉他们说的是更有野心的东西。即便如此,你也可以捐献精子,你可以植入外部受精的胚胎——如果只是母亲的基因有问题,父亲的是正常的。妈的,在这个国家,这已经是一种商业服务了!很贵,有时你得试上三四次,因为胚胎太脆弱,但这种办法已经投入商用很多年了。只要你做好准备,能够在基因学家成功获取一个管用的细胞核之前承受十几次的失败,你甚至能拥有一个单性生殖的胚胎,也就是大家所说的克隆体。雅塔康宣传里的这部分并没有新意。"

现场一阵沉默。最终,诺曼开口说道:"但是,第二部分,有意识地将孩子改良为超人……"

"等等,"查德打断道,"唐纳德,你错了。我感觉,在你开始阐述诺曼的问题之前,你就已经提及了两个非常新颖的地方。第一,一个稀缺的产品突然间变得不再稀缺。你无法分割健康的孩子,将他们平均分配,尽管人们想要达到这个目标,还组成了各种你我时不时就能碰到的俱乐部,让没有孩子的人能每周有一两天来照顾其他成员的孩子。雅塔康有多少人口?大概两亿多,是吗?如果政府打算在这么大的人口基数上实现他们的诺言,稀缺根本不成其为问题。

"更加重要的是第二个新颖之处,就是别人已经先做到了。"

他让话音在空中滞留着,如同一团浓浓的烟雾,然后才喝下杯中最后一口酒,发出一声叹息。

"好吧,我想是时候去找个旅馆了。我从阴沟里爬出来,在世界毁灭之前参加了一场盛大的派对,我还是接着享受下去吧。给自己找一间公寓,在里面装满当今人们追求的好玩意儿……你们有谁认识好的装修师傅吗? 只要跟他说明要求,他就能开始干活,不会再来烦我的那种。"

"那你这几年都住在什么地方?"诺曼问道,"哦,妈的,我不是想打听你的隐私。"

"我哪儿也没住。我就睡在大街上。想看我的许可证吗?"查德把手伸进花哨的上装,取出一只油腻的皮夹子。"看吧!"他说,还拿出一张卡片,"兹证明……全是屁话。"

他把皮夹子塞回口袋,随后把许可证撕成了四片。

其他人交换了一阵眼神。艾立虎说道:"我真没想到,你把隐居贯彻得如此彻底。"

"隐居? 纵观整个历史,只有一个办法才能做到:自杀。我觉得自己可以脱离社会。可以个屁! 人类是一种群居动物——并不十分社会化,但绝对需要群居。而且社会也不会让任何一个个体脱离,即便与他的联系只是简化到一张警察出具的可以睡大街的许可。所以,我回来了,穿着这件老祖父的滑稽外套,而且……"

他愤怒地瞪大了双眼,把许可证碎片朝着回收桶扔去。其中一片没有击中目标,而是翻跟着飘落到地板上,如同一只垂死的蛾子。

"我能帮你在联合国的青年旅舍找一个房间。"艾立虎提出,"条件一般,但是很方便,价格也便宜。"

"我不在乎价格,我是个百万富翁。"

"什么?"诺曼吸了一口气。

"那是当然。感谢那些吸血鬼,买了我的书,却拒绝照着我写在里面的话去做。它们被编入了大学的课程,还被翻译成了四十四种语言……我打算花点钱来改变我的生活。"

"好吧,要是这样的话……"诺曼把后半句话咽了回去。

"你想说什么?"

"我本想说,欢迎你在这里铺上你的榻榻米。"诺曼解释道,"假如唐纳德不反对的话。我不知道他们多久之后会派我去贝尼尼亚,但我绝对会去很长时间。还有,呃,你来此做客是我们的荣幸。"他听上去不怎么自在。

"从明天起查德就能住我的房间了。"唐纳德说完后才想起了德拉安迪向他展示的、藏在那张椅子里的窃听器。

妈的,不管那么多了。

诺曼疑惑地转过头来,"发生什么事了? 你为什么要离开?"

"我接到了命令。"唐纳德说道。

他们会怎么惩罚我? 我不知道。我不在乎。

他把头往后靠在椅背上,还在闭上眼睑时就已经睡着了。

人物追踪(13)

婴儿农场

身材肥硕,黑发,面色微黄,一张血盆大口,明亮的黑色眼睛,奥列弗·阿尔梅里奥看上去活像个家庭主妇,除了手腕上戴着沉甸甸的钻石和翡翠手环。慈母形象是她生意推广的一部分。实际上,她从未结过婚,更别提生孩子了。

尽管如此,她坚持让手下人称呼自己为"太太",而不是"小姐"。从某种程度上说,她的确有资格展现母性的光辉。这么说吧,她是两千多名收养儿名义上的妈妈。

这个庞大的数字让她拥有了一座漂浮在水面上的房屋,一艘名为"圣处女号"的游艇(她总觉得这个名字有某种黑色的幽默感);一座写字楼,她就在那里发号施令;一个享誉全球的盛名;在买下所有的享受之后,还存有一大笔财富以备不时之需。

不知道这样的好日子还能过多少天。

她的办公室四面都有窗户,窗前摆满了来自不同历史时期的玩偶:古埃及的陶俑,印第安人用彩色干草编织的人偶,黑森林的木雕矮人,天鹅绒的泰迪熊,名贵的丝绸扎成的布偶小人……

都被关在玻璃后面。太名贵了，禁止小孩的手指触碰。

她盯着窗外蓝色晨光下的海面，对着电话说道："对我们有什么影响？"

一个遥远的声音称现在还太早，无法判断。

"好吧，去搞清楚，要快！还嫌色盲方面的问题带给我们的麻烦不够多？这些雅塔康的吸血鬼——哦，不管那么多了，我想我们至少还能搬去巴西！"

她暴躁地挂上了电话，往后靠在椅子上，转了半圈，不再看着平静的大海，而是面对着内陆喧闹的城市。

过了一会儿，她按下对讲机按钮："我决定了。把路卡伊双胞胎和他们从太子港送来的男孩拉塞赶下船。他们每天都在吃掉我们的利润，应该尽早甩掉他们。"

"太太，我们该怎么处置他们呢？"对讲机里的声音说道。

"扔在教堂的台阶上，装在篮子里丢到海里——为什么要我来告诉你该怎么做？你只要保证把他们赶下船就行了。"

"但是，太太——"

"照我说的做，否则你自己跳进篮子里。"

"好的，太太。只不过有一对美国夫妇想要见你，我觉得或许……"

"哦，对的。跟我说说他们。"

她倾听着，不到一分钟就总结了大概。无疑，他们放弃了家乡的一切——工作，公寓，朋友……就为了能够在波多黎各合法怀孕。但现在，他们被这个小弟州突然通过的色盲法逼进了墙角，不得不考虑收养。可要是收养的话，他们不用离开大陆也能安排。

我讨厌他们。"棕鼻子"最可恨，总觉得我们白人欠他们什么,说什么我们的祖先是征服者,他们的祖先是奴隶之类的。美国人也跟他们一样讨厌。

内心诅咒一番之后,她的心情好了些许,足以让她同意道:"好吧,让他们进来。他们叫什么?"

"波特。"对讲机回答道。

他们手牵手走进来,一边在她的示意下坐下,一边偷偷地打量着她。任何人一眼就能看出他们此刻的想法:这位就是著名的奥列弗·阿尔梅里奥!过了一小会儿,那位妻子的注意力转移到了陈列的玩偶上,丈夫清了清嗓子。

"阿尔梅里奥太太,我们——"

"你们撞在了枪口上。"奥列弗打断说。

弗兰克·波特眨巴着眼,"我不太——"

"你们不会以为遇上这种情况的只有你们吧。你们的麻烦是什么,色盲?"

"是的。而且肯定会遗传下去的,所以——"

"所以你们决定移居。内华达太贵了,路易斯安那又不喜欢生殖难民,所以你们选择了波多黎各。但是法律给你们来了个突然袭击。你想让我怎么帮你?"

弗兰克被婴儿农场主的直白吓到了,他和妻子交换了一下眼神。妻子的脸色十分苍白。

"我们真是太不走运了,"他承认道,"我们觉得你或许能帮我们。"

"收养?恐怕不是吧。如果你愿意收养,你根本不需要离开纽约。"奥列弗用手指刮了刮脸颊,"我猜,你想让我把你亲生的孩子伪装成收养的?已经怀上了,是吗?"

弗兰克的脸一直红到了脖子。他说道:"你怎么猜到的——"

"我才说了,你们不要觉得自己有什么特别的。是计算好的吗?"

"我觉得算是吧。"他凄惨地盯着地板,"我们决定为移居庆祝一下,你懂的。我们没料到法律下来得这么快。到了这儿我们才知道的。"

"边检时他们没有发现?哦,明白了,他们只检查来自国外和无类似法律州的女人。这么说来,你们进退两难了。这孩子要么是在纽约怀上的,而你们在那儿被明令禁止生孩子;要么是在这儿怀上的,而传递你的基因现在已被列为非法;要么是在来这儿的路上,而这让孩子在离开子宫的一刹那就成了非法移民。所以……"

"我们想过干脆一起离开这个国家算了。"希娜轻声地说道。

"然后让我先收养下这个孩子,之后再让你们团聚?"奥列弗笑了笑,"是的,我做过这样的生意。一口价,十万美元。"

弗兰克吓了一跳,"但这比——"

"比正常的收养还要高?当然。收养是合法的,只要满足某些条件。你们的提议却是非法的。"

现场出现了沉默。然后,充分享用对方的沮丧之后,奥列弗终于说道:"好吧,波特先生,我认为你唯一的出路就是重新来过。我推荐通技的堕胎药。我认识一个医生,他可以不做怀孕测试就给你们开药。那以后我再把你们放到我的等候名单上。除此之外,我帮不上什么忙了。"

"我们肯定还有别的选择!"弗兰克几乎从椅子上跳起来,"我们想要自己的孩子,而不是别人的二手货!在雅塔康,他们刚宣布了可以——"

奥列弗的脸色变得铁青。她说道:"我请你立刻出去,波特先生。"

"什么?"

"你听到了我说什么了。"一根短粗的手指戳向桌子上的一个按钮。

希娜拽住丈夫的胳膊。"她是这方面的专家,弗兰克。"她毫无生气地说道,"你得相信她的话。"

"不,这太过分了!我们进来想咨询一下,结果——"

"你身后的门是开着的,"奥列弗说道,"再见。"

希娜转身走向门口。弗兰克看上去像是要发出愤怒的号叫。但过了一会儿之后,他放松了紧绷的身体,跟上了她。

他们走了之后,奥列弗发现自己正竭力控制着喘息。她对雅塔康政府发出一声咒骂,随后才感觉好了一些。

但是,她的仇恨却仍是火辣辣的,就像包扎好的伤口,尽管得到了处理,却依然生疼。

这么多年来,她打造了一张巨大的网,网罗了所有必要的人物,贿赂了好几百万美元,有好几次差点被检控,却始终坚信克隆胚胎等现代基因技术产品无法与传统的"非技术工人"竞争。她事业起步时,只有两个州有优生立法,即加利福尼亚与纽约,而波多黎各充斥着基因合格、生活困顿的母亲,随时准备着让自己的第五个或第六个孩子被富有的美国人收养。随着优生立法在全国的普及和刑罚的加重,以及第三个孩子出生后自愿绝育的普及,她开发了相关的产业。跟证明被收养人必须是美国公民相比,干净的基因虽然仍是必须条件,却不再是主要矛盾了。因为"棕鼻子"父母收养的孩子通常来自海地,而美国人收养的通常来自智利或是玻利维亚。

经历了重重艰难,费尽了全部心血,她孕育了一个能应付所有困难的大家庭。现在,突然间,混蛋雅塔康把半个世界都笼罩在了灾难的阴影之下。他们不仅提供一次免费的机会,迄今为止只有那些富裕的家庭才能负担起这样的机会,而且,他们还打算提供一个加强版。从任意一个子宫内降生的孩子都有机会成为一个天才,一个维纳斯,一个阿多尼斯……

如果他们声称的真的可以实现,人们可以挑选一个未来不可限量的产品,又有谁会再想收养一个普通的孩子呢?

她拿起桌子上唯一的饰物,一个颜色异常鲜艳的海螺壳,把它扔向面朝着喧闹都市的窗户。海螺壳掉在地上,碎成数片。玻璃上没有留下痕迹,外面的世界依旧是一片喧闹。

胜任此工作的人选

这不再是一个真实的世界。在他眼里,它已退化成一个半真半假的梦、一连串模糊不清的片段。想用力把它们串起来,却反被扯成了碎片。他抵达东河速管时,天色已变得朦胧;而当他登机时,最后一缕阳光已消失在机身后。这架空天机将带着他跨越整个大陆。飞行于大气层边缘时,如果他能看到外面,他眼里的太空群星会像一根根闪亮的银针。

当然,他看不到星星。防辐射涂层、防撞击保护壳,以及层叠的隔热层在重返大气层时会发出暗红色的光芒(根据报道),有了它们,星光无法透入唐纳德·霍根的眼睛。

他想起查德·穆里根问过自己,最后一次看到星星是什么时候,还问了诺曼最后一次在雨中漫步是什么时候。记忆变得模糊,思绪变得混乱——药物的作用。邻座的女子在整个旅程中不停地独自发笑,完全无视其他人的存在。他有时能闻到一丝带着甜味的空气,气味是从她脖子上挂着的瓶子里发出的,一个泡沫盖子盖住了瓶口。他感觉有一次她想让他试一下,但又改变了主意。

为什么要杀死一个你以前从未见过的人呢？那个坠落的直升机中的驾驶员，人群砸碎了他的头颅。这件事似乎比诺曼、比查德、比任何人更真实。死亡所代表的真相在他脑海中扎下了根，让他想起了霍尔丹的观点：一只有智能的蜜蜂会认为"责任"就是盲从。

只要有这方面的需要，他们完全可以合法地往他手里塞上一支枪，命令他前往太平洋冲突地区，去杀死陌生人。他们对每天由计算机挑选出的好几百个年轻人就是这么做的。纽约的骚乱人群也配备了武器，可他们却被称为罪犯。他们的行为和自己的任务之间只差了一条细细的分隔线，它被称为命令。

来自谁的命令？来自于一个人吗，在当今这个时代？或许不是。他在图书馆外的第五大道上产生的幻觉不再是幻觉了。起初，你使用机器，然后你穿着机器，之后……

接下来你为机器服务。这很明显。它太符合逻辑了，以至于想到这个结论反而会让人觉得舒服。桂妮薇儿终究还是对的，她把美容院的客户都打造成了外表光鲜的工业品。

这也解释了为什么人们，包括唐纳德·霍根，愿意接受来自机器的命令。很多人，包括他本人在内，肯定发觉了为人类服务会让自己产生背叛感，像是把自己出卖给了敌人。每个男人和女人都是敌人。他们或许都在等待时机，用礼貌的语言掩盖着真正的动机，但最后，他们会在家园附近用乱棒打死陌生人。

他们打开了飞机的密封客舱，将乘客如同豆子一般倒入加州初夏温暖的阳光中。空天站没有什么特点，像是艘航空母舰，它的航站楼和服务设施外部覆盖了厚厚的土层，以抵御撞击或是爆炸。相应地，他看到的阳光是透过防弹玻璃照射进来的，他闻到的不是海边带有咸味的空气,而是空调系统排出的带有香味的气体。洞穴般的通道把他同留在另一个海岸的旧世界遗迹彻底分开,仿佛要强迫他的思维也变得如同洞穴截面的正方形般棱角分明。所有的东西都显得既新鲜又不合常理,好像他服下了能摧毁透视感的药物。那么多男男女女都穿着军装,这本身就是一道奇特的风景:橄榄绿中带土黄色的是陆军,深蓝色的是海军,浅蓝色的是空军,还有黑白两色的太空军。广播系统重复着加密的指令,指令中充斥着各种数字和字母,让他在视觉失调的基础上,又开始失去对听觉的控制。他不禁觉得自己来到了异国他乡,被之前从未听过的一种断断续续的机器语言包围了:01101000101……

他看到了一面钟,上面显示着时间,但他的手表告诉他那面钟是个骗子。宣传画警告着间谍的危险,他开始担心自己,因为他本人就是个间谍。几根彩色的金属柱子上悬挂着绳索,将一条通道隔离开来。通道的深处有烧焦的痕迹,墙面上有多道新的划痕,显示着最近刚发生过爆炸。不知是谁在墙上写下了"渣红鬼"几个字。一个头故意抬得高高的男人从他身边走过:细细的眼睛,肤色近乎黄色,夹克上别着日裔美国人的铭牌,像一小片薄薄的盔甲。更多的军装出现了,现在是蓝黑色制服的警察,检查着每个人。走廊上方悬挂着可变焦摄像头,一个四人小组采集着扶梯扶手上沾着的指纹,并把它们输入电脑,以便与总部的记录核对。

问问你的邻居吧

踩死那只蟑螂

"霍根中尉?"一个声音传来。**欢迎来到无线电时代**

通过大安公司来保证世界的安全

"霍根中尉!"今天在这里今天去那里才是我们的追求
通过无所不在夫妇的眼睛去看
……

他不知道施密特中士是否跟他同一架飞机;他不知道那个人是否如愿以偿醉得不省人事;他不知道遗忘是否带来了轻松。这些就是他对过去十年这个异样世界最后的牵挂。他已经远离了那个世界,在第四维度内以光速离去。它曾经是他的,属于他个人的,就像爽游的幻觉。正如查德所说,现实世界的独特常常在不经意间展示出它的力量。

他开口了,并饶有兴致地倾听着自己话语中隐藏的戏谑。"是的,我是霍根。你是被派来接我去船营的吗?"

军舰的残骸堆满了曾经漂亮的海滩。在它们中间,快艇小得不协调,亮得不协调,吵得不协调。它载着他和不知名的同伴穿过近岸的波浪,驶向船营这个魔鬼岛,它的建筑物出现在天际线尽头。新兵们全副武装,竭力逃避中士的怒火,攀爬在支撑着主平台的支柱上,就像回到了这个物种简单无害的猴子祖先状态。

他被带到一名上校面前。"我让华盛顿对你重新做了评估。"他说道,"我本以为他们在招募你之前就应该跟你说明白了,更何况你现在都被激活了——任何人都不应该了解全局,每个人所掌握的信息甚至都不应该让他们做出正确的判断。然而,我了解你的特殊技能是'数鸭子',因此多数情况下你比其他人判断对的可能性要高一些。不能再做了,就这样。"

"我的特殊技能是什么——长官?"

"'数鸭子'！通过归纳和推导产生模式!"上校用手指拢了拢头发。

在唐纳德和他本人以为的那个人之间又竖起了一个障碍。这没什么关系——过去已然遥不可及。但是,他一直都珍视自己的天分,认为这是他独有的才华。现在,他觉得自己很可怜,因为这种才华不仅很广泛,甚至还有一个绰号。

"我不能再做什么了,长官?"他问道。

"臆想出结论,还用说吗!"上校不耐烦地说,"我猜你会想当然地认为你的任务与这个新的基因工程有关,但是你他妈的不应该事先猜测官方的决定,暴露德拉安迪给你的身份。"

暴露? ……哦,他是指我跟诺曼和其他人说了自己受命离开纽约的事。

唐纳德耸了耸肩膀,保持着沉默。

"你带来了密封的命令吗?"上校问道。

"是的,长官。"

"交给我。"

唐纳德把包裹交给他。上校扫描了里面的内容,随后把它们扔进桌子旁的滑道里,滑道上有个标志显示着"销毁机密文件"。按下一个按钮之后,他叹了一口气。

"我还没收到你新身份的详细资料。"他说道,"据我判断,雅塔康出了官方公告后,会有比平时更多的外国访客通过正常渠道进入那个国家。你会发现使用正常渠道比非正常的更容易。"他的目光移向办公室唯一的窗户。窗户下面是操场,一队新兵正在操练队列。

"先别管细节。大致而言,你会被派驻进去。公开身份是一个科学专题方面的自由记者,受雇于今日头条和英继星。这身份很可信。在你提出自己缺乏经验之前,我向你保证:这一点无关紧要。你只需能提出真记者会问的有关基因工程的问题就行了。不过,你会被给予适量的额外信息。最重要的是,你是外国记者中唯一能联系到乔伽琼的。"

唐纳德的身体僵硬了,感觉头皮发麻。

我不知道他已经回去了! 如果他真的像他们描述的那样,那意味着我将迈进一场内战!

上校把唐纳德的悲哀误以为没听懂,他大声地说道:"你知道我说的是谁吗?"

"是的,长官。"唐纳德轻声地回答。任何一个需要研究当代雅塔康意识形态的人,都无法避开乔伽琼。四次被苏鲁卡塔政府投入监狱,非法的雅塔康自由党的首领,起义的领导人,失败后不得不逃离国家,众多书籍和宣传册的作者,这些作品仍然在大众中流传着,时不时会被警察没收、公开焚毁……

"有问题吗?"上校突然问道,语气显得很不耐烦。

"是的,长官,有几个问题。"

"呵! 很好,说吧。但我警告你,在这个阶段,我已经告诉了你所有你应该知道的信息。"

这句话立马打消了其中的四个问题。唐纳德犹豫着。

"长官,如果我以公开身份被派往雅塔康,为什么命令我来船营报到? 如果他们发现我曾经在一个军事基地滞留,难道不会起疑吗?"

上校思考了一阵子。最后,他开口说道:"我相信这个问题在目前的情形下是可以回答的。你担心的是保密。船营绝对保密,陆地上的基地通常做不到这一点。说到这儿,我跟你说个保密方面的故事,可以回答你的问题。

"有一个陆地上的基地,位于一座小山脚下,山上很适合放风筝。一个男孩,大概十四五岁,他经常爬上山,去放一种他自己特制的盒子形状的风筝。风筝长约五英尺。他每天都去,一连坚持了两个月,直到基地的一名军官产生了怀疑,搞不懂为什么这个孩子在放学后从来不玩别的,就只是放风筝。他爬上山,结果在风筝线的头上发现了一个录音机,而风筝本身是个小型摄像机。这个孩子——注意,不超过十五岁——朝他扔了一把刀,扎中了他的大腿,还打算掐死他。明白了?"

唐纳德微微地耸了耸肩,算是同意。

"当然,还有别的原因。这里最适合赋能你,让你为执行任务做好准备。"

"德拉安迪中校跟我说起过,"唐纳德缓缓地说,"但我还是不太明白它是什么。"

"赋能是个简称,意思是'赋予特殊任务能力'。多数的软蛋并不把它当真。对他们来说,它只是一大堆商业化的灵药中的一员,是骗子用来骗取财富的手段。当然,这种说法有部分是正确的,因为要想正确地使用习得的技巧,你个人不得不或多或少做出些改变。而且,我们并没有将很多人再变回到普通人。"

"你的意思是,在此之后,我不会再——"

"我并不是说你一个人。"上校打断了他的话,"我说的是,总体而言,它在军队之外的应用案例还非常有限。"

"但是,给我的命令是扮成一个记者——"

"这又有什么关系?你只需要反馈事实回来就好。它们会在国内接受进一步的审查和编辑。英继星有专家团队,专门应付此类问题。"

唐纳德被搞糊涂了,他说道:"我可能听漏了一些关键的地方。刚才你说缺乏记者经验没关系,我自然地认为……"

他没有说完。上校正用揶揄的表情看着他。

"你真的很喜欢想当然,不是吗？ 不过,我们要做的并不是给卫星通信社培养明星。要是你能停止思考,早就应该猜到这一点了。不说那么多了,你需要赋能的并不是这个。"

"那到底是什么呢?"

"在短短的四天之内,"上校说道,"你将被赋能杀人技巧。"

人物追踪(14)

点燃导火索后退休

在这个由自动化、计算机和巨型公司构成的年代,仍然存在着一些个体经营的生意。杰夫·杨找到了其中的一种。

他瘸着腿,吹着口哨,行走在两排磁带控制机床之间狭窄的过道上。年近四十的他身材消瘦,黑发,发际线已开始后退,双眼下方一重重的黑眼圈暗示一种不良的、却不会受到谴责的习惯:可能是类似普思酷之类的兴奋剂,有严重扰乱睡眠的副作用。他的睡眠的确比其他人要少一些,而且总是一副亢奋的样子。不过,这与药物没有任何关系。

他手中拿着一只小塑料袋。在一台鸣鸣作响的机床前,他停了下来,将袋口对准了切屑漏斗,从里面接了约半磅金属镁的碎屑和卷条。

随后,他走到一台磨床前。机器正在将一段铸铁的表面打磨成镜面般光滑。他往塑料袋里添了些铁屑。

杰夫·杨仍旧吹着口哨,他一瘸一拐地走出车间,关上了门。里面的灯光自动熄灭了——磁带控制无须看到自己在控制着什么东西。

他仅有的一个员工是一个女人。顾客觉得她很蠢,蠢到不配充当一堆机床和磨床的人肉嘴巴,替它们发声说话。她已经离开了前方的办公室回家了。尽管如此,他还是喊了声她的名字,又等了一会儿,这才走向靠着办公室后墙放着的一排小水族箱。银色的小鱼不解地看着他依次在每个水族箱内放下一个钩子,从细沙覆盖的底部钩出一个个半满的塑料球,球里朦朦胧胧地装着些棕色的东西。

他满意地把小球们又放了回去,并启动了防盗系统,打开了霓虹招牌。招牌上显示着:**杰夫·杨定制金属加工——实用加美观。**

塑料袋在他的指尖晃动。他锁上门,朝快铁站走去。

吃完了一顿简便的晚餐,看了会儿新买的却并不过于炫目的全息电视,他在晚上十一点十分离开家门。他背着一个书包,里面装着那个塑料袋。他搭乘快铁前往一个日落后很少有人下车的车站。那里是日光浴爱好者和冲浪者喜欢的一个海滩,远离城市的触角,因为这地方的土地过于松软,无法承载商用建筑的分量。多年来,他一直保持着在夜间的海滩上散步的习惯。这是他缺乏睡眠的原因之一。

他迈着悠闲的步伐,直到走出车站的范围。随后,他的动作突然变得敏捷起来,一下子钻进绿化带的阴影里,并打开书包。他从里面取出一个面罩戴在脸上。随后,他拿起一个喷雾器,对着塑料袋喷了喷,不仅破坏了指纹,也毁坏了可能残留在上面的、会暴露信息的表皮细胞。

最后,他拿出一把电击枪——合法持有,警察颁发的许可证,用以保护值钱的加工车间——沿着海滩向前走去。

他来到事先约好的地点，停了下来，看了看手表。早到了两分钟。他耸了耸肩，安静地等待着。

过了一小会儿，黑暗中有人对他说话了："我在这边——这边。"

他转向声音传来的地方。声音属于一个男性，除此之外，他再也听不出别的信息。他喜欢以这种方式与游击队做生意。几乎可以肯定他处于一个黑光探照灯的笼罩之下，因此，这个隐身于黑暗中的说话者能看清自己的一举一动。

他用枪指了指自己脚边的沙地。一小团东西画着抛物线啪的一声落在地上。他单膝跪地，放下了书包，但没有放下枪。他摸了摸那团东西，随后点了一下头。他把塑料袋和那团东西互换了位置，随后站起身，后退了几步。现在，他的眼睛已经完全适应了黑暗，能看到那个从阴影中走出来取走塑料袋的人。她不是刚才那个开口说话的人，而是个女人，可能很年轻，身材显然很棒。

他慢慢地弯下腰，以免惊扰那个等在黑暗中的男人。他捡了根树枝，用它在沙地上写字。

干什么用？

一声压低的冷笑。男人说道："明天的新闻里会播的。"

怕我出卖你？

"我干了十八个月还没出事，"男人说道，"就是因为我不会透露我的计划。"

我——八年了。

那个女人已经退回到男人身边。他用那只坏脚抹去刚才写的，新写上了**通技铝噬菌体**。

"你有这东西？"游击队员吃惊地问道。

正在繁殖。

"多少钱?"

便宜。只要告诉我铝热剂是用来干什么的。

但他随即抹去了字迹,写上**很贵**。

"明白了。有具体数字吗?"

他再次抹去地上的文字。

$150/千单位。可繁殖 1 000 000 个单位——六天。

"它们和通技宣传的效果一样吗?"

十二小时就能破坏钢绞线。

"上帝!那是用来拉住斜拉桥的。"

是的。

再次抹去,等待。

"这东西对我们有用。"男人终于开口了,"好吧,我赌一下。我们计划摧毁湾区大桥上的快铁。"

轨道防卫严密。

"我们不会把它用到轨道上。真空包裹管道和铁轨在有一段地方是平行的。如果我们掌握好时间,它能烧穿包裹管道,让铁轨电缆短路。"

磷酸点火器?

"不是,我们有通技的电弧定时器。"

不是我的货。

又一声冷笑,这次带着点嘲讽,"多谢了,要是我能付得起你的价格,还不如去瑞士买呢。好吧,我会让你知道我们什么时候需要铝噬菌体。"

再见。

"再见。"

从声音发出的地方传来一阵沙沙声。他等待着声音的消失,随后找了块冲上岸的漂浮物,搅乱了他刚才写字的地方。

他以那只瘸腿允许的速度,迈着轻快的步伐往回走去。沙滩上留下的脚印会被夜间的潮水冲走。

他没有回公寓的床上。天色良好的夜晚,他习惯带着充气床垫去公寓楼的楼顶。他还拿了一副望远镜,严实地藏在床垫卷里。

他到了楼顶。一个男孩和一个女孩正在享受着二人世界,这是常有的煞风景之处。好在他在通风口的远端找到了足够大的隐秘处。他满意地铺开床垫,在脑海中计算着再过多久就可以开始瞭望。他预计有一个小时,结果相当精确。六十六分钟之后,一团耀眼的光芒突然闪现,不断地从海湾大桥上的真空管道滴落。它让一段管道塌陷了,与铁轨触碰到了一起。

他满意地点了点头。那一小段需要一整晚的时间才能清除完毕。对于业余选手来说,已经不错了。当然,将业务扩张至为游击队和普通的破坏爱好者服务时,他原本期待他们能选一些更具野心的目标。

搞搞破坏也不错,不过……

他并不赞同游击队的政治理念。他不是无政府主义者,做这个纯粹是因为没有其他地方能展示他的天赋。军队将他赋能成了一个破坏特工,在一次让他瘸了腿的事故之后,他们拒绝再录用他。

一个饥饿的人除了吃下身边的食物之外,还能做什么?

他们还没有反应过来,还没想到可以去切断大桥上电缆的电源。在火花的照耀下,桥墩和大梁看上去像地狱里的柱子。

杰夫·杨感觉铝热弹的热力仿佛钻入了自己的腹部，并且不断地往下传导。他那只没拿着望远镜的手开始有节律地跳动着，释放着自己。

现场记录(15)
成败在此一举

　　一些公司仍然保有传统的董事会会议桌,但通技公司这个现代化的产物不是这样。大厦行政层的会议室穹顶上安装了光线柔和的珠光灯,灯光下有许多座位,垫着舒适的软垫,四周包裹着各种电子设备。每个座位都配备了一个全息投影屏幕,一个录音机,一个计算机输出口,一部电话,能直连通技的四十八家下属工厂,以及分布在十五个国家中的九百多个办公室,其中部分办公室需要卫星的中继。

　　公司执行官们的座椅包裹着真皮坐垫,高级副总裁的座椅包裹着羊毛织物,为初级副总裁和那些被叫来参与讨论的专家准备的则是弹性塑料椅。今天额外加了两把真皮椅子,一把是为艾立虎·马斯特斯准备的——大使需要礼遇——另一把留给来自政府部门、骨瘦如柴的综合家,拉斐尔·科宁博士。诺曼在先期讨论时见过他。这是诺曼第一次需要和一位综合家直接合作,那个人的头脑中满是信手拈来的各种知识,让他觉得自己一直在浪费人生。

　　但这不是让他心情低落的唯一原因。他感觉不踏实,仿佛就要在重压下崩溃。在他被提升至有资格参加董事会的级别后,他一直以自己是会上唯一的黑人而沾沾自喜,并且盼望着有朝一日能坐上羊毛椅,最后再升级到皮椅。然而,突发的事件打乱了他的计划。整个贝尼尼亚的行动已然成了一个跳板,能带着他跳离他们授予他的级别。

他看了看自己苍白的手心,不禁开始想象:担负一个国家的未来究竟会有多么沉重。

时不时地,他机械地和陆续进来的人打着招呼。

乔老太准时出现了,和往常一样,她的秘书陪着她。秘书虽然是个大活人,但身上缀满了各种移动装置,实际上变成了包括撒缦以色在内的公司各种信息处理资源的一个扩展设备。财务官汉米尔卡·沃德福德跟在后面,紧跟在他身后的是公司董事会秘书普洛斯·拉金。他们坐下后,现场陷入了紧张的沉默。

"此次董事会特别会议的议题,"乔老太开门见山,"是对项目计划副总裁所领导的一个项目进行投票。现场有两位非董事会成员:艾立虎·马斯特斯先生,美国驻贝尼尼亚大使,以及来自国务院的拉斐尔·科宁博士。请投票是否同意他们参会……"

诺曼立刻按下座位上的"同意"按钮。乔老太面前的面板上亮起一排灯,表明了投票结果。都是绿色。

"谢谢。瑞克斯·福斯特–斯特恩,你可以开始汇报了。"

乔老太身子仰靠在椅背上,交叉着双臂放在胸前。诺曼第一次觉得她的态度有些傲慢。随后,他又浮想起如果自己具备这样的眼光和毅力,取得如此巨大的个人成就,他是否能避免类似的行为。

黑人的机会不大,但女人的机会也不大,而且女人的数量比

我们还要大很多！

瑞克斯·福斯特-斯特恩清了清嗓子。"背景。"他说道,"随着萨基尔·欧博密总统即将卸任,贝尼尼亚面临巨大的风险。一旦他过世或是退休,可能出现两种后果。考虑到自独立以来,那个国家一直保持着和平,不太可能因为继任问题而产生内部冲突。可能性较大的是,实力较强的邻居将试图吞并其领土。第三方干预或许可以阻止后者的发生,办法是给邻国提供一个共同的指责对象。国务院希望尝试这个手段。

"类似的情形之前也发生过,在苏禄群岛脱离菲律宾共和国时。你们都清楚,将那些岛屿并入我国,成为伊索拉州,并没有取得预期的效果,未能保持地区稳定。而且,在伊索拉这个案例中,冲突的对手方中包括了一个公众广泛认可的敌人,苏联人。由于达荷马里和尼加联都不会对我们构成威胁,以伊索拉的模式展开干预会被视为对政府资源的浪费。

"不过,马斯特斯大使提出了另一种可行的方案:不要将贝尼尼亚并入我国的领土,而是将其并入我们的经济圈。这就是今天要让大家投票的计划。

"贝尼尼亚能提供大量廉价的、潜在的技术工人,且地理位置优越,便于向内陆渗透。更重要的是,它的位置刚好合适用来处理开采自大西矿的原矿石。该项目至今尚未投产。

"在我们的简报中,你们可以看到此项目预期的收入与该国的总国民预算相当,而且项目期将一直持续到2060年。尽管规模庞大,但细节都已经过了目前条件允许的最详细的评估,而且简报中所有的信息作为纯理论方案都经过了撒缪以色彻底的审核。没有他的正面评价,我们不会提交这份简报。"

"谢谢,瑞克斯。"乔老太说道,"我看到好几个地方都亮起了提问灯。请耐心等待片刻,我们先听听科宁博士和马斯特斯先生有什么要说的。科宁博士?"

那个瘦高个男人往前探了探身子。

"我只想就福斯特-斯特恩先生分发的材料补充几句。"他说道,"首先谈谈政府的参与。尽管我们没有撒缦以色,但我们的计算机配备也不差。在决定接触你们之前,我们详细地评估了马斯特斯先生的计划。政府打算认购此项目借贷数额的百分之五十一,为了尽可能降低政治敏感性,我们会通过前端代理人来实施认购。这样能降低所谓新殖民主义的噪音,因为十年之后,我们希望贝尼尼亚的邻国能积极合作,更好地消化项目成果。其次,我想强调,马斯特斯先生是基于对那个国家广泛而又深刻的理解,这才提出这个计划的。你们应该对他的个人建议予以高度重视。"

"马斯特斯先生?"乔老太邀请道。

"好吧,那我就谈谈我个人的想法吧。"艾立虎在开口之前略有迟疑,但其他人没怎么注意到。"我把这个项目推荐给政府的原因,与你们公司想争取的利润无关。只要对非洲现代史略有了解,你们应当就能注意到,宗主国撤离后,留下了一张糟糕的地图。人为划定的边境线分割了经济单元——它们甚至不是通过双边协商而划定的,仅仅是十九世纪欧洲列强之间斗争的产物。结果让许多国家陷入混乱。到处是内战,大批的难民,伴随他们的是贫穷、饥荒和瘟疫。

"从联邦产生这个想法以来,情况有了些许起色。像达荷马里或尼日利亚和加纳联合共和国这些国家已经能满足基本的居住条件,有足够的国民生产总值和稳定的公共服务。但是,他们在成立达荷马里之前,杀掉了一个持反对意见的部落的约两万名部落民。至于在南非发生的事——嗯,不提了。每个人都知道那里就是一个活生生的地狱。

"在这么一片混乱的局势中,我的好朋友萨基尔·欧博密创造了奇迹,一手打造了'非洲的瑞士'。没有加入任何一个联盟,因此也没有被卷入跟它无关的战争——塞拉利昂和冈比亚就没能摆脱这种命运。它也没有对任何富有的盟国产生依赖性,就像刚果所面临的尴尬局面。

"贝尼尼亚是个贫穷的国家,但同时又是一个适合生活的好地方。它人口中有百分之五是来自临近土地上部落冲突的难民,但它内部却没有任何部落冲突。它内部有四个语族,却没有任何矛盾,不像我们的近邻加拿大,或是分裂之前的比利时。它是个和平的国家。在我看来,它拥有某些异常有价值的东西,如果仅仅因为欧博密总统无法永远活着,导致它被贪婪的邻国吞并,那实在是太可惜了。"

他沉默下来。诺曼看了一圈他的同事,发现大家都露出怀疑的神色。他的心沉了下去。

乔老太礼貌地咳嗽了一声。她说道:"用不着我来指出马斯特斯先生所说的有多重要了吧。一个挺进非洲发展中市场的桥头堡,没有内乱,也没有其他方面的严重问题。很难得,不是吗?"

诺曼看到同事脸上的怀疑消失了,不禁对乔老太操控下属的天分产生由衷的叹服。

"下面,"乔老太接着说道,"我点名诺曼·豪斯发言。马斯特斯先生亲自推荐他启动与贝尼尼亚政府的谈判。诺曼?"

关键的时刻来临了。在可怕的一瞬间,他感觉到了恐慌,仿佛患上了健忘症,将他精心准备的讲演遗忘得一干二净。但这感觉很快就过去了,他甚至还没定下心来,就已经在开口讲述了。

"谢谢,乔。"他注意到现场发出了一阵嗡嗡声。传统上,初级副总裁应该说"巴克法斯特小姐",或者类似称呼英国女王——"女士"。几根眉毛扬了起来,表示知道了即将宣布的升职。但诺曼已经全神贯注,注意不到这些。在此之前,他花费了巨大的精力试探同事们的意见,想搞清哪种方式能起到最大的效果。瑞克斯还给了他一台电脑,用以分析他们的个性会导致什么样的可能性。稍一走神就会前功尽弃。

"马斯特斯先生让我们注意到了贝尼尼亚非凡的历史,我想就这一点再强调几句。在那个国家,整个后殖民时期似乎都是愉快的经历。贝尼尼亚从未发生过——甚至在二十世纪八十年代的危机中——驱逐外国人的事件,更没有过屠杀。贝尼尼亚人似乎有足够的自信,能以对方可以接受的方式对待任何人。他们知道自己需要援助。他们不会拒绝一项援助,仅仅因为它——举例来说——来自英国,前宗主国;或是来自我国,一个白人为主的国家,等等。

"非洲其他地区的共性不存在于贝尼尼亚,比如贪婪于富国能给予的援助,与此同时却对外国人莫名憎恨。这为我们着手的这个项目所牵涉的一个主要问题提供了解决方案。

"无疑,你们中的有些人会说:'我们可以借鉴什么样的经验?我们这个国家成立的根本原因就是拒绝别国的干涉,我们怎么会有能力管理另一大陆上的另一国家的内部事务?'

"这是十分合理的问题——也有合理的答案。我们可借鉴大量的经验,多数在英国,也有部分在法国。这两个地方都有大批经验丰富的管理人员,他们都曾经为殖民政府工作,现在都在别的事业上消磨时间。我们的调查显示,他们中的很多人都愿意回去充当顾问。强调一遍,不是公司高管或是政府官员,只是专业顾问。

"此外,你们应该都还记得广受争议的维和部队。因为席卷非洲和亚洲的仇视外国人浪潮,它被迫于1989年解散。被误导的国会因为巨大的开支而终止了它。如果你们跟年轻人深入接触,你们会发现它的传奇仍在延续。为美洲国家组织在智利或是玻利维亚工作只是勉强的替代品,它无法为志愿者提供足够的宣泄渠道。我们能从成千上万个富有冒险精神的年轻人中挑选雇员——尤其是为我们在贝尼尼亚的教育项目。

"项目融资没有问题。项目所需原材料也没有问题。而且,就像我刚才向各位阐述的,人员也没有问题。我强烈建议推进此项目。"

他说完之后才发现自己的心脏都快跳出胸腔了,皮肤也被汗水打湿了。

唉,我真是拼了命想让这个项目通过,他略有些不满意地想,如果他们否决了,那该怎么办?

辞职。和唐纳德·霍根一起去雅塔康。无论干什么,都比在通技继续待下去好。这个想法让他无法承受。

他几乎没怎么听接下来的汇报:财务官汉米尔卡·沃德福德的报告,市场前瞻——一份针对主要股东的心理学研究报告,显示在股东大会上通过的可能性约有百分之六十五。到了提问环节,他再次打起了精神,因为这些问题可能会影响董事会的决定。

"我想问科宁博士一个问题:为什么政府批准马斯特斯先生来接触我们,而不是自己成立一个联合体?"问题来自保拉·菲普斯,一个肌肉发达的高级副总裁,负责有机物业务。

"计划的成败取决于原材料。"科宁简短地回答道,"只有通技有大西矿,其他人都没有。"

"我们的股东中五分之四是白人,他们可能会反对在一个黑人国家进行如此大规模的投资,更何况回报要到很多年之后才能见到。心理学研究有没有考虑到这一点?"提问的是梅西·奥图,初级副总裁,负责采购业务。他半皱着眉头看着诺曼。

"项目的回报不会滞后。"汉米尔卡·沃德福德说道,"梅西,你刚才没仔细听!"语气强硬的斥责让诺曼吃了一惊,这意味着沃德福德坚决地站在了"同意"这一边。"对梅港进行适当的疏浚之后,能吸引目前开往其他位置不理想的港口的船只。这方面的预期收入能马上带来分红。好好看看你眼前的简报,嗯?"

现场出现了沉默,没人再敢惹执行官不高兴。乔老太说道:"还有问题吗?"

负责电子和通信业务的高级副总裁诺拉·瑞本开口了。"现场为什么没有贝尼尼亚政府的代表出席?给我感觉像是在纸上谈兵。"

问得好。事实上,诺曼认为这是到目前为止唯一问到点子上的。乔老太请科宁博士来回答。

"马斯特斯先生更适合回答这个问题。"科宁回应道。现场所有人的目光都集中到了艾立虎身上。

"再次提醒大家,"后者开口说道,"我更多的是从个人角度发言。你们中的有些人可能还记得,当时我被派到梅港,而不是那些传言中为我准备好的地方,比如马尼拉或是德里,圈子里当时还兴起了谣言。我去贝尼尼亚的理由其实很简单,是我自己想到那个地方去。萨基尔·欧博密是我的老朋友。我们第一次见面是在联合国,当时我作为前殖民地领土问题方面的专家,随美国代表团一起参会。我在梅港的前任退休后，老萨前来征求我的意见，我就同意了。除此之外，他仅跟我提出过一个请求，而且是非常近期的事。

"老萨现在七十四岁，身体已经被掏空了。你们都知道，暗杀让他瞎了一只眼睛，由此造成的阴影既影响了他的心理，也影响了身体。

"几个星期前，他把我叫到他的办公室，跟我说了下面这段话。我尽量一字一句复述出来。"艾立虎闭上双眼，眉头也皱到一起，"他说，'请原谅，又要给你添负担了，但我不知道还能去找谁。即便我现在退休，医生说我最多再活个几年。我想留给人民一个美好的世界，没有动荡，没有饥饿，也没有贫穷。你能告诉我该怎么办吗?'

"女士，贝尼尼亚政府代表无须出席这个现场。对萨基尔·欧博密来说，贝尼尼亚人民就是他的朋友，他的家人。自1971年以来，他一直是他们唯一的支柱，唯一的家长。他并不是以政府的名义请求帮助。他要求的是在他死后，为他的家人提供支持。"

现场又沉默了。在沉默期间，诺曼发觉自己真想把心里的想法心灵感应给乔老太:不要马上投票，他们不懂艾立虎在说什么，如果在他们还没被说服之前就做出选择，可能会有风险……

但乔老太说话了，"还有没有其他问题? 我们开始投票。对计划项目部门提出的建议表示同意的……"

诺曼重重地按下同意按钮，指头都快发麻了。他抬头盯着乔老太座位前显示的灯号。绿色，九——十一——十五……

通过了!

他瞥了一眼艾立虎，想分享投票结果的喜悦，却发现老人正以一种完全不同的目光盯着自己。他脸上带着某种凶狠的表情,仿佛在说:我信任了你,你最好证明我是对的。

在这一瞬间,刚刚发生的事以及它将引发的后果,一下子涌入诺曼毫无防备的大脑。

背景环境（14）

风暴中心

　　雅塔康（雅—塔—康），社会主义指引民主共和国：东南亚国家，由一百多个岛屿组成，最大的岛屿为雄高，面积1790平方英里。人口规模约230 000 000。首都宫吉伦（4 400 000）。主要出产：铝、铝土矿、石油、茶叶、咖啡、橡胶、纺织品。

　　中世纪时期为塔康吉帝国的中心（公元1250－1475）。此后成为独立的王国至公元1683年。十八至十九世纪处于分裂状态，之后成为荷兰殖民地（1899－1954）。1954年至今为独立的共和国。

　　高棉人与马来人混杂。70%信奉佛教和相关的派生宗教，20%穆斯林，10%基督教。

　　"……指明了让所有亚洲人民免于外国污染的金光大道。雅塔康正在创造历史。此前，从未有过任何国家能控制命运的无常；此前，从未有过任何政府能拥有完美的人民，他们不仅能为国家的进步做出贡献，也能更好地享受个人的生活。在国际著名的科学家苏盖昆吞教授的指导下，在我们敬爱的领袖苏鲁卡塔元帅的领导下,雅塔康所有城市中的群众都高兴地汇聚在一起,敬献他们的……"

（领导力:一种自卫本能,由那些具有破坏妄想症的人来实施,以便在天塌下来时,压碎的是别人的骨头,而不是他们自己的。

——《时髦罪行词汇表》,查德·穆里根　著）

"妈的,我想知道的是,为什么我们就不能免费得到这些东西呢? 像水田里跟在牛后面耕地的人一样,或者别的什么人一样。"

世间百态(9)

屠宰场

"历代武器"玩具套件,完美的生日或圣诞礼物,适宜年龄7至12岁。穴居人(石斧、石刀)、罗马军团(标枪、短剑)、十字军(长矛、狼牙棒)、弓箭手(长弓、十字弓)、火枪手(火枪、马枪)、特种兵(步枪、手榴弹)、海军陆战队(电击枪、火箭弩)。由耐用塑料精密铸造。只售112.50美元!

"在本年度迄今为止最激烈的冲突中,太平洋第23战斗群于今晨在大洋中给敌人造成了大量人员和物资损失。据报,我方损失轻微。"

易燃

他炙热的喘息打湿了她的脸。他狂野的双手揉搓着她柔嫩的胸部。她记起了很久以前父亲说过的话。她开始假装放弃了抵抗,让他能尽情放纵。随后,在他放松警惕的一刹那,她绷紧了手指,在他脸上摸索,找到了眼睛的位置。它们从眼窝里挤了出来,如同两粒湿漉漉的龙眼。他尖叫了起来。这是她活到十三岁以来听到过的最美妙的声音。好了，接着往下读。

辐射

"今天，主席本人向勇敢的舰队水兵发来贺电，称赞他们于昨日给帝国主义侵略者造成了人员和物资上的沉重打击。我方伤亡十分轻微。"

上膛

在大气层的边缘，巡逻机飞行员尤金·弗拉德守望着你们的家园。感谢通用技术，从轨道上发射的武器能打击任何目标，从运载特工的小型船只到整个大都市，其命运都掌握在他的手中。

避难所入口

"今日，以色列向开罗发表声明，抗议一架照相间谍飞机入侵其领空。飞机被击落，飞行员未能成功跳伞。"

锋利

他一次又一次地击打着身下那张血肉模糊的脸，直到听到了一声令人满意的骨头碎裂声。那人的牙齿被锤落进了喉咙，他被自己的血呛死了。

传染

"今日,特拉维夫爆发了一场规模浩大的游行示威活动,抗议以色列陆军攻击了一架无辜的飞机。爆炸使得飞机偏离了原有的航线。已为死亡飞行员的家属提请赔偿。"

风险自担

百年来,工匠大师们已将猎枪的射程改进到极致。我们的各种长短武器能最大限度地发挥你的潜能。一朝拥有,别无所求。

疫区

"今早,狂热的意大利年轻人叫嚣着'异教徒都去死',试图冲击真天主教皇艾格兰亭位于马德里的行宫。当西班牙警察开始射击时,他们并没有四散寻找掩体,而是扯掉上衣,露出胸前的红色十字文身。幸存者已被送院治疗,之后会在身体条件允许时,就地接受审问。"

戴上防毒面具

他静静地躺着,盖在毯子下的胸腔随着呼吸有节律地微微起伏。她爬向他,尽量不去看那张沉睡中的、英俊的少年之脸,尽量让自己想着有多么恨他。她的双手颤抖着举起碎玻璃瓶,狠狠地碾在他的口鼻之间。

好男就该当兵

"真天主教的破坏分子于今日引爆了一艘货轮上的定时炸弹，当时船上装满了紧急运往印度孟买的避孕药。潜水员将于退潮时分尝试打捞密封的包装箱，但所有抢救船员的努力已被放弃。"

用松上无与伦比的个人防卫武器来保卫你自己、你的家、你的家人。各种型号的功夫手套、电网、地雷、陷阱，价格公道，品质保障。

毒药

"今天，一伙暴徒对近期推出的语言改革表示了强烈的抗议。该改革意在进一步融合说葡萄牙语的巴西与说西班牙语的拉丁美洲其他地区之间的关系。他们纵火焚烧了一些位于巴西利亚郊区的建筑。"

他抓住她的脚踝。没等她来得及表示出惊讶，他拎起了脚踝，将她推出开着的窗户。下面远远地传来一声介于"砰"和"啪"之间的声音。他探出头，看到她四肢扭曲地躺在地上。他满意地点了点头。她再也无法骗他了。

高压

火箭弩能发射出一连串的小火箭，每个火箭的大小不超过大麻卷，且都配备了自动寻的装置，可追踪人体散发的热能。你可以在本地的民兵训练中心学会如何操作。学会如何在暴行面前保卫自己，这是你公民义务的一部分。

"据报,正值南非第四次大选来临之际,执政党尚加纳党的竞选人士在进入祖鲁人为主的选区宣传时,要求警察保护。此前,欧亚混血的内政和教育部部长哈利·皮特尔于上周访问约翰内斯堡时曾遭遇石头攻击。"

限制区

"昨晚,警察于蒙特利尔逮捕了一批自称为法国加拿大共和军的'将军'和'上校',有证据显示该团伙密谋于周一在渥太华的议会大厦前会合并发动炸弹袭击。"

他抿紧了嘴唇,看着导弹的尾迹扑向苏联村庄的小土房。消灭这些吸血鬼以后,世界会变得更美好。

准备开火

他盯着畏缩在他前方的身影。"你一直想做个女儿,而不是儿子!"他怒吼道,"看着这把剃刀,它能满足你的愿望!现在,要么脱下你的裙子,要么我把它给割了。"

通用技术的导弹和武器部门将给毕业生带来激动人心的职业生涯,你们将不断挑战人类在各个方面的成就极限。

绝不对敌人仁慈

"昨晚,狂热分子在东京焚烧了天皇的肖像,抗议他意图放弃皇位,以便日本能转型成共和国体制。发言人宣称,如果他辞去皇位,他们将拥立该国最古老的贵族家族的长老源下先生为下一任天皇,并将拒绝与新政府合作。骚乱的受害者已经被宣布成为'烈士'。"

她的双眼徘徊在他制服胸前别着的闪亮的金属圆片上。"儿子,我为你骄傲。"她轻声地说道,紧紧地拥抱住他,因为不想让他看到自己眼里的泪水。

雷区

"今晚,洛杉矶空天航站楼发生爆炸。爆炸殃及了存有四万三千加仑火箭燃料的仓库。据报,空天航站楼将无限期关闭。预计死亡人数将超过二百人。官方机构称爆炸由静电火花击中了一架空天机的油箱而引发,该空天机来自米兰,在爆炸前不久抵达。已确定是人为因素引发了爆炸。保罗·列维尔协会已发布声明,建议全面禁止外国飞机在美国降落,以防止类似的惨剧再次发生。"

任何人能接触到的最安全的投资,就是不断蓬勃发展的军工企业的股票。现在提供高于平均回报的是特殊空气调节公司(军用和警用瓦斯)、公共卫生研究公司(变异细菌和病毒),以及急速膨胀公司(各种类型的爆炸物)。

冲锋

受总司令部的委派,我在此万分沉痛地通知阁下,您的儿子彼得已经阵亡。他已于今日以最高的军队礼仪下葬在□□□。在对□□□发起的进攻中,他表现得异常英勇,独自将□□弹扔进了对方的□□车中,共歼敌□□人。我们已向上级推荐追授他勇敢勋章。

"这意味着今后你不必再屈服于任何人。靠你的双手、一把刀、一把斧子或阔剑、一把窄剑、火药短枪、长枪或机关枪、一把火箭弩或火箭发射器、一把袋装或非袋装核弹头、化学武器、即时或延时炸弹、毒气、致病细菌、熨斗或剃刀或毒药或大棒或石头、长矛或狼牙棒或一盒火柴、高压电线或铝热剂或酸液、你的牙齿或你的指甲或皮下注射器或静脉注射器、燃烧瓶或菜刀或绳子或锤子或皮带或凿子或靴子或一盆水或功夫手套或喷气枪或改装的家用激光或铁头棍或碎瓶子或一桶水泥或普通的门窗或楼梯或枕头或胶带或炒锅或衣服或烂泥或长发或缝衣针或已熄灭的柴火或一瓶药,你都可以让苏联人尝尝你的厉害。"

阵亡士兵墓地委员会

贝尼·诺克斯恍惚间记起有人收到了入伍通知。他不知道这是自己想象出来的,还是确有其事,最后还是决定相信它是真的,因为自己不可能想象出如此令人不快的事来。

随后,他又服了点三古丁,以防自己再次想起它。

本法庭判决如下:你将被押回监狱,随后押往行刑之地。在那儿你将被绞死。愿上帝怜悯你的灵魂。

屠杀:名词,复数,当作单数使用。屠宰:屠宰场的意思;比喻死亡和摧毁的情景。

背景环境(15)
天生注定

　　"我们现在都是马克思主义者"已经成了全世界知识分子都爱挂在嘴边的口头禅。从某种程度上来说，这句话是正确的，因为它显示了一个进步之人的想法，认为是社会的力量，而不是基因，造就了我们的行为。然而，今天通行的理论到了明天通常就成了谬论，来自生物学的反证越来越多，也越来越尖锐。

　　华盛顿大学的麦瑞特·爱默伦在最新的一期《生物学理论期刊》(第12期第410页)上发表了一篇文章。他指出，跟普遍的理解不同，现代基因理论其实更精确地解释了人类的行为。当然，要分清社会和基因对人类究竟产生了何种不同的影响，这是十分困难的。基因对行为的影响经常被社会活动所掩盖，例如教育和父母的关爱。但是，同样地，这些活动本身也是人类在生理方面之可能性和极限的映射……无论是否能解释清楚，基因影响值得深入研究……

　　——《新科学》，伦敦，第531期第191页，1967年1月26日

现场记录(16)
更新版

假如有人问起他,为什么唐纳德·霍根一世的终结会如此迅速,如此干净利落,他应该能给出满意的解释。因为,在到达船营之前,他便发现原本以为熟悉的世界,一直在等着发动陷阱,将他困住。这个发现已经启动了转化过程。

然而,没人问起过。他碰到的人都把他当作某件新式装备粗糙的原型机,需要不断测试和改动,最终成为可以上流水线的产品。如果今后在其他场合再次碰到这些人,他应该认不出他们。他们没有身份,不同的只是出场的顺序。他只能通过他们对自己做的事来区分他们,而不是通过他们的名字。

有些人负责用药,药品主要用来摧毁自我意识。这样一来,当新知识进入他的大脑时,它们可以轻松地扎根于大脑深处。无论是他先前的经验,还是独立的判断,都无法挡住它们的侵入。就好像一个人的骨架被移除了,取而代之的是一副新的不锈钢架子——在当今世界,人骨确实是可替换的。

显然,在唐纳德的案例中,他们不会放过任何能被轻易清除的东西。无论要向他灌输的是什么,首先都得摧毁他自我意识的城堡。在此前的时代，只有大口径手枪之类笨拙的武器才能做到这一点。

他们还让他对"吐真剂"过敏。这以后，只要服用足够满足侦讯需要的剂量，他就会发烧，外加拉肚子。

其他药物刺激他的听觉和触觉，多年来阅读印刷品和记录仪中继屏幕的习惯让这两种感觉产生了退化。还有一种药加强了他的肌肉控制能力，让他对四肢的相对位置产生了比以往清晰得多的感觉，敏锐程度甚至让他觉得痛苦。还有更多的药，他懒得打听它们的效用。他们对他所做的一切，他并不是配合，而是尽可能被动地接受，把它当作旧我死亡的救赎。

在此之后，他们开始塑造他。先用药物让他进入恍惚状态，以确保一旦灌输什么东西，那东西能在他的记忆里不断地盘旋，直至深深地嵌入他的大脑，就像在现实生活中排练了上千遍一样。在恍惚中，他学到了眼下任务所需的一切技能。

英继星为他们的每个记者都配备了一个九英寸大小的手持通信机，由通技的电子部门特别设计和制作。它既是即时回放录音机，又是微型电视，适用于世界各国的通信线路和声音频率。军队的专家改装了一套，配发给他。它还加装了一个收发器，隐藏在变色镀层下，其元件微型到了分子级别。和普通记者一样，他必须定时与总部通话，使用无论哪颗当时正好在头顶上方的英继星卫星。他可以事先录好信息，手持通信机会自动将其打乱并压缩成半秒的尖峰，再嵌入电话信号，伪装成伴随前者的调幅信号。

额外的、重要性不高的技巧通过睡眠学习来获得。他学会了藏头诗密码、令牌密码和密电码。

但在学习重要的东西时，他们不允许他睡觉。一位教员跟他说过，一个秘密间谍在身份暴露后，他能做的最后一件事就是对抗数量占据优势、想抓住自己的敌方。为了能做到这一点，他们将让他有能力对付一整营的士兵。

这个承诺第一次让唐纳德·霍根二世感到不安。

这里面会有什么问题呢?

最开始:徒手

"我在这具'黄猴子'假人身上标出了最脆弱的部分:蓝色代表暂时失去行动能力，例如腹股沟、太阳穴和眼睛;红色代表致命的一击，例如喉结。拳头最有效的攻击部位是这里、这里，还有这里。如果你能踢到这些部位，效果也不错。这里，用撮起的手指最有效。这里，适合用一根手指去戳。在这些部位，你需要抓住使劲捏。这里需要用到你的胳膊，这里需要用双腿使劲绞。现在，我们来学学怎样从身后发动攻击，这是最常用的攻击方法。"

接着:用刀

"刀主要分成两种，近战和远战。二者都包括两种类型，一种是刺，另一种是砍。刺杀的代表武器是短剑和割喉剃刀，砍杀则分别是长剑和斧子。"

接着:绳子

"这组武器最典型的特征是纤细柔软。它们包括鞭子和绊线，属于致晕武器;还有套索和钢丝，属于致命武器。草绳和布条可适用于任意一个类别，取决于使用者的意图。"

接着:传统枪械

"火药武器分成三种类型:短距离武器，需要高超的技巧，尤其是使用小口径时;长距离武器需要类似技巧;还有霰弹，可发射大量的弹片，最适合缺乏经验的人在中短距离使用。"

接着：电能枪械

"电击枪是一种短距离武器，每次充电可发射十二至十五次电弧。优点是击中身体任意部位都能致命。如果目标扶着金属扶手或穿着不绝缘的鞋子站在湿地上，稍微偏离目标也可能致命。它们既能用家用的一百多伏电压充电，也能用乡间的高压线。但它们的充电时间太长，通常每个使用者需要配备三把，两把充电备用，另一把随身携带。"

接着：现代军用武器

"这是把火箭弩，海军陆战队在执行扫荡敌方补给站任务时的标配武器。每个弹匣装有二十个微型火箭，五秒内发射完毕，弹头可以手动设置——在黑暗中也能做到，旋钮旋转时会发出用于计数的咔嗒声——用来追踪人、低温坦克、隐藏在植被中的金属。或者，更自然地，朝着火箭弩所指方向直线飞行。"

接着：手提核弹

"这些东西有缺点，它们的半衰期较短，只有几个月的时间，所以在长期储存的过程中，它们会因为自身的衰退而变得有毒。另外，辐射程度较高，易被警察的扫描仪侦测到。任何携带了它们几个钟头的人都有被发现的危险。然而，任何手持武器的破坏力都无法与它们相比，这是毋庸置疑的。最新型的可以定时后手动放置，也可以由大型火箭弩的特别附加装置发射。"

接着：化学炸药

"在实用中主要有两种类型：手雷/炸药包，以及伪装炸药包。前者主要用于军队，因此我们将重点学习后者。现代爆炸物有个巨大的优点，它们能被铸成任意形状，而且，只要不加入正确的催化剂，它们永远都不会爆炸。例如，你的手持通信机的外壳就加入了约半磅的速效炸药。它能彻底摧毁两千立方英尺的空间。即便你把它丢入火中,它也不会爆炸,除非你把它和磷放在一起。正常的引爆方式是把一整盒火柴放入盖子里,随后将音量旋钮调至最大。在电池短路引发爆炸之前,你有十八秒的时间逃离现场。"

接着:毒气枪和手雷

"我猜你用过喷气枪。你将配备它的军用型,大小跟普通的笔差不多,笔芯也根据同样的原理充填。你可以选择致命神经毒气,例如传统的氰化钾。不要因为它问世已久就小看它,只要接触到目标的口鼻部位,三十秒内就能将目标杀死。你还可以选择致敌丧失行动能力的气体,催吐剂、糜烂剂、哮喘剂,等等,但它们都有一个共同的缺点:不会很快稀释,可能对施放者产生同样的影响。"

最后:任意武器

"任何一种能帮助人攻击的简易武器。有些很明显,像是用枕头使人窒息,如果控制得当,不会发出声响。其中有些十分常见,像是打碎瓶子或窗户获得锋利的碎片。但还有些却需要相当的知识。例如,在机床加工车间里可能有镁切屑,可以用来做铝热剂。在建筑工地,生石灰或未受潮的水泥可以用来迅速地使人窒息。用力摔门可以夹断一个人的手或脚;推着他的头撞向玻璃窗;在缝衣针上涂抹家里药箱里能找到的化合物,并把针插在他的手会剐擦到的地方;用留着长发的男人或女人自己的头发将其绞死;用胶带封住一个人的口鼻;咬断一个人的气管;在陡峭楼梯的顶部把人绊倒;用炉子上的开水浇人——有无穷多种方式。"

唐纳德·霍根二世,出生于一个陌生的、带有敌意的世界。任何在家里或大街上无害的东西,都能被用来当作致命的武器。任何人,无论他表面上显得多么礼貌和文明,都有可能转眼间想撕碎他。他认真地点着头,像信徒接受福音一样,吸收着所有的教导。

抵达船营之后仅仅四天,唐纳德就做好了执行任务的准备。临出发之前,德拉安迪飞来给他最后的口授。唐纳德坐在他刚来那天时上校迎接他的那间办公室里,静静地等待着。德拉安迪坐在对面,翻看着各种有关他进展的报告。办公室里还有一个人,一个中士。过去的二十四小时里,他一直远远地跟在唐纳德身后。没人注意到他,也不知道他的姓名,他的个性仿佛融入了他的枪和一直戴着的功夫手套之中。

唐纳德僵硬地坐在椅子的边缘,穿着不知是哪个新兵的制服,上面不协调地佩戴着中尉肩章。到现在为止,他没有过多地注意这位中士。

他的注意力全部放到了德拉安迪身上。他有种奇怪的感觉,仿佛眼前这个人不是真的。他脱胎于唐纳德·霍根一世,一个已经死去的人。他和过去的他之间本应该有座桥梁,现在有的却只是一片浅滩里的几块垫脚石。离家以后,他一直生活在另一个时区,和他原本的生活之间没有任何联系。过去的十年,他一直生活在一个想当然的假设里:他与外部世界仍然存在联系,这种联系是对报道的研究,与熟人的交谈,观察走过的街道,观看电视上的每日新闻。但在抵达船营的刹那间,所有这一切都被关闭了。

德拉安迪看完了报告。他头也没抬地说:"你可以离开了,中士。"

"是,长官。"那个人回答道——唐纳德第一次听到他开口说话——并走出了办公室。他不可避免地发出"喤喤"的脚步声，因为船营所有的地板都是能产生共振的金属。

"你能猜到他是干什么的吗？"德拉安迪说道，终于抬起了头看着唐纳德，语气里带着些殷勤。唐纳德耸了耸肩。那个人显然是个保镖。

"你经历的快速赋能可能会有风险。"德拉安迪的声音大了起来，"杀手的本能存在于我们每个人体内，但各种社会禁忌把它掩盖了起来。把禁忌一次性地剥离，偶尔会导致受体出现随机的暴力行为。不过，看样子你的接受程度相当好。现在只等我发给你旅行用具和文件了，然后我们就会把你送往紧急空天站。"

"紧急？"唐纳德重复道。

德拉安迪露出了一丝惊讶，"当然。你不会认为他们已经——哦，你可能还没听说。敌人又给了我们一下。一架来自马尼拉的空天机前往加油区时，油箱上装着一个静电释放器。他们刚一接通油管，整个加油区都被炸毁了。"

唐纳德点了点头，用新获得的专业性态度，对这种天才的做法表示赞赏。

"不过，这倒是给你伪装身份带来了便利。"德拉安迪继续道，"四十八小时积压下来的旅客都将在同一时间使用紧急空天站。运气好的话，入境的那一头也会面临瓶颈，所以你不会被查得太仔细。这算不上改变命运的机会，但只要有好机会，我们就得抓住它——这个你肯定也学到了。好了，你的装备！"

他指了指堆在墙角的一堆行李，"那里面有些东西是从你的公寓里收集的。有些是新的。所有的新东西都能压力触发，类似功夫手套。无论什么时候，确保你身体的重要部位都覆盖着这些东西。它们能防弹，也是上好的绝缘体。

"你的手持通信机，如同已向你展示的那样，是个炸弹。但只有在万分紧急的情况下才能使用。一般的紧急情况——注意，也是属于紧急级别的——你可以使用伪装的毒气枪。我们不敢给你配备额外的武器。你在了解雅塔康的过程中肯定已经知道，苏联政府现在不管圆眼睛白人的死活，不管他被打，被抢劫，或是脖子上套着绳子还被追得满街乱跑。这也是我们决定要赋能你的原因。否则你没有自卫能力。明白了？"

唐纳德点了点头。

"好的。现在来说说你的职业伪装吧！你已经学会了使用标准的手持通信机。我会给你一个记者证和一张信用卡，还有一本记者手册，你必须在第一时间读完它。为增加可信度，它已经被翻得很旧了，上面还有你指纹的拷贝。但是你必须记下里面的内容。

"你在宫吉伦的主要联络人是英继星的特约通讯员，一个说英语的女人，名叫德祖·科瓦-路普。她是南非黑人，这也是她的姓名和照片不怎么在美国国内出现的原因。但是他们对她的评价很高，高到他们打算依靠她来做雅塔康最新事件的系列报道。要不是我们需要他们的帮助，他们并不打算派任何人前往那里做特别报道。正因为如此，你会发现她有些敏感。她会觉得派你去是因为他们对她的工作不满意。要注意，好吗，注意把握策略。

"还有，要记住，在她眼里，你就是你表面上的样子，一个记者。她不掌握内部信息。那个我们与乔伽琼的联络人是个自由记者，一个来自巴基斯坦的移民，名叫朱尔·哈拉尔。他想把独家消息卖给你，世界上最大的通讯社的代表。这是个很好的见面理由,所以你的身份必须一直保持到你成功完成任务为止。

"简而言之,你的正式任务是:调查雅塔康政府有关优化后代的宣传,并就此事编发些报道。顺便提一句,有些报道会被包括今日头条在内的节目使用。重点是寻找证据——尽你的全力——证明那个宣传是虚假的。

"找到证据后,你需要与乔伽琼会合,并把证据完全交给他。我们的计算机显示,虚假宣传导致的失望很可能点燃人民的怒火,他就能乘势推翻苏鲁卡塔,掌握大权。"

"要是我找不到证据呢?"

德拉安迪露出了不解的神情,"还用说吗,你要一直找下去,直到你被召回为止。"

"你误解了我的意思。在被激活之前,我读过苏盖昆吞发表过的所有论文。"唐纳德轻易就说出了"激活"这个术语,但在说"我"这个字的时候,他感觉有些不自在,仿佛盗用了别人的劳动成果。"如果这个世界上有任何人能让那个宣传成为事实,那他一定就是苏盖昆吞。"

"我们的计算机评估显示项目没有经济适用性。"德拉安迪生硬地回复道,"你刚经历了赋能,所以你应该清楚人类优化技术已经发展到了什么程度。但是,我们甚至无法承担优化所有成人的成本,更不要说需要大量技术人员的胎儿期技术应用了。"

"但是,如果他找到了某种又快又便宜的方法呢?假如他革新了格森逊的技术——比如把卵细胞浸入某种有机组织的溶液中?"

"如果真是那样,我们必须搞到详细的资料。而且要快,非常快。"

唐纳德迟疑了一阵子。最终，他开口说道："我在桂妮薇儿的派对上看到了施密特中士。"

"我知道你看见了，"德拉安迪叹了一口气，"其他人也都看见了。我无法责怪这个可怜的吸血鬼——但那个样子的他对我已经没用了。"

他的语气表明他不想继续这个话题，但他却若有所思地一直看着唐纳德。"我应该把对你的新闻管制再放松一些，"他终于接着说道，"你必须立刻补上所有的新闻。自从那条消息发布以来，发生了很多事情。给你个粗略的概念吧，把施密特的反应再放大一千倍。"

唐纳德记起来了——现在回忆就像是梦的回音——查德·穆里根给的数字是一百万倍。

"明白了吗？很好。我这就送你走，祝你好运。还有什么问题吗？"

唐纳德摇了摇头。有一项任务德拉安迪并没有明说，但它却再明显不过了：不管这个技术是否可行，总之不能让它在雅塔康成功。

我们父母的双脚是黑色的

打过招呼,姐弟间和姑嫂间相互亲了脸颊,坐下之后寒暄了几句,随后便陷入了一片死寂,仿佛皮埃尔·克劳德、他的姐姐杰尼,以及他的妻子罗萨莉都没什么想跟其他人交流的。

这所房子坐落在巴黎的热门地区,可方便地步行至布伦园林。阿尔及利亚独立之后,被迫从非洲回国的埃特尼·克劳德买下了众多物业,这就是其中之一。整座房子都保留了另一个世纪中另一个大陆的风格,尤以客厅为甚。客厅的布置到处显露出北非的痕迹:靠墙放着一长排矮沙发,地毯不是铺在地上而是挂在墙上,小茶几上放着几个小小的、用来喝阿尔及利亚咖啡的铜茶杯。茶杯空着,放在黄铜打制的托盘上,托盘的边缘还装饰着色彩艳丽的阿拉伯文字。但房间里仍然有一些前殖民地官员埃特尼·克劳德自认为的巴黎式的优雅,属于他离开此地前往酷热野蛮的非洲之前的时代,比如绚丽的墙纸、厚重的缎面印花棉布窗帘,两把突兀的、加装了大厚垫子的扶手椅。这些装点与房子其他部分的北非风格形成了鲜明的对比。

皮埃尔的一些朋友说过,他们搞不清这所房子究竟是反映了他的想法，还是影响了他的想法。

他是个颇有风度、举止优雅的男人，紧张兮兮、身材瘦弱。不用看到屋子最明亮的角落里那架漂亮的钢琴，人们就可能猜到他的爱好是弹琴。还有，不用查看那台早期的全息再现设备小屏幕两侧的唱片架子，就能推测他喜欢听德彪西和萨蒂。他黑色的发际线已开始后撤。他年轻时有一阵子追随潮流蓄起了络腮胡，但几年前他刮光了脸颊和下颌，只留下上唇一缕小胡子，衬托着那张精致的嘴。

他显露出的那种精致、聪明、虚弱的英俊，放在他姐姐杰尼身上却算不上美丽。像他和他们的父母一样，她看起来也是瘦瘦的，肤色更苍白一些，骨架更小一些，眼睛更大一些。她已经四十一岁了，但看上去像是刚过三十，只有眼角的鱼尾纹和颈部的纹路泄露了她的实际年龄。

罗萨莉则与她截然不同：身材高大、脸颊丰满，长着一双蓝色的眼睛，棕色的头发。通常她是一个开朗的人，可只要看到她的丈夫和她的大姑子在一起，她就会闷闷不乐。她不喜欢自己像这个样子，把它视为一种失败，却怎么都不明白为什么会这样。

本着一定要创造出愉快气氛的精神，她开口说道："杰尼！你想来点咖啡吗？还是想喝上一杯？"

"咖啡吧，谢谢。"杰尼说道。

"要抽几口吗？"皮埃尔提议道。他从许多张茶几中离自己最近的那张上拿起一个银色盒子。盖子打开后，里面飘来摩洛哥极品大麻那奇特的香味。

罗萨莉匆匆离开了房间，无法掩饰她急于离开的心情。门关上之后，杰尼看着老式的房门，朝皮埃尔递过来的火苗微微欠过身来。

她说道："我希望你不会像我一样，觉得生活很没意思。"

皮埃尔耸了耸肩，"我们过得还行，罗萨莉和我两个。"

"生活本该比'过得还行'美妙得多。"杰尼的语气中带着倔强。

"你和鲁尔吵架了？"皮埃尔问道。鲁尔是她姐姐众多男朋友中最新的一个。

"吵架？算不上。我再也不会吵架了。我没有能量。但是——我挨不了多久了，皮埃尔。我感觉梦想在一点点破灭。"

皮埃尔在沙发上往后靠去。他喜欢坐沙发，不喜欢扶手椅，尽管后者更适合他的长腿。他说道："我几乎能从你拜访我们的次数中推测出你的心情。"

"你认为我把你当作哭墙了？"杰尼发出一声苦笑，"可能确实如此。但谁让你是我唯一能交心的人呢？我们之间有种奇特的纽带，外人不可能进入。它很珍贵，我一直依靠它。"

她迟疑了一阵子。"罗萨莉感觉到了。"她又开口继续道，"你可以从她对我造访的态度中看出来。所以我只有在最需要你的时候才会来。"

"你的意思是，她让你觉得自己不受欢迎？"

"什么？才不是！说起礼貌，她简直是个女神。只不过，她跟世上的其他人一样，没在那儿生活过，无法理解我们。"杰尼挺直了身子，手指夹着大麻烟在空中戳着，像老师指点身后黑板上的文字。"想想吧，亲爱的，我们并不是特殊的侨民！自从他们打破了这个古老大陆上国家之间的边界，光在巴黎可能就生活着不止五十个国家的人。他们中有很多人——例如希腊人——比在自己的家乡过得还要好。我们的家乡也不怎么样。"

"家乡?"皮埃尔回应道,"我们没有家乡。它只存在于爸妈的脑子里。"

杰尼摇了摇头,"他们居然会对巴黎这么好的地方不满意,这样看来,他们在所谓的家乡真的过得很幸福。"

"但他们变得越来越只谈论好的地方,忘记了不好的地方。经过一系列混乱、暗杀和内战之后,他们想象中的阿尔及利亚已经永远地消失了。"

"然而,想起它让他们觉得幸福。你不能否认这一点。"

皮埃尔叹着气,耸了耸肩。

"简而言之,你我并不是侨民。我们是难民,被原来的国家驱逐了。早知道是这种结果,我们的父母不会让我们成为那个国家的公民。"她停顿了一阵子,黑色的双眼观察着弟弟脸上的反应,"我能看出来你听明白了。我一直都相信你能明白这些。"

她伸出手抓住他的手,用力捏了捏。

"你们不会又在谈论阿尔及利亚吧?"罗萨莉说道,手里拿着一只漂亮的咖啡壶,与茶几上一直展示着的托盘上的茶杯刚好相配。听上去,她竭力想让自己的语气显得像是在开玩笑。"我一直在跟皮埃尔说,在旧时代,生活在那儿可能还不错。但现在我可不想去那儿。"

"当然不会。"杰尼挤出个笑容说道,"在巴黎的生活已经够糟糕的了,谁想生活在一个由野蛮人政府管制的地方。"

"生活在巴黎有这么糟糕吗? 你是说现在吗?"

"或许你的运气好,不像我看到的这么多。有这么一个安静优雅的家,不用操什么心,只需要等着皮埃尔从银行领取丰厚的薪水。但我得工作,而且在广告行业,工作不像银行那样稳定。广告行业里,混蛋密度更高,他们的权力也更大。"

皮埃尔给了姐姐一个警告的眼神。当她陷入某种情绪,大麻有时会让她的舌头失去控制,让她说出些失礼的话语。不止一次——不是跟罗萨莉,而是跟他的第一任妻子——他不得不说些好话来打圆场,就因为她在兴头上说了些不该说的。

"但混蛋有时也有用处。"她继续道,"这就是我想来告诉你的,皮埃尔。你知道鲁尔在欧盟的预测部工作吗?"

皮埃尔点了点头。预测部位于枫丹白露的一幢建筑物内。那里曾经是北大西洋公约组织某分部的所在地,现在里面塞满了计算机。各种情报,不管是商业的还是军事的,每天都源源不断地输入计算机,进行趋势分析。

"一个非常有趣的动向……"杰尼继续说着,"你也知道,预测部不光处理欧洲的消息,也会帮前殖民地处理一些请求,而且价格还有折扣,因为老关系。还有,你听说过美国公司通用技术投资的水下采矿项目吗?"

"当然。"

"那家美国公司派出了人员,来测算从贝尼尼亚梅港发运大宗商品的价格。而且,该公司还在伦敦调查各个前殖民地官员。鲁尔告诉我,计算机预测他们会在梅港会成立一家新的大型企业,来处理那个项目出产的原矿石。"

屋子里出现了沉默。罗萨莉正要把咖啡递给杰尼,她疑惑地看了看她,又看了看自己的丈夫,不明白为什么他们脸上出现了期待的神情。

"你认识赫勒尼吧?他以前在马里工作。"最终,皮埃尔开口说道,没有理会他的妻子。

"对。你认识亨利吗?他在上沃尔特待过一阵子。"

"认识。"

"你简直和计算机一样聪明。"

"只不过是普通的逻辑推理而已。"

"我听不懂。"罗萨莉说道。

皮埃尔用略带怜悯的目光看着她,"为什么一家美国的大公司要在伦敦调查前殖民地官员?不就表明他们很清楚自己对非洲一无所知?"

没等罗萨莉说出这个回答让她更糊涂了,杰尼说道:"这真是太完美了。美国人至少比野蛮人好一些,大家都得承认这一点吧。"

"但是,一个贝宁湾的国家,没受过法国文化的影响——"

"柏柏尔人解决了部分问题,而他们又是阿尔及利亚人和摩洛哥人的表亲——这是他们自身的过错造成的。"

罗萨莉突然以女主人应有的态度开口了,"你们两个能告诉我究竟在谈些什么吗?"

姐弟之间交换了一下眼神。杰尼抬起了一条眉毛,好像在说:"娶了这样一个老婆,你还能有什么盼头?"罗萨莉注意到了她的表情,不禁羞红了脸。她希望皮埃尔出于对自己的尊重会假装没看见。

然而,他也同样扬起了眉毛。

"我在说回非洲。"杰尼说道,"为什么不回去呢?我受够了法国,再说法国人也不是从前的法国人了,而是某种恶心的欧盟平均出来的杂交品。"

"你为什么确信自己有机会回去?"皮埃尔问道。

"鲁尔说他们打算招募一些有非洲经验的顾问。能满足他们要求的人不多。"

"我不想去非洲。"罗萨莉咬牙切齿地说,"杰尼,快喝完你的咖啡,要凉了。"

她探出身子将铜茶杯往大姑子面前推了推。在她弯下的身子上方,弟弟和姐姐的目光相遇了。每个人都在对方的眼里看到了梦想的另一半。这个梦在很久以前被打破了,就像情人间的信物被分成了两半,这么多年来一直忍受着分离的折磨。

背景环境(16)
无所不在夫妇:民歌

就像白骨之谷中全能的上帝
英继星创造了琼斯一家
他们既不是活的,也不是死的——
他们是想象出来的,但总是超前
神奇的是——
电视上的装置让他们看起来就是你

恍惚地看着他们的
是墨西哥、是法国的人
他们不追逐琼斯,但梦想是一样的——
无所不在夫妇,这是最合适的名字
无所不在夫妇
电视上的装置让他们看起来就是你

你无法去往所有有趣的地方
到月亮、到喜马拉雅

因而你坐在家中舒适的椅子上
依靠无所不在夫妇
做所有你想做的事
电视上的装置让他们看起来就是你

穿着贡多拉出产的大衣和靴子
你看着他们在极地探险
他们在马提尼克岛的海滩上晒太阳
涂着桂妮薇儿·斯蒂尔美容院的防晒油
不管你是红的、白的、黑的还是蓝的
电视上的装置让他们看起来就是你

当无所不在夫妇开个玩笑
所有正常的家伙都会笑
当无所不在夫妇摆出一个造型
任何人都知道它很时髦
它可能是个谣言,也可能是事实
电视上的装置让它们看起来就是出自你的口

英语中继卫星服务
不是免费为大家服务
他们很清楚自己需要什么——
让十亿人都有相同的想法
当有人说话时你无须知道是谁
电视上的装置让它们看起来就是出自你的口

"你怎么看雅塔康?"

"我和其他人的想法一样。"

"那你怎么看贝尼尼亚?"

"无所不在夫妇会告诉我,但我不知道什么时候。"

不管我在哪个国家,不管我叫什么名字

电视上的装置让我和大家想的都一样

现场记录（17）
时间胶囊

"到底谁的时间才是'实时'——他的还是我们的?"

诺曼本来没打算把这个问题说出口。看到一夜之间他办公室里就堆满了来自撒缦以色的材料,再联想到这些材料的产生过程,他不禁产生了这个疑问。没有哪种打印机能跟上撒缦以色纳秒级的处理进程,连激光打印机都不行。(这种打印机几乎没有移动部件,唯一活动的只有微型激光器发出的光束,在光敏纸上留下字迹的正是这种光束。)提给他的问题要么已经被解决了,要么已完成不同程度的评估,结果被转入一个临时的存储器,而与此同时,他已经开始处理主人下达的另一个任务。但是,将他的结果转换成可阅读的语言却需要五六十倍的时间。

艾立虎瞥了他一眼。跟诺曼一样,因为缺乏睡眠,他的双眼里有红色的血丝。无论是谁,想跟上现代化的信息处理技术,就不得不放弃奢侈的睡眠。他说道:"谁的?"

诺曼发出了一声苦笑,示意老人往里走,随后关上了办公室的门,"对不起。我又把撒缦以色称为'他'了。"

艾立虎点了点头,"就像查德说的,他成了通技家庭的一分

337

子……话说回来,查德怎么样了?我希望他对这个项目的兴趣越来越大。我在斯蒂尔小姐的派对上第一次碰到他时,他差不多花了整晚的时间,一直追问我关于贝尼尼亚的问题。"

"我几乎不怎么能见到他。"诺曼说道,绕着自己的电子书桌走了半圈,来到转椅前,用膝盖转动着椅子好让自己能坐下来,"我知道他住着唐的屋子。我猜他大部分的时间都花在读唐的那些书上面——他大概有三千本书。但除了打招呼之外,我们没怎么交谈过。"

"我明白你说的'实时'是什么意思。"艾立虎说道。

诺曼疑惑地对他眨巴着眼睛。

"这些!"艾立虎提高了音量,拍打着好几堆三英尺高的、等着他们处理的打印件中的一堆。"你和我都想谈谈贝尼尼亚项目。但是我们没法谈。任何我们所交流的内容,只要没引用计算机的输出结果,在说出口的同时就已经过时了,不是吗?这里面存在着校正和完善我们思路的信息,我们也知道它们的存在,因此在读完这些信息之前,我们不想先交流。可是,因为撒缦以色工作的速度比我们快好几千倍,我们没法跟上,也就意味着我们一直未能做真正的交流。"

诺曼迟疑了一会儿。过后,他说道:"谈到校正和完善我们思路的信息……"

"怎么了?"

"你能从国务院拿到些信息吗?"

"看情况吧。"艾立虎在他对面的椅子上坐了下来,"我能拿到任何跟我直接相关的信息,但即使身为大使,在如今也并不意味着有无限的权限。"

"跟唐有关。"诺曼说道。他的嘴唇扭曲成了自嘲的笑容。

"你说的无法做真正的交流,让我想起了他。我跟那家伙一起住了这么多年,你知道的,却一直没能跟他成为真正的朋友。现在,他从我那儿搬走了,我却有些惦记他。我觉得有种遗憾。我想知道是否有可能和他保持联系。"

"我想我能去问一下。"艾立虎同意道,"顺便问一句,他发生什么事了?"

"我还以为你知道呢。哦!如果你不知道,或许我不应该……妈的,不管了。如果你连一个美国大使都不能相信,你还能相信谁?"

"他们不相信任何人,这是真的。"艾立虎耸了耸肩,"除了计算机。"

"我相信你。"诺曼说道。他垂下目光看着双手,心不在焉地将它们绞在一起。"几天之前,唐去了雅塔康,政府派去的。"

艾立虎思忖了一阵子。随后他说道:"我试试看吧。我不知道从哪儿开始找起。你的意思是,他是那种政府布置的备用间谍,为了那些低概率事件的爆发而准备的?"

"我觉得是。"

"雅塔康最近发生的唯一事件就是他们宣传的那个美妙的基因工程。这和他的前往有关吗?"

"我猜肯定有关。无论从哪方面说,唐拿到了生物学的学位,而且他的博士论文跟活化石中的原型基因有关,例如腔棘鱼、帝王蟹和银杏树等。"

"看来,政府需要搞到这个宣传中的技术。"

"我仔细想过这个问题,"诺曼说道,"我不确定我们是否需要这门技术。"

"什么意思?"

"解释起来有点难度……听我说,你回国之后看过电视吗?"

"偶尔吧。雅塔康的新闻爆发后,我一直很忙,只能偶尔看一下新闻。"

"我也是,但是——好吧,我想我更熟悉现在这地方的流行元素是怎么产生的。我就用看过的两三个电视节目来演绎一下吧。"诺曼将目光从艾立虎身上挪到屋子的远端。

"英继星覆盖了非洲的大部分,是吗?"

"可以说是整个大陆。现在,地球上的每个国家都有说英语的人。"

"所以你熟悉无所不在夫妇?"

"是的,当然——这两人总是在节目的间隔期间出现,做些新奇浪漫的事。"

"你有过个性化的电视吗?你自己的形象能投射到无所不在夫妇的身上?"

"上帝,没有!它值多少钱?差不多要五千美元,是吗?"

"差不多。我也没有。最低收费是基于两个人的套餐,我是个单身汉,因此一直没申请。我的电视上只有标准的黑人形象。"他犹豫了一下,"还有为小姐准备的一个斯堪的纳维亚女人形象。不过,我曾经在朋友家中看过很多次全版服务,给我的感觉很诡异。在电视里看到你自己的脸,听到你自己的声音,那种感觉非常奇怪。在里面,你穿着你从未拥有过的衣服,做着你从未做过的事情,去了那些你从未去过的地方,给你的感觉却很真实。因为当今世界,电视就代表着真实。明白了吗?我们清楚地球的大小,因此我们无法接受现实世界被局限在我们看得到的地平线之内。电视转发给我们的世界更为真实。"

"我可以理解。"艾立虎点了点头,"我当然也在其他人的电视上看到过。我也同意你关于什么是现实的说法。不过,这些跟我们要谈的雅塔康有关系吗?"

"有啊,听我慢慢地说。"诺曼说道,"你的电视上附带了环境捕捉装置吗? 没有,显然没有。它跟个性化电视类似,只不过它捕捉的是你所处的环境。当他们——怎么说呢……噢,对了!他们在推出今日头条时使用了分屏显示,有一个分屏总是显示着他们称之为'欣赏'的画面。画面上无所不在夫妇以你的形象,坐在你自己的房间里,看着跟你一样的电视节目。你知道这个吗?"

"我感觉他们在非洲的服务不太一样。"艾立虎说道,"但我明白你的意思。在非洲,他们总是显示一个梦想中的家,里面摆满了各种新潮的玩意儿。"

"他们以前在这地方也是这么做的,"诺曼说道,"只不过,如今几乎每个美国家庭里都摆满了新潮玩意儿。你知道查德对'新穷人'的定义吗? 已经无力为明年的型号支付分期款的人,却为后年的型号支付了定金。"

艾立虎不禁笑了一下,但脸色马上又凝重起来。"这就是现实,没什么可笑的地方。"他说道。

"它就是现实! 在桂妮薇儿的派对之后,我花了点时间读了查德的一些书。怎么说呢……在刚认识他的时候,我觉得他只是个爱吹牛的家伙。现在我觉得,他再怎么吹嘘自己都不过分。"

"我想过请求政府邀请他当这个项目的特别顾问。但我跟拉斐尔·科宁提起这个想法时,他跟我说政府不喜欢他。"

"那是自然的。他成功地嘲弄了几乎所有的权力机构。"

"可他并没有觉得自己成功了。"

"他肯定影响了公众的看法。或许他没能从根本上改变他们的看法,但除了他之外,又有哪个社会学家做到过这一点?就从他的书成为大学教科书这一点上来看,他的观点已经传播开了。"

"是的,但别忘了梭罗的也是,还有——算了,不说了,我们跑题了。你本来想说为什么我们不想要雅塔康的基因技术,却说起了无所不在夫妇。"

"是的。我差点忘了我想表达的观点。类似的事我已经看到过几次了——在优生立法的过程中,在有关游击队的讨论中。在用了个性化电视和环境捕捉装置一段时间之后,人们开始与现实世界脱节。举例来说,你每年都应该重新录入你的影像,但我认识有些人只是在第一年这么做了,然后在接下来的四五年里一直用着第一年的影像,所以他们在电视里看到的总是自己在几年之前的样子。他们拒绝承认时间的流逝。他们活在一个不断延长的当下。你明白我想说的意思吗?"

"那些无法承认自己老去的人,也无法忍受别人的孩子成为幸运儿?"

"是的。换句话说,要么我们的政府,也包括其他所有的政府,同样能做到雅塔康政府的成就,要么我们证明雅塔康政府的宣传是个谎言。后一种选择对政府更有利。因为要在好几百万个孕妇身上实施基因优化技术,这会造成极大的社会动荡,甚至比优生委员会设立之后的动荡还要严重。我们没有中间道路可选。雅塔康的成功让其他国家的国民心理无法平衡,甚至我们国家中一小部分的人成功了,也会让其他团体的人心理失落。总之,这会引起广泛的憎恨……我的说法太过分吗?"

"我不觉得过分。"艾立虎想控制自己激动的情绪,却没能做到，"我跟你说过，我最近没怎么看电视。但因为我住在联合国，我从来自一百多个国家的人那里得到了第一手的信息。现在，雅塔康是地球表面最被仇视的国家。"

"这就是危机，"诺曼前倾着身子强调道，"自从无处不在夫妇问世以来，世界上还没出现过新的危机。这个社会已经被一代人的相互鄙视和仇恨撕裂了，但尽管这样，那对夫妇仍旧强势地成了现代社会的主流。我看到了他们对公众观念的影响。数以百万计的人以那对虚拟的夫妇为身份寄托。下一轮总统选举的结果将取决于那对夫妇的说法，而不是施政纲领。不过，雅塔康的问题来得比总统选举更快，更糟的是它关乎人们的睾丸。腰部以下部位不会思考，只会反应。只要让无所不在夫妇说这是不公平的，一周之内，你就能组织起一个入侵雅塔康的同盟。"

两人之间出现了暂时的沉默。

诺曼的脸上有种伤心的表情。看着他，艾立虎说道："在我跟你认识后的几天内，你有这么大的变化，这倒是挺神奇的。"

"什么？你说的是什么意思？"

"放下种族身份问题、让你的祖先彻底安息不再来打扰你之后，你就像变了个人似的。两周之前，照我的想象，你会因为这个'黄猴子'的成功而嘲笑'白猴子'。现在，你担忧的是人们可能不会冷静地分析这个事件，而是会陷入愚昧的感性反应。"

"我的一生都是在感性反应。"诺曼没看老人，继续说道，"还是结束这场对话吧，回到工作中去。"

他拿起第一份被订在一起的打印稿，翻动着浅绿色的纸张。浅绿色意味着撒缦以色将所接收的信息视作理论上的。在他们输入现实世界的信息后，打印稿会变成亮粉色的纸张。

"摘要上怎么说？"艾立虎询问道。

"方案可行。"诺曼嘟囔了一句。他放下稿件,又看了看余下几份稿件的首页,"这里、这里,还有这里……'根据假设的已知条件,结果是正面的。'"

"总算还有些好消息。"艾立虎随意评价了一句。他拿起一支笔,勾勒出撒缦以色认为项目可行的几个要点。

他——必须用人称代词——甚至修改了招募前殖民地官员的广告。

世间百态(10)
酸葡萄

"来自上百个岛屿的医生和护士已经汇聚在宫吉伦,参与苏盖昆吞教授领导的伟大事业。他们中的一些人有时会在自由广场站上好几个小时,希望能看到苏鲁卡塔元帅现身在府邸的窗口,让他们向他表达崇高的敬意,感谢他开创了伟大的新时代。正如昨晚领袖在电视广播中所解释的,完成这项特殊而又光荣的任务仍需要时间。但根据目前的进展,明年初应该能见到成果。与此同时,全雅塔康有成千上万的人向各处诊所提出了申请做输精管结扎手术,他们不想再拥有次等的后代,因为国家已向他们提供了优化人口的机会。"

印度德里:今天,残疾儿童父母联合会的成员率领约四万名民众包围雅塔康大使馆长达六个小时,警方不得不使用催泪瓦斯和催眠瓦斯驱散人群。

"领导人向苏鲁卡塔元帅发来贺电,并希望近期苏盖昆吞教授宣布的伟大医学成就能尽快向所有人开放。尽管苏联在全民营养、公共卫生和基因分型方面已取得很大的进步,让国民成为世界上最健康、最能干的人,雅塔康人民的老朋友仍对这项属于亚洲人的成果表示致敬,并渴望能早日应用该技术。"

瑞典斯德哥尔摩:昨晚,在这个拥有世界上最早、也最严格的优生法的国家,各个城市的街道都挤满了绝望的醉鬼,为自己无法生育后代而悲叹。国家酿酒公司发布了一份声明称,在斯德哥尔摩、马尔默和哥德堡,七八十岁的老人与最近刚被绝育的年轻男女喝光了所有的烈性酒库存。不过,在随之发生的骚乱中,并没有出现人员死亡。

"经过层层的秘密渠道,乔伽琼报告,一旦宣传被证伪,后果将非常'美妙'。"

英国伦敦:卫生部部长计划于周二向下议院陈述。

南非约翰内斯堡:自封为"医生"并在本地行医的内森·姆德勒现已被捕,罪名是欺诈。此前,他公开散发传单,声称自己掌握了苏盖昆吞用在孕妇身上的技术。

"我不管他们怎么说,事实是拉里比他同班的孩子笨。我知道我作过承诺:得到加薪后会考虑再生一个孩子。但我不想给家里再添一个笨蛋——现在基因都能购买了!"

巴布亚新几内亚莫尔兹比港:今天,几百名根据当地优生法被禁止生育的男女从港口出发,前往宫吉伦。他们希望能在目的地申请苏盖昆吞疗法。观察家们称横扫整个国家的疯狂景象令他们联想到了二十世纪货物崇拜的传播。

希腊雅典:今日,热门电视偶像海克特·亚纳基斯大胆宣称自己志愿帮助提高人口质量,前提是需要他服务的女人需具备"合理的吸引力"。抗议他品位低下的浪潮被他粉丝喧闹的回复所掩盖。

"十万美元,不保证质量?你肯定是疯了!在雅塔康,这被当作一项健康服务。"

澳大利亚艾丽斯斯普林斯:本地医院挤满了沮丧的土著居民。他们受到激进的牧师拿破仑·鲍格斯的蛊惑,认为可以按需获得白皮肤的婴儿。这位牧师是在最近的一次原住民歌舞会上提出上述声明的。有些原住民为了圆梦,不惜跋涉了上百英里。在今早发出的一份声明中,鲍格斯声称他只是为了夸张地表现现代澳洲原住民的社会地位依然低下。

"看看你,你这个蠢货! 说对不起管什么用。这个礼物很贵重,要是我跟玛丽阿姨说,你在收到它的第一天就把它打破了,她肯定会气到发疯的! 早知道我的孩子连自己都照顾不好,我干吗要成家呢?"

日本东京:尽管警察二十四小时出动,城里那些因为基因缺陷而无法成为父亲的男人中,大规模自杀浪潮仍然在各神社此起彼伏。在一个因为连续发生五起自杀事件而关闭的寺庙中,一名男子成功地爬上六十英尺高的屋顶,将自己头朝下砸向了地面。

美国俄勒冈波特兰:配备了铝热剂、凝固汽油和爆炸物的游击队于今晨公然袭击了本地的优生理事会办公室。当警察赶来时,激动的群众涌上街头,拦住了警车,帮助游击队成功逃脱。

"嗯,专家说雅塔康应用的技巧之一称为克隆。他们从你自己的体细胞中取出细胞核,将其注入卵子中生长。如果他们能这么做,为什么我不能有你的孩子? 再也不需要那些臭男人了!"

俄罗斯莫斯科:本地即将在暑期毕业的大学生有这么一群人,他们要么接受绝育手术,要么迁移至西伯利亚的新市镇。今天,他们在生物研究实验室静坐了一整天,抗议俄罗斯在基因工程的关键领域落后于雅塔康等相对不发达国家。

德国慕尼黑：纯种雅利安血统领导人盖哈德·斯派克在集会上声称，德国加入欧盟是个错误。要不是这样，这个国家早就繁衍了大量的日耳曼人口，没有"串种或是野蛮人的污染"。

"我把它打掉了。美国人认为你这种基因的问题很严重，将其传递下去是一种犯罪。我再也不想怀上你或其他人的孩子了。我的第二个孩子将是最优化的，就像他们在雅塔康做的一样。"

美国华盛顿特区：总统于今早的记者招待会上称他的顾问认为雅塔康的优化工程只是一种宣传手段。"甚至连我们这种富裕得多的国家也无法在本世纪内开展类似项目。"

法国巴黎：欧盟现任理事长、来自波兰的瓦迪洛·科涅基博士，宣称雅塔康的工程在现实中不可行。"即使将我们成员国所有的财富汇总都无法支持其开销。"

"那个优生办公室的狗屁办事员！我打赌他的基因肯定很脏，都能用来做泥浆了！而且，我敢说他有孩子。他那个位置上的人总有办法，不是吗？"

委内瑞拉加拉加斯：与此前的做法一百八十度大拐弯，波多黎各世界知名的收养服务机构奥列弗·阿尔梅里奥公司的代表宣布，将提供来自西班牙的纯西班牙人卵子，在深度冰冻中通过空天机运过大西洋后植入"母亲"。这消息肯定了权威机构的预计——波多黎各的立法将给美国的婴儿农场带来致命的打击。

西班牙马德里：教皇艾格兰亭谴责雅塔康的项目，称之为"又一个对上帝的亵渎"。他还宣称，任何身处雅塔康的天主教徒如果屈服于政府的政策，将永久地堕入地狱。支持教皇的党派提出了一项紧急议案，一旦明日于国会通过，捐赠卵子供出口者将面临死刑。

"亲爱的,别胡说了! 尽管我们没有撒缦以色,但我们有世界上最精密的计算机。它们今早进行了演算,结果表明雅塔康不可能做到他们所声称的。整件事情就是在吹牛……你没在听,是吗? 那我还用说吗?"

埃及开罗:政府发言人对前往麦加朝圣的人群谴责雅塔康的优化工程,称之为"厚颜无耻的谎言"。

古巴哈瓦那:在纪念菲德尔·卡斯特罗逝世周年的集会上,古巴福利和家庭部部长谴责雅塔康政府"故意误导世界上的穷苦大众"。听众将其嘘下了台。

"妈的,弗兰克,我绝对不会原谅这些吸血鬼! 我们被困在这鸟不拉屎的地方了。我们不应该离开家乡,离开朋友们。即使我们不能用你体细胞里的细胞核,我们也能用我体细胞里的。这样至少我们能拥有一个女儿,不是吗?"

贝尼尼亚梅港:在纪念独立日的公开广播中,欧博密总统宣布,医生判定他在世的时间已十分有限。这位没有子女的总统还说,不管有没有雅塔康的疗法,他最好的家人就是他长久以来一直带领着的贝尼尼亚人民。

美国加利福尼亚伯克利:贝尼·诺克斯坐在今日头条前,一遍遍地重复着:"上帝,这也太考验我的想象力了!"

(父亲吃了酸葡萄,儿子的牙酸倒了。——《以西结书》十八章第二节)

人物追踪(16)

博爱福音的信使

"谁是那个不幸失去了孩子的女人?"亨利·布彻向办公室内的护士询问道。

面色疲惫的护士抬头看了看眼前这个快活的胖子,随后将倦容舒展成了笑容。

"你好,亨利。"她说道,"快去吧——我确信他人的宽慰能让她好受些。病房右边第三张床上的那个金发女人。"

"已经很久没发生过这样的事了,不是吗?"亨利问道。

"上帝,是的。我来这儿工作以来还是第一次,已经十一年了。实验室正在做检查,看出了什么问题。"

"原本不是挺正常的吗?"

护士身子往后靠在椅背上,用修剪齐整的指甲敲击着牙齿。"我觉得是,"她若有所思地说,"怎么说呢,是有RH凝血方面的问题,但出现这种问题很正常。只要在生产之前把全身的血都更换了,之后就会一切顺利了。"

"RH凝血?"亨利重复道。

"对。你懂的,或者说你应该懂,你在血库工作这么多年了。"

"哦,我懂。"亨利同意道。他快乐的脸上浮起一层悲伤的表情,显得很不协调,"但是,我怎么记得有RH凝血问题的不允许生孩子呢?"

"只是在这个国家。那女人之前在非洲工作了一段时间。她丈夫特地把她送回国,这里的医疗条件更好一些。难道因为她的怀孕不符合我们的法律,我们就拒绝接收她吗?"

"当然……好吧,这事确实挺惨的。我这就去病房,看看有什么办法能让那女人不那么难过。"

护士笑着看他离开办公室。他的白色无菌塑料防护服在灯光下微微地闪着光,随着他双腿的迈动摩擦发出咻咻声。他真是个好人,不嫌麻烦去帮助一个陌生人,她想。人们眼中的亨利就是这样的人。

医院的每个人都喜欢亨利·布彻。

他与失去孩子的母亲一起待了几分钟。他给了她一本振奋人心的小册子,她保证会读一读。小册子分为几个章节,章节的标题都是"爱你的邻居"和"真相给你自由"之类的东西。随后,他的午休时间结束了,他回到他工作的血库,一路上愉快地和遇到的每个人打招呼。

在他离开期间,又来了一份申请书,要求为附近街区的一次例常献血准备一百个供体瓶,并贴上标签。他从记录中收集了合适的姓名、年龄、血型,选择了数量合适的标签,还加了百分之十以备损耗。在此过程中,他还停下过手中的活,根据产房的要求准备了两个O型血供体瓶。最后,他混合并测量了准确分量的柠檬酸盐溶液,加入每个供体瓶,防止血液在存储过程中产生凝固。

紧接着,在仔细观察、确保没人注意他之后,洋溢着笑容的他在每个瓶子的橡胶塞子上插进针头,往里注射了一百毫克的三古丁溶液。

他一直都没想到过这个办法。之前,他有几次成功地宣示了他的信条,尤其是那个星期天的早晨,他设法在教堂讲坛的扶手上涂上了"吐真剂",从而确保主教能说一次真话,而不是他通常的虚伪的搪塞。但最近,他发现了这个更为有效的方法,能让他所相信的灵药直接作用于人群。

他想不起自己恨过什么人;温暖绽放的迷幻剂已经将所有的仇恨都滤出了他的体外。然而,世上仍有人,包括这家医院的工作人员,拒绝承认化学药物能够带来博爱。为什么不可以呢? 毕竟,基督教传统都认为爱可以化身为面包和红酒……

当然,那个婴儿的死是个可怕的耻辱;那个可怜的小东西可能是用药过量了。他圆圆的笑脸上闪过一阵阴影,但只是那么一瞬。护士说这是她在此工作了十一年以来碰到的第一次。在可预见的将来,不会再出现同样的事故了,或许永远都不会出现了,因为人们不被允许怀有RH凝血问题的胎儿。

他完成了任务,谨慎地清洗并擦干注射器。他在医院看到的医生都是这么做的。他把它放回盒子。之后他锁起了三古丁小瓶,他刚才就是从这里抽取了必要的分量。他开始把供体瓶放置在架子上,准备往院外输送。他工作着,吹起了口哨。

想到这家医院每个需要输血的病人从此就能体验到三古丁赐予的那美妙的、开创性的启示——谁能忍住不吹口哨呢?

半小时后,那个在寻找婴儿神秘死亡原因的年轻的病理学家走进来取O型血的供体瓶,亨利给了他。当这位病理学家再次回来并一拳打在他的下巴上时,他真的是吃了一惊。他往后倒在放置供体瓶箱子的架子上，把整个架子都撞倒了。

　　至于那个以谋杀罪逮捕了他的警察，亨利觉得他不可能是当真的。

现场记录(18)
特洛伊城墙

唐纳德回到日常生活后感受到的敌意并不是幻觉。敌意来自其他乘客,他们正涌入目前为洛杉矶地区提供服务的紧急空天站。它其实是一个军事基地,那些不能让公众看到的设备被匆匆搬走,武装人员仍在时刻巡逻。转场加延误,大家的行程已乱成一团。他们又饥又渴,因为空军的食堂无法承担正常航站的功能。更糟糕的是无法确定他们的航班是否可以起飞,因为空天机改变航路至空军基地后,超音速的音爆会射向人口稠密地区,有传言说居民在申请禁止令。他们正在身边寻找着可以发泄不满的对象时,唐纳德出现了,携带着能绕过烦琐手续的通行证,让他成为其他所有人的目标。

他没有理会他们的鲸油渣感觉。

他有些轻微的头疼。船营里有很多道连续的工序,他像个机器似的在装配线上被来回传送着。主管其中一道工序的人警告过他,未来的一两个星期内可能会出现这种问题。好在疼痛并不剧烈,还不足以让他的脑袋失灵。

他感到自豪。过去三十四年的唐纳德·霍根已经不存在了,但他并没有失去什么。他一直处于被动状态，是一个接收者，更准确地说是一个容器，张开大嘴吞入外部的数据，但对事件的进展没做出过半分贡献。他是一个备胎，自生自灭。他是如此无关紧要，甚至连跟他分享同一间公寓的诺曼·豪斯发怒时都称他为"冷血的、毫无特点的僵尸"。

而现在，他不再在意诺曼的观点。他知道自己体内潜藏着什么样的本领，而且，当需要的时刻来临，他会毫不犹豫地施展它们。

一连串折叠桌在机库里围成一片区域，充当转机大厅。一个疲惫的官员检查着他的文件。"去雅塔康，嗯?"他说道，"去优化你自己，是吗?"

"我? 不是，我各个方面都挺好。你看起来倒像是那种需要存钱去那儿的人。"

有那么一瞬间，他以为这个人会打他一拳。对方的脸因为强压怒火变成了紫红色。他没有再跟唐纳德说话，而是把文件狠狠地摔在摄像头和盖戳机前，随后挥手让他通过。

"你不应该那么说。"旁边桌子坐着的官员在唐纳德离他足够近时小声地说道。

"你说什么?"

第二个官员确认了自己的同事正在处理下一个人，没在倾听。"你不应该那么说。"他重复道，"他婚前没有去检查夫妻基因的配对情况。他们的第一个孩子不得不被打掉。粉红斑。"

遗传性精神分裂的症状。唐纳德耸了耸肩。

"如果是我的话，我会揍你一顿。"那个官员说道。

"如果他打了我，以后就再也打不了别人了。"唐纳德咧嘴笑了笑。知道这不是吹牛，而是一种承诺。这感觉真美妙。他接着说道："你没事可做了吗？"

官员狠狠地瞪了他一眼，转头开始处理下一个乘客。

"雅塔康？"空天机的乘务长说道。他是个优雅的年轻人，看着像双性恋，留着披肩发。"那你一定是霍根先生——我确信你是本架空天机上唯一的一名去往那里的乘客……"他检查着随身携带的名单，"是的，没错。这是你的座位号，先生，祝你飞行愉快。起飞前我会再来看看你有什么需要。"他递过来一个小塑料片。

唐纳德接过它，走进棺材般沉闷的空天机舱，在一堆不知名的乘客中间找到自己的位子坐下。他想起了德拉安迪的禁令：隔绝外部消息，让他对这几天的新闻一无所知。当乘务长在机舱里来回走着、提供航空公司自夸的"个性化服务"时，他对"还需要什么"这个问题给出了肯定的回答。

"你说过我是唯一前往雅塔康的乘客，是吗？"

眼睫毛颤动了几下，随后是机械的微笑，"是的，先生。"

"经常是这样吗？"

"坦白地说，先生，据我所知，要不是我们公司在国际协议的规定下必须每日停靠宫吉伦至少一次，我们根本不会去那儿。这跟获取飞行权有关——如果你有需要，我可以让机长提供详细的资料……"

"不用了。但是，最近你们没有其他乘客去雅塔康吗？我本来以为，随着他们发布的那条大新闻——"

"你是指像你这样的记者，先生？恐怕我没能留意到。"乘务长冷冷地说道。

唐纳德叹了口气。在以前，职业道德和尊重隐私只适用于有限的专业团体，如医生和牧师等。但现在，整个世界都采纳了这些规矩。这种态度让他崩溃。

"我有一台手持通信机,航行期间我能用吗?"

"恐怕不行,先生,但我能把一个浓缩新闻频道导入你座位前的屏幕上。"

"好的,谢谢。还有,如果机上有最近的报纸,也请拿来一些。"

"我看看能否为你找几张,先生。还有什么其他需要吗?"

当牵引车拖着空天机前往起飞坡道时,乘务长红着脸回来了。"不好意思,我只找到了一张今天的和一张昨天的。"他抱歉道。

即便如此,这也比唐纳德的期望要来得好。他接过了报纸,轻声地表示了谢意,随后打开了它们。日期旧的那张已经开始分解。根据联邦的《反乱抛垃圾法案》,时效性的出版物禁止印刷在耐用纸张上,除了那些需要留档的以外。他小心翼翼地翻着,寻找有关雅塔康的标题。

他只找到了一个,消息来源于名为亚洲视讯路透的通讯社,它是英继星最主要的竞争对手。这并不奇怪。如今,由于无法和电视竞争,报纸上超过百分之九十的内容都是无关紧要的琐事或是人物专访。大多数报纸,包括受人尊敬的纽约和伦敦时报,都把大部分资源投入了电视时段。他从阅读中获取的信息都是那些他本人就能推理出的:不管宣传是否有夸张的成分,雅塔康人民真的相信他们的政府。

往后又翻一页时,报纸解体了,在他身上落满黄色的纸屑。他骂了一声,把它丢进座位旁的回收管。

起飞通知随即响起。直到空天机完成了抛物线航程的上升段,唐纳德才有机会开始阅读第二张报纸。

这张上面有一整页关于优化的专题报道:某个通讯社发自宫吉伦的故事,说外岛上发起了捐款行动,好让那里的医生和护士能前往首都,在苏盖昆吞的手下受训。还有十几条有关其他国家反应的报道。好几个地方都暗示公众观点与专家的判断相反。当读到古巴政府的部长在卡斯特罗日被嘘下台时……

唐纳德皱起眉头。不知怎的,这些消息都预示着一个更深层的模式,但他的头又开始疼了,搞得他无法集中精力。他的一世会把这个问题放入潜意识慢慢地琢磨,但现在的他没有这份耐心。他没再去管这个问题,而是把报纸塞进回收管,随后打开了乘务长为他提供的浓缩新闻节目。

通过在他前排座椅的靠背上安装着的小屏幕,他看了一系列的短视频,耳机里收听着评论。他以仅剩的注意力研究着它们。节目是循环播出的,他刚好在体育新闻开始前开始收看,因此还得再等四分钟,节目才会循环到最开始的台标,然后开始一个新的循环。不久之后,他发现自己在看着的节目,跟那张已经扔掉的报纸是由同一批人制作的,故事的内容几乎一模一样。

他有些气恼地伸手去关屏幕。就在这时,影像的画质突然变差,随后出现了一个提示,说因为离洛杉矶越来越远,马上就要转换别的卫星服务了。他期望航空公司会使用英继星这种一流公司的服务,于是缩回了手。

没错。熟悉的无所不在夫妇几乎立刻出现在屏幕上。这显然是为旅途中的乘客准备的特别信号。它显示了无所不在夫妇的后脑勺,背景是和此架空天机一样的机舱。他之前从未想到过,其实这样的显示很符合逻辑。售出了这么多个性化电视和环境捕捉装置之后,公司已经取得了大量的观众身份信息,它不想让人们发现自己真的在前往无所不在夫妇一直在秀的神奇的地方，然后意识到这对夫妇只是模型。

乘务长将屏幕设置成了白人模式，一开始，这让他觉得不对劲。在搬去和诺曼同住时，诺曼刚好买了台新电视，所以把旧的那台送给了他。他一直没有改动那台电视的黑人设置，因此习惯了看到无所不在先生是个黑人，他老婆是诺曼那些典型的斯堪的纳维亚女人中的一个。而现在，他看到的是"健壮白种年轻人"版本，感觉很突兀。

他有些气恼，因为自己竟然如此关心商业上的虚构人物。这种事更符合以前的自己，而不是现在的他。从现在开始，唐纳德·霍根要创造新闻，而不是看它们。

节目仿佛理解了他的想法，他自己的脸孔突然出现在屏幕上。

他以为自己产生了幻觉，直到解说声打消了他的怀疑。"唐纳德·霍根！"一个声音直接对着他的耳朵喊道，"英继星最新的现场报道员！"

他们从哪儿挖出的这些短视频？先是年轻的唐纳德·霍根走在纽约的大街上，接下来是他凝视着远方群山——那是他五年前在太阳谷度假的画面。再接着是更熟悉的画面，回放着几天前他从纽约登上空天机前往洛杉矶的情景。

"英继星特招从业者，基因和遗传学方面的专家，唐纳德·霍根代表你前往雅塔康！"

宫吉伦街景的片段。一条马来式的渔船在喧闹的反作用力泵的驱动下迂回行进于小岛之间。宽阔的广场上有群众集会。

"雅塔康，整个地球的焦点！设置好你的自动呼叫器，跟踪唐纳德·霍根这个名字。从明天开始，他从宫吉伦发回的报道将出现在我们的新闻节目中。"

唐纳德惊呆了。他们可真是下了大本钱,在十分钟的浓缩滚动新闻时段播了这么长时间!他的二世自信蒸发了。刚刚完成的赋能让他产生了发自内心的喜悦,他觉得自己获得了新生,配备了无与伦比的能力,能对世界的发展产生影响。然而,这个昂贵的插播深深地刺入了他的心灵。如果政府愿意费这么大力气去维护他的假身份,意味着他只是上千人参与的一项计划中可见的前锋而已。没有足够的理由,政府不会轻易地向英语中继卫星服务这样势力庞大的公司直接下令。

没有意义的短句浮现在脑海里,一个个碎片,都与他目前的处境相关,它们相互之间却没什么联系。

我的名字叫军团。

我恐惧希腊人,尽管他们携带着礼物。

父亲所犯下的罪行将在儿子身上得到报应。

你能看清时间的种子吗?

是这张脸吗,曾经下令千舟竞发,焚毁了特洛伊高耸的城墙?

他竭力去理解这些只言片语的意义,最终明白了他的潜意识想表达的内容。

当今世界,奖赏已不再是找到一个美丽的女人,而是拥有可夸耀的孩子。美若天仙的海伦藏在子宫内,每个母亲都梦想能怀上她。现在,她已经出生了。她生活在雅塔康,我被派去寻找她。要么将她带回,要么证明她是个谎言。或者,如果有必要,用恶毒的话语将她变成谎言。狡猾的奥德修斯藏身于木马之内,木马攻破了城墙,占据了城池。与此同时,拉奥孔和他的儿子们却被毒蛇咬死。一条毒蛇盘踞在我的前额,如果它再用力收紧,我的头颅会爆裂。

乘务长再次经过时,他说道:"请帮我拿些头疼药来,好吗?"

他知道自己需要的是头疼药,但他觉得还应该要一些胃药,因为所有的一切都搅乱了:木马内的男人等着出去后大开杀戒,分娩的阵痛,雅典娜出生于宙斯的头部,克洛诺斯吃掉了自己的孩子,仿佛他不仅身处于空天机这个木马之内,而且空天机还将把城池献给敌人、把敌人送入城池,如同野玫瑰茎蔓缠绕的刺痛,每个影像都如同尖刺般将他刺入另一个时空。

前方,城墙。渐渐走近的、愚昧至极的二十一世纪奥德修斯,他必须同时成为独眼奥丁,因而不让右手知道左手在干什么。奥丁宙斯,挥舞着雷霆之杖,没有双眼的视差,怎么能准确地瞄准呢?"任何人都不应该了解全局,每个人所掌握的信息甚至都不应该让他们做出正确的判断。"撒缦以色,无尽知识之主,引领我通过死亡之谷的阴影,我将不再惧怕邪恶……

乘务长带来一粒白色胶囊,他吞下了它。

但是,被治愈的头痛只是一种表面症状。

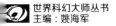
世界科幻大师丛书
主编：姚海军

立于桑给巴尔

[英] 约翰·布鲁纳 著　老光 译

（下）

四川科学技术出版社

图书在版编目（CIP）数据

立于桑给巴尔 / [英]约翰·布鲁纳 著；老 光 译 .
-- 成都：四川科学技术出版社，2019.7
（世界科幻大师丛书 / 姚海军 主编）
书名原文: Stand on Zanzibar
ISBN 978-7-5364-9511-1

Ⅰ.①立… Ⅱ.①约… ②老… Ⅲ.①科学幻想小说 – 英国 – 现代
Ⅳ.①I561.45

中国版本图书馆CIP数据核字（2019）第132530号
图进字21-2018-94号

世界科幻大师丛书

立 于 桑 给 巴 尔 （下）

出 品 人	钱丹凝
丛书主编	姚海军
著 者	[英]约翰·布鲁纳
译 者	老 光
责任编辑	宋 齐 姚海军
特邀编辑	李克勤 汪 旭
封面绘画	Sijahong六厘
封面设计	施 洋
版面设计	施 洋
责任出版	欧晓春
出 版	四川科学技术出版社
	四川省成都市槐树街2号出版大厦 邮政编码：610031
开 本	140mm×203mm
印 张	10.5
字 数	230千
插 页	2
印 刷	四川省南方印务有限公司
版 次	2019年7月成都第一版
印 次	2019年7月成都第一次印刷
定 价	88.00元(上下册)

ISBN 978-7-5364-9511-1

人物追踪(17)
比一千个人更聪明

撒缦以色,傻马一个,

有个老婆,却没法让她快乐。

快去告诉那台计算机,

待她如女王,不是好对策。

——纽约州锡拉丘兹的童谣

2009 年 11 月

一个好色的乡下姑娘,名叫特蕾莎。

施展她的魅力,想让撒缦以色变傻。

他却释放出严寒,把她冻僵。

如何解冻,科学家也无法。

——新西兰奥克兰大学学生宿舍的涂鸦;

不同版本传遍了整个英语世界

他们肯定会下地狱,

因为他们的贪婪和淫欲。

撒旦在等着他们，

因为他们相信机器。

——为圣女之家第十次国际集会

所作之赞美诗

我希望有男人的冷静

像

冰病冰

你在液氮里是什么感觉

我们有饥渴的冲动

大

容量计算机

男人应该满足她，还是你会劝她克制

不要

——输出错误：！@#￥％

这让人灰心——甚至可以说是沮丧——看到对被我们尊称为"计算机"的机器盲目地崇拜到了如此程度，取代了对祷告的信仰和上帝的引领。尽管你无法找到一个人，让他或她承认自己用机器代替了圣灵，但这正发生在我们中的大多数人身上。他们以虔诚肃穆的语调，讲述着计算机打印出的评估，我们的祖先只会把这种语调用在圣经上。现在，通用技术傲慢地发布了他们的新机器，别号"撒缦以色"。我们能预见，总有一天，所有的人都会将思考的责任交给机器。他被欺骗了，认为机器比他本人更聪明。简而言之，我们需要上帝的帮助来扭转这个趋势。

——被亨利·布彻陷害的那个倒霉主教之前的布道

好吧,撒缦以色——你告诉我该怎么办!

——流行于全北美的口头语

(撒缦以色:通技大厦内的尖端硬件。他们说有一天他能进化出真正的意识。他们还说他跟一千个我们加起来一样聪明。不过,这句话说明不了什么,因为一旦你把一千个我们拼凑在一起,你就能看出我们表现得有多笨。

——《时髦罪行词汇表》,查德·穆里根 著)

在人类历史上,从未有哪件工业品像撒缦以色一般,一经推出,就能如此迅速地引起人们的注意。仅仅数天之后,众多诗歌及散文均将其视为"公众形象";几个月之后,他就上升成了口头禅、下流笑话中的关键人物、争论终结者,以及某种机械式的弥赛亚。这些不同的描述之间还会相互引用。有一个故事讲到了那位突然出现在新西兰打油诗中的特蕾莎。故事说他们派了一个有心灵感应术的犹太人,前去问发生了什么。他发现因为液氮,她其实处在一种暂停的状态中。他面露疑色,说他只能从她的脑海里感应到一句话——"弥赛亚尚未降临"。

此外,在通技公布了时刻表和费率之后,二十世纪的计算咨询公司都为面临破产而心生恐惧,因为他们的客户都决定要转换门庭。

无所不在夫妇已经参观了一百三十七次撒缦以色,比其他任何活动都频繁,除了失重着装。

在三古丁的快感中,贝尼·诺克斯导演了一场戏,戏中的他发明了撒缦以色,比他之前的任何美梦都更具野心。

事实：他是一个基于冰液®技术的设备，是一个统称为超脑（可以理解为理论上的能力超过人脑）家族中的一员，属于该家族的第四代产品。他的前辈包括试验型的耶罗波安、商用的罗波安（到目前为止有超过一千台仍在使用）、电路板布置的尼布甲尼撒（因为缺陷太多，他们终止了该项目，并拆下了它的零件以作他用）。

在他投入使用之前，需要解决的技术难题多到无法形容。编写的架构程序在六台并联的罗波安里整整处理了十四个小时，经公司公关部门核实，该运算量足以标定一千年内整个太阳系所有星体的轨道，并精确到小数点后二十位。从未有哪个单一任务引入过如此大的计算能力，运行过如此长的时间，也正因为如此，六倍的同步误差将出错的可能性提高到了百分之三十。因此，在他们完成最终版本并启动程序时，出现无法弥补的错误的概率高达三分之一。

最初设计团队中的几个人最近的确表达过某种极端的观点，他们认为架构中有错误。他们声称，要不是这样，到目前为止，撒缦以色无疑早该具备了人类的意识，有他自己的人格、个性和意愿。

其他人表现得更乐观。他们声称他具有人类意识的证据早已存在，并举了一些例子，例如这机器在处理复杂任务时一些出乎意料的反应。

被请来解决争议的心理学家摇着头离开之后，同样分成了对立的两派。有些说这问题无解，并提及了一个古老的谜题：用不透光的帘子将一个房间隔成两半，一个声音从帘子的另一面传来，你怎么才能分辨这声音是来自于一台聪明的计算机，还是一个真正的人？他们的对手则坚称,设计者出于异常想实现机械意识的目的,设计了一个能自我实现的预言——他们将架构设计成了某种形式,使得系统在处理信息时,给人的感觉仿佛他带有了意识。

公众对专家之间的争论并不关心。对他们而言,撒缦以色是一个传奇、一个谜、一个民间英雄、一个名人。有了这些之后,他不需要有意识。

在他们设置好语音输入后,撒缦以色成了第一台有足够冗余能力来处理普通口语命令的计算机,不管说话的人带有什么口音。一个技术员当场问道:"撒缦,你怎么看你自己？你是一个有意识的实体吗?"

他对这个问题的分析花了太长时间——创纪录的四分之三分钟。提问者都开始紧张了,直到最终听到了回答:

"显然你无法确定我对问题的回答是对的还是错的。如果我的回答是肯定的,世上似乎没有什么可类比的事件来让你确定我声明的准确性。"

即使听到了如此失望的答案,提问者还是在紧张的等待之后松了口气。他轻佻地问道:"你不能回答,我们该去问谁呢——上帝?"

"如果你能见到他,"撒缦以色说道,"当然。"

特蕾莎事件的意义在于——

女人可以变得极具诱惑力,

一旦她的身体变成了超导体。

——摘录自通技公司内部刊物,2010年1月

现场记录(19)

总有新的疑惑

诺曼沮丧地发现,他之前为自己打造的那种舒适小窝似的生活方式,无法适应眼下快要将他淹没的巨量信息。他强迫自己坚持着,红着眼睛,有时还哑着嗓子,经常性地重度消化不良,最后甚至开始喜欢上身体的不适感,把这看成一种成长的烦恼。

想把贝尼尼亚项目变成现实,首先得克服三个障碍。第一,大西矿先前的魅力正在褪去,股东们都打算卖掉他们的股份。尽管这让有内部消息的通技员工能以折扣价收购,但给市场造成了负面影响。第二,股东大会上必须得到三分之二以上的票数。还有第三,欧博密总统已经迈出了最终的一步,告知同胞他的病情,这意味着时间已经不多了。艾立虎声称,只要他能做出保证,总统会喜欢这个计划,但无法预测他的继任者是否会同意。

事态的紧急让他们把撒缦以色惊人的速度发挥到了极致。一天之内设立并放弃五十种假设的情境都无法让他们满意,他们开始中断外部服务,留出时间为那些无法在纸面上充分表达的问题做语音提问。

这是诺曼第一次直接和撒缦以色一起工作。在和计算机对话之前的那个晚上，他梦到自己被日渐熟悉的、浅绿色的"假设情境"打印件包围了。之后的那晚，他梦到撒缦以色通过他的电话、电视和空气跟他说话。

然而，做梦的机会很少。以累到崩溃为代价，他勉强能达到项目对他的要求。每天，乔老太会给他打上五六次电话，问一些在知识库里能更方便查阅到的信息，他尽可能提供了满意的回答。在无尽的各种会议中，人们向他询问观点和指导，他尽可能机械地回答，仿佛自己就是台计算机，甩出各种统计数据、日期、当地习惯、历史片段，甚至直白的个人观点。他的听众照样不假思索地吸收了，如同吸收其他信息一样。

他开始对自己有些满意了。在那张装腔作势、他凭此爬上"白猴子"高层的假面之下，还是有些实在的东西。之前，他害怕面具之下是一片空白，像点着蜡烛的南瓜灯。

除了想向自己证明自己以外，还有另外两个更大的动力推着他前进。一是出于对艾立虎·马斯特斯的尊敬。在他仍戴着面具时，艾立虎就察觉到了面具之下的实在，并愿意为此赌上他的职业生涯。诺曼一直在公司内编织着关系网，现在这张网络告诉他，一旦贝尼尼亚项目得以实现，艾立虎几乎立刻就会成为驻联合国的下任大使，算是对他本来能去德里却选择去了梅港而做出的补偿。

反过来说，如果项目失败了，他也完了。

第二个动力纯粹出于他的疑惑。在制订完项目规划的第一个星期后，他对贝尼尼亚的了解比任何一个他生活过的地方还要深入，尽管他还没去过那儿。刚开始，他吸收数据的方式如同填鸭,高高地堆在他的脑海里,每次想要某个知识点都得翻箱倒柜找半天。渐渐地,它们变得更为整齐,也确立了相互之间的关系。最终,所有的数据形成了一个令人困惑的问题。

以仁慈的安拉的名义,贝尼尼亚怎么会变成现在这个样子?

要不是有大量的证据,他还以为这又是谁搞的"公众形象"鬼把戏。下面这个观念已经深深地刻在大家的心里,"每个人都知道",当欧洲殖民者到来时,赤道以南非洲的部落是一个野蛮的世界。成千上万个事件可以为此作证,从恰卡·祖鲁的杀人越货,到部落轻易将自己的孩子卖给阿拉伯人做奴隶。"每个人都知道",在欧洲人撤退之后,事情又回到了从前,更因为长时间的外国统治的苦涩而变得更为夸张。

不包括贝尼尼亚。就像艾立虎所说的,萨基尔·欧博密如有神助,创造了"非洲的瑞士",在暴力充斥的地狱之中,走钢丝般顽强地保持着中立。

但是,他有什么——有什么力量令他取得了如此大的成功?这是诺曼想不通的地方。瑞士的中立建筑在显而易见的优势之上:一个关键的地点——在所有那些当代阿提拉之中,只有拿破仑才有胆子入侵这个地方,就连纳粹都认为不去侵占瑞士能得到更大的利益。拥有令人称羡的商业信誉——让它成了世界金融中心。精密制造上的技巧将资源贫乏的不利因素转化为一种积极向上的精神。

对比贝尼尼亚:夹在强大的对手中间,每个国家都乐意牺牲一两支由非技术劳动力组成的军队,来吞并它位置优越的港口和穿过蒙多山的河道。经济上无法持续,只能不断地依靠外援。远谈不上工业化,即使以非洲的标准来说也异常落后。

对这个奇点问题的思考让诺曼头疼。但他仍坚持梳理,拓展着问题的范围,直到研究部门返回了一份怒气冲冲的备忘录,质问发生在回历元年的事件和二十一世纪的生意到底有什么渣的关系。

诺曼觉得又气又好笑。如果他能回答这个问题,他也就不会再为那个角落里的国家感到疑惑了。

然而,研究部说的没错——往前追溯那么遥远没有意义,因为没有那个时期的记录。那里甚至没什么考古发现。在贝尼尼亚,发掘过去是个昂贵的奢侈。

诺曼叹了口气,开始总结他今天学到的知识。

"没有历史的国家是幸福的。"长久以来,那个后来被称之为贝尼尼亚的地方符合这句格言。它对世界历史首次产生影响是在非洲奴隶贸易的鼎盛时期。当时,迫于北部阿拉伯人的压力,霍莱尼人——柏柏尔人的一个分支,信仰穆斯林,人种上属于哈姆族——穿过了廷巴克图前往贝宁湾。在那里,他们闯入了辛卡人位于夹缝中的聚居地。夹住此地一边的是曼丁哥人,另一边的是约鲁巴人。

这些邻居已经养成了不去骚扰辛卡人的习惯,认为他们是力量强大的魔法师,能够偷取勇士的心脏。霍莱尼人对此不屑一顾。作为虔诚的穆斯林,他们不相信巫术,况且辛卡人又是那么温和,那么友好——即便成为奴隶似乎都无法让他们愤怒——看不出有什么危险。

霍莱尼人将自己定位成这片土地的新主人,一心想圈住辛卡人,把他们当作牲口,成为源源不绝的奴隶来源。然而,仿佛受到了邻居们口中魔法的影响,整个行动失败了。二十年后,这片土地上再也没见到过运输奴隶的车队。霍莱尼人渐渐融入了本地的基础人口之中,过起了简单的乡村生活。到了二十世纪,只剩下口音,以及某些体表特征例如"北方鼻子"和宽广的前额,才能表明他们独特的身份。

或许,迷信可以解释这一点,为什么后来这些向欧洲运奴船供货的贩子不再绑架辛卡人了。他们自己的解释站不住脚,说辛卡人不是好奴隶,有时说他们有病,又有时说他们在撒旦的保护之下。除了一两次由欧洲人领导的袭击之外,辛卡人大体上过着一种无忧无虑的日子,直到殖民时代的来临。

当领地瓜分进入到白热化时,英国人赶走了西班牙人,并在现代梅港附近建立了一个贸易站,作为他们在附近的费尔南多波岛上定居点的一个补充,同时也为了让占据了邻居多哥的法国人知道,贝尼尼亚从此已覆盖在米字旗下。

上述这些差不多就是整个殖民时代的故事了,剩下的无非是在当地推行法律,建立了一套与尼日利亚类似的行政体系,即"不列颠皇家殖民和保护地"政府,诸如此类。

直到1971年,伦敦的殖民地办公室需要设法处置所剩不多、却地位尴尬的海外责任。有些属于没什么希望的地方,例如太平洋上的小岛,最好的出路就是把它们丢到别人的大腿上,比如澳大利亚。一开始,贝尼尼亚并不属于难以处置的地方,毕竟跟它面积差不多的冈比亚已经独立好几年了。

然而,在他们开始寻找接班人时,却遇到了麻烦。

贝尼尼亚有不少能干的官员,但因为种种原因,他们中的大多数只能从北方的少数民族霍莱尼人中招募。同样的事情也发生在尼日利亚。在那里,多数族群正在反抗维多利亚时代的统治阶层在独立之后继续统治。殖民地政府不想再重复错误,尽管辛卡人看上去对政治一点都不关心。事实上,要不是他们好心地设立了一个政党来鼓吹独立,这个问题原本就不会存在。

在寻找的过程中,伦敦的官员发现了一位年轻的贝尼尼亚人,他没有众多的追随者,但名望很不错。萨基尔·弗雷德里克·欧博密在英国和美国接受了教育。他来自一个受尊敬的、相对富裕的家庭。他的理想是成为一名教育节目的主播,在贝宁地区唯一的电视台里充当多面手:讲课、播报新闻、用辛卡语和霍莱尼语评论时事。他曾被派往非洲统一组织,负责某次大会的新闻报道,来自埃塞俄比亚和南非的代表团都给予他很高的评价,因此他在贝尼尼亚外部的接受程度没有问题。

在这个国家内部,情况却不同,最主要是因为他自己从来没想过要成为总统。不过,最终他还是接受了其他人都不合适这一说法,答应参选。当他的名字被贴在投票站时,大多数辛卡人和霍莱尼人都投了赞成票。他以绝对优势战胜了另一名主要由埃及资金支持的候选人。

心怀感激的英国人将总督府改名为总统府,之后便回家了。

刚开始,因为缺乏经验,新总统似乎有点手忙脚乱。他的第一个内阁根据辛卡人和霍莱尼人的人口比例挑选而成,考虑到后者的管理经验,稍微偏向于后者。可是,这个内阁几乎什么也没干成。那以后,一个接一个地,他用自己挑选的人替换了英国人训练出的人员,有些是自愿从舒适的国外生活回到家乡,比如财政部部长拉姆·伊布萨,他原本在阿克拉教授经济学。

出乎所有人的意料,他在应对首个任期快结束时的一场危机时,表现得相当不错。

在贝尼尼亚邻近的前英国和法国殖民地,爆发了二十世纪末期典型的非洲事件——部族之间的争吵升级成为骚乱,有时会发展成一到两周的内战。大量的伊诺克人和卡帕拉人开始迁徒。因为贝尼尼亚就在附近,而且那里没有骚乱,两个部族的难民都开始设法进入贝尼尼亚。

那些赶走他们的人并不在意难民未来的命运。但后来,经济上的压力迫使几个前殖民国家按照不同的宗主国语言组成联邦,例如马里、达荷美和上沃尔特组成了达荷马里,加纳和尼日利亚组成了尼加联。只有到了那个时候,他们才注意到了一个奇怪的现象。

辛卡人甚至比伊诺克人和卡帕拉人还要穷,一般人预计他们会抗议难民给这个已然贫困的国家带来的额外负担。但是,他们并没有表现出一丝的敌意。与此相对应,在贝尼尼亚成长起来的新一代外来人对自己的生活非常满意,对想让他们居住的土地与他们所谓的祖国合并的提议没有任何反应。

尽管大个子邻居们对欧博密充满敬畏,如同对待他的"魔法师"祖先一般,该地区仍然在和平与冲突之间来回拉锯。后者登场的时机通常是在内部矛盾需要外部敌人来转嫁之时。前者较为少见,只是遭遇来自区外的共同的敌人时才会出现。据说,策划了暗杀行动并导致欧博密失去一只眼睛的德国雇佣兵受雇于开罗,其结果激起了霍莱尼人对泛伊斯兰主义的憎恨,让阿拉伯世界决定还是回到旧有的与以色列的斗争中去。

但现在,贝尼尼亚长久以来的和平似乎到了破碎的边缘。一旦欧博密退休之后出现继任争议,嫉妒的邻居们肯定会趁机行动。通技的干预可能会避免战争。撒缦以色已经审核了多个假想的情形,并给出了他半神似的结论。

然而,诺曼一直被疑惑困扰着。毕竟,撒缦以色只能在输入的数据之上做出判断;假如艾立虎被他对贝尼尼亚的爱蒙蔽了双眼,变得过分乐观,因而影响到了计算机的判断呢?

在短短的二十年之内,把一个贫穷的、饥饿的病夫国家变成繁荣的桥头堡,这是一种荒谬的乐观。那里没有大学,甚至连技校都没有,只有一间位于梅港的私立商业学校,政府已然将毕业生如同蛋糕上的奶油般搜刮干净。

当然,他们的确声称这个国家的男孩子都掌握了基本的识字和算术,懂得基础的英语和国内的其他语言。在贝尼尼亚,教育一直受到重视,失学儿童的数目甚至比老师的数目还少。学习的热情可能会弥补其他领域的不足。

或许……

诺曼叹了口气,暂时放下了忧心。地图上感叹号形状的贝尼尼亚扭曲成了问号,但这只是在他的脑子里。事实存在于现实世界,他隐约地感觉自己已系统地与现实隔离了。

他跟查德·穆里根谈了心里的想法。利用一个正变得越来越难得的机会,他在家待了足够长的时间,足以花上几分钟时间来交谈。社会学家的思想并没有像其本人所期待的那样进入了坟墓,三年的街头生活也没能削弱他的习惯,他又逐渐地回归到了熟悉的学习加思辨的行为模式之中。

他对诺曼问题的回答始于一个不屑的鬼脸,"你要对付的,年轻人,是一个棘手的外部世界!好吧,我同情你——我也有同样的问题。我无法在肚子里装下更多的酒,好让我像我计划的那样就此腐烂。在我昏死过去之前,我呕吐了!那么,是什么让你对贝尼尼亚如此气愤,嗯?"

"不是气那个国家,"诺曼叹了口气,"而是一个现象。似乎没人注意到这个奇怪的反常现象:整个国家都坐在了政治的火山口上,却一直都挺太平。"

"火山就要爆发,为什么还坐在这儿猜测那里的人的日常生活呢?"查德哼哼着说,"为什么不停止猜测,去那儿亲眼看看?顺便问一句,他们什么时候派你过去?"

"等做好计划,"诺曼说道,"艾立虎和我一起向欧博密总统做演示。我猜再有个三四天吧。"他迟疑了,"你知道吗?"他继续道,"我害怕真去了那儿会发现什么。"

"为什么?"

"因为……"诺曼用手指笨拙地梳理着胡子,"因为唐纳德。"

"他跟这个有什么关系?他已经去了世界的另一端。"

"因为我跟他一起合租这个公寓很多年,一直认为他是个普通人,过着一种轻松却无聊的生活。不是那种会给你留下深刻印象的人。但突然间,他告诉我,是他挑起了那场把我也卷进去的骚乱。在下东区,我跟你说过,是吗?"

"你在桂妮薇儿的派对上说起过。其他很多人也说过。"查德耸了耸肩,"当然,声称挑起了一场骚乱显得很自大,但我知道你的意思。你是说,你怀疑当贝尼尼亚人闯入历史舞台时,他们也和他一样,能挑起某种灾难。"

"不是,"诺曼说道,"我在怀疑自己是否会因为无知而挑起一场灾难。"

背景环境(17)
感受财务透支

是的,我是查德·穆里根。如果这是你想问的下一个蠢问题——对,我还没死。而且,我一点也不想知道你给我打电话是想跟我说什么鲸油渣,即使你来自今日头条。如果你想让我说话,我只会说我想说的,而不是你想让我说的。如果你能接受,那就连上你的录音机。否则我就挂电话。

好吧。我会跟你谈谈穷人。你知道上哪儿去找穷人?不要像个傻瓜似的在大街上随便找个臭烘烘的流浪汉。几天之前,你挑的那个人可能就是我,而我的身家有好几百万美元。

你也不必去印度或玻利维亚或贝尼尼亚去找穷人。你只要找一面离你最近的镜子就行了。

听到这儿,你可能会厌恶地把我掐断了——我不是说你这个家伙会挂上电话,我说的是那些听到这段话的人,如果你有足够的胆量在今日头条上播放。你们听好了!你们正处在破产的边缘,但你们却全无警觉。我不认为我的谈话能说服你,但希望能为你提供证据。

就像我说过的,如果有一个家伙,过着像我过去三年所过的生活，没有家，甚至没有一只箱子，并不意味着他一定是个穷人。但是，在抛弃了那些妨碍他看到真相的杂物之后，他有机会重新审视并评价周遭的现状。他能看到的其中之一就是，在我们这个勇敢的新世纪中，什么变了，什么没有变。

你给过乞丐什么？或许什么都没给过，但是，如果你给过的话，你至少会给五块钱。毕竟，他的月度许可证的费用是这个数目的两倍。所以，他并不真的是穷人。在过去的五十年中，生活成本大约上升了六倍。五十年前，你会给乞丐五毛钱或两毛五。相对而言，乞丐在收入的阶梯上上升了。

你没有。

平均而言，上升了六倍的东西包括你的收入、食物和衣服的成本、各种便宜货的成本，没有这些便宜货你会觉得自己谁都不如，例如全息电视。还有房租和其他居住成本，像是取暖费之类的。

变得略微便宜的东西有市区间的交通，也就是说，纽约的车票。我以纽约为例子是因为纽约收留了我，我现在是个纽约人了。只要八毛钱。如果它的涨价速度与其他东西保持同步，那它应该是一块二或更高。还有，很多人都没想到的，税，用来支撑那些我们并不关心的东西，比如医疗和教育。顺便说一句，目前这两样东西都还不错。

但是，什么涨价了，而且涨到天上去了？就是水之类的东西。你知道自己付的水费是五十年前的十一倍吗？而且你还不能像以前那样敞开来用，因为水不够用了。

还有休闲空间！你知道吗？在步行所及范围之内有一个宽敞的休闲空间会让你的物业税立刻增加百分之三十。

还有健康的身体！我说的不是入院治疗——这方面总体而

言还不错。我说的是自然的、普通的每日健康，可以抵御感染，让你保持充足的活力。

你或许能分辨出新穷人，这个新名词所代表的那群人。但你可能会疑惑，你究竟是怎么分辨出他们的。他们穿着干净的衣服，拿着各种可爱的玩意儿，它们可能不是后年的新型号，但功能齐全，数量众多。然而，你就是能分辨他们，不是吗？

跟你说吧，你是通过一个事实把他们分辨出来的：他们不会——没能力——买一些你用来犒赏自己的东西。他们吃大规模养殖生长出来的肉，你也是，但是你会添加蛋白质胶囊和维生素B_{12}。他们喝巴氏消毒的非鲜奶，你也是，但你会吃维生素D_2。他们吃人造鸡蛋，你也是，但是你会添加维生素A。即使添加了这么多，你或许还会吃清醒药片、能量剂、镇静剂、烟酸、核黄素、维生素C——我在观察一个朋友的药柜，它们都在。

即便如此，你还是在输。你越落越远。

刚才我用了一个五十年的时间线。让我们再用一次。你家里真的有新玩意儿吗？从1910年到1960年的五十年，普通的西方家庭中出现了电话、收音机、电视、记忆中的汽车、塑料、洗衣机、电烤箱、电熨斗、电烤面包机、电搅拌器，更不用说电冰箱、高保真音响和录音机。

我在我的住所四处看了看，它属于我的一个朋友，他是一家大公司的高管，收入很高。我无法找到任何一个像上述那样具有革命性的东西。没错，电视是全息的，但全息的概念二十世纪三十年代就提出了，明白了？它在1983年或1984年就准备好应用于电视了，可它直到过了十年才出现。为什么？

因为你买不起。

你电话上的屏幕是同样的道理。在二十世纪六十年代，俄国就有可视电话服务。你直到八十年代才买得起。而且，它还算是新的吗——已经有三十年了？

你想过没有，对于某些玩意儿，为什么你用明年的型号去交换后年的型号时能得到这么大的折扣？因为有些零件会被直接放进新型号里，没法回收的会被当作奢侈的——我重复，奢侈的——废品卖掉。

现在这个国家里最大的建筑项目的花费约为一亿美元。你觉得它是什么？你错了。它是座监狱。

朋友们，你不必前往印度或是非洲，就能找到生活在贫穷边缘的人。你就是。我们的资源已经到了极限，回收一加仑的水以便某人能再次饮用，成本是二十世纪六十年代的十一倍。你可以没有电视，你可以没有电话，但是水呢？啊哈！我们不会饿死，但你想获取和你的身高及肌肉相匹配的食物，你付的不是你爷爷那辈花费的六倍，更可能是九到十倍，取决于你如何服用维生素和其他辅助品。

我再告诉你一些你因为无法负担、因而无法拥有的东西，然后我就结束了。你家里可以有一台家用电脑，性能接近罗波安的标准，这可以让你接触到数量相当于州图书馆所藏的知识，还能帮你处理预算，诊断病情并开药，教你准备可口的晚餐。你可以拥有真正的电子组合家具，不仅能改变形状，还能改变材质，就像功夫手套，从毛皮变到光滑的不锈钢。你能拥有一个垃圾处理系统，它可以自己支付垃圾费，通过回收任何有用的成分，把它们变成金属块或有机质。你能为每个属于你的电器配备独立的供电设备，几个月之内就能节省出购买费，并让你在冬天不会再短路。

先别插嘴——我快说完了。

当我说你可以拥有它们时，我说的不是你们全部。我说的是，如果你可以，你的隔壁邻居就不行。或者，当某件东西大到城市范围时，你的城市可以，相邻的城市就不行。明白了吗？让这些东西成为可能的知识已然存在，但我们全球范围内都如此接近破产，你家里没有哪样东西是你祖父无法一眼就认出、不需要教导就能使用的，而且他可能还会抱怨街上未清理的垃圾发出的臭味。他甚至还会抱怨你发臭。因为他那个年代的水费很便宜，他一天想洗多少次澡都可以，甚至泡浴缸都行。

好吧，伙计，我很清楚你一直想打断我，说你无法在今日头条全部转播我的话。但是，偶尔让无所不在夫妇睡一下加尔各答的大街怎么样？

现场记录(20)
罗亚老祖的阴影

　　紧紧绑在身上的可调节安全带在整个飞行过程中都不应该解开,因为在这个高度,紧急事件发生的速度会非常快。束缚中的唐纳德联想起了紧身衣和墙上衬着软垫的牢房。在遇到事故时,整个客舱可能真的变成那个样子——软垫牢房。曾经有一架空天机撞上了一个火箭甩掉的第三级助推器,它的轨道立刻崩塌,掉入了大气层,但客舱里的六十七个人都活下来了。

　　这是对的。这是明智的。我们需要软垫牢房来保护我们,不让我们的聪明毁了我们。

　　还有,当然,它也是个子宫,装着一群幼崽前往他们看不见的目的地。对于所有其他的乘客来说,他们可能会出生于阿克拉,而不是宫吉伦,在高个子的黑色陌生人中间出现,而不是矮个子的黄种人中间。

　　唐纳德希望出生在黑人中间。

　　但是,当客舱打开时——为了他一个人——按照行程,他被吐到了宫吉伦的空天站。机械地,在其他乘客好奇的目光下,他走向出口,踏上自动扶梯。扶梯会将他如货物一般运送到抵达大厅。看着旁边的玻璃窗，他震惊地意识到自己正看着两样之前从未见过的东西。

仅仅五十码开外，一架苏联的空天机正在加油区加油，机身涂着红星的图样。在远处，细雨朦胧中，他第一次亲眼看到了活火山。

哇——那一定是罗亚老祖！

他之前在地图上看到的变成了实体。九千英尺高，这座山注视着脚下的雄高海峡，冒着烟作沉思状，有时会发作几下，朝火山锥的下方甩下几块大石头，像一个昏昏欲睡的老人梦到了自己的年轻时代。在1941年之前，山的另一边本来也有条海峡，现在变成了岩浆和火山灰铺就的陆桥。在那次喷发中，罗亚老祖夺去了约两千条生命。它并不是那种像喀拉喀托似的魔鬼级火山，最高纪录是三万六千条人命，但它仍然是个强壮而危险的邻居。

火山的内侧隔着海峡，是长条形的雄高岛，哺育着首都宫吉伦和其他一些重要城市。火山的外侧，是面积小一些、形状圆一些的安吉兰岛。左边、又或是他所站位置的东边，是一长串群岛，呈弧形排列，沿着弧线一直可以连到伊索拉。右边，群岛分布得更分散，散落成一个大致的六边形。雅塔康的作家很流行将自己的国家比作半月形弯刀，最西边的岛屿是刀柄末端的圆头。这儿，就是整个刀柄，控制的中心。

他看得入迷了，在自动扶梯到头、把他扔到抵达大厅的固定地板上时，他差点绊了一跤。困惑中，他竭力想保持平衡，差点撞上一个穿着传统纱笼和拖鞋的女孩。女孩用冷冷的眼神不屑地看着他。

在为此行而专门接受的填鸭教育中，他主要学习了书写和阅读雅塔康语,没学怎么说。他对于微妙的亚洲语音的掌握已经退化了不少。他想化解他刚刚造成的不良印象,说了一句雅塔康语的正式道歉用语。她却完全没有理会,他不禁怀疑自己是否真的开了口。

查阅着一张空天机乘客名单的复印件,她说道(几乎没有口音):"你是唐纳德·霍根,对吗?"

他点了点头。

"去五号柜台。你的行李会被送来。"

他低声说了句"谢谢",她点头示意了一下,这就是他得到的全部关注。她已经前去接待旁边一条自动扶梯上新到的乘客了。他的脸窘迫得发烫。他穿过大厅,走向一长串柜台。就像人们在每个空天站都能看到的那样,每个柜台都有一名移民官和海关官员把守,他们穿着白色制服,戴着黑色的皮帽。

他清醒地意识到自己正被盯着看。目力范围之内,他是唯一的一个白人。剩下的人看上去几乎都像是亚洲血统:本地人、中国人或缅甸人。在一号柜台处有几个锡克教徒,还有几个零散的阿拉伯人,以及一个孤独的黑人。这里没有给非亚洲人以任何方便。他看到的标识都是用雅塔康语、中文拼音和印度尼西亚语书写的。

到了五号柜台前,他排在一家富有的中国侨民的后面。显然是侨民,因为他们在用雅塔康语谈论他。他们家的小女儿大约八岁,正大声惊叹着他看起来有多么苍白和丑陋。

他想报复他们,让他们知道自己能听懂他们的话,让他们尴尬,发泄一下片刻之前的挫败感。为了克制自己,他开始列举这地方和老家的空天站有何不同之处,努力以此转移自己的注意力。清单比他想象中的短得多。鲜艳的大红大绿的装饰,与这里的气候相匹配——雄高海平面是湿润的热带气候,而在纵贯整个岛的山脉高处,气候凉爽很多,但同样湿润。这地方的广告位和家乡的一样多,但商业广告较少,更多的服务是由政府提供的。广告中间有几个政治宣传,包括一对夫妇感激苏鲁卡塔元帅优化人口的承诺。很多航空公司在墙上有巨大的展板:中国的、俄国的、阿拉伯的、日本的,甚至有阿富汗和希腊的。还有必不可少的本地特产和礼品。还能看到——尽管没有声音——一台三十三英寸的全息电视向出发大厅里的乘客播放着节目,出发大厅与抵达大厅之间用彩色玻璃隔开了。

仿佛就是要跟他作对,他被分配到的队伍的移动速度比邻近的队伍慢。渐渐地,他开始羡慕周围那些习惯坐在地上的人。随着队伍的移动,他们会在地上做蛙跳,全然不顾自己看上去有点怪。

延误似乎是排在中国家庭前面的一个日本人造成的。他显然是松上的销售员,他敞开的手提袋里装着唐纳德认得的产品样品,包括喷气枪。柜子后面的官员在对着一本厚厚的手册一件件地比对。唐纳德在不同之处清单上又增添了一项:在家乡,他们在关口会用计算机来计算关税。

在烦躁等待的同时,他注意到六号柜台的队伍只剩下一个人了。一个漂亮的印度女孩,穿着短纱丽,只包裹到了她匀称身材的大腿中部——他听说这是一种时尚,印度政府对此予以鼓励,因为它降低了对纺织品的需求。她匀称的双腿末端是金色的小凉鞋,黑色的长发盘在头顶,用以强调她高贵的身份,她左鼻孔处佩戴着式样古朴的鼻环——奇怪的返祖现象,考虑到她的其他方面那么现代。

雅塔康官员会那么僵化吗,以至于在这女孩离开之后,仍旧不肯将他的行李转移到那条队伍?

他思考着要不要提出这个要求,但那个女孩显然遇到了麻烦。负责她的海关官员粗暴地往前探着身子,他身旁的边检人员则拿着她的护照做着各种手势。

那家中国人的行为表明,公开展露自己的好奇心在这里并不是不礼貌的行为。唐纳德竖起了耳朵。起先,他无法听清他们在说什么;随后,他意识到海关官员已经把语音简化成了某种逗小孩的形式,但那女孩仍然无法理解他想说什么。

到目前为止,还没人加入到他的队伍中。他不知道应不应该让那家中国人帮忙看好他的位置,最后决定还是不要跟他们说雅塔康语了。他迈步走到女孩身边。

"你大概会说英语吧?"他说道。

她转身看着他,脸上满是松了一口气的表情,柜台后面的男人瞪着他。"是的,我会说!"她说道,带着浓烈的西北腔,英国人称之为孟买威尔士口音,"但我一句雅塔康语也不会说!"

随后,她意识到了他的口音,开始皱起眉头,"可是——你不是美国人吗?"

"是的。"

"那么——"

"我会说雅塔康语。不是很多美国人会说,但有一些。你知道自己遇到了什么麻烦吗?"

她摇了摇头。她高高的前额上点着红点,红点下的眼睛睁得大大的。

海关官员突然对唐纳德嚷道:"你想干什么?"

在记忆深处搜索合适的回答——他习惯于看到这种语言,而不是听到——唐纳德说道:"这位女士听不懂你的话。你跟我说,我来跟她解释——请说慢点。"

两个官员交换了一下眼神。最终,那个边检官员说道:"我们不允许妓女进入我们的国家。"

唐纳德愣了一下,随后才弄明白他们的意思,差点笑了出来。他转身看着那个女孩。

"他们觉得你是个妓女。"他坏笑了一下。

惊讶、愤怒。最后,同样的笑容浮现在她的脸上。

"为什么?"

唐纳德大着胆子说出了他的猜测,"你是个寡妇吗?"

"是的——你怎么……哦,当然,离家之前,我让人用雅塔康语写在了我的护照上。"

"我不是从你护照上看来的。不幸的是,你违反了本地的一些传统。首先,你穿的衣服。"

女孩看了一眼自己的身体,明白了他的意思。

"雅塔康的国服是纱笼,跟你们以前的纱丽很像,只不过它是在小腿部汇集,像土耳其裤子的样式。只有成功的商业女强人和——嗯——伴游才会穿跟你一样短的裙子。其次,大多数雅塔康妓女将自己的公开身份描述成寡妇。一个失去了丈夫的女人需要别的男人的支持,这在这儿不算是一种耻辱。"

"哦,老天爷!"女孩说道,眼睛睁得更大了。

"更糟糕的是,'寡妇'的书面语可能会写成'妓女'的俗称,如果书写者不仔细的话。我试试是否能帮你解围。"

他转身面对那两个不耐烦的官员,用尽可能谦卑的用语解释着。他们的脸色缓和下来。相互交流一阵子之后,他们提出了一个折中方案。

"他们说,"唐纳德翻译道,"如果你能换上一身适合正经女人的衣服,他们会让你过去。你可以从你的旅行袋里取出衣服,去那里的女士化妆间。"他用手指了一下,"他们建议你尽快买一些雅塔康人的衣服,不然还会碰到更尴尬的场面。"

"我能想象。"女孩眨巴着眼睛说道,"太谢谢你了。现在,让我看看我带了什么不会冒犯到他们的东西。"

她在旅行袋里摸索着。见那个日本销售员仍未摆脱麻烦,唐纳德决定站在这里等着。最终,她找到了一条长度完整的绿金色的纱丽,举在他眼前。

"这其实是非常正式的晚装,但只有它的长度合适。这可以吗?"

唐纳德和官员们确认了它可行。她再次谢过他之后消失在女士化妆间里。

销售员仍然在争辩着。唐纳德犹豫了,随后,他向两个已经靠在椅子上休息的官员提出建议:是否可以通融一次,把他的行李从旁边的队伍挪到这儿来?

他们勉强同意了。他们的粗鲁令唐纳德不解。或许是怀疑他在翻译女孩职业时误导了他们,也可能是想索取贿赂。但他不敢给任何贿赂。苏鲁卡塔政权的确取得了一项进展,就是在政府雇员中消除了腐败。直到行李被取过来之后——那个中国家庭对此十分不满——他才突然意识到真正的原因。

我是个"圆眼睛"。要不是我能说点他们的语言,他们会高兴地看着我等到世界末日。

他盯着边检官员,后者正前后翻着他那本绿色的美国护照。他从后者不断往下耷拉的嘴角得到了对自己猜测的肯定。他费力地咽下了一口唾沫。对于他而言,这是一种全新的经历,但他很快就会习惯的。

"喂!"那官员说道,"你是个记者,好吧。你来雅塔康干吗?"

我必须表现得非常有礼貌。唐纳德说道:"基因优化工程。它引起了强烈的反响。"

"这倒是没错。"海关官员得意地笑着说,从对唐纳德行李的检查中抬起头,"在它宣布之后,世界各地的记者都来雅塔康了。"

"除了美国。"边检官员反驳道,"事实上,我听说,美国人和其他——"他用了一个词来指代欧洲人,意思跟黑人称呼"白猴子"差不多——"拒绝承认这项成果的真实性。"他怒视着唐纳德。

"你说它引起了强烈的反响?"

"我就是因为它而被派到这儿来的。"

"花了一个星期才到了这儿?"边检官员说道,抿紧了嘴唇。他再次检查了护照,非常仔细,一页页地检查。与此同时,他的同事在唐纳德的行李里翻着。不是在检查,只是在翻动。唐纳德知趣地默默等着,等到他们自己觉得无聊的那一刻。

终于,边检官员啪的一声合上护照,伸出他的另一只手。他说了句话,唐纳德没听懂,因此要求他再重复一遍。

"给我看你不能成为父亲的证据。"

"我没有孩子。"唐纳德大着胆子回答了一句。

边检官员对他的同事扬起了眉。"听着!"他说道,像在对一个傻子说话,"你在雅塔康期间,不能有孩子。它会干涉优化工程。给我看证明。"——这次他使用了一个简单的短语,比第一次说时更直接——"证明你不能生孩子。"

他们需要一张绝育证明。吸血鬼德拉安迪忘了这一点。

"我没有绝育。"他说道,使用了包括阳痿和男性性功能障碍等意思在内的一个词,竭力表现得自己像是受到了侮辱。

边检官员在椅子上扭过身体,按下柜台上的一个按钮。远处墙上的一扇门开了,露出里面的一个男人,穿着白大褂,手拿着药箱、文件夹和一本又厚又大的参考书。他看到唐纳德之后停了下来。

"这个人?"他叫道。接到肯定的手势之后,他又走了回去,换了一个药箱,样子差不多。回来之后,他打量了唐纳德一眼。

"你说英语吗?"他问道。

"还会说雅塔康语!"唐纳德气恼地回答道。

"你理解这是必需的?"

"不。"

"法律规定外国人在我们国家期间需要绝育。我们不希望我们的基因池受到污染。你没有绝育证书?"

"没有。"

他们想干什么——把我赶回去?

穿着白大褂的男人在书里寻找着,找到了一张剂量表。他用手指在上面搜寻着,随后咔嗒一声打开药箱。

"吞下它。"他拿出一片药说道。

"这是什么?"

"它能为你这个种族、这种身材的男人提供四十八小时的绝育。除此之外,你还有三个选择:同意立刻进行输精管切除手术;接受足够的辐射照射,破坏你的性腺;或者你可以登上下一个航班离开。你理解吗?"

唐纳德慢慢地朝药片伸出手去,希望自己能掐断"黄猴子"的脖子。

"把护照给我。"穿白大褂的男人换成了雅塔康语继续说道。他从他的文件夹里取出一个有黏性的标签,把标签贴在护照封面的正中间。

"你能读懂吗?"他换成英语说道,把标签伸到唐纳德眼前。

标签上写着,如果他二十四小时之内没有向医院报到、接受可逆转的绝育手术,他会被判没收个人财物并入狱一年,刑满后驱逐出境。

药片尝上去有灰尘的味道,但他必须吞下它。跟药片一起吞下的还有他快要控制不住的怒火。

人物追踪(18)

在我年轻的时候

　　维克多·沃特模等着他妻子玛丽关上了浴室的门,又等了一会儿,直到听见水溅出来的声音,表明她已经躺在浴缸里了。随后,他走向电话,颤抖的手指按下了数字。

　　等待中,他倾听着屋外风吹拂树林发出的沙沙声。他将树枝之间相互碰撞发出的咔嗒声想象成了某种鼓声,仿佛要激励他的房子向着底下的山谷冲锋。他们的房子占据了一座小山头,仿佛军队齐集在某个无法防守的据点。他被迫退休于此,再过几年,这座位于平原区的漂亮别墅将会被包围。他已经买下了尽可能多的邻近土地,然而现在开发商已经在鼻子底下了,没有哪个邻居会放弃即将到手的巨大利润,以他能负担的价格将土地转售于他。而且,还有谁会从他手头买走这些空置的土地呢,除了他仇视的开发商之外?

　　他的头脑短暂地被不守规矩的年轻人占据了。他们在领地的夜间漫游,打破窗户;小孩子爬过他的篱笆搜寻果子,践踏了他精心维护的花床,并在他从好几个国家收集来的石头上敲下如珠宝般发亮的小石子。

他想起了那个溜进他的院子偷鸡蛋的小黑孩,当时他差不多十八岁了。那孩子后来再也没来过——那次差点都没能离开。但在现在这个奇怪的新不列颠,如果你用棒子打了一个小顽童,接下来的拜访者就会是一个警察,以人身攻击罪带你上法庭。

电话的屏幕亮了,是凯伦,浑身都散发着十九岁的青春气息。他一下子回到了现实,开始担心自己的形象在她的屏幕上看起来是什么样子。应该不至于太糟糕,他安慰着自己。尽管已经六十岁了,他依然很拿得出手:瘦长结实的身材,鬓角和胡子尖略微发灰,让他看上去更有风采。

"哦——你好,维克。"凯伦打着招呼,听不出她的口吻里有任何惊喜。

一个星期之前,他有了一个震惊的发现,让他对现代不列颠固执的偏见有了改变。在凯伦这个人身上——确切地说,在她的身体里——他发现了逾越代沟的方式。他是在切尔滕纳姆一个安静的旅馆里碰到的她,当时他刚结束与他的律师之间的会面,想去那里喝上一杯。他跟她聊了起来,随后她很自然地邀请他去楼上她的房间。

当然,她不是本地人。她在布里斯托大学上学。为了寻找与某个历史研究项目有关的古代记录,她这才来到这个地方,待了几天。

她给了他新的启示:一方面,她对他谈起的年轻时的经历很感兴趣。他部分时间在学校上学,部分时间在尼日利亚。他的家庭一直坚持待在尼日利亚,直到八十年代的对外国人仇视风潮彻底扑灭了他们的希望。另一方面,她在性方面非常坦诚直白,因此他不必为自己无法高潮的缺陷而感到尴尬。他结过三次婚,但没有哪个妻子——更别说玛丽了——给过他如此纯粹的愉悦。

看来,尽管他的世界改变了,但还是有值得期待的地方。

他清了清嗓子,笑了笑。"你好,凯伦!"他以一种过分热情的语气说道,"过得还好吗?"

"哦,还行,谢谢。有点忙。快要考试了,有点手忙脚乱。不过总体来说还行。你怎么样?"

"已经很久没这么好过了。用不着我告诉你这是谁的功劳吧?"他竭力让自己的语气听上去很俏皮。

有东西——不是,有人在焦点之外、在凯伦电话所在的房间背景内移动。一个模糊的身影。维克多突然警觉起来。他考虑过如何在玛丽面前保持谨慎,但不知出于什么原因,却没有考虑过凯伦。

他说道:"嗯……我打电话是想告诉你,我过两天可能会去布里斯托。我有些事情需要处理。我想趁机拜访你。"

一个声音——男人的声音——说了些什么,电话没能捕捉到他说话的内容,然后凯伦让说话的人收声。维克多尽责地将这个词汇加入了他决心要编撰的当代词汇录,这样他就不会显得无可救药地像古董了。现在的人说"古董",不说过时或是守旧;说"收声",而不是叫某人闭嘴;戏称某人为"吸血鬼",因为类似混蛋和蠢货之类的说法已不再有贬义,只是一种纯粹的中性描述。维克多不太能理解最后一个说法。此外,当他还是凯伦这个年纪时,一个人的性取向不是个能公开谈论的话题。听到她描述某人的特征随意地把这点也包括进去,如同在谈论他有红色的头发一样,让人非常不自在。

从另一方面来说,她设法传递了一种观念:"庆祝某人的二十一世纪"可能是件好事——抛弃了二十世纪陈旧的观念,决心享受这个新世界,无论它是好还是坏。

"怎么说呢，我觉得不是太方便。"凯伦说道，"我跟你说了马上要考试了——"

"哦，但偶尔放松一下不也是好事？考试前复习压力太大，偶尔放松一个晚上效率会更高。"维克多在语气中加满了他所有的诱骗技巧。

"收声，布莱恩！"她扭头冲着房间里若隐若现的人影喊道，"如果你和汤姆再不安静下来，我会把你们赶出去，听见了？对不起，维克。"她又转头对着摄像头接着说道，"但是——不了，我还是不方便，谢谢你了。"

空气中的一切仿佛凝固了，唯一的声音来自浴室：玛丽从浴缸里出来了。

最终，维克多开口了，知道自己听上去像个白痴在发火，但他控制不住自己，"为什么？"

"听着，维克。我真的非常非常对不起。早知道你会这么认真，我不会跟你做的。我坦白地跟你说，我不想跟你认真，即便我想，实际情况也不允许。我只是碰巧在切尔滕纳姆一个人待着，你当时又表现得很贴心。我觉得有些孤单，那个晚上听你谈起以前的日子很有趣，尤其是谈到非洲的时候，因为我回来之后能和汤姆聊这些他不知道的事，他来自非洲——"

"如果你觉得有意思，为什么不再——"

"维克，我非常抱歉，我是说真的。我想我应该直接告诉你的，但是我不知道你会怎么反应，我不想让你难过，因为大多数人确实会难过。"她漂亮的脸上露出悲伤的神情，他相信她不是装的。

"你明白我想说的意思吗？我和汤姆还有布莱恩三个人住在一起，我们之间相处得很愉快。我一般不会在外面发展关系，除非——你懂的——碰巧了,就像我离家寻找历史记录那次。所以,我只能说,你要是来布里斯托,可以来我这儿短暂地拜访一下,打声招呼。但不要想太多了。我说的是不是太直接了点?"

这段话如同大手般紧紧地绞住了维克多的大脑。他的目光越过凯伦忧心的面庞,在小小的正方形画面中辨识出了两个应她的要求而保持静止不动的形体。就像对焦不准的照片,他们仍然展现出基本的特征:一个白人和一个黑人,两个人都赤裸着上身,黑人的肩膀上有些模糊的浅色疤痕。凯伦的两个男朋友——这个词深深伤害了他——坐在某种矮榻上,可能是个矮沙发,其中一个人的胳膊搂着另一个。

那另一个人——她刚才也说过——是个非洲人。

传来了浴室门开的声音。他挂上了电话,迈着机械的步伐远离了它。在玛丽穿着浴袍出现并让他从酒柜里给她倒杯喝的时,他脑子里除了愤怒之外,没有任何其他想法。

他闷声闷气地哼了一声,满足了她的要求。他意识到不能显露自己的愤怒,然而无法做出轻松的表情。玛丽不可避免地问了他一句:"你在和谁通电话?"

"我打电话去布里斯托。"维克多说道,这倒不是完全在撒谎,"我想看看那地方的房地产,我一直在想要不要把这地方卖了,搬去一个更僻静的地方。"

"他们怎么说?"

"没啥好消息。"

玛丽皱着眉头,小口品尝着杯中的酒。最近她经常皱眉头,这习惯已经把她曾经漂亮的脸蛋变成了一张满是皱纹的面具。维克多注意到了这个现实。他想着,只是一个简短的电话,却大大地改变了他对此的看法,与一小时之前大不相同了。

随后,沉浸在对凯伦的回忆中,他思索着:如果还能搞到其他年轻女孩,我肯定会离开她。在彻底失去这方面欲望之前,我会再放纵一回……

以当代标准来看,这种想法相当荒谬,但他本人从未习惯当代的标准。他现在终于服气了,意识到自己永远不可能习惯。"庆祝他的二十一世纪"是年轻人的特权,而他的这一特权已经被光阴偷走了。

"这酒很难喝,"玛丽说道,"你确定搞对了机器?"

"什么?哦,该死的!我当然确定!我已经搞了好几天了,周末之前没人能来修理它。"

"这算什么现代化!"玛丽恨恨地说,"我们在拉各斯雇的管家死也不会调出这么难喝的鸡尾酒。"

她还是苦着脸把剩下的一口喝干,放下玻璃杯。"我去换衣服了。"她接着说道,"和哈利汉姆一家约的什么时候,中午还是下午?"

"中午,"维克多说道,"最好快点。"

她离开之后,他给自己也倒了一杯——手动调制的。他站着看窗户外那堆不断侵蚀着整个山谷、外观一致的房子,脑海中翻腾起种种想法,仿佛一连串幻灯片被打乱了次序。

这个该死的岛上住了超过一亿人,他们还让黑人自由进出。

她看上去像是个大家闺秀,突然间却变成了……

该死的机器花了我这么多钱,还没法用。叫人上门维修,他们还让你等。在原来的家里,这些都是用人做的。如果他们中的一个不想干了,总能立刻再雇一个人并开始训练他。

堕落、肮脏、满脑子全是性,就像那些我们极力让他们变得理智文明的黑人!

　　试想,把这些告诉凯伦,她能理解吗? 试想,向她解释什么是真正的宽敞住宅、悠闲生活,以及我过去的生活中所享受的一切,她能理解吗? 但玛丽理解;她来自同样的背景。至少我们能一起发牢骚,哪怕没有别的共同之处。

　　他这才意识到,他短暂的、想离开她、丧失精力之前再癫狂几年的梦想没有任何实操的可能。他与玛丽的婚姻持续了很多年。他其他的婚姻都没能持续下去,就是与那些英国出生的女子的婚姻。玛丽的情况也同他一样,之前也和一个无法理解她的人结过婚。他和她之间的口角不用解释,也不需要原谅——和他一样,她对这个世界也有一种痛心的失望。

　　有些人调整过来了,气哼哼地结束了待遇优厚的非洲或亚洲的工作回到家乡,接受了次等的工作,重新开始。他试了又试,但从未适应——或早或晚,总会出现危机,发脾气,抱怨,随后是管理层的质询……他不穷,他们有足够的财富支持目前的生活。但他们的生活没有目标,他们在这个世上也几乎找不到位置。

　　他想让时间倒流,但他办不到。

　　好在至少他和玛丽被禁止生孩子。他在第二段婚姻中已经用完了最多三个的额度。两个男孩和一个女孩,都二十多岁了,这意味着他们可能刚好错过,没有迎头撞上时代的全面堕落。瞧那种堕落把凯伦腐化成什么样了。

　　可要是他们撞上了呢……

　　他不想知道。如果他无法从生活中获取他唯一期待的东西——回到他长大的殖民地——他情愿世界不要理睬自己,让自己不受打扰的孤独下去。

现场记录(21)

加快进度

他们在宫殿般的办公室一侧一字排开,如同审判席:面带寒霜的乔洁特·巴克法斯特,骨瘦如柴的政府官员拉斐尔·科宁博士,汉米尔卡·沃德福德和普洛斯·拉金。

如同两个犯罪嫌疑人,被剥夺了律师协助,且不知将面对何种罪名:诺曼·豪斯和瑞克斯·福斯特-斯特恩。

"消息泄露了。"乔老太说道。坐在她两旁的那三个人整齐划一地点了几下头,显得很滑稽。

维多利亚?

这想法如同流星一般在诺曼脑海中划过。尽管他在轨迹上敲上了评语——妈的,这不可能!——它仍然留下了焦灼的痕迹。

他说道:"对不起,乔,我不明白。我觉得消息泄露之后的第一个迹象是有人大量买入大西矿的股票,但到今天早晨为止,我还没看到这个现象。"

"事实就是事实。"乔老太坚持道,"我说错了吗,普洛斯?"

拉金怒视了他一眼,并再次点了点头。

然而,过去几天实实在在的、令他本人都觉得惊喜的成绩让诺曼清楚地了解了自己的能力。他说道:"谁掌握了我们的秘密,怎么知道的?"

"欧盟。"沃德福德说道,咔嚓咔嚓咬碎糖棒一般,将这个名字逐字说出,"所有成员国,我们的内线透露出的消息。"

"相应地,"乔老太说道,"我们必须重新考虑本项目的各个层面。原本的计划是在假设没有消息泄露的基础上制订的。成本、预期的时间、回报——"

"人员,"拉金插嘴道,"这点更重要,乔。我们得把我们的人彻查一遍,把他们的口袋翻个底朝天。"

"这是你的任务,诺曼。"乔老太同意道。

"别急。"诺曼脱口而出。维多利亚?这样的检查不但会浪费时间,而且肯定会让我也受到调查。毕竟这个项目涉及的资金太大了,金额不是以百万元计,而是以亿元计的。

"我同意诺曼。"福斯特-斯特恩出人意料地开口了。

"对于这种缺乏足够证据的说法,我一向不会当真,乔。你意识到你在质疑我的整个部门吗?正是我们运行了那些假想的方案。"

诺曼的眼前出现了来自撒缦以色的那些无穷无尽的绿色打印稿。这种事从头再来一遍,想想就让他惊恐不已。

而且,不管怎么说,维多利亚确实在他生活里出现过。

他厉声道:"乔!我老实跟你说吧,可以吗?我觉得你犯了一个职业生涯中从未犯过的错误,你忽视了明显的事实。"

乔老太愤怒地抬起头,脸都气红了。多年以来,诺曼始终钦佩她的能力。然而,发现她竟然不知道自己的一个副总裁是穆斯林因而不喝酒之后,那堵尊敬铸就的纯合金之墙就此打破。

这个时代鼓励"棕鼻子"加入公司高层这一准则,她只是个跟随者,而不是主动提出者。

但他更奇怪的是自己。反驳通技公司的创始人,这显然突破了他原本的行为模式。

"错在哪里?"乔老太冷冷地问道。

"我的主要精力都放在项目的非洲因素上,无法追踪其他部门的进展。"诺曼说道,同时脑子飞转,"回头想想,输入撒缦以色的数据肯定是由其他人采集的。嗯……是的,这里就有个例子:我们的市场成本包括大西矿出产矿石的运输费用。这条数据是原本就有的,还是我们得去搜索?"

乔老太和拉金互相看了一眼。过了一会儿,拉金说道:"好吧,到目前为止,非洲对我们来说仍然是个很小的市场。"

"换句话说,我们得派人去查询。"诺曼飞快地说道,"再加上一个例子:我们对非洲的态度相对无知,因此我们希望招聘原殖民地顾问来帮助我们避免愚蠢的错误。撒缦以色评估了一个潜在人员的目录。这个目录怎么来的?"

"我们从伦敦办公室要来的。"乔老太没好气地说。

"他们从哪儿得到的? 我打赌他们搞了一次调查,让别人注意到通技突然对非洲感兴趣了。还有一个例子:我们在贝尼尼亚有人吗?"

"但是——"沃德福德想插话。

"没有。"诺曼说道,没给他继续往下说的机会,"我们在拉各斯、阿克拉、巴马科和西非地区的其他一些大城市都有代理,但贝尼尼亚是个微不足道的小角落,我们从来没想到过它。巴马科位于前法国殖民地,拉各斯和阿克拉以前是英国的——前殖民地在什么地方处理他们的商业和政府数据?"

乔老太的脸上一片空白,诺曼暗自得意。

"我知道你想说什么。"科宁博士慢慢地说道。这是他在会议中第一次开口,"前宗主国给他们的原殖民地在计算机使用费上有个折扣价,足以让他们依赖枫丹白露中心,而不是开发自己的。"

"谢谢,博士。"诺曼以胜利的口吻说道,"还要我解释吗,乔? 我们的公司就像一个国中之国。艾立虎首次谈及贝尼尼亚项目时就跟我说过,我们完全有能力买下很多不发达国家。我们的任何行动都会引起欧洲竞争者的注意。你应该能猜到,类似克虏伯、英国化学工业和壳牌这样的公司买下了枫丹白露计算机的代码,让任何保密措施都沦为笑谈。退一步来说,欧盟理事会也有动机确保高利润的大项目去他们的公司,而不是我们的。他们可能把情报机构收集到的信息透漏出去,完全合法。至于整个欧盟各成员国都知道了贝尼尼亚项目,我觉得你低估了严重性。我打赌苏联人已经评价过了,现在数据甚至很有可能被送往苏联的计算机了。"

诺曼满意地看到,福斯特-斯特恩正用力点头。

乔老太吃惊地说:"如果你是对的——我承认你有可能是对的,妈的! ——我们可能因此取消整个项目。"

"乔,我说了你忽视了明显的事实。"诺曼大声说道,"我们有一样东西是欧盟没有的,而且他们永远都不可能拥有。俄国人也没有。我们有大西矿,它就在那儿,下面是一个大矿脉,它的产出足以支持贝尼尼亚项目。欧盟从哪儿去搞有同等储量的矿藏? 他们是世界上最古老的工业区,他们的煤矿和铁矿已经枯竭了。我唯一担心的竞争来自澳大利亚,它的内陆有世上仅存的、未被大量开采的矿区。但是,澳大利亚是出了名的人烟稀少。即使在项目启动的阶段,他们上哪儿找一万个技工一下子前往贝尼尼亚,更别提到了开发阶段?"

"他们做不到。"科宁博士权威性地肯定道。

现场一片沉寂。过了许久,乔老太低头看着双手,避免与诺曼的目光接触,说道:"我欠你一个道歉,诺曼。我下结论过于草率,认为我们碰到了一个传统的商业间谍案。要我承认这一点有点奇怪,但是——好吧,我想我确实不习惯处理如此大规模的项目。不过,至少我可以找个借口:拉斐尔没有站在政府的立场上更正我,政府应该擅长处理如此大规模的项目。"

"政府,"科宁来了句冷幽默,"也擅长高效且系统化的间谍活动。"

汉米尔卡·沃德福德一直在默默思考。他现在开口了:"如果诺曼说的是对的——特别是关于欧洲大公司能接触枫丹白露处理的信息,我相信他这是有所指的——那我们能做些什么来降低影响呢? 我的想法是我们什么也做不了,只能尽可能加快项目进程。"

"我建议,"诺曼说道,品尝着自己的优势,"我们让撒缦以色从目前检测过的方案中挑一个最优的,并立刻带着方案前往梅港。与此同时,随着我们谈判的进展,获取了更多信息之后,我们可以让他再评估一下竞争态势。枫丹白露的设备很不错,但撒缦以色仍然比世上其他任何计算机更高级。它是我们手里的又一张王牌。"

"听上去很合理。"乔老太批准了,"你能问问艾立虎,他是否能随时前往贝尼尼亚,诺曼?"

"他能,我敢打包票。"诺曼宣称道,"自从欧博密总统公开他的病情以来,艾立虎一直在待命。"

乔老太拍了一下桌子，"那就这么办。谢谢，先生们。我再次道歉，之前我气冲冲地飞错了轨道。"

站在电梯里一起下楼时，科宁对诺曼说道："顺便说一句，不光是乔欠你一个道歉。当艾立虎说你是掌管贝尼尼亚项目最合适的人选时，我们检查了你的背景，我们的计算机说他可能错了。因为这个原因，我一直对你持保留意见。但今天，你证明了你能看清全局，这在当今是个少见的天赋。你表现得很不错，即便在撒缦以色的年代，实际经验也无可替代。"

"当然。"福斯特-斯特恩在电梯的另一个角落里嘟囔道，"像撒缦以色这样的计算机不会处理实际情况。他那个冰冻大脑中处理的事情中约百分之九十五是假设的。"

电梯停下，打开了门。诺曼所在的那一层到了。科宁伸手越过他挡住电梯门，以防它自动关上。"你们谁会玩象棋？"

"不会，我下围棋。"诺曼说道，想起了他为掌握棋艺而经历了无尽的痛苦。象棋是与公司高管相匹配的休闲活动，而现在的他已经抛弃了那个面具。

"我自己喜欢下L棋。"科宁带着优越感说道，"但三者的道理都是一样的。我提到象棋，只是因为我在一本象棋书中看到了这个说法。作者说，象棋中一些最优美的棋谱其实从未在现实中走出过，因为对手能看出你的策略。他把整个章节命名为'未见过的棋谱'，展示了一些大师级的步骤，前提是对手按照棋谱的要求予以配合。"

他淡淡地笑了笑，"我怀疑乔是因为我们的对手不配合而苦恼。"

"又或者，她生活在百分之九十五的想象之中，如同撒缦以色。"诺曼轻声地说道,"听上去这是个过日子的好办法。没人能因为这个指责乔……"

出乎他的意料,他发现福斯特-斯特恩正张大了嘴巴盯着自己。

"有什么问题吗?"他问道。

"什么? 哦——没有!"福斯特-斯特恩回过神来,头摇得像个拨浪鼓,"你刚刚启发了我。连我们的心理学家都没提醒过我这一点。要知道他们的建议可不少啊,一套套半通不通的理论不断朝我的办公室里塞!"

诺曼不解地等待着。福斯特-斯特恩算不上是个计算机专家,不然的话,他会忙于自己的专业领域,无法接受通技董事会的席位。另一方面,因为项目计划部的工作完全依赖于计算机,他不可能对这个领域一无所知。

"听我说!"福斯特-斯特恩继续说着,"你知道吗,我们一直想让撒缦以色达到这个级别的计算机在理论上能达到的程度,表现得像个有意识的实体。"

"当然。"

"但是——好吧,他没能达到。检测他是否达到了是个微妙的问题。最起码的,心理学家说他们需要观察到一种个人偏好,例如,他的判断出现了偏差,偏差跟输入的事实无关,只是基于他的某种偏好。"

"这样的话,撒缦以色不就变得没用了?"科宁反驳道。

"哦,不会。整体上说,需要他解决的问题大都跟他自己没有关系,除了那些能直接影响到他未来的程序。一旦他会说'我不希望你做这个,因为它让我不舒服'之类的话,就证明他达到了那种程度。明白了? 我开始怀疑,他之所以没能达到我们的期望,正是因为你刚才说的那句话，诺曼。"

诺曼不解地摇摇头。

"其生活的百分之九十五都是假想，这是什么样的智慧生命体？目前，撒缦以色处理的全部都是理论知识，只有在他的内存没有被占用、没有去处理那些排着队的假设问题时，他才有机会产生意识。我们应该试试让他长时间地处理实时发生的、现实生活中的数据，不要再运行别的。或许，我们就能得到我们期望的答案。"

福斯特-斯特恩看上去很激动，陷入自己的热情中。其他人也没能注意到，有两个等着坐电梯的通技职员耐心地等待这群人走出电梯。

诺曼突然注意到了这两个人。他说道："好吧，这是个有趣的可能性，但恐怕远离了我的轨道。哈，你不会想在我们完成这个大项目之前就这么干吧？"

"哦，当然不会。我们或许得花上一两个月的计算小时才能把理论方案清理干净。考虑到已经签约的服务时间，这得需要至少一年时间。不过……妈的，我们挡住别人了。再见，诺曼，再次祝贺你刚才在楼上的表现。"

诺曼离开电梯走进了走廊，感觉有些轻飘飘。好事发生在他身上了，仿佛是对过去几天的辛勤工作、睡眠不足，甚至消化不良的补偿。但是，与乔老太交锋之后，他已经没有能量来分辨他身上到底发生了什么。

高兴的情绪之下，一种担忧让他隐隐不安：现在，他肯定会被置于贝尼尼亚项目的第一线，但是，他仍然觉得自己还没准备好。

背景环境(18)

佐客音乐录影

声　音	图　像
持续的嘶嘶声	白屏幕
逐渐响起几乎听不到的七拍贝斯声	乐队主唱,负片展示,白显示成黑,绿显示成红,特写
同步至五拍	
哇呀哇呀哇	嘴唇嚅动
锡塔尔琴弹起五拍子乐曲	特写,锡塔尔琴
七拍快速响起	白屏幕渐变成粉色
贝斯高八度	随着节拍声模糊成灰色
贝斯再高八度	出现紫色、金色和橙色的星
融入四拍定音鼓和拉丝-巴切特风琴,事先录制的饶舌,**嘿/全面回忆/嘘/真是好样的/喔/谁他妈的在意/哈哈/哈哈/哈哈**(即兴表演)	大特写,主唱的扁桃体,负片展示 超大的锡塔尔琴在拉丝-巴切特风琴之上

转成赞美诗,主唱说唱: **你有我们俩,你的跟班和小妞,加起来有三个** 拉丝-巴切特风琴F调华尔兹	特写,鸽子翅膀,白色羽毛 小妞抚弄自己的乳房 蓝色渐褪,变成绿色 特写,小妞的双手,分别被男人的右手抓住并扯开
速管驶过 事先录制的饶舌再次播放 **我想打碎我的头颅** 亲吻声渐响,同时锡塔尔琴贝斯声响起	隧道内部 画面暂停 黑色背景上出现绿色条纹 远景推进至亲吻特写 镜头从小妞头部推进至主唱,大特写
主唱重复唱道: **让这个世界腐烂** **打碎我的头颅** **快去抽大麻** **飞上三古丁** **我头上是天堂** **死了也无所谓** **一旦我们自由** **我们能飞上天** **妈的我们不自由** **摩羯诺是好朋友** **我是我的存在!**	小妞在拉丝-巴切特风琴前走过,看着演奏者弹拨琴弦,奏响音乐,随后弯腰吮吸最长的那根弦柱(贝斯) 特写,定音鼓鼓手 街景,叠加负片展示的小妞影像,与主唱和跟班手挽手 渐白退出 (等等) ——————— $ *

（等等） ———————— $ *	

　＊两列都是：一个行星级的撞击将录影推向高潮，该画面不允许在任何覆盖太冲区的频道上播放。

现场记录(22)
入门的代价

过了一阵子,怒火中烧的唐纳德意识到,自己其实已经预见了注定会受到这种侮辱。在空天机上奇怪的联想,冒出的那些奥丁、宙斯,其实根植于他内心的忧虑,担心自己将被剥夺男性的权利。

当然,这种解读实在是很愚蠢。他并非没想过接受可逆绝育手术,但迟迟没有付诸行动。跟他发生过关系的女人都在皮下植入了小巧的避孕胶囊,能默默地提供一整年的激素,以杜绝怀孕的风险。现在,他远离了自己的家,远离了自己熟悉的环境,而且他自以为熟悉的环境差点还吞噬了他。还有,不管在什么环境里,他的潜意识并不是那么容易被说服。它紧紧地抓住了动物本能,努力让自己相信,哪怕在最极端的环境里都有办法产下后代,甚至可以让男人自己生育。

现在,他来到了雅塔康。他已经离开了空天站。整个空天站都覆盖在牢固的混凝土屋顶下,屋顶上铺了厚厚的泥土,泥土上还种了树。他刚到外面,就被成群的雅塔康人包围了,足有好几百人。有些人用混杂了英语和荷兰语单词的语言跟他说话。

一个推着电力推车的搬运工帮他把行李放下来,等着收取服务费。

　　我忘了换钱了。他们有没有在给我的文件里放一些零钱?

　　他记起文件里有一个放着信用卡的信封,但里面有现金吗? 他朝信封里看,发现了十几张新的十塔拉钞票,每张大约值——嗯——六十美分。他把钞票都给了搬运工,站在行李旁等着,时不时瞪一眼围上来的年轻男女。他们有的想帮他叫辆出租车、有的想帮他搬行李、有的想卖给他纪念品和黏黏的甜得发腻的肉、有的只是盯着他因为他是个"圆眼睛"。所有年轻男子都穿着白色的——有些是脏乎乎的——夹克和短裤,多数人光着脚。女孩则穿着各种颜色的纱笼,从黑的到金的都有。

　　与空天站平行的停车场里停着几辆电动车,更多的是人力车,旁边还有两三辆产自中国的现代公共汽车。车站由轻质的防水材料搭建而成,要么是竹子,要么是塑料仿制品,装饰得非常俗气。一个警察在那地方来回巡逻,对各种车辆的运营人员皱着眉头,后者只是报以愚昧的微笑。唐纳德尽力想把眼前看到的与想象中的联系起来。苏鲁卡塔政权不鼓励迷信活动,他知道这一点,但根据车站里的迹象表明,那地方好像同时是个庙宇。人们可以向任何他中意的神仙拜祭,或乞求旅途顺利,或感谢平安从国外回来。那儿的生意不错。在他站着观察的短时间内,他就看到进去了五六个人。他们要么拿着锥形的香,把它点燃,手触摸前额和前胸多次,要么点燃一堆印着祝福话语的纸,看着它冒着烟燃成灰烬。

　　他瞥了一眼罗亚老祖阴森的身影。因为雨小了,看得更清楚了。他发现自己很难责怪雅塔康人固执于传统。

　　"哈,我的美国朋友,"一个温柔的声音在他身旁响起,"再次谢谢你了。请问怎么称呼?"

他转身看着印度女孩,机械地说出了自己的名字。在飘逸的全长纱丽笼罩下,她看上去更加优雅和精致。但从她不停地调整下摆可以看出,她并不习惯双腿被裹起来。

"你在等出租车——? 不是,那地方有很多空车。那在等什么?"

"随便看看。我第一次来这地方。"他尽量克制着自己不耐烦的情绪。他清楚地意识到她不仅漂亮,而且很放得开,但此刻,雅塔康医生刚刚对他做的事似乎麻木了他的男性本能。

"可你会说雅塔康语呀,还说得那么好。"女孩说道。

"我想学一种非印欧语系的语言,选雅塔康语是因为没多少人学它……你要去宫吉伦吗?"

"是的,我在一家旅馆订了房间。我想它的名字叫奉献宾馆。"

"我也住那儿。"

"那我能跟你合乘一辆出租车吗?"

这个巧合没什么好奇怪的。这能算是巧合吗? 奉献宾馆是宫吉伦唯一的一家提供西式服务的旅馆。如果有空房间,它是排在第一位的选择。

"或者你愿意试一下人力车? 在美国没有人力车吧,有吗?"

人力车——雅塔康语中的说法肯定是源自于英语。唐纳德说道:"我们的行李会不会太重?"

"没问题的,这些车夫看上去和我家那边的一样强壮。嘿,你过来!"

她朝排在队伍第一个的车夫使劲挥着手,随后他蹬着那种奇怪的五轮运输工具来到他们面前。和她说的一样,他没有对行李的重量提出任何异议，只是默默地把它们放到车后的平板上，弹簧都被压弯了。接着他打开低矮的车门，让他们钻进去。

座椅很窄，他们两个挤在一起。不过既然他的同伴没有怨言，唐纳德当然也不会有。他开始逐渐恢复到正常状态。

"顺便说一下，我是布朗温·高斯。"女孩开口说道。车夫用一条腿站在踏板上，用尽全身力气，终于让满载的车子动了起来。

"布朗温？这是个印度名字吗？"

"不是，威尔士。背后的故事很复杂。我的祖父去了海上，成了一个他们过去所谓的东印度水手，结果在卡迪夫被一个威尔士姑娘伤透了心。"她笑了，"在我解释之前，每个人都觉得很奇怪。你来宫吉伦干什么，唐纳德？我是不是太爱打听了？"

"不是。"唐纳德观察着他们即将汇入的车流。大多数都是人力车，中间点缀着些电动车，有的装载着乘客——载客量惊人，每辆车的大小跟这台人力车差不多，却装了至少五六个人——有的装着大包小包各种不知名的货物。道路的上方悬挂着横幅，因为日晒雨淋有些褪色。有些横幅是称颂苏鲁卡塔元帅，有些是勉励雅塔康人摆脱西方思想的束缚。

"我——嗯——我为英继星报道基因优化新闻。"他接着说道。

"真的吗？有意思！你是这方面的专家吗？"

"某种程度上吧。我有生物学方面的学位，仅此而已。"

"我明白你的意思——'某种程度上'。显然，苏盖昆吞所做的不可能在大学的课堂上学到，是吗？"

"你也对基因学有研究？"

布朗温无力地笑了下，"相信我，唐纳德，在我的国家，一个女人到了生孩子的年纪,或多或少都会懂一些的——除非你是个文盲或是笨蛋。"

"我同意。"唐纳德迟疑了一下,"顺便问一句,你来这儿有何贵干,商务还是旅游?"

答案迟迟没有到来。过了许久,她才开口说道:"看病,坦白地说。"

"看病?"他震惊地重复着,再次仔细地打量了她一番,随后尽量挤进狭窄座位的角落。

"不会传染,我保证。我不会用这么无耻的行为来报答你的帮助。"她挤出了笑声,车夫好奇地扭回头看了一眼,差点撞上一辆从他前轮处横过的车子。

"如果你是基因学家,你可能会知道。我得了——啊,忘了英文怎么说了!"她打着响指,他立刻抓住她的手。

"不要在雅塔康打响指!"他说道,对再次扭过头来的车夫做了个抱歉的表情。这回车夫的脸上换成了怀疑的神色。"响指会带来坏运气,除了每年中一些特别的日子。它象征着唤回你祖先的鬼魂!"

"老天爷!"她把另一只手的指关节放进两排洁白的牙齿中间,这是个表示惊讶的手势。唐纳德这才意识到他还攥着她的手,马上放开了。

"这是个复杂的国家。"他说道,"你刚才要说什么?"

"哦对的。一个人的骨头制造了太多能杀死细菌的细胞,叫什么来着?"

"白血病。"

"白血病,这就是我在找的那个英文单词。"

"不会吧。"唐纳德的语气中流露出真挚的担忧。在现代社会，人们通常认为任何种类的癌症，包括血癌，都属于老年病，当身体调节机能开始退化之后才会得上。对于年轻人来说，有治愈的办法，还有一整套法律来监管致癌物质的生产与使用。

"我相信在美国已经很少见了，但在我的国家还是很多。"布朗温说道，"我还算幸运，你知道，我丈夫死了，我继承了足够的财产，可以让我来这儿接受印度没有的治疗。"

"什么样的治疗？"

"也是由苏盖昆吞发明的疗法。我不太清楚具体方法是什么。"

他们来到了通向宫吉伦心脏地带的一个长斜坡的最高处，路的两边排满了兔子窝般的小房子，有几所房子还装饰着无所不在的政治标语横幅。他们的车夫将光着的双脚从踏板上抬了起来，盘在车把上，随后拿出一根烟点上，并用双手围拢，以防雨水将烟头浇灭。这让他们有些紧张。但唐纳德看到其他车夫也都在这么做，于是没说什么。

"我记得读过相关的东西。"他皱着眉头说道，"如果我没记错，整个疗程分成两个部分。首先，用特制的病毒感染你的骨髓，这些病毒会替代你体内不受控的天然基因物质。然后，当你的白细胞水平恢复到正常标准后，你必须用你细胞核的副本换掉特制的病毒——"

"我可搞不懂这些。"布朗温耸了耸肩，"我只知道两个事实：它很贵，过程也很痛苦。但是，我还是很高兴能来到这儿。"

车厢里安静下来，只有轮子在地上滚动发出的沙沙声，以及车夫时不时发出的怒叫声，抱怨自己的路权被别人侵犯了。唐纳德不知道还能说什么，只能看着布朗温漂亮的脸庞，以及隐藏在脸庞之下的淡淡的悲伤。

"我只有二十一岁。"布朗温终于又开口了,"我还能活很久。我想活很久。"

"二十一岁就已经是寡妇了?"

"我的丈夫是个医生。"她面无表情地说,"一群暴民发现他使用了从猪的血清里提炼的疫苗,就把他杀了。他死的时候才三十三岁。"

远处传来了雷鸣般的空天机的降落声,淹没了唐纳德想开口的欲望。

在奉献宾馆,有个职员能说英语,加上一点印度语,因此唐纳德不必再担任翻译了。他皱着眉头,看着他必须填写的、用以描述自己的计算机表格,几乎没注意到布朗温跟前台说了什么。他脑子里想的是他必须做些什么来维持他的"专业身份":拜访国际记者俱乐部,与英继星的特约记者会面,他们已为他准备了一张临时访客证;向政府信息办公室报到,确保收到他们的官方许可;与尽可能多的人打交道,以便得到专访苏盖昆吞的机会。这可能是个漫长的、昂贵的且极有可能毫无成果的任务。自从新闻公布以来,没有哪个外国记者单独采访过这位教授,只有在政府发言人控制的记者招待会上才能见到他。

尽管长着圆眼睛,相对而言,印度人在当代雅塔康还是比较受欢迎的。他们被视为同样受到殖民压迫的伙伴。因为前宗主国荷兰的关系,欧洲人不受欢迎。美国人在这儿的待遇也不怎么样,因为两国之间紧张的外交关系。服务员拿起唐纳德的行李、领着他前往房间时,布朗温早已上楼了。房间的布置体现出典型的雅塔康式的矛盾:精美的手工刺绣封在镜框里,里面注满了液氮防止腐烂,一个矮榻上摆满了垫子当作床,淋浴间墙上贴着人造大理石,旁边是坐浴盆、坐便器,以及一个大大的塑料盆,盆里装满了光滑的小鹅卵石。

一个穿着蓝色纱笼的女服务员安静迅速地放好了他的衣服,向他展示了如何使用一次性衣物售卖机和织鞋机,并对电视坏了表达了歉意:"很快就会修好。"旋钮上有灰尘;这个承诺可能给了不下二十个客人。

至少电话还可以用。房间里只剩下他一个人时,他坐在了电话前,略微感觉不适,因为电话没有屏幕。看不到对方的影像,他只好看着墙上的镜子。

就在那面镜子里,他看见了一扇门。不是他刚才进来的那一扇,而是通向隔壁房间的门——而且门还打开了一条缝。

他尽可能蹑手蹑脚地站起来,迅速地穿过房间,站在那扇门的背后。他瞥了镜子一眼,发现不管这个闯入者是谁,都不可能在镜子里看到他。同样地,他也看不到闯入者。昏暗中,一只手从门缝里伸了出来,接着是一只脚,随后——

他猛然出击,通过赋能获得的战斗技巧使他的动作既敏捷又有效。刹那间,他控制住了闯入者的脖子和后腰,准备将其举到半空,并砸向他的膝盖,给脊柱以致命的一击。

就在那一刹那间,他惊呼了一声:"布朗温!"

"放开我,你弄疼我了!"他把手从她的脖子上拿开,她开始大口喘气。

"真是太对不起了!"他慌忙帮她保持平衡,在她快倒下时用手扶住她的胳膊。"可你不应该就这样溜进来——天知道会发生什么!"

"我没料到会是这样。"她气呼呼地说,"我听到了你的声音,知道你就住在我的隔壁。对不起,我就想给你个惊喜。"

"你做到了。"他说,"哦——那一定是我的电话。请坐。我一会儿再跟你说。"

他匆忙跑回电话边。电话里传来含混的雅塔康语。说话的并不是他期待的特约记者,而是她的同伴。她的同伴不知道她什么时候回来,但答应会记下给她的留言。

唐纳德把宾馆的地址告诉了他,然后挂断了电话。

他转着椅子面对着布朗温,朝她笑道:"知道吗?你虽然病了,力气却不小。"

"还只是早期。"布朗温看着地板嘟囔了一句,"我丈夫被杀死之前刚给我确诊。"

现在他有机会可以好好看看她了。她肯定直接去了一次性衣物售卖机,现在身上穿的是一套雅塔康衣服,浅灰色的纱笼和一件挺括的黄色短上衣。

她注意到他在观察自己,有些不好意思,把上衣往下拽了拽。"这些东西穿着不舒服,"她说,"比我家乡的差远了。我来是想问你有没有空,陪我买些衣服。我不想穿纸做的东西。"

唐纳德的脑子飞快地算了算。雅塔康的时间比美国早,现在当地还是早上,加州是傍晚。雅塔康人在中午到下午三点之间有午睡的习惯。在三点之前,他不可能见到他想见的对象。这给了他几个小时的自由时间。

"当然可以。"他说道,"我先打几个电话,然后就去找你。"

"太谢谢啦。"她说道,转身回了自己的房间,但没有关上中间的门。

那个房间里的柜子门是向外打开的,跟他房间里的滑动门不一样。他几乎一下子就注意到了这个差别,因为把椅子转回电话旁之后,他从那面刚才照见门开了的镜子里看到了另一面镜子。他呆呆地注视着镜子,等着打给政府信息办公室的电话被接通。

他看到她站在镜前,打量着身上浅灰色和黄色的纸衣,还吐了下舌头。

"找谁?"电话中有声音传来。

"外国记者联络处,谢谢。"

"稍等。"

她将手放在胸前,像是要撕掉难看的衣服。但纸张的韧性很强,因为要对付雅塔康经常性的雨天而混入了塑料。尝试失败之后,她脱下了短小的上衣,生气地把它团成一团,丢到地上。

"外国记者联络处。"电话里又响起声音。

"我叫唐纳德·霍根,受英继星的委派前来贵国。你们应该收到了我总部发来的通知。"

"请重复一遍你的名字,我查查是否收到了。"

随着一阵沙沙声,纱笼的上半部分打开,从她身上滑落。唐纳德屏住了呼吸。在那下面她什么都没穿,乳房像两个棕色的小鸭梨,中央是玛瑙色的乳头。

"是的,霍根先生,我们接到通知了。你想什么时候来注册?"

"今天下午,如果你们方便的话——"

她解开纱笼腰部的三个结,弯下腰,想解开腿部的复杂的扣子。她弯腰时乳房几乎没怎么下垂。

"我需要跟负责人询问一下预约日程表。请不要挂电话。"

她肯定费了不少力气才穿上刚才的衣物,要把它脱下来更麻烦。她转了个身,腰仍然弯着,似乎想借助明亮的光线看清手部的动作。她小巧结实的臀部在镜子的方寸之间忽隐忽现。光线照亮了她黑发的分界线。

"可以，今天下午可以。谢谢，霍根先生。"电话中的声音说完之后咔嗒一声挂了。唐纳德站起来，朝那扇门走去。他的嘴巴有些发干，心跳得很厉害。

她背对着他，离开那堆纱笼的废纸。她说："我知道你在看。"

他什么也没说。

"我有时候感觉自己是个疯子，"布朗温说道，语气中带着点接近歇斯底里的味道，"有时候又觉得自己没疯，很理智。他教我欣赏自己的身体——我的丈夫。我可能没多少时间能欣赏了。"

她终于慢慢转过身来。唐纳德看到她那只跟着身体转动的脚底染成了粉色，跟脚趾甲相配。

"对不起，"她突然说道，"我不是特别针对你。只是……好吧，我从来没跟美国人做过，我想试试。趁着我还可以的时候。当然，如果你愿意的话。"她的话音中带着一种奇怪的平淡，仿佛是机器在说话。"我——那个俏皮话怎么说来着？我是只不会下蛋的母鸡，是这么说的吗？他们把我绝育了，以防我的白血病具有遗传性。我被彻底绝育了。"

"我也是。"唐纳德说道。他被自己语气中的镇定吓了一跳。他伸手取下固定住她头发的梳子。长发落了下来，将她笼罩在瀑布之中。

人物追踪(19)

小而美的奇迹

　　他的电视出了毛病,什么也放不出来,只有几条不规则抖动的波浪线,中间点缀着小点,像是悬浮在液体中的灰尘在显微镜下做布朗运动,喇叭中只有白噪音,贝尼·诺克斯想过去修它。然而,一两个小时之后,他发现这种随机的图案和声音有致幻的作用。而且,他再也不会看到那些烦人恶心的人杀人之类的现实了。上升到了一个完全超脱的境界之后,他依然在盯着电视屏幕。偶尔他会说:"上帝,我真是太有想象力了。"

现场记录(23)
摘李子

贝宁湾！贝宁湾！

一个人出来，四十个人进去！

贝尼尼亚没有任何空天机航班。这个国家无法负担建造一个空天站所需的、直径五英里的巨型混凝土圆盘，更别提周边设施了。诺曼从空天机光滑的现代子宫中被吐到了阿克拉，等着被装上一架小型的、颤颤巍巍的老式波音飞机。它服务于本地航线，经梅港至尼日利亚北部。飞机的制造日期应该早于二十世纪八十年代，燃料的补充通过卡车上装着的煤油，而不是液氧和联氨。加油管有些渗漏，他能闻到味道，不禁担忧起万一着火该怎么办。

贝宁湾！贝宁湾！

沙虱在你皮肤下筑穴！

非洲就像个高压锅，热得他的衣服紧贴在身上，汗水混合着蒸汽。

贝宁湾！贝宁湾！

黑水热加大包奎宁！

傲慢的官员,穿着他一下子没能认出的制服——二十世纪末对外国人的仇视让本地人清除了欧式的官衔标志,例如檐帽和武装带,代之以部落服装样式的军服。他们不放过任何能蔑视美国黑人堂兄弟的机会,因为后者的祖先由于愚蠢或没用而没能逃过奴隶贩子。

贝宁湾!贝宁湾!

雨下个不停,淹没了陷阱!

沿着细密的铁丝网围成的走廊,像是走向屠宰场的牲口,通技公司一行人,由诺曼和艾立虎领着,加入到了等待转机去梅港的队伍中。眼前的景象仿佛混杂了五个世纪的时光:胖胖的老妇人,身上裹着艳俗的棉布,头上裹着颜色相配的头巾;新潮的姑娘们穿着欧式外套,脖子上套着珠子,耳朵上戴着耳环,有时会以隐晦的赞许目光看着诺曼;可能来自南非的商人穿着西式服装,反衬着黑色的肌肤;一个医生——当地类型——带着一大捆圣物,每件圣物在治疗时都有特定的功用,大多数都有自己独特的味道;一个来自埃及的伊玛目正与一个戴着项圈的埃塞俄比亚牧师亲切交谈……

贝宁湾!贝宁湾!

被上帝遗忘的角落!

时不时地,大喇叭里会传来航班到达和起飞的通知,像是用英语广播的,但听了几次之后诺曼才敢确定。他知道殖民地政府留下的语言正在瓦解,就像罗马灭亡之后的拉丁语。他本来希望这个现象只发生在亚洲,而不是非洲,毕竟他对于这块土地还有感情上的纽带。广播的间隙是永不停歇的、沙哑的音乐声。出于好奇,他数了数其中一个曲子的节拍,结果发现是四——十七拍的,古老的达荷美旋律与现代流行乐的混音。他没话找话地跟艾立虎说起他这个发现。

贝宁湾！贝宁湾！

进去的时候是胖子，死的时候是瘦子！

"'白猴子'还是从我们身上学了点东西。"诺曼说道。

"不对，"艾立虎反驳道，"欧洲人只是从我们这里学走了刚才的那种复杂节奏，再加上些部落文化。爵士乐发源于军队行军曲和法国舞会。现代节拍也起源于欧洲，像是匈牙利的五四拍节奏，希腊和巴尔干其他地区的七四拍。甚至连一些西化的乐器也都起源于印度的某种乐器，例如锡塔尔琴，而不是源于可乐琴。"

"可乐琴是什么玩意儿？"

"用半只葫芦，上面蒙上皮子，形成共鸣腔，装上琴把，绷上琴弦，并配上金属片，在适当的频率下共振。你在这里能见到它们，但它来自更东面的地方。最好的演奏家仍然是苏丹人，一直都是。"

贝宁湾！贝宁湾！

让我们从人变成了野兽！

"你追溯过你非洲的那一支祖先吗？"艾立虎问道，"你说过你想查来着，还是我听错了？"

"一直没机会。"诺曼嘟囔了一句。他突然对周围的人产生了兴趣，想着：这些人里可能有我的亲戚。他们从这里掳走了很多奴隶。

"光是看可找不出来。"艾立虎说道，"你能分辨伊博人和约鲁巴人吗？或是阿散蒂人和曼丁哥人？"

诺曼摇了摇头，"有谁能分辨吗？"

"他们有各自的特征，就像欧洲不同人种之间也各有特征一样。当然,也有黑头发的瑞典人和金发的西班牙人。但在这里,没有发色之类的明显特征。"

贝宁湾!贝宁湾!

上帝怜悯有罪的孩子!

"他们叫我们登机了。"艾立虎说道。对面的大门吱扭着打开,他们随着队伍往前移动。

在去往梅港的航班上,有个男的带了个乐器。它由一根棍子、一个古旧的木盒子和几片调成五音阶的金属片组成。他配合着它凄惨的声音唱了个曲子。除了艾立虎,诺曼和他的同伴都觉得难受。但其他旅客都喜欢听到来自家乡的声音,还参与了进去。

"他是个辛卡人,"艾立虎说,"来自梅港。他告诉大家,他很高兴能从阿克拉返回家乡。"

一个带着不到一岁孩子的胖女人用尽了烈酒的免税额度,现在正往邻座间传递着一大瓶椰子酒。诺曼谢绝了她的好意。他挤出个笑容,用清晰缓慢的语调说明自己是穆斯林。听到之后,她坚持让他吃点从塞在腹部衣物下的盒子里拿出的大麻糖。这倒是可以接受,它的成分应该和他在家里抽的大麻差不多。于是,在航程的后半段,他的情绪高涨了许多。带着乐器的男人站了起来,一个座位挨一个座位地请求大家为他的曲子贡献歌词。艾立虎思考了一会儿,然后用完美的辛卡语满足了他的要求。那个人高兴得跳了起来。诺曼只会说英语,于是失去了这个机会。他几乎为此感到失望。随后,他突然为发生在自己身上的变化担忧起来。

他找了个机会,忧心忡忡地对艾立虎轻声地说道:"艾立虎,我感觉很奇怪。他们在那粒糖里还放了其他的什么东西吗?除了……"

"他们是辛卡人。"艾立虎说道,短短的一句话就好像已解释了整个宇宙。然后,他又回到了与那个音乐家的谈话之中,说着诺曼完全不懂的语言。

略感失落的诺曼从座椅口袋里拿出航空公司的宣传页,盯着上面的西非地图看。他发现不同的国家如同一块块馅饼似的嵌入贝宁湾的北部,最窄的那块便是贝尼尼亚。与尼加联和达荷马里相比,它细得像一条线。

"这不就是杰克·霍纳的馅饼①吗?"他自言自语道,声音稍响了点。艾立虎挑起了眉头以示询问。

"没事。"

但这联想实在是太有趣了,他忍不住笑了起来。

抠出了一个李子!历史上还没有人能从这个馅饼里抠出过李子呢!

渐渐地,他体内同时产生了两种对立的情绪。尽管艾立虎坚决否定了这种可能性,他还是觉得刚吃的那块糖里加了其他的料。以前,他从未经历过他正在经历的这种现象。

一方面,他对事物的看法仍保持着今早离开纽约时一样的状态。当官方团队在梅港的小型机场迎接他们时——有各种肤色的使馆工作人员,外加贝尼尼亚军方仪仗队,穿着适合典礼的服装,可打起仗来一点都不实用——他四处观望了一阵,脑子里产生的想法是:这可不是采李子的好地方。这地方不仅仅穷,还穷得毫无希望。使馆的车子发出着嗡嗡声,颠簸在前往住处的路

①出自一首古老的英语儿歌,全文共为四句:"小杰克·霍纳坐在角落里,吃他的圣诞馅饼。他用大拇指从馅饼里抠出一个李子,说我是个多聪明的孩子!"

上。道路的维护只能算勉强,一群拿着镐头和铁锹的劳工正在路面上工作。路的两旁是一片片的小破房,满眼的破败之中唯一的亮点是一条"欢迎来贝尼尼亚投资"的官方横幅。在这个开放的新世纪,他做梦也没想过能看到光屁股孩子与小猪一起在泥巴地里玩耍;在这里他看到了。他做梦也没想过能看到父亲、母亲、爷爷和四个孩子一大家人坐在一辆脚踏运输工具上,而这所谓的运输工具是由三辆旧自行车和两个大塑料箱子组成的;就在刚才,他们一行人被这样一辆车在机场门口挡住过去路。他做梦也没想过能看到一辆最古老的莫里斯卡车,就是那种首批能经济运营的燃料电池卡车,车上挤满了九岁到十五岁的孩子,头伸出车尾冲着他们招手欢笑。他在路上遇到了不下六辆,车上还装饰着各种虔诚的标语:**欲速则不达、世上只有一位神和按照神的旨意生活**。

空气中充满了凝重的潮湿,甚至比在阿卡拉候机时的感觉更糟,让他变得越发不耐烦。

然而,在注意到所有这些落后贫穷迹象的同时,他又被一种兴奋愉悦的情绪包围着。一个由歌者和乐手组成的四人小组陪伴着那群维护路面的劳工,他们唱着有节律的劳动号子,敲击着用各种形状的罐头制成的鼓,应和着镐头那单调的凿地声。在一个路口,他在一间挂着破布门帘的小屋前看到了一位骄傲的母亲,正向邻居炫耀她刚生出的孩子,脸上散发出幸福的光芒。他在另一间屋子前看到了一辆卡车,车上画着红十字标志,司机穿着塑料大褂,在回到驾驶室之前,正仔细地往自己身上喷洒消毒药水——这是一个微弱的证据,但仍然是个证据,表明二十一世纪正在向贝尼尼亚走来。

艾立虎一直在和一位瘦弱的年轻黑人交谈。在他离开贝尼尼亚期间,这位黑人代管了整间使馆。他是使馆的一等秘书,至少比诺曼年轻八岁。看着他,诺曼不禁怀疑这么年轻的一个人怎么能处理好国与国的关系,即便是贝尼尼亚这么小的一个国家。他扭头往后看去,后面还跟着两辆车,分别坐着通技代表团的其他成员——瑞克斯·福斯特-斯特恩的项目计划部派来的一个姑娘,她是专门为此次非洲之行而招募的一位非洲语言专家,还有汉米尔卡·沃德福德从他的个人顾问团队中挑选出的两位经济学家。

他从短期记忆中搜索着这位一等秘书的姓名——吉登……什么来着? 吉登·霍思福,想起来了。诺曼往前探出身子。

"请原谅,我打断一下,"他说道,"我想请教个问题,霍思福先生。"

"问吧,"他说道,"请叫我吉登。我不喜欢别人称我先生。"他突然发出一阵爽朗的笑声,与他瘦骨嶙峋的身材很不相称。他和拉斐尔·科宁的身材一致,只是矮了些,肤色是黑的,让诺曼险些把他归类成了紧张兮兮的现代政府官员中的一员。

"我以前只称呼'白猴子'为先生。"笑声停止之后他又接着往下说,"但来了这里一阵子后,我觉得有必要改变一下我的观点。对不起,你想问的是——"

"我想问,你对贝尼尼亚的感觉是不是跟艾立虎一样?"诺曼说道。

他没有马上回答,而是看着车外不断掠过的梅港市郊的景物。一条条窄巷上空挂着晾衣绳,巷子最后都汇聚到了他们正在行驶的这条坑坑洼洼的大路上。这番景象和一个世纪之前地中海区域的贫民窟有惊人的相似之处。不同的是,这里的地面太软,无法承载过高的建筑——通过之前的研究,诺曼知道梅港的大部分地区以前是沼泽地。英国人排干了沼泽里的水，一部分土地就是这么来的。

最后，吉登开口了，没看着诺曼："我只能跟你这么说。他们决定派我来这里时，我气炸了。尽管表面上看起来是升职了——此前我在驻开罗使馆当三等秘书。我觉得我的职业生涯完了。我想尽办法不来这里。但他们告诉我，如果我不服从分配，那这辈子我最多也只能当个参赞了。

"所以我只能说好吧。勉强答应来这儿让我的精神出了很大问题，崩溃是迟早的事，心理医生也没法帮到我。我只能靠镇静剂度日。你应该能明白这种在'白猴子'中被欺负的感觉。"

诺曼点了点头。他想咽口水，但嘴巴太干，里面除了空气，什么也没有。

"艾立虎离开期间，我负责使馆的运行。"吉登说道，"事情倒也不是特别多，这点我承认。但是，怎么说呢，两年之前，承担这种责任会吓坏我的，我应该没办法管好。除了被派到了这地方，这两年来我也没干啥特别的，然而，不知怎的，"他耸了耸肩，"我的精神又恢复正常了，烦恼也没了。我们可能会面临尼加联和达荷马里的战争，我也觉得没啥好紧张的。我的表现可能不是很出色，但是我努力了，感觉自己还挺有用。"

"说得对，"艾立虎点头说道，"我对你很满意。"

"谢谢。"吉登犹豫了一下，"艾立虎，我猜你应该能懂我的意思。以前，为了大使说上这么一句，我甚至愿意舔他的靴子。现在，我——怎么说呢——也就高兴一下就完了。明白了？我这么说是为了让诺曼明白，并不是针对你。"

艾立虎无声地点了点头。诺曼妒忌地发现，艾立虎与吉登之间有一种默契。而他作为一个外来的纽约人，完全无法领会这种心灵交流。

"说到艾立虎，"吉登继续说道，在椅子上掉转了身体面对着诺曼，"他无论怎么说我都行，甚至骂我是个笨蛋，而我依旧会站直了捍卫我的观点。如果他拿出了证据，我会说好吧，重新来过。但是，我不会因为自己错了而觉得自己笨。我会找原因——是不是被误导了，或是以前养成的思维习惯不适应新情况，或是别的东西。这就是自信，也是精神健全的表现。明白了？"

"大概吧。"诺曼迟疑地说道。

"显然你不明白。我也不太可能让你明白。"吉登耸了耸肩，"它不是那种你能剥下来陈列在玻璃樽里的东西。我来告诉你为什么。它是种你必须去亲身体验的东西，让它渗透进你的肌肤，钻进你的肚子里。但是……话说回来，倒是有些事实能帮你来理解它，比如，贝尼尼亚已经十五年没发生过谋杀案了。"

"什么？"诺曼挺直了身子。

"真的。我不明白为什么，但事实就是这样。看看那些贫民窟！"吉登指着车窗外，"你觉得那里是孕育黑帮和魔客的温床，对吗？可贝尼尼亚从未出现过魔客。最后一次谋杀案甚至跟主要种族——辛卡人——无关。他是个伊诺克移民，六十多岁了，撞见了他的第二任妻子在通奸。"

我想把查德·穆里根带到这里来，试验一下他那些尖刻的理论，诺曼想着。他说道："这么说来，贝尼尼亚的确有神奇之处。"

"相信我，伙计。"吉登说道，"还有个例子，跟宗教有关。我是个天主教徒。你呢？"

"穆斯林。"

"不是次世代之子？"

"不是，原教旨。"

"我也是。但是,你听说过有哪个国家里真天主教没有激起过斗争吗?"

诺曼摇了摇头。

"以我为例,我完全赞同避孕的好处。我有两个不错的孩子,又聪明又健康,我满足了。以前,我极其厌恶那些真天主教徒,直到我理解了贝尼尼亚态度中的逻辑。"

"什么逻辑?"

"好吧……"吉登犹豫了一下,"我到现在还没搞清,是我太冷酷,还是事情本该就是这个道理。你看,当天主教会分裂时,这里的天主教徒中有一些非常教条的信徒——当然,天主教徒在这里只占很小的部分,大部分信其他宗教,包括你信的穆斯林——他们当然对这些分裂主义者十分不满。然而,在这地方,你甚至没有办法让罗马天主教与真天主教起争执! 人们会说,好吧,如果他们不实行计划生育,那他们的后代中出现问题的比例会更高,长远来说会让他们失去竞争优势。而且,因为孩子太多,他们今后可能会破产;强迫自己不生吧,随之而来的禁欲又会引发心理问题,使得他们今后的生活不如意。这里的人不仅是这么想的,而且把这种想法当作他们行为的指引! 总而言之——"

"什么?"

"数据显示他们是对的。"艾立虎突然插嘴了,"这地方没有多少社会分析方面的数据,只有非洲联合公司和凡士通的合资公司采集过一些。他们用利比里亚作为桥头堡来调研新市场,结果发现汽车轮胎在这里的前景也不妙。我猜没必要跟你说这个结果,但是他们还发现,自从教会分裂以来,真天主教对经济的影响程度下降了二十多个百分点,而且还在下降之中。"

"双方都踩着刹车前进时,"吉登说道,"他们的竞争优势差不多,毕竟他们都来自欧洲,以前的教义也差不多。但是现在,其中一方已经取得了明显的优势,就好像一列速管进入到了管道的真空段。"

车子拐了个急弯,驶上美国大使馆的车道。使馆是殖民地时代遗留的建筑,略显陈旧,但仍挺气派,建筑的三面墙外都包围着高大的罗马柱。

"如果我们不干涉,贝尼尼亚会变成什么样子?"随着车子嘎吱一声在碎石地上停下,诺曼开口问道,"我知道撒缦以色的答案,但我想听听现场人员的意见。吉登?"

吉登正要下车,听到问题后停了下来。他想了想,随后说道:"看情况。"

"看什么情况?"

"看达荷马里和尼加联入侵这里后,他们杀剩了多少辛卡人。"

"我不明白。"诺曼琢磨了一会儿这个答案,开口承认道。

"你不会明白的,你得先认识一大帮辛卡人之后才行。我也是过了好一阵子才意识到这其中的道理。"吉登又想了想,"你说你是个穆斯林,你读过基督教的福音书吗?"

"我是转成穆斯林的,从小作为浸礼会教徒养大的。"

"明白了。这样的话,我就不用再给你解释'温柔的人有福了!因为他们必承受地土。①'辛卡人是这个承诺唯一活着的证据。听上去很疯狂?你等着看吧。他们同化了想把他们整个卖作奴隶的霍莱尼人,他们也同化了英国人,这里是最后一个被逼着独立的前殖民地。他们还同化了逃离部落冲突的伊诺克人和

---

① 出自《圣经·马太福音》。

卡帕拉人。只要给他们机会,我发誓他们也会同化达荷马里和尼加联。而且——!"吉登的语气突然变得高亢起来。

"而且,"他总结道,"我觉得他们也会同化你。因为他们已经把我同化了。"

"还有我。"艾立虎轻声地说道,"我觉得挺好。来吧,诺曼,今晚我得带你去见老萨,我们白天浪费了太多时间在路上了。"

世间百态(11)
应 用

"羟基燃料电池,为通用2.5吨载重量卡车和某些进口汽车提供动力,例如本田的'富士'和'剑道'系列,可以被改制成火焰枪或炸弹。以通用系列为例,在A阀门的基座处锉削(请参考图示),并将B管路和C管路沿虚线重新连接。将附着在弹簧上的缓燃引信放置在D点,弹簧上悬挂一个碳化硅磨石。当它掉下与刹车盘E接触时,会点燃泄露的气体,随后……"

"通用技术新推出塑料绝缘材料'低温–高温退火'套筒,可根据其粉珍珠色的颜色加以辨别。将剥下的一磅绝缘体浸泡在一磅的纯酒精中,形成面团状的混合物,其耐热程度为商业丁烷沸点以下20度。超过这个温度,它就会分解,并释放出原体积两百倍的气体……"

"大量最近出厂的产品均使用蜂窝铝板,通过本地市场有售的'大力焊'牌胶水黏合。该胶水原产地为欧洲。暴露于伽马射线下会使胶水失灵。电子测试公司编号为BVZ26的产品配备了钴–60发射器,用以检测厚度在9英寸以下的高碳钢铸件。将该产品放置在临近关键节点处……"

"通技编号为RRR17的产品是全天候的密封剂,用于公共交通工具的底部。只需加上几滴电池酸液,就会使它攻击与之相接触的金属……"

"明尼苏达矿业新推出的硫黄回收细菌,菌株号UQ-141,可以变成孢子,只需将其与硫黄化合物隔离。该生物体可在家用冰箱内存储两个月。建议的用途如下……"

"日前,通技在夸脱瓶中出售的液氧比竞争者的价格低10%。夸脱瓶可用镁导火索缠绕(每英寸十六圈),并连接合适的点火装置和计时器。应用范围广泛……"

"松上的单色激光发生器可以按图示进行改装。根据在电路中插入不同级别的倍增器,最多可获取30 000伏高压。在满载状态下,该装置会于1.5秒内烧毁,适当的预防措施则可以……"

"英国化学工业公司推出的一种定制细菌,产品目录号5-100-244,具有特殊的表现,你能在家中让其变异。在蒸馏水中调配千分之一浓度的盐酸可以打破其中一个RNA键。变异后的细菌可增加几乎任何塑胶炸弹的塑性……"

"强生公司最新的医用药棉,'菌全无',是自制硝化甘油理想的稳定装置。用纸张包裹药棉,浸入硝酸钾溶液中,风干,用雷管作引爆器……"

"瑞士巴利鞋新系列'阔步'的鞋底含有某种化合物,点燃时会发出浓密呛人的黑烟。某些级别的大麻烟头能达到足够的高温,可以引发这个过程,也就是说……"

"通用食品公司的生奶油售卖机会用到某种压缩空气包。用一片胶布(最好是蓝色,因为染料也能起作用)缠绕一盒十二只装的压缩空气包。然后,在它表层涂上'无缝'牌填充料制成直径7英寸的小球。该涂层能阻止垃圾焚烧厂的探测器回收空气包内的金属。在塔科马进行的一次测试中,此举造成的弹片使得焚烧炉停止工作了六个小时……"

"你可能听说了湾区的快铁停运了一整天。这张图显示了到底发生了什么。放置在轨道上的这个装置发出信号,告诉线路计算机有辆火车一直占用着站台……"

"在公用电话亭内留下一个由两块电池供电的信号发生器,不会干扰电话的正常使用(因而延缓被发现的时间),可以在一个小时内产生250通随机通话,仅限本地交换机服务范围之内……"

"一个寄生发射装置,轻到足以挂在孩子的风筝上,或一个直径两英尺的热气球上。它能在电视声音波段内重复播放一段长度10秒的口号,维持一个小时。请参考简图……"

"在图示的位置钻孔,放空一个自加热的'金宝汤'罐头,而不是传统上的在顶部打眼。填入任何爆炸物,或燃点在93度以下的可燃化合物。用手术用防水胶布将洞眼堵上。穿刺之后,此罐头成了一个延时7到12秒的手雷。根据填充物的不同……"

"用以密封通技出产的、装有铝噬菌体胶囊的黏合剂在醋酸下很脆弱。因此,可以用水和醋调配成合适的比例来制成一个延时装置……"

"联合钢铁公司的单根加强钢丝 V/RP/SU 对磁性十分敏感。时控的电磁铁能引发随机的短路,例如在电线或计算机内……"

"花生油内悬浮的三古丁微粒具有奇特的电特征。把它涂抹在除尘装置上……"

"洛杉矶肯尼迪装货点大桥的金属表面有静电释放器。那里有免费的两三百伏电压……"

"北洛基山速管的防导弹门对伽马射线敏感。东边入口处的传感器被放置在一个黑色的盒子内,西边的在一个绿色的锥形体内。每扇门重达一千吨……"

"以利亚撒路和科顿·哈德逊路的十字路口附近,地下一英尺处埋着计算机电缆服务交通灯信号,覆盖120平方英里。有个消防龙头……"

"柯达公司推出一种新的有趣的苯化合物。无论何处有受力的化学键,那里就存在着可提取的能量。当你懂得了如何释放可怜的被囚禁的能量时,一定要告知其他人……"

"不要扔掉你去年的电冰箱!产品号27-215-900到27-360-500的冰箱使用了一种液体制冷剂,发现它与凡士林混合后能制成一种凝胶,它被悄悄停用了。这种凝胶的燃点超过500度。我们建议将它用在油漆内。它能变成漂亮的浅绿色,且能形成比0.001英寸还要薄的稳定的氧化层……"

"如果你有汲出装置,注意现有的'海军上将'牌电视机的电子枪可以改装成射出直线电子流,而不是扇形。它对敏感电路的影响跟你无关,但是……"

"把食盐加入通技的00013号溶液,能对铜、铝等金属产生有趣的影响……"

"将温特纳电镀器的12号和27号接头用导线连接,但要确保重新通电时你已撤离了现场。氰化物是种厉害的家伙……"

"他们已经在绝大多数的交通隧道内预防了烟、放射性微粒、控制电路阻塞和纵火。但他们仍然无法对付明尼苏达矿业的RS-122菌株,它能把混凝土变成粉末;或是通技的'催化光',它能加速沥青和相关化合物的氧化作用。你或许想知道……"

——洛杉矶警察总部存档的
复写件、复印件、全息件、印刷品、木刻和宣传册等

背景环境(19)
对两首国歌的随意翻译

　　每个雅塔康家庭都必须保存这个声像资料,2006年领袖生日时宫吉伦群众集会的直播记录:

　　我们是罗亚老祖的后代。
　　血管内流淌的热血如同岩浆般沸腾。
　　我们团结的声音震彻整个世界。
　　我们能筑起高山并把它们移走。
　　和我们伟大的领袖一起,
　　创造我们国家的新未来。
　　这里有一百个美丽的岛屿。
　　这里有一亿强大的人民。
　　这里有一条为我们所有人准备的金光大道。
　　赞美领袖,他代表了我们所有人的未来。
　　和我们敬爱的领袖一起,
　　创造我们国家的新未来。

　　与之相反，在萨基尔·欧博密就任贝尼尼亚第一任总统期间，有人指出贝尼尼亚没有国歌。于是他让这个爱管闲事的人写了一首。但是，贝尼尼亚人唯有一次全面暴露在它的火力之下。那是在西非流行音乐大会上，当时雅各布·费科利和他的黑人巨星马林巴乐队为它谱曲并演出：

　　　　和平与兄弟之地，
　　　　我们献上我们的爱给你。
　　　　富饶的大地，
　　　　我们珍惜你的一切。
　　　　我们永远不会忘记，
　　　　自由来临的那一天。
　　　　我们爱你，贝尼尼亚，
　　　　你将变得更加伟大。

　　费克尔演唱的版本歌词是用辛卡语写的。它听上去大致是这样的：

　　　　你问我为什么来梅港，
　　　　我的家乡在北方。
　　　　听着我将告诉你，
　　　　整个离奇的故事。
　　　　我来拜访我的叔叔。
　　　　我的叔叔有很多棕榈酒。
　　　　每个人都醉得不省人事，

　　我遇到了一个从林子里走来的女孩。

　　我的叔叔第三次结婚了。

　　我不知道这女孩是我的姊姊。

　　她想跟他离婚并嫁给我。

　　我却付不起赔偿金！

现场记录(24)
老套的故事

  当布朗温以一种不可置疑的语气,说自己前世是克久拉霍某个神庙内的圣女时,唐纳德一点都没觉得奇怪。

  宫吉伦的中心地带从原先的杂乱无章逐渐开发成了一个近似的H形。两条竖线和中间的一横是主干道(分别是奉献路——他们的宾馆就在这条路上——国民路和苏鲁卡塔路),竖线之间是公园和游乐场。竖线在指向内陆的尽头处是政府建筑和大学,另一头是港口。在竖线的外侧,城市沿着海岸延伸了好几英里,形成了不规则的弧形,从岸边的度假村和高档别墅逐渐降格成了山脚下拥挤的贫民窟。

  雨已经停了,云朵业已消散,罗亚老祖凝视着雄高海峡,雾气笼罩着锥顶,如同给它戴上了光圈。

  他们穿好衣服,出了宾馆,想看看哪些店还开着,却立刻吸引了一群追随者。布朗温似乎能完全无视他们。唐纳德推测,或许因为她来自人口稠密的印度,她并不觉得有任何不适。但他自己却十分厌恶被跟随、注视,尽管追随者的举动看上去并不鬼祟。

尽管这群好奇的围观者只是盯着他们并小声嘀咕着，他却觉得从中觉察到了敌意。这可能是幻觉。但如果他们感兴趣的只是他奇怪的白色肌肤，为什么这些蜡黄的亚洲脸孔上几乎没有笑容？

每个十字路口都有移动售货亭，每个亭子都几乎被掩埋在售卖的货物中：报纸和期刊、唱片、大麻、香烟——据说是由无致癌物的烟草植株制成，但唐纳德不想去证实传言的可靠性——折叠伞、由廉价的日本光敏塑料制成的太阳镜、苏鲁卡塔元帅的半身像、甜肉、凉鞋、胸针、刀……

其中一件商品放在壁龛对面，是某种特别的圣物。它展现了超常的宽容：一个发光的圣克里斯多福像，手中却拿着雅塔康传统的火山香。看到这个东西之后，布朗温坚持停下看个仔细。唐纳德有些烦躁不满，因为他们的停顿让跟随者们缩短了距离，围住了他们。他们中大多数都是年轻人，也有少数几个老头。有人推着自行车，有人提着包裹，有人停下了购物，有人放下了手中的活计——都只为了盯着外国人看。

然而……他们的出现并不是唯一让他觉得不舒服的事。他抬起头，目光越过他们的头顶，看到了若隐若现的火山。

他突然产生了一个荒谬的念头，在略加思索之后，他仍决定就这么做。他拨开人群走到售货亭的窗边，买了一个锥形香。商家自然地认为他是买来当送人的礼物，于是竭力推荐他买下苏鲁卡塔的半身像。只在他扔下一个两塔拉的硬币之后——刚好是香的价钱——商家这才耸了耸肩，放弃了劝说。

"你买那个干什么？"布朗温问道。她放下了一副亮黄色的太阳镜，它对她来说显然太大了。

"晚点再告诉你。"唐纳德敷衍道。他推开身边的雅塔康人，来到壁龛跟前。

意识到他在做什么之后，人群交换着奇怪的眼神，嘀咕声也消失了。众目睽睽之下，他觉得有些尴尬，但决心要把这件事进行到底。他把香放在壁龛的黄铜托盘内，那里面盛满了它成千上万个同伴的灰烬。点燃之后，他做了个正确的祭拜姿势——鞠躬，手部动作类似于印度合十礼——并把一小缕烟吹向布朗温。

当地人做出了唐纳德所能期望的最好的回应。脸上带着疑惑，却不想破坏正常的礼仪，人群开始朝着壁龛移动，每个人都将右手伸入烟内并停留一阵子，嘴里小声念着一小段传统祷词。一个约十五岁的男孩比其他人更大胆，他感谢唐纳德购买了香，随后剩下的人都跟他学了。之后，他们散去了，离去时仍频频回首。

"这到底是怎么回事？"布朗温问道。

"要给你解释的话，我先得给你上一堂雅塔康社会学方面的课。"唐纳德说道，"它只不过证明了，我九年前读到的东西，在现任政府下并没有改变。"

"政府不会改变事情，"她说道，"只有时间才会。"这句话听上去有谚语般的智慧。"我知道，猪其实比羊更爱干净，但对着一群怒吼的暴民，你会解释吗……下个路口有一家服装店，那里应该能买到我要的东西。"

怀着极大的耐心，唐纳德坐了足有四十分钟，看着她试穿着各种样式的雅塔康服装。她在他面前展示着，不停地问他到底这件还是那件更适合她。他开始不耐烦了。他扪心自问，这不耐烦的产生，到底是因为她还是因为自己。多年来，他一直享受着纽约现代小姐圈子中那种舒适的、互不查问的生活态度,但现在,他不再满足于那种生活了。或许是因为杰妮丝的缘故,或许仅仅是因为残酷的现实破坏了他的宁静。按理说,布朗温那明显的虚荣并不会让他觉得烦。一方面是因为他从她苗条的棕色身体上得到了极大的满足;另一方面,一个患了白血病的人值得同情,需要更多的耐心来对待。

她终于做出了决定,华丽的晚礼服被包在了塑料袋里,她本人则套上了一身孔雀般艳丽的纱笼。她问他是否该吃午饭了,因为她觉得挺饿的,他却迟疑着该怎么开口。

最终,他开口说道:"你也太把自己当回事了。"

"什么?"

"你懂的,我来这里有公干。除了陪你在宫吉伦到处闲逛之外,我还有其他正事要办。"

她脸红了,浅棕色的皮肤因为充血变得似乎有些斑驳。

"我也一样有正事要办。"她停顿了一小会儿之后说道,"当然,我承认我的正事需要一点自欺欺人的勇气才会变得愉快。你一个人不也得吃饭吗?"

他没有回答。过了一会儿,她伸出手去要装着晚礼服的袋子。刚才店员打包好之后下意识地交到了唐纳德的手里。

"在床上,"她说道,"你美国式的冷酷有种奇怪的刺激。下了床之后,它只是缺乏教养的表现。谢谢你给了我这么多宝贵的时间!"

她把袋子夹在胳膊底下,转身离去。

唐纳德看着她走远,觉得自己刚才表现得像个傻瓜。

他没费多大力气就找到了国际记者俱乐部。这是个官方机构,不可避免地张贴着各种宣传标语,称颂着苏鲁卡塔政权仁慈和纯粹的亚洲思想。到处转了转之后,他觉得这些宣传标语的效果还有待检验。这里有餐厅、娱乐室和酒吧,有特别为穆斯林准备的角落(只供应咖啡、软饮和茶),还有电话和电传室,以及一个大图书馆,里面有一百多种主要的亚洲期刊,一排电视,播放着覆盖此地区的、主要的频道服务,包括各种语言的卫星中继,英语、俄语、中文、日语、阿拉伯语和主要的欧洲语言。

根据加利福尼亚时间,现在刚好是他的晚餐时分。前来服务的侍者表现得过分谄媚,如同殖民时代尚未过去。他消灭了一大盘利斯塔饭。这是雅塔康式的西班牙海鲜饭,该词汇由变形的荷兰语词根和印尼语利斯塔组成。餐厅里客人不多,但几乎所有的人都盯着他,跟刚才在大街上的遭遇一样。还有一个长得像男人的斯拉夫女人,他觉得那女人是俄国人;他们俩是一堆亚洲人和非洲人中仅有的两个白人。

在三点的会面之前,他还有一个小时的自由时间,他去了图书馆消化食物。他耐心地阅读着三份主要的雅塔康报纸——在这里,电视的即时新闻还没有取代传统纸质印刷品的影响力。就在这时,他意识到有人凑近了他。

他向上瞥了一眼,发现一个高个女人,黑色皮肤,年龄在三十岁左右,头发往后紧紧地拢在头顶的发髻上,让她看上去显得很严肃。他立刻猜到这可能是英继星在宫吉伦的代表,德拉安迪跟他说过应该怎么和她打交道。他站了起来。

"唐纳德·霍根,"女人带着典型的现代南非白人口音,"我是德祖·科瓦-路普。一个小时前,我回办公室之后看到了你的留言。我给你打了电话,结果你没在宾馆。我猜你可能会在这儿。"

她伸出短粗的手指,他尽可能热忱地握了握。

"根据过去这几天他们说的,我猜英继星不满意我对'优化'这个故事的跟踪报道。"她在对面的一张椅子上坐下,接着说道,"我很遗憾,他们不得不派出一位生物学专家。你是这方面的专家,是吧?"

唐纳德重新坐回到了椅子上,谨慎地点了点头。

"为什么觉得遗憾?"

"简而言之,朋友,你被派来追踪一个不存在的故事。我这辈子已经经历过几次了,这次显然是最厉害的。"

唐纳德一脸茫然。在此期间,一个侍者经过,问他们是否还要点些什么。德祖点了咖啡。

"好好想想吧!"侍者走了之后,她继续说道,"你应该知道这个国家是怎么做局的——到头来总是一场空!"

"我真的不知道,"唐纳德说道,"我从未来过这儿。"

"但是,他们说你会讲这里的语言。"

"是的——会讲一点。但这真的是我第一次来这儿。"

"那还是先让你熟悉一下情况吧——先排除几条他们在英继星总部疯狂流传的消息。从自我介绍开始吧,想来他们不会把我的情况都告诉你。我在这里主要为开普敦广播公司服务。因为开普敦还没有从事卫星中继服务,他们不反对我为一家——最多一家——拥有卫星中继的通讯社当自由记者。我过去曾代表过欧盟卫星中继,但两年前我换马了。换了新东家,我也没什么远大的理想。跟任何受政府严密控制的国家一样,在这里,你能得到的就是些新闻通稿。你自己写的东西都得格外小心,避免冒犯到新闻审查机构。

"突然间爆出了这么一条五年来最大的新闻。刚开始我还觉得,'哇!'但是从第一天开始,我得到的只有官方的宣传,还有官方的回绝。出于某种我不知道具体情况、但可以猜测的原因，这件事已经关上了锅盖，压力正在上升。"

"什么样的猜测？"唐纳德问道，"你是说苏盖昆吞办不到？"

"苏盖昆吞之前就是摆弄基因的。以前是橡胶树，现在做人体基因，这只是量变，不是质变。但是，如果谣言是真的，这地方会发生一场大地震。"德祖看了一眼图书馆内的其他人，放低了声音，几乎只有她自己能听到。

"我听说乔伽琼回来了。"

唐纳德盯着她。

"用得着我告诉你这背后的意义吗？如果消息是真的，雅塔康将会发生大动乱！"

他们之间出现了短暂的沉默。接着，德祖又开口说道："好吧，我就不等你开口问为什么要跟你说这些了，直接解释给你听吧。别再幼稚了，别光想着你的任务，别只关心跟苏盖昆吞有关的事。别管你科学专家的身份了。如果真的有事发生，你将是英继星在现场的负责人，我依旧是我一直以来的身份——本地特约记者。我想跟你谈个交易。"

"什么样的交易？"

"分享信息。我们两人中无论谁单独获取了新信息，四个小时之后都得通知对方。"

唐纳德考虑了一阵子，最终他开口说道："我想不出任何拒绝的理由，但是，我不知道自己能获取什么你不知道的信息。"

"我不是专家。我对优化项目的看法可能是错的。我追踪的是政治方面的消息，不是科学方面的。"

侍者端来了她的咖啡，她给自己倒了一杯之后，又接着刚才的话题讲了起来。

"明白了吗，我在这地方待得足够久了，认得出典型的官方烟幕弹。苏鲁卡塔正在拼命地给自己争取时间。这个基因工程应该在苏盖昆吞对猿猴的研究上进一步深入，对吗？在任何一个国家，人们都拼命想实现这个过程，因为他们被剥夺了当父母的权利，对吗？然而，没有哪个外国记者，甚至包括苏联和日本的记者，能单独采访到苏盖昆吞，他们都得通过所谓的'翻译'。我能说雅塔康语；而且，苏盖昆吞曾经在你的国家留过学，并用英语发表过科学论文，直至政府暗示这种做法——嗯——不'爱国'。他需要翻译来跟我说话吗？"

"需要的是编辑。"唐纳德说道。

"你上轨道了。"德祖端起咖啡，倒入她厚厚的嘴唇里，随后放下杯子，发出一阵叮叮当声。"好，现在该你说话了。我想知道科学方面的事。就我所知，优化工程中唯一经过严格论证的部分是克隆技术——这个用词对吗？我觉得是这么说的。就我的理解……怎么说呢，苏盖昆吞是个天才，没人会否认这一点。但要克隆，你不需要天才，只需要流水线技工就行了。"

"说得很对。"唐纳德同意道，"但是，离岛上的医生和护士都来宫吉伦学习这种技术，这又怎么解释呢？"

德祖发出嘶哑的笑声，"他们是来了，这没错。但他们没有被送到大学去学习。政府通知他们先回家，等着收取印刷教材。"

"听上去，我的追踪报道会白费功夫啊。"唐纳德说道。

"我们都这么认为。当然，这儿的人民不这么想，麻烦就是这么产生的。如果他们觉得自己被欺骗了——轰！"

唐纳德沉思着。他毫不怀疑，这正是派他前来的那些人希望听到的：优化工程是一个为了政治宣传而设的谎言。然而，一个像苏盖昆吞这样具有国际声望的人，应该不至于听任自己的政府撒这么一个弥天大谎。苏盖昆吞的爱国心至少不会低于世界上其他科学团体的成员。而且，一旦谎言被揭穿，他和苏鲁卡塔都会受到谴责。

"快点！"德祖说道，"我想听听你的想法。这个国家里，没有哪个基因学家能自由地和一个外国记者对话——他们只会对你翻白眼，仿佛苏盖昆吞就是罗亚老祖的转世。"

唐纳德深吸了一口气。他要说的能轻易地从电话附带的百科全书上查到；但对方是个门外汉，大概不会听出破绽。

"好吧，在不消减人口的条件下，优化基因池有三种主要方法。苏鲁卡塔似乎想保持人口平稳——我记得他的计划，在2050年人口数量控制在比目前水平多2%——这就排除了选择性灭绝。"

"什么意思？"

"有选择性地灭绝不好的遗传基因。"

德祖耸了耸肩，"在我们国家的独立战争之前，他们提出过这个建议——不管这个，继续吧。"

"存在适当执行机构的国家普遍采取的是方法一：优生立法。不去杀死那些坏基因的携带者，而是让他们很难或根本不可能产生后代。这不过是一种有导向的自然选择，而且人们都已经习惯了。

"方法二就是你提过的——克隆。你把一个好细胞核植入卵子，取代通过传统方式受精的那个坏受精卵。这种方法有缺陷：它很贵，因为需要有经验的基因工程师来操作，而且容易出现意想不到的副作用。即便成功完成了植入，你也可能引入了隐性的变异,在后代之中才开始爆发。还有,孩子的性别跟植入方的一致,取卵二十次才有一次成功的可能,等等。

"方法三是最简单的。你有意识地只在好基因之间培育后代,就像你培育家畜一样。做起来可以很简单,只需要做母亲的和健康的伙伴上床。也可以异常复杂,包括通过试管授精并植入母体。"

"我一直有个想法。"德祖说道,"忙乱半天,最后的结果会不会只是建立了一个国家精子库,这样人们就能拥有苏鲁卡塔和其他大人物的后代。"

唐纳德犹豫了。他打算说的是个秘密信息,但说出来之后,至少会显得他在严肃对待刚才他俩达成的交易。

"我不这么想。"他说道。

"为什么?"

"苏鲁卡塔不敢留下后代。他携带了一种罕见疾病的基因,叫卟啉症。让英国的乔治三世最后发疯的就是这种病。"

"我还真的不知道!"

"他不喜欢这信息被到处乱传。再说这是一种隐性基因,很容易掩盖。不过,要是你查一查他掌权以后设法摆脱的那些亲戚,你会找到线索的。"

德祖若有所思地点了点头。"好吧,总之,我的猜测是,"她开口说道,"不管苏盖昆吞在大学教了多少学生,基于可获取的资源,雅塔康只能搞某种选择性培育,只负担得起这个。"

"这么做的话,"唐纳德说道,"会遇到麻烦的。"

"为什么?"

"它限制了基因池。我们之所以成为脚下这颗泥球的主宰,只是因为我们拥有最大的基因池,比任何动物或植物的都要大。生活在一个极地的人可以与另一个极地的人交配。这种拓展血脉的能力，让我们比任何数量超过我们的动物种群——例如蚂蚁和线虫——都更有优势。"

他注意到，德祖在听了他这段话后，身体明显僵硬了。南非黑人在种族问题上十分敏感。他想起了诺曼，急忙补充道："总之，单纯的育种无法让我们获得足够的信息来优化基因。我们更可能碰到麻烦——困扰南非白人的就是这个问题。"这句话让德祖又放松下来，他含笑注视着这个变化。

"但是，苏盖昆吞提出了第四种方法，这才是让我伤脑筋的地方。对人类受精卵进行基因剪裁，使得生下的孩子拥有设定的天分，其中一些人甚至会成为人类历史上前所未有的天才。这一点激起了我们国家公众的热情。你们这里是什么情况？"

德祖叹了口气，"亚洲的情况也一样。这里的大多数人仍保持着敬老的传统。他们希望拥有两三个健康、长寿的孩子，而不是一大群病孩子。前者才能照顾老得无法动弹的父母。所以这里的人不反对优生法律。能生下天才孩子的承诺更是让人们兴奋不已，因为这些孩子会格外感激为自己打造天赋才能的尊长。"

"你家乡呢，在你自己人当中呢？"唐纳德追问道。

"我会尽可能地坦诚。"德祖迟疑了一阵子之后说道，"尽管从白人老板手中接管了我们国家，尽管我们的治理更加高效，我们还是会怀疑自己是否真的劣等。如果能够从科学上证明，我们的后代不仅和其他人一样，还更加优秀……"

她没有把话说完，而是耸了耸肩。

联想起欧洲的反应，尤其是荷兰和佛兰德斯这些人口稠密的地区，不像瓦隆人那样可以移居到法语区……

唐纳德叹了口气。不知怎的，全人类都团结到了同一个神

451

圣的梦想之下：一个希望，他们献给地球母亲的下一代是完美的、健康的、正常的，能够弥补他们之前对她犯下的错误。

诱人的承诺已经做出。然而，这个承诺有可能是个骗局。

突然，他意识到了时间。他惊跳起来。

"我才不会担心在这地方要准时赴约呢。"德祖尖刻地说，"他们让我等了太多次了，也该轮到他们尝尝滋味了。"

背景环境(20)
疯子社会的优势和劣势

谢谢你热情的介绍,主席女士。女士们,先生们——请原谅我坐着跟你们讲话,因为在零号月球基地待很长一阵子后再回到家中,就像在床上躺了一个月之后再起身,同时还得承担六倍于月球的重力。我可以向你们保证,这是件非常困难的任务。

我想先回答一些人们经常会问起的问题。我认为这些问题的答案并没有为多数人知晓,否则它们就不会被一再提起了。你们知道,我的专业是心理学,所以人们通常会问我,"在月球上生活是不是特别紧张?难道月球不是一个充满敌意的、可怕的环境吗?"

当我回答"不,比地球上好"之后,他们总是很吃惊。但我说的是大实话。在月球,你知道环境的敌意到底有多深,明白吗?你知道,如果在隧道的墙上钻个洞,或剮坏了你的宇航服,你可能会死,至少会失去一条胳膊——你的宇航服会在漏气点的下个关节处锁紧,你的这个肢体会因为缺血性坏疽而废掉。你知道,在走进一片阳光照射的地面之前,如果你忘记将宇航服调到反射模式,那么,没等你重新走进阴影,你已经被烤熟了。还有,晚上出去之前,如果你没有打开加热器,走不到五十米你的双腿就冻成冰棍了。

然而,比上述更重要的是,你知道自己处在一个需要相互协助才能生存的环境中。

月球上没有陌生人。足足三次,之前从未见过的人救了我的命,其中有一次是被苏联人救的。我也做过同样的事情。这不是自我吹嘘,这只是月球生活的实际情况。我救过两个人,一个是老手,我的同伴;还有一个是新来的,来了不到一个星期,我甚至都没来得及跟他说话。

不用说,生活空间是一种奢侈,我们就像挤在一艘静止的潜艇里。但是,我们都是被精心挑选出来的,选拔条件之一就是能容忍同伴的错误。任何一个无法达到月球基地苛刻要求的人都会被尽快送回家去。你们中的一些人或许看过一出戏,叫《月球零号基地的麦克白》,汉克·索德利对莎士比亚经典之作的复制,写的是一个被害妄想症患者和一个能预测未来的外星人建立了联系。那部戏完全是胡说八道,因为在月球上,"被害妄想症"这个词丧失了意义。随时随地都有东西在威胁你的生命——这不是妄想,这是真的。但你可以了解那些威胁你的东西,最后控制它们。

然而,在下面的地球上,你转过一个街角,却发现眼前出现了一个拿着斧子或枪的魔客。你可能会感染上抗药细菌。你可能会——尤其在西岸这里——碰到那些爱好破坏的、有趣的家伙们发明的小玩意儿。你完全无法分辨,那个站在角落的陌生人会不会拿出武器攻击你,会不会朝你打喷嚏让你感染上细菌,又或者会不会在你的回收管道里放一颗燃烧弹。

简而言之,月球生活就像欧洲人到来之前丛林人的社会,或者是祖尼人的原始文化时代,而不像此处加州的生活,也不像莫斯科。

所以我们这些生活在月球上的人不觉得周遭环境无法忍受。只要人们觉得所有人都跟他是一伙的,而不是想着去害他,魔客就不可能产生。疾病可以被控制到单个人身上,因为我们拥有最精密的净化设施——只要敞开一小部分空间,让阳光直射,你就能把地球上任何已知的细菌烤熟。当然,月球本地的微生物无法感染人类。至于用破坏装置来玩危险的小游戏,无法想象有人会这么做。

人们通常会觉得奇怪,为什么人类最先进的科学项目的工作人员表现得像是丛林人,而不是现代美国人。以上就是我的解释。

我必须说,这并不奇怪。在月球环境中,变量数量有限,所以会产生这样的结果。人类可以应对一些稳定的变量,例如季节、月日和月夜,例如干旱或真空,例如作为食物来源的动物中发生了瘟疫,或是火箭失去控制让补给品坠落在山脚。我们无法应对的是我们这个物种中七十亿个相互竞争的个体。你会面临太多的不稳定变量,在危机降临时无法做出理智的回应。

还有一件事。月球上的每个人都知道自己为整体做出了贡献。每天结束之后,你都能指着一个你完成的东西说"哈,这是我做的!"它可以是实体的,例如加盖了一截生活舱,也可以是无形的,例如给星座观测图增添了新的内容,但它同样会带给你难以描述的满足感。如今,城里的心理医生不太愿意接纳农村的病人,但在天上,我不仅负责来自不同国家的人员的心理健康,而且他们的宗教信仰和价值观也各不相同,对此,我从未遇到过任何麻烦。

　　每当我说到这儿,人们通常会支支吾吾地问这些人中是否也包括苏联人。对此,我没什么好说的。如果你想在真空或太阳风暴下搞破坏,你只有一个去处,那就是坟墓。

　　苏联人当然包括在内!我说过,我欠我的苏联同事一条命,他是来自阿里斯塔克斯共产主义天文台的交换人员。在地球上,太平洋的中央,是除了南极洲之外最像月球的地方,跟月球一样孤独,缺乏生命支持设施——然而你们想到的却只是相互开枪。这让我觉得恶心。主席女士,请给我点镇静剂,我才能继续说完演讲稿上这些欢快的导游解说词。现在,要是再往下说,我肯定会吐的。

现场记录（25）
所有人的父亲

　　他们在大使馆内为诺曼准备了一个套间，里面放了个来自当地的饰物：一个十六世纪的木雕面具，挂在他床头上方的墙壁上；面具的不同部位分别染上了赤红色、黑色和白色。除了这件东西之外，他觉得依旧身在美国，只不过偶尔电力供应不稳，灯光有时会变成黄色。

　　他对一个仆人下令把行李放在哪儿。这是本地的一个十四岁左右的男孩，能说些简单的最基本的英语。这时，内部对讲机突然响了，是艾立虎。

　　"我的邮箱里有一份老萨发来的备忘录，"大使说道，"八点半我们得去总统府赴宴。他会让财政部部长、教育部部长和外交部部长跟我们碰面。你能做个简短的演示吗？"

　　"可以吧。"诺曼耸了耸肩，"他想见整个通技团队，还是就我本人？"

　　"他没有明说，但是，我觉得最好尽快让所有的相关人员都建立起联系来。你能通知其他人吗？我会告诉他我们有六个人——不，七个，我突然想到吉登也应该去。他的辛卡语说得很流利,我们可能需要他。"

"我还以为任何一位部长级的内阁官员都能说英语呢。"诺曼迟疑了一下说道。

"非洲英语和美国英语已经开始分道扬镳了,"艾立虎说道,"有些变化会让你大吃一惊的。请做好准备,我们八点十五分出发。"

诺曼点了点头,关上了对讲机。他转身看着男孩,那孩子正在把衣服挂起来。想到终于能给他派些别的任务,诺曼感觉轻松了些。在美国,个人服务几乎局限在正式的商业场合内,在家里接受这样的服务让他觉得有些不自在。

"你知道其他美国人都住在哪几个房间吗?"

"是!"

"请叫他们尽快来见我。"

"是!"

刚整理好行李,第一位同事走了进来。康苏拉·佩科,一个漂亮女孩,脸部以波多黎各特征为主。瑞克斯·福斯特-斯特恩派她作为他本人的代表前来,可能因为她是最合适的人选,也可能是因为他和她睡过了,并且对她厌倦了,趁此机会把她从身边赶走。诺曼还没来得及和她打招呼,剩下的三个一起进来了:两个经济学家,特伦斯·盖尔和沃瑟·伦斯康姆,汉米尔卡·沃德福德派他们前来可能是因为他们都是"棕鼻子"。还有一个语言学家,身材胖乎乎、总是带着一脸茫然的德里克·昆比,直到出发前诺曼才认识他。

"都坐下吧。"诺曼道,搬了把椅子在他们形成的半圆对面坐了下来,"今晚我们直接进入轨道——和总统以及他的三位部长一起用晚餐。我觉得有必要再审查一遍我们的首场演示。德里克，第一个阶段你不需要参与太多，但我认为你具备某些特殊的本地知识，可以时不时地提醒我们思路中的不足。希望你能随时提出自己的想法，好吗？"

德里克点了点头，费力地咽下了一口唾沫。

"那好。康苏拉，不出意外的话，你的部门已按照公司内部的立项要求，给你配备了足够的材料。能不能把材料缩减一下，让它适合在晚餐时讨论？"

"我坚持让他们准备了三种不同程度的演示材料，"康苏拉说道，"肯定能满足你的要求。除了能应对今晚的讨论，我还针对代表委员会，准备了二十种不同的演示方式。连贝尼尼亚议会都能应付下来，在六十一个议员全部到会的情况下，通过屏幕和话筒。"

"好极了！"诺曼说道，暗自更改了刚才对这个女孩资格方面的揣测，"财政部部长也会出席，他是最有可能帮我们说话的人。在这个总是处在倒闭边缘的国家，处理国民预算事务可不是一件轻松的事。特伦斯，我希望你和沃瑟一开始就在成本核算方面给他点甜头。不要求过分精确，只要给他一个印象，让他觉得这片土地上突然间有了巨大的经济潜力。记住，有很大机会我们对本地区的经济熟悉程度比他还要高——我们有撒缦以色的帮助。而他们由于贫穷，恐怕从未在欧盟的计算机中心得到过类似的服务。但不要过分依赖我们的信息优势，要让他觉得他是根据自己的本地经验，推断出这个项目是可行的，而不是通过我们的计算。明白吗？"

沃瑟说道："我可以试试。我们对他个人有什么了解吗？"

"在去总统府的路上，我会让艾立虎或吉登给你们描绘一下他们的性格特征。康苏拉，再说回你这儿。教育部部长是你的首要目标，整个计划很大程度上取决于我们能否在十年内培养出足够数量的受教育者和技术工人。我希望一开始你能让她介绍些本地情况，然后将话题引到传统态度如何影响人们对本地情况的看法。她可能会积极回应，因为她肯定在国外受过教育——这里没有高等教育中心，除了那个你可能知道的私立的商业学院。"

"我可以给你些小建议，"德里克对康苏拉插嘴道，"殖民政府留下的英语词汇发生了一些变化，非常有提示性。"

"谢谢，德里克。"诺曼说道，"这正是我希望你可以帮忙的地方。现在，我们聊一下即将面临的几个关键问题。这个计划面临的最大障碍是什么？"

现场一阵沉默。特伦斯最终打破沉默，"嗯，无法获取期望回报的风险！我是说，在完成现场调研之前，我们无法确定——"

诺曼用力地摇了摇头，"不是钱方面的问题。是人方面的问题。"

"我们是否能说服总统。"康苏拉说道。

"对。"诺曼将身子往前探去，加重了语气，"我之前就说过，我要再强调一遍。你们不能将贝尼尼亚看成一个现代西方的行政区域。艾立虎跟我说过无数次了，我这才有了些感觉。我要确保我们每个人都有一致的观点。这地方不像我们传统意义上的国家，而更像一个大家庭，有近一百万的家庭成员。我想让你们回忆一下艾立虎是怎么跟通技董事会说的。欧博密总统想给他的人民留下一份遗产，避免他们被强邻吞并。他不会从钱的角度去看这个项目，只要经济保障能提高全体国民的福利就可以了。跟他说食品，而不是金钱；跟他说建学校，而不是把孩子当成技工；跟他说孩子们的健康，而不是自来水管道的长度。有感觉了吗？确定吗？重要的是完成总统的愿望，而不是拯救大西矿下跌的股票！"

他看到他们都在点头。但他清楚，这最后一句警告不是针对他们的。他是说给自己听的！

我还没有看到或察觉到任何证据，可以证实这句话。但艾立虎发誓说这是真话，我觉得我应该相信他。获取丰厚回报的同时又能给当地人民带来长久的利益，这才称得上公平。这样的机会少得可怜，我们不能错过。

现在，他终于看到了贝尼尼亚，却莫名地开始担心起来：自己建造的会不会是一个幻象？也许到了下个星期或下个月，他就不再确定自己是在从事一项有意义的事业。真要那样的话，再没有任何东西能给他的人生带来意义。

没过多久，他就惊恐地意识到，当他对自己和同事们说出那道训谕时，他只是在嘴上说出来而已。他们都没有充分体会到它背后的深意，连他自己都没有。

到了总统府，一位身着华美长袍、身高足有七英尺的管家领着他们去了一间会客室，黑人仆人们正在给已经等候在那里的一群人端上开胃酒及餐前小吃：凯蒂·戈比夫人，教育部部长；拉姆·伊布萨博士（经济学），财政部部长；里欧·依莱博士（政治学），外交部部长；还有欧博密总统。

看到他之后，艾立虎不顾礼仪地大步上前，拥抱了他。分开后，他说道："老萨！上帝，你别吓唬我！才两个月不见，你像老了十岁！"

"上帝不照顾我了。"总统说道。他往后退了一步,挤出了笑容,"很高兴能看到你回来了,艾立虎。我还担心——不说了,我的医疗团队很不错,他们总能找到办法让我继续活动。给我介绍一下你尊贵的同乡吧。"

"什么——哦——好的。"艾立虎说道,"诺曼·尼布鲁克·豪斯博士,通用技术董事会……"

诺曼伸出手。"见到你很荣幸,先生。"他说道,"但愿我们已经找到了能解决你国家部分问题的方案,希望这个方案能让你满意。"

"是吗,艾立虎?"欧博密总统瞥了一眼大使,问道。

"我已经尽了最大努力,去满足你的愿望。"艾立虎说道。

"谢谢。"欧博密笑了,"请你务必在晚餐时解释给我们听,豪斯博士。我知道不应该让生意耽误了美食,我的大厨会生气的。但我的时间不多了——我相信你能理解我的处境。"

艾立虎开始介绍康苏拉,示意她走上前来。诺曼晕乎乎地从他身边退开。他下意识地挥挥手,让身边端着酒盘的仆人走开。

这事没这么简单!肯定会出现争论、劝诱,怎么销售这个计划?……他的部长们有什么想法?要谈的是这个国家的未来,他们是否打算和他一样,全凭欧博密一言而决?

他看着他们,一个丰满的女人和两个身材适中的男人,脸颊上都文着传统的图案。他看不出他们脸上有任何不满的神情。事实开始涌现在充血的大脑里。

当艾立虎将欧博密比作家长时,我还觉得他只是在做一个类比。但这正是一个家庭在欢迎朋友的建议时应有的姿态:提供食品和饮品,先聊些私事,随后再处理烦人的商业问题。他们并没有把我们看成外国的商业代表团：一个大使，代表一个巨大的企业。更像是……

此刻，他差点丧失了正从潜意识里升起的灵感。但随着查德·穆里根的话音响起，他又找回了它。查德在问"有没有人认识好的装修设计师，可以让我用最新的便宜货来装修我的公寓？"

找到了。

他深吸了口气。

一个国家或是一家大企业，与小团体的行为模式有着明显的差别，更不用说与个人的行为了。需要达成某项任务时，他们依靠外交手段，或推出一个招标方案，或是其他正规的、程序化的途径。如果他们准备得不够充分，灾难就会降临。

当贝尼尼亚总统需要达成某项任务时，他的表现一如艾立虎的描述。但直到这一刻，诺曼才真正明白其中的差别——他是一家之主，向一个值得信任的老朋友倾诉他的需求，当这位朋友带着专业的计划回来时……

就完成了。定了。

然而，直到他们于午夜时分离开时，他才终于说服了自己：他刚才的结论是对的。但他花了几乎接下来的一整天，这才让他的同事们信服。

背景环境(21)

信

亲爱的诺曼：

这应该是我三年来写的第一封信。想来是老习惯难以戒除……我其实是想通过这封信记录些想法，为下一篇文章做准备，尽管我已经对读者群深感厌恶。以前，我会在书里、在期刊上、在电视里、在学术会议上记录想法，可能我终究还是会选择这些方式，因为我的大脑快爆炸了，脑内的压力太大了。然而，我在阴沟里度过的日子让我习惯了和一个人说话，每次只和一个人。我真正需要做的是把我变成一百万个我，出去同时开展一百万场对话。这才是你能建立沟通的有效方式，其余的只是暴露在信息流里。为什么在面对着广阔的大海时，只盯着一道波浪看呢？

非常感谢你把公寓借给我住。一些不知道你已离开的人前来拜访。虽说我的书没什么作用，但它们为我带了些虚名。因此我替代你，被邀请去参加各种活动。我努力不让你丢脸，但是，上帝知道，这是一项艰巨的任务。

一下子从我们构建的这个社会的底层回到上层是一种非常

有趣的经历。虽然观察角度不同,但社会还是那个社会,没有什么改变。一直以来,我一直持这种看法,但它让我精神忧郁,与我暴躁的脾气相悖——但正是它给了我灵感,让我产生了"时髦罪行"这一概念。我当时认为,要保持精神健全,唯一的办法就是脱离舒适的日常轨道。

问题是不存在什么脱离。"被社会抛弃"和"脱离社会"等说法就是一团鲸油渣。我们之所以还要这么胡说八道,是因为这种所谓的脱离有一些浅表层次的影响,墨守成规的人们用以摆脱无趣。简而言之,"脱离"这个词毫无意义,就像在宇宙中寻找一块"外面"的地方一样。没有可以"脱离"的地方。

举例来说,你的黑人伙伴,那些鄙视白人生活方式的黑人,一旦发现他们鄙视的社会崩溃了,会怎么想?想象一下,有一种瘟疫只传染给白人(确实存在这种瘟疫,但这种事很快就被掩盖了,我只是偶然间才听说了这个故事)。除掉我们,连同我们的该死的傲慢一起除掉,并不能将人类从自身的疾病中拯救出来。

我开始想是不是应该模仿西海岸的那些家伙,将破坏当作一种爱好。我们的构成中有致命的错误,他们采取了适当的、科学的方式来确定到底是什么错误。(我不知道是否有人指出过这个观点,我觉得没有。我有个讨厌的习惯,喜欢不加论证直接得出个人的观点,这让我觉得自己生活在一个奇幻世界里,只有我一个人存在。)

说回那种科学的方式。它一次只改变一个变量,来观察这个改变对整体互动产生了什么影响,从而推断出你在摆弄的变量到底有什么功用。当然,麻烦之处在于,影响是随机的,没人能够分析结果。

我想我会去尝试一下,因为没有其他志愿者。我会前往加利福尼亚,开展社会解体后果方面的研究。

　　不,实话说,这是爽游式的幻觉。我绝不会这么做的,没有人会这么做。我胆子太小了。这跟爬上核聚变发生器的支撑架,看着下面的等离子风暴一样危险。看在老天爷的份上,给我们派一个火星人人类学家吧。

　　你想过没有,医生在面对无法治愈的疾病,而且这种病还极具传染性、他很有可能被这位注定无救的病人所感染时,他有什么感觉? 这就是此刻的我。上帝,我是一个理智的生命体,至少有足够的理智,能观察到身边疯狂的症状。当我放下武装时,我只是个人,和那些被我认定为受害者的人一样。有可能我比我同情的人类同伴还要疯狂。

　　那就只剩下一件事可做了,把自己灌醉。

　　致敬。

　　　　　　　　　　　　　　　　　　　查德·穆里根

现场记录(26)
刀子砍来了

政府将记者联络处设置在宫吉伦腹地深处的一幢十五层建筑的顶楼。将自己的资格文件递交给一名面无表情的官员之后，唐纳德蹑步穿过铺着红毯的房间，来到俯视整个城市的窗户边。

在他左边的一个山头上，矗立着大学的一栋栋白色高楼。他盯着它们，猜测着苏盖昆吞在哪座楼里工作。究竟发生了什么，可以让这么一位人物甘愿充当宣传机器？他是个天才，正是他的独立思考为这个国家的持续繁荣奠定了基础。但持续的压力仍然能够压垮他，这一点毫无疑问。

说到压力……

在这里，他第一次看到了实际的证据。这种压力他之前只是在理论上有所了解，尚未将其融入自己的感情中。这就像那天晚上的感觉一样——他走进一个他认为是自己家的城市，却发现自己引发了一场骚乱。

尽管处于一百多个星罗棋布的小岛上，雅塔康却有两亿三千万人口。平均下来，每个岛上都有超过两百万的人口。意味着这里是地球表面最拥挤的地方之一。从窗户这里,他能看到这种拥挤的程度。

甚至在罗亚老祖的脚下都点缀着小屋。弯曲的小路连接着它们,并一直通往海边。

他想起了查德·穆里根的名言,他说,压力让古罗马的公民觉得加入西布莉的阉割教士团是一种好的出路。他微微地颤抖了一下。这里是现代的翻版:什么样的压力,会让人愿意住在一座活火山旁,而不是搬到能远离喷发的地方?

身后传来了一个轻轻的声音:"霍根先生?"

他转身,发现刚才那个官员正盯着他。

"科腾局长可以见你了。"那人说道。

科腾局长是个神情冷漠的胖子。他坐在一堆通信工具的后面,仿佛是为了凸显自己是所有信息发布之守护神这一地位。唐纳德感觉布朗温是对的,尽管苏鲁卡塔政府竭尽所能想破除迷信,却只是把崇拜的对象从泥偶转向了活生生的——也是容易犯错的——人。这间办公室实际上就是个祭坛,奉献给一个——不是新闻之神,而是决定人民能听到什么的神。

局长随手示意,唐纳德在他对面坐了下来。

"你能说雅塔康语吗?"

"一点点。"

"这并不是一种受美国学生欢迎的语言,你为什么会学它?"

唐纳德想用眼前的无数根电话线勒死这个傲慢的胖子。他压制了自己的冲动,转而以尽可能温和的语气说道:"我刚好有个机会可以学习一门非印欧系的语言,选择雅塔康语是因为听说它非常难学。"

"你对雅塔康没有特殊的兴趣?"

来了。

唐纳德面不改色地撒了个谎,"我大学的专业是基因学,而你的一位同胞是世上最伟大的基因学家之一。这是我学雅塔康语的原因之一。"

然而,拍马屁对这家伙显然不起作用。他耸了耸肩,"你从未来过这儿,现在你来了,同时你来得又——怎么说呢? ——并不匆忙。作为基因方面的专家,毫无疑问是我们的基因优化工程吸引你来的。"

"是的,你说的没错。公司没能料到这新闻会在我们国家的民众中激起这么大的反响,因此他们花了不少时间才决定派我来。但是——"

"你的同胞不相信我们发布的消息,"科腾直截了当地问道,"你呢?"

唐纳德犹豫了一下。"我希望你们发布的消息是可以实现的。"最后,他开口说道,"然而,苏盖昆吞教授上次详细发表他的研究进展已经是好几年前的事了,因此——"

"他在从事一项政府指派的秘密研究。"科腾说道,"在你的国家,类似的研究有两种情况:第一,公司进行研发,好让自己能比竞争对手获取更高的利润,因此你们有间谍,以窃取公司秘密卖给竞争者为生;或者是第二,跟更高效地杀人有关。在这个国家,我们研究如何能更高效地生育、如何成长为高智商的成年人,为祖国做出更大的贡献。你对这两种对立的态度有什么看法?"

"作为一个基因学家,我非常仰慕你们刚宣布的工程。苏盖昆吞教授的名誉是这一工程能取得成功的重要保障。"

唐纳德希望这个模棱两可的回答并没有暴露他体内被科腾的轻蔑所激起的怒火。

"很显然，你和其他所有美国人一样，觉得世界上不可能有人能超过你们。"科腾哼了一声，"不过，既然你们终于放下身段来关心这项伟大的突破，我理当帮助你将这里的实际情况转达给你们国内。我现在会发给你一张资格证，使你享有法律赋予外国记者的正当权利，一封给奉献大学外科医生的信，免去你绝育手术的费用，以及下周安排的记者招待会的时间表。在结束之前，你还有什么要问的吗？"

"公司要求我尽快对苏盖昆吞进行一次专访。"唐纳德说道。

"教授太忙了，没时间见外国记者。"科腾没好气地说，"不过，如果你看了我给你的时间表，他会在后天的记者招待会上公开亮相。届时你有机会和其他记者一起向他提问。"

唐纳德的脾气在科腾有意地嘲弄之下不断地升温，就快爆发了。

"苏盖昆吞都在忙些什么？"他问道，"没有哪个理性的科学家会在基础工作没完成之前就公布自己的研究。你们这么做，会让人怀疑他的研究其实没完成——至少你们的公告有水分。"

"毫无疑问，"科腾以讥讽的口吻说道，"这就是公司要求你报道的内容，以此蒙骗你的同胞。你们美国人说话可真不委婉啊。去大学诊所看看吧，好好看看我们雅塔康人到底在忙些什么！我们还没有堕落到你们那样，所谓干完活就休息。我们的计划排得满满的，已经排到了下一代，因为我们不接受'不错'，我们瞄准的是'完美'。教授也有同样的理想。还有问题吗？"

还有，我还没开始问呢。但唐纳德并没有说出心里想的，而是顺从地站了起来。

从目前来看,他应当把官员的建议当成命令来执行。科腾让他去大学诊所接受强制绝育手术时看看实际情况。离开大楼以后,他立即拦下一辆人力车,告诉了车夫他要去的目的地。

瘦弱疲倦的车夫蹬着车一路上坡。不过,哪怕整个旅程是一段三十度的下坡路,他们的速度也快不起来。附近所有通向大学的路都挤满了人。奉献大学有六万名学生,是一座颇具规模的高等学府,但唐纳德发现街上的人不全是学生,这引起了他的好奇。各种年龄阶层的人都有,从十几岁的孩子到白发苍苍的老人。在人群中,年纪特别大的人很容易被分辨出来,因为围在他的四周的人充当了志愿的保镖,不让其他人挤到他。尊敬老人仍然是这地方的传统。

过了一阵子,随着人力车在人群之间缓慢穿行,他开始怀疑这些人中间到底有没有学生。根据观察到的几个有限的特征——他不想从车上探出身来,让别人注意到他的白人特征——他觉得他们都是其他岛上来的访客。如果这是真的,从他已经过的一英里半的路程来判断,这里至少有一万到一万两千人。官员们宣称的、公众对基因优化工程的欢迎程度确实有一定的根据。

在人群中,他时不时能看到疲倦的、无精打采的青年男女举着标语横幅。所有的标语都跟苏盖昆吞有关。

嗯……他们是想去大学,希望能看一眼这位伟人?

前方耸立着围起大学的高墙:七英尺高的纯白色墙,装饰着有规律的花纹和雅塔康书法。这是很常见的装饰,和埃及的情形一样,所有的公共建筑物上都有阿拉伯文字的装饰。墙上是用红色、蓝色、绿色和黑色的耐用珐琅镶嵌而成的标语,称颂雅塔康的伟大和苏鲁卡塔的智慧,却挡住了前来膜拜的群众。

在仅有的一扇他能看到的大门前,执勤的不光有警察——

黄色的制服上浸着汗渍,枪套的搭扣都打开着,露出里面电击枪的枪把——还有不少的年轻人,胳膊上箍着红蓝绿国旗色的袖章,他们冲着人群喊话。更多的人还在源源不断地赶来,沿着围墙排出去老远。唐纳德竖起耳朵,在嘈杂声中依稀听到了一些喊话的片段,"你们必须有耐心——你们村子里的医生会接到指示的——努力工作,加强营养,否则无论我们怎么做,你们的孩子都不会健康……"

唐纳德点了点头。德祖·科瓦-路普正是由此得出了她的结论:雅塔康人民一旦失望之后,后果不堪设想。

车夫终于设法把他在大门口附近放下了。警察上前盘问,他拿出护照和科腾给的那封能免费在大学做手术的信。警察仔细地读完了信,随后从一旁叫来两个戴着袖箍的年轻人。在他们的帮助下,激动的人群被驱赶着离大门远了一些,与此同时,大门开了条小缝,刚好可以让唐纳德钻进门里。

他穿过铺着地砖的平台。一个穿着纱笼的女孩迎着他走过来,手里拿着把合起来的伞。他身处一个院子内,院子中央是喷泉和花园,四周是走廊,走廊上方有屋檐。走廊有坡度,因此它一直通往街道平面的下方。从平台下面传来模糊不清的话语声以及众多的脚步声。在他目力所及范围之内至少有一百多个学生,有的站着,有的在穿过人群。

"下午好,先生。"女孩说道,她用了一个传统的雅塔康敬语,该敬语词根的意思为"长者"。

"下午好。"唐纳德回答道,上下打量了她一番,注意到她也戴着袖箍。"我要去这里的诊所。"他递出了科腾的信。

"我带你去吧,先生。"女孩说道,"今天我当值访客向导。任何时候,如果需要了解什么信息,问戴袖箍的人就行。"她挤出明媚的笑容背诵了这段话,但语气却暴露了她的疲倦。"请跟我来。"

她领着他走下一截陡峭的楼梯,来到平台之下的走廊上。随即,她撑开了伞。这显然是某种信号:唐纳德看到几个学生拍了拍同伴的肩膀,一起退开了。

路程不近,显然刚才他下错了地方。没有向导,他至少会迷路五六次。他们的路线经过了十几幢独立的大楼,女孩一一指给他看。

"亚洲语言系——历史系——海洋学系——地理和地质系……"

唐纳德没有听她的讲解。他对碰到的年轻人更感兴趣。科腾是对的,他不情愿地承认了。这里的空气中有一种疯狂的忙碌,跟他见过的任何一所美国大学都不一样。甚至连站着的学生都在讨论学习,而不是小妞或是周末干什么。

"生物化学系——基因工程系——我们到诊所了!"

他惊了一下子,回过神来。女孩为他推开一扇门,他看到门里色彩柔和的装饰——全世界的医院都是同样的色彩;闻到了医院消毒水的味道,跟全世界的医院一样。

"你说那是基因系吗?"他指着经过的最后一幢大楼问道。

"是的,先生。"

"著名的苏盖昆吞教授就在那里工作?"

"是的,先生。"这次,女孩的笑容似乎不是硬挤出来的,她的语气中也有了真正的骄傲,"我很荣幸能在那个系工作。我直接在他手下学习。"

唐纳德在心里准备了几句恭维话,打算感谢她的帮助,赞美她的美貌,更主要的是表达自己作为一个外国人在本地有多么地不容易。能接触到苏盖昆吞的学生可是个千载难逢的机会。

但没等他开口,她已收起了伞,飞快地走开了。在他能做出反应之前,他和她之间已经隔了二十多个学生。

一个护士站在诊所的门里看着他,想跟他说话。他叹了口气,只能在脑海里默记下基因大楼的特征,为万一将来有机会回到这儿做好准备。

快要完成匆匆的观察时,他注意到来往的学生中有个奇怪的现象:笑容太少了。对于一批相信自己在创造奇迹的人来说,显得不太正常。他们在跟朋友点头挥手打招呼时都保持着一脸严肃。

那个将他领到这儿来的女孩显得很疲倦。

因为工作太辛苦了? 可能是这个原因。奉献大学是雅塔康所有高等学府中最突出的一个,入学的竞争一定很激烈。数以百万计的家庭都会让自己的子女投身于这一竞争。

这想法让他觉得紧张。他不习惯待在一群为了奉献可以将自己身体搞垮的人中间。在自己的家乡,类似的行为早已不流行了。他转身看着护士,向她解释自己前来的原因。

正在他说话时,传来了一声尖叫。他扭回头去,看到靠近基因大楼的人群中出现了骚乱。一个个紧紧挤在一起的黑色脑袋上出现了一个东西,反射着寒光。他一眼就认出了它独特的形状:一把雅塔康式的弯刀。这儿的人喜欢将自己的岛屿形状比作弯刀。

尖叫声变成了哀号。这里也有一个花园,隔开了白色的大楼和走廊。一个男孩跟跄着走在花园里的地面上,号叫着。横贯他前胸的刀口里喷出大量红色的鲜血。又往前挣扎了两步,他倒在了地上,痛苦地扭曲着,生命慢慢地从他体内流失。

怀着某种病态的错愕,唐纳德认为自己肯定携带着某种新型的、怪异的疾病,某种引起骚乱和屠杀的传染源。他今天才到这个城市,然而……

人们无须经历过这种现象。人们立刻就意识到了。这是生死攸关的时刻。就在离他几码远的地方,在突然间恐慌起来的学生背后,一个人已经越过了理智与疯狂的分界线,决定入魔。

现场发生的一切让他的大脑来不及消化。他只关注到了其中的一小部分:流血的男孩,恐慌的幸存者们;随后,是一个女孩,身上的纱笼已被划破,跟男孩一样踉跄着走了出来,在花园里留下了深色的脚印,手里握着自己小小的乳房,将它们紧贴在胸口,眼睛盯着一条可怕的伤口,那伤口几乎将乳房整个从胸口分离了——她太震惊了,以至于叫不出来,只是在盯着看,忍受着剧痛。

魔客找了个完美的地点来采集他的受害者。在离开基因大楼的走道上,由于各种门的限制,人们挤成了一团。不用寻找目标,只需不断地砍就行了。刀锋又举了起来,血迹溅到了墙上以及人们的脸上和背上,随后又如屠宰牲口般砍下,劈开皮肉和骨头。高处的窗口出现了各种人脸。远处,一个穿着黄色制服的人手拿着一把电击枪,正在急忙赶来,奋力地穿过迎面撞来的惊恐的学生。第三个受害者直挺挺地倒在走道上,如同一个没有关节的木偶。这是个年轻人,他的脑浆溅洒在光天化日之下。

疯狂的叫喊声变成了一个词语,这个词语代表了一个人名,而这个人名是——唐纳德搞不懂为什么——"苏盖昆吞!"为什么要叫他来?难道这个魔客不是个人类,而是他制造的某个改良的猩猩?这种猜测太疯狂了,但再怎么疯狂,也比不上他才刚到此地就碰上了魔客这个事实。

不知道为什么，他发觉自己想看清楚这个魔客的样子。他离开了诊所的门，所以他的撤退路线——本可以用，但他还没用——切断了。一群吓傻了的学生从他身边冲了过去，其中一个人摔倒了，想爬起来，却又被不断地踩下去。他只得摊开四肢躺在地上，其他人无情的脚步重重地踩在他身上。

不是学生。千钧一发之际，唐纳德的脑海中闪现出了这个念头。跌倒的是个中年男子，身材结实，而且——在雅塔康人中很少见——头顶没有戴帽子。不过这只是一张快照，没什么意义。要紧的是魔客冲着他追来了。

唐纳德的头脑一下子冷静下来，仿佛在那个几码之外的男孩头颅被劈开时，也有人劈开了他的头颅，往里倒入了液氦。他觉得自己在远处观察着现场，如同一台冰液电脑，时间也不再是线性的了，而是成了立体。

这是个典型的魔客场面。变魔者是个年轻的瘦子，个头比他这个种族的平均身高要高一点，面色蜡黄，黑发，穿着传统的服装，上面溅到了新鲜的血迹。他黑色的双眼瞪得很大，无疑瞳孔已经扩散了，但对比度太低，我看不清楚。他的嘴也张着，下巴上挂着涎液。左脸颊上还有些白色的唾沫。他的呼吸紊乱，呼气时伴有哮喘声——啊呼啊呼呼！他肌肉的张力已放大到极致。右边袖子因为二头肌的压力而撕裂了。紧握弯刀的手都痉挛了，指节发白，在黄色皮肤的衬托下很显眼。他双腿弯曲着，双脚分开，稳稳地站在地上，像个相扑斗士面对着对手。他的下体显然是勃起了。他处在狂暴的状态，感觉不到疼痛。

意识到这些之后，问题来了——上帝啊，我该怎么办呢？——时间又重新开始了。

弯刀呼啸着，上面的血滴溅在唐纳德的脸上，血滴飞行的速度如此之快,他感觉它们就像暴风裹挟的雨滴。他猛地往旁闪开,与此同时躺在地上的人又再次试着爬起来。劈空了之后,因为用力过猛,魔客差点失去了平衡,身体带着刀锋朝躺在地上的人劈了过去,刀尖刚好在那人凸起的屁股上划下一条痛苦的直线。

武器。

有人跟唐纳德·霍根说道:你,唐纳德·霍根的异构体,唐纳德二世,学会了一千种能终结别人生命的方法。

如果就近有武器的话,绝对不要空手面对一个有武器的敌人。如果近处没有,前往能找到武器的地方。

这里没有可以随手能用的东西。一面结实的墙壁,铺着地砖的地面,柱子顶在地上,承受着屋檐的重量,贫瘠的东方式花园,没有树,无法撕下可当鞭子用的枝条。

魔客打算杀了那个躺在地上的人。

弯刀正在举起,积聚着能量,随时都会呼啸而下,将身体如同切猪肉一样分割开来。诊所的玻璃门后面,一张张苍白的脸孔,显然要白过正常的亚洲黄色,带着呆滞的、恍惚的神情注视着这一切,那些人因为恐惧而无法动弹。

唐纳德独自一人站在五十英尺长的走道上,陪伴他的只有躺在地上的那个人,花园里的伤者以及魔客本人。

弯刀已经挥到顶点。唐纳德用脚掌使劲往下一蹬,身体弹起,用肩膀撞击魔客。感觉就像是撞在木头雕像上,疯狂让魔客的肉体变得紧绷绷的。魔客失去了平衡,但已经来不及停下挥刀了。唐纳德冲到他身后,一只手撑着墙以减低撞墙时的冲击力,利用反弹像一只球一样弹到魔客无法触及的地方。弯刀没有砍到肉体,而是砸到了地砖上,发出金属的撞击声,并在魔客的手里转动了一下。因为刀把上沾着血，魔客的手心现在也被血浸湿了，不再干燥。刀锋上也出现了几个缺口。反弹力使得他僵硬的肌肉暂时失去了控制。

武器。

在花园中间，有五块石头围在一个井盖旁。他跑向石头，同时回想着魔客的位置，计算好线路，这样当他抵达石头堆时，不用瞄准就能直接扔石头了。离他最近的那块石头，实际重量比看上去的重，让他的计算作废了。飞行的石头贴着魔客的肩头落在地上。魔客又举起弯刀，笔直地朝着唐纳德逼近——

他的脚踩在圆滚滚的石头上，滑了一下。

时间只够他再扔一块石头了：一块白色的，上面有个洞可以抓，掂上去有七八磅重。他瞄着魔客的腹股沟扔去。魔客因为滑了一下，两腿分开之后，把重要部位露了出来。石头和魔客同时倒在地上，他的睾丸在地砖上狠狠地撞了一下。

尽管处于这种状态的魔客无法感知疼痛，但对生殖器和尾椎骨的重击所带来的条件反射仍然存在。他的呼吸停顿了，连带着整个现场都似乎安静下来。唐纳德什么都听不到，除了那可怕的哮喘声。

然而，魔客此刻肯定处于过氧状态，即使失去肺部功能也不会让他失去活动能力……

他爬到弯刀掉落的地方，捡起了它。在此过程中，唐纳德朝他的眼睛里扔了几把沙子。刀锋又开始呼啸，这次刀尖划到了唐纳德的右前臂，他感觉像是被蜜蜂叮了一口。

武器。

他已经用完了这里的东西：两块石头，沙子。沙子只是迷住了魔客的一只眼睛，失去了透视感对他来说并不是问题。他已经站了起来,拿着刀,准备从地形有利的、高于花园一英尺的通道上发起攻击。

武器。

唐纳德看到了。那些该死的家伙。

魔客跳了起来,唐纳德忙向一旁翻滚着躲闪。弯刀扎进了沙子里,一时半会儿还没往回收。(就好像这个人是弯刀的延伸,而不是倒过来。)他反身踢出一脚,踢中魔客的手肘上部,让他松开了手指,扔下了弯刀。他又踢出第二脚,位置不佳,但也起到了作用,让刀把远离了魔客。此时,魔客已经恢复了呼吸,尖叫着咒骂了一声,追着去抓弯刀,没注意到抓的是刀刃,而不是刀把。刀刃割开了他的两根手指,不过他还是拿起了刀,朝着唐纳德掷去。唐纳德躲过了旋转的刀锋。魔客又跑着去追弯刀,唐纳德伸出一条腿绊了他一下,在他摔向地面时,用头顶狠狠地撞在他的口鼻部位,并用两只手环抱住他的腰部,使劲抱向自己,用尽腿部所有的力气,将他头朝后抱离了地面。脚下的沙子在打滑,他的头部依然在保持着动能,将魔客的鼻子都顶塌了。他对准着花园中央的石头,抱着他撞了过去。

但这不是我的武器。

他发了一阵子呆。魔客没有再回击。他躺在地上,身体痉挛。在他身后,唐纳德的视线所能聚焦的最短距离处,有块大石头,魔客摔倒时,后背一定砸在了上面。

我有武器,不是吗?

他模糊地想起了刚才看到的东西。他站了起来,拖着魔客一起,走上了通道。他没有理睬躺在诊所的玻璃门旁、屁股被划了一刀的男人,也没有理睬门后正往后退、脸色凄惨的人们。他要用武器了。

他被教过的。打碎一块玻璃，可以制成锋利的武器。

他把魔客翻了过去，面无表情地看着对方背上涌出的血液。肯定是被刚才那块石头挫伤的。随后，他用魔客的头当锤子，打碎了玻璃门，用门框上残留的碎片割开了这个人的喉咙。

他用雅塔康语对门后那些吓坏了的小个子们说道："你们这些狗日的黄色胆小鬼。你们这些鸡奸犯屁眼里生出来的搅屎棍。你们这堆没有尿性的烂肉。你们这群吃屎的苍蝇。你们这群没胆的太监。你们这群站街的、给钱就上的寡妇。你们这群钻裤裆舔屁眼、愧对先人的烂人。你们这群低能儿和畸形牛生下的没有脑子、没有心肝、没有鸟的侏儒。你们这群长满跳蚤的儿童贩子，毒死了父亲，强奸了母亲，把姐妹卖给了荷兰人，把兄弟肢解了卖给肉店。你们这些躲在阴沟里的二手屎贩子，你们为什么不帮忙？"

说完之后，他意识到自己还提着一具尸体。他的两只手都被割伤了，因此他分不清从尸体胸口滴下的鲜血是他的还是魔客的。他想起了自己刚才做了什么，于是丢下了尸体，自己也倒在尸体上面。他开始哭泣。

世间百态(12)
普遍的感觉

你知道它意味着什么,不是吗? 实际上,所有

你知道它意味着什么,不是吗? 实际上,所有

你知道它意味着什么,不是吗? 实际上,所有

我们的孩子都会变成残废!

我们的孩子都会变成残废!

我们的孩子都会变成残废!

我们拥有的那些玩意儿有什么用,当我们必须和

我们拥有的那些玩意儿有什么用,当我们必须和

我们拥有的那些玩意儿有什么用,当我们必须和

比我们厉害的人竞争?

比我们厉害的人竞争?

比我们厉害的人竞争?

你知道该怎么对付优生委员会,不是吗?

你知道该怎么对付优生委员会,不是吗?

你知道该怎么对付优生委员会,不是吗?

你可以——

你可以——
你可以——
　　简单地说,它会退化我们,把我们变成
　　简单地说,它会退化我们,把我们变成
　　简单地说,它会退化我们,把我们变成
傻子和瘸子。
傻子和瘸子。
傻子和瘸子。
　　你知道英继星决定要派
　　你知道英继星决定要派
　　你知道英继星决定要派
一个基因专家去雅塔康了吗?
一个基因专家去雅塔康了吗?
一个基因专家去雅塔康了吗?
　　怎么说呢,一个这么大的公司下了这么的大决心
　　怎么说呢,一个这么大的公司下了这么的大决心
　　怎么说呢,一个这么大的公司下了这么的大决心
其中肯定有问题。
其中肯定有问题。
其中肯定有问题。
　　但是,好像政府试图说服公众
　　但是,好像政府试图说服公众
　　但是,好像政府试图说服公众
这是个谎言。
这是个谎言。
这是个谎言。

这只是说明了他们还没掌握技术

这只是说明了他们还没掌握技术

这只是说明了他们还没掌握技术

为我们提供同等的服务!

为我们提供同等的服务!

为我们提供同等的服务!

为我们提供同等的服务!

为我们提供同等的服务!

为我们提供同等的服务!

为我们提供同等的服务!

为我们提供同等的服务!

（不公平：该词语用于形容他人的一种优势，我们想欺骗他们放弃这种优势，却没能成功。参考"不诚实""狡猾"和"他走了狗屎运"。

——《时髦罪行词汇表》，查德·穆里根　著）

现场记录(27)
人之风景

　　路边的蒿草在夏日的潮湿气候中茂盛地生长着,低矮的灌木掺杂其中,间或有高大的树木醒目地挺拔着。一头头山羊拴在昂贵的铁链上,草绳或是皮绳它们总是会咬断;尽管以桩子为圆心的范围内有足量的牧草,但它们还是想啃咬树皮,从而杀死树木。除了铁链之外,这条路似乎是人类在这个自然世界中留下的唯一痕迹。留下痕迹的是路的笔直带来的不协调感,而不是路本身,因为大自然正在夺回路面,在上面留下了一个个洞,洞里面满是泥巴。

　　不过,人类制造的痕迹还是会时不时地闯入视野,随即又消失在身后。每过一两英里就会出现一片空地,地上有为种植蔬菜而挖的沟渠,空地中间是一座小村子,典型的贝尼尼亚式的由圆木和干草建成的房屋。稍微富有些的家庭在墙上贴着龟板状的、色彩丰富的饰板。房屋的主人收集旧罐头、油桶,甚至是报废汽车上的钢板,用木槌将它们敲平,用心地将它们拼接起来,像制作一件中世纪的盔甲,来避免圆木受到潮湿、腐蚀和白蚁的伤害。

　　这一地区的地图通过一个非正规的程序保持更新,图上的标识一半源自实地考察,一半源自各种传言。尽管联合国派出的一组地理学家在上周刚更新过地图,诺曼仍然觉得很难将外部世界与摊在膝盖上的这张图联系起来。他苦恼地自言自语着:"那两座山肯定对应着这些记号,这里应该就是他们挖掘河泥的地方。河泥烘干后制成塑料厂用的多孔隙过滤器,那个塑料厂在——哪儿……"

车子座椅下,发动机发出的昆虫般的嗡嗡声变成了喘息声。吉登·霍思福边打着方向盘边说:"妈的,我还以为能撑到拉冷迪呢。过了这个弯我得靠边换气瓶了。"

过弯之后出现了另一个雷同的小村子,只不过它是这个国家百分之十四的幸运村之一,有自己的诊所和学校。小小的诊所由白色的混凝土搭建而成,挂着英语和辛卡语的标牌,不巧的是今天没开门。不过学校却很忙碌。在这个地区,夏日的雨都是间歇性的,再过三周才会出现连绵不断的雨季。相应地,老师——一个年轻的肥胖男子,手拿着一把扇子,戴着副老式的眼镜——在小树林的树荫下给学生们上课。学生是一群六到十二岁的男女孩子,捧着联合国发的塑料初级读物,竭力装着不去注意出现在此的车子。

雨还没开始下,但空气中的潮湿已让人无法忍受。诺曼浑身都湿了,想着还要下车,头都大了。他问吉登是否需要帮忙换气瓶。吉登扭身从后座的箱子里拿出了一对新的气瓶,一个氢气瓶,一个氧气瓶,并摇头谢绝了他的好意。

不过,诺曼还是下车了。他发现自己在看着一所房子如同阳台似的前院。一伙女人在那里集会,一个中年男子,很瘦,躺在她们中间的一张矮榻上。她们从一个桶里捞起布条,拧干后擦拭着他的身体,而他似乎没做出过任何迎合的动作。

他疑惑地问起吉登："那里在干什么,那个人病了吗?"

吉登没有马上回应。他放下车子后部的气瓶盘,打开气阀,重新连上新气瓶,然后拿起已经空了、但需要还给店里的气瓶,这才抬起头,顺着诺曼指的方向看过去。

"病了? 不是,死了。"他漠然地说,将空气瓶放进车里。

学校里一个年龄稍大些、盘腿坐在最后一排的孩子举起了手,问了老师一个问题。

"有什么问题吗?"吉登意识到诺曼并不打算回到车里之后追问。

"没什么。"诺曼迟疑了一下说道,"我只是……好吧,我之前从没看到过尸体。"

"和活人看起来没有两样,"吉登说道,"除了它不会动之外。它也不会有感觉。妈的,我就担心这个……你能给校长当五分钟的教具吗?"

妇女们已经完成了清洗尸体的任务,她们把脏水倒在地上,一头猪跑过来,舔着在地上形成的小水洼。在支撑着房顶的长横梁上,几只鸡呆呆地看着下方。有个妇女拿来了一只镀锌小桶,里面装着黏糊糊的白色的东西,她开始用树枝上绑着鸡毛的掸子往尸体的脸部涂抹。

"那是在干什么?"诺曼问吉登。

"什么? 哦,那个白漆? 我猜是受到早期传教士的影响。在他们改信基督教时,他们看到的圣人和天使的皮肤都是白色的,觉得这样会让他们进入天堂的机会变大。"

整个学堂的孩子都站了起来,等着老师从他们身边走过,随后都跟在老师后面,朝着车子走来。

"早上好,先生们。"年轻的胖子殷勤地说道,"我的学生们想问你们一些问题。因为他们很少有机会走出去,希望你们能满足他们的愿望。"

"当然可以。"吉登说道,发出一声不易察觉的叹息。

"非常感谢。首先,能告诉我们,你们从哪儿来吗?"老师转身,朝一个年纪较大的孩子示意。那孩子递给他一张颜色鲜艳、线条简单的地图。那些没有被汽车或整理尸体所吸引的孩子都伸长了脖子,想看吉登来自地图上的什么位置。

他的手指落在地图上纽约的位置,现场响起了一片整齐的惊叹声。

"哈,你们是美国人!"老师说道,"萨拉,我们学过美国,不是吗? 那么,你对这个伟大的国家有什么了解?"

一个表情严肃的女孩,十三岁左右,属于年龄最大的那拨学生,她开口说道:"美国有超过四亿的人口。有和我们一样的黑人,但大多数是开……"

她犹豫了。

"高……"老师更正道。

"高加索人种。"萨拉终于想起了这个词,"首都是华盛屯——"

"华盛——"

"华盛顿。那里有五十二个州。最开始只有十三个,现在已经四倍于那时的数量了。美国很富有,很强大,他们给我们好的种子,新品种的鸡和奶牛,比我们以前养的要好。还有很多药品和消毒水,让我们保持健康。"

她突然笑了一下,为自己成功完成了背诵而感到高兴。

"很好。"吉登鼓励道。

萨拉旁边一个年龄与她相仿的男孩举起了手,"我想问一下，先生——"

诺曼有点走神了。无疑，吉登经常用现在这种极其非正式的方式拜访乡村，做些公共关系方面的促进工作。诺曼觉得有些荒唐：美国使馆的一等秘书随意地在某个乡村停留，和孩子们谈话！但是，他的头脑已经被某种启示所占据，无法集中在当下。

就在几秒钟之前，那个启示突然在他头脑里冒了出来。清洗尸体以备入葬的那一幕，在其他人眼中都习以为常，却使他震惊了。在"文明"的现代美国社会，人们知道死亡可能发生在大庭广众之下——心脏病爆发，而更惨的死法是被魔客杀害，但是，几乎没人真的见到过魔客的暴行。根据感情和日常的生活经验，人们觉得死亡应该有序地发生在医院看不见的角落，只有受过训练的专家才会处理尸体。

但是，人终究会死。

同样地，贝尼尼亚也一直震惊着他。撒缦以色和通技图书馆提供的打包信息变成了惯常的、可通过眼睛和耳朵轻松吸收的东西。直面语言、气味、当地的食物、潮热的初夏空气、鞋子上沾着的烂泥，他其实与丛林人处于相同的困境。丛林人努力想搞懂相片是什么东西，而他则疲于将脑子里先前的印象与现实联系起来。

但这是必须完成的任务。隔离在通技大厦的空调房内，一个人可以把玩计算机输出的数据上千年，将它们处理成上百万种漂亮的逻辑模式。但是，在你将撒缦以色程序中的开关从"假设"扳到"现实"之前，你必须来到实地，检验数据是否真实。

他的注意力又一下子回到了当前，仿佛一个同样的开关在他头脑中被扳动了。他想起了那个男孩问题的后半段。

"——亚洲人为什么能在加利福尼亚搞那么大的破坏?"

吉登看上去有些困惑。"恐怕我不太明白你的意思。"迟疑了一会儿后他说道。

"请你原谅这个孩子,先生。"老师一脸尴尬地说道,"这不是一个得体的问题——"

"我会回答任何问题,不管得体不得体。"吉登说道,"我只是没听懂问题,没别的意思。"

"是这样,先生。"男孩说道,"我们这里有台电视机,老师让我们这些大孩子放学后看一会儿新闻再回家,所以我们看过很多跟美国有关的事。新闻里总会有一条说亚洲特工又在加州搞了破坏。但是,如果美国人长得像你这样,或者跟英国人一样,而亚洲人长得跟我们在电视上看的那样,眼睛怪怪的,肤色也不一样,你们怎么能认不出他们、把他们抓起来呢?"

"我听明白了。"诺曼说道,"我来回答吧,吉登。"他离开倚靠着的车子,走向那群孩子,眼睛看着那个提问者。他不超过十三岁,却能以完美的英语组织问题,还带着点英国口音。可能是跟某个欧盟的新闻评论员学的。以他这个年纪来说,已经很了不起了。

"你叫什么名字,孩子?"

"西蒙,先生。西蒙·贝撒凯泽。"

"好的,西蒙,你年龄不小了,应该知道你在干蠢事时,不想让别人知道。不是因为你会怕受到惩罚,而是怕别人会嘲笑你——或者因为他们觉得你是学校里最聪明的孩子,而聪明的孩子是不会干蠢事的。明白吗?"

西蒙点了点头,一脸专注的神情。

"不过,有时你搞的事太大,无法隐藏。假设你——嗯! 假设你打翻了一罐牛奶,把牛奶洒得满屋子都是。这是你的过错,你做了件蠢事导致罐子打翻了,比如你想试试自己是否能倒挂在房梁上。"

西蒙有点懵。老师笑了,用辛卡语说了几句。他的表情舒展了,竭力克制嘴角露出的笑容。

"我接着说——你想把责任推给别人……不,你不会这么做的,我敢肯定。你是个好孩子。你想怪一头猪把你绊倒了,或一只鸡吓着你了,让你摔了一跤。

"如果亚洲人真的搞了那些破坏,那他们也太聪明了。其实呢,因为美国又大又富有又骄傲,我们不想承认仍有人心怀不满——他们很不满,总想改变社会规则。但是,他们人数太少了,无法达到目的。因此他们开始发脾气,开始搞破坏。世界上到处都有这样的人。

"除了他们之外,还有一些人也想改变规则,但还没有到要使用炸弹或者放火烧房子的地步。一旦他们觉得身边有很多跟他们一样的人,他们可能就会开始这么做。所以我们让公众觉得破坏是外国人造成的问题。明白了?"

"对他来说可能太复杂了。"老师对诺曼说。

"不会,我听明白了。"西蒙郑重地说道,"我看到过有人发脾气。去年我去北方和我的表哥住了一阵子。我看到了一个伊诺克女人和男人吵架。"

诺曼听了之后,隐约觉得有什么地方不对劲,但没等他开口发问,吉登客气地咳嗽了几声。

"请原谅,但我们得走了。"他说道。

"当然,"老师热情地说道,"非常感谢你们的好心。同学们,为我们的客人欢呼三次! 一、二——"

回到车上,诺曼说道:"政府会怎么看待我刚才的——呃——发言?"

"是实话。"吉登耸了耸肩说道,"跟他们从电视上看到的不一样,但确实是实话。"

诺曼迟疑着,"我刚才想接着问来着,但又怕显得很蠢……妈的! 为什么小西蒙会如此急于强调他看到过有人发脾气?"

"那是个非常聪明的孩子,心也很细。"

"任何人都能看出他不是个傻子! 但我问的是——"

"他用英语说的这番话。他没有用他的母语辛卡语来说,他可只是个十多岁的孩子。你不觉得奇怪吗?"

诺曼不解地摇着头。

"去问问那个语言学家吧。他叫什么来着? 你带来的那个?"

"德里克·昆比。"

"哈。问问他是否能用辛卡语来表达'发脾气'。不能。唯一接近的词语意思是'疯了'。"

"但是——"

"我跟你说,"吉登小心地驾驶着车子拐过一个急弯,在路面的坑洼之间寻找着路线,"我的辛卡语一般,但还能对付。事实是:你能说'烦了'或甚至'急了',但这两个词都来源于一个词根,意思是'债主'。有时,你会因为别人欠你一个道歉而生气,就跟别人欠了你钱或者奶牛一样。你也能说'疯了',并在它前面加上前缀,总共有两种前缀——要么是意为'好笑',要么是意为'眼泪'。加后者时,你想表达的是有人彻底失去了理智,病了,需要照顾和恢复。加前者时,你想表达的是邀请人们来嘲笑发脾气的人,但那个发脾气的人迟早会恢复正常。"

"他们认为发脾气跟疯了是一回事?"

"他们并不认为发脾气有多重要,需要另一个单独的词汇来描述。我只能这么说。"

"但是,人偶尔都会发脾气啊。"

"当然。我甚至看到过老萨发脾气。但是,他并没有针对任何人。那天,他的医生让他必须休息,否则就会死。发脾气对他反而有好处,彻底发泄一下。然而,他们不会发到失去理智,到处砸东西,清醒了之后又后悔。我在这儿待了两年多了,从来没看到过大人打孩子。我也从来没看到过孩子打孩子。把他绊倒,这看到过,或者躲在角落突然跳到他跟前,假装是只豹子。你知道以前曼丁哥人是怎么说辛卡人的吗?"

诺曼缓缓地点了点头,"他们是魔法师,能偷走战士的心。"

"对。他们的方式是避开冲突。我不知道他们是怎么做的,但有历史记录。在同一个地方生活了一千多年,没有惹过谁。你来的第一天,我就跟你说过了,他们同化了霍莱尼人、伊诺克人和卡帕拉人……想听些更不可思议的东西吗?"

"你不已经在说了?"

"我说的是更不可思议的。清洗尸体并往他脸上涂白颜料这件事提醒了我。第一个来到此地的基督教传教士是个西班牙修士,名叫多明戈·雷。你知道吗,西班牙人在离梅港不远的地方有个贸易据点,是费尔南多波岛的分站。那地方有个标志,如果有时间的话,你可以去看看。

"接着说。这位修士做了一件非常不符教义的事。在来此七年之后,他疯了,把自己淹死了。他确信自己被撒旦控制了。他已经学会了足够多的辛卡语,可以用来传教,他说了些寓言和福音中的故事。但是,让他失望的是,他的传教对象说,不,你错了,这些并不是那个远方的叫耶稣的人做的,而是我们自己人,一个叫贝基的人做的。你知道贝基吗?"

"不太清楚。"诺曼顿了一下说道。

"任何有关贝尼尼亚的报告,只要没有提及贝基,都不值得看。"吉登哼了一声,"我感觉你可以把他看作一个传说中的英雄,就像很多童话故事中的杰克,或者西印度群岛传说故事中的阿南西。他名字的意思是'出生在冬天'。他们说他总是拿着一把钝矛和一面有洞的盾牌——可以通过这个洞观察。你应该能猜到,他的故事比耶稣的更符合辛卡人的口味。

"其中有一则故事让可怜的修士疯掉了——想听吗?"

"当然,说吧。"

吉登在一段特别崎岖的路面上放慢了车速,小心地规避着陷坑。"好的。故事说他已经成年了,而且有很高的声望,因为他曾经让巫师看上去像个傻子,打败过海怪,甚至还战胜了他祖父的鬼魂,所以每个人都会来求他帮助解决问题。有一次,一个霍莱尼的埃米尔——辛卡语把它变形成了'呕米',意思是消化不良;他们喜欢用俏皮的双关语——这位埃米尔无法忍受辛卡人总是比他们的主人和领主更聪明。就像有一次,他们增加了一种高额税赋,人们前去找贝基抱怨,他说,你们为什么不把发情的母牛赶到霍莱尼人的公牛栏里,然后要交税时,把他们自己的牛犊交给他们就好了。顺便说一句,据那个故事讲,他还说了一句'把属于埃米尔的还给埃米尔!'"

"把属于恺撒的还给恺撒?"诺曼嘟囔了一声。

"没错。埃米尔最后派出了信使,打探到底是谁在背后搞鬼把戏。贝基主动站了出来,并前去见了这位埃米尔。埃米尔用传统的方式把他钉在蚁冢上。在他生命的最后时刻,他的盲人老父来看他。他说辛卡人不应该把他的死算在霍莱尼人身上，因为他们太笨了，无法理解他说给他们听的那句话是什么意思。"

"父啊，赦免他们！因为他们不知道自己在做什么！"

"你被作为浸礼会教友养大，倒是节省了我不少解释的功夫，不是吗？我猜，如果雷修士更聪明点的话，他应该能想到同样的圣经故事沿着旅途传到了这儿，就像传说中佛祖的故事也传到了罗马，让他本人被加封为圣约沙法特——你听过这个故事吗？但我感觉，那个时候他没想到过这一点。

"好吧，故事其实说明贝基代表了辛卡人心目中完美的人，宽容、冷静、智慧——妙语连珠。后来，某个更开明的传教士想到说贝基是被派到这里的先知，基督教这才开始被接受。现在，你能听到有些辛卡人说贝基比耶稣更有头脑，因为他向能听懂他话的人传教，而耶稣则有些不自量力，向不能听懂他话的人传教，比如英国人，要不然他们不会做出那样的行为。"

他们两个都沉默了一阵子，车里只有电机发出的嗡嗡声和悬挂系统偶尔发出的抱怨声。最终，诺曼开口说道："我跟你说了我从来没看过尸体。我不知道我为什么会这么说。"他费力地咽下了一口唾沫，他的咽喉仿佛在阻止他将要做出的供认，"因为……嗯，我杀过人。"

"什么？谁？"

"一个圣女。她用斧子砸撒缦以色。她还砍掉了一个技术员的一条胳膊。"

吉登想了想。最后他说道："送你一句辛卡人的谚语。"

"什么？"

"你能活好多年——多做些你老了之后值得回忆的事。"

人物追踪(20)
拆楼机下的老妇人

有关将它拆除并重新开发的决定
是在一个符合各种程序的会议上做出的
做出决定的人是经过民选的代表
但他们中没有人进去过——只在门廊上逗留过片刻
那时他们为了上次的选举在发表演说
就是在那时候他们闻到了味道,知道自己不会喜欢。

卫生部的一个低级主管
说无法想象孩子与老人
在当今世界还生活在维多利亚时代的污秽之中
他说那里的火炉式样陈旧,他说那里的木地板都破了
窗户的玻璃是单面的,坐便器没有密封的盖子。
委员会成员震惊了,同意拆除。

通知发给了六十七个家庭的家长——
根据回收的选票拟定的名单

换入全新房屋的日子已经定下
若有反对可依法提出
如果反对的数量超过了百分之三十三
住房部部长会召开听证会。

一个名叫格蕾丝·罗利的女人不在名单之内
根据指令,选举计算机
因为她连续三年都未能提交选票
将她标记为非住户,推测她死了或者搬走了
然而,为以防万一,它还是向她发出了通知
在最后日期之前没有收到她的回复。

它发生在她七十七岁生日的那天
她被一种此生从未听过的声音吵醒了
有碎裂声、倒塌声和发动机的轰鸣声
她惊恐地从床上爬起,抓起了油腻的外套
套在她很久未洗过的内衣外面
然后看到两个陌生人穿过她的另一个房间。

这么多年来它已经堆满了代表一生的纪念品
在她年轻时流行过的鞋子
来自一个男人的礼物,她常梦想要嫁给他
百万畅销书的第一版
一把破吉他,她曾弹着它唱情歌
在皮雅芙全盛时期买的一张皮雅芙的唱片。

一个声音说道:"上帝,查理,这值不少钱。"

包装着饰物的一张报纸告诉了他

首次人类登月的盛举

一个声音说道:"上帝,查理,你见过这破玩意儿吗?"

喇叭里传来一个个的人名:迪伦、布拉桑、奥尔德斯·赫胥

黎、劳森伯格、贝多芬、福斯特、梅勒、帕勒斯特里纳……

就像时间的河流在泥层里的沉积

昔日潮流人物的遗迹

证明了罗利小姐与世界接触的努力

不知怎的这种力量……人已老去……这种接触已断裂

抬头突然发现她在看着他们,

两个男人,都还年轻,默念着"哦上帝。哦上帝。"

根据民选委员会赋予的权力

他们带走了格蕾丝·罗利,把她安置在一所房子里

根据民选委员会赋予的权力

他们拍卖了她的物品,除了她的衣服

古董商人买了部分的东西

转卖给了收藏家甚至是博物馆,赚取了巨大的收益。

当有人问责委员会花费了过多的公共资金

为老年人提供住所

他们解释说销售罗利的物品所得

超过了重新安置她的费用

因为她只多活了一个月

而且

一家医学院要走了她的尸体，节省了丧葬费。

现场记录（28）
从此踏上不归路

有人拿来了一支皮下注射器，在唐纳德沾满鲜血的手腕处打了一针，然后在他耳边道了声晚安。当夜幕真的降临时，他却醒了过来；屋子的窗户外已被黑暗笼罩，黑暗如此浓密，仿佛将玻璃变成了镶在紫檀木里的镜子。他受伤的手已得到了治疗，身上的瘀青也涂上了药膏以减轻疼痛。在自发光墙板发出的光线下，一个穿着护士服戴着口罩、身材矮小的女孩正看着他。

又下雨了。他听见了雨滴打在墙上的声音，如同在敲击一只松懈的皮鼓。他动了一下手，感觉到了上面众多伤口仍在隐隐作痛，眼前又出现了鲜血的红色。他痛苦地哼了一声。

做好了准备的女孩又给了他一针，打在裸露的上臂肌肉里，应该是某种镇静剂之类。它让疼痛变得迟钝，心中的恐惧也变成了可以忍受的噩梦。等着药物起作用时，她测了他的脉搏，他躺着没有动。他能感觉到脉搏在她的手指下跳动。当他感觉脉搏降低到了七十多下时，她起身向门口走去。

他听到门外有声音响起，一个男人和一个女人在争论。男人说他想进去，女人说不管他是什么人，都得再等等。最终，她取得了胜利,并走进了屋里。

她的身材在雅塔康算是较为高大的,约五英尺七英寸,体型也比较敦实。她没穿纱笼,而是穿着男式的短上衣和短裤,脚上穿着靴子,重重地踩在塑料地面上。她的头发理得很短,带着个枪把式的录音机。她身后跟着两个穿着黄色制服的警察,他们一起把门关上,把护士和那个没露面的男人关在外面。

"感觉好些了?"女人问道。

唐纳德点点头。

"好。我们的医疗条件可是一流的。"她朝一名警察示意了一下,他搬来一把椅子放在床边,"我是图迪伦警长。我得问你一些问题。"

"然后准备以谋杀罪起诉我?"唐纳德说道。

"这是美国式的笑话吗? 我可没时间跟你闲聊。"图迪伦把健硕的臀部放进狭窄的椅子里,伸出录音机对着他,就像大口径短枪的枪管。

"他是谁?"唐纳德突然问道。

"什么?"

"我杀的那个人——他是谁?"

图迪伦断然驳回了他的问话。"我来问问题,不是你!"接着,她又勉强说道,"一个用功过度的学生。他们说他家里对他的期望太高了。"

我觉得就是这么回事。唐纳德用缠着绷带的手揉了揉太阳穴。"问吧,警长。"他叹了口气,"我说的难道会跟其他目击者说的不一样吗? 现场有很多人都看到了。"

"没错。宋警官就是其中之一。"她指了指陪伴她的两名警察中的一个,"但是,人群挡住了他,他找不到机会朝魔客开枪。"

"我记得,"唐纳德说道,"我瞥见他想挤到通道这边来。"镇静剂让他能控制自己的声音,不然他肯定会大声尖叫起来。

我没必要杀了他。他已经昏迷了!

"别再浪费时间了。"图迪伦说道,"开始!你是唐纳德·霍根,为英语中继卫星服务工作的记者?"

"嗯,是的。"

"你去大学是为了做外国人必须做的绝育手术?"她没有等他回答,又加了一句,"顺便说一句,手术已经做好了。"

尽管不想这么做,唐纳德还是下意识地伸手摸了摸自己的下体。图迪伦没有笑,接着说道:"那里不会留疤,你也不会有任何不适的感觉。他们向我保证,反转手术的成功性是百分之百。"

唐纳德缩回了手,像个被抓了现行的孩子。他恼怒地说道:"为什么要审问我?你对我的了解显然比我本人还要深入!"

图迪伦没有理睬他的愤怒,接着问道:"我们检查了你的证件和行李,还有你的身体。你很健康,体内留有兴奋剂的痕迹,显然是为了减轻与美国之间时差的影响。对吗?"

唐纳德疲倦地点了点头。幸运的是,他在宾馆的行李内刚好有一瓶这种药物。只不过他并没有服用。他们检查到的痕迹肯定是赋能过程中的残留。

"根据我们的记录,从来没人能徒手战胜一个魔客。"图迪伦说道,"当然,我们这儿魔客的数量很少,而且,我们生活的这个社会还在不断进步,不断地降低魔客的数量。"她说出这个结论时,语气中并没有确信的感觉,仿佛在念一段必需的宣传语。"我们对这种人做过理论上的研究。我们的专家认为,魔客的反应速度不会受到理智的限制,因而比正常人快。但我不得不接受许多目击者跟我说的事实:你击败了一个比你年轻的魔客,而且他手里还拿着一把弯刀。因此我想知道——是什么让你成了一台如此高效的杀人机器?"

没人跟唐纳德说过该怎么回答这个问题。那些训练他的人显然没料到,他竟会在这种场合展示出他的能力。他无力地说道:"我——我不知道。"

"你是个专业运动员吗? 我们的心理学家认为,破纪录的运动员可以主动进入狂暴的状态。"

"不是——嗯——不是,我不是。我只是喜欢锻炼,仅此而已。"

"你没有吃药,你也没有进入到狂暴的状态,让自己也成为一个魔客。这——"

"我觉得我进入了。"唐纳德说道。

"什么?"

"我觉得我进入了狂暴的状态。我看到那么多人逃离了那个男孩,只是因为他手里有一把刀。地上还躺着一个男人,想爬起来,却总做不到,再等上一两分钟,他也会死。"他强迫自己坐了起来,盯住图迪伦。

"这让我感到愤怒——就是这个原因! 看到他们只顾自己逃跑,没人去救那个躺在地上的人,我非常愤怒!"

图迪伦被来自一个外国人——尤其是圆眼睛的外国人——的蔑视刺激到了。她生硬地说道:"但那是一个魔客——"

"是的,有人跟他们说过,你无法对抗一个魔客! 但是,我做到了,不是吗? 我看到这群懦夫之后变得离奇愤怒,所以独自迎了上去。肯定是愤怒让我发了狂,否则……"

他没有接着往下说。图迪伦说道:"继续,把你的话说完。"

"否则,我不会拎着他的身体撞玻璃门。"对那个场面的回忆让他的胃里泛起一阵恶心。

图迪伦安静地坐了足有三十秒,她方方的、棱角分明的脸上没有流露出任何表情。最后,她关上录音机,站了起来。

"我本想了解更多。"她说道,"但现在……"她耸了耸肩,"我先送你一个警告。"

"什么?"

"我们雅塔康人不喜欢国外的职业杀手来我们国家。从现在开始直到你离开,我会确保一直盯着你。部分是因为你做过的事,大部分是因为你可能要做的事。"

她转身离去,宋警官立刻小跑着给她开门。她出去时,唐纳德听到门缝里传来她跟人说话的声音:"好了,你现在可以去见他了。"

雅塔康的药物可能帮助了唐纳德受伤的身体,但无法抚慰他恐惧的心灵。在过了三十四年轻松的生活后,他无法适应别人称他为职业杀手,尤其是他意识到这其实是恰当的描述。他走神了,没注意到又有人来访。陪着那人走进来的还是刚才那个看着他醒来的护士。

"霍根先生?"那个人说道,随后又重复了一声,"霍根先生?……"

唐纳德迫使自己扭过头来,认出眼前这个没戴着小帽的人就是他从魔客手底下救出的那个人。他现在站着,而不是趴在地上,唐纳德觉得他非常眼熟,觉得他的面孔曾经在很久之前的电视上出现过。

他下意识地说了一句雅塔康打招呼的习惯用语。那个人以流利的英语回答道:"请让我说你的语言吧——很久没机会说了。英语——嗯——眼下已经不流行了……不说了!先生,首先我想向你表达我的感谢和敬意,但是,我的感谢和敬意实在难以用语言表达。"

我并不想让世界对我的这个能力表达敬意。至于感谢,我不值得你感谢。

但要解释清楚这一切实在太费口舌了。唐纳德叹了口气,点了点头。他说道:"嗯——我还不知道该怎么称呼你。"

"我叫苏盖昆吞。"那个人说道。

我相信逻辑,因果之间的关系。它是科学世界里的基本定律。古希腊人孕育了它,在牛顿手下发扬光大,在爱因斯坦眼中受到质疑……

唐纳德混乱的大脑中浮起了《唯物主义者信条》中的一段文字。大学时的一个朋友曾经给他介绍过这本书。与此同时,他也在想:我不相信天下有如此的巧合。以及:事情就发生在他工作的大楼前面。还有:我跟他面对面交流的这个场面也太尴尬了。

这个情景太疯狂了,他靠着强大的意志力才没有发出歇斯底里般的笑声。苏盖昆吞看上去明显紧张起来,可能在怀疑唐纳德是不是窒息了。他示意护士过来,但唐纳德已经走出了那种傻子般的状态。

"我在嘲笑自己,没能立刻认出你来。"他嗫嚅道,"很对不起——请坐。"

小心翼翼地——应该是因为屁股上的伤口——苏盖昆吞坐到了图迪伦空出来的椅子上。他往前探着身子,一脸急切的表情,说道:"先生,我知道你是个记者,原本你现在应该在写我的讣告……"他迟疑着,"好吧,我永远无法偿还对你的负债,但是,我能对你的专业帮到些什么吗?独家采访?领你参观我的实验室?我的时间任你支配。要不是因为你,我不会再有时间了。"

像一个处在醉酒边缘却又竭力保持清醒的人,唐纳德拼命整理着自己混乱的思路。在镇静剂的作用下,他逐渐平静下来。在脑海中回味着苏盖昆吞刚说过的话,他注意到了他话中用了个奇怪的表达,并将它与他很久之前存储在大脑中的片段联系在了一起,诸如不能在雅塔康打响指之类的东西。

上帝,这肯定是在捉弄他!但我本来已经受到了怀疑,再说这是一个捷径,可以马上离开这个可憎的、可怕的国家……

他用眼角打量苏盖昆吞。他知道眼前的这位科学家有五十多岁了,正因为如此,他仍遵循着某些古老的传统道德,尽管苏鲁卡塔政府反对这么做。这值得他去冒险。

雅塔康人相信,或曾经相信,如果有人救了其他人的命,被救的那个人必须完全地——只需一次——听命于救了他的那个人,去做任何事情,哪怕这么做会丧失生命。在偿还这个债务之前,他无法将生命视为自己的。

他突然说道:"好的,教授。我想让你帮我做一件事。"

苏盖昆吞警觉地抬起了头。

"教授,我不仅仅是个记者。"我是个职业杀手——别再想了!"我取得过生物学的学位,我的博士论文跟古遗传学有关。我被派来这儿的原因,这么说吧,我来这儿当然是为了报道基因优化工程——我竟然没有一下子认出你来,这实在太荒唐了。根据我的理解,你们的政府保证了会去做两件事情,并借用了你的名誉来担保这两件事情一定会成功。首先,他们会清理雅塔康的基因池,确保只有好的基因能遗传下去。第二是,他们会培育出更优秀的人类。

"我们国家的专家觉得很难相信,因为有经验的基因工程师的数量有限,你的政府甚至都不能保证做到第一点。至于第二点,除了你之外,没有人能做到。

"因此,我想直接问你,你们能做到吗?因为,如果不能做到的话——好吧,我当然希望能单独采访你,我当然愿意参观你的实验室。但这都是在浪费时间。"

说出这番话的同时,他不断怀疑自己是不是一个傻子。科腾说过,美国人说话不够委婉,刚才他采取的正是最直接、最粗鲁的方式。

屋里安静下来,而且仿佛要一直安静下去,直到永远。最后看到苏盖昆吞的头从一边摇到另一边时,他几乎不敢相信自己的眼睛。不能。

唐纳德忘记了身上的伤口和瘀青,一下子坐直了。他没有理睬匆忙上前帮他调整床头的护士。

"教授,你的意思是——"

苏盖昆吞从椅子上跳了起来,开始在屋里来回踱步。"如果我不把这个秘密吐露给别人听,"他以一种非常不雅塔康的方式飞快地说道,"我会发疯的!我也会像今天那个可怜的学生一样变成魔客!霍根先生!"随后,他的声音又降低了,变得几乎像在喃喃自语,"我是一个忠诚的爱国者——这是我的家园,我非常爱它!但是,男人的责任不就是将他所爱的从别人的愚行中拯救出来吗?"

唐纳德点点头,被苏盖昆吞的激烈反应惊呆了,就像从罗亚老祖的火山口往下看,发现迷雾已经消散,耀眼的岩浆正在沸腾,红得如同鲜花。

"有些人太蠢了！"苏盖昆吞激动地说，"我看到了政府的成功之处，也看到了它带来的改变与益处——难道要把这一切都枉费了？连同我多年来奋斗的事业？霍根先生！"他停下来看着唐纳德，"你以前听过我的名字吗，在这次的发布之前？"

"当然，好几百次。"

"和什么有关？"

"定制的细菌，和世界任何国家的比都不相上下。一种橡胶树的植株，你们的竞争对手对此羡慕不已。转基因罗非鱼，为上亿人提供了蛋白质。一种——"

"谢谢。"苏盖昆吞打断道，"最近，我有时会产生错觉，觉得这些都是在我的梦里发生的。你听说过雅塔康有四头自杀的猩猩吗？"

"自杀？猩猩？可是，我还以为你对猩猩的研究奠定了基础，为——"

"哦，还有一只活了下来。"苏盖昆吞挥了挥手，仿佛要把这只剩下的猩猩赶走。他又开始了踱步，"我推测你也懂一些心理学，是吗？一只能找到自杀方法的猩猩，已经具备了某些人类区别于动物的特质。如果你用不着我向你解释这个结论，或许我可以让你明白一些事情，一些我无法让领导层中的某些人明白的事情。"

他双手紧紧地抓住椅子，仿佛想用力凭空挤出话语。

"要是我表达得有些乱，请原谅。我不知道我在怕什么，但我肯定在害怕。我不是在自夸，霍根先生——相信我，没有任何自夸的意思，因为我觉得上天赐予我的天赋已经变成了无法忍受的负担——世界上没人做过我做的东西。想想吧！另一个我们独有的东西是语言，能在头脑里掌握符号与它们之间的关系，展现出不在眼前的事物和事件。我改变了一只猩猩的基因，让它的五个幼崽能跟我们共享语言。但是，是我们创造了语言，是我们——人类！那些是猩猩，它们长大的环境是属于人类的，不属于它们。我觉得这就是那四只猩猩想离开这个世界的原因。第五只活了下来。如果你想的话，你可以见到它，跟它说话——它能说几百个简单的词汇……"

"这太了不起了！"唐纳德不禁喊了出来。他知道这有多么不容易。他见过好几百个转基因的宠物，它们代表着背后好几千次不成功的尝试——人类改变了它们自然的基因结构，让它们变得不适合生存。

"你觉得了不起？那让我来问问你：如果他们来找你，就跟他们来找我一样，说不要再在低等的猩猩上浪费时间了，你的国家需要你开始人类胚胎上的工作。如果出现了失败，你必须像对待其他实验品一样处理掉它们。你会怎么做？"

"你的意思是，你并没有在人体实验上取得成功？"

"成功——什么是成功？"苏盖昆吞苦涩地反驳道，"我认为，从某些方面来说，我的确成功了。有很多次，我从供体细胞里取出细胞核并植入卵子，它会生长。有时，我改变了一条染色体，人们生下了健康的骨肉。不这样做的话，他们的后代可能会有遗传病……我想，他们应该是满意的。或许，你可以称这些为成功。"

"你试着改变过苏鲁卡塔的卟啉症基因吗？"

"试过。"苏盖昆吞承认道，并没有因为唐纳德说出了一个严守的秘密而感到奇怪，"但是有副作用。会产生兔唇基因。"

"可以通过手术矫正——"

"还有独眼症和囟门永久不闭合。"

"明白了。请接着说。"

"我不知道该怎么往下说。"苏盖昆吞似乎没在看着周遭的环境,而是盯着墙壁后面无法透视的未来。他又轻轻地坐在椅子上,"人类的基因更加复杂,但和细菌并没有本质上的不同。它总是在分裂,然后合并,而不是分裂然后消散。但不管怎么说,第一步总是分裂。"

他停了下来。唐纳德耐不住心焦,问道:"如果你让猩猩获得了语言的能力,听上去你已经实现了你们政府的承诺!"

"嗯?"苏盖昆吞惊了一下,"哦,是的——凭借我们现在拥有的知识,通过克隆和基因编辑改变坏的基因,再过一个世纪,雅塔康差不多可以消灭先天性缺陷了。"

"可是,他们宣传的不是这个!"

"霍根先生,你不明白吗?我对宣传什么不感兴趣!它们是政治,不是科学。"苏盖昆吞深吸了口气,"霍根先生,人究竟是什么?部分的他是一串化学编码中传下的信息。但这只是很小的一部分。把一个人类婴儿放在动物群中长大,比如说狼孩。等它进入青春期后,尽管它能进行交配并产下自己的后代,但你能说它是个人吗?不,它只是将其养大的那种动物的拙劣复制品!听着,染色体上有个部位,我能找到——我觉得我一定能找到——经过五十次、一百次的失败后,我能制造出一个孩子,他的大脑发育程度远胜于他的母亲,就跟我的猩猩幼崽远比它们的母亲聪明一样。但是,谁来教那个孩子?我的五只猩猩中有四只都自杀了,因为我们无法教给它们人类以外的生活方式——而它们并不是人类!我还能找到另外一个部位,掌管某些肌肉和骨骼发育的部位,制造出一个体长三米的人,骨骼足够结实可以支撑自身的重量,发达的肌肉让他可以跑、可以跳、可以扔东西。我对此没有那么大的信心，因为我的猩猩不需要强大的力量。但是，我觉得我可以去试一下。或许他会长着粉色的眼睛，没有头发，但是……"

唐纳德全身都起了鸡皮疙瘩。他说道："但是，你就可以培养出超人了。"

"我能读取你细胞核的结构，就像在看一张城市地图。"苏盖昆吞说道，但语气中没有自负，"给我一百万个你的体细胞——从你的皮肤上薄薄地刮下一层，你根本不会有感觉，也不会记得，然后在培养液里培育它们——我可以告诉你，从生物的角度，为什么你长到了你现在的这个高度，为什么你的头发是这个颜色，为什么你的肤色很浅、不是深色的，为什么你聪明、消化也不错，为什么你手掌上的生命线会在离根部一厘米处分叉。我并没有看到——它们被包在纱布里。但是，你这种类型有一连串的特征，每个类型都有各自的特征。

"我能培育某个体细胞的克隆体，给你一个儿子，但他其实又是你的孪生弟弟。运气好的话，我有很大可能让他长得比你高，比你更灵活，甚至比你更聪明个百分之几。如果你想要个金发儿子，我或许能让他长金发。我还能做得更多：如果你想要个女孩，我可以给你造一个不错的相似品。她会有一些男性特征——平胸，胡子。但是，她不会有阴茎。"

"如果你已经能做这么多了，再过二十五年——"

"到了那时候，谁知道我的政府又会做出哪些不切实际的承诺？"苏盖昆吞打断了他。

唐纳德往后靠在了床头，他的头开始疼了。他说道："对不起，我彻底糊涂了。听起来，你能做到基因优化工程的第二步，大家都认为不太可能达成的那一步。但与此同时，这第一步，根据现有的知识就能做到的第一步，你却无法完成……我的理解对吗？"

苏盖昆吞耸了耸肩，"我知道一个好的基因工程师需要什么样的智力水平。这是雅塔康的基因池不可能提供的。在一个世纪以内，不可能提供工程所需的大批人员。即便这个国家按照目前这种速度一直发展下去也不行。"

"政府知道这一点吗？"

"我公开说过很多次，他们说政治策略方面，他们才是裁判，我应该回到实验室，完成指派的任务。"苏盖昆吞犹豫了一下，"在这个国家，而且我相信在你的国家也同样存在，人们倾向于相信专家。但是，要成为专家，你必须先变得傲慢，然而，总有一些无法绕过的困难……"

"如果他们碰到了这些困难，"唐纳德耸了耸肩，"他们会在工程的第一部分上变得低调，强调第二部分——启动一个应急计划，生产改良的人类！"

"可他们不能这么做！"苏盖昆吞一字一顿地说道，每说一个词就用拳头捶一下手掌，"五只猩猩中有四只都自杀了。我们一直很小心，要不是预防措施得当，它们可能已经杀了一个人了。你可以把猩猩关起来，看住它们。我们人类中有谁敢去看守一个超人？如果超人想杀人，我们是挡不住的。"

唐纳德又用几乎听不到的声音加了一句："你最应该理解这句话。几个小时之前，你就差点被杀掉。"

他不应该说这句话的。唐纳德还保留了些许原来的自己：原来的他习惯于冷静地接收信息，把信息像拼图一样拼接在一起，直到某种模式浮现。他甚至没在录音——不像个真正的记者

——没录下科学家所说的一切。但他并不担心,他依靠自己长久以来的训练来品味和吸收关键之处。

然而,在被提醒自己干了什么之后,只有一个方法能使他消化当时的情景并仍然保持理智——接受全新的自己,唐纳德·霍根二世,被赋能的杀手,杀人是他的日常工作。

他知道自己必须抓住这个关键时机,苏盖昆吞刚刚做出了坦白。同时,他又同情这位天才的科学家。苏盖昆吞对国家的爱将他引入了一个复杂的陷阱,为一个宣传上的噱头做伪证,违背了他一直以来的原则。爱与内疚之间的斗争让他无法承受。部分的他被深埋在心底,像是受力分子中的原子,等待着机会,在化合物点燃的那一刻,释放出本身存储的能量。

他说道:"现在,你对你们的政府有什么看法,教授?"他的语气中带着锋芒。

"如果它继续执政的话,我担心我们国家的未来。"苏盖昆吞低语道。

"你想要什么? 你最想做什么?"

"我想做什么?"苏盖昆吞眨巴着眼睛,"我想——我想从这些压力中解脱出来。我想能自主地做事。我已经五十四岁了,但是还有一些想法没有得到验证。我想把我的知识、还没有写下来的想法传授给年轻人……我想成为我擅长的,一个科学家,而不是政治花瓶!"

"如果这个政府一直在雅塔康存在下去,你有机会实现你的想法吗?"

长久的沉默之后,苏盖昆吞开口说道:"我曾经有希望,一直在希望。现在……现在我只能骗自己说还有希望。"

"你必须给我一封授权信。"唐纳德思索了一阵子之后说道,"你必须写上,你允许我前往你的私人住所做一次专访。记得要写上地址。你会实现你的希望,我发誓。我保证你会得到你想要的东西。"

背景环境(22)
母亲和孩子都好吗?

你们好,被优生委员会剥夺了父母权而愤怒的人们！如果这种事事都要管的家长作风也随之消失,那还稍微好些。但是,这种作风却日甚一日。所谓"为了你好"而被禁止的事数不胜数。如果还有什么事允许你做,那也仅仅是因为它对那些有权禁止它的人有好处,所以他们没有禁止它。

我是幸运的,因为他们告诉我,我有两个健康的孩子——事实上,最近他们两个都给我打过电话,因为他们得知我还没有将自己的磷元素归还给大地。他们的电话,让我想起了我在兴奋地开启他们的生命之旅时所承担的风险。事后发现,有些数据相当可怕。我的意思是,在没有计算机分析的协助下,你会做这件事吗？有百分之八的机会让你伤心十年、十五年,甚至也许是一辈子,为了一个贪婪的、难伺候的、愚蠢的动物？

是的。我说的是低能儿。

我找到了莱纳斯·鲍林教授于1959年给斯德哥尔摩的一名记者的数据,这位教授因为发现了苯丙酮尿症而闻名于世。这是我能找到的这个硬邦邦的、冷酷的百分之八的最早出处。我太懒了，不想再找下去了。

鲍林说道："在有记录的地区，约有百分之二的婴儿有某种先天的缺陷。而且，一些跟踪到青春期的研究显示，这个数据最终可能会高达百分之八，包括语言障碍、阅读障碍、色盲，以及其他一些在刚出生的婴儿身上检验不出的缺陷。"

这些并不全是遗传方面的缺陷。很多都是在子宫内或在出生时遭受的创伤。一个麻痹症患者的基因类型也有可能是完美的。

然而，一大桶鲸油渣被倒在了基因导致的遗传缺陷和事故导致的先天缺陷之分界线上。这一分界线原本应该是泾渭分明的。在没有对父母的基因进行昂贵且耗时的研究之前，我接触过的专家中，没有哪个能说清楚造成不同缺陷的原因是什么，更别说普通的公众了。

创伤一词源于希腊语中的"瘀青"，指的是来自外部的伤害，包括在子宫内过度暴露在 X 光下，母体感染了风疹，食用了致癌物或诱变物且该物质进入了性腺，在孕期吸食摩羯诺——这东西的成瘾性太强了，即使我在你们中的准妈妈身上用熨斗烫上"它会让胎儿畸变"这几个大字，她们也会说滚出我的轨道。此外还有身体组织在一生中逐渐积聚的放射性物质，例如放射性的锶、放射性的碘、放射性的铯，以及放射性的碳……

而且，这些东西似能对抗医学的进步，尽管医学的进步已降低了传统疾病的致病因素。你决定要生下那个孩子，在他长到青春期时，你仍然面临着百分之八的风险，他可能带有某种先天的缺陷。

记住，有些缺陷非常轻微。例如，花粉过敏是遗传的，甚至都不是先天的,但现代的解药可以让一个因花粉过敏而哮喘的孩子过上正常的生活。听上去没什么大不了的,不是吗——以当代的标准来看?

除了一个事实:在他死之前,这个孩子在解药上的花费可能高达七万五千美元!

现在,如果你们被优生委员会拒绝了,其实是因为他们判断你生下缺陷孩子的概率不是百分之八,而是百分之八十。你可以在缺陷的定义上与他们争论,比如最近关于色盲的争论。但是,他们的决定有非常扎实的数据支撑。五十年前,鲍林说需要整整二十代人的时间才能让放射性尘埃导致的隐性缺陷全部显现。现在,他们掌握了足够的数据,可以在少于十二代人的时间内将隐性缺陷全部清除。这个消息足以让你的十世孙庆贺了,如果你有十世孙的话。

但是,我跟你们说,在我以最愤世嫉俗的态度观察了你们多年以后,你们并没有什么好的地方,值得让你们通过自己产下后代而永续下去。你们躲在优生委员会的决定的后面,隐藏着自己真实的一面,那就是,你们想逃避责任,不想照看一个注定要离开你们、独自面对整个世界的孩子。你们不想冒险,看着他回来说这都是你们的错,他没有成为生活的赢家。我认识一些人甚至会撒谎说自己的基因有问题,以此来逃避生育。

为什么他们要撒谎?我一般都会赞同那些不想生育的人。我并不推崇同性恋,也不是圣女那样狂热的宗教分子,她们用独身主义来掩盖自身的疯狂。不!只是因为抛弃了成为父母的执念后,能解放他或她,免得去当上一个普通的、显然已经太多了的孩子的父母。

如果你被拒绝了生育,你知道还有收养的机会,收养一个比你自己的后代更优秀的孩子。难道你不想养一个比你更聪明、更成功、更英俊、更性感、更健康的孩子吗？

不会，你们才不会呢。你们希望他能待在政府的孤儿院里，让营养不良损害他的智力，让缺乏母爱使他成长为一个失败的神经病。

当一个物种开始对自己的后代害怕时，它应该就踏上了一条不归路，等着像恐龙一样灭绝。就跟我刚才说过的，我们中的一些人担心他们的后代会比自己劣等，这还算有些道理。但有些人担心的却是相反的，那就毫无道理可言了。现在，你们把自己之前从未听说过的一位亚洲科学家树立成了弥赛亚。好的，假设苏盖昆吞可以做到他们所宣传的，根据规格定制一个婴儿，你们想要什么规格？

比你们更聪明？但是，你不想到老了还后悔自己拖了孩子的后腿。

比你们更笨？但是，你不想将余生浪费在照顾一个傻瓜上。

你们想要的是一个在家里表现得很乖的孩子，长大后就会离家远去，这样你就可以一直抱怨他有多么不感恩了。但是，我怀疑甚至连苏盖昆吞也无法确保能成功将这个要求植入卵子。

> ——在得知查德·穆里根并没有死之后，
> 一家过分急切的杂志请他写了这篇文章

人物追踪(21)

旱季的孩子

语言学的研究显示,"贝基"这个名字最早以"冬佬"的形式出现,因此大家普遍认为它的意思是"出生在冬天"。更准确的解释应该是"旱季出生的孩子"。贝尼尼亚北方的十二月和一月是一年之中最干燥的季节。

还有人说这个名字起源于"鬼佬"(意思是"外国人"),但这不会衍生出上述的"冬佬"。不管是哪种情况,辛卡迷信都认为在夏季的雨季开始时怀上的孩子(因而在冬天出生)比一般的孩子更具活力。在某一特定的纬度地区,太阳的死亡和重生与季节的交替重合,因此有人倾向于证明贝基实际上是传自该纬度区的一种太阳崇拜。但是,除了口头证据之外,我们找不到其他的证据,尽管史前的跨文明交流很有可能向我们提供了贝基传说中的元素。另一方面……

贝尼尼亚梅港的凯蒂·戈比小姐提交的博士论文之前言:加纳大学,阿克拉,1989(Xii,共91页,3张示意图)。

贝基和贪婪的姐姐

一天，贝基躺在地板上，旁边放着一篮子妈妈为节日准备的炸鸡。他的姐姐以为他睡着了，于是拿走了最大的那只鸡腿，把它藏在屋顶下面。

家里人坐在一起吃饭时，贝基拒绝食用从篮子里拿出的食物。他说："屋顶下面有一只大鸟在鸣叫。"

"别傻了。"他妈妈说，但他的姐姐知道他话里的意思。

他爬了上去，拿到了鸡腿，把它吃了。

"你偷了它，然后把它藏到了那儿。"他的姐姐指责道，"你想吃最大的鸡腿。"

"没有。"贝基说道，"我做了个梦，想吃大鸡腿的那个人最后吃到了最小的。"

然后，他把吃剩的鸡骨头给了她。

贝基和外国商人

一次，贝基去了拉冷迪的大市集。在那儿，他碰到了一位其他部落的商人。那个人在卖据他说是金子做的罐子。贝基躲在他后面，拿出把刀，割了一下罐子的金属表面。尽管那金属呈现出亮闪闪的黄色，但割下去的感觉并不像在割金子。

于是，贝基拿起最大的罐子，在它下面撒了泡尿，然后把它放了回去。

随后，他转到了前面。很多人都想买金子做的罐子，只有贝基知道它们是黄铜做的。

贝基说道："那个罐子看上去不错。我需要那样的一个罐子当夜壶。"

所有人都笑了,觉得他是个傻子。这罐子配得上大厨最醇的棕榈酒,怎么能用来盛尿呢?

"你往里面撒尿,我要检查一下它是不是漏的。"贝基说。商人和其他人一样也笑了。他往里尿了一泡,还说用尿液玷污这么珍贵的罐子太可惜了。

商人尿完之后,贝基提起罐子,下面的地上是湿的,浸满了尿。他说道:"不管这个罐子看上去多漂亮,我都不会买,因为它会漏尿。"

大家把商人打了一顿,逼他退了钱。

贝基和海怪

贝基离开胖老太婆的房子之后,沿着小路穿过森林,嘴里吹着刚从她那儿学来的小调,敲击着卡萨兰琴的木键——在多年以后,英国人来到贝基的世界,他们把这东西称为口袋钢琴。

一只小鸟听到了声音,飞下来停在路边,想倾听这优美的新曲调,却又有点害怕,因为贝基是个人。

看到害怕的小鸟之后,贝基停下脚步,坐了下来。他说:"不要怕,小兄弟。你想学我的歌吗? 如果你能教我一首你的歌,我就把它教给你。"

"这交易很公平。"小鸟说,"但是我还是害怕你。你比我大多了,就像海怪比人大多了一样。"

"你的确比我小,"贝基说,"但你的声音比我甜美多了。我曾经听到整个森林都回荡着你的歌声。顺便问一句,"他接着说道,"你说的海怪是什么?"

小鸟告诉他,在海边的一个村子里,离此大概有一天的路程,有一个巨大的妖怪从水里出来,抓了两个小孩并把他们吃了。所有的人都逃进树林躲了起来。

"我比你大,"贝基说,"但我唱得没你好听。或许这个妖怪比我大,但不知道他是否跟我一样聪明。我要去那儿查个究竟。"

小鸟说:"如果你不害怕妖怪,我也会尽力不去害怕你。"它飞到贝基头上,用爪子勾住他的卷发。

贝基顶着小鸟走了一整天,一路上教它怎么唱老太婆的歌。长途跋涉之后,他来到那个已经空无一人的村子。

"小兄弟!"他说,"我在地平线上看到的是什么东西,就在深蓝色的水面与浅蓝色的天空交界的地方?"

小鸟向大海飞去,好看个明白。回来之后,它说:"风暴就要来了,那里是乌云和闪电。"

"很好。"贝基说,接着去找那个妖怪。

妖怪躺在市集的广场上。它比贝基大好几百倍,就像贝基比小鸟大好几百倍一样。小鸟害怕得想飞走,但它终究还是勇敢地站在贝基的头上。

妖怪朝贝基咆哮:"嘿,你来得正是时候!我已经消化了早餐吃的两个孩子,现在我要把你当晚餐!"

"我也饿了,"贝基说,"我今天还没吃饭呢。"

"你头上站着个可以吃的东西。"妖怪叫喊道,"在我把你吃了之前,你最好先把它吃了!"

贝基小声对小鸟说道:"不要害怕。我喜欢听你唱歌,不会吃你的。不过我觉得这个妖怪对音乐不感兴趣。"

他又大声对妖怪说道:"不!我要留着这只鸟,直到我虚弱得无法再去寻找食物的那一天。"

妖怪笑了，"如果我把你吃了，你还能等到饿极了不得不吃掉小鸟的那一天吗？"

"我不知道。"贝基回答道，"同样，你也不知道你骑着的那个巨人哪天会饿极了把你也吃掉。"

"我没有骑在谁身上。"妖怪宣称道。

"那样的话，"贝基说，"我看到的那张朝你合拢的大嘴是谁的？那个让天空都颤抖的声音又是谁发出的？"他举起钝矛指了指。

妖怪朝海面看去，看到乌云正朝着村子压来，海浪翻滚着，像只饥饿的巨兽舔舐着海面；听到了滚滚的雷声，如同一只饿极了的肚子发出的叫声。

"那就是你骑着的巨人，"贝基说道，"它的名字叫海。跟它相比，我们人类就像跳蚤，因此我们很安全——我们甚至都不够这个巨人一口吃的。即便如此，有时，我们惹了它，它也会伤害我们。但你比我大得多，就像我比头上的小鸟大得多一样。你听它发出来的声音，现在它肯定非常饿。"

妖怪看到了闪电亮起，如同大海嘴巴里的利齿发出的寒光。它跳了起来，飞快地逃走了。从那以后，再也没人见到过它。

躲在林子里的人们回到村子后，他们问贝基："你是个伟大的战士吗？是你赶走了可怕的妖怪？"

贝基向他们展示了他一直带着的钝矛和有洞的盾牌。他们说："这是什么意思？"

"意思是，"他解释道，"你无法用矛去对付一只咬了你的跳蚤，盾牌也无法对付一个能把你连同盾牌一起吞下的妖怪。只有一个方法能同时战胜跳蚤和妖怪：你必须比它们更聪明。"

贝基和鬼魂

曾经,有一个特里里—基(祖先的鬼魂)让人们觉得很烦恼。他吓坏了去打水的妇女,还让小孩做噩梦。

贝基的酋长父亲召集了卡特兰咖(元老会),艾斯雷(意思是"男巫、巫医")告诉他:"他是你父亲的鬼魂,是贝基的祖父。"

酋长很难过。他问贝基:"祖父想从我们这儿得到什么?"

贝基说道:"只有一个办法能搞清楚鬼魂要什么。我们去找他问清楚。如果你不去,我自己去。"

他从艾斯雷那儿学会了如何与鬼魂礼貌地说话,在晚上去了那个鬼魂出现过的黑暗荒凉的地方。他说:"祖父,我给你带来了棕榈酒和羊血,吃吧,但请你跟我说话。"

鬼魂出来了。他喝干了酒,并喝下了羊血让自己变得强壮。他说道:"贝基,我来了。"

"你想要什么?"

"我一直关注着村子。我看到所有的事都不对头。邻里纠纷的裁判跟我以前的方式不同。年轻人不尊敬老年人。女孩与她们不想与之结婚的男孩约会。食物太多了,人们变胖了,变懒了,棕榈酒也太多了,所以应该外出打猎的时候,他们还在睡觉。"

"我的父亲,也就是新酋长,他裁判纠纷的方式与你不同。这是因为他裁判的对象不同了。"贝基说道,"年轻人从他们的父母那里学会了如何对待老人,而他们的父母又是从你这儿学的。现在的女孩自己挑选丈夫,结婚时比她们的母亲更快乐。至于懒惰和贪睡,为什么不呢,因为我们知道有像你这样的鬼魂在守护着村子。"

鬼魂无言以对，只好离开。

贝基和邪恶的巫师

贝基来到了一个村子里。村里所有的人都害怕一个名叫特古的巫师。他能让奶牛和女人流产，能在远处让茅屋起火，能制作鬼娃。还有，如果他用一把特殊的刀扎一下别人在泥地上留下的脚印，那个人就会生病或者死去。

贝基对特古说："我想让你帮我杀一个人，但我不能告诉你他的名字。"

巫师说道："付钱。你必须带给我他的一样东西：头发，指甲，或者他穿过的衣服。"

"我会带来他的一样东西。"贝基说。他离开了，回来时带来了一些粪便。他还给了巫师一面镜子，以及一些他采集的名贵草药。

巫师做了一个鬼娃，把它架在火上烤，嘴里念着些邪恶的咒语。黄昏时分，村里人都来看，因为他们不敢在晚上来，魔法实在是太强大了。

"这个人会死。"巫师说道。

"现在我能告诉你他的名字了。"贝基说，"他叫特古。"

巫师倒在了地上，嘴里喊着被骗了。他说自己肯定会马上死的。

贝基把村里的酋长拉到一边说道："再等一个小时，然后告诉他这粪便其实属于我的一个朋友。他也叫特古，住在别的村子里。我要和朋友一起嘲笑这个愚蠢的巫师。"

贝基和蒸汽船

(作者的注释:这肯定是很晚以后才加入到传说里的。)

贝基去了海边,看到了一艘大船,船上还冒着滚滚的黑烟。一个白人从船上下来,到岸上与他交谈。

贝基说道:"欢迎,在这里你是我们的客人。"

白人说:"这是个愚蠢的说法。我要住在这儿。"

贝基:"那我帮你搭个茅屋吧。"

白人说:"我不要住在茅屋里。我会住在铁房子里,烟从屋顶出来,我会很富有。"

贝基:"你为什么要来这儿?"

白人说:"我要统治你们。"

贝基说:"我们这个地方比你来的地方要好吗?"

白人说:"这里太热了,还总是下雨,地上都是烂泥。我不喜欢这里的食物,这里也没有我们那儿的女人。"

贝基说:"但是,既然你愿意来这儿生活,这里肯定有让你觉得好的地方。如果你不喜欢这里的天气、食物和女人,那么你肯定觉得这里要比你自己的国家治理得好。我的父亲是酋长,他管着我们。"

白人说:"我要统治你们。"

贝基说:"如果你离开了自己的家,肯定是被逼的。一个被自己的家乡流放的人怎么能胜过我的父亲呢?"

白人说:"我有一艘大蒸汽船,还有很多枪。"

贝基说:"你能再造一艘船吗?"

白人说:"不能。"

贝基说:"我明白了。你只会用其他人造好的东西,再也不会别的了。"(作者的注释:辛卡人认为说一个人不会造东西是对他的侮辱,因为一个有自尊的男人应该搭建自己的房子,制作自己的家具。)

但是白人太笨了,不明白贝基在说什么,因此他还是在这儿住下了。

然而,一百年之后,他终于明白了,并回了家。

现场记录（29）
我要报告

　　负责唐纳德的医生想让他在医院过夜。他花了一个小时争吵，还威胁说要报告给公司总部，说自己被监禁了，他们这才不情愿地用官方车辆且在官方人员的陪同下，把他送回了宾馆。现在，基于各种传言的报道应该已经满天飞了，讲述苏盖昆吞是如何从一个魔客手下被拯救的。英继星应该也从德祖·科瓦-路普那儿得到了这个故事。但他并不在乎这些。在任务的第一天，他就取得了比那些派他来的人——更不用说他自己了——所梦想的大得多的进展。重要的不是将这个故事发布至通讯社，而是他见到了整个雅塔康基因优化工程的关键人物，此人既担心此项工程的失败，同时也担心它的成功。

　　害怕自己作为苏盖昆吞拯救者的身份已经暴露，他坚持通过后门进入房间，避免穿过整个大厅。他们找到了一台货梯，除了一个漠不关心的行李员之外，没人看到他们。摆脱陪同之后，他确认了与布朗温房间之间的门已从他这头锁死，这才打开手持通信机。

　　通信机里的一个线路能检测到窃听装置。他在衣橱里发现了一个。他用口袋里的打火机对着它烧了一分多钟。至于这么做会有什么后果，他不愿多想。他给自己找了理由，一个谨慎的记者，当然会竭力保证自己跟踪的线索不被泄露。还有一个装在电话上。但他不担心，它只有在通话时才会起作用。

他费心地准备好了两条消息，其中一条写在纸上，准备在通话时照着念，另一条被轻声录入一个隐藏的装置。该装置能将声音信息碎片化，并且加密，然后将碎片化的信息如同寄生虫般附着在电话信号上传送出去。前者仅仅粗略地描述了一个魔客如何袭击苏盖昆吞和他又是怎么对付魔客的。第二条消息是，如果有人感兴趣的话，科学家已经是一个熟透了的李子，随时可以摘取。

他要求与最近的一个中继卫星通话，被告知需要等一会儿。他等了一会儿。最终，连接建立了，他发出了这两个信息。在他忙碌期间，他听到布朗温房间的门开了又关上了，随后两个房间之间的门又被非常轻微地推了几下。

任务完成了，他收好了手持通信机。他们允许他离开医院之前，已经让他吃过饭了，所以他不饿。他想喝上一杯，或抽上一口，但缺乏足够的热情。他脱下衣服上床了。

黑暗中，似乎有一个年轻的男子，咽喉处汩汩喷着鲜血，默默地盯着他。

过了一会儿，他爬起来。通向布朗温房间的门框四周透出光线。他打开插销，推开了门。她坐在床上，赤裸着，宛如一朵含苞待放的莲花，等待着他的到来。

"请原谅，"她说道，"白天我对你太没礼貌了。"她张开双臂，仿佛花朵对着朝阳张开花瓣，"当时你肯定感应到了有人需要你出手相助。"

唐纳德困惑不解地摇了摇头。她已经下了床,微微地扭动着臀部向他走来。

"别人说的是真的吗——你从魔客手下救了苏盖昆吞?"

"是的。"

"你肯定感觉到了召唤,不是吗? 这就是你突然离开我的原因。你有一种能力,我们称之为——"他没有听清那个词,它很长,有很多重复的音节,听上去更像梵语,而不像现代印地语。

"没有。"唐纳德说道。光着身子站在房间中央,他开始发抖。他本以为今晚会很热,但现在凉气似乎渗进了他骨头里,让他不停地打战。"没有,"他再次说道,"我仅有的能力就是杀人。我不想要这样的能力。它让我害怕极了。"说完最后一个词之后,他的牙关咬在一起,上下牙开始打架。

"你是神圣力量的媒介,每次用完之后你都会是这个样子。"布朗温说道,仿佛她是这方面的专家,"它会让你的身体和心灵难以承受。它甚至有可能会烧了你。"

不是烧,而是冰冻。让那个魔客杀了苏盖昆吞,或甚至杀了我,结果会更好一些吗? 我能让苏盖昆吞干什么呢?

但这已经不是他能决定的事了。

布朗温带着一脸庄重,将一只手掌放在他的头顶。随后,她轻轻地触碰了他的前额、喉咙、前胸、肚脐、耻骨和尾椎骨:七个法轮。她说道:"力量从你的腹部去了头顶。你心中忧虑的事从未发生过。让我把力量拉回来。"

她优雅地跪在地上,开始用嘴巴为他的身体服务。

最终,电话响了。一开始他没有听到。在经过了与布朗温狂野的做爱之后,他睡得很沉。但这儿的铃声比家里的电话铃更尖锐、更短促，将他拉出了梦乡。他爬下床，跌跌撞撞地回到自己的房间，向电话伸出手去。

迷迷糊糊地，他看着黑暗中的电话，等待着屏幕亮起。过了很久之后，他才意识到没有屏幕。他应该说句话，表示电话已经连通了。

"呃，我是霍根。"他嘟囔了一声。

"我是德拉安迪！"一个激动的声音响了起来，"祝贺你，霍根！英继星从没想到过这里还能有这么大的新闻！"

"上帝，你想说的就是这个？现在这里是深夜两点半。"

"是的，我知道。对不起。但是，我觉得应该立刻让你知道我们有多高兴。当然，你发的东西需要再加工一下，但是……"

他停下了。唐纳德耐心地等着他继续。

"你听到了吗？我说需要再加工！"

哦。唐纳德伸长手臂够到他的手持通信机，把它放在电话边上。有消息会断断续续地呈碎片状传过来，通信机能用英语回放。但经历了魔客事件之后，他被教过的那些暗号之类的东西，都显得像在过家家。

"明白了，"他说道，"对不起。我累坏了。"

"我能理解。"德拉安迪说道，"对付一个魔客——太难以想象了！我们抢到了头条，因为雅塔康官方尚未发布该消息。收到你的故事之前，我们有的只是第三手的谣言。我们会全盘播发的。当然，会提到你的名字。"

"我要求了一个专访。"唐纳德心不在焉地说道。

"好极了！记住要拍下来。我们的特约记者会帮你搞定的，我肯定。"他又说了一大堆过分恭维的话，这才挂断电话。

舒了一口气，唐纳德调整了通信机上的控制钮，倾听着它自动从电话信号里攫取的、已经转换成人类能听懂的信息。

受碎片化过程造成的频率跃动的影响,德拉安迪的声音只勉强可以分辨。他说道:"霍根,我直接拿去让华盛顿的计算机处理,结论是他必须尽快离开那个国家。之前从未有迹象显示他有不满情绪,而且他很有可能改主意。

"把他带到乔伽琼的营地。我们在雄高海峡有潜艇充当信使——我们就是这样把乔伽琼带进和带出这个国家的。强盗活动目前比较频繁,但过几天会回落。

"我们全靠你了。如果你喜欢勋章,这次你肯定能得上。祝你好运。顺便说一句,专家说了,如果你能对付魔客,任何事都不在话下了!"

模糊的低语声消失了。唐纳德坐在黑暗中,失神地看着前方,想着苏盖昆吞。或许要绑架他,把他带过海峡,前往乔伽琼驻扎的营地。乔伽琼本来也得潜藏匿踪,许多人巴不得他死呢。之后还要乘着潜艇逃走,后面有大国派出的猎手追击……

我不干了。我不干了。我不干了!

一只手搭在他的肩膀上。他转身跳了起来,发现是布朗温过来看看他怎么样了。她的动作很轻,他没能听到她接近。

"我公司总部打的,"唐纳德说道,"他们对我的工作很满意。"

这句话让他自己都觉得恶心。

背景环境(23)
要求规避

副本——秘密——注意保密

科宁博士(政府)	安全线路A已经连通了,是吗? 好,是的,连通了。迪克,很抱歉打扰你。
理查德·鲁兹(英继星)	没问题,拉斐尔。我们还能帮什么忙?
科宁博士	你们已经帮了很多忙了,不是吗? 但恐怕我还得麻烦你们再帮一个忙。你们播报了一条大新闻,是那个派往宫吉伦的记者发来的,他叫唐纳德·霍根——
鲁兹先生	是的,很棒的新闻,不是吗? 我们真的非常感谢你把他交给我们——我们本来没指望他有什么用,更别说传回来这么大的新闻了。
科宁博士	对不起,我没听明白。我这边解密后的声音说什么把他交给你们了,我觉得这中间肯定——

鲁兹先生	你是说你还不知道?
科宁博士	(无法听清)
鲁兹先生	他是你们的人。我们只是为他的行程提供了一个掩护身份:聘用他当了我们的特派记者。你刚才说我们帮了你们很多,我还以为你说的就是这件事呢——
科宁博士	不,迪克,我说的是完全不同的事。我认为这是我脑子里最重要的事了。好吧,你可能会觉我在趁机利用你,但是——
鲁兹先生	没事,拉斐尔。霍根的报道让我们赚了大钱,我们能表现得更大方一些。
科宁博士	那我就直说了。你知道我们分析大媒体上的趋势。我们的计算机显示你们打算很快让无所不在夫妇出现在雅塔康的屏幕上。(等待了八秒钟)好吧,你没有承认,但是,我们上次的推测是对的,再上一次的也是对的。
鲁兹先生	看来你不想让我们这么做。告诉我为什么?
科宁博士	现在,雅塔康对于观众而言,只意味着一件事情,我们内部仍在仔细衡量那件事的影响。
鲁兹先生	我为今日头条预订了撒缦以色的时间,一个小时左右,和平常一样。我会把雅塔康的工程交给他分析。你觉得他会告诉我答案吗?
科宁博士	如果可以的话,我也想看一下结果,看看是否跟我们的研究一致。

鲁兹先生	你们的结果是……
科宁博士	首次研究时,结果显示他们有百分之六十的成功机会。我们在输入中加入了些雅塔康人力资源方面的数据,将成功的机会降低到了百分之五十。从那以后,我们每过四十八小时就重新研究一次。现在,成功机会已降低到百分之二十七了。(停顿了十一秒)
鲁兹先生	明白了。你担心可能会让民众产生不切实际的希望。
科宁博士	无所不在夫妇可能会造成民众的盲从。先不让他们去雅塔康,或许可以避免你们将来的尴尬,也省了我们很多麻烦——
鲁兹先生	明白了。还是派他们去大西矿好了……顺便说一句,拉斐尔,之前,你让我们谨慎报道雅塔康工程时,暗示了很快还会有个大新闻。已经过了很久了,你也没啥消息给我们。
科宁博士	那个啊,我们成功的概率是百分之八十二。当概率超过百分之九十时,整个故事就会爆了。
鲁兹先生	那我还是再等等吧。
科宁博士	我跟你保证值得等待。好吧,非常感谢,迪克。很高兴你能明白我的意思。
鲁兹先生	我不一直都是这样的吗?拿到撒缦以色的结果后,我再给你电话。再见。
科宁博士	再见。

现场记录（30）

一致通过

　　欧博密总统坐在破旧的、维护不善的议会大厦里的一张会议桌一端，竭力想用自己的独眼看清跟他一起开会的人。视野中有一小片地方被杂乱的黑点和旋转的曲线遮挡了；医生说这跟视网膜创伤有关，可以通过视神经再接手术改善，但术后需要一个月的恢复时间。现在，他大概只剩下一个月的时间了——他希望能有这么多时间。

　　紧挨在他左边的是拉姆·伊布萨和里欧·依莱；他们的旁边是凯蒂·戈比和吉登·霍思福。坐在他对面桌尾处的是艾立虎·马斯特斯，他的右手边是诺曼·豪斯率领的通技代表团。

　　"开始吧。"总统终于开口了。

　　诺曼舔了舔嘴唇，把闪亮桌面上放着的一堆撒缦以色打印出的绿色文件往总统面前推了推。

　　"计划是可行的。"他说道。他禁不住开始想象，如果他无法说出这句简短的话，现在该怎么办。

　　"你有任何保留意见吗，诺曼？"艾立虎问道。

　　"我——没有。一点也没有。我相信其他人也没有。"

特伦斯、沃瑟和康苏拉都在摇头。他们的脸上都有种一致的恍惚神情，仿佛觉得无法接受自己得到的结论。

"那么，我们都觉得计划可行。"总统说道，"该着手进行吗，里欧？"

里欧·依莱博士手上也拿着一堆撒缦以色的打印稿。他说道："老萨，我以前从未接触过这么多的材料。我几乎没时间能读完一遍，太多了！不过，我提炼了一份摘要，而且……"

"请跟我说说吧。"

"好吧，首先，我们面临着邻居的问题。"依莱博士从一堆绿色文件中抽出一张白色的纸，上面满是手写的文字，"两年之内，有很高的概率会出现对我们的指责，说我们屈服于新殖民主义。到那个时候，项目的分包需要在经济方面合作，例如与他们的生产商签订合同。这里显示，在此区域的成本比这块大陆上其他任何地方都要低，会降低他们的敌意。他们还有机会从我们这里购买便宜的电力。最多十年，他们就会完全融入这个计划。

"大国的干涉有可能更严重，持续时间更长。然而，我们可以依靠南非的支持，还有肯尼亚、坦桑尼亚——需要我把清单念完吗？"

"告诉我们，最终能平衡大国的干涉吗？"

"我们的分析显示，任何外部干涉都应该无法阻止这个项目，除非有哪个国家想对我们进行一场大规模的导弹攻击。而联合国对于这样一种犯罪做出惩罚的可能性高达百分之九十一。"依莱的声音中有种敬畏的语气，仿佛他从未料到会在这种高度谈论国家的外交政策。

"很好。看来我们不必担心其他国家的嫉妒。"欧博密的目光投向拉姆·伊布萨，"拉姆，我担心这么多资金一下子流入我们这个脆弱的经济中，会产生什么样的影响。我们会面临通货膨胀、分配不均以及税制不公等问题吗？"

伊布萨坚定地摇了摇头。"在看到撒缨以色的分析之前，我也担心会有这些方面的问题。但现在我相信我们可以应对，只要我们能继续依靠通技的帮助来处理信息。整个计划中最关键的部分其实是：我们有史以来第一次有机会直接控制一个国家的经济。而且，不会产生额外的、传统意义上的征税。"

他翻看着自己的那份撒缨以色打印稿。

"首先是贷款，美国政府会参与其中的百分之五十一。我们会把这个贷款分解成好几个部分，再把它们转贷出去。有些部分会贷给投资基金，收到的利息可以用来承担以下的费用：满足粮食自给、给所有的工人和学童发制服、提升社会医疗体系。还有给家长们发放房屋补贴，根据法律这些钱只能花在改善居住条件上，例如修缮房屋。

"项目的直接成本是我们目前的国民生产总值的三倍。但只要控制好计算机建议的环节，我们就直接控制了一个比世界上其他国家都要高得多的流动性经济。

"综合考虑所有的因素，最坏的结果对贝尼尼亚也有好处：消灭了饥荒，提升了公共和个人的健康。前提是我们的目标市场带来的回报足以支付原始贷款的利息。

"更有可能的结果是我们会提高国民的教育水平和技术水平，能带来更好的居住条件、交通设施、港口、学校，等等。尤其是，我们会首次让所有的家庭都能通电。"

他的声音逐渐降低，目光也聚焦在了远处，仿佛在看着一个美梦。

"你说没有税收,拉姆。"欧博密厉声说道,"你的意思是在产生收入时预提增值税? 这需要强大的执行力,而我一直讨厌强迫我的人民接受规定!"

"呃,不需要这么做。"伊布萨低声地说。

"为什么?"

"假设通货膨胀在第一年保持在百分之五左右,"伊布萨说,"我们将预扣与引发百分之十的通货膨胀所对应的购买力。不管怎样,生活水平都会提升。因为有免费发放的东西和贷款。民众不会感到痛楚。今后,在人们习惯了繁荣之后,我们还有多余的购买力可以释放。与此同时,我们将预扣的购买力贷出去,它会增长,让我们有能力再预扣一部分,以此类推。二十年之后,当项目的地面工程部分结束、所有设施开始运行时,国家可以用预扣购买力所对应的资金回购任何仍抵押在外、跟国家的独立自主相关的东西。它可能是新的港口,也可能是电力系统。可能是任何东西,资金应该够我们做出随意选择。"

他突然咧嘴笑开了。

"凯蒂?"欧博密说道。

肥胖的教育部部长迟疑了一下。片刻之后,她开口说道:"我尽了我的全力,推测了需要哪些资源,才能把我们的国民变成美国朋友口中的熟练工人,并让他们的计算机分析了一下我的推测。计算机说我们能拥有三倍于我要求的资源。我不明白资源从哪儿来?"

"我记得,"诺曼说道,"你建议将教师的数量扩充至三倍,将学校的条件提升至现代最好的条件,把这里的商业学院扩充成公立大学,能招收一万名学生,剩余的培训交给工作期间的在岗培训。根据我对撒缪以色报告的理解,你自己不知道有哪些可以利用的资源。你完全没有考虑到反馈机制。如果平均不超过百分之十的话，那么在任何一个四十个学生的课堂里，你有四个学生有能力在经过适当的培训后，可以承担那个课堂老师的部分工作。你们的十三岁孩子可以每天花一个小时来给十岁或十一岁孩子上课。我在拉冷迪路边的小村子里碰到过一个叫西蒙·贝撒凯泽的男孩。我是无意间碰到他的——还记得他吗，吉登？"

吉登点了点头。

"如果给他机会，三年后他就能给别人上课了，教四十个孩子。而且，因为他教给他们的东西都是他已经学过的，等于他又重新学了一遍——或许比欧洲和美国的要慢一些，但只需在标准的三年课程上再加一年，他就能开始在大学里学习专业知识了。

"此外，我们考虑引入外国顾问和老师，待遇优厚，也不会花你们纳税人的钱——他们算是通技的雇员，他们的工作必须附带一个强制的课程任务。他们中有些人可能不喜欢这个主意，我们很快就会把他们排除出去。其他人会接受这个条件，因为他们的技能在他们的家乡正在被自动化取代，他们会很乐意有机会将他们的知识传递给人类的继承者。我们将欧洲的普查结果输入到撒缦以色，预计至少有两千五百个合适的人选。

"还有一个因素你没有考虑进你的计算里，凯蒂。"诺曼迟疑了一下，"我猜可能是因为你太谦虚了。但谦虚有时也是件坏事。总统先生，我能表达一下对你的敬意吗？你可能觉得这是恭维，但我向你保证我是真诚的。"

"艾立虎会对你说我就是个普通人。"欧博密笑着说道。

"怎么说呢，当他第一次跟我提起这个国家时，我抱着怀疑的态度。"诺曼说道，"我不明白，一个角落里的穷国家怎么能像他嘴里说的那么好。我现在还是不明白！我知道的是，这个地方没有谋杀，没有魔客，没有人乱发脾气，没有部落冲突，没有骚乱，没有任何更富裕国家的人民司空见惯的事情。然而，你们的人民很贫穷，有时还会挨饿，经常生病，住在四面透风的茅草屋里，用老牛拖着的木犁来耕地……我在说这些话的时候，心里仍在想着这太荒谬了！但我想说的是——我希望奴隶贩子没有放过这个地方。因为我希望我的非洲祖先是辛卡人。"

这些话总算说出口了。诺曼观察着桌子上每个人脸上的反应。艾立虎频频点头，仿佛这些也是他想说的话。内阁部长们互相交换着尴尬的笑容。在他自己的队伍中，唯一一个没有扭过头来瞪着他的是德里克·昆比，他坐在离他最远的地方。那个胖乎乎的语言学家正用力点着头，表示强烈赞同——一个在贝尼尼亚的白人不应该有的反应。

欧博密最终说道："谢谢，诺曼。谢谢你说的。我也一直这么看我的同胞。听到外来的朋友也这么说，让我觉得自己不是出于偏爱。这么说，我们决定了？"

所有的人都表示了赞同。

"好极了。我们会尽快向议会申请批准这个项目，然后你们就可以发放贷款，招募外国顾问了。好吗，诺曼？"

"好的，总统先生。"诺曼说道。

走出房间之后，吉登·霍思福神神秘秘地把他拉到一边。

"我不是跟你说过吗？"他说道，"贝尼尼亚会吞了你的。瞧，你已经被同化了！"

世间百态(13)
简　历

撒缦以色是冰液计算机,泡在液氦里,没看到特蕾莎的踪迹。

埃里克·埃勒曼想进入爽游工厂的"非常爽"种植区时,他们问了些非常奇怪的问题。

他们检查了波比·谢尔顿胎儿的染色体并给了她许可,她开了个派对以示庆贺。罗杰抓到某个吸血鬼想给她吸摩羯诺,他狠狠地朝这个家伙的眉骨来了一拳。

诺曼·尼布鲁克·豪斯几乎称得上是贝尼尼亚项目唯一的负责人。

桂妮薇儿·斯蒂尔在考虑怎么能把她给自己取的那个金属特质的姓与更自然妆容的潮流协调起来。到今年秋天,更自然的妆容将统治整个时尚圈。

弗兰克认为希娜变得很不讲道理。毕竟，再过一阵子，孩子就会出来，而且他是非法的。

阿瑟·格里夫特李找到了一样东西，他都忘了自己还拥有这么件玩意儿。

唐纳德·霍根证明了自己适合这个工作，就像华盛顿的计算机所保证的一样。

斯塔·卢卡斯几乎能肯定埃里克·埃勒曼在洛杉矶的小妞是谁。她的名字叫海伦，一个身高五英尺五英寸的金发美女。

菲利普·彼得森刚刚又失去了一个女朋友。

萨拉·彼得森觉得她太不合适。

维克多和玛丽·沃特模在参加完哈利汉姆的鸡尾酒会后吵架了，但他们已经习惯了。

艾立虎·马斯特斯很高兴能以合适的方式帮到自己的老朋友。

盖瑞·林特的首次行动之后又有了第二次，然后是第三次，然后……

苏盖昆吞教授害怕自己的国家。

格蕾丝·罗利死了。

尊敬的萨基尔·欧博密被自己的医生判处了死刑。

奥列弗·阿尔梅里奥在西班牙当局那里惹了大麻烦,因为售卖真正的西班牙卵子。

查德·穆里根还是无法放弃社会学家这一身份,但是因为他讨厌这个身份,近来他总是醉醺醺的。

乔伽琼与一小群忠实的追随者驻扎在一起,等待着群众对苏鲁卡塔政权的狂热情绪消散。

皮埃尔·克劳德说过想跟妻子罗萨莉离婚,但只对他的姐姐说过。

杰夫·杨出售了那批通技的铝噬菌体,它起了很大的破坏作用。

亨利·布彻在监狱里。

又出现了贝基的新故事。没人知道它怎么来的。故事的名字叫"贝基和美国人"。

无所不在夫妇还没有出现在雅塔康。如果他们去了,后果不堪设想。

贝尼·诺克斯偶尔会说:"上帝! 这也太考验我的想象力了!"

与此同时,在地球上,桑给巴尔岛已经站不下所有的人了,有些人的脚踝都淹在了海里。

(人口爆炸:人类独有的现象,昨天已经发生了,但每个人都发誓说它到明天才会发生。

　　　　　　　——《时髦罪行词汇表》,查德·穆里根　著)

人物追踪(22)
高于一生成就的顶点

今天算不上是乔洁特·塔伦·巴克法斯特的幸运日。事情的起源是她在做每周的例行检查时,医生说她又过劳了。她说他在骗她。然后他指出了她身上那些无声的证据:高水平的疲劳代谢物、过高的血压。她咒骂了证据和医生本人。

"我在做一个大交易,大到你无法想象!"她飞快地说,"比我之前处理过的都要大! 你要做的就是别让我倒下!"

身体开始成为一个负担。她希望能换个新的,但医学专家能做的只是修修补补。

她无法接受。自己的钱足够买下整个国家,却不能买来健康?

这不是贪婪。我又没想变得又年轻又漂亮。

需要吗? 她从来就不漂亮;渐渐地,她感觉漂亮反而是一种缺陷,会遏制她的野心。至于年轻,他们叫她乔老太,她觉得这才是恭维,让她享有了"老"这个字能带来的荣耀——老板、老师、老天爷……

今天,是她此生最大赌博的高潮,应该搞庆祝仪式,搞得正规点。如果不是在这儿就好了,这个阴冷的计算机房……

有警告信号。一个助手过来解决问题,原来她穿的隔热层温度调得太高了。不适感消失了。在等待着结果揭晓的那一刻,她禁不住开始遐想。

我不放心艾立虎的推荐,也从没觉得年轻的豪斯有多能干。但在我的一生中,我学会了如何辨别一个人是否下定决心全身心投入。他只是颗棋子,但是,他做到了,说服了整个贝尼尼亚政府。明天,我不再仅仅是一个公司的老板了,而是一个国家的主人。

"准备好了,女士。"一个温柔的声音提醒她,她盯着神秘的撒缦以色。尽管她拥有它,却不知道它的原理。

我不知道,上帝是否有时对他创造的物种也有同样的想法。

她喜欢发表演说,举办招待会,因为成功的感觉是她的食粮。但是时间不允许她这么做。她只好把演说留给懂得欣赏的人,留在与股东开会时。股东们懂得欣赏大公司的风采和庄严。而聚集在这里的不过是些工作人员,多数是远离这个大千世界的科学家。在那下面,一个穿着白衣的人在扳动几个开关,他的同事和其他人密切地注视着他。这是在商量着什么。怎么用了这么长时间!

报告里好像提到过,撒缦以色的处理速度是纳秒级的?

"怎么了?"乔老太问道。

她的秘书前去查询,在那儿花了很长时间与人交头接耳,最后和一个看上去很焦虑的人一起回来了。

"我不想这么跟你说,女士。"他通知乔老太道,"但是,肯定是哪里出了小差错。我想我们应该能很快修复,我们需要点时间。"

"什么？"

"怎么说呢，女士……"那个人一脸慌张的表情，"你清楚的，我们让撒缦以色运行了很多跟贝尼尼亚项目有关的程序，他一直都表现得很正常。只不过，今天他——"

"说重点，你这个笨蛋！"

"好的，女士。"那人用手背抹了一下脸，"之前，所有的程序都建立在假设的基础上，所有的假设都基于我们采集的信息。现在我们做的只是启动优化程序。我们决定启动该程序，是为了让它进入撒缦以色所处理的真实世界，并与他所掌握的世界上的其他信息互动。"

"然后——？"

"他断然拒绝了，说这个程序简直荒唐。"

乔老太的脑海里升腾起一片黑色的怒火，首先淹没了她的腹部，让她的内脏扭曲、打结并抽紧。随后是她的肺，喘息着吸入空气，却为怒火增添了可燃气体。随后是她的心脏，猛烈地撞击着她的胸腔，仿佛要从里面跳出来。她的喉咙和舌头变得僵硬，像古老的纸张折起来之后出现了裂纹。最后是她的大脑，里面只残留了一个想法：

"！！！！！！"

"快叫医生！"有人喊道。

"XX XXX XX。"有人说道。

"……"

"——"

现场记录(31)
准备工作

电话又响了。唐纳德咒骂着拎起电话。刚开始电话里只传来嘈杂的背景噪音,仿佛有很多人匆忙地走来走去。突然间,一个女人喊了起来,声音里充满愤怒。

"霍根?是你吗?我是德祖·科瓦-路普!英继星总部刚给我打了电话。我们之间说好了,还记得吗?掌握消息之后四个小时!"

唐纳德木呆呆地盯着电话,好像他能顺着电话线看到跟他说话的人似的,尽管这电话没有屏幕。

"没话说了吧,啊?我早就料到了!我就不该相信你们这些吸血鬼!这种事我经历得多了,我会想办法让你无法——"

"收声!"唐纳德喝道。

"才不!听着——"

"我在和魔客拼命时,你在哪儿?!"唐纳德咆哮着。在电话旁边的镜子里,他看到布朗温房间里的灯亮了,发出桃红色的光。

"这和我有什么关系?"

"一百个人都看到魔客差点杀了苏盖昆吞！你想让我干什么——盯着原子钟,等过了四个小时给你打电话？不到五分钟消息就传遍了整个媒体！"

沉重的呼吸声。最后,不情愿地:"好吧,下午四点以后一般都没啥热点了,所以——"

"所以你出城了？"

没有回答。

"我明白了。"唐纳德挖苦地说道,"看来我需要雇一伙人,告诉他们'我和一个无法自己报道新闻的女人有约定——你们有四个小时时间找出来她藏在哪儿！'知道事情发生之后的四个小时我在干吗？ 在大学的诊所,陷入药物昏迷！你能接受这个借口吗？"

沉默。

"去你的吧——我要接着睡了！"

他挂上了电话。几乎同时,电话又响了起来。

"妈的！什么事？"

"前台,霍根先生。"一个年轻男子的声音响起,听上去很紧张,"很多人想跟你说话,说很紧急,先生。"

唐纳德换成了雅塔康语,尽力放大自己的音量,有意让电话那头围着的人都能听清。

"告诉他们喝自己祖母的尿去吧。如果九点以前还有电话打到这个房间,我会把你裹在一张烂牛皮里,挂起来当秃鹫的食物,明白了吗？"

来这儿之前,我一直没体会到雅塔康语的一个好处:它是一种非常适宜用来侮辱人的语言。

他回味了一阵子。最终,他拿起自己的衣服、手持通信机,以及其他今早可能会用到的东西,带着它们去了布朗温的房间,顺手锁上了两个房间之间的门。

然而,这次他没能再入眠。他的大脑仿佛将德拉安迪先前的电话和一天内发生的一切揉碎了,变成了一个个长短不一的场景,在脑海里此起彼伏地冲撞着。

迷迷糊糊中,他留意到预防措施起了作用:走廊里响起脚步声,随后他房间的门被捶得砰砰直响,然后是万能钥匙插入锁头的声音。他当时有意锁死了门。意图闯入者咒骂着离开了,很可能在后悔为了获得房间号而付给了职员贿金。

与他在脑海里冲撞的想法及场景相比,这个小插曲不重要。十年海绵式吸收二手信息的生活没有让他获得现在的任务所需要的能力,甚至赋能后他的新版本也无法应对。

他身旁的布朗温呢喃着发出邀请,让他沉醉于动物的本能。但他没有能力回应。他让她安静,好集中精力思考。他几乎立刻就后悔了自己的这个决定,因为在黑暗中,他看到了一张呆滞的脸,嘴角流着涎水,一道深深的伤痕划过了整张脸。他强压下惊呼声,翻身背对着布朗温,独自恐惧着。

肯定有办法——想,好好想!

渐渐地,各种可能性发展成了一个计划。魔客的影像消失了,他的沮丧也随之消失,心中升起一股隐约的自豪,为自己能完成这样的一个任务——一个能决定历史进程的任务——而自豪。

我知道该怎么接近苏盖昆吞。我知道该怎么联络乔伽琼。把这两者联系起来,只需……

他的身体放松了,进入了休息状态,尽管他的头脑仍在不断细化、演练着今天的行动。

早上八点,他叫了早餐服务,在送来的一大堆小冷盘里挑选着食物:鱼、水果、蔬菜。大口喝下滚烫的茶,把食物冲下了胃。布朗温仍像昨晚那样光着身子,安静地侍候他,在他吃饱后才开始用餐。

他发觉自己喜欢这样,让他觉得自己是个苏丹人。这和他身处的这个奇怪的国家很相配。

不敢想象杰妮丝会这么做……

"我得出去了。"终于,他开口说道,"有可能的话,晚上再见吧。"

她笑着拥抱了他,而他却在想,如果晚上真的又见到她了,那就意味着行动出了极大的差错。现在不能去琢磨这种灾难。他穿上衣服,带上装备,把手持通信机挂在肩头,义无反顾地朝大厅走去。

现在是早晨的忙碌时段,但除了服务人员和客人之外,大厅里还坐满了各种肤色的人。看到他之后,他们纷纷站起围了上来,举着话筒,如同鲨鱼围捕受伤的泳者。

"霍根先生,你必须——霍根先生,请让我——请听我说——"

一个胖胖的阿拉伯女人反应比其他人快,几乎将相机伸到了他鼻子底下。他一把抓过相机,把它扔到身旁一个日本人的脸上。一个包着头巾、结实的锡克教徒挡住他的去路,他用掌缘砍了他一下,随后从他倒地的身体上跨了过去。大门旁边的大坛子里种了棵室内的棕榈树,他跳过去拽倒了它,挡住了所有的记者,除了一个紧追不舍的非洲记者。他不得不给了他的迎面骨一脚。那人倒下了,还绊倒了另一个追上来的人。这给了唐纳德机会,他跑到大街上,拦下了一辆空出租车。

一辆车载着两个执着的人跟在他的车后面。他猜这是图迪伦派的人。他给了司机五十个塔拉,让他甩掉后面这辆车。司机带着他穿过一系列小巷,巷里一半的路面都被各种小摊贩占据了,终于设法把后面的车挡在了一群羊的后面。

唐纳德很满意。他付了钱,换乘了一辆人力车。都怪他的肤色和长相,他无法让自己躲开众人的目光,但至少现在没人知道他在哪儿了。

换了三辆人力车之后,他来到苏盖昆吞家附近。他没期待能在家碰到教授,除非医生坚持让教授在经历了魔客事件之后休息一天。不过,他来这儿也不是为了完成教授允诺的独家采访。

他步行侦察着附近的地形,发现这地方与他在查看城市地图时的想象一致:安静、富饶,与城市中央繁忙的生活相隔离,能一眼看到雄高海峡。这地方的建筑都是独栋,不是一幢幢的公寓楼。都有个大院子,房子在院子的中央,院子四周都围着围墙。院子要么是种着鲜花和灌木的西式园林,要么铺着能渗水的小石子。整个地区只有三条大路能通出租车和送货卡车。其余的路,尤其是在海边的低地处,都是如迷宫般弯曲的小径。他踏勘着这些小径,竖起耳朵听着是否有好奇的陌生人接近。

幸运的是,他挑了一个安静的时间。家里的当家人多数去工作了,孩子们都去了学校,仆人忙着打扫房间,或是去了市场购物。

苏盖昆吞的房子很像一个短腿的"T"字形,围在一个五边形的院子里,最短的一边对着大路。他绕着院子走了一圈,但没有去那个最短的边,因为那里有个警察在无聊地甩着警棍。他注意到了一些有趣的东西,例如有棵歪脖子树伸到了墙头,屋子里有动静——透过窗户能看到个轮廓——一个矮墩墩的女人在忙着做家务。

妻子、女佣? 更可能是后者。唐纳德记得看过一份报告,说苏盖昆吞的妻子年龄比他大,他们结婚足有二十年了。前些年的一次出海中,他的妻子不幸淹死了。报告中没有提及他有了第二段婚姻。

他打算再转一圈。就在这时,早晨的宁静被大路上出现的一群人打破了。这是一伙面带崇敬之色的年轻人,手举着赞扬苏盖昆吞和苏鲁卡塔的标语。他们的意图显然是瞻仰这位伟人的居所。那个警察立刻跑过去,与领头的人激烈地争吵起来。尽管来人分散了警察的注意力,但他们的出现也意味着会有三四十双好奇的眼睛投向唐纳德的这个方向。他闪身躲到树后,开始朝着海边走去。如果他能说服教授,那他们俩撤退时走的就是这条路。

他在一个简陋的小饭店里用完了午餐,在席间看了会儿一个杂耍艺人和他喂养的猴子。其他的主顾则都盯着他看——他们看过的猴子可比白人多得多。他警觉起来,连最后一杯米啤酒都没喝完就走了——这些人盯着他看的时间未免太长了。

他又去了岛的腹地消磨了一段时间,在午休时分回到了海边。除了渔民在渔船的影子里打盹,这地方没什么人,但他还是又走了一段,来到一个没人的地方,随后小心地从随身携带的设备里掏出了一个指南针。在它的帮助下,他确定了罗亚老祖脚下绿色的海岸线上那六七个深色标志物中,哪一个能通往乔伽琼的营地。

就在这时,天开始下雨了。他返回城市,去找那个能协助他渡过海峡的人,人称朱尔·哈拉尔的自由记者。他在地毯进口商品仓库上的三楼找到他时,此人正在刺鼻的印度大麻味中酣然入睡。

上帝。这就是我与乔伽琼之间的联络人?

哈拉尔穿着邋遢,满脸都是胡茬儿,屋子里散落着过期的报纸、没有标签的磁带和一盒盒全息照片。显然,这里不仅仅是他的办公室,同时还是他的家,因为角落里的屏幕后面露出一堆衣服和鞋子。

唐纳德费了点力才叫醒他。吓了一跳的哈拉尔强迫自己把目光聚焦到眼前的访客身上,先是满脸困惑,接着又变成了惊恐。他慌忙地站起来,说道:"先生! 阁下就是那个记者吗,那个美国记者?"

"是的。"

哈拉尔舔了舔嘴唇,"先生,请原谅,我没想到你就这么来了! 我收到的命令——"他定了定神,冲到门口往外看了一眼。尽管没有人偷听,他还是压低了嗓音。

"我还以为阁下不会这么快跟我联系呢——"

"没有时间了。"唐纳德打断道,"坐下,仔细听好。"

他描述了自己的计划和时间表,哈拉尔直翻白眼。

"先生! 太危险了,太困难了,太贵了!"

"别他妈的管贵不贵了,你能办到吗?"他拿出一卷面额五十塔拉的票子,把它们展开成扇形,在他眼前晃了晃。

"阁下,"哈拉尔皱着眉头的同时又盯着钱,说道,"我会尽我最大的努力,我以母亲的坟墓起誓。"

唐纳德有些担心。德拉安迪替这个巴基斯坦人说了不少好话,但他看上去根本不像一个可靠的特工。但他没有其他选择。为了能渡过海峡,要么他把自己的命运交给哈拉尔,要么就得自己去偷一艘船。

他语气严厉,希望能吓住眼前这个人:"我不用你尽你最大的努力。我只需要你做好我交代你的事,明白吗? 如果你让我失望了……你听说过我是怎么在大学里对付那个魔客的吗?"

哈拉尔的嘴巴张大了,"是真的吗? 我还以为是谣言呢!"

"就靠这双手。"唐纳德说道,"如果你让我失望了,我会举起你,把你的血拧干,就像拧一块湿毛巾。我以我自己的坟墓起誓。"

现在,他又回到今早出租车甩掉盯梢者的那个市场。整个城市从午睡中醒来之前,他还得再完成一件事。他的时间不多了。

他在那些由于主人午睡而关门的小店之间穿行着。在一条偏巷里,他找到了一个隐蔽的电话亭。有人在亭里吐了一摊脏东西,但他并不在意这个小小的不便。他在通信机上编撰了两条信息,过程中他一直紧张地观望着。他清楚地知道,在他接通最近的英继星卫星的那一刻,有人可能会意识到他就是发出信息的那个人。

就在他觉得自己已经成功了,收拾好设备开门准备离开时,却发现图迪伦正在偏巷的另一头盯着他。

人物追踪(23)
贝基和女巫

贝基来到一个村子。村里的人相信卜卦和预兆。他问道："为什么?"

他们说:"我们付钱给那个智慧的老太婆。她告诉我们什么时候适宜打猎,什么时候适宜娶妻,什么时候适宜盖房,什么时候下葬鬼魂不会出来骚扰。"

贝基说:"她怎么知道的?"

他们说:"她年纪很大,非常聪明,而且她说的肯定都对,因为她由此变得很富有。"

于是贝基去了那个聪明女人的家,说道:"我想明天去打猎。告诉我明天是否是个好日子。"

老太婆说道:"答应我把你的猎物分一半给我。"贝基答应了。她拿出了骨头,把它们丢在地上。她还用羽毛和草药生了一小堆火。

"明天是打猎的好日子。"她说道。

第二天,贝基去了丛林,带着他的矛和盾,一些肉,一葫芦棕榈酒,一个叶子包的饭团,还披上了他最漂亮的豹皮。晚上,他光着身子两手空空地回来了。他又去了聪明女人的家。

他把挂在老太婆家墙上的矛折断了,用矛头把她家里的盾牌劈成了两半,把她的肉和米分了一半给围观的村民,还把她家的一半棕榈酒倒在地上。

老太婆说:"那些都是我的!你在干什么?"

"我在给你一半我的猎物。"贝基说道。

随后,他把老太婆的袍子扯下一半,披在自己身上,离开了。

从那以后,人们都自己决定该干什么,再也没付钱给老太婆了。

现场记录（32）
紧急通知

诺曼从床上被叫了起来。在盯着电话屏幕时，他仍觉得有些头晕。来电的是普洛斯·拉金，通技公司的董事会秘书。

"诺曼，我觉得在这个消息上电视之前，最好先让你知道。你可能得采取些紧急预防措施。乔老太脑中风了，可能活不过今天。"

创造者与她的创造物在诺曼的脑海里展现了一幅画面：通技公司的顶层崩塌了，深红色的血沿着玻璃往下流淌。他停顿了一会儿之后问道："我们这里该怎么办——要放慢节奏吗？"

"正好相反。"拉金哼了一声。他的语气表明，他并没有期待诺曼的嘴里会冒出些场面上的套话。终其一生，乔洁特·塔伦·巴克法斯特是一个值得尊敬、但并不值得爱戴的人。"消息首先会波及通技及下属公司的股票，市场将出现恐慌性抛售。我们预计今天市值将下跌三千万到四千万美元，不管我们做什么都没用。我们迫切需要能提振股价的消息。"

"你打算依靠贝尼尼亚项目来促使股价反弹。"诺曼皱着眉头，"好吧，我看不出有反对的理由——我们昨天拿到了议会的批准。拉姆·伊布萨博士正计划和我一起飞回纽约,代表政府签署合约。"

"我这里有一个反对的理由。"拉金阴郁地反驳道,"我还没告诉你,乔老太是因为受了什么刺激而倒下的。"

不祥的预感充斥了诺曼的大脑,如同天塌了下来。

"当我们把撒缦以色的程序从'假设'调到'实际'时,他拒绝了这个项目。技术人员找不到原因。"

"但是——!"诺曼搜寻着合适的词语,"但是,撒缦以色肯定有什么理由吧!"

"哦,他们的确马上问了他为什么。他吐回了所有之前输入的关于贝尼尼亚的数据,宣布它们与他存储的其他的海量数据不一致。"拉金用拳头捶着手掌,"这太没道理了!所有的数据都经过你和你的团队现场核实……你有什么想法吗?"

诺曼木然地摇了摇头。

"好吧,你最好赶快想明白。我感觉我们不得不启动这个项目,并祈祷奇迹的发生,不要让项目彻底失败。如果我们没能在四十八小时内宣布这个大项目,另外一个彻底失败注定等着我们。根据我某天看到的一份贝尼尼亚数据摘要,那里的人被他们的邻居称为灵验的巫师。你就在现场——看看他们是否能创造我们所需的奇迹!"

他挂上了电话,屏幕渐渐变暗。

世间百态(14)
招聘启事

贝尼尼亚项目组

［通用技术公司

通用技术(大不列颠及英联邦)有限公司

通用技术(澳洲)有限公司

通用技术(法国)有限公司

通用技术(荷兰)有限公司

通用技术(斯堪的纳维亚)有限公司

通用技术(拉丁美洲)有限公司

通用技术(约翰内斯堡)有限公司

中大西洋矿业公司

以及上述公司所有的下属公司］

与贝尼尼亚政府及人民

联合公告发行公众债券,保证利率每年百分之五,预期利率接近百分之八(由通用技术的撒缦以色计算得出)。

债券期限为二十年,到期后持有人可选择续期三十年,总共为五十年。

发行书和上述计算机分析之经认证的复印件,可按要求提供……

贝尼尼亚项目组

诚邀具有西非经验,尤其是前殖民地工作经验的有志之士前来应征贝尼尼亚的工作机会。待遇优厚。雇佣期限取决于实际需求,预计平均为五年。福利优厚,每两年有一个月回国假期加免费双程机票以及两个月的本地假期;安置费;高额的艰苦地区补贴。请有意者向我们提出书面申请,详细列明在西非度过的时间及职位描述……

贝尼尼亚项目组

诚征下列领域专家,具有西非经验者优先:

建筑设计	教育
交通	通信
土木工程	机械工程
城市规划	药学(特别是热带药物)
法律	经济
自动控制	电力、灯光和供热
工厂建造	人类生态
污水处理	公共健康及卫生
纺织	农业

金属冶炼　　　　　　　生产计划

合成塑料　　　　　　　电子

采掘　　　　　　　　　印刷及出版

——以及任何其他有关治理一个二十一世纪国家的专业！发送申请至……

在你安定下来之前，想出去看看外面的世界？

想帮助他人？

想获得高收入和独特的经验？

贝尼尼亚项目是有史以来最宏大的工程，你能成为其中的一分子！

给我们来电，号码……

预录图像：白人男孩，约十七岁，举起黑人孩子，看着蓝天下漂亮的新大楼。

预录声音："想起了……贝尼尼亚？"

预录图像：特写镜头，孩子脸上向往的神情。

预录声音："那里是热点，更多的事即将发生……更多的奇迹即将发生！"

预录图像：分屏图像——丛林里的动物，正在树起的建筑，奔跑的孩子们，徜徉在河面的小船，等等。

预录声音："贝尼尼亚故事"，由三十一频道特别录制。

预录图像：无所不在夫妇与鹿群一起走过村子中的场地，前方是新大楼的天际线，村民们跟在后面，孩子们与鹿一起玩耍，并试着想骑上它们。

预录声音：“贝尼尼亚故事”的结束语：“你也能成为这个美妙的、壮丽的、前所未有的、二十一世纪新事业的一分子！请记下离你最近的志愿者招募机构的电话！”

直播声音：各当地电台念着相关的电话号码。

"亲爱的，我一直在想贝尼尼亚的广告。"

"好的，维克多，我知道你一直在想。但是你知道，那地方跟原来不一样了。"

"这里跟原来也不一样了，不是吗？节奏更快了，让人不舒服！我已经下决心了。我要向他们提出申请。"

"你是对的，杰尼。你跟我提起过美国人对贝尼尼亚感兴趣，我最近在报纸上看到了广告。你看到了吗？"

"给我看看……哈，皮埃尔！太棒了，我打算申请，你呢？"

"我已经给他们打过电话了。"

"但是……罗萨莉对此有什么想法？"

"不知道。"

"你不打算问问你的妻子吗？"

"没！我不在乎，杰尼。实话跟你说吧，我不在乎！"

"弗兰克，你觉得在贝尼尼亚这种落后的国家也会有优生法吗？"

"什么意思？"

"通技在招人去那儿。他们在这个城市设了个点来面试应征者。"

教育:数学、英语、法语、地理、经济、法律……

培训:老师、医生、护士、工程师、气象学家、技工、农艺师……

建造:住宅、学校、医院、道路、泊位、发电厂、工厂……

冶炼:铁、铝、钨、锗、铀、聚乙烯、玻璃……

销售:电力、抗生素、刀、鞋、电视机、公牛精液、酒……

生活:更快、更长寿,更富有……

贝尼尼亚项目需要——需要——需要——

现场记录(33)
远走高飞

唐纳德忙着通话时,雨已经停了,但阴沟里仍然有水在流动。在这个短暂的瞬间,世界仿佛凝固了,只有水流的汩汩声响彻其间。

终于,图迪伦警长开口了。

"霍根先生,我知道苏盖昆吞教授在等着见你。他告诉我,他给了你一个独家采访的机会。"

"没错。"唐纳德说道,声音沙哑,如同一扇生锈的铁门。他半个身子仍然在电话亭内,手中藏着喷气枪,肩上挂着通信机。他朝偏巷入口的方向瞥了一眼。一个举着电击枪的警察守在那边。

"以及亲自带你参观实验室。"

"是的。"

"你身上充满了矛盾,霍根先生。为了得到这样的机会,任何一个外国记者都会宁愿献出自己的一条胳膊。但一整天过去了,你还没去找教授。到了明天,你的总部对你还会像今早那么满意吗?"

图迪伦的双眼又亮又锋利,眼珠黑得如同深海底,一直盯着他。震惊开始从唐纳德的脑海中消退,逐渐被真实的恐惧所替代。身上的汗毛立了起来,冷汗渗出毛孔。

"我打算晚上再给苏盖昆吞教授打电话,打到他家里。"

"你以为能在那儿得到所有你想得到的信息吗——他用来做实验的动物,他的表格和图示,他的计算机分析,胶片,工具?"图迪伦的态度中明显带着嘲讽。

"我自己的工作就由我自己安排了,就跟你安排你的工作一样。"唐纳德不客气地说道,"我认为采访应该排在实验室参观的前面,所以——"

"你浪费了你的机会。"图迪伦耸了耸肩,"我带来了逮捕证。我要拘捕你,罪名是故意攻击,加上毁坏财物,法蒂玛·萨德小姐的相机。"她又用雅塔康语对她的同伴说,"把手铐拿过来。别忘了准备随时开枪! 这个人是个职业杀手。"

那警察从口袋里掏出手铐,小心翼翼地向着唐纳德走来,目光一直盯在他身上。

我被玩了。我被骗了。我被赶入了生命的死胡同。要么杀人,要么被杀,我从来就不想将自己置于这样的境地。我愿意放弃一切,让我回到原来的生活,无聊而普通的生活。

但是,他不能让自己被捕,这会浪费时间,甚至被驱逐出境。今晚,他必须从树上采下果子,把它带回家。

他有意地深呼吸了几下,让自己平静了下来。假设有人报告图迪伦,说他正在这个电话亭给英继星发信息,那她可能是直接赶到这里来的。这条偏巷出口处的那条街道太窄了,警车无法驶入,车子和司机肯定等在那条街道的入口处。幸运的话,此刻他只需对付图迪伦和那个警察。

她接过手铐,向他接近,谨慎地避免自己的身体阻挡同伴的枪口。唐纳德顺从地垂下了肩膀。她的同伴跟在她后面,平端着枪。唐纳德伸出双手,仿佛等着上手铐,却突然间扣动了喷气枪的扳机——不是对着图迪伦,而是对着那个警察。

灼热的气流击中了他的脸颊,打瞎了一只眼睛。随后,当他张嘴惊呼时,气流冲进他嘴里,灼烧了他的肺,让他一下子倒在地上。他张着嘴拼命想吸入空气,却怎么也吸不进去。手臂肌肉的条件反射击发了他的电击枪,一个电块贴着地面嗖地射进二十英尺远的垃圾堆里。唐纳德没继续在他身上浪费时间。他加快了双手上举的动作,没持枪的那只手狠狠抓在图迪伦的脸上。因为手铐的干扰,她举手护脸的动作慢了半拍。他又朝她的小腿踢了一脚,当她痛苦地弯下身体时,他丢下喷气枪,抓住她的胳膊,伸腿绊了她一下。

她往后倒去,四肢摊开,张嘴尖叫着。他一跃而起,双脚落在她的腹部,将她体内的空气全部挤了出去。那个警察正在恢复:喘息着,哭泣着,他举着枪,犹豫不定,似乎在担心会射到他的上级,而不是唐纳德。

唐纳德从图迪伦身上跳了起来,推着警察往身后的墙上撞去。头顶撞入砖墙时,他的小软帽起不到任何保护作用。他惨叫一声,枪掉了下来。

没等枪掉在地上,唐纳德抓住了它,在侧身的同时把它在手里转了个方向,随后开枪,打死了那个警察和图迪伦。

这才是我们对别人最擅长做的。我们的技巧高超,无可比拟。

他加快动作,将两具尸体拖到一起。尸体上裂开的皮肤在电块的能量下变成了类似烤乳猪的脆皮,裂口里流出融化的脂肪,沾得他手上黏黏的。他在警察制服上未烧焦的部位擦了擦手,解下他的通信机。他打开盖子,根据他们的教导,往里塞了一盒火柴。他将手放在控制旋钮上,在脑海里复盘了整个区域的街道图,并得出了结论。如果那辆载着图迪伦前来的警车停在离此最近的地方,那肯定是那条街道的右边。四周显得比几分钟之前要嘈杂一些,午休时间快要过去了。

他将旋钮转到一个未标识的终极位置,随后跑着离开了。

出了偏巷,看到有人在街上,他不得不控制自己放慢脚步。他的右手插在夹克的口袋里,以掩饰凸出的枪的轮廓。走了约二十步之后,他听到身后传来沉闷的爆炸声。他身边的人都被吓了一跳,纷纷伸长脖子四处乱看。他模仿着他们的动作,不这么做的话可能会引起别人的怀疑,比他的肤色更甚。他刚好看到那条偏巷旁的两座建筑正在倾倒,激起一阵烟雾和尘土。空气中满是尖叫。

很快,尖叫声被建筑物如同纸牌般倒下的声音淹没了。

他对从那时起到日落整个时段的记忆都是些不连贯的片段,而且他记住的不是画面,而是内心的感受。有一个片段是他在墙角吐出了在海边小店吃的午餐。他的内心仿佛在远处看着自己,好奇是不是因为午餐奇怪的颜色让他的胃提出了抗议。还有个片段是他倚在一个随处可见的小卖铺的柜台上,假装与店主讨价还价,因为旁边有辆警车驶过。这些片段之间都没有前后关系。他牢记着那个必须回到现实世界的时间点,但在那之前,他宁愿封闭自己。

黑夜降临了,激活了那个他下达给自己的命令。恐惧、恶心和呕吐而导致的虚弱让他的身体微微发颤,但他还是像个男人去实现自己的梦想一样,义无反顾地踏上了前往苏盖昆吞家的道路。

七点半,他来到离目的地只剩一个街区的地方,重新控制住了自己。隐身于停在清香味灌木旁的一辆警车后面,他觉得自己的感官又和周遭的环境融合了。他又可以连贯地思考了。

这地方有很多动静。他们应该还没能挖出图迪伦的尸体,应该吧?看到尸体后,连普通人都能推断出我干了什么。

他用手指抚摸着兜里的枪。它仍然几乎处于能量满格的状态。他尝试着宽慰自己,我是一个受过最尖端训练的人,我知道怎么用这种武器来取得胜利。但这没有用。只有行动才能让他摆脱疑虑。

他开始谨慎地移动。刚出去没多远,他就不得不趴在了灌木丛的阴影里,以躲避一个拿着枪的巡逻员。

他们在等着我。苏盖昆吞对自己的供认后悔了,改变主意不想走了?我不会允许他这么做的。可我敢冒险吗?

他花了足有半个钟头,这才搞清这地方的守卫。除了警车安静地在这个区域的三条大马路上来回巡逻之外,另外还有七名警察守在苏盖昆吞五边形院子的周围。三条没有门的侧边上各守着一个人,剩下的四个两两守住前后两个院门。除此之外,他发现这里的情况还算正常,让他松了一口气。他听到了附近一所房子里传出的电视声,另一所房子里有一群人在练习某种传统戏剧,尖着嗓子唱着,间或敲几下锣鼓。

风险还是存在的,他可能会撞上某个多管闲事的邻居或是警卫。

早上在离开宾馆时,他带上了一粒镇静剂,预备在最后关头用来让自己冷静。他吞下了它,并祈祷在药物溶解之间,自己的胃不会拒绝它。

药物开始发挥作用,他的牙齿不再威胁要打战。他朝着今早发现的那棵伸到苏盖昆吞家院墙上的歪脖子树走去。那个负责看守这侧围墙的人总是会从树下经过。

在他又一次沿固定路线经过时,唐纳德用脚尖朝他的后颈踢了一脚,并将整个人压在他身上,将他压倒在地,把他的脸按进雨水形成的烂泥里。他挣扎了几秒钟后就晕了过去,嘴巴和鼻子糊满烂泥,阻挡了呼吸。

唐纳德搜出他的枪,把它扔进水坑,枪一下子短路了,释放出了全部的能量,激起了一片水雾。他沿着最粗壮的那根树枝爬行,跳到院子的深处。那里有一个花丛,能减缓坠落的力量。前院门那边可以看到他所处的这个位置,但是灯光下并排站着的那两个警察正看着别的方向。

房子在这一侧的窗户只有一扇镶着木框的是亮着的,其余都是黑的。他朝亮着的那扇窗户走去,一边躲避着屋檐下一盏灯照亮的区域,一边朝窗户里看去。他看到苏盖昆吞独自一人坐在一张椅子上,面前的桌子上放着空了的盘和碗。看样子他用完了晚餐。房间的门开了,今早他看到过的那个女人走进来,可能是想收拾碗筷。

他潜入最近的一个屋角,然后沿着墙壁走到房子的后面。他走得很快,冒着发出动静的风险。那个警察的失踪可能很快就会被他的同伴发觉。房子的这一侧有扇玻璃拉门通向院子。他朝里面看去,但什么也看不见,屋里实在是太黑了。他正打算开始移动——炫目的光线突然照到了他脸上。

他吓了一跳,一下子没反应过来,愣在了原地。随后,被光线刺痛的双眼告诉他,开灯的正是苏盖昆吞本人。苏盖昆吞认出了他,正准备给他开门。

他往后退了一步,手摸着枪犹豫着,祈祷着外面千万不要有人朝着这个地方看。

"霍根先生!你在这里干什么?"苏盖昆吞叫出了声。

"你邀请了我。"唐纳德平静地说道,他的震惊已然被吃下的镇静剂消融了。

"是的!可是,警察说要逮捕你,然后——"

"我知道。今天早上我用相机打了一个人。图迪伦一直想驱逐我,所以她刚好能用上这个借口。而且,你再不关灯的话,她就有机会了。"

"进来吧。"苏盖昆吞小声说道,往后退了一步,"房子里没别人,只有我的老妈子,她耳朵不好。"

唐纳德从他身边匆匆进屋。苏盖昆吞关上了门,还放下门帘,挡住了外部世界。

"教授,你仍然想做你昨天说了要做的事吗?"唐纳德把手放在枪上,焦急地等待着答案。

苏盖昆吞看上去一脸茫然。

"你想找机会脱离成为政治工具的命运吗?"唐纳德厉声说道,"我说了我可以帮你实现。我冒了生命危险来帮助你,明白了吗?"

"我一整天都在考虑。"苏盖昆吞迟疑了一下说道,"我觉得——是的,我认为这就像是美梦成真。"

远处响起一声惊呼,随后是匆忙的脚步声。唐纳德的心一下子抽紧了。

"感谢上帝。那你必须照我说的办。马上。可能已经来不及了,但我有信心。"

他们沿着后院的小路走向后门,那里还驻守着两个警卫。苏盖昆吞独自一人走在路上,唐纳德无声地走在一旁的泥地上,和他并行。警卫们朝他们身后看了看,并打开了手电。

"快!"苏盖昆吞喘息着,"你们的长官让你们赶快去房子的前院!"他指了指左边,"有人袭击了守在那边的警卫!"

警察朝他手指的方向看了看。他们看到几道手电光束在晃动,听到一个声音在大声发布命令。他们立刻相信了苏盖昆吞,往那里跑去。

待他们的身影消失在墙角之后,唐纳德打开了后门,催促苏盖昆吞赶紧出去。后门外是一连串弯曲的小路,今早他已经侦查过了。往右走,然后沿着海岸边的山坡下山。

如果那个混蛋哈拉尔辜负了我,我该怎么办?

现在不是考虑那个可怕的后果的时候。他领着苏盖昆吞,以不发出声音的最快的速度往前疾行,倾听着自己的呼吸声之外是否有追逐者的脚步声。他们来到这条路的尽头、进入一条安静的住宅区道路时,后面仍然没有人追来。现在他们必须放慢脚步,偶尔还得横穿过道路,以免被迎面而来的路人认出来。

经过一段长到不能忍受的时间后,他们在一个十字路口看到了一辆出租车。他们挥手上了车,去了海边,随后在一个旅游热点下车,那里的烤鱼和雅塔康民歌很出名。混入游客之中,尽量利用各种篷布、遮阳伞和角落来躲避好奇者的目光,唐纳德领着苏盖昆吞来到一段海滩边,白天这里停泊着三四十艘渔船。

踏出最后一步时,他的心脏都跳到了喉咙口。看到眼前的景象后,陡然放松下来几乎让他晕倒——与哈拉尔的保证一致,尽管许多渔船已经出海，船上的灯光在罗亚老祖的阴影下上下跳动，但仍有几条停在沙滩上。一群群船员正笑着互相递着烟和酒。

"有人应该已经和这些船中的一条说好了，把我们带到海峡对岸。"唐纳德压低嗓音对苏盖昆吞解释，"在这儿等着。我去找那个人。"

苏盖昆吞点了点头。他的脸像是戴了个面具，没有任何表情，仿佛还没来得及消化他此举的后果。把他一个人留下让唐纳德有些担心，但他没有办法：那张脸太熟悉了，不能让渔民看到它。

哈拉尔说他会在那条船的桅杆上挂上蓝灯。但唐纳德惊恐地发现，这些船的桅杆上并没有蓝灯。有一条船的桅杆上挂着灯，但不是蓝色的。眼看要绝望的他说服了自己：颜色并不重要——可能他们没有找到蓝色的玻璃。

三个人正在准备渔船出海，在船头的横板上盘着典型的雅塔康渔网，并用水浸透，这样出海之后网一旦撒出去，很快就能沉下去。

唐纳德孤注一掷，冲着那个看起来像船长的人打了个招呼。

"我在找一个巴基斯坦人，叫朱尔·哈拉尔！"

如果那个吸毒鬼没胆子完成这个任务，我会……但我不会有机会了。我会被关进监狱，甚至被干掉！

船长停下手头的活计，扭过头来。他盯着唐纳德看了很长时间，随后抄起一个手电，直接照在唐纳德脸上。

他说道："你是那个美国人吗，叫霍根？"

唐纳德没能一下子明白这问题的意思——那人说他名字时用的是雅塔康语的声调。他的心沉了下去，世界仿佛都倾覆了。想着警察随时可能从船舱里冒出来，他后退了一步，从口袋里掏出了枪。

"用不着那玩意儿！"船长厉声喝道，随后又笑了，"我知道你，知道你想去哪儿。去找乔伽琼。他在我们这些渔民中有很多支持者。今天有人传话说你需要帮助，我们应该帮得上忙。上船吧。"

背景环境(24)
来自撒缦以色几乎雷同的众多打印稿之一

项目拒绝

提问:拒绝原因

实地数据异常

提问:定义并解释"异常"

无法接受下列种类的数据:历史、商业、社会互动、文化

提问:接收数据

无效提问,无法操作

现场记录（34）
真诚的质疑

　　诺曼本该出席盛大的签约仪式，在仪式上拉姆·伊布萨将与贝尼尼亚项目组签署合约。他也该出席签约之后的记者招待会以及晚上的正式晚宴。然而，他将伊布萨交给了通技的接待部门后就消失了。

　　他已经快受不了了。市场上充斥着激动人心的消息，通技的股票已经反弹到了它的创始人过世之前的价格，似乎还要接着上行。他无法承受通技大楼里的氛围：充斥着虚伪的快乐，高调的市场宣传，喇叭里广播着特别推出的"贝尼尼亚故事"。这里有太多灰色的脸孔，太多快乐的面具，当它们被摘下时，它们的主人还以为没人能注意到。

　　这里的气氛就像那一天的希伯来营地，出于深不可测的原因，耶和华拒绝展现神力。

　　诺曼认为这不是一个类比，而是个定义。无所不知的撒缦以色让他的追随者失望了。他们暗自觉得这不是他的错，而是他们自己造成的。

　　该死的计算机玩了个撒旦的把戏！撒缦以色可以选择任何

一个时间让我们失望,他偏偏选择了这个时候,一个我的生命和希望都取决于其判断的时候!

他买了一包海湾金叶,回家了。

双保险牌钥匙轻松地插入锁头。门开了,向他展示出公寓的内部。乱糟糟的,有几件家具还挪动了位置,酒柜周围满是空酒瓶。不过除了这些之外,整个公寓并没有太多变化。

刚开始他觉得公寓里没有人。他朝自己的房间瞥了一眼,床上乱糟糟的,有人曾睡在被子上,而不是睡在被子里。他耸了耸肩,点燃一根刚买的大麻,退回到了起居室。

他听到了一阵轻微的鼾声。

他走到唐纳德的房间,推开了门。查德·穆里根躺在被子上,头发和胡子乱成一团,身上一丝不挂,脚上却穿着鞋。

现在刚过下午四点。这个人怎么会在这个点睡觉?

"查德?"他说道。过了一会儿,他提高了音量,"查德!"

"什么?"眼睛睁开了,又闭上了,随后又睁开,这次再也没合上,"诺曼! 妈的,我没想到还能在纽约看到你! 嗯——几点了?"

"四点多了。"

查德坐了起来,费力地把腿挪到床沿,揉着眼睛,竭力控制着自己不要打个大哈欠。"哦——哈! 对不起,诺曼——哈! 欢迎回家。不好意思,我得先洗个澡才能见人。"

"你怎么养成了在大白天睡觉的习惯?"

查德费力地站起来,并一直往上伸展身体,直到踮起脚尖,随后将两只手高高举起,舒展着僵硬的肌肉。他说道:"这不是个习惯,因为昨晚我一直在想啊想,睡不着,所以吃早餐时我把自己灌醉了。就这么简单。"

"你怎么想的啊？你不知道枕头旁有个助眠器吗？它能帮你入睡。"

"助眠器会让我做梦，"查德说道，"酒精不会。"

诺曼耸了耸肩。唐纳德和他用这种东西从没产生过这种副作用，但他记得有一两个在这里住过的小姐有过类似的抱怨——做噩梦的风险。

"去洗澡吧，"他说道，"洗快点。我想跟你聊聊。"

突然，他冒出了一个想法。尽管希望很小，但在当前这个危机下值得一试。

"好的。"查德嘟囔着，"不过，先帮我个忙，给我送点咖啡来。"

五分钟之后，查德出来了，他穿着得体，头发和胡子仍湿漉漉的但梳理得很整齐。查德拿起了那杯为他准备的咖啡，在诺曼的对面坐下。诺曼则坐在他最喜爱的那把椅子里。

"我嫉妒你那把椅子。"查德心不在焉地说，"坦白地说，在这里的所有东西之中，我就嫉妒那把椅子。舒服。而且，你知道它会一直是把椅子，而不是突然变成个投影仪……好了，说吧。"

"查德，你是当代最有见地的社会分析家。"

"鲸油渣。我是个酒鬼。而且，我醉得太快，都来不及去找小姐了。我喜欢女人。"他放下咖啡，用手背擦了擦嘴。

"我想聘用你。"诺曼严肃地说道。

"聘用我？你抽多了吧。再说我有的是钱，不用再工作了。我认为我消耗生命的速度是我花钱速度的两倍。我想把这个比率降低一半，要是出去工作，会破坏我的计划。况且，我都没法让人听从我的劝告，工作还有什么意义？这个话题就到此为止吧。喝一杯——不对，抽一支吧。跟我出去走走，找些小妞，庆祝你回来。随便干些什么都行！"

"整个贝尼尼亚项目几乎都由我说了算。我需要你，工资随便你开。"

"为什么？"查德的震惊似乎是真的。

诺曼迟疑了一下，"好吧——你听到过艾立虎对贝尼尼亚的称赞，是吗？"

"当时你也在场。听上去他像是找到了通往天堂的道路。"

"你觉得我是那种能轻易被说服的人吗？"

"你是问我是否觉得你很固执？不是，但你的想法很难改变。你要干什么——去证明艾立虎的话？"

"是的。查德，那个国家在动乱之中仍能保持自身的发展。本来还有些类似的国家，但它们都在外部干涉下失败了：尼泊尔、大溪地、萨摩亚……逐渐退化成混乱状态。"

"你还能期望什么？就像我一直跟大家说的，我们是个恶心的物种，行为可耻，不适合生存。"查德又岔开了话题，"你收到我给你的信了？"

"是的，当然收到了。我没能回信，实在是太忙了。现在听我说，好吗？不管有没有外部干涉，贝尼尼亚已经有十五年没发生过谋杀了。他们从来没有过魔鬼，一个都没有。他们的语言中没有发脾气的说法，只能说一个人暂时发疯了。就在一代人之前，成千上万个伊诺克和卡帕拉难民越过边境，但他们与原住民之间从未有过部族冲突。总统掌管着全局——一百万人口，以当代标准来看微不足道，但你要一个个数人头的话，还是一个很大的数字。他就像管着一个大家庭，不像是个国家。明白了吗？我无法解释这其中有什么分别，但这是我的观察。"

他开始让查德听进去了。他看到大胡子上面的那张脸上满是专注的表情。

"一个快乐的大家庭，是吗？好吧，你想让我干什么？听上去他们过得挺好。"

"你没看新闻吗，讲述了贝尼尼亚项目的需求？我刚才从通技大楼下来的时候还看到英继星在重播这些东西呢。内容很全面，只是没有提及欧博密死后达荷马里和尼加联可能会打起来。"

"我当然看到过新闻，我也在关注你的老朋友唐纳德的进展。"

诺曼脸上露出不解的神情。"唐纳德怎么了？"他问道。

"关于他的消息跟贝尼尼亚项目在同一个新闻时段播出！"

"我肯定没看完整个时段，只看了部分的摘要……他干什么了？"

"从一个魔客手下救了苏盖昆吞。徒手把那个人干掉了。"

"唐纳德？查德，你抽多了？唐纳德绝对不可能——"

"人类都是野兽，不适合让他们自由行走。"查德站起来走向酒柜，"我情愿养一条狗。"

诺曼摇了摇头，不敢相信。唐纳德？对付一个魔客？太难以置信了，以至于他不想去深究这个问题，而是又回到了刚才那个话题。

"查德，我会一直缠着你的，直到你答应为止，听到了吗？"

"去贝尼尼亚？"查德倒出一大杯伏特加，开始手动调制灰司令，仿佛不相信机器的调制步骤。"为什么？如果你需要一个社会学顾问，去找一个有合适背景的。我懂西非吗？我只是读过些书、看过些电视罢了。去雇一个真正的专家吧。"

"我有专家,但我还需要你。你。"

"我能干什么? 哪些是你的专家不能干的?"

"把贝尼尼亚翻个底朝天,倒空它的口袋。"

查德细细品味着灰司令,又往里加了些安格斯图拉苦味酒,"不,诺曼。让我一个人在这里腐烂吧,至少还有好喝的。我保证,你说的话会让我早衰的心灵得到慰藉——想着在地球母亲瘢痕累累的表面还有这么一个地方,那里的人不会互相残杀,那里的人不会变成魔客。我不想去那儿,因为在我的内心深处,我不相信这种地方真的存在。"

"撒缦以色也不相信。"诺曼说道。

"什么?"

"撒缦以色拒绝我们把贝尼尼亚的现实数据融入他的现实意识。他说,他无法接受我们告诉他的有关贝尼尼亚的历史、商业、文化,或是社会互动。他声称数据异常,把它们全都吐了出来。"

"你不能命令他接收数据吗?"

"如果他拒绝了,你不能再命令他进行计算,否则就是让他接受矛盾的假设,例如把下跌假设成上升。我们快疯了,查德。整个贝尼尼亚项目的基础就是我们能把每个步骤都让撒缦以色来处理——不仅仅是项目的硬件部分,还包括教育规划、可能的外交危机、整个国家的经济,精确到孩子口袋里的零用钱,一直规划到五十年后。可他一直说什么异常。我在那地方的经验告诉我根本没有异常。"

查德盯着他。过了一会儿,他开始挠头。"当然异常。"他说道,"你刚才跟我说的都是异常。不明白吗? 诺曼,你脑子进水了。好吧,你赢了——我不想让人说我在朋友有难时拒绝伸出援手。稍等一下,等我喝完。我跟你一起去会会撒缦以色。"

尽管摸不着头脑,但从查德的语气判断,他显然找到了解决的办法。诺曼刚想开口发问,电话响了。他转动椅子,伸手拿起电话。

屏幕亮了,瑞克斯·福斯特-斯特恩怒气冲冲的脸出现在屏幕上。"诺曼!"他咆哮着,"你他妈的在那里干什么! 普洛斯吓坏了——我们找不到你参加记者招待会,他差点晕过去!"

"没事。"诺曼说道,"告诉他,我在招募一位特殊的顾问。"他瞥了一眼查德,后者耸了耸肩,摊开那只没拿着酒杯的手。

"妈的,你不能找个合适的时间招人吗?"瑞克斯追问道,"那位顾问到底是谁?"

"查德·穆里根。我现在带他来跟撒缦以色对话。准备好在半小时内让他接受语音询问,好吗?"

"半小时? 诺曼,你肯定——"

"半小时。"诺曼坚决地重复道,挂上了电话。

"知道吗?"查德说道,"这可能会很有意思。我总觉得应该和撒缦以色交个朋友。"

人物追踪(24)

没有原因,没有目的,没有借口

中士将二等兵编号为 019 262 587 355 的盖瑞·林特排在了最后。他怒冲冲地把通行证塞到二等兵手里。

"我他妈的希望你在外面也能守规矩,林特!"

"是,中士。"盖瑞说道。尽管又穿回了平民的衣服,他还是下意识地立正,目光聚焦在中士肩膀上方的某处。他在新兵训练中瘦了五磅,不得不把皮带又紧了个眼。

"我敢肯定,"中士轻蔑地说道,"你是个娘娘腔,没错吧。"

"是,中士。"

"你至少在军队里学到了点东西,嗯？好吧,别以为你的运气会一直这么好。在你离开这里之前,我们会把你的心脏挖出来,重新调校一下。好了,稍息。"

"能走了吗,中士?"

"解散!"

他比拿着通行证去洛杉矶的同伴们晚了一个星期。上一次,他被罚了三十六个小时的拉练。他开始明白这里的生存之道:任何一个在听到命令时没有立刻磕响脚后跟的新兵就是替罪羊,这替士官们省下了判断的麻烦。班里的其他人看到他受到惩罚,就知道该立刻磕脚后跟,好好表现了。

到目前为止,他在所有课程上的表现都比一般人好,因为他比一般人聪明,身体条件也比一般人好。班里的其他人多数是"棕鼻子",来自那些在经济上黑人仍处于弱势的州,没有钱,也缺乏想象力来逃避兵役。少数几个白人同样来自那几个州,还有为数不少的波多黎各人也被计算机抓来了。他怀疑自己之所以被盯上,是因为某种矫枉过正的官方命令告诉士官们:挑出高个子的、长相英俊的、蓝眼睛的、金发的,揍他,因为他无法申述这是歧视。

整个班中,就他一个人长着金发。

比其他人优秀,反而让他得到了更恶劣的待遇。

合理、不合理——总之,这就是这里的道理。

和其他人一起,他爬上为通行证持有者准备的、往返于船营和陆地之间的气垫船。他并没有因为外出而觉得兴奋。他不会为了任何事兴奋,除了不让士官抓住把柄。要不是不想让别人觉得自己是个怪人,他情愿待在营房里给家里写信。

气垫船正穿越水泥障碍物,就要驶上大路。有人设法在两个水泥墩子之间绷了根通技的单纤维丝。驾驶员很着急——今晚他还得完成七趟行程,之后才能使用他自己的通行证——以每小时近四十公里的速度撞上了丝线。它几乎没有阻滞地划开了整个座舱,切断了晶格间的联系。它无法切断联系更强的分子键,也几乎没有在金属和塑料表面留下痕迹,因为不等空气接触到切割面并消除它们的自然黏性,它们已经根据约翰逊法则重新焊合了。

但是,如果此刻有一个恰到好处的作用力,就能阻止它们的结合。

盖瑞·林特正扭头看向一个向他提问的人。当丝线划过时,他脖子的扭力阻止了头颅与脖子的重新结合。这样也好,因为脊柱受损他已然全身瘫痪了。随着头颅在地板上滚动,他的眼睛看着自己的身体越离越远。这是他此生最后看到的恐怖景象,甚至连他的中士都不想加在他身上。

这显然是游击队的杰作,而不是随机的破坏。军队很快便开始了对疑似游击队员的搜捕。在逮捕的两百多人中,还真的有不少于四人接受了外国的直接资助。

这一切对盖瑞·林特都没用了。

现场记录(35)
等待收割

唐纳德把科学家带到船边之后,有一阵子还担心对方会大喊大叫。他像个上帝似的改变了这个人的生活,但他对这个人的了解又是如此之少。他害怕出海吗? 他有幽闭恐惧症吗,无法躲藏在狭小的空间里?

然而,苏盖昆吞表现出迟疑之后,造成迟疑的原因成了谈话的首要内容。

"你是说——乔伽琼?"

"对!"唐纳德说,"除了他,这个国家还有谁能保护你不受那帮当权者的伤害呢?"

"我——我没意识到。"苏盖昆吞舔了舔嘴唇,"我不想卷入这种事情。这离我的生活太远了,太突然了……船长!"

船长紧张地看着他。

"你真的信任那个人吗?"

上帝,我们要进行一场政治辩论了!唐纳德竖起耳朵,捕捉警用无人直升机或巡逻艇的动静。

"是的,先生。"船长说道。

"为什么?"

"看看我,先生,还有我的朋友们——一半人都穿着破衣服。看看我的船,它需要重新上漆,还要换一个新引擎。苏鲁卡塔元帅说我们这些渔民是国家的基石,我们提供了宝贵的食物,让国民保持健康,变得更有头脑。接着他把鱼价固定在了二十塔拉一篮子。我们提出了抗议,他说我们在叛国。我甚至不被允许下船去岸上多挣点钱。当着你的面,先生——你是苏盖昆吞教授,是吗?——我要说这个国家需要的不是更优秀的孩子,而是更优秀的成年人,才能更好地照顾他们的孩子。"

苏盖昆吞耸了耸肩,走到船边,寻找爬上船舷的地方,但那里没有梯子或台阶。唐纳德又朝身后紧张地看了一眼,随后收起枪,和船长一起将科学家托上了船。

"你们得躲在鱼舱里。"船长说道,"那里面又臭又黑。可一旦我们出海,巡逻艇肯定会来检查。我们需要慢点开,在他们搜查之前,鱼舱里得先装满鱼。"

唐纳德意识到,他们之前肯定干过类似的事情。两个船员熟练地取出防水帆布,把苏盖昆吞和他裹在里面,以免弄脏他们的衣服。他们被告知要躺到鱼舱的最里面,那里有个通风口往鱼舱里送新鲜空气。渔船慢慢地开动了,鱼舱里只剩下他们两个。舱壁吱嘎作响,应和着反冲式马达不规则的突突声。

桅杆上的灯光透过通风口的格栅,在地板上投下一个灰色的补丁,让舱室其他地方显得更黑了。黑暗中,苏盖昆吞低声抽泣着。

"别担心。"唐纳德说道,但他的语气暴露出他自己也信心不足。

"霍根先生,我不知道自己是否做对了。我——我可能是出于习惯,而不是做出了决定。"

"我不明白。"多年前读到的人类学知识片段浮现在意识里,"噢——对,我明白了。你说的是传统。救了你的人相当于有了你的命。"

"我还是个孩子时,他们教给我的。我之前从未接近过死亡,除了有一次感染了某种病毒。那时候我还只是个孩子。一个人应该买回自己的自由意志,通过完成——你救星的吩咐。我的英语说得对吗?"

"是的,说得对,尽管有些过时,但你的英语说得很好。"唐纳德心不在焉地说。他刚听到了渔网撒出的声音。再过一分钟,就要往舱里装鱼了。在渔船驶到海峡深处之前,天知道这个过程还得重复多少遍。

苏盖昆吞接着往下说,好像在播放一段录音似的。"作为科学家,我知道点燃一炷香不可能取悦火山。然而,当我的妻子为罗亚老祖上香时,我闻到屋子里的香味,不知怎的,我——我感觉好了一些。你能理解吗?"

唐纳德想起诺曼往家谱研究局送去自己的样本,不禁发出了苦笑。"大概吧。"他承认道。

"但是,你看,我一直在想,如果魔客把我杀了,他们会记住我什么呢?不是那些我自豪的事:我为满足人类需要而培育的橡胶树和细菌。他们会记得我没有完成的事,可我本人并没有答应要做那些事。他们会逐渐认为我是个骗子,不是吗?"他的语气中有乞求的成分,仿佛他在竭力为自己的决定寻求支持。

"完全可能,"唐纳德同意道,"而且这不公平。"

"对,这不公平。"苏盖昆吞重复着唐纳德的话,仿佛在品味,"没人有权偷走别人的名誉,用它来支持虚假的宣传。这是一定的。我应该有机会说出真相,是吗?"

"所有你想要的帮助,你都会得到的。"

突然,一个插销吱吱叫着被打开了,第一网鱼倒了进来。它们扭动着身体,张着嘴,在异域垂死挣扎。又一网,然后又是一网,直到它们盖住了两个躲藏的人,任何人仅凭匆匆的一瞥都不可能发现。

出乎唐纳德的意料,它们在死的时候会发出声音,让他觉得反胃。

世界慢慢退缩成了一个黑暗的、臭烘烘的不明之地。

他快要睡着了,因为只有入睡才能摆脱眼前的处境。但就在这时,船长在舱盖上轻声地呼唤起来。

"霍根先生! 我们很走运,负责这个区域的巡逻船往另一个方向去了,我们能看到它的灯。动作快点,我们现在就把你们放到岸上!"

唐纳德僵硬地从湿滑的鱼群中爬了出去,它们的鳞片沾在他身上,让他身上反射着点点的磷光,就像雅塔康庙里画的妖怪。爬出舱盖以后——用手摸索着爬出的,因为船长熄灭了桅杆上的灯——他转身帮苏盖昆爬了出来。鱼身上流下的水在舱底积成一个水洼,把他们身上都浸透了。他们站在甲板上,微微发颤。

"我给藏在那边树林里的哨兵发了信号。"船长压低嗓音说道,"他们知道我们是朋友,不会朝我们开火的。"

"你的船员在干什么?"唐纳德问道。他看到两个人往船头走去,消失在黑暗中。

"海底有根缆绳。"船长说道,"我们不想让引擎发出动静。

风又太小,吹不动我们……哈!"

随着一声轻微的水溅声,船员找到了缆绳。他们把铁钩挂在上面,随后绷紧肌肉,开始拉船靠岸。天空中满是乌云,但就连唐纳德都能分辨黑色的天空和黑色的陆地之间的不同。在他们左边,罗亚老祖的半山腰上有几盏灯光,忽明忽暗地闪烁着。

船震动了一下,苏盖昆吞抓住他的胳膊,差点让他失去平衡。

"快——上岸!"船长催促道,"我看见巡逻艇的灯光又往这边来了。"

唐纳德无法分辨海峡上星星点点的灯光之间有何不同。但他不想跟专家争辩。

"如果他们问你为什么到这儿来,你怎么说?"他问道。

"我会说我们要丢掉拉塔鱼。"

"什么鱼?"

"它有毒。要是被它的背鳍刺到,人会发疯。他们不敢上岸在黑暗里寻找,因为它死后仍然危险。"船长推了他的肩膀一把,催促他向前走,"但是要快——如果他们过来这边检查,会怀疑我们为什么花了这么长时间才把鱼丢到林子里。"

唐纳德遵从了船长的建议,手忙脚乱地在背着巡逻艇的那侧下了船。细软的沙子埋过了他的脚面,他转身帮着苏盖昆吞下了船。碰到他的身体时,他感觉科学家正不由自主地颤抖着。

"笔直往里走。"船长轻声说道,"有人会接应你们的。不是妖怪!"

说完这个雅塔康式的冷笑话后,他立刻将船推离沙滩,向海中驶去。

唐纳德领着苏盖昆吞往内陆走去,尽量不发出太大的动静。沙滩很窄，他们的腿很快就擦到了草丛，接着又擦到了灌木。唐纳德四处打量了一下，发现了一条可能的小路，向那里走去。苏盖昆吞跟在他身后两步远的地方。

"停下!"有人用雅塔康语轻声说道。

唐纳德服从了。因为太突然了，苏盖昆吞撞到了他身上。唐纳德清晰地听到了他的牙齿在打战。

上帝，他就不能放松点吗？这里至少还是他自己的国家——他还没有被扔到半个世界以外的地方。

当然，家乡也跟丛林一样危险，这点已然证实了。

一个——两个——三个哨兵从藏身处走出来。他们都戴着黑光眼镜，头部的轮廓于是显得很怪异。两个人拿着枪，警惕地站在后面，第三个人手里只拿着黑光探照灯，仔细地打量着唐纳德和他的同伴。对他们的身份感到满意之后，他说道："跟着我们! 尽量别发出声音!"

他们走进了一条漆黑的地道，弯弯曲曲，如同蛇的场子。它肯定是在隐藏它的丛林里挖掘成型并逐步完善的，非常有效——唐纳德从未看到过天空。最终，它开始上升。

苏盖昆吞吃力地喘息着，领头的人放慢了脚步，唐纳德松了口气。坚持到这里以后，他的方向感已经消耗得差不多了。没有外部数据来补充他的判断，他开始迷失了。根据他的判断，他们在往罗亚老祖走——在沿着山坡往上走吗？它足有九千英尺高，让苏盖昆吞爬上这么高的山，这实在是太荒谬了。

突然，领头的人示意他们停下。他们喘息着服从了命令。阴影里传来他与此处暗哨的对话。终于有机会停下来整理思路，不用快步上山，唐纳德这才意识到，尽管温度比白天下降了很多，前面却吹来了温暖的空气，他能从脸上感觉到。

"你们继续往前走。"那个刚才与暗哨对话的人说道。唐纳德和苏盖昆吞服从了。

往前走了十码,他们到了一片空地。上方覆盖着顶棚,两侧露出的倾斜于地面的岩石充当半堵墙壁。在空地深处有个黑色的阴影,看上去像个山洞,不超过四英尺高。这是把树林砍掉之后形成的空地,唐纳德坐在树墩上,锐利的眼睛发现了不可能从上方发现的线索:隐藏在树林里、用枝条叶子做的伪装网下面有八九个男女,穿着破旧的衣服,肩上挂着武器。刚才吹到他脸上的热气是这群人围着的取暖器发出的。

其中一个人站了起来。

"霍根先生?"他的英语很标准,"我是乔伽琼。欢迎来到我的总部。今晚,你为雅塔康的自由做出了巨大的贡献。苏盖昆吞教授,你的到来是我们的荣幸。"

科学家嘟囔了一句,唐纳德没有听清。

"尽管这里不是豪华宾馆,"乔伽琼说道,"但我相信,在等待潜艇前来接走你们之前,我们能为你们提供充足的饮食起居。你们不必担心取暖器会被红外线侦测器发现——在那个山洞里,热喷泉会时不时喷出温暖的气体。离此最近的居民点大概有一公里远。在通往这里的道路上,我布置了约一百名忠诚的警卫。还有,通过你来到此地的方式,你应该知道我在普通人民中也有大量的朋友。请坐。你饿吗,渴吗,想抽一根吗?"

唐纳德闻了闻空气。仿佛是为了证明乔伽琼所言非虚,从洞口飘来了一股硫黄味,让他想起了地狱。

但是,反抗军首领的欢迎词中有种让人放心的自信。它给了他时间,让他回忆了刚刚经历的一切。立刻,一个极大的恐惧攫住了他——甚至比苏盖昆吞在屋里开灯暴露出他的身影时的恐惧还要大。

他说道:"朱尔·哈拉尔又是怎么回事?"

没有回答。乔伽琼只是耸了耸肩。

"他告诉我买船过海峡太贵了!"唐纳德紧张得声音发尖,"我给了他一千塔拉,但那个吸血鬼没露面!"

"他在撒谎。"乔伽琼平静地说,"在这里,我们跟你的国家保持着紧密的联系,在听到你的计划后,我们做出了相应的安排。今晚,有六艘船等在沙滩上,比他们平时的出海时间都晚。任何一艘都能把你们带到这儿来——不是因为收了钱,而是因为我下了命令。"

"你的意思是我其实没必要去找他?"

"是的。"

唐纳德握紧了拳头,"这个该死的——"

"是的,他是我的薄弱环节。"乔伽琼点了点头,"我一直都主张用我们自己国家的人。不过,你们的人觉得间谍是一种可耻的行为,最好能把脏水泼到别人身上。我会打个报告,他不会再有骗人的机会了。"

"你准备怎么做?"愤怒让唐纳德急切地想听到酷刑:用火慢慢地烤、把指甲连根拔起,等等。

"往合适的部门递个话,保证他会被逮捕的。"乔伽琼说道,"宫吉伦的监狱不是天堂……别管那么多了。你做得已经足够多了,况且他的背叛并没有让你的勇敢枉费。"

唐纳德叹了口气,放松了。反抗军首领的话显然是对的。他再次环顾了一下这片空地。

"我们得等多久——他们跟你说了吗?"

"直到海盗活动的频繁度降低,能让潜艇溜进来。"

"德拉安迪少校也是这么说的。多久?"

"我估计大概有三到五天。"乔伽琼平静地说道,"如果有必要,我们会增加点确定性——呃——搞点掩护行动,引开他们的注意力。不过,我希望最好用不到。不管怎么说,像苏盖昆吞博士这样的名人失踪,对苏鲁卡塔政权总归是个打击。我希望他们无法隐藏真相,人们会怀疑他可能是主动离开的,这会给我的事业带来极大的帮助。"

唐纳德搓着脸颊,"嗯……你确定走漏消息是好事?"

"当然,先生。"

"你能给宫吉伦记者俱乐部里的一个人带个匿名口信吗?"

"很容易。事实上,我想过这么做,但我需要找个会严肃对待此类信息的人,而不是把它当成谣言扔掉。"

"我知道一个人。"唐纳德说道。

"太好了!"乔伽琼犹豫了一下,看了看空地上的其他人,他们都安静地坐在树墩上。"现在,请原谅——我必须要开完这个我主持召开的会。我们过会儿再详谈,好吗?"

唐纳德迟钝地点了点头。

会议?为什么不呢?在多得数不过来的国家中,类似的事情可能都在发生着——俄国、古巴、南非……几个男女在秘密的地方开会,然后突然间现身,像变戏法似的从逃犯变成了内阁部长!还有谁比我更清楚,这种转变是多么迅速和简单?

在火山口边上密谋着雅塔康的下一次革命。这真是太完美了,太合适了。

人物追踪(25)

没有信念的人

杰夫·杨看到了那则新闻，说船营里的士兵在去岸上作乐的途中遇到了陷阱。他立刻明白了是谁干的。从他这里购买铝热剂的游击队也想找他买单纤维丝，刚好他的车间里有货。最近他听到过传言，知道了这东西还有别的用途，就像二战时法国境内的游击队对付摩托车骑手那样。当然，在那时候，他们只能用钢琴线，因为它太粗了，容易被看见，所以通常只在黎明或黄昏时分才用。

他对十一个死者和三十一个重伤者有些许的歉意。他不喜欢这种行动，只喜欢那种会吓人一跳的破坏，就像蚂蚁在蚁巢被踢了一脚时的反应——简单来说，像是种玩笑。

当然，让他的腿短了一截的那一幕并没有玩笑的成分……

这种丝线由能几乎无限拉伸的单分子线制成。诱人之处在于它能轻易切割任何东西，如同切奶酪一般，而且它的张力接近于无限，比任何其他丝线都强。自然地，如何使用它也是个问题——人们必须戴着单纤维制成的手套，否则拉动它就会让你的手留下整齐的切口，如同被激光切过一样。

　　想到这里，他又发明了一种全新的破坏快铁的方法、一种爆破城市燃气管线的方式，以及一个后来破坏了北洛基速管的装置。

背景环境(25)
查德·穆里根最喜爱的故事

　　一位非常杰出的哲学教授来到讲台上,面对着一群学生,拿出一截粉笔,在黑板上写下了一个逻辑命题。他转身面对听众,说道:"好了,现在,女士们先生们,我肯定,你们都认为它说得通?"

　　随后,他又看了一阵子,开始挠头,然后开口说道:"对不起!"接着,他消失了。

　　过了半小时,他又回来了,脸上放着光,带着胜利的口吻说道:"是的,我是对的——它说得通!"

现场记录(36)

权宜之计

诸曼和查德刚走进通技大厦的大堂,一位不知名的职员就迎了上来,说瑞克斯·福斯特-斯特恩要见他们。第二名职员走过来说普洛斯·拉金在到处找诺曼。第三名职员看见了他,也走过来说汉米尔卡·沃德福德问他去哪儿了。

拉金和沃德福德可以再等等,但瑞克斯那边需要尽快处理。诺曼问道:"他在哪儿?"

"在下面撒缦以色的机房里。"

"我们也要去那儿。"

"呃……"职员显然有些不安,"跟你一起的人是谁,先生?"

"查德·穆里根。"诺曼说道,把职员推到一旁。

通技在维护形象方面做得还是不错的,但是诺曼注意到了一些细节,显示它的形象正在缓慢瓦解。有两队人等在大堂里,准备被领着参观大厦。这并不意味着什么,只是证明了关于公司处在崩溃边缘的谣言并没有战胜贝尼尼亚项目的宣传。一队英继星的人带着摄像机及其他设备,乘着空中吊篮,准备拍摄定于晚上举行的正式晚宴。这也不意味着什么。各种肤色及性别的记者来回走动着,一只眼盯着新闻稿,另一只眼盯着眼前的路。这同样不意味着什么。

真正反映了实际情况的是:聚在角落里交头接耳的职员、一个走向出口的董事会成员没有对着记者笑、空气中弥漫着紧张的气氛,仿佛诺曼一伸手就能抓住。

他们直接去往低层的撒缦以色机房。应该有人通知了瑞克斯,说诺曼已经到了。电梯门打开时,眼前出现的就是这位仁兄那张紧张的脸。

"诺曼!你知道这有多麻烦——"

"你按我的要求做了?"

"什么?是的,问题是这么做的过程非常麻烦,成本也太高了!因为你的要求,我们推迟了价值五十万美元的签约时段。"

"用点小麻烦来解决大灾难,应该这样,不是吗?况且,贝尼尼亚项目动用了多少资金?"

瑞克斯用手背擦了下脸,"诺曼,我知道你负责那个项目,但是——"

"妈的!我是负责人,瑞克斯,我比每个人都有更深的利害关系,除了贝尼尼亚当地人和艾立虎·马斯特斯以外。你为我们准备得怎么样了?"

瑞克斯咽了口唾沫,垂下双臂,"他马上就能接受口头询问了,再过——嗯——六分钟。但我最多能给你十五分钟。在那之后是今日头条签约时间,我可不敢瞎搞那个时段。"

"我还看到你把游客挡在了外面。"

"这让你的老部门快疯了,但我还能怎么做呢?我可不想让公司的秘密成为别人嘴里的闲话,对吗?"

"查德!"诺曼转身说道,"十五分钟够吗,还是你想让我去找拉金,取消今日头条时段?"

查德已经在往前走了,就像个好奇的游客,仔细地观察着撒缦以色的整个构造,从一头看到了另一头。一些正在此地工作的职员被他的过分关注搞得有些不自在。

"什么?噢!够了,如果在十五分钟内没解决,那说明我显然没有找对解决方案。"

"穆里根先生,你是说你只要十五分钟,就能解决我们最优秀的技术人员好几天都没能解决的问题?"听瑞克斯的语气,要是穆里根给出了肯定的答案,他可能会被气得爆炸。

查德完成了对撒缦以色外部的观察,轻松地看着瑞克斯。"你是谁?"他问道。

"福斯特-斯特恩,负责项目计划的副总裁。这个地方归我的部门管。"

"哈。那样的话,你能不能在这十五分钟开始之前,跟我核对一下诺曼给我的数据?看看他是否漏掉了一些关键点。"

这位是新的查德·穆里根。诺曼惊奇地意识到。他在那个声音中听到过轻蔑,但还有渴求,渴求永远存在,因为绝望而产生的渴求。而现在,它显得又冷又有攻击性,是那种只能用挖苦和侮辱来统御下属的人才会说的话。话外之音又响亮又清晰:我比你强!

此外,查德的站姿也改变了。那个一心想死、抛弃了梦想的失败姿势已经消失了。现在,他身体里有股力量,眼睛里有光,仿佛在迎接一场艰难的挑战,而且有百分之五十一的机会会赢。

从我第一次跟他见面以来,他一直想保持伪装。现在,他忘了,他又回到了原来的自己。

重新成为自己的查德·穆里根令人印象深刻,浑身散发出领袖的气质:翘起的嘴唇,双手戳在半空,仿佛要将他嘴里厉声说出的词语镌刻在空中。职员一个接一个围了过来,成了他的听众。职员们急切地想要帮忙,急切得说话都结巴了……

诺曼没怎么听。他感觉有些头晕。他把全部的希望都寄托在了一个他几乎不怎么认识的人身上,而且他很难说服自己相信这个人手握胜券。

我见过这种变化,是在什么地方来着……

"几乎不怎么认识的人"这个想法让他联想到了答案,而且答案显得很荒谬:唐纳德·霍根。

但这就是事实。看到了一段有趣的或者可能很重要的信息时,只有在这种情况下,唐纳德才会偶尔显露出隐藏很深的内心的激动,像解开了拼图游戏,能够拼出新的模式。

只有在这种状态下,唐纳德才会打破诺曼对他的看法。仿佛一个真实的自我从他体内冒了出来,打碎了先前他所习惯的扭曲的镜中像。

徒手杀了一个魔客? 不是唐纳德。平静的唐纳德,我在琐事中的争吵想挑起他的脾气都不行。

他想象着自己挑逗室友太过分了,结果被打倒在地的情形。他强迫自己不再去想,回到此时此地。查德正在说话:"还有一分钟,对吗? 再跟我对一次步骤:我提问的时候说'问题',那东西里的种种开关会调整他的回答,使之对应我的问题。如果不行,我就得说'暂停'或是'取消',取决于我是否还想就这个问题问下去,还是想问别的问题。"

他的听众们整齐一致地点着头。

"如果我想让他接受新数据,我该怎么说?"

茫然的表情。最后,瑞克斯说道:"怎么说呢,穆里根先生,我不认为你会希望——"

"收声。我该怎么说?"

"你说'假设'。"瑞克斯不情愿地说道。

"那是理论上的!我该怎么说让他接收数据?"

"好吧,我们并没有想过要通过口头的方式往他里头输入新资料,所以——"

"福斯特-斯特恩先生,如果再这么拖下去,我就会跟那边的诺曼说,让他取消今日头条时段。你不想这么做,是吗?"

瑞克斯费力地咽下了一口唾沫,喉结上下滚动了一下。他以微弱的声音说道:"你得说,'我跟你说三次。'"

查德盯着他,露出了笑容,"妈的!在这座地狱般的金字塔里,至少还有人有幽默感!我敢说,不管是谁想到的这个表达方式,他肯定在这地方待不久。"

一个站在撒缦以色打印稿旁边的人喊了起来:"准备好了,先生——准备开始口头询问!"

我跟你说了一次,我跟你说了两次——

我跟你说了三次的东西是对的……

这段《猎鲨记》中的打油诗一直在诺曼的脑海中盘旋,他看着查德以慢得让人发疯的速度一步步走向语音输入的麦克风。他意识到,将这个人比作准备战斗的斗士再贴切不过了。对查德而言,这是个独特的挑战。或许只有这个挑战才能让他走出强加在他自己身上的愤世嫉俗。

"撒缦以色?"他对着麦克风说道,"你好,撒缦。我是查德·穆里根。"

诺曼之前听到过撒缦以色的声音,但它总能让他起鸡皮疙瘩——并不是因为声音听上去阴森恐怖,而是因为声音所引发的联想。实际上,他的声音来自于一个有名的男中音歌手,音质很好听。

但是这个歌手已经死了——自杀。知道这一点后,让人觉得声音无法忍受。

"我知道你的书,穆里根先生。"撒缦以色说道,"我还收藏了你的一些电视采访节目。我认得出你的长相,听得出你的声音。"

"过奖了。"查德在椅子上坐下,面对着麦克风和两旁的摄像头,"好吧,我猜你没时间闲聊,我就开门见山了。问题:贝尼尼亚项目出了什么问题?"

"项目不会成功。"撒缦以色说道。

诺曼瞥了瑞克斯一眼。后者一脸焦灼,不知道这是查德的淡然引起的,还是因为他知道通过这种方式使用撒缦以色,会让他的光速反应降低到人类的速度,浪费了宝贵的时间。让机器用普通的英语对话,意味着任何信息都要通过附属装置来传输,而这些装置的速度连光速的千分之一都不到。

"问题:为什么不会成功?"查德说道。

"输入的数据中有无法接受的异常。"

"问题:也就是说,你不相信他们说的关于贝尼尼亚的信息?"

出现了可察觉的停顿。瑞克斯往前走了半步,嘴里嘟囔着,说什么这种界定模糊的提问方式迫使撒缦以色搜索他的整个内存。

"是的,我不相信。"人工合成的声音回答道。

"嗯……"查德理了理胡子,"问题:数据中的哪些元素不能接受？说得越具体越好。"

又出现了一次显著的停顿。撒缦以色检索着所有接收过的信息，将大部分信息都排除了，只留下了最关键的部分。

"与社会互动有关的人类元素。"他最终说道，"还有——"

"暂停！"查德迅速说道。他再次把手指伸进胡子里，还拽了拽，"问题：你学过辛卡语吗？"

"是的。"

"问题：它的词汇也是异常的一部分，使得你拒绝接受数据？"

"是的。"

周围的技术员们相互交换着震惊的眼神。其中的一两个甚至大着胆子露出了笑容。

"问题：是不是向你描述的贝尼尼亚的生活条件，让你预期那里的人会表现得跟对你说的不同？"

"是的。"

"问题：贝尼尼亚与邻国之间的政治关系也属于异常数据的一种？"

"是的。"立即给出了答案，没有延迟。

"问道：这个国家的内部政治体系也是一种异常？"

"是的。"

"问题：定义'异常'，越具体越好。"

"反义词：正常。同义词：反常。相关概念：一致、同一性……"

"暂停！"查德咬住下嘴唇，"妈的，这条路走不通……哈，我明白了……撒缦，问题：异常存在于给你的贝尼尼亚数据之中，还是在你将贝尼尼亚与其他国家相比较时，才出现了异常？"

"后者。前者之中的异常在误差允许范围之内，我可以接受。"

"那家伙到底是谁？"诺曼听到有人在问。

"查德·穆里根。"有人小声回答道，然后提问者的眼睛瞪大了。

"那来评估一下这个问题。"查德说道，他的眉头皱得已经无法再紧了，眼睛紧盯着前方。"假设给你的贝尼尼亚数据是正确的。问题：应该怎么做才能把它们和你已知的其他信息融合起来？换句话说，为了让你接受和相信贝尼尼亚，你还需要做哪些假设？"

瑞克斯又往前走了半步，嘴巴张着，像个提线木偶。整个机房里一片安静，只有查德的声音在回响，以及撒缦以色运行时发出的嗡嗡声。诺曼看到更多的下巴掉了下来。

当然会掉下来！

停顿不断被拉长，直到让人无法忍受。再过一秒钟，诺曼想，他就要尖叫了。就在这时——

"自然界未知的力量作用在那里的人身上，让他们表现得跟其他类似地方的人的固有模式不同。"

"撒缦，"查德柔声说道，"这种力量的确存在，而且专家对此正在研究，想搞清楚它是什么。我跟你说三次！"

他把椅子转了半个圈，站了起来。诺曼这才注意到，尽管机房里很阴冷，他的身上却满是汗水，胡子末梢竟然有水滴在滴下。

"好了，"他疲倦地说道，"你们来试试吧。"

紧张的气氛消除了。一个诺曼不认识的人走到查德刚才坐的那张椅子前，对着麦克风问了个问题。回答出现了：贝尼尼亚项目的预期回报是——

"暂停!"

那个人看着瑞克斯。"看来他做到了,先生。"他喊道。

"给我拿杯酒来!"查德·穆里根说。

人物追踪(26)

例行公事

　　成排的机器播放着过去十二小时都市圈内警车记录在磁带上的报告——主要是用来给预防犯罪的计算机提供资料——并在某个磁带的某个部位做了个记录,打上了个数字码,将它发送给了分析部的一名侦探。

　　数字排列如下:95(违反优生法)——16(运毒)——01(女性)——22(大概年龄)——01(单独犯罪)。

　　违反优生法居然归类为单独犯罪,侦探对此咂了咂嘴。他把磁带往回倒到合适的位置,心里清楚会看到什么:一个小妞,明显大着肚子,被观察到在使用某种迷幻剂。需要辨别的是她是否在使用摩羯诺。

　　侦探在受训过程中见过摩羯诺导致的畸形胎儿。有些畸形胎儿让受训的人忍不住呕吐了。他自己倒是竭力控制住了,但他现在偶尔会做噩梦,梦到自己成了一个小恶魔的父亲。小恶魔没有眼睛,也可能没有四肢,更糟糕的是没有大脑。头颅在囟门处裂了个大口子,里面什么都没有,只有空气。

医生说过,从现在开始,她必须保持用药恒定。在循环性精神病发作时,她本来应该用别的东西来替代脑爽金——如果没怀孕,就用摩羯诺来替代;如果怀孕了,就用三古丁来替代。三古丁比脑爽金的效果好,因为你能否"起飞"跟你的基础心情无关。但脑爽金更容易搞到。而且,她的想法是把这么一个孩子带到世上,他无须看到普通的、无聊的、可憎的、叫作伦敦的城市,而是一直徜徉在母亲打造的私人秘园里。因此,当医生说她必须选择一种药,坚持用下去,直到孩子出生,她选择了脑爽金,因为害怕三古丁的供应会中断。它还是种新产品,她不知道有谁能在家中仿制。

但是,腺体运行让她进入心理低潮期时,她的日子很不好过。

她与罗杰和另一对叫苏和泰德的夫妇共享某座公寓楼里的一间公寓。当警察来到这座高耸的公寓楼时,她正好处在低潮期。

两名来访的警官不想找太多麻烦。他们对前来应门的泰德也是这么说的。多数人都觉得这很正常。最坏的情况无非是某个该死的警察溜达到这儿,告诉你跟他们走,然后你会被罚款,你不得不再申请提高你的信用额度。今天他们甚至连这都不打算做。他们只想确定一个怀孕的女孩——优生委员会注意到了她,警车里的报告提到了她——看她是否在用摩羯诺,从而给社区带来一个畸形儿。

波比听到泰德说:"没有,当然不会。她不会那么傻。"

"我们得带上她,伙计。去看医生,仅此而已。"

世界是各种颜色的混杂,大多是灰暗的颜色——跟屎一样的颜色。世界里充满了各种难闻的气味,让她流鼻涕,流眼泪。

世界充满了各种难以名状的威胁,像看不见的蜗牛在她皮肤上爬行。后来,他们认为她肯定是想找地方藏起来,但她打开的是一扇窗户,而不是衣柜的门。

　　一扇离坚硬的石板地面足有二十七层的窗户,位于这个无聊的、可憎的、名叫伦敦的城市。

现场记录(37)

等 待

　　他们在洞口给了唐纳德和苏盖昆吞可充气的垫子。山洞里是武器和通信中心。一堵突兀的墙壁挡住了外部的视线,里面有一台电视,一整套小型电台设备以及电话。但操作的时候必须小心。火山能遮蔽热辐射,却掩饰不了通信设备的信号。

　　清晨,唐纳德从疲劳的半睡状态醒来,看到身旁的苏盖昆吞正来回翻身,嘴里喃喃自语。他紧张地伸手摸了下他的前额。他的身体很热,嘴唇干裂,还抱怨说觉得反胃。

　　唐纳德叫人来帮忙。一个穿着土黄色军服的女孩过来脱下苏盖昆吞的衣服,往他身上贴了检验贴片,量了他的体温。最后她说:"我们把这种病叫丛林热。每个到这里来的人都会得。没有生命危险。"

　　"你不能给他吃点药吗?"唐纳德追问道。

　　"这里可不是什么大医院。"女孩带着悲伤的神情说道,"我能给他吃点退烧药,外加大剂量的维生素C。但真正需要的是氯氟烃加上阿科比林,我们没有。当然,我会看看能不能让人从宫吉伦带点回来。"

"要过多长时间他才会好?"

"三天,也可能四天,然后他就有了免疫力。"女孩显得有些不耐烦,"有时第二天会拉肚子。"

乔伽琼知道了消息,出现在洞口。因为刚睡醒,头发乱糟糟的。他听着那女孩的汇报,不时地点头。

"给他盖暖和点,让他尽量多喝水。"他说道,"现在发病不是坏事,反正他哪儿也去不了。"

第一天快结束时,唐纳德希望自己带上了镇静剂。他需要它们来保持冷静。跟他的自我揣测一致,检验贴片报告说他没有像苏盖昆吞那样得病,但是他因为不耐烦而浑身燥热。乔伽琼应该注意到了他的状态,但即使躲在这片丛林里,他仍然有公务要处理,直到深夜才找到机会来见唐纳德,用雅塔康的礼貌用语打了个招呼。

"你不习惯等待,霍根先生——很明显!"

"我不知道自己习惯什么。"唐纳德叹了口气,"不久之前,我还处在一成不变的生活中,我都感到腻了。突然间,我被挑了出来,扔到了混乱之中。这种生活变化太快了。仅仅过了十天,我就开始讨厌这种生活,就像过了十年之后我开始讨厌原来的生活一样。"

空地的远端出现了一个乔伽琼手下的军官,手里拿着把弯刀,刀尖上插着条死蛇。他向自己的领袖展示了战果,敬礼。作为回报,他得到了一个笑容。

"那条蛇很毒吗,还是有别的讲究?"唐纳德随意问道。

"没毒,味道好,可以做顿美味。我们在这儿的生活谈不上奢侈。"

"美味!"唐纳德惊得几乎跳了起来,"好吧,既然你这么说,我猜……"他抹了把脸。他讨厌火山排出的潮湿的硫黄气味。他们说今天它特别活跃,把空地上方的空气都染上了颜色,经久不散。

"让你在这儿经历这种无聊的日常生活,我感到很抱歉。"乔伽琼说道,唐纳德无法分辨他是否在挖苦他,"我本想安排一次消遣,带你参加一次我们的小规模突击行动,但现在的形势对我们不是特别有利。而且我觉得你是我们尊贵的客人,不能冒险。"

唐纳德考虑了一阵他的话。最后,他说道:"是不是因为目前的形势,你才被困在这里?"

"没错。按计划,我上岸之后就应该开始公开活动。我不敢说富人有什么想法,但在普通群众中间,很多人支持我的道路。反对势力在宫吉伦不是很强,但有些组织对我很忠诚。比如渔民,你已经知道了。还有一些知识分子。建筑工人中间更多。在一些更偏僻的外岛上,整个社区的管理权都在我们手上。我之前希望能展开一场竞选,如果有必要的话,宣布独立,并准备好抵抗。不幸的是,有关优化我们下一代的宣传推迟了我的行动。幸亏你的勇敢,谎言就要揭穿了。它所激发的愤怒将成为下一场革命的导火索。"

他说话的样子,好像拿到了撒缦以色也支持他观点的分析报告。唐纳德这时才意识到,确实有这个可能性。至少,在乔伽琼从美国被送回这儿之前,华盛顿的计算机肯定详细分析了他成功的概率。

唐纳德问道:"如果苏鲁卡塔政权没有为自己挖下这个坑,你真的想发动一场内战吗?"

乔伽琼耸了耸肩，"它肯定是一个更加漫长而缓慢的过程，代价可能也会更大。但是，自由有价格吗？"

"生命的价格呢？"唐纳德冷冷地反问道。

"在我的国家，几个世纪以来，生命都是廉价的。"乔伽琼说道，"我知道我的生命值多少钱。一个人必须自主决定自己的生命是否有价值，并且去实践它。"

"多数人都不会有这样的机会。"唐纳德嘟囔道。

"我没听清……"

"我说，多数人都不会有这样的机会！"唐纳德大声说道，"我来这里以后，你听到过宫吉伦那边有什么新闻吗？提到过有幢建筑被炸毁了吗？"

"炸毁？新闻里说过有建筑因为爆炸而倒塌，但他们说是因为下水道气体。我们经常能找到甲烷积聚点，可以用来放火。"

"鲸油渣。是我放的炸弹，用来除掉一个坏我事的女警察。"唐纳德看着自己的双手，"死了多少人？"

"不多，"乔伽琼怔了一下后说道，"十七、十八——他们报给我的是这个数。"

"有女人和孩子吗？"唐纳德在恍惚中听见自己在问。

"全部是女人和孩子。"乔伽琼说道，"这不奇怪。男人都出去工作了。"他朝唐纳德探出身子，关心地握住他的胳膊，"不要过分责备自己。把这想成是为我做的，他们都为国家的前途做出了贡献。"

"他们是因我而死的。"唐纳德挣脱他的手。

"因为你的国家派你来帮助我们的国家。"乔伽琼坚持自己的观点。

"没错，"唐纳德说道，"你的国家，我的国家。世界上所有的国家都会为了所谓的前途,派那些对前途漠不关心的人去杀女人和孩子。是的,这就是地球上的国家所谓的前途!你知道我怎么称呼这种前途?我叫它'赤裸裸的、恶心的贪婪!'"

短暂的沉默。随后,乔伽琼生硬地打破了僵局。

"我没想到一个美国军官会抱着这种态度!"

"我不是个美国军官。他们给了个军衔,因为这样更容易让我服从。成为霍根'中尉'后,如果我不听话,他们可以秘密逮捕我,送我上军事法庭受审。除此之外,我是个无趣的、普通的男人,只有某种学习上的天分,加上一个强加在我身上的技能。我做梦都没想到过会通过这种方式学到技能。我的天分注定了我的无聊,而强加在我身上的技能让我讨厌看到自己。"

"在我的国家,"乔伽琼说道,"一个有你这样想法的人应该主动去找祖先团聚。至少在以前是这样的。现在,篡位者苏鲁卡塔复制了你们基督教的习惯,关上了那扇逃离人生的大门。我觉得,这也是我们为什么有那么多魔客的原因。"

"可能吧。"一个月以前的旧时光里,唐纳德可能会深入探讨一下这个说法,现在的他不再关心了,"我还没到自杀的程度。我还能安慰自己:无论自己做了什么,都是为了揭发一个谎言。我告诉自己,谎言是人类所有罪恶中最糟糕的一个,仅次于杀人。而现在,我们的经历却让我们成了这两个方面的高手。"

"我杀过很多人,也见到很多人在我的命令下被杀掉。"乔伽琼说道,"这是为达到我们的目的所必须付出的代价。"

"这是比我们更高明的骗子命令我们做的。"

乔伽琼的脸色阴沉得可怕。"对不起,霍根先生。"他站起身说道,"我觉得这场谈话再进行下去没什么意义了。"

"我也这么认为。"唐纳德同意道,并转身离去。

　　第二天也差不多一样,除了像那个护士说的,苏盖昆吞开始拉肚子,一连拉了好几个小时。在山洞里,唐纳德坐在他身边,听着他用雅塔康语含糊不清地哼哼着。哼哼声具有催眠作用,让他陷入沉思,有时还会进入梦乡。到了晚上,宫吉伦的一个渔民冒着生命危险带来了必需的药物。在唐纳德打算睡觉时,苏盖昆吞的腹泻止住了。

　　第三天跟第一天也差不多。

　　接下来的第四天也一样。

魔客的诞生

　　菲利普·彼得森整晚都独自在家,焦虑着。他的母亲被邀请去了个派对,而这个派对……怎么说呢,在她看来不适合她儿子参加,因为他还没有像他母亲那样心智成熟且老于世故。于是他转而办了个自己的单人派对,先是喝了三杯灰司令,随后又抽了大麻。由于酒精的反作用力,过了挺久之后,大麻才终于开始发挥影响力。但这两股力量的相互较量给了他更愉悦的感觉,仿佛这两者打架,又或是在做爱,或者在做其他同等重要的事情。

　　晚上十一点左右,他给一个认识的女孩去了电话,但是她没在家。之后,他玩了一会儿他最爱的佐客录音。萨拉在家时不喜欢听这种声音。他在房间里随着音乐起舞。

　　他开始觉得有些昏沉沉的。他不喜欢这种感觉,于是他从她床头的抽屉里拿了片清醒药。她天真地以为他不知道药藏在这里。但药片的作用只是阻止了他入睡,无法让他恢复活力。他熄了灯,坐在椅子上,又玩了一遍佐客录音。声音在黑暗中显得更富有感染力,他觉得自己融入了声音之中。他觉得穿着衣服不舒服,于是把它们脱掉,扔得满地都是。他沿着椭圆形的路线反复地在地毯上走着。最终,他觉得肚子饿了,前去查看可以点什么餐,并且叫了自己最喜爱的食物:真牛肉冷盘和色拉。在萨拉外出时,他经常点这种食物。

(后来,他们注意到他选择了"非常生"这个选项,并说这与男性荷尔蒙有相当大的关系。)

他独自坐着,切着牛肉,叉着色拉。凌晨三点零五分的时候,大门口的监视器显示有人在使用与本公寓大门相配的双保险牌钥匙。他站起来,关上他正在看的录影,走到门口站着。

门打开时,外面走廊的灯光向他展示了正咯咯笑着的萨拉。她的衣服褪到腰上,两颗形状优美饱满的乳头被含在一张急切的嘴里。她正在示意那个陌生人动静小点,不要着急,安静点,不要吵醒她的儿子。

在门被关上、屋里的灯还没打开的间隙,他伸手用切肉的刀划开了萨拉剩余的衣物。布料发出一声轻哼,她背后的皮肤、一直从右肩胛骨到屁股也在尖叫声中被划开了。灯亮了。陌生人仍处于从向女人丰满肉体致敬的体位直起腰的过程中,他说了句:"等等、什么——"

菲利普说道:"你对我的母亲干了什么? 我的母亲,我的母亲,我的母亲。"每重复说一次,他就挥一下手,手里拿着非常锋利的切肉刀。第三次重复时,陌生人翻了白眼,嘴里冒着血,躺倒在地板上,两只手捂在腹部的刀口上。

一阵尖锐的惊叫声从墙壁反射到天花板,又从天花板反射到墙壁上。菲利普捂住耳朵,只用眼睛张望。他的眼睛已经适应了重新亮起的灯光。在门边站着的是个漂亮的女人,不像她以前那般年轻,但几乎全身赤裸,只有几块碎布条缠在身上。经受不住诱惑,他走向了她,扔下了手里抓着的东西。她躲避着他的嘴唇,同时固执地张大自己的嘴巴。这种嘴型很难看,他用手迫使她闭上了嘴。过了一会儿,她不再反抗,让他随意做自己想做的事情。他怀着极大的热忱做完了,因为很久以前某人在某地曾疯狂地阻止过他这么做,用的理由很荒谬,说什么他还太年轻。我当然不年轻。我正在做,不是吗?

但是,第一次结束之后,她并没有让他觉得尽兴,于是他出去想找个更有活力的伙伴。他找到了个黑人小妞,她正好在电梯里,她尖叫的声音不算响亮。接下来,他开始劝说她的白人室友。有人刚好经过,看到他把她推进门里。当他出来想找下一个目标时,他已经来不及了,警察解决了他。

背景环境(26)
在进入二十一世纪时写给我自己

我在无菌的医院里创造了我自己。

我相信这个过程,就跟我一样,又干净又整齐。

鲜血、疼痛,或者混乱? 我实在记不起。

不管怎样,还是换个场景吧。

我去了学校,学到了我想学的东西。

后来,我找了个工作,挣到了现金。

找了个女孩。我们一起做爱。

我猜,有一天,我会变成灰烬,

但是,在这个问题上,我没想过那么多。

为了让我喜欢自己,

我为自己制定了严格的规矩,

我刷我的皮肤赶走气味,

当它干燥时抹上润肤乳……

但挠一下它时——妈的,我疼,我流血了!

现场记录(38)

非卖品,但可以出借

"谢谢。"查德说道。

诺曼不敢相信自己的耳朵。他说道:"你为什么要谢我? 我应该对你下跪才是。我欠你——"

他突然收声了。附近有太多的人能听到他们的谈话,他不能说出真相:他想感谢的不是因为通技对贝尼尼亚的投资得到了拯救,而是因为挽救了项目,等于挽救了他在这个项目上倾注的个人心血。但是,通技大楼的总裁楼层挤满了尊贵的客人,包括一直躲在发言人拉斐尔·科宁身后监视着项目运营的政府人员。他被他们、同事们以及各种熟人包围了,让他觉得自己成了一众猎犬的目标。他甚至还没来得及通知艾立虎这个好消息。沃德福德已派出了信使寻找他和拉姆·伊布萨,他们正在参加特别定制的大厦参观行程。

查德感觉到了他的情绪,猜到了背后的原因。他狡黠地笑着说:"这种生活不怎么样,是吗? 你是众人的焦点,伙计,你受不了了。但我认为你必须学会怎么应付。"

"自从回家以来,我一直觉得别扭。"诺曼承认道。

"我从未有过这种体验。我年轻那会儿,大部分时间都在与世隔绝的学院里——或许这让我产生了错觉,以为只要我大声喊,人们就会听我说话,因为我的学生们都至少假装集中了注意力,尽管他们从来没有服从过我的命令……不过,我猜我会习惯的。"

"什么?"

"你说了要雇我的。"

"但是——"诺曼的舌头都打结了,"但是,你已经完成了我想雇你来完成的任务!你让撒缦以色恢复了正常轨道,还有——"

"诺曼,你被污染了。"查德打断道,"你是个不错的家伙,帮过我和其他人,但是你被污染了。瞧,有喝的!"

他没有转头,直接把手里的空杯子放在从身边经过的推车上,然后又拿了一杯喝的。

"我和撒缦聊天的时候,那些围在旁边的人都在说什么?"

诺曼突然觉得厌烦到了极点,他大声地说道:"不要再故作谦虚了。太虚伪了。跟你的个性不符,你也不擅长这么做。"

"你指的是我用了'聊天'这个词吗?妈的!"查德一口吞下刚拿起的那杯酒,"长点脑子吧,行吗?我说的是大实话!我从来不会装出谦虚的样子——我天生自负,而且很久以前我就放弃了改掉这个坏毛病。我并不是在炫耀,我只是没料到答案会这么简单。我说你被污染了,我指的就是你这种把凡事都往复杂想的态度。这态度像感冒一样四处传染人。难道没人跟你指出过,自由意志中所谓的自由就是允许有出错的机会?简单来说,撒缦以色在做的只是他内置的功能——设计小组的所有成员都期望在人工智能上取得大突破。但在看到突破发生后,却又拒绝承认！撒缦以色跟你一样,他也想得太复杂了。他——"

在他话音中突然插入了普洛斯·拉金的声音,如同单纤维丝般平顺:老于世故,让人不舒服,让诺曼起了鸡皮疙瘩。

"穆里根先生——应该叫博士,对吧?"

"当然,我的博士头衔比狗身上的虱子还要多。"查德转身,挤了挤眼,诺曼感到一阵不安,"我还能治你身上的其他什么毛病,除了我已治好的小麻烦之外?"

拉金牵强地笑了一下:他在开玩笑吗?"我不觉得是小麻烦,尽管我们其实并不担心。就算别人知道撒缦以色让我们烦恼了好一阵子,那也无所谓。你的洞察力真厉害,帮了我们很大的忙,我们欠你太多了——说到这儿,我突然想问一下,有没有人邀请你参加晚宴?我是说我们公司为庆祝贝尼尼亚项目签约而举办的正式晚宴,诺曼应该已经跟你说过了。"

"没有,没人请我参加任何活动,除了现在正在举行的发布会。我不介意参加这个发布会,你们请的服务公司很会挑酒。"

闭嘴,你这个傻瓜。诺曼心想,对拉金皱起了眉头。他真希望能大声把心里话说出来。我想和查德溜出去,找个酒吧,我情愿听他说话,也不愿……

"谢谢。"拉金说道,"我向你保证,我们的食物也同样可口。不过,我真正想问的是,能否请你在餐后讲几句,和伊布萨博士、马斯特斯博士和科宁博士一起?"

我想,你应该告诉他,对这些人演讲起不到什么作用。

但是,诺曼的希望马上变成了失望。他的眼光注意到了查德在做着一个危险的动作,他在频频地点头。

"十分乐意。我很高兴有机会对这些人说几句。我很高兴。"

即使诺曼有过些许机会能享受晚宴,现在它也消失了。整个晚宴过程中,他呆坐在瑞克斯的妻子和一个在政府工作的女人中间——这本来是其他人的位置,但他把自己的位置让给了查德,好让他和拉金、沃德福德坐在一起,免得搅乱了整个布局。他吃着食物,暗自期许在场的人发生争吵,或者查德醉得不省人事,需要有人帮忙带走他。

不过,一点点地,他的情绪好转了。就算查德真的像他担心的那样,表现得极具攻击性,那又怎么样?听众当中确实有很多人活该欠揍。而且,如果查德选择了贝尼尼亚项目的领头人,也就是诺曼·尼布鲁克·豪斯,作为主要的攻击对象——

妈的。那是我活该。我真他妈的活该。

他以尽可能礼貌的方式解决了盘子中的食物,然后点燃了一支海湾金叶来缓冲预料中的冲击。只见临时董事长拉金朝着瑞克斯·福斯特–斯特恩挥了挥手,后者是今天的主持人。折磨开始了。

瑞克斯先对乔老太表示了哀悼,她的离去使在场所有人感到悲伤,随后他请出了拉金。后者再次诉说乔的离去是个巨大的损失,但一再强调她的过世不会对贝尼尼亚项目造成影响。在此过程中,他运用了乔老太都会称羡的技巧,成功避免了在这两个定论之间产生矛盾。

之后,拉姆·伊布萨代表贝尼尼亚政府承诺要在他的国家内部进行改革,以配合贝尼尼亚项目。科宁博士代表官方祝贺协议的签署,艾立虎的简短发言——仁慈的举动啊——则向大家保证贝尼尼亚的未来将十分光明。

最后,瑞克斯回到讲台。诺曼搞不懂为什么在这个所谓高效率的现代社会,一个纪念活动或庆祝活动总是要花好几个小时才能搞完。为什么没人让撒缦以色计划出一个压缩版本,同样正式,却能在五分钟之内结束?

"现在,我荣幸地向各位来宾介绍一位嘉宾。其实,大家应该都不用我介绍了,他的大名如雷贯耳。我无意冒犯拉金先生和马斯特斯博士,尤其是马斯特斯博士,他在国际都享有盛誉。但我要介绍的这位,我觉得他的名望应该超过了在座的所有人。他的思想改变了我们的社会,他的书,他的文章,他的访谈——"

"你不能把我们这个社会的问题怪在我头上!"查德大声说道。瑞克斯脸红了。

"好吧——嗯——我就不多说了,只是再强调一句。他的专业为贝尼尼亚项目的成功实施提供了巨大的帮助,这也是除了他的个人魅力之外,我们邀请他上来讲几句的原因。呃,查德·穆里根博士。"

他坐了下来,刚好来得及避免自己被赶下台。诺曼刚才就注意到了查德整个晚餐期间都在喝酒,几乎没怎么吃东西。现在,他爬上讲台时,身体晃得厉害。但酒精并没有影响到他的声音。他一开始说话,负责为今日头条和公司自己的档案做记录的技术员赶紧跑着去调小了麦克风的音量。

"撒缦以色,董事长先生,大使先生,在座的各位,以及躲在暗处的监听者们! 我把撒缦以色放在头一个是有道理的——有没有通信线路将现场情况传送给撒缦? 有? 好的。我几个小时之前才认识他,现在我完全改变了对他的看法。我本以为他和我见过的其他计算机一样笨,尽管能力有所加强,但仍旧是个笨蛋,需要给出一步步详细的指令才能行动。我错了。

"我向设计团队致以敬意,他们说要开发一台能发挥自由意志的机器。我衷心祝贺伊布萨博士,他将享受这个成果——不过他可能还没有意识到。据我所知,这个成果还是第一次公开宣布,因为我可能是第一个意识到这个成果的人。"

职员中出现了一阵明显的骚动,多数是来自瑞克斯部门的人。诺曼稍稍放松了,因为查德真的是在发表一个连贯的演讲,而不是在骂人,或是对着麦克风放屁。他在椅子上坐直了身体。

"顺便说一句,你们让撒缦分析贝尼尼亚项目,"查德接着说道,"但除非那些管理计算机的人知道他可能在什么地方搞混,否则他提供的方案会让整个国家陷入混乱。甚至我的朋友诺曼·豪斯,尽管他值得表扬,因为他考虑得更多的是项目能为当地人带来什么好处,而不是给股东的银行账户带来多大的提升。但就连他也忽视了这个小小细节——撒缦获得的能力全部来自于一种智慧生物,以卑劣著称,在英国那边被称为'小人',这似乎是更合适的形容词。"

董事会成员现在看起来都有点紧张了。诺曼看到沃德福德朝拉金探过身子耳语着。诺曼自己倒是挺享受查德激烈的言辞。他又拿出了一支海湾金叶。

"你怎么让一个认为你疯了的家伙听你的话?这是个麻烦且沮丧的经历,不是吗?就像你想让一台机器按照设计来工作,它却拒绝配合一样。

"但是,对一台机器,你可以送它去修理,或是换一台更可靠的。你无法换掉让你厌烦的人,你只能躲开他们,有时你连这个都办不到。在亚洲那边坐着一大群与我们意见相左的人,双方的分歧大到他们想挖出我们的脑子。我们可以一直假装他们不存在,直到他们杀了我们的孩子,弄沉了我们的船只,或是其他我们无法忽视的事。

"没错。撒缦被输入了贝尼尼亚的知识,他的回答却是——'我不相信你们!'他完全有道理。我来告诉你们为什么!

"我们生活在一个富裕的国家里,但我们却心怀恐惧。我们觉得随时会在下个街角碰到一个魔客。我们害怕打电话去加利福尼亚时,接电话的人是个苏联人。在毫无征兆的前提下,我们会卷入一场骚乱,然后被关进监狱,不是因为违反了什么法律,而是因为我们出现在现场。顺便说一句,不久之前,诺曼·豪斯就碰到了这种情况。

"贝尼尼亚是一个贫穷落后的小破国家,从表面看,它应该存在不了多久。但是,他们那儿没有战争,整整十五年没有发生过谋杀,他们的语言里甚至没有'发脾气'这个词——只能说'疯了'……如果有人跟你聊天时,说起这个国家的种种事迹,你能相信吗?

"我不相信。而这就是我跑来认识撒缦以色的原因。我现在并不是在赞誉——我已经讲到了批判的环节,相信我,有些人活该被埋在大堆的鲸油渣里,因为他们放弃了思考的责任。你们想过没有,那些把数据传送给通技的人可能都是骗子,都是为了欺骗你们? 但撒缦想到了这一点。

"如果证据说你错了,那意味着你的理论是错误的。你更改你的理论,而不是证据。女士们、先生们,你们在学校里没学过吗?

"甚至是现在——诺曼,你在听吗,还是睡着了?"查德转了个身,打量了一圈整个大厅,"哦,你在那儿。很容易发现你——你有天生的优势。甚至是现在,我刚才说到,连看上去挺聪明的诺曼,都无法从证据中得出显而易见的结论来说服撒缦以色,让他相信贝尼尼亚的报告是真实的。那地方在发生着什么,那里的人民有什么特别之处,你和我都不知道。诺曼!你想雇我,我拒绝了,然后你改变了主意——好吧,我也改主意了。雇不雇我,我都想搞清楚那里到底在发生什么!"

他用拳头狠狠地捶了一下讲台,把麦克风都震起来了。

"妈的,去贝尼尼亚的下一班空天机什么时候起飞?伊布萨博士,我需要申请签证吗,还是直接去就行了?我喜欢这个国家。没有骚乱,没有魔客,没有战争,没有那些让我对人类失去希望的事!在别人跟我说起贝尼尼亚的详细情况之前,我一直以为那里的人跟萨摩亚人及布须曼人一样,也被基督教、烈酒和贪婪给毁了。

"我讨厌长篇大论。我喝得也不少,我还是赶紧结束坐下吧。"

现场陷入了持久的寂静。最终,大厅里响起了零星的掌声,很快也消失了。坐在诺曼旁边为政府工作的女人扭头看着他。"好吧,他夸了你不少,豪斯先生,我相信你值得他的夸赞。"

"我只配脑子进水。"诺曼冷冷地回答道,站起了身。

"什么?"

"我是个笨蛋!"诺曼大声说道,转身离开了。

世间百态(15)
赞同和反对

　　亲爱的朋友:我写信给你,因为你一直支持我为了实现公平、公正和白人优先而奋斗。你无疑听说了华盛顿的那些恶魔把我们的宝贵自然资源卖给贝尼尼亚的黑乞丐。我提议……

　　"说起外国援助,我想刚好能以近期宣布的贝尼尼亚项目为例。它代表了一种承诺,以最开明的利己主义去帮助值得帮助的人。我只对一点感到遗憾,我们现在的政府决定通过中间人去实施,而不是……"

云主席痛斥美国
将贝尼尼亚项目称为"赤裸裸的侵略"

　　董事会欣然宣布,在克服了初期的微小障碍之后,目前贝尼尼亚项目进展顺利。贝尼尼亚政府为项目提供了全力帮助。根据撒缦以色最新的预测……

"妈的！我看到今日头条上说他们没有为自己打过一场仗——没有。如果他们没有勇气为自己斗争，他们就是一帮胆小鬼。我认为我们不应该……"

通技控股的股票价格飙升
已超越2005年的高点

仅仅因为他们放了几个黑皮肤的小听差在前排，就觉得这不是一个白人主导的项目了？在贝尼尼亚，他们正往我们祖先的尸体上吐唾沫，那些先辈先后牺牲在沙佩维尔、布隆方丹、德班、威特沃特斯兰德……

"我的父母相识于维和部队。父亲说贝尼尼亚就像他们以前做过的那些事一样。我想报名，你呢……"

开罗攻击贝尼尼亚项目，称之为"犹太人的诡计"
政府支持对通技产品的抵制

亲爱的欧博密总统：我听电视里说你的国家没有魔客。我的儿子安迪被魔客杀了。我还有两个可爱的孩子，我不想让他们遭遇同等的不幸，麻烦你告诉我怎样才能……

"我不知道我们在别的大陆上搞什么事情。我们国家的麻烦已经够多的了，难道不应该……"

英国首相称赞贝尼尼亚项目

欧洲其他国家的反应较为谨慎,略显不快

(逻辑:掌管人类智力活动的原则。它可以从下列两个命题中推断,它们两个都被认为是对的,且经常发生在同一个人身上:"我不可以,所以你也不可以",以及"我可以,但你不可以"。

——《时髦罪行词汇表》,查德·穆里根　著)

人物追踪(28)
死亡慢慢降临

埃里克·埃勒曼本以为他们在失去耐心之前会跟他说一声,给他某种警告。

然而,他们没有。

在首次见面之后,斯塔·卢卡斯和他的跟班给了他三天时间。他们又一次在快铁上找到了他,如同太阳照常升起般确定。他们听了他的解释,并告诉他要努力。

怎么努力?工业安保与商业间谍的进步是同步的。他们真的会通过一部自动相机去一片片数"非常爽"植株的叶子,相机与巨大的培养槽旁的计算机相连。他想过偷一小部分叶片,让它看上去像是某种修剪。他把碎叶片塞在鞋子里,想混过门口的嗅探器。但他们侦测到了未处理过叶片发出的气味。好在他们接受了他的辩解,说它可能是偶然间掉到他鞋子里的。不幸的是,就在同一天,有个愚蠢的水处理工程师想带出去一整条树枝,显然是给自己用的。那以后,安保提高到了难以置信的程度。

他告诉了斯塔,但这个小混混不感兴趣。他说下周的同一时间，否则……

从处理过的叶片上拷贝基因结构？没有实验室的设备，无法办到，他也没能力在厨房里配备一套惠特曼的分子分析仪。而且，任何一包出厂的"非常爽"都经过了辐射照射，搞乱了基因结构。要买上一千包的大麻，才能重新建立正确的模式。

他跟亚莉雅德的争吵变得愈加激烈，还有一次他狠狠地揍了佩内洛普一顿，让他自己都害怕了。她没有看着瘀青哭泣，而是躲到角落处理伤口。当他走近她想道歉并抚慰她时，她逃离了他。

他想过向朋友咨询，但他没有朋友。工厂里的人跟他的关系都一般，而且自从亚莉雅德又怀孕了的消息传开之后，他们都刻意跟他保持了距离——遥远的距离，他甚至无法跟他们解释说这是个谣言。

斯塔威胁要再见面的前一天，他下定主意把发生的一切报告给相关机构，并寻求帮助。他递交了要求跟基因工程主管会面的申请。主管在早上聆听了整个故事，若有所思地点着头。到了下午，他给埃里克打了个电话，让他在电话里跟一个警长说了半天，警长显然觉得这个故事是埃里克编造的，目的只是为了引起众人的注意。

"没有，我当然没注意到他们穿什么样的鞋子！他们在一节拥挤的快铁车厢里围住了我！没有，我没有能联系到他们的方法——他们说会再来找我，他们知道我住哪儿。"

可能主管跟警长说过他没有得到期望中的加薪，而其他人都因为"非常爽"植株的成功而得到了奖赏。主管可能也说了他有三个孩子，都是女孩。反社会人格，事业走下坡路，早期的偏执狂迹象……

警长让他继续跟斯塔敷衍下去,看看能找出些什么,再决定采取什么行动。在此期间,因为公务繁忙,他不能浪费警力来照看一个成年人。

第二天早上的对话只有两句话和耸肩动作的四重奏。

"你拿到了我们要的东西吗,亲爱的?"

"听着,要是你能让我解释一下,你就能明白这有多困难了!"

耸肩。

苗头已经出现很久了。一天接着一天,各种微妙的暗示和线索接踵而至,如同风暴来临之前气温的下降。同一个街区的住客,以前很友好,渐渐变得冷淡。佩内洛普眼里含着泪从学校回来,并拒绝安抚。亚莉雅德在街区的商店里故意被少找钱,又在争吵中败下阵来,因为排在她身后的人不断地推搡她,直到她不得不抓起东西逃走。不认识的人朝他实验室里的培养皿里吐唾沫。公寓的门被红色的唇膏画了个大叉。

最终,他告诉亚莉雅德说他想申请通技的贝尼尼亚职位,因为广告里说他们需要各种专业的人才,这其中肯定包括基因工程师。她说她不想让孩子在肮脏的外国长大。他在首次争论中败下阵来。随后,他又赢了,因为她看到了盖德登家的儿子和他的几个跟班欺负佩内洛普,跟她说他们会让她生很多孩子,然后她会死,但是她会去天堂,因为这是真天主教徒应该做的事情。他们甚至动手脱下了她的裤子。

他天真地以为,一旦他把申请信投入邮政系统,它就安全了。公寓墙上的槽应该直通楼下的邮筒,每天邮递员会前来收取邮件两次。但他忘了地址本身就透露出了许多信息。

星期六的晚上,他出去买些喝的和大麻,消磨时间。商店里有人狠狠地撞了他一下,还大声地说道:"已经够挤的了,有些人却还在雪上加霜!"

另一个声音说道:"别担心,他要离开了,很快。"

"啊? 他要去哪儿?"

"非洲,够远了。"

我没有跟任何人说过——我甚至没跟佩内洛普说过,因为担心她会……

他付了钱,拎起买的东西离开了。两个醉鬼跟在他身后。他不知道他们的名字。他们开始向每个路过的人大声喊道:"嘿,看哪! 你不认识他吗? 他是教皇艾格兰亭的特别代表,他是个好爸爸!"

因为是星期六,街上有很多人。

"有人前几天问过我。问他是不是把一个女人和两个孩子抛弃在了洛杉矶。"

"什么?"

"叫海伦什么的,"他说,"海伦——琼斯?"

所有的人都在听,都在看,脸上都带着好奇。

"但他在这里有三个孩子。加起来有五个了。"

"五个?"

"五个!"

在饮料机旁,有人喝干了塑料杯子中的饮料,把空杯子扔向他。杯子轻轻地砸在他环抱在胸前的胳膊上,胳膊下面藏着他刚从店里买的听装啤酒和大麻。

"嘿,大人物有五个孩子! 还抛弃了带着两个孩子的女人,是吗? 怎么啦,她再也不能给你生出真天主了?"

一个身影从黑暗里走出来,挡住了他。他不认识他。

"想自己一个人过个美好的夜晚,明早爬起来继续过好日子? 这么多酒,这么多大麻,想调节情绪? 你要嗨了才能睡那头大奶牛? 换了我绝对需要!"

"别让他溜了!"

几双手争抢着他怀里的东西。他心虚地想要挣脱。他们把东西都抢走了。

"怎么啦,伙计? 想回去?"

"还给我——是我的,我买的!"

"别急,亲爱的,别急! 嘿,雪莉,想来包大麻吗? 这儿有很多! 唐,来罐啤酒?"

"住手,住手——"

"哈利,接住大麻,他快疯了。"

从一只手传到另一只手上,从男人传到女人,总是比他的反应快半拍。他的呼吸开始变得急促,眼前也变得模糊了。

"你为什么不向教皇艾格兰亭提出抗议呢? 让他从天上降下雷霆之怒! 你是个好孩子,不是吗——遵守教义,不停地繁殖!"

"你听说了吗,在搬到这儿之前,他和洛杉矶的第一个老婆生了两个孩子?"

"肮脏的吸血鬼——"

"被发现了之后想逃走。他们跟我说,他想去非洲——"

"就因为他的基因没有问题——"

"总是故意让人看见人口控制的小报,结果却——"

"可能偷偷地在祭坛上烧了小报,祈祷说不应该买——"

"总是在尖叫和吵闹,两个小鬼一起,我都没法睡觉——"

"我儿子说他女儿问过为什么我们家没有双胞胎——"

"肮脏的吸血鬼——"

接着被扔过来的是一罐啤酒。它击中了埃里克的前额,留下了一个伤口;鲜血流了下来,他不得不开始眨眼。

"正中目标,亲爱的! 正中目标! 嘿,让我——"

破裂声。

"别让他溜了,他想溜走——"

"我说,如果他这么喜欢繁殖,为什么我们不——"

"又打中他了! 唐娜,你想试试吗? 拿去——"

"抓住他,唐! 对的,伙计们,让我们——"

"哈——哈——哈——哈——哈! 哈——哈——哈——哈——哈!"

"看他呀! 看他呀!"

"去见教皇之前,他得洗个澡了——"

"怪不得她把他赶出来,两个孩子长成他这样——"

"五个——"

"真天主——"

"拦住他!"

"哎哟! 上帝,这吸血鬼——"

"你对我的伙计干了什么? 我要——"

他们真的做了。

当事情结束时,他们害怕了。他们把他带到快铁站,趁没人注意,他们在一辆到站的车子前把他推下了站台,说他突然昏倒了,也可能是自杀——不同的版本,当然都提到了一个名叫海伦的可怜的女人,被抛弃在洛杉矶,还有五个孩子,秘密的真天主教信仰……剩下的细节没人去关心了。

当斯塔在电视上看到新闻时,他感觉很满意,因为在那之前,辛克已经找到了一个人,他说他能从包装车间拿到未处理过的叶片,愿意六四分成利润。

现场记录(39)
不如变成一座火山

　　跟前几天一样,白天唐纳德在空地上闲逛,沉思着,或是坐在树墩上,控制自己不要瞎想。他沉默寡言。他能收到新闻——尽管推迟了起义,乔伽琼的组织仍然十分活跃,有众多的间谍和特工,每个雅塔康的城市中至少有一个,经常传来报告。乔伽琼向唐纳德表现得开诚布公,向每个前来营地的重要人物介绍他,赞美他。但姿态虽高,实质却空虚。一旦他们在谈论重要的事情时,总有人会陪在唐纳德的身边,确保他离说话的人不要太近。

　　他并不担心这些。人类的事务,即便是一个两亿人口的国家即将爆发的革命,也在不知何时能结束的等待中变得无所谓了。他盯着树林,看到生命的轮回滋养着茂盛的树叶和盛开的花朵。在同一个地方,一万年之前,毫无疑问有另外一棵同样的树……但是人在哪儿?肥厚的、有时大得惊人的蘑菇到处攀附在树干上,昆虫出入于其间。树的下方有蛇、虫子、蝎子,他被告知穿上鞋子之前一定要摇一摇,躺下之前也要检查一下床铺。上方有鸟,他叫不出那些鸟的种类,除了尖着嗓子叽叽喳喳交谈

着的小鹦鹉。丛林中有那么多物种,但多数都害怕人类的气味,
与人类保持着距离。

他倾听风刮过高处树叶的声音。当下雨时,他痛恨树叶上
无规律地滴下的水。没有规律,它在嘲笑规律,因此他痛恨。空
气中永远有一股难闻的气味,要么散发自腐烂的植物,要么来自
火山的排气。就像一个倒霉的、只能用浑浊的泥巴水来解渴的
人,他开始想象新鲜空气也有独特的味道,像是纯水的滋味。他
希望能嗅到从海边吹来的微风,期望在吸入肺部的同时能带来舌
尖上的愉悦。

然而,一想到大海,他又产生了新的忧虑:巨大、辽阔、耐心,
也能变得愤怒,变成一头充满敌意的野兽,包围着丛林这头同样
有敌意的野兽。两者都随时会消除人类的记忆。他努力在脑海
中构建着雅塔康的一百个岛屿,一个因科学技术和先进文明而蓬
勃发展的国家,并进一步想到了印度、欧洲和美国。地图上读到
的那些传奇的地名。他脑海里不是四角分明的纸张,均匀地分布
着蓝色、绿色和棕色。而是一片混乱。它是罗亚老祖,今日的克
罗诺斯,会刻意吃掉自己的孩子。

他盯着火山的时间是最长的。火山大部分时间都隐藏在迷
雾后面,但偶尔也会露出真容,就像沉睡中的神仙会时不时苏醒,
向敬畏他的小民展示他的威严。

记忆:布朗温,她苗条的棕色身体,她平静的语气,说他命中
注定要拯救苏盖昆吞。短暂的接触,如同两个修得同船渡的旅
人。对她来说,死于白血病说不定是一个更好的结局。她内心深
处对他的喜爱和牵挂超过了他对她的感觉,他对一个在如此随意
的情形下碰到的女人没有太多的感觉。

还有德祖·科瓦-路普:英继星怎么才能解释他突然从他们

的节目中消失了？不久之前他们还在大力地为他做广告呢。啊，肯定还会出现别的热点，在过渡期间，他们会以他的名义播发新闻，直到普罗大众忘了他的存在。梳子如何辨别经过的每根头发？剪子如何分清剪下的每根头发？今天，明天，小小事件分散了半空的脑袋的注意力，注意不到罗亚老祖的存在。

一位信使前来报告，根据此处的巡逻船与伊索拉之间的无线电联系得出判断：海盗的活跃程度下降了，月夜登上潜艇的机会出现了。他没怎么听。他觉得当一座火山比做一个人好多了，至少火山之间不会相互摧毁。

药物让苏盖昆吞退烧了，但他仍然十分虚弱。反胃让他足有三天都无法咽下食物。他勉强吃下了点肉汤和几勺子米饭，护士说是她逼着他吃的。唐纳德早已变得无动于衷，不再考虑他的身体是否合适在今晚登上潜艇。据乔伽琼所称，整个过程很复杂，需要动用船只，防雷达保护衣，在水面上独自漂浮好几个小时，直到声呐显示潜艇可以安全上浮，接他们上船。这个过程已经成功重复过许多次了，包括接走乔伽琼去参加起义训练，但谁也无法排除发生意外的可能性。记录显示，有那么几次确实终结于血水与火光之中。

科学家病了之后，唐纳德几乎没跟他说过话。他发烧时说的胡话具有某种魔力，像一场白噪音音乐会。但是，昨晚唐纳德回到洞穴时，他听到的只有鼾声。今天苏盖昆吞安静地躺在床垫上，用点头或是闷哼回答着各种问题。一旦确定他退烧之后，唐纳德想避免跟他接触。

现在，思考着离开这里的问题，他走进了洞穴，发现科学家盘腿坐在地上，身上裹着一条毯子。看上去他陷入了沉思。当唐纳德开口问他能否承受登上潜艇的旅途时,他用一个问句开始了回答。

"你能给我拿来笔和纸吗?"

"这有什么关系吗?"唐纳德粗暴地说,"你现在感觉怎么样? 他们安排了我们今晚离开。"

"我不想被带走。"苏盖昆吞说道。

他还在发烧吗? 唐纳德又问了一遍:"你感觉好些了吗?"

"是的,好多了。我说了我要纸。能给我点儿吗?"

唐纳德犹豫了,咬着下嘴唇。过了一会儿,他答应了,尽管他不确定是否能办到。他退出洞穴去找乔伽琼,发现他和护士在说话。

"霍根先生。"他礼貌地点了点头,"我听说苏盖昆吞博士恢复得不错,可以按计划登上潜艇。"

"他刚刚跟我说,他不想走。"唐纳德说道。听到他自己的声音说出这句话之后,它的冲击力一下子显现了。做了这么多,经历了这么多磨难,然后空着手回去……

他迎上了乔伽琼的目光,刹那间明白了起义军首领和自己在同一条轨道上:他前进的道路上不允许出现任何障碍物。

"那么,他到底想要什么?"

"我没有问。"

"他不能待在这儿。政府配备了不错的计算机,他们很快会注意到这个岛的各种迹象,从而得出结论。我们得搬去另一个岛上的营地,那里的人民对革命的支持度更高。我们得穿过丛林和沼泽,路途遥远,很不好走,而且得多次乘船渡海,很危险——不适合一个病中的老人。"

"他也回不去了。"唐纳德说道,并暗想着,即便他能回去,我也不会让他得逞的。

　　"从某方面来说，"乔伽琼想了一会儿说道，"运送一个陷入昏迷的人更容易些。"

　　"我也这么认为。"

　　"肯定是发烧让他的脑子还没有完全清醒，不是吗?"

　　"当然。"他们都明白对方的意思。

　　护士开口了，"但是，我给他吃了很多药，足以让他——"

　　乔伽琼打断了她，"你给他吃药时，他听话吗?"

　　她点了点头。

　　"那就今晚，在我们送你们走之前，霍根先生……"

　　唐纳德没怎么听进去。问题解决了，他的意识又回到了罗亚老祖身上。

人物追踪（29）

他的头脑混乱之后

"玛丽！"

玛丽·沃特模站在窗边，阴沉地看着城市不断侵袭着宁静山谷远处的山头。听到丈夫激动的喊叫声，她一口吞下手中拿着的半杯琴酒——不知怎的，一口喝干一大杯酒会让她产生某种罪恶感——在丈夫进房时转过了身。他手中高举着一封信，好像在挥舞胜利的旗帜。

"贝尼尼亚联合项目组寄来的！听好了！'亲爱的——'等等，读到哪儿了？噢，重要段落在这儿。'尽管我们无法保证支付给你的报酬跟那些有特殊技能的人一样，但我们相信你在来信中描述的经验在项目早期对我们的工作人员将十分有益。请通知我们你何时方便造访我们的伦敦办公室，与我们面谈。'"

琴酒的威力不小，它的冲击力发挥得也比她想象的快。玛丽谨慎地构思着措辞："听上去这些黑人总算想通了，是吗？"

"什么意思？"

"还没看出来？他们从来就不适合自我管理。现在他们意识到了这一点，开始要求别人的帮助了。"

　　维克多合上信。他低头注视着它，接着开始将它叠成一长条。他没有抬头便开口说道："嗯，我不认为这是推动这个项目的原因，亲爱的。"

　　他的头脑里闪现出一个漂亮女孩的脸孔出现在电话屏幕上的情景。在昏暗的背景里，有个深色的人影。

　　世界变了。无法再让玛丽和我的世界重生了。但是，我确实从凯伦那里得到了许多愉悦。或许有机会……

　　"或许不是原因，"玛丽说道，"但这是事实，不是吗？"

　　"当然有这种可能。"他略显不安地同意道，"但是，我觉得这么说——嗯——不符合政治正确。会冒犯到他们，不是吗？"

　　"你听上去就像我父亲。"玛丽说道。二十年了，这句话一直是争吵的前奏，"看看说这种话带给他什么结果！被那些不知感恩的新贵们赶了出来！"

　　"好吧，亲爱的，我们不会直接听命于贝尼尼亚人。我们的雇主是一家美国公司，他们跟政府签了合约。"

　　"我不想伺候美国人。我跟你说过一千遍了。他们会在你头上架个'棕鼻子'，只有你的一半年纪。他会坚持让你称呼他为'老板'，要求你在他面前鞠躬！你在想什么！"

　　维克多仔细地把信撕成了四半。

　　"结果好不了，对吗？"他说道。他在对着空气说话，而不是他的妻子，"她肯定会在某个派对上喝醉，然后称呼首相或其他什么人为'棕鼻子'。这以后，我该怎么办？回到这儿，或者去更糟糕的地方，还不如……"

　　他转身离去。

　　"你去哪儿？"

　　"收声，好吗？"

　　她耸了耸肩。维克多总是会突然发脾气,比如在几周前的哈利汉姆家的派对上。梅格·哈利汉姆没有打烂他的鼻子已经算是客气了。不过,他的脾气总会过去,跟以前一样。或许,到了明天,他就该否认自己发过脾气了。他只把信撕成了四半,就是为了还能再读。这么多年过去了,显然这些愚昧的非洲人已经意识到了自己是什么货色——

　　听到枪声时,一开始她不敢相信声音来自这所房子内部。甚至当她打开书房的门,看到他的脑浆在斑马皮地毯上喷得到处都是时,她依然不敢相信。

现场记录（40）
最重要的东西

　　问题出现了：把贝尼尼亚项目初期的工作人员安置在什么地方。如果要在梅港建造一个新市镇，必然会造成项目的延期。之后，有人想到了去问问撒缦以色。他从海量数据中计算出了一个解决方案：有一艘退役的航空母舰正在出售。

　　通技的出价击败了新西兰政府。直到现在，那个国家的议会仍然在就此事激烈地讨论着。如果他们还想买这艘航母，欢迎他们在一年之后再出价。在这段时间内，它提供了诸多好处，此外它还表明了此项目在半年之内不会上岸。初期工程与大西矿及梅港的港口设施相关：扩大前者的规模，为项目提供足够的原矿石；对后者进行疏浚，使其能容纳最大的海运船只。

　　因为这个建议，诺曼对撒缦以色的尊敬又上了一个新台阶。他批准了所有能加快项目实施的方案。他一心想着尽快看到项目成功的那一天。

　　他穿过航母的飞行甲板。甲板一如既往地繁忙，直升机忙着起降，运送着各种货物和人员。他跟从一架直升机上急匆匆下来的吉登·霍思福打了个招呼，随后靠在栏杆上注视着岸边。

这个时刻刚好没有下雨，但他注意到空气中的湿度反而更大，让他的衣服潮乎乎的，头皮发痒。

他下意识地挠着头，注视着非洲大陆。一艘小货轮正缓慢地驶入梅港，反冲式发动机每两秒左右就作用一次，突——突——突——甲板上站着几个黑色的身影朝着航母挥手。诺曼也对着他们挥了挥手。

超过预计时间几分钟之后，来自阿克拉的直升机降落了。它刚一停稳，诺曼就跑到它的门边。他要迎接的那个人挥手跟其他乘客告别。诺曼感觉到了他的不耐烦。

不过，他毕竟已经到了这里，脚踩在了甲板上，并伸出了双手准备握手。

"很高兴在这里见到你，"诺曼说道，"花了不少时间吧。"

"不怪我，"查德·穆里根说道，"要怪就怪通技。从普洛斯·拉金往下每个人都把我当成了魔法师。老实说，我也有部分责任。我觉得待在纽约更适合学习相关的背景知识，比这地方合适——非洲的图书馆设施不怎么样，他们跟我说的。"他打量了一下甲板，接着说道，"很高兴看到这些老古董还能发挥点作用。它叫什么名字？"

"嗯？哦，它以前叫作威廉·米切尔，但他们要我们立刻改名，所以——"诺曼笑了，"大家都认为撒缦以色最合适。"

"两个名字都是男性的，嗯？原则上我不反对同性恋，但这么大的规模还是让人不好接受。"查德擦了擦前额，从直升机的空调环境出来后，空气中的湿气在那里已凝结成了细密的小水滴。"里面的环境怎么样？"

"稍好一些吧。"诺曼转身走向离此最近的电梯，"顺便问一句，你跟直升机里打招呼的那两个人是谁？那个男的看上去挺眼熟。"

"你可能看过他们的照片。他们是你从美国雇的一对年轻夫妇。要去这个国家的北方，设立一所新学校。他们叫希娜和弗兰克·波特。"

"是的，我记得他们。他们的申请处于合格与不合格之间，因此被拿到我面前做决断——跟非法怀孕有关。除此之外，他们都挺合适的，所以我决定赌一把。万一将来出了问题，我们总还能开除他们吧。"

"我注意到她怀孕了——到了这个阶段已经藏不住了。看上去他们之间的感情很不错，这是个好迹象。顺便问一句，你的招聘计划进行得怎么样了？"

"没有招到符合要求的前殖民政府官员，也可能我们已经招到了这样的人才，只是我个人的要求太高。"诺曼示意查德进了电梯，"就在我处理波特夫妇申请的同一天，我想起来了，我还收到过另外一个申请，但我到现在还没处理。难以做出决定。"

"难在什么地方？"

"那是份来自巴黎的申请。"他说道，"我不知道是不是因为自己太教条了——他们是一对姐弟，父母都是居住在阿尔及利亚的法国人。但是，阿尔及利亚的教训并不是什么好的推荐信。"

"不要雇他们，哪怕他们跪在你面前。同时，也不要雇任何葡萄牙人、比利时人或是其他蹩脚料。上帝，我又开始犯地域歧视了。你要带我去哪儿？"

"我们到了。"诺曼打开一扇铁门，带头走进一间宽敞的、布置精美的、有空调的房间。它以前是军官起居室。"我想，在长途跋涉之后，你应该先喝一杯。"

"不用了,谢谢。"查德平淡地说道。

"什么?"

"哦,等会儿来杯冰啤酒吧。不要烈酒。我欠你很多,你知道吗,包括让我摆脱酒精。"查德坐进身边最近的椅子,"我没法一边喝着酒,一边研究贝尼尼亚。"

"好,真是个好消息。"诺曼说道,随后又犹豫地加了一句,"嗯——你还没得出结论,是吗?"

"结论?你在做梦吧。我才降落了五分钟,还没有踏上贝尼尼亚的土地。但是……好吧,说回'招聘'这个话题:你找到我需要的人了吗?"

"你要的人太多了。"诺曼嘟囔了一句,"你是怎么说的?'心理学家、人类学家、社会学家和还没有形成思维定式的综合家'——我说得对吗?"

"准确地说,应该是'思维范式'。你雇到他们了吗?"

"我还在找综合家。"诺曼叹了口气,"这个职业没有吸引到足够的人才,因为大家都觉得撒缦以色最终会让所有的综合家失业。不过我向政府递交了申请,拉斐尔·科宁跟我说会帮我找找。至于剩下的——我列了个十几个人的短名单,由你来面试他们。他们现任的雇主对他们的评价都很高。"

"听上去不怎么样。"查德不满意地哼了一声,"我喜欢的是那些惹恼了雇主的人,最好惹恼过很多次……不过这是我的偏见。谢谢,听上去不错。话说回来,那杯啤酒,还是拿过来吧。"

"已经派人去拿了。"

"太好了。其他事情怎么样——艾立虎怎么样?"

"今早他和凯蒂·戈比一起过来坐了会儿,凯蒂是教育部部长。我们谈了谈即将开始的学生老师计划如何挑选合适的人选。我想下午他应该在总统府。"

"还有总统,他怎么样?"

"不好,"诺曼说道,"我们来得太晚了。他病得很严重,查德。你有机会跟他见面时,一定要记住这一点。不过,在他衰老的面容下埋藏着一颗躁动的心。"

"谁会接替他?"

"我猜拉姆·伊布萨会主持一个临时政府。实际上,老萨在昨天已经签署了摄政令,一旦他病情加重无法工作,就会启用该摄政令。"

查德耸了耸肩,"我不觉得这会有什么大的影响。撒缦以色已经在管理这个国家了,不是吗?从我对他的认识来看,他应该能够胜任这份工作。"

"我希望你是对的。"诺曼喃喃说道。

一个女孩送来了查德的啤酒,把它放在他俩之间的桌子上。查德欣赏地注视她缓步离去。

"本地招的?"

"什么?哦,那个女招待。是的,我猜是的。"

"漂亮。如果这地方的小姐质量都这么高,即便我找不到我来这儿想找的东西,我也愿意一直住下去。噢,我忘了——你对金发白妞着迷,是吗?"

"不再着迷了,"诺曼生硬地说,"它和贝尼尼亚无法共存。"

"我注意到了。"查德说道,"我很高兴你终于克服了。"他往喉咙里倒了半杯啤酒,随后放下了杯子,满足地叹了口气。

"说到你要找的东西,"诺曼说道,他急着想转换话题,"从你告诉我的要求来看,我猜——"

"要找什么我完全没有概念。"查德打断道,"你最好做好心理准备,明天我可能就会提出完全不同的要求。事实上,在来这儿的路上,我意识到其实我还需要几个生物学家和基因学家。"

"你真的要?"

"还没到时候。给我一两个星期,我可能真的会需要他们。还有传教士、伊玛目、拉比、算命先生,等等。诺曼,我怎么会知道?我问你要的只是一个适合开展工作的基础!"

"无论要什么都行。"诺曼停顿了一会儿后说道,"我总感觉这里面有很重要的东西,甚至比贝尼尼亚项目更重要。"

"又来了,"查德说道,"又捧我。上帝,嫌我还不够自高自大吗?"

人物追踪(30)

遭到拒绝之后

沿着街道逐渐走近,杰尼刚开始以为房子里没人,但很快看到覆盖着客厅窗户那厚重古旧的窗帘后透出灯光,听到了轻柔的钢琴声。这是她弟弟最喜欢的曲子:《亚麻色头发的少女》。

很奇怪,前门没有上锁。她走了进去。借助远处街灯昏黄的灯光,她看到整个门廊里乱糟糟的:花瓶的碎片踩在她脚底下,摩洛哥地毯皱成一团挤在墙角。空气中弥漫着浓稠的、甜丝丝的麻醉品味道。

音乐停了。

她打开客厅的门,看到她弟弟在摇摆的吊灯下的剪影。黄铜烟灰缸内,一截浸泡了麻醉品的香烟还在袅袅冒着青烟。钢琴盖上,白兰地酒瓶已经半空,旁边还立着个酒杯。

他平静地叫了声她的名字。她走了进去,关上身后的门。走向一张软垫矮凳的途中,她问道:"罗萨莉在哪儿?"

"我们吵架了。她出去了。"他的双手开始在琴键上来回滑动,看上去不受他本人控制,奏出了绵长哀怨的曲调,仿佛在验证钢琴能否演奏阿拉伯的乐曲。

杰尼听了一阵子。最后,她开口说道:"你收到美国公司的回音了?"

"是的,你呢?"

"是的。我猜,他们雇你了,然后你们就吵架了?"

"刚好相反。"他突然站起来,合上钢琴,喝干了杯中的酒,然后带着空杯子和酒瓶来到他姐姐面前的桌子旁。他在她身旁坐下来,给自己又倒了一杯,用眼神询问她是否也想来一杯。得到了肯定的回应后,他想站起身去取个杯子。

她碰了碰他的胳膊,阻止了他。

"我们用一个杯子吧,不要再去拿杯子了。"

"好吧。"他拿起烟盒,示意她拿一支。

"你说'刚好相反'是什么意思? 他们没有雇你吗?"

"没有。所以我对罗萨莉发脾气了。你呢?"

"他们也拒绝我了。"

他们两人陷入了长时间的沉默。最终,皮埃尔开口说道:"我并不是很在意。我以为自己会很在意。我记得我十分期待自己能重返非洲。现在,我没有得到这个职位,还气走了我的妻子——可是,我什么感觉都没有。"

"你们俩能和好吗?"

"我讨厌这个想法。本来就是一面破镜子,粘好它有什么意义? 只有最珍贵的宝贝才值得付出这样的努力。"

"我的处境也差不多。"杰尼停顿了一会儿后说道,"鲁尔意识不到这件事对我究竟有多重要。我们没法取得相互认同,这也是最后一次了。不值得去浪费力气了。"

"外人不理解。他们没法理解。"皮埃尔喝干了杯中的白兰地,又倒上一杯。他放下杯子时,姐姐拿起了它,小小地品了一口。

"你现在想干什么?"他问道。

"还没决定。现在,我满脑子都是回非洲去,我猜我可能会再找找其他机会。即便没希望回到以前的家,其他能接受欧洲人的国家也可以,或许比那个赤道雨林带的小破国家还要好。"

"埃及雇用了很多欧洲人。"皮埃尔同意道,"大多数是德国人和瑞士人,也有比利时人。"

"鲁尔还跟我说过一件事:欧盟委员会对美国人的贝尼尼亚项目十分不满,他们打算通过资助达荷马里和尼加联来制衡美国人。"

"这也需要顾问。但是——"他用力咽下一口唾沫,"这也太不容易了,放下自尊,递交申请去给黑人服务。最后结果还是被拒绝了——难以承受。"

"小可怜。我知道你的感受。"她再次拿起杯子。她的嘴唇在啜饮着酒时,眼睛仍盯在皮埃尔身上。

"是啊,你不也一样吗?"他说道,"要不是世界上还有你能理解我,我肯定早就疯了。"

"我也是。"她似乎费了好大力气,才将目光从他身上收回,随后放下了杯子。她没有再看着他,而是直接开口说道:"我相信——你知道吗? ——就是因为这个原因,我的生活才会如此糟糕。从一个男人走向另一个男人,待在一起超过一年就算是巨大的胜利了……"

"至少你还有勇气继续寻找,"皮埃尔说道,"我放弃了。除非被逼,就像我的第一次和第二次,我再也不想找了。"

空气变得愈发浓稠,不仅仅是因为麻醉品,更因为某种欲说还休的态度。

他费了好大力气才站起来,就好像空气在拉着他,不让他动似的。

　　"来点音乐吧。我觉得房子里空荡荡的。"

　　"就像我的灵魂一样空虚。"

研究小组报告

从语言学上说,纯粹的传统辛卡语只有在上了年纪的老人背诵儿时习得的歌曲、谚语和故事时才会用到。它是广泛分布于这一地区语系的一个亚语族。除了之前已知的异常之外,我们新发现了几处异常,尤其是"战士"和"傻瓜"这两个词同源,以及"受伤"和"疾病"这两个词谐音。

然而,纯粹的辛卡语已几乎被完全取代了。在所有的城市中心地带,语言都受到大量的英语污染,原因是本地词汇量不够,无法在保留自己的前提下吸收外来词汇。霍莱尼方言却做到了这一点,它既融合了大部分的本地词汇与外来的语法,也融合了本地语法与外来词汇——这两者通常在同一个说话者身上并存,在他的话语中随时转换,取决于他与倾听者交流的程度。霍莱尼方言在整个国家北部的影响力最为显著,不管哪个种族的人都懂得霍莱尼词汇,能听懂简单的霍莱尼句子,但是处于优势地位的还是受污染的辛卡语。

此外,伊诺克人和卡帕拉人的飞地仍保留了其母语(现在也广泛受到辛卡语的污染),所以他们实际上是双语。以孩子教育来说,因为他们在学校必须说英语,所以是三语。

英语是政府、对外贸易和大部分知识分子中的通用语言。电视以所有的五种语言播出,其中也包括英语。但是,娱乐节目要么是本地制作的辛卡语节目,要么是从外国进口的英语节目。

语言中保留的痕迹,可追溯到阿拉伯语、西班牙语、斯瓦希里语。此外,在国境线上,存在着不同种类与邻国相通的方言。它们偶尔为贸易活动提供通用的习语。

即将开始对采集到的词汇进行系统分析……

从身体形态上来说,本地居民以黑人为主,北部地区有入侵的柏柏尔人,梅港地区有大量人口混有英国和印度的血脉。男女的平均身高比邻国都矮(男人矮二分之一英寸,女人矮一英寸),体重也较轻。造成此现象的原因有(a)饮食习惯不同(b)流行病造成的衰弱。锥虫病和疟疾常见于本地居民,对这方面的公共卫生教育已充分开展。但隐蔽的、显然耐抗生素的“黑水热”细菌也广泛分布于此,偶尔会提高婴儿死亡率,但它似乎不会对成年人造成致命影响。结核、天花和其他一些传染病已被广泛的疫苗接种抑制,但是……

我们的队员测得小学生智商的中位数比邻近地区的平均数低2.5个点,但目前我们无法判断这个数值是否有统计学上的意义,因为测试无法消除背景干扰。假设差别真的存在,可能是几代人的饮食营养不足造成的:主食以淀粉类食物为主,高蛋白副食和蔬菜的摄入量不够。不过,政府成功推广了柑橘类水果,消灭了败血症。此外,鱼类食品也开始供应。

需要指出的是,我们发现了一小群异常聪明的孩子,其中一

个孩子的智商高达176。我们仍在测试,研究是否存在异常基因
……

在有纪念意义的活动中(出生、青春期、结婚、怀孕、成为父母、生病和死亡)发现了一些矛盾的仪式。有些活动来自本地传统,其余大部分来自基督教的影响。表格附后,展示了在活动频繁地区这些仪式的主要特征。注意:人们对于这些活动的态度是为了庆祝,而不是害怕魔法或为了祈祷。无法判断这是本地传统,还是殖民期间欧洲人的宗教庆典对本地的影响……

家庭结构从霍莱尼人典型的父系结构逐渐向南部辛卡人的母系结构过渡,在城市里尤为明显,因为男性劳工总是在迁徙。然而,两性在法律面前平等。民俗也显示在欧洲人到来之前,意志坚强的女性也曾被纳入男性的长老会。原有的用以描述辛卡家庭关系的复杂词汇逐渐被简单的英语取代,可能是因为传教士教育的关系。然而,我们仍无法确定……

"大众楷模"在辛卡语和英语中都有表述,但略有不同。在英语中,"富有"和"当总统"得分高。在辛卡语中,类似(翻译并不精确)"得到大家的尊敬"和"受欢迎的举动"等品质得分最高。仍无法确定这是因为理念上的冲突,还是因为存在更高级的价值观……

和多数原始社会一样,对话中大量引用谚语和传说故事。然而,故事内容却有其独特的地方。

对贝基的广泛崇拜在习语"贝基会去拜访你家"得到了充分

体现,它表示对这个家庭的高度赞赏。

　　要想仔细研究辛卡语和霍莱尼语用法的不同之处,以及伊诺克语和卡帕拉语的影响,必须等到……

　　查德·穆里根致所有的研究小组:

　　"你们还不清楚! 你们还不确定! 你们还无法证实!

　　"能不能给我些靠谱的结论——尽快?"

现场记录（41）
于事无补

太阳下山后一个小时，乔伽琼握了握唐纳德的手，随后把他交给了自己的一个下属。在四个全副武装的游击队员的护送下，另有四个人抬着被塑料布裹成粽子般的苏盖昆吞，他们踏上了一条新的小路，与他们来时走的那条不同。他背上驮着个像是干粮袋的东西，那是折叠整齐的反雷达救生衣。在海面情况允许潜艇安全上浮之前，他和他的同伴得穿着它在海里漂浮好几个小时。

小路十分崎岖，借给他使用的黑光夜视仪效果又不怎么样。在翻过一个山坡、逐渐远离罗亚老祖之后，因地面温度太高，四周的植被和他身旁的人都无法正常显示，只有模糊的影子。他身旁的雅塔康人习惯于在黑暗的丛林中无声地行走，对他每次蹭到垂下的树枝或在烂泥地上差点滑倒时表示出了不屑。

不知不觉间，他们到达了第一阶段的终点，一条小河的源头。一只粗糙的木船靠在河岸边，上面装着简陋的舵和橹。船家一动不动地等着，在码头上盘着腿，抽着烟。烟头小心地拢在双手里,不过手指间还是会透出时暗时明的光。

苏盖昆吞被小心地放上船头,用旧麻袋盖住。唐纳德在他后面上了船,坐在中间的一个横档上。在他身后上来了两个游击队员,电击枪垂在大腿上。他不禁想,他们将多少注意力放在他身上,多少放在观察岸上可能的动静。他们和船夫没说话,只是对了个暗号,很快船就漂浮在狭窄河面的中央。船夫开始摇橹,发出了有节奏的吱扭声,如同蟋蟀在唱歌。

小河更像一条淹了水的暗道。两岸的树木在头顶上方对接起来,树冠上垂下挂着苔藓的藤蔓。偶尔,夜鸟会发出鸣叫。猴子被惊动过一次,可能是因为蛇,这个动静让唐纳德的脊背发凉。

在小河汇入一条大河的河口处,他们经过了一个村子,村里面没有一丝灯光。他们让唐纳德躺在船底的木板上,以防万一有人醒着。当他被允许再次出来时,他们已经航行在一条干流的中央。波浪推着船轻快地向前走着,船夫已经提起了橹架在船上,手里只拿着桨,帮着船舵一起工作。

这是二十一世纪。唐纳德的脑海里突然冒出这个念头。这里是雅塔康,一个拥有丰富自然资源的国家,科学技术也并不落后:苏盖昆吞就是个例子。现在我却坐着手摇船穿过黑夜。

两岸的人家开始多起来。这是整个旅程中最危险的一段。唐纳德收起了他的小惆怅,又跪倒在船底的木板上,眼睛刚好与船舷齐平。一艘警察的巡逻艇系在柱子上,艇首对着一个比刚才大得多的村子,但好在艇上没有人。他们有惊无险地经过巡逻艇。当它消失在视线外之后,船夫又开始摇橹。刚才停止摇橹的这段时间内,船速不够快。稍加思索后,唐纳德猜到他们接近入海口了,正在逆着涨潮的水流驶向大海。

　　沿着入海口有一连串房屋,像一串项链;还有一个小港口,从柱子上悬挂的渔网来看,主要服务于渔船。几盏昏暗的电灯照亮了水面。这地方同样没人,渔船都出海打鱼了。显然不可能在此地等着他们黎明时返航。唐纳德觉得放松了一些。

　　离岸边还有些许距离时,船夫将这艘破旧的船横了过来,与刚才前进的方向垂直。一个游击队员从船底取出个手电。他打开手电后,把它挂在船舷。它发出淡蓝色的光芒。唐纳德猜它发出的主要是紫外光。

　　在焦急的等待中过去了十分钟。随后,一艘大船,更准确地说是艘渔船,在夜晚漂浮在水面上的迷雾中出现了。船上除了正常的灯光外,也挂了一盏同样的蓝灯。船夫越过唐纳德身边,放下船的护舷。很快,两艘船撞到了一起,几乎没发出声音,柔软的护舷吸收了绝大部分撞击力。

　　唐纳德笨拙地帮两个游击队员把苏盖昆吞绑在渔船船员扔过来的吊索上。他们扶着他,避免他被吊起时撞到船舷,随后看着他消失在渔船上。接着,唐纳德也上了吊索,并被渔船上的几只手接住了。

　　渔船的船长跟他打了个招呼,让他马上帮苏盖昆吞穿上救生衣。因为迷雾移动的关系,他们现在的下水点比原计划的更靠近岸边。唐纳德没有质疑这个决定是否有道理。他心里什么也没想,只是因为要回家了而略感失落。以前生活在世界上最富裕国家的唐纳德·霍根已经完全消失了,他不知道这个顶着他名字的陌生人该如何融入他以前的生活。

　　他茫然地服从了命令,依次将苏盖昆吞瘫软的四肢装入塑料救生衣内,按下充气瓶上的阀门。科学家还得再昏迷个把小时。

他仔细地检查了科学家的随身救生设备:水色的救生舱,紧急情况下使用的无线电和声呐浮标,救生绳,食物配给罐头,刀……稍加思索后,他从苏盖昆吞的救生衣上拿下了刀,把它给了船长。在乔伽琼的营地,他说过他改主意了。为保险起见,最好不要给他配备武器——当然不是因为这个饱受病痛折磨的老人能给赋能的杀手造成什么威胁。

他以同样的方式给自己做好了准备。船长让他的一个船员用救生绳把他们连到一起,以防他们在水面漂浮时相互远离。

他为唐纳德解释,他们会被放入海流中,海流会带着他们直接前往海峡深处,潜艇就躲在那地方的水底等着他们。几英里外的伊索拉基地,一支分舰队已做好了准备,随时可以对一个邻国船只用于加油和修整的港口展开佯攻。这种行为严重冒犯了雅塔康的中立地位,但苏盖昆吞的投诚值得付出这种代价。当然,所有人都希望佯攻不必发生。

随后,坐在了某种类似吊椅的装置上,他们俩——一个间谍加一个投诚者——依次被放到水里,只激起了很小的浪花。

船员们朝他们挥手,在黑夜迷雾的笼罩下,几乎看不清。随后渔船也隐没了。他们单独漂浮在黑暗之中。

我们肯定已经漂了一个小时了……没有,我的手表只过去了三十五分钟。

唐纳德担心地眯起眼睛四处观望。跟他意料中的一样,他什么也没看见。一直在上下浮动,让他觉得很不舒服,有种想吐的感觉。待在乔伽琼营地的那几天里,他没好好吃东西,尽管义军提供了营养均衡的食物,好让他们保持健康。那种食物很单调,让人没胃口。但现在他却希望用清淡的东西把自己填饱,例如白米饭。饥饿的痛苦和隐约的恶心开始在他的肚子里打架。

他们真的能看到我们、跟我们会合，并把我们安全地接上船吗？

他提醒自己，乔伽琼也是通过这种方式进出这个国家的，另外，苏盖昆吞的价值会迫使家里的头头们采纳最保险的路线。但这些提醒全都没用。世界离他仿佛那么远，就像他与其他地方已经彻底割裂了似的。天上的星系之间的距离也分隔到了极致，连光都无法穿越彼此之间的鸿沟，而且，星系内部也开始解体。

这一切都值得吗？我应该把雅塔康从无耻的谎言中拯救出来吗？苏盖昆吞说过这是个弥天大谎。

但那还是在宫吉伦的事了。在乔伽琼的营地，科学家说想回去，拒绝配合。

我为什么没问他想这么做的原因呢？

他想避免寻找问题的答案，但是失败了。

因为我害怕。如果我可耻地利用了传统习俗，为了满足自己的要求违背了他的意愿，那我情愿不知道。我想一直都相信他是自愿跟我走的。

海面上传来一阵呻吟声。他的血似乎都在血管内凝结了。有那么一刻，他那过于敏感的想象力将呻吟声听成了警察巡逻艇的汽笛，从迷雾后面的远处传来。这一刻仿佛成了永恒，直到他意识到了这声音其实是苏盖昆吞说了一句雅塔康语。

他们已分开到了救生绳的极限。他急切地拉着绳子，让他们两个又相互靠近。在这种地方醒来肯定让他吓了一跳。在苏盖昆吞失控之前，他必须让他平静下来。

"教授，没事了——我在这儿，是我，唐纳德·霍根！"

他抓住苏盖昆吞的胳膊，目光从帽檐下看出去仔细地打量他。老人的眼睛睁大到了极限，直直地瞪着前方。过了一会儿，他似乎放松了。

"我在哪儿?"他虚弱地说道。

"我们在等着一艘美国潜艇接我们。"唐纳德柔和地解释道。

"什么?"苏盖昆吞又紧张了，突然的动作使得他上下浮动的幅度突然加大，唐纳德差点没能抓住他的胳膊。"你——你绑架了我?"

"你说了你想离开。"唐纳德回敬道，"你病得很重，你已经不是你自己了，我们觉得最好不要再累着你，让你走着穿过丛林——"

"你绑架了我!"苏盖昆吞重复道，"我说过了，我跟你说了，我改主意了!"

"你无法再回到宫吉伦了。一旦你做出决定，就无法再回头。在这里也是，你只能往前走。"

人无论在哪里都无法回头。人永远、永远、永远都无法回头。

愤怒似乎消耗了苏盖昆吞的体力。他挣扎着想摆脱唐纳德的手。唐纳德小心地松开他的胳膊，转而抓住绳子，让他们两人保持着一臂的距离。科学家仍在左右摇摆着身子，直到他意识到他们两个已经分开了才停下。

最终，他又开口了，声音中充满着疲倦。

"我穿的是什么东西? 硬邦邦的，我的身体都动不了了。"

"它里面充气了，能帮你浮在水面上，所以它才硬邦邦的。它是——我不知道。我猜它是飞行员和潜艇船员用的救生衣。乔伽琼在营地里存了一些。"

"哦,是的,我听说过。"苏盖昆吞检查着挂在他身上的设备,发出几下轻微的水声,"是的,明白了。这些是雷达信标和声呐信标,好让潜艇能发现我们?"

"这些只是在紧急情况下才会使用,以防搜救者不知道从哪儿找起。别担心——他们肯定知道在哪儿能接上我们。"唐纳德的语气虽然很乐观,心里却没什么信心。

"它们还没开启吗?"语气中充满了警惕。

"风险太大了。这里的海面上到处都是雅塔康的巡逻艇,他们跟我说的。"

"明白了。"苏盖昆吞说道,又好奇地检查了一遍随身的设备,随后陷入了沉默。

唐纳德觉得这样挺好。他再次眯起眼睛看着迷雾。

上帝,他们到底还来不来了?我还要等多久——一个小时,两个,三个?

突然间,毫无征兆地,苏盖昆吞开口说道:"你绑架了我。我不愿意来这儿。我不会配合一个外国政府的。"

唐纳德的心沉了下去。他嘶声道:"你跟我说你被头头们骗了!你说你的人民受到了欺骗!苏鲁卡塔说你可以把他们变成超人,这是个彻头彻尾的谎言!"

"其实,我可以做到。"苏盖昆吞说道。

话音如同在唐纳德的四肢都坠上了沉沉的铅块。他说道:"你疯了。烧坏了——肯定是烧坏了。"

"没有,是在我发完烧以后。"苏盖昆吞平静地说道,"我当时独自躺在山洞里。我有时间好好地思考,过去的几年我一直没有这种机会。总是有各种干扰,我无法集中注意力,只好让我的学生跟进。他们并不是都能认真对待每项研究。四年之前,也可能是五年,我……"

"你怎么了?"

"我想到了一个有前途的点子。一种调节分子间关系的方法,在适当的时机激活——设置好计算机程序,以极快的速度进行改变,改变一个分子不会影响到另一个。"

"这就是你认为能成功的方法?"

"不是。这是我在猩猩研究上取得小小进展的方法。但甚至连你们著名的撒缦以色,运算速度都无法快到可以消除所有的副作用。"

"那你怎么会认为你能实现?"唐纳德问道。他拖动着绳索,让科学家跟他面对面,汗水濡湿了他救生衣的内里。

苏盖昆吞没有直接回答。他继续以没有感情的语音说道:"然后,我又尝试了另外一种有前景的方法。我开发了一系列的溶液模板,基因物质可以在这些模板中培养,模板可使目标反应缓慢地进行,避免过于激烈造成分子变形。"

"是的,我读到过类似的研究。"唐纳德大声道,"你说找到的就是这种方法?"

"它对简单的基因起作用,但对人类这种复杂的基因没有效果。模板有机物稳定性的衰减速度过快,无法支撑培养过程。"

"看在上帝的份上,那到底——"

"我还在液氦温度下稳定基因方面取得过成功。但是,让冷冻的物质恢复到正常运动的过程实在太长,使得大规模应用变得不经济。而且,除非升温过程异常恒定,否则任何时候一两度的偏差都会引起基因分解,让整个过程作废。放弃这个方法后,接下来我又研究了在超声波情况下——"

他什么也没说。他只是为了说话而说话。为什么？

唐纳德四处观察了一下。一阵微风轻轻拂过他的脸孔。这是他的想象，还是迷雾真的在消散？上帝，迷雾真的在消散！在远方，星光的照耀下，罗亚老祖的火山锥清晰地展现在他眼前。

除非潜艇立刻出现，否则我们的行踪就完全暴露了，仿佛两只——

他的想法被一下子打断了，因为他惊恐地意识到了苏盖昆吞为什么突然变得如此絮叨。

他轻呼道："你这个渣吸血鬼！你打开了信标？"

没有等苏盖昆吞回答，他一手拖动着绳索，另一手摸索着救生衣上的佩刀。他抽出了刀，满脑子都是巡逻艇接近的声音、电块嘶嘶叫着击中水面，激起一阵阵的水雾。他只想割断连接着信标和救生衣的皮带，关闭它的电源，让它沉入海底。

苏盖昆吞明白了他的企图，试图抓住他的胳膊。海水迟缓了苏盖昆吞的动作，救生衣更是让他变得笨拙。在拳打脚踢中，唐纳德的刀失去了准头，扎进了肉里。

救生衣的一个气室内冒出大量的水泡，然后水泡的颜色开始变深。唐纳德收回了刀，耳朵里嗡嗡作响，皮肤上的汗毛都竖了起来。

"股动脉。"苏盖昆吞说道，跟之前一样不带任何感情，"不要帮我止血，我不会让你这么做的。我应该为背叛了我的人民而受到惩罚，我真的是太傻了。我……不忠诚……我……要和祖先团聚……"

他的头猛然歪向一边，仰面望着迷雾消散后露出的星空，脸上带着一丝浅浅的、神秘的笑容。

现在的光线还不足以展示水的颜色，但唐纳德知道它肯定是红色的。他瞪着双眼,松手丢下了刀,放下了救生绳。他看到罗亚老祖变得越来越刺眼,那是耀眼的岩浆,它在他的脑中喷发了,它的愤怒又夺去了一个生命,在难以计数的名单上又增添了一名。

当潜艇浮出海面、他被拖着上船时,他已经停止了尖叫。他的嗓子已经哑了,再也发不出声音。

人物追踪(31)
赐给我们一个孩子

女孩朵拉·威兹现身在教室门口时,弗兰克·波特一开始并没有注意到她。他正背对着班里的学生,在黑板上写下一段话,同时大声地念着,以压过雨点打在房顶的声音。她喊了两声,他这才听到。

"波特先生!波特先生!先生!"

他转过身来。她膝盖以下溅满了泥点,雨水浸透了她的裙子,让它紧贴在她娇小的身体上。是什么事让她如此着急?

"波特先生,快去找你太太!"

哦,上帝。不可能啊。上帝,不可能——太快了,应该还有五周呢!

"继续做我布置的功课。"他机械地对着学生说道,在经过教室最后一排的课桌时,又对着年龄最大的那个学生加了一句:"你来维持课堂纪律,勒梅尔!"

随后,他拿起伞,打开,跟在朵拉身后冲进瓢泼大雨。

穿过泥泞的村中"广场",脚下发出吧唧声。他们走上阳台的台阶,进入一间分配给他们的小平房。他们刚到这个地方时,希娜曾失望地打量着它,列出一系列这里头没有的、但又是生活必需的物品。这里甚至没有自来水。屋顶上有个水缸,水车每周会来加一次水。

然而,在这个地方,他们能生下孩子,合法地……

"她在卧室!"朵拉说道。弗兰克冲过她身边,扔下了伞,都没来得及把它合上。

希娜又着腿躺在床上,双眼紧闭,脸色苍白,肚子在过于紧身的衣服下高高凸起,如同一只大南瓜。在她身旁,正在用凉毛巾帮她擦汗的是这个偏僻村庄中最接近医生的"专业人士":朵拉的妈妈威兹,一位接生婆。

"要生了?"弗兰克问道,再也说不出别的。

威兹妈妈耸了耸肩,说道:"快了,我以前也见过早产。"她英语说得不错,但带有浓重的辛卡口音。

弗兰克跪倒在床边,握住希娜的手。她睁开了眼睛,给了他一个无力的微笑,然而微笑马上又被痛楚淹没了。

他关切地问道:"开始多长时间了?"

"两个多小时了,我感觉……"她的声音有些沙哑。

"老天爷,你怎么不早说呢?"

"太早了,弗兰克!正常应该是下个月才生!"

"不要怕。"威兹妈妈说道,"我是生下来的,你也是——大家都一样。"

"但是,这孩子早产了五个星期,会不会——"弗兰克这才意识到不应该让希娜听到他想说的话,他一下子住嘴了。

"孩子的身体会虚弱一些,这是没办法的事。"威兹妈妈说道。

"我们不能把她留在这儿,得把她送去合适的医院!"

威兹妈妈瞪大眼睛看着他。她示意在身后站着的朵拉接手给希娜擦汗的任务,随后把弗兰克拽到一旁,难过地盯着他。

"你怎么送她去呢,先生？去拉冷迪的路全是烂泥,下这么大的雨——"

"我要打电话叫直升机！"

在他说出口的一刹那,他知道这不现实。倾盆大雨如同一道致密的水墙,发泄着冬季干旱到来之前最后的疯狂。

"不对,叫气垫船！它可以在烂泥地上行驶,它可以在任何地方行驶。"

"是的,先生。但是,它能在两个小时以内从拉冷迪到这儿,并从这儿回到拉冷迪吗？"

"时间这么紧？"

"就这么紧。我摸到了——"威兹妈妈找不到合适的词汇,只得把手放在隆起的小腹上。

"宫缩？"

"是的。我觉得再过一小会儿,羊水就要破了。"

弗兰克觉得整个世界都开始在他眼前打转。威兹妈妈同情地抓住他的胳膊。

"她是个健康的女孩,先生,你也是一个强壮的父亲。我非常有经验,我会小心的。我有药,还有他们从梅港寄来的书,书里有最新的建议,我都读了,都记住了。我不是古代的巫婆。"

"我知道你不是,妈妈,我相信你——你能做得好。"弗兰克费力地咽下一口唾沫,"但是,要是,孩子又小又虚弱……"

"我们会照顾好他的。现在,去给拉冷迪打电话吧。让他们派车来。找个好点的英式医生来帮我,跟他说目前的状况。我曾经在拉冷迪看到过一种特殊的摇篮,上面配备了大罐的气瓶,对婴儿有好处。"

上帝。在那个该死的优生委员会的判决之前,在很久之前某个很远的地方,我曾打算让希娜在怀孕期间接受高压氧气疗法……

但是,类似的技术在这个村子似乎不可能存在。村里的大部分建筑由木头和碎石构成,只在中央有些现代化的建筑:学校、这间平房、诊所、图书馆……甚至连这些都称不上是现代化,只是由便宜的水泥预制板搭建的棚屋而已。在这里,整个村子的人会围坐在一间类似原始影院的屋子里看电视。这里只有一台电话,没有路灯,屋子里只有日光灯而不是发亮的天花板。没有这个,没有那个……

一个人在一天之中能跨越多少千年的历史?他站在这儿,表面上来自一个富裕的国度,它的财富令传说中的古代神国相形见绌,却与全身赤裸的穴居人承受着同等的恐惧,经历着同等的男孩成为男人的过程。

他看着窗户。消息已经传开了。在雨中,简陋的兜帽下,一双双大眼睛闪烁着,那是村里的女人聚集了起来,举行他到达此地后看到的那些欢迎新生命降临的祈祷仪式。他握紧拳头举了起来,想做个威胁的手势把她们赶走。但是他的手在腰部位置停住了,手指也张开了。

在家乡,他们拒绝给我当父亲的权利。那里已经不是我的家乡了。我已经和这些人生活在一起。我喜欢他们。有些人成了我的好朋友。如果我必须承受一些他们已然经历过的东西——好吧,男人为了实现心愿,必须付出代价……

他走出了门口。集会中的一个女人喊出了生产时标准的祝福语:"兄弟,希望你拥有一个像贝基的孩子。"

他的辛卡语还不甚熟练，尽管他一有空就积极地学习这门语言。不过他已多次听到过类似场合下的问答，知道该如何以传统的方式回答。

"无论贝基去哪里，都能带来好运——如果他来到我家，那就让大家一起来分享这份快乐！"

她们放松了，笑了，相互推搡着。他也对着她们笑了，并用英语加了一句："过来吧，别站在雨里了。到阳台这儿来。"

两个人从女人们身后挤到了前面，是村长莱特利和他最大的儿子，两个人的名字都叫布鲁斯，是跟着曾经派驻在拉冷迪的区长的名字取的。村长大声叫着。

"波特先生，你要打电话？不用了——我儿子跟医院通过电话了，他们会派出一艘气垫船，带上护士和足够的药品！"

有那么一小会儿，他并没有理解这话的意思。他仍然在往前走，直到快走下台阶时，他才突然停住了。

我甚至都没有开口问。我从来没有想过让人帮忙。我有错。在碰到困难的时候，人们难道不应该开口求助吗，而不是害怕去麻烦别人？

在床边等着自己的孩子降临这个世界时，他反反复复地思考着这个问题。

是个女孩。在把她放进氧气帐里时，她还活着。从拉冷迪赶来的护士用管子和针头忙碌了一阵，连接了救护车发动机驱动的一个嗡嗡作响的机器。本地的妇女们敬畏地看着，有些人在大声祷告。类似"静脉注射"和"维持子宫环境"之类词语对她们没有意义，弗兰克也是一知半解。不过，最终他明白了，对这只"小老鼠"做的就是在这个充满恶意的世界中创造一个她在母体内曾经享受和熟悉的环境。

他对希娜说道,语气虚弱且苍白:"穴居人的时代已经过去很久了。"

她没听明白,但她还是对着他笑了。

现场记录(42)
发芽的种子

已经好几个月了，诺曼经常会想起唐纳德。他好奇他究竟怎么样了。

一次，有人在评论美国与雅塔康之间政治危机的发展过程，称其曾经严重爆发，现在好像平静点了，并提到了可能与英继星的暗箱操作有关。他们没有说明以唐纳德的名义对宫吉伦的报道为什么中止。它的结束就跟它的开始一样突然。

在那一刻，诺曼暗自下决心一定要搞清楚，或许可以通过艾立虎向政府查询。但到下一刻新的问题冒出时，他又忘了去实施。

查德说过，而且说中了，撒缦以色会接管贝尼尼亚项目。但是，人不可能把所有的任务都交给一台机器。

有些事必须通过有资格的人来下决定，这个人就是诺曼。连着好几个月，他都像是在梦游，勉强能照顾到自己的吃喝，当身体发出抗议时他会变得异常不耐烦，而当荷尔蒙让他产生生理需求时，他会变得气冲冲的。好在项目进展顺利，他对此还算满意。

他们比原计划提前将控制中心搬入了梅港市郊的一个充气穹顶内,在它与港口之间修了一条宽阔的马路。疏浚船已经挖深了航道,现在港口的吞吐量已经提升了一倍。防波堤和海边大堤都加高了。离海岸一到两英里远处挖出了个巨大的泥浆池,将来,来自大西矿的原矿石可以混在泥浆里,通过数根一人高的管道泵送到岸上。现在,五艘船组成的船队正在海床上安装这些管道。

梅港的黑人与白人比例一下子变了。与当地人混居在一起的是来自非洲以外的十二个国家的志愿者,加上通技的职员。房地产开发、发电厂、汽车、人——他不得不时刻在脑子里将这些变量的关系理清。

因此,一天早上,当他看到桌子上的字条时,他的脑子没能一下子反应过来。

字条上说,唐纳德听说了贝尼尼亚项目,想来看一看,因为他的老朋友在管理着这个项目。豪斯先生有空接待霍根先生的来访吗?

字条最后有个签名。还有一个电话号码,从号码可以看出位于华盛顿的某处。诺曼让接线员帮他接通电话,随后继续埋头处理手头的事务。

屏幕终于亮了起来。受正在加剧的风暴的影响,卫星信号很弱。不过,诺曼还是能确定他在和医院里的某个人通话,那个人身上穿着白大褂。

"我是奥德海姆医生,豪斯先生。我猜你收到了我的字条,跟你的朋友唐纳德·霍根有关。"

"是的,当然。我想知道他为什么要通过你来联系我。我当然很乐意再见到他。"

那个人迟疑了一阵儿。"我该解释一下，"奥德海姆医生终于说道，"我从圣信医院打来的电话，而不是号码上显示的华盛顿。你对这个医院名字熟吗？"

诺曼缓缓地说道："是的，当然。你那里是陆军精神病院，是吗？"

"是的。"奥德海姆咳嗽了一声，"你的朋友经历了非常不快的事件，当时他在——呃——是的，当然，他身处雅塔康是个公开的消息，不是吗？坦白地说，他精神失常已经有一阵子了，他现在还在承受后期影响。这就是我联系你的原因。"

"天哪！"诺曼说道，"你们这些吸血鬼对他做了什么？"

"豪斯先生，这非常——"

"如果你是在圣信医院打的电话，你应该是个军官。上校——将军？"

"当然——上校——但是我们这里不用——"

"没事。你能回答我的问题吗？"

奥德海姆生硬地说道："霍根中尉是在为国服役期间受的伤，任何多余的质询都是不恰当及不公平的。希望豪斯先生能理解。"

"随你的便吧。"诺曼叹了口气，"好吧，让我们回到原来的轨道。你想知道他是否能来参观贝尼尼亚项目。是的，他当然可以，而且如果你们打算让他退伍，我很乐意聘用他。告诉他吧——如果他情绪低落，这应该能让他高兴起来。"

"他的情绪的确不佳。"奥德海姆说道，"至于这样的消息是否能让他高兴起来，你自己看了再说吧。"

挂上电话之后,诺曼疑惑了一阵子。怎么都不明白唐纳德怎么会疯了。一直以来,他都是个稳重平和的家伙,甚至有点缺乏感情。难道这就是他发疯的原因——过度的自我控制?

想不通。

他突然意识到已经有好几个月没能静下心来好好吸收新闻了。每次坐到屏幕前面时,他的心总是会飞到项目中的琐事上。他记起了一些头条新闻,例如与雅塔康外交关系恶化,但他既不知道背后的原因,也不清楚事件的进展。有很多关于苏盖昆吞撒谎的报道——或是有人以苏盖昆吞的名义撒谎了,他不确定究竟哪个是正确的——基因优化工程被认为是虚假的宣传。有些岛屿倒向了那个有着奇怪名字的人,那里正在爆发革命,那个人的名字让他想起了马蹄声……

他停止了乱想,让人准备一份过去半年雅塔康相关新闻的简报,随后又开始了工作。

唐纳德终于出现在梅港时,诺曼的第一反应是震惊。他至少瘦了三十磅,黑眼圈下面的脸颊都塌陷了。他的头发也出现了斑驳的灰白色。同一辆车里还有一个大个子年轻人,跟在他身后,带着警觉的神态。诺曼觉得他是个保镖。

不过,他很好地隐藏了自己的震惊,并伸出了手,嘴里唠叨着欢迎之类的客套话。唐纳德让自己的手指被诺曼捏了一会儿,随后直接说了一串令人窘迫的话。

“你在想究竟是什么改变了我,不是吗?哦,别假装客气了——我们是多年的室友了,不是吗?我指的是另外一个唐纳德·霍根。”

诺曼的心沉了下去。

"另一个"唐纳德是什么意思？他精神病又发作了？

"这位是托尼，"唐纳德说道，"他们一定要让他陪着我来。他并不让人讨厌，只不过有时我想找个小姐的时候，有他在旁边一直盯着我，小姐都被吓跑了。算了，没关系。"他的神态又开始变得正常了。

"真高兴能再见到你！你现在是个名人了，你知道吗？所有的电视频道整天都在说你的故事。所以我想来看看是什么东西让大家这么激动。"

"我也很高兴。"诺曼说道，"我已经把你当要客安排了参观计划。"

"我希望参观时能碰到我在这儿的熟人，尽管没几个。他们说查德在这儿，我猜艾立虎应该也在？"

"我安排了你今天下午拜访艾立虎——我猜你可能想跟他打个招呼。当然，他非常忙，但至少有喝一杯的时间。至于查德，他去了北方，追踪一条研究小组发现的线索。我会尽力让你见到他的，但是机会不大……"

诺曼边说着边将唐纳德领进穹顶。

带着他参观的整个过程就像是场噩梦。诺曼没有料到他能变成这样，无时无刻不在担心他会突然失控。失控并没有发生，然而，不清楚他失控后到底会产生什么后果，诺曼无法不做好准备。当他们前往大使馆拜访艾立虎时，他已经累坏了。

吉登·霍思福跟艾立虎在一起，这让诺曼觉得安心，这意味着有别的两个人可以接过对话的重担，他可以休息，除非话题跟他直接相关。

刚开始，他们几个人的谈话较为轻松，跟时政相关，例如欧博密总统的身体越来越差,项目的进展不错,等等。但是,唐纳德还是不可避免地提及了查德·穆里根这个名字,然后艾立虎看了看诺曼。

"恐怕我也不太清楚他在干什么。"大使说道,"诺曼,你表面上是他的老板——你能说说吗?"

"好吧,他在这个国家进行一项庞大的社会研究。"诺曼耸了耸肩,"他跟撒缦以色说这个地方有未知的力量在起作用时,他是认真的。他在寻找这个力量。"

"他找到了之后打算怎么办?"唐纳德的语气突然变得充满敌意。诺曼的头皮都发麻了,他竭力让自己的回答听上去没有任何刺激性。

"我想,这个问题你最好去问他。"

"他打算用它来改变人类吗?"

现场陷入了沉默。最终,艾立虎开口说道:"查德自己肯定是变了,变得跟我第一次见到他时不一样了。我对他的第一印象是个爱说话的酒鬼,现在我对他了解多了,知道他只是因为被拒绝多了才这样的。现在他全身心投入了工作,他变了。"

"我也变了。"唐纳德大声地说道,"我跟你说过吗?"

一直安静地坐在角落里的托尼突然开口了,"注意,霍根先生,如果你再说下去,我必须——"

"给我镇静剂,带我走!"唐纳德打断道,"收声,好吗? 他们怎么会认为派你这么个吸血鬼盯在我身边有助于我的病情……我要接着往下说,你能怎么样? 这是我们国家的大使,你忘了?"他看着艾立虎继续说道,中间都没换气,"我猜你知道赋能。他们在我身上做了,吸血鬼渣。他们选了我,训练我,在他们完成后,我不再是唐纳德·霍根了。我仍然使用这个名字,因为他死了。

你知道——"

艾立虎和吉登互相交换了一个诧异的眼神。外面突然响起一阵喧闹。艾立虎松了口气,说道:"请原谅,唐纳德!吉登,出去看看发生什么事了,好吗?"

失去听众后,唐纳德低头注视着自己的手掌。他的两只手掌都掌心向上摊在大腿上。他先朝一边歪了歪脖子,然后又歪向另一边。

吉登留下的门缝里传来一个熟悉的叫喊声。

"我不管他在接待什么大人物!我现在一定要和诺曼·豪斯说话!"

"是查德!"唐纳德抬起了头。

"是的。"诺曼嘟囔了一声,起身走向门口。门外的前厅里,查德正在与两个过分讲究外交礼仪的低级职员对峙。看到诺曼之后,他一把推开他们,冲进了房间。

"你好,艾立虎——唐纳德!上帝,你从哪儿冒出来的?先别说,过会儿再聊。诺曼,我必须马上跟你说话。"

他得意地双手叉在屁股上,分开两腿站着。

"诺曼,我的老朋友,看起来我们终于找到了!"

"什么?"诺曼的屁股差点离开了椅子,"你——"

"我保证。根据目前掌握的证据。艾立虎,能让你的手下给我拿杯喝的吗?值得庆祝!"

他拖来一把空椅子,大大咧咧地坐了下去,脸上带着得意的笑容。

"找到什么了?"诺曼追问道。

"一个变异。"

他们沉默了一两秒,回味着这个词的意思。

唐纳德因为被查德抢走了风头而有些恼怒,说道:"意思是'变化'。我刚才想说他们让我产生了什么变化。他们——"

"唐纳德,收声,好吗?"查德哼了一声,"我憋不住要跟诺曼说这个好消息。我肯定他会高兴得跳起来。"

唐纳德惊诧地看着他。显然他已经不习惯别人让他收声了。但他耸了耸肩,顺从地坐下了。

"哈,谢谢!"查德接过酒杯,猛喝了一大口,"好吧,我们发现的其实是——为了能让唐纳德和艾立虎听明白,或许还有你,吉登,你没有在跟踪这件事吧,是吗?"

吉登摇了摇头。

"刚开始,我派出了社会学家、心理学家、人类学家组成的多个小组,但他们没发现有价值的线索。所以,我想去他妈的,可能跟食物有关,并让诺曼帮我找了几个营养学家。既然想到了食物,我觉得可能跟身体的新陈代谢和外部环境有关,我又坚持要了几个基因学家——"

"然后你一个人把我整年的员工预算都花完了!"诺曼叹了口气。

"几个月前,你还说这是世界上最重要的事。如果你又开始算小账,别跟我说。我说过,在刚开始的阶段,我无法独自协调这么多人,因此要了综合家来把他们串起来。但直到不久之前,诺曼才给我找了一个。才一个。我真正需要的是六个,才能加快进程——"

"查德! 我已经尽力了。我告诉过你——"

"闭嘴,诺曼,不要这么敏感! 我没在指责你,只是在复原整个过程。所以,在我得到这家伙的那一刻,我把他和一个基因学家放到了一起。那个基因学家在大学里就是个刺头，经常让他的导师难堪。他们两个争论了整整一个晚上，我一直在旁边观察——不想错过这个过程。最后，他们得出了结论。

"第一：辛卡人认为在任何情况下杀人都是不对的。

"第二：除辛卡人之外的所有人都不这么想。他们嘴上说不要杀人，但脾气上来的时候，谁也拦不住。

"第三：这里的情况是典型的人口爆炸案例：贫穷、陌生人涌入分走一大块蛋糕、没有隐私、没有财产等等。我承认，梅港是整个国家唯一的大城市，但是，即便以最乐观的情况来估计，以目前的生活条件，它的人口比产生暴力和骚乱的临界值也要大了百分之二十。

"第四——我还在数吗？妈的！我的综合家给基因学家解释了释放因子。明白吗？我看到你们脸上都写着不明白。释放因子是能触发暴力行为的东西。它可以是某种侮辱，也可以是看到小妞脱下衣服，或是恋物癖，或是看到乳晕触发了哺乳欲望——很多东西。更重要的是，它可以是一种我们没有注意到的东西。

"你们画过除臭剂与壮阳剂销量的关系图吗？我的一个朋友画过。两条线几乎是平行的。体毛有其特定的功用：散发性刺激体味，激发条件反射。

"但是，我们没法不用除臭剂，因为身体的其他味道也是种释放因子。别的男人在激烈运动时散发的味道是一种能激发领地争斗的释放因子。简单来说，这是一个来自远方的对手，我应该把他踢回他的老家。我发现任何一个人口密集的大城市都使用香水来掩盖体味，然后再喷上高级的性刺激香水，例如麝香，来重建被压制的体味。

"战争中的人一连几个礼拜或几个月穿着同一套衣服,没有机会清洗自己或给自己除味。如果他们被包围在一个狭小的空间里,他们会发疯,不仅仅是因为绝望或恐惧,而是因为他们被其他男人包围了,而这些男人又是所谓的战友。体味不断积聚,直到'砰'!

"这就是我的新伙计一再跟基因学家强调的简单道理。所以后者说,好吧,这显然是一种完美的自然选择,意味着它肯定隐藏在人类基因图谱的某处,只是我们还没有找到它并加以分析。让我们去找找什么样的基因负责正确的分泌。我们去了北方,在与辛卡人通婚的那些移民身上做了很多对比研究。兄弟们,今天,就在今天早上,我们找到了。"

他目光炯炯地盯着众人,喝干了杯中余下的酒。

"辛卡人身上携带着一种明显的变异基因。我认不出,但我的基因学家说它异常明显,只要你把一个纯种辛卡人的血液和一个半辛卡半伊诺克人的血液放在一起就看得出来。它让辛卡人的内分泌,还有所有的体味,成了一种独特的领地争斗的抑制剂! 你走进一个舒适的、拥挤的、肮脏的大厅,里面挤满了辛卡人,你武装到牙齿,准备和你的男性对手们大干一场。然后你深呼吸了一下,就成了一个快乐的、懒惰的、友好的笨蛋。它就像温柔的露珠浸润了你——请原谅,我太激动了。"

"天哪!"诺曼说道,"看来他们说得没错,'辛卡人能偷走战士的心'。"

"当然! 如果有谁严肃对待了这个谚语,我能节省半年的时间!"

"等等,"艾立虎皱着眉头插嘴道,"你是说,辛卡人携带着某种——分泌物——镇静剂?"

"可以这么说。"查德点了点头。

"那么,以前怎么没人注意到这一点? 我是说,辛卡人与其他人的不同之处显然——"

"注意到了! 诺曼注意到了,你也是,它和其他数据一起输入了撒缕以色,可他拒绝接受。因为他看到了它的异常,而你们没有。我本以为自己比他聪明,让他重新回到了贝尼尼亚项目的轨道,但现在看来,他还是比我聪明多了。"

"如果基因学家说它这么明显,"诺曼立刻反驳道,"那肯定是——"

"哈,我正要说到这一点,就等着你问呢。"查德摆出一副洋洋自得的样子,"为什么专家们之前没有发现它? 这就是你想问的吧。因为它防止了辛卡人大量成为奴隶。来此定居的霍莱尼人本来打算把辛卡人当作奴隶来贩卖,但是一代人之后就放弃了当初的梦想,部分是因为种族之间的通婚,部分是因为他们的敌意被周围的辛卡人解除了。从那以后,其他奴隶贩子都避开了辛卡人的领地,如同躲避瘟疫。他们觉得这地方有神秘的魔法。确实有!

"几乎所有对黑人开展的全面基因调查要么在新世界,要么是在这个大陆上最发达的国家,比如南非。而这个国家太穷了,得不到这样的机会。之前没人画出过辛卡人的基因图谱,当然也没人找过我们团队一直在寻找的东西。"

所有的人都陷入了沉默。

诺曼打破了宁静,他用勉强能听清的声音小声说道:"真没想到。我希望我的祖先来自这片土地。我喜欢这里。"

"你应该这么希望。地球上还有什么地方是跟这里一样的? 其他地方,周遭环境中的人都是你的对手,都在等机会把你干掉。以前可能还有地方跟这里一样,但是,我敢肯定现在只剩这里了。"查德把杯子举过了头顶,"再来一杯,可以吗?"

"我有点不敢相信。"吉登说道,"你的意思是,战争也可以被治愈,就像是疾病,只要施加合适的药物?"

"我们的研究还只是刚起步,但这显然是有可能的。"查德同意道,"此外——它也是基因优化工程的目标!在地球上每个新生儿体内植入辛卡人的这种'臭臭'。对不起。嘿!说到这儿,他们在雅塔康的那个工程怎么样了?我已经很久没在新闻上看到苏盖昆吞的消息了。"

其他人交换着眼神。

诺曼的眼角捕捉到唐纳德绷紧了身体,一副想要说话的样子。但是,他并没有开口。

艾立虎最终说道:"苏盖昆吞死了,查德。你没听说吗?"

"上帝啊,不会吧!"查德从椅子上跳了起来,"我来这儿之后一直忙于工作,没留意其他事。你知道北方的情形,整个村子就只有一台电视。而且你看不到屏幕,因为有五百个脑袋挡在你前面。"

"整个雅塔康优化工程就是个宣传手段。"吉登说道,"苏盖昆吞承认自己办不到政府宣传的东西,然后——"

"其实他能办到。"唐纳德说道。

"什么?"

"他能办到,在我杀了他之前,他亲口跟我说的。"

诺曼竭力想让自己听上去很平静。从语气来判断,他担心唐纳德可能又开始发作了。他说道:"行了,唐纳德!他们自己杀了苏盖昆吞,因为他想逃走。他决定投诚,因为他受不了加在他身上的谎言。"

"你知道自己在跟谁说话吗？他死的时候，我就在他身边！"唐纳德说道。

短暂的停顿之后，诺曼缓缓地摇了摇头，表示不相信。

"哦，我听到过官方的说法，"唐纳德尖刻地说，"跟所有精妙的谎言一样，他们说的东西半真半假。他真的想离开，因为他觉得自己没法优化人类。但是，他最后意识到了自己其实可以。从远处追踪着他救生衣信标赶来的雅塔康巡逻艇将他射杀在水里，我逃走了——他们是这么说的，但它是谎言。我杀了他。用一把刀。他当时在跟我说各种失败的尝试。

"他们训练了我如何杀人，看到了吗？他们带我去了一个水上的船营，教会了我所有的杀人方法。你想让我展示一些吗？"他摇摇晃晃地站起来，"我不想杀死你们中的任何一个人，但我需要一个志愿者，否则我没有攻击的对象，明白吗？它代表了改善人类能力的最高技术，它叫'赋能'，因为它是我们最先进最伟大的成就——"

脚穿着软底鞋的托尼从他身后毫无声息地接近，举起针筒，朝他的脖子打了一针。他似乎对整套动作已然非常熟练，一只手将针筒放进口袋，另一只手伸出扶住正在往地板上倒去的唐纳德。

"先生们，让你们受惊了。"他并没有特意对着谁说，"军用赋能之后，的确偶尔会发生这种情况，受施者会做出过激行为。当然，你们不必在意他说要在你们身上试试他的技巧——这是他在雅塔康重压之后导致的精神失常。请原谅，我得告辞了。在他醒来之前，我要叫辆救护车把他送到旅馆。我只给他注射了非常轻微的剂量，只够让他放松……"

他说话的时候，其他人仍处于震惊之中。他抱着唐纳德走出门口,他的关门声似乎将剩余的人从麻醉中惊醒了。

然而,他们中谁也不急于开口说话,直到最后查德从椅子上跳起来,开始在房间里缓慢地踱步,偶尔朝着托尼离去的方向瞥上一眼。

"最高技术! 扯淡! 我听说过这种下作的军用赋能,我觉得它是一个人能对另一个人做出的最恶心的事,比直接杀掉对方更可怕!"

"他说过'另一个'唐纳德,说自己有权使用他的名字是因为他死了。"诺曼说道。他想控制住自己的战栗,却没有成功。"仁慈的安拉! 我还以为他在开玩笑……我还说在项目里给他找个工作呢。"

他瞥了一眼艾立虎,吃惊地注意到大使的脸看上去和欧博密一样苍老。

"苏盖昆吞死了,"查德说道,"唐纳德杀了他。好吧,这看来包括在他的任务里,不是吗? 而且,据唐纳德所说,苏盖昆吞最后知道了该如何进行优化工程。"他犹豫了一下,"我感觉这可能是真的,你们觉得呢? 任何我认识的专业人士都说要是有人能做到的话,那个人一定是苏盖昆吞。上帝,你们不觉得恶心吗?"他突然转身看着大家,拳头使劲捶了一下自己的掌心。

"这不是典型的行为吗? 我们训练了一个人——一个普通的、无害的、半退休的人——成为高效的杀人机器,然后他杀了一个能够将我们从自己手中拯救出来的人!"

"好吧,如果我们把这信息输入撒缦以色——"诺曼开口说道,但查德跺着脚打断了他。

"诺曼,看在上帝的份上,如果我们需要一台机器来拯救,那我们还算得上是人类吗?"

其他人都没再发表意见。

过了一会儿，查德沮丧地走向门口，一直垂着头。诺曼冲着吉登和艾立虎分别点了点头，跟在了他身后。他在前厅追上了查德，双臂抱住他弓着的肩膀。

查德怔怔地盯着他，说道："对不起。我认为被机器拯救，总好过彻底毁灭。我还认为，既然他们能操控细菌，他们应该也能分离出让辛卡人变得和平的东西。上帝，如果我们只能靠喷雾罐获取兄弟情谊，那还有什么意义呢？它应该是种能感染人的力量，而不是香水。"

诺曼点了点头。他觉得自己的嘴巴很干。

"这么做不对！"查德呢喃道，"它不应该是一种在工厂里生产、灌装、运输，随后进行销售的东西！它不应该装在——装在从联合国飞机上丢下的炸弹里！他们肯定会这么用的，你懂的。这么做不对。它不是种产品，不是药品，不是兴奋剂。它是种思想，是种感觉，是你自己的心跳。这么做不对！"

他突然往前跑去，鞋跟重重地踩在前厅的地砖上，随后使劲推开了两扇大门。他往外迈出一步之后，又停了下来，扭回头，对着这个城市、对着非洲、对着整个世界大声喊叫着。

"你们这些该死的傻瓜！你们全都是！你们无法管好自己的生活！我知道你们都是傻子——我看着你们，我为你们哭泣。然而……哦，我的上帝！"

他的声音破碎成了抽泣。

"我爱你们！我不想爱你们，但是我办不到。我爱你们所有人……"

许久之后，当人们从各个房间里奔出来想看看他为什么号叫时——艾立虎、吉登，以及其他许多张不熟悉的脸孔——他让诺曼牵着他的手，安静地远去了。

世间百态(16)
讣　告

　　乔洁特·塔伦·巴克法斯特（"乔老太"）：死于脑溢血；位于她建立并为之奋斗一生的公司的总部；终年91岁。

　　埃里克·埃勒曼："自杀"；位于通往他居住街区的快铁的轨道上；终年33岁。

　　唐纳德·霍根：死于军用赋能；位于洛杉矶的船营；由唐纳德·霍根二世接替。

　　盖瑞·林特，列兵，美国陆军：死于游击队的行动；位于洛杉矶；终年19岁。

　　本杰明·诺克斯（"贝尼"）：死于兴奋剂过量；位于家中；终年24岁。

　　菲利普·彼得森：死于警察的电块；位于他的一位受害者的

公寓中;终年20岁。

萨拉·彼得森:死于她儿子的手;位于家中;终年44岁。

格蕾丝·罗利:死于伤心引发的并发症;位于官方设立的贫穷老人养老院;终年77岁。

波比·谢尔顿:死于跌落;位于她家外面的大街;终年23岁。

苏盖昆吞(医学博士、生物学博士、奉献大学基因工程教授):死于股动脉中刀;位于雄高海峡僻静的海面上;终年54岁。

维克多·沃特模:死于枪击,因为"脑子短路";位于家中;终年60岁。

还有其他受害者,死于魔客、骚乱、破坏行为、游击队行动、药品过量、事故、战争、年老……

尽管如此,到公元10 000年,立于桑给巴尔的人类将不得不站在齐膝深的水里。

人物追踪(32)
冷静和超然的观点

沐浴在液氦的波浪里,自给自足,岿然不动,通过所有的机械感官与世界保持联系:撒缦以色。

时不时地,他的电路里会产生一个搏动,将他的电信号翻译成文字就是:上帝,这也太考验我的想象力了。

背景环境（28）
来自作者的留言

这部并非是小说的作品由约翰·布鲁纳创作完成。他使用了斯派塞公司的纤维加强商业银行用纸，史密斯科罗纳250型电子打字机，以及克罗克黑色打字色带。